LUCINDA RILEY

Der Engelsbaum

*Buch*

Dreißig Jahre sind vergangen, seit Greta Marchmont das Herrenhaus verließ, in dem sie einst eine Heimat gefunden hatte. Nun kehrt sie zurück nach Marchmont Hall in den verschneiten Bergen von Wales – doch sie hat keinerlei Erinnerung an ihre Vergangenheit, denn seit einem tragischen Unfall leidet sie an Amnesie. Bei einem Spaziergang durch die winterliche Landschaft macht sie aber eine verstörende Entdeckung: Sie stößt auf ein Grab im Wald, und die verwitterte Inschrift auf dem Kreuz verrät ihr, dass hier ein kleiner Junge begraben ist – ihr eigener Sohn! Greta ist zutiefst erschüttert und beginnt sich auf die Suche zu machen nach der Frau, die sie einmal war. Dabei kommt jedoch eine Wahrheit ans Licht, die so schockierend ist, dass Greta den größten Mut ihres Lebens braucht, um ihr ins Gesicht zu blicken – damit sie schließlich wahren Frieden finden kann …

Weitere Informationen zu Lucinda Riley
sowie zu lieferbaren Titeln der Autorin
finden Sie am Ende des Buches.

# Lucinda Riley
## Der Engelsbaum

Roman

Aus dem Englischen
von Sonja Hauser und Ursula Wulfekamp

GOLDMANN

Die Originalausgabe erschien 1995 unter dem Titel
»Not Quite an Angel« bei Simon & Schuster, London.

Die vorliegende Ausgabe folgt einer von der Autorin
überarbeiteten Fassung.

Bis S. 188 übersetzt von Sonja Hauser
Ab S. 189 übersetzt von Ursula Wulfekamp

Der Verlag behält sich die Verwertung der urheberrechtlich
geschützten Inhalte dieses Werkes für Zwecke des Text- und
Data-Minings nach § 44 b UrhG ausdrücklich vor.
Jegliche unbefugte Nutzung ist hiermit ausgeschlossen.

Penguin Random House Verlagsgruppe FSC® N001967

1. Auflage
Neuausgabe Dezember 2024
Copyright © der Originalausgabe 1995 by Lucinda Edmonds
Copyright © der überarbeiteten Ausgabe 2014 by Lucinda Riley
Copyright © der deutschsprachigen Ausgabe 2014
by Wilhelm Goldmann Verlag, München,
in der Penguin Random House Verlagsgruppe GmbH,
Neumarkter Straße 28, 81673 München
Umschlaggestaltung: UNO Werbeagentur, München
Umschlagmotiv: © Drunaa / Trevillion Images;
© FinePic®, München
CN · Herstellung: ik
Satz: GGP Media GmbH, Pößneck
Druck und Bindung: GGP Media GmbH, Pößneck
Printed in Germany
ISBN: 978-3-442-49592-4

www.goldmann-verlag.de

*Für meine Schwester Georgia*

# Heiligabend 1985

*Marchmont Hall,
Monmouthshire, Wales*

## Kapitel 1

David Marchmont, der den Wagen bei heftigem Schneefall die schmale vereiste Straße entlangsteuerte, blickte zu seiner Beifahrerin hinüber.

»Es ist nicht mehr weit, Greta. Sieht so aus, als würden wir's gerade noch rechtzeitig schaffen. Morgen früh ist diese Straße wahrscheinlich unpassierbar. Kommt dir irgendetwas bekannt vor?«, fragte er vorsichtig.

Greta wandte sich ihm zu. Ihre elfenbeinfarbene Haut hatte trotz ihrer achtundfünfzig Jahre keine Falten, und aus ihrem Gesicht leuchteten riesige blaue Augen, in denen weder Erregung noch Wut zu erkennen war. Das Feuer in ihnen war lange erloschen; sie wirkten so ausdruckslos und unschuldig wie die einer Porzellanpuppe.

»Mir ist klar, dass ich einmal hier gelebt habe, aber ich erinnere mich nicht daran. Tut mir leid, David.«

»Kein Problem«, tröstete er sie und wünschte sich gleichzeitig, den ersten grässlichen Anblick seines Elternhauses nach dem Brand – er hatte immer noch den beißenden Geruch von verkohltem Holz und Rauch in der Nase – aus seinem Gedächtnis löschen zu können. »Marchmont ist fast vollständig renoviert.«

»Ja, David, ich weiß. Das hast du mir letzte Woche, als du zum Abendessen bei mir warst, erzählt. Es gab Lammkoteletts, und wir haben eine Flasche Sancerre getrunken. Du hast gesagt, dass wir im Haupthaus schlafen würden.«

»Genau«, bestätigte David, der verstehen konnte, dass Greta sich an Details der Gegenwart klammerte, weil die Vergangenheit vor ihrem Unfall für sie nicht zugänglich war. Während er den Wagen über die glatte, leicht ansteigende Straße lenkte, auf der die Reifen kaum Halt fanden, überlegte er, ob es eine gute Idee gewesen war, Greta zu Weihnachten herzubringen. Es hatte ihn überrascht, dass sie nach jahrelangen erfolglosen Bemühungen seinerseits, sie aus ihrer Wohnung in Mayfair zu locken, seine Einladung nun angenommen hatte.

Nach drei Jahren umfassender Renovierungsarbeiten hatte er das Gefühl gehabt, dass es der richtige Moment sei, sie mitzunehmen. Und zu seiner Verwunderung schien sie dieses Gefühl zu teilen. Immerhin konnte er ihr ein warmes, gemütliches Haus bieten. Ob Wärme angesichts der Umstände auch auf der emotionalen Ebene möglich war, wusste er nicht ...

»Es wird schon dunkel«, bemerkte Greta. »Und dabei ist es erst kurz nach drei.«

»Ja, hoffentlich ist es, wenn wir ankommen, noch hell genug, um Marchmont zu sehen.«

»Wo ich früher gewohnt habe.«

»Ja.«

»Mit Owen, meinem Mann, deinem Onkel.«

»Ja.«

David war klar, dass Greta die Details der Vergangenheit, an die sie sich nicht mehr erinnerte, einfach auswendig gelernt hatte wie für eine Prüfung. Und er war ihr Lehrer gewesen, dem die Ärzte geraten hatten, die traumatischen Ereignisse unerwähnt zu lassen, jedoch Namen, Daten und Orte zu nennen, die ihr möglicherweise den Schlüssel liefern konnten. Wenn sie sich bei seinen Besuchen unterhielten, glaubte er manchmal, ein kurzes Flackern in ihren Augen zu sehen, aber er war sich nicht sicher, ob das etwas mit seinen Schilderungen zu tun hatte oder tatsächlich mit ihrem Gedächtnis. Nach all den Jahren sprachen die Ärzte – die einmal prognostiziert hatten, dass Gretas Erinnerung allmählich wiederkehren würde, weil auf den zahlreichen

CT-Aufnahmen ihres Gehirns seit dem Unfall nichts Auffälliges zu erkennen war – nun von »selektiver Amnesie«, verursacht durch traumatische Ereignisse. Ihrer Ansicht nach *sträubte* Greta sich gegen die Erinnerung.

David lenkte den Wagen vorsichtig um eine gefährliche Kurve. Wenig später würden die Tore von Marchmont in Sicht kommen. Obwohl er juristisch der Eigentümer war und ein Vermögen für die Instandsetzung des Hauses ausgegeben hatte, fungierte er letztlich nur als eine Art Verwalter. Nach dem fast vollständigen Abschluss der Renovierungsarbeiten waren Gretas Enkelin Ava und ihr Mann Simon, auf die das Anwesen bei seinem Tod übergehen würde, vom Gate Lodge ins Haupthaus Marchmont Hall gezogen. Einen günstigeren Zeitpunkt hätte es kaum geben können, weil sie in ein paar Wochen ihr erstes Kind erwarteten. Vielleicht, dachte David, ließen sich die Jahre einer Familiengeschichte mit so vielen tragischen Wendungen durch ein neues, unschuldiges Leben endlich auslöschen.

Noch komplizierter wurde alles dadurch, dass sich auch *nach* Gretas Gedächtnisverlust noch Dinge ereignet hatten ... Dinge, vor denen er sie aus Angst vor der möglichen Wirkung auf sie geschützt hatte. Wie sollte sie mit dem Ende der Geschichte fertigwerden, wenn sie sich nicht an die Anfänge erinnerte ...?

Was bedeutete, dass er, Ava und Simon bei Gesprächen mit Greta einen Eiertanz aufführten. Obwohl sie ihrem Gedächtnis auf die Sprünge helfen wollten, mussten sie gleichzeitig immer aufpassen, was sie in ihrer Gegenwart sagten.

»Siehst du's schon, Greta?«, fragte David, als er den Wagen durch das Tor steuerte und Marchmont in Sicht kam.

Das Haus, dessen Grundstein bereits in elisabethanischer Zeit gelegt worden war, erhob sich vor Hügeln, die sanft zu den Black Mountains anstiegen. Darunter mäanderte der River Usk durch das breite Tal, zu dessen beiden Seiten die Felder von frisch gefallenem Schnee glitzerten. Die rötlichen Ziegel des alten Gemäuers wurden an der Front von Dreifachgiebeln gekrönt, und in den längs unterteilten Fenstern spiegelten sich die letzten rosigen Strahlen der Wintersonne.

Das alte knochentrockene Holz im Innern und der Dachstuhl waren schnell den gierigen Flammen zum Opfer gefallen, doch die Außenmauern hatten dem Feuer getrotzt. Das lag, wie die Leute von der Feuerwehr ihm erklärten, zum Teil an dem glücklichen Umstand, dass etwa eine Stunde nach Ausbruch des Brandes ein heftiger Regenschauer niedergegangen war. Die Natur hatte Marchmont Hall vor der völligen Zerstörung bewahrt, so war immerhin etwas übrig geblieben, das man wieder aufbauen konnte.

»David, es ist noch viel schöner als auf den Fotos, die du mir gezeigt hast«, flüsterte Greta. »Verschneit sieht es aus wie auf einer Weihnachtskarte.«

Als David den Wagen direkt vor der Eingangstür abstellte, nahm er durch ein Fenster den Schein der eingeschalteten Lampen sowie die glitzernden Lichter eines Weihnachtsbaums wahr. Die Atmosphäre unterschied sich so sehr von seiner Erinnerung an sein kaltes, strenges Elternhaus, dass ihn plötzlich ein Gefühl der Euphorie überkam. Vielleicht hatten die Flammen tatsächlich die Vergangenheit weggebrannt, im übertragenen wie im eigentlichen Sinn. Wäre nur seine Mutter noch am Leben gewesen, um diese bemerkenswerte Verwandlung zu sehen!

»Ja, ich finde es auch hübsch«, pflichtete er ihr bei, während er die Autotür öffnete, worauf sich eine kleine Schneelawine vom Dach löste. »Lass uns reingehen. Koffer und Geschenke hole ich später.«

David lief um den Wagen herum und machte die Beifahrertür auf. Beim Aussteigen versanken Gretas Füße mitsamt Slippern knöcheltief im Schnee. Als sie zuerst den Blick zum Haus hob und dann auf ihre Füße im Schnee senkte, regte sich plötzlich eine Erinnerung in ihr.

*Hier war ich schon mal ...*

Sie blieb, erschrocken darüber, dass tatsächlich etwas mit ihrem Gedächtnis passierte, stehen und versuchte verzweifelt, diesen Erinnerungssplitter festzuhalten. Ohne Erfolg.

»Komm, Greta, hier draußen holst du dir den Tod«, sagte David und streckte ihr den Arm hin.

Nach einer herzlichen Begrüßung durch die Haushälterin Mary, die seit über vierzig Jahren in Marchmont arbeitete, brachte David Greta in ihr Zimmer, wo sie sich ein wenig hinlegte. Er konnte sich vorstellen, dass der Stress der Entscheidung, zum ersten Mal seit Jahren ihr Zuhause zu verlassen, sowie die lange Fahrt von London sie körperlich wie geistig erschöpft hatten.

Dann ging er zu Mary, die gerade den Teig für Mince Pies ausrollte, in die völlig neu eingerichtete Küche. David ließ den Blick stolz über die glänzenden Granitarbeitsflächen und die modernen Einbauschränke wandern. Die Küche war Davids einziges Zugeständnis an die Moderne. Bei allen anderen Räumen hatte sich die Renovierung an den ursprünglichen Plänen orientiert, eine Herkulesaufgabe, zu deren Lösung wochenlange Recherchen in Bibliotheksarchiven und eigene Fotos nötig gewesen waren. David hatte Heerscharen örtlicher Handwerker angeheuert, die alles, von den Fliesenböden bis zu den Möbeln, dem Marchmont von früher so ähnlich wie möglich gestalteten.

»Hallo, Master David«, begrüßte Mary ihn mit einem Lächeln. »Jack hat vor zehn Minuten angerufen. Wegen des Schnees hat der Zug Verspätung. In einer Stunde müsste Jack mit Tor da sein. Er hat den Land Rover genommen, also dürften sie kein Problem mit dem Herkommen haben.«

»Gut. Na, wie gefällt dir dein neues Reich?«, erkundigte er sich.

»Toll. Alles ist noch so schön und frisch«, antwortete Mary in ihrem weichen walisischen Tonfall. »Kaum zu glauben, dass es ein und dasselbe Haus ist. Ich hab's jetzt in der Küche so warm, dass ich selten das Feuer im Kamin anzünden muss.«

»Und deine Wohnung ist auch gemütlich?«, fragte David. Nach dem Tod ihres Mannes Huw einige Jahre zuvor hatte sie sich in ihrem Cottage einsam gefühlt, weshalb David vom Architekten im geräumigen Speicher eine Wohnung für Mary hatte einbauen lassen. Nach allem, was passiert war, beruhigte es ihn, jemanden im Haus zu haben, wenn Ava und Simon einmal verreisen mussten.

»Ja, danke. Von da oben hat man einen wunderbaren Blick übers Tal. Wie geht's Greta? Erstaunlich, dass sie mitgekommen ist. Hätte nicht gedacht, dass ich das noch erleben würde. Wie findet sie's hier?«

»Sie hat sich noch nicht dazu geäußert«, antwortete David, der nicht wusste, ob Mary Gretas Reaktion auf die Renovierung oder ihre Rückkehr nach all den Jahren meinte. »Im Moment ruht sie sich aus.«

»Ich hab sie in ihrem alten Zimmer untergebracht, um ihrem Gedächtnis auf die Sprünge zu helfen. Obwohl alles jetzt so anders ausschaut, dass ich's selber kaum glauben kann«, meinte sie schmunzelnd. »Meinen Sie, sie erkennt mich wirklich nicht? Wir haben doch damals in Marchmont viel miteinander erlebt.«

»Das darfst du dir nicht zu sehr zu Herzen nehmen, Mary. Sie ist auch bei uns so.«

»Vielleicht ist es das Beste, wenn sie sich nicht an alles erinnert.«

»Ja«, pflichtete David ihr seufzend bei. »So oder so: Es wird ein ziemlich merkwürdiges Weihnachten werden.«

»Das können Sie laut sagen. Ich denk die ganze Zeit, gleich kommt irgendwo Ihre Mutter ums Eck, bis mir einfällt, dass sie nicht mehr bei uns ist.« Mary schluckte. »Aber für Sie als ihren Sohn muss es ja noch viel schlimmer sein, Master David.«

»Wir werden wohl alle Zeit brauchen, um uns an die neue

Situation zu gewöhnen. Wenigstens haben wir Ava und Simon und bald auch ihren Nachwuchs, die uns über unseren Kummer hinweghelfen können.« David legte tröstend den Arm um Marys Schulter. »Darf ich jetzt einen von deinen köstlichen Mince Pies probieren?«

Zwanzig Minuten später gesellten sich Ava und Simon im Salon, der nach frischer Wandfarbe und Rauch aus dem riesigen Steinkamin roch, zu David.

»Ava, du siehst wunderschön aus. So gesund und rosig.« David umarmte sie lächelnd und schüttelte Simon die Hand.

»Im letzten Monat ist mein Bauch ganz schön gewachsen. Wahrscheinlich wird's ein Rugby-Spieler«, sagte Ava mit einem liebevollen Blick auf Simon.

»Mary hat mir vor zwanzig Minuten Tee gebracht. Soll ich sie bitten, noch eine Kanne zu kochen?«, fragte David.

»Ich gehe schon«, erbot sich Simon. »Ava, Schatz, setz du dich zu deinem Onkel und leg die Füße hoch. Sie ist mitten in der Nacht zu einer kalbenden Kuh gerufen worden«, erklärte er David mit einem resignierten Achselzucken, bevor er den Raum verließ.

»Hoffentlich wird auch jemand für mich da sein, wenn's so weit ist«, meinte Ava schmunzelnd und sank in einen der frisch gepolsterten Sessel. »Simon redet die ganze Zeit auf mich ein, dass ich kürzertreten soll, aber ich bin Tierärztin. Ich kann meine Patienten nicht im Stich lassen. Meine Ärztin würde das mit mir doch auch nicht machen, oder?«

»Nein, Ava, aber der Geburtstermin ist in sechs Wochen, und Simon hat Angst, dass du dir zu viel zumutest.«

»Wenn nach Weihnachten die Vertretung für mich da ist, wird alles einfacher. Bei dem Wetter kann's immer sein, dass ich rausgerufen werde, ein unterkühltes Schaf versorgen. Zum Glück haben's die Farmer geschafft, ihre Tiere vor dem Kälteeinbruch von den Hügeln runterzubringen, doch das eine oder andere bleibt immer zurück. Aber Onkel David: Wie geht's dir?« Ava nannte ihn »Onkel«, obwohl sie eigentlich Cousins zweiten Grades waren.

»Sehr gut, danke. Meine Weihnachtssendung wurde im Oktober aufgezeichnet, und seitdem ...« Plötzlich wurde David verlegen. »Seitdem arbeite ich an meiner Autobiografie.«

»Ach«, meinte Ava schmunzelnd. »Deine Vita bietet sicher interessanten Lesestoff.«

»Eigentlich schon, aber das ist auch das Problem, weil ich über Teile meines Lebens schweigen muss.«

Avas Miene wurde ernst. »Offen gestanden wundert es mich, dass du die Biografie überhaupt schreibst. Dir ist doch deine Privatsphäre so wichtig.«

»Leider hat ein Boulevardjournalist vor, eine nicht autorisierte Version rauszubringen, und dem will ich zuvorkommen. Soweit ich das unter den gegebenen Umständen kann.«

»Verständlich. Mir haben meine Filmstarmutter und mein berühmter Komikercousin sämtliche Lust auf das Rampenlicht verdorben. Du wirst doch nichts von dem erwähnen, was ... mit mir passiert ist, oder, Onkel David? Das wäre mir nach dem Foto von mir und Cheska damals auf der Titelseite der *Daily Mail* überhaupt nicht recht.«

»Natürlich versuche ich mein Möglichstes, die Familie rauszuhalten, Ava. Allerdings bleibt dann nicht mehr viel zu erzählen. Ich habe nie Drogen genommen, hatte keine Nervenzusammenbrüche, Alkoholprobleme oder Frauengeschichten, was bedeutet, dass das Ding sich bis jetzt ziemlich langweilig liest«, seufzte er mit einem schiefen Grinsen. »Apropos Frauen: Tor müsste eigentlich bald da sein.«

»Es freut mich, dass sie kommt, Onkel David. Ich mag sie sehr. Und je mehr wir zu Weihnachten sind, desto besser.«

»Jedenfalls haben wir endlich deine Oma überredet, mit uns zu feiern.«

»Wo ist sie überhaupt?«

»Oben. Sie ruht sich aus.«

»Wie fühlt sie sich?«

»Wie immer. Ich bin sehr stolz auf sie, dass sie den Mut aufgebracht hat herzukommen.« Da drang Scheinwerferlicht durchs Fenster. »Das wird Tor sein. Ich geh raus, sie begrüßen.«

Als David den Salon verließ, dachte Ava über seine treue Ergebenheit ihrer Großmutter Greta gegenüber nach. Sie wusste, dass die beiden einander seit ewigen Zeiten kannten, und fragte sich, was er an ihr fand. Avas Großtante – und Davids Mutter – LJ, die wenige Monate zuvor gestorben war, hatte behauptet, ihr Sohn liebe Greta. Greta wirkte nach wie vor sehr jugendlich, als hätte ihr Gedächtnisverlust auch alle körperlichen Spuren ausgelöscht, die sich üblicherweise auf einem Gesicht von achtundfünfzig Jahren abzeichneten.

Ava gestand sich nur ungern ein, dass sie ihre Großmutter langweilig und kindlich fand. Die wenigen Male, die sie mit Greta in den vergangenen Jahren zusammen gewesen war, hatte sie immer das Gefühl gehabt, sie unterhalte sich mit einem hübsch geformten, aber hohlen Fabergé-Ei. Vielleicht war ja die vielschichtige Persönlichkeit, die sie früher möglicherweise besessen hatte, durch den Unfall zusammen mit ihrem Gedächtnis ausgelöscht worden. Greta, die wie eine Einsiedlerin lebte, wagte sich nur selten aus ihrer Wohnung. Dies war das erste Mal, dass sie sich länger als ein paar Stunden davon entfernte.

Ava durfte sich kein Urteil über ihre Großmutter erlauben, weil sie keine Ahnung hatte, wie sie vor dem Unfall gewesen war, das wusste sie; trotzdem verglich sie Greta insgeheim stets mit LJ, deren unerschütterliche Lebensfreude Greta schwach und farblos erscheinen ließ. *Und jetzt*, dachte Ava, *ist Greta zu Weihnachten hier und LJ nicht.* Ava schnürte es die Kehle zu.

»Schau immer nach vorn«, hatte LJ gern gesagt, wenn etwas Schlimmes passiert war.

Ava hätte sich von ganzem Herzen gewünscht, dass LJ die Geburt ihres Kindes noch miterlebt hätte. Wenigstens war sie bei ihrer Hochzeit mit Simon dabei gewesen und hatte bei ihrem Tod gewusst, dass sich Marchmont – und Ava – in sicheren Händen befanden.

David betrat den Salon mit Tor.

»Hallo, Ava. Frohe Weihnachten. Gott, ist das kalt. Was für eine Fahrt!«, begrüßte Tor sie, trat ans prasselnde Kaminfeuer und wärmte sich die Hände.

»Du hast es gerade noch rechtzeitig geschafft. Jack sagt, dass heute Abend alle weiteren Züge nach Abergavenny gestrichen sind«, erzählte David.

»Wär nicht eben der Traum meiner schlaflosen Nächte gewesen, Weihnachten in einer Pension in Newport zu verbringen«, erklärte Tor trocken. »Das Haus ist toll, Ava. Du und Simon, ihr seid bestimmt begeistert.«

»Ja«, gab Ava zu. »Es ist wunderschön geworden. Wir sind dir sehr dankbar, Onkel David. Simon und ich hätten uns die Renovierung nicht leisten können.«

»Wie du weißt, wird Marchmont dir eines Tages sowieso gehören. Ach, Simon ...« David hob den Blick, als dieser den Raum betrat. »Frischer Tee. Das ist jetzt genau das Richtige.«

Greta erwachte desorientiert aus dem Schlaf. Voller Panik tastete sie in der Dunkelheit nach einer Lampe und schaltete sie an. Der starke Geruch nach frischer Farbe half ihrem Gedächtnis auf die Sprünge, als sie sich in dem bequemen Bett aufsetzte und sich in dem frisch renovierten Zimmer umsah.

Marchmont Hall ... das Haus, über das sie von David im Verlauf der Jahre so viel gehört hatte. Die Haushälterin Mary hatte ihr einige Stunden zuvor erklärt, dass dies früher ihr Zimmer gewesen sei, in dem sie Cheska zur Welt gebracht habe.

Greta stand auf und trat ans Fenster. Draußen schneite es

noch immer. Sie versuchte, den Erinnerungssplitter von zuvor einzufangen, und seufzte verzweifelt, als ihr Gehirn sich beharrlich weigerte, seine Geheimnisse preiszugeben.

Nachdem sie sich in dem modernen, zu ihrem Zimmer gehörenden Bad frisch gemacht hatte, schlüpfte sie in eine nagelneue cremefarbene Bluse, schminkte sich die Lippen und betrachtete sich im Spiegel. Plötzlich spürte sie Angst in sich aufsteigen.

Der Entschluss, das Weihnachtsfest mit ihrer Familie in Marchmont zu verbringen, hatte ihren ganzen Mut erfordert. Er war ihr so schwergefallen, dass sie, nachdem sie zugesagt – und Davids erstauntes Gesicht gesehen – hatte, von schlimmen Panikattacken heimgesucht worden war, die ihr schlaflose Nächte, Schweißausbrüche und heftiges Zittern bescherten. Am Ende hatte der Arzt ihr Betablocker und Beruhigungsmittel verschreiben müssen. Seine aufmunternden Worte und der Gedanke an ein neuerliches Weihnachten allein hatten ihr geholfen, mit dem Packen anzufangen, in Davids Wagen zu steigen und nach Marchmont zu kommen.

Bestimmt würden die Ärzte ihr erklären, dass ihr Unbewusstes sie endlich für stark genug halte, mit dieser Rückkehr fertigzuwerden. Und tatsächlich hatte sie nach ihrem Beschluss das erste Mal seit Langem lebhaft geträumt. Natürlich ergab keiner ihrer Träume einen Sinn, doch der Schock, beim Aussteigen aus dem Wagen und beim Anblick von Marchmont Hall etwas zu erleben, was die Ärzte mit Sicherheit »Flashback« nannten, bestätigte die Einschätzung der Mediziner.

Ihr war klar, dass sie sich noch mit vielem auseinandersetzen musste. Zum Beispiel mit der Gesellschaft anderer Menschen, und zwar über einen längeren Zeitraum hinweg. Unter den Leuten, die sich über die Feiertage trafen, befand sich eine Person, vor deren Anwesenheit sie besonders große Angst hatte: Davids Freundin Tor.

Abgesehen von ein paar Stunden beim Tee in ihrer Wohnung in Mayfair hatte Greta kaum Zeit mit ihr verbracht. Und obwohl Tor freundlich, höflich und an dem Wenigen interessiert wirkte, was Greta zu erzählen wusste, fühlte Greta sich von ihr gönnerhaft behandelt, als hielte Tor sie für eine senile alte Frau.

Greta betrachtete ihr Gesicht im Spiegel. Sie mochte vieles sein, aber senil war sie auf keinen Fall.

Tor war Dozentin in Oxford, intellektuell, unabhängig und auf bodenständige Weise attraktiv, fand Greta. Kurzum, das genaue Gegenteil von Greta, aber sie machte David glücklich, und darüber musste Greta sich freuen, das wusste sie.

Immerhin hatte David gesagt, dass Ava mit ihrem Mann Simon da sein würde. Ihre Enkelin Ava ...

Das Schlimmste an dem Gedächtnisverlust war, dass sie sich nicht an Ava erinnerte. An ihr eigenes Fleisch und Blut, das Kind ihres Kindes ... Greta hatte Schuldgefühle, weil sie sich, obwohl sie Ava in den vergangenen zweiundzwanzig Jahren regelmäßig gesehen hatte und sie sehr mochte, nicht imstande fühlte, eine für eine Enkelin angemessene Beziehung zu ihr aufzubauen. Auch wenn sie sich nicht an die Einzelheiten von Avas Geburt erinnern konnte, sollte es doch eine tiefere emotionale Verbindung zu ihr geben, die sie spüren musste?

Greta vermutete, dass Ava – wie LJ – sie im Verdacht hatte, sich an mehr zu erinnern, als sie zu erkennen gab. Doch auch nach jahrelangen Sitzungen bei Psychologen, Hypnotiseuren und anderen Spezialisten regte sich nichts. Greta hatte das Gefühl, in einem Vakuum zu leben, als würde sie die anderen Menschen, denen es allen keine Mühe bereitete, sich zu erinnern, von außen beobachten.

Am verbundensten fühlte sie sich ihrem geliebten David, der da gewesen war, als sie nach neun Monaten im Koma endlich die Augen aufgeschlagen hatte, und der sich in den dreiundzwanzig Jahren seitdem auf jede nur erdenkliche Weise um sie gekümmert hatte. Ohne ihn hätte sie bestimmt schon längst die Flinte ins Korn geworfen.

Von David wusste sie, dass sie sich mehr als vierzig Jahre zuvor, gleich nach dem Krieg, kennengelernt hatten. Damals war sie achtzehn gewesen, hatte in einem Varietétheater mit dem Namen Windmill gearbeitet und ihm offenbar erzählt, ihre Eltern seien bei deutschen Luftangriffen in London umgekommen, aber niemals etwas von anderen Angehörigen erwähnt. David hatte ihr gesagt, sie seien eng befreundet gewesen, und Greta vermutete, dass ihre Beziehung nicht über das Freundschaftliche hinausgegangen war. Außerdem stand fest, dass sie seinen Onkel Owen geheiratet hatte, den früheren Herrn von Marchmont.

Im Lauf der Jahre hatte Greta sich immer wieder gewünscht, dass ihre Beziehung zu David mehr als freundschaftlich gewesen wäre. Sie liebte ihn von ganzem Herzen; nicht wegen der Bedeutung, die er anscheinend vor dem Unfall für sie besessen hatte, sondern wegen der jetzigen. Natürlich wusste sie, dass ihre Gefühle nicht erwidert wurden, und es bestand keinerlei Grund zu der Annahme, dass das jemals so gewesen war. David, ein berühmter, erfolgreicher und obendrein ausgesprochen attraktiver Komiker, war seit sechs Jahren mit Tor zusammen, die ihn zu sämtlichen Wohltätigkeitsveranstaltungen und Preisverleihungen begleitete.

In ihren tristesten Stunden hatte Greta das Gefühl, ihm zur Last zu fallen. Bestimmt tat David, weil sie durch ihre Ehe mit seinem Onkel mit ihm verwandt war, lediglich seine Pflicht. Als sie nach achtzehn Monaten endlich aus dem Krankenhaus und zurück in ihre Wohnung in Mayfair gedurft hatte, war David der Einzige gewesen, der sie regelmäßig besuchte. Das schlechte Gewissen ob ihrer Abhängigkeit von ihm hatte sich im Lauf der Jahre verstärkt, obwohl er ihr immer wieder sagte, dass er gern mit ihr zusammen sei. Und so hatte sie, wenn er kommen wollte, häufig vorgegeben, beschäftigt zu sein, auch wenn das nicht stimmte.

Greta entfernte sich vom Fenster. Sie würde all ihren Mut

zusammennehmen müssen, um nach unten zu ihrer Familie zu gehen. Sie öffnete die Tür und trat ans obere Ende der prächtigen Treppe aus dunklem Eichenholz, deren mit eichelförmigem Schnitzwerk verziertes Geländer im Licht des Kronleuchters schimmerte. Von dem hohen Weihnachtsbaum im Eingangsbereich stieg ihr frischer Tannenduft in die Nase, und wieder regte sich etwas in ihrem Gedächtnis. Sie schloss die Augen und atmete tief durch, wie die Ärzte es ihr geraten hatten, um dem Keim der Erinnerung beim Wachsen zu helfen.

Als die Bewohner von Marchmont Hall am Weihnachtsmorgen aufwachten, präsentierte sich ihnen draußen ein verschneites Idyll. Mittags verspeisten sie eine Gans mit Gemüse vom eigenen Anwesen, und anschließend versammelten sie sich um den Kamin im Salon, um die Geschenke auszupacken.

»Danke, Oma«, sagte Ava, als sie eine weiche weiße Babydecke auswickelte, »die kann ich gut gebrauchen.«

»Und Tor und ich würden euch gern einen Kinderwagen kaufen, aber weil wir uns beide nicht mit diesen hochmodernen Vehikeln auskennen, die Eltern heutzutage vor sich herschieben, haben wir euch einen Scheck ausgestellt«, erklärte David und reichte ihn Ava.

»Das ist sehr großzügig, David«, sagte Simon und füllte sein Glas nach.

Greta war gerührt über Avas Geschenk, ein gerahmtes Foto von ihnen beiden, aufgenommen, als Ava noch ein Baby und Greta im Krankenhaus gewesen war.

»Damit du nicht vergisst, was bald geschieht«, erklärte Ava schmunzelnd. »In Kürze wirst du Urgroßmutter!«

»Ja, stimmt.« Bei dem Gedanken trat auch auf Gretas Lippen ein Lächeln.

»Und dabei siehst du keinen Tag älter aus als damals im Windmill«, lautete Davids galanter Kommentar.

Greta beobachtete ihre Familie vom Sofa aus. Vielleicht lag es am Wein, den sie zum Mittagessen getrunken hatte und den sie nicht mehr gewöhnt war, aber ausnahmsweise fühlte sie sich nicht wie das fünfte Rad am Wagen.

Als alle Geschenke ausgewickelt waren, bestand Simon darauf, Ava nach oben zu bringen, damit sie sich ausruhen konnte, und David und Tor brachen zu einem Spaziergang auf. David hatte Greta gefragt, ob sie sie begleiten wolle, doch sie hatte taktvoll abgewinkt. Die beiden brauchten Zeit miteinander, und drei waren immer einer zu viel. Greta döste eine Weile vor dem Kamin vor sich hin. Als sie aufwachte und einen Blick aus dem Fenster warf, sah sie den Schnee noch immer in der Sonne glitzern.

Da sie plötzlich das Gefühl hatte, ebenfalls frische Luft zu brauchen, fragte sie Mary, ob sie sich Stiefel und eine warme Jacke borgen könne.

Fünf Minuten später marschierte Greta mit einem Paar viel zu großer Gummistiefel und einer uralten Barbour-Jacke unbekannter Herkunft hinaus in den jungfräulichen Schnee und atmete die wunderbar klare, kühle Luft ein. Kurz blieb sie stehen, um sich für eine Richtung zu entscheiden, bevor sie sich dem Wald zuwandte. Der tiefblaue Himmel und die Schönheit der Landschaft erfüllten sie mit so ungewohnter Freude, dass sie fast zwischen den Bäumen hindurchgehüpft wäre.

Auf einer Lichtung entdeckte sie eine mächtige Tanne, deren üppig grüne, schneebeladene Äste einen deutlichen Kontrast zu den hohen kahlen Buchen im übrigen Wald bildeten. Als sie näher kam, entdeckte sie darunter einen Grabstein, dessen Inschrift vom Schnee verdeckt wurde. Greta, die vermutete, dass es sich um die letzte Ruhestätte eines Haustiers handelte – das sie vielleicht sogar gekannt hatte –, bückte sich und wischte den Schnee weg.

Darunter kam die Inschrift zum Vorschein.

> JONATHAN (JONNY) MARCHMONT
> Geliebter Sohn von Owen und Greta
> Bruder von Francesca
>
> Geboren am 2. Juni 1946
> Gestorben am 6. Juni 1949
> Möge Gott seinen kleinen Engel
> zum Himmel hinaufgeleiten

Nachdem Greta die Inschrift mehrmals gelesen hatte, sank sie mit wild pochendem Herzen auf die Knie.

Jonny ... Die Inschrift auf dem Grabstein besagte, dass *ihr* Sohn hier ruhte ...

Sie kannte ihre Tochter Cheska und hatte sie einmal gesehen, doch von einem Jungen war niemals die Rede gewesen. Laut der Grabinschrift war er im zarten Alter von drei Jahren gestorben ...

Als Greta mit Tränen in den Augen den Blick hob, sah sie, dass es bald dunkel werden würde, und hörte in der Ferne einen Hund bellen. Das Echo einer Erinnerung ließ vor ihrem geistigen Auge ein Bild erstehen; sie war schon einmal an diesem Ort gewesen und hatte auch damals einen Hund gehört ... Ja, *ja* ...

Sie wandte sich wieder dem Grab zu. »Jonny ... mein Sohn ... bitte, lieber Gott, gib, dass mir einfällt, was passiert ist ...«, schluchzte sie.

Als der Hund zu bellen aufhörte und die Sonne hinter den Bäumen verschwand, schloss sie die Augen, und plötzlich erinnerte sie sich an ein winziges Baby in ihren Armen.

»Jonny, mein geliebter Jonny ... mein Kind ...«

# GRETA

*London, Oktober 1945*

## Kapitel 2

In der engen Garderobe des Windmill Theatre roch es nach Leichner-Nr.-5-Schminke, Parfüm und Schweiß. Da es nicht genug Spiegel für alle gab, drängten sich die Mädchen, wenn sie sich die Lippen anmalten oder ihre Haare in Locken legten und mit Zuckerwasser fixierten, vor den wenigen vorhandenen.

»Halbnackt aufzutreten hat was für sich; immerhin muss man keine Angst vor Laufmaschen haben«, erklärte eine attraktive Brünette lachend, als sie ihre Brüste vor dem Spiegel geschickt so arrangierte, dass sie in dem tief ausgeschnittenen Paillettenkostüm besonders gut zur Geltung kamen.

»Ja, aber Karbolseife lässt die Haut unterm Make-up nicht grade taufrisch aussehen, oder, Doris?«, entgegnete ein anderes Mädchen.

Da klopfte es an der Tür, und ein junger Mann, dem nicht aufzufallen schien, wie spärlich die Frauen bekleidet waren, streckte den Kopf herein. »Fünf Minuten, die Damen«, rief er und schloss die Tür wieder.

»Tja«, seufzte Doris, »noch 'n Tänzchen, noch 'n Taler.« Sie stand auf. »Wenigstens gibt's keine Luftangriffe mehr. Die letzten Jahre hat man sich in den knappen Kostümen im Luftschutzkeller den Arsch abgefroren. Mein Hintern ist richtig blau angelaufen. Kommt, Mädels, gehen wir raus und geben den Zuschauern was zum Träumen.«

Doris verließ die Garderobe, und die anderen folgten ihr plaudernd, bis sich nur noch eine junge Frau im Raum befand, die hastig mit einem kleinen Pinsel ihre Lippen rot schminkte.

Greta Simpson kam sonst nie zu spät, doch heute hatte sie bis nach zehn Uhr geschlafen, obwohl sie um elf im Theater sein musste. Aber die Nacht mit Max, dachte sie verträumt, in der sie bis in die frühen Morgenstunden getanzt, einander leidenschaftlich geküsst und Hand in Hand am Londoner Embankment auf den Sonnenaufgang gewartet hatten, war den Sprint zur Bushaltestelle wert gewesen.

Sie hatte Max vier Wochen zuvor in Feldman's Nightclub kennengelernt. Für gewöhnlich war Greta nach fünf Shows im Windmill Theatre zu erschöpft, um noch etwas anderes zu tun, als nach Hause und ins Bett zu gehen, doch Doris hatte unbedingt mit ihr ihren einundzwanzigsten Geburtstag feiern wollen, und am Ende hatte Greta sich breitschlagen lassen. Die Freundinnen waren so verschieden wie Tag und Nacht; Greta war ruhig und zurückhaltend, Doris mit ihrem lautem Cockney-Englisch ziemlich extrovertiert.

Die beiden hatten sich für die kurze Strecke zur Oxford Street ein Taxi gegönnt. Im Feldman's wimmelte es von aus dem Kriegsdienst entlassenen britischen und amerikanischen Militärangehörigen, und auch die Crème de la Crème der Londoner Gesellschaft frequentierte den beliebtesten Swing-Club der Stadt.

Doris hatte einen Tisch in der Ecke ergattert und zwei Dry Martini für sie bestellt. Greta staunte, wie sehr sich die Atmosphäre in London seit dem Sieg der Alliierten in Europa vor gerade erst fünf Monaten verändert hatte. Ein Gefühl der Euphorie lag in der Luft. Im Juli war die neue Labour-Regierung unter Premierminister Clement Attlee mit dem Slogan »Blicken wir in die Zukunft«, der die neue Hoffnung der Briten in Worte fasste, gewählt worden.

Schon wenige Schlucke des Drinks hatten in der fröhlichen Stimmung des Clubs gereicht, um Greta beschwipst zu machen. Nach sechs langen Jahren war der Krieg endlich vorbei. Ich bin jung und hübsch, hatte Greta lächelnd gedacht, und es ist eine aufregende Zeit des Neubeginns – den sie weiß Gott gebrauchen konnte ...

Da war ihr ein besonders attraktiver junger Mann in einer Gruppe GIs an der Bar aufgefallen, auf den sie Doris aufmerksam machte.

»Der ist bestimmt spitz wie Nachbars Lumpi. Sind sie alle, die Amis«, hatte Doris erklärt und frech einen von ihnen angegrinst. – Im Windmill Theatre war es ein offenes Geheimnis, dass Doris in puncto Männer nicht besonders wählerisch war.

Schon fünf Minuten später war ein Kellner mit einer Flasche Sekt an ihren Tisch gekommen. »Mit besten Grüßen von den Herren an der Bar.«

»Ist alles ganz einfach, wenn man weiß, wie's geht, Schätzchen«, hatte Doris Greta zugeflüstert, als der Kellner den Sekt einschenkte. »Dieser Abend kostet uns keinen müden Penny.« Dann hatte sie ihr verschwörerisch zugezwinkert und dem Kellner gesagt, er solle die »Herren« bitten, sich zu ihnen zu gesellen, damit sie sich persönlich bei ihnen bedanken könne.

Zwei Stunden später hatte Greta dann mit Max getanzt, von dem sie inzwischen wusste, dass er ein amerikanischer Stabsoffizier war, der für die britische Regierung arbeitete.

»Die meisten von uns dürfen bald nach Hause. Bei mir ist es in ein paar Wochen so weit«, hatte Max erklärt. »Wir müssen nur noch ein paar Dinge abschließen. London wird mir fehlen. Ist eine großartige Stadt.«

Max war überrascht gewesen, als Greta ihm erklärte, dass sie im »Showbusiness« sei.

»Du meinst, du trittst auf der Bühne auf? Als Schauspielerin?«, hatte er stirnrunzelnd gefragt.

Greta hatte gespürt, dass sie ihn damit nicht beeindrucken konnte, und sich rasch eine Geschichte ausgedacht. »Ich arbeite als Empfangsdame für einen Theateragenten.«

»Oh, verstehe.« Sofort hatte Max sich entspannt. »Das Showbusiness passt einfach nicht zu dir, Greta. Du bist das, was meine Mutter eine ›echte Dame‹ nennen würde.«

Eine halbe Stunde später hatte Greta sich aus Max' Armen gelöst und ihm gesagt, sie müsse nach Hause. Er hatte höflich genickt und sie nach draußen begleitet, um ein Taxi für sie heranzuwinken.

»Es war ein wunderbarer Abend«, hatte er beim Abschied geschwärmt. »Kann ich dich wiedersehen?«

»Ja«, hatte sie, ohne zu überlegen, geantwortet.

»Prima. Treffen wir uns morgen Abend hier?«

»Ja, aber ich arbeite bis halb elf, weil ich mir eine Show ansehen muss, in der einer unserer Künstler auftritt«, hatte sie gelogen.

»Gut, dann warte ich um elf hier auf dich. Gute Nacht, Greta, bitte komm morgen nicht zu spät.«

»Nein.«

Während der Heimfahrt hatten in ihrem Innern widerstreitende Gefühle getobt. Ihr Kopf sagte ihr, dass es unsinnig war, eine Beziehung mit einem Mann zu beginnen, der sich nur noch wenige Wochen in London aufhielt, doch Max wirkte auf sie wie ein Gentleman und war eine angenehme Abwechslung zu den vielen Rüpeln, die im Windmill Theatre verkehrten.

Dann hatte sie sich schaudernd an die Umstände erinnert, die sie vier Monate zuvor, kurz nach ihrer Ankunft in London, zum Bühneneingang des Windmill Theatre geführt hatten. In den Zeitschriften und Zeitungen, die sie als Teenager gelesen hatte, waren ihr die »Windmill Girls« in ihren prächtigen Kostümen und die britischen Berühmtheiten, die sich gern mit ihnen ablichten ließen, sehr glamourös erschienen. Und so war das Windmill Theatre nach ihrer hastigen Flucht aus ihrer alten Welt ihre erste Anlaufstelle gewesen.

Doch die Realität hatte sich als völlig anders entpuppt ...

Als sie sich im unbeheizten Zimmer ihrer Pension mit einer Strickjacke über dem Schlafanzug in ihr schmales Bett gelegt hatte, war Greta klar geworden, dass Max ihr Ticket in die Freiheit sein konnte. Und sie hatte beschlossen, ihn davon zu überzeugen, dass sie das Mädchen seiner Träume war.

Wie verabredet hatten Max und Greta sich am folgenden Abend im Feldman's getroffen und einander dann fast jeden Abend gesehen. Trotz Doris' Warnungen vor reichen Amis, die nur das eine wollten, war Max stets Gentleman geblieben. Einige Tage zuvor hatte er Greta zu einem Abendessen mit anschließendem Tanz ins Savoy Hotel eingeladen. An dem Tisch im großen Tanzsaal des Hotels, in dem Roberto Inglez mit seiner Band aufspielte, hatte sie gemerkt, dass es ihr Spaß machte, sich von ihrem reichen, attraktiven amerikanischen Offizier, der ihr auch emotional immer wichtiger wurde, ausführen zu lassen.

Aus seinen Erzählungen wusste sie, dass Max vor London ein ausgesprochen privilegiertes, eher behütetes Leben geführt hatte. Er war in South Carolina als einziger Sohn wohlhabender Eltern, die nicht weit von Charleston entfernt lebten, zur Welt gekommen. Greta hatte es die Sprache verschlagen, als er ihr ein Foto des eleganten weißen Hauses mit dem Säulengang, in dem sie wohnten, zeigte. Seinem Vater gehörte eine Reihe lukrativer Unternehmen im tiefen amerikanischen Süden, darunter eine große Automobilfabrik, die sich während des Krieges offenbar gut geschlagen hatte. Wenn Max von England nach Hause zurückkehrte, würde er in den Familienbetrieb einsteigen.

Die Blumen, Nylonstrümpfe und teuren Essenseinladungen verrieten Greta, dass Max nicht unter Geldmangel litt, und als er von einer gemeinsamen Zukunft zu reden begann, regte sich so etwas wie Hoffnung in ihr.

Weil Max an jenem Abend mit ihr im Dorchester essen wollte, hatte er sie gebeten, sich besonders schick zu machen. In ein paar Tagen würde er nach Amerika zurückkehren, doch er hatte ihr mehrmals gesagt, wie sehr sie ihm fehlen würde. Vielleicht, dachte sie, würde er sie in London besuchen, oder sie könnte genug Geld sparen, um zu ihm in die Staaten zu fahren ...

Leises Klopfen riss sie aus ihren Gedanken.

»Fertig, Greta?«, erkundigte sich David Marchmont, der den Kopf zur Tür hereinstreckte. Wie immer überraschte Greta sein englischer Upper-Class-Akzent, der in krassem Widerspruch zu seiner Bühnenpersönlichkeit stand. David war nicht nur stellvertretender Inspizient, sondern trat auch unter seinem Spitznamen »Taffy« – ein ironischer Verweis auf seine walisische Herkunft, weil er seine Nummer in breitestem Walisisch präsentierte – als Komiker im Windmill Theatre auf.

»Noch zwei Minuten?«, bat sie, riss sich von ihren romantischen Träumereien los und versuchte, sich auf ihren abendlichen Auftritt zu konzentrieren.

»Länger geht leider nicht. Ich begleite dich und lege alles für dich bereit.« Er musterte Greta mit einem leichten Stirnrunzeln. »Was ist los? Du siehst sehr blass aus.«

»Nichts, Taffy«, log sie, obwohl sie spürte, wie ihr Puls sich beschleunigte. »Bin gleich so weit.«

Als er die Tür schloss, schminkte sich Greta seufzend zu Ende.

Die Auftritte im Windmill Theatre waren anstrengender, als sie gedacht hatte. *Revudeville* wurde fünfmal täglich gespielt, und wenn die Mädchen nicht auf der Bühne standen, probten sie. Alle wussten, dass die meisten männlichen Zuschauer nicht kamen, um die Komiker oder die anderen Varieté-Nummern zu sehen, sondern lieber die hübschen Mädchen in ihren knappen Kostümen begafften.

Mit schlechtem Gewissen betrachtete Greta ihren eleganten kirschroten Mantel an dem Haken an der Tür. Bei einem besonders kostspieligen Einkaufsausflug zu Selfridges hatte sie einfach nicht widerstehen können, weil sie für Max schön sein wollte. Der rote Mantel war ein augenfälliges Symbol für die Geldprobleme, die sie dorthin gebracht hatten, wo sie jetzt war: halbnackt den lüsternen Blicken von Hunderten von Männern ausgesetzt.

Einige Tage zuvor, als Mr Van Damm sie gebeten hatte, in den gewagten Tableaus des Windmill Theatre aufzutreten – was bedeutete, dass sie in eleganter Pose stocksteif dastehen musste, während sich die anderen Windmill-Mädchen um sie herum gruppierten –, war Greta noch davor zurückgeschreckt, sich fast ganz auszuziehen. Pailletten über den Brustwarzen und ein winziges Unterteil waren der einzige Sichtschutz. Doch Doris, die bereits über ein Jahr lang in diesen lebenden Bildern auftrat, und der Gedanke an ihre unbezahlte Miete hatten sie am Ende doch zustimmen lassen.

Sie schauderte bei dem Gedanken daran, was Max, der frommer Baptist war, von ihrer Tätigkeit halten würde. Aber sie brauchte das Geld.

Ein Blick auf die Uhr an der Wand sagte Greta, dass sie sich beeilen musste. Die Show war bereits im Gange, und sie würde in weniger als zehn Minuten auftreten. Sie öffnete die Schublade des Garderobentischchens und nahm hastig einen Schluck aus dem Flachmann, den Doris darin deponiert hatte, in der Hoffnung, dass der Alkohol ihr Mut verleihen würde. Da klopfte es noch einmal an der Tür.

»Ich will dich ja nicht hetzen, aber wir müssen raus«, rief Taffy von draußen.

Nach einem letzten Blick in den Spiegel trat Greta hinaus in den dunklen Flur, wo sie den Morgenmantel enger um den Leib schlang.

Als Taffy ihre ängstliche Miene sah, nahm er sanft ihre Hände. »Ich weiß, dass du nervös bist, Greta, aber wenn du erst mal auf der Bühne bist, läuft alles wie von selbst, du wirst schon sehen.«

»Meinst du?«

»Ja. Stell dir einfach vor, du bist Modell in einem Pariser Atelier und posierst für ein Gemälde. Ich hab gehört, dass sie sich da drüben die ganze Zeit ausziehen und nicht das geringste Problem damit haben«, scherzte er, um Greta aufzumuntern.

»Danke, Taffy. Was würde ich nur ohne dich machen?« Sie folgte ihm mit einem dankbaren Lächeln zur Bühne.

Sieben Stunden und drei nervenaufreibende Auftritte später befand Greta sich wieder in der Garderobe. Ihr Tableau war mit tosendem Beifall bedacht worden, und dank Taffys Rat hatte sie es geschafft, ihre Ängste zu überwinden und hocherhobenen Hauptes im Rampenlicht zu stehen.

»Das Schlimmste hast du hinter dir – das erste Mal ist es am ärgsten«, meinte Doris augenzwinkernd, während Greta ihr Bühnen-Make-up entfernte und sie selbst sich neben ihr für die Show schminkte. »Jetzt kannst du dich ganz darauf konzentrieren, für heute Abend schön auszuschauen. Wann triffst du dich mit deinem Ami?«

»Um acht, im Dorchester«, antwortete Greta.

»Nicht schlecht. Nur das Beste für die Dame.« Doris grinste Greta im Spiegel an, stand auf und griff nach ihrem Federkopfschmuck. »Ich muss auf die Bühne, während du dich mit deinem hübschen Prinzen wie Aschenputtel im West End amüsierst.« Sie drückte Gretas Schulter. »Viel Spaß, Schätzchen.«

»Danke«, rief Greta ihrer Freundin nach, als Doris die Garderobe verließ.

Greta wusste, dass sie sich glücklich schätzen konnte, den Abend frei bekommen zu haben. Dafür hatte sie Mr Van Damm versprechen müssen, in der folgenden Woche Überstunden zu machen. Aufgeregt schlüpfte sie in ein neues Cocktailkleid, das sie sich von dem zusätzlichen Geld für die Tableaus gekauft hatte, und schminkte sich sorgfältig, bevor sie ihren geliebten roten Mantel anzog und aus dem Theater hastete.

Max wartete in der Hotelhalle des Dorchester auf sie, wo er ihre Hände ergriff und ihr tief in die Augen blickte. »Du bist wunderschön, Greta. Was bin ich nur für ein Glückspilz. Wollen wir?« Er hielt ihr den Arm hin, und sie betraten gemeinsam das Restaurant.

Erst nach dem Dessert stellte er ihr endlich die Frage, auf die sie schon so lange wartete.

»Du willst mich heiraten?! Ich ... O Max, wir kennen uns doch erst so kurz. Bist du dir sicher?«

»Ja, ganz sicher. Ich weiß, dass es Liebe ist. Dein Leben in Charleston wird sich von dem hier unterscheiden, aber es wird gut sein. Dir wird es an nichts mangeln, das verspreche ich dir. Bitte, Greta, sag Ja, dann werde ich mich den Rest meines Lebens bemühen, dich glücklich zu machen.«

Greta sah in sein ehrliches Gesicht und gab ihm die Antwort, die sie sich beide wünschten.

»Tut mir leid, dass ich noch keinen Ring für dich habe«, erklärte er, nahm sanft ihre Linke in die seine und sah ihr lächelnd in die Augen. »Ich möchte, dass du den Verlobungsring meiner Großmutter bekommst, sobald wir in den Staaten sind.«

Greta strahlte. »Wichtig ist nur, dass wir zusammen sein werden.«

Beim Kaffee sprachen sie darüber, dass Max zwei Tage später in die Staaten abreisen und sie ihm folgen würde, sobald sie im Windmill Theatre gekündigt und ihre wenigen Habseligkeiten gepackt hätte.

Später am Abend zog Max sie auf dem Tanzboden näher zu sich heran. »Greta, ich könnte es verstehen, wenn du das, worum ich dich gleich bitten werde, für unangebracht hältst, aber weil wir uns doch gerade verlobt haben und nur noch so wenig Zeit bis zu meiner Abreise ist: Kommst du mit in mein Hotel? Glaube mir, ich werde dich zu nichts drängen. Dort wären wir wenigstens mal allein ...«

Greta sah, dass Max rot wurde. Sie vermutete, dass er noch nie mit einer Frau geschlafen hatte. Und wenn sie ohnehin heirateten, konnten ein Kuss und ein bisschen Schmusen doch nichts schaden, oder?

In seinem Hotel im St.-James's-Viertel nahm Max sie in die Arme und begann, sie zu streicheln. Greta spürte nicht nur seine, sondern auch ihre eigene wachsende Erregung.

»Darf ich?«, fragte er, die Finger an den drei Knöpfen in ihrem Nacken.

Greta musste daran denken, dass sie wenige Stunden zuvor fast nackt vor ihr völlig unbekannten Männern aufgetreten war. Weshalb also sollte sie sich schämen, dem Mann, den sie heiraten würde, ihre Unschuld zu schenken …?

Als Greta sich am folgenden Tag in der Garderobe des Windmill Theatre die Haare hochsteckte, geriet sie ins Grübeln. War es die richtige Entscheidung, Max zu heiraten?

Es war immer schon Gretas sehnlichster Wunsch gewesen, in einem Film mitzuspielen, und ihre Mutter hatte nicht versucht, ihr diesen Wunsch auszureden. Ganz im Gegenteil: Sie hatte ihre einzige Tochter sogar nach der legendären Garbo benannt und Greta nicht nur immer wieder zu Vormittagsvorstellungen im Odeon in Manchester mitgenommen, sondern ihr auch Sprechtechnik- und Schauspielkurse bezahlt.

Aber wenn ihr tatsächlich eine Karriere beim Film beschieden gewesen wäre, überlegte Greta, hätte sie doch mittlerweile bestimmt jemand entdeckt, oder? Schließlich kamen immer wieder Regisseure ins Windmill, um die Mädchen in Augenschein zu nehmen. In den vier Monaten am Varieté waren zwei ihrer Freundinnen von der Filmgesellschaft Rank engagiert worden. Genau aus diesem Grund waren viele der Mädchen, auch sie selbst, hier. Sie alle lebten in der Hoffnung, dass eines Tages jemand mit der Nachricht an der Garderobentür klopfen würde, ein Herr von einem Filmstudio wolle »mit ihr sprechen«.

Sie stand kopfschüttelnd auf. Wie konnte sie denken, dass sie überhaupt eine Wahl hatte? Wenn sie in London blieb, war sie in drei oder vier Jahren möglicherweise immer noch im Windmill, würde weiter die demütigenden Auftritte ertragen und wäre bis über die Ohren verschuldet. Angesichts der Tatsache, dass im Krieg so viele junge Männer gefallen waren, konnte sie von Glück sagen, einen gefunden zu haben, der sie zu lieben schien und ihr nach allem, was er ihr erzählt hatte, ein sicheres, behagliches Leben bieten konnte.

Heute war Max' letzter Tag in London. Am Morgen würde er England verlassen. Am heutigen Abend wollten sie sich in Mayfair im Hotel zum Essen treffen, um Gretas baldige Überfahrt zu besprechen. Dann würden sie eine letzte gemeinsame Nacht verbringen, bevor er im Morgengrauen zu seinem Schiff aufbrach. Obwohl er ihr fehlen würde, wäre es eine Erleichterung, ihm endlich keine Lügen mehr auftischen zu müssen, womit sie sich ihren Lebensunterhalt verdiente. Sie hasste es, sich ständig Erklärungen für ihre angeblichen Überstunden auszudenken.

»Greta, Schatz! Gleich geht der Vorhang auf!«, riss Taffy sie aus ihrem Tagtraum.

»Ich komm ja schon!«, antwortete sie schmunzelnd und folgte ihm über den nur spärlich beleuchteten Flur zum Bühnenbereich.

»Ich wollte dich fragen, ob du nach der Show noch mit mir auf einen Drink gehen magst«, flüsterte er ihr in den Kulissen zu. »Gerade hab ich mit Mr Van Damm gesprochen. In Zukunft darf ich in jeder Show auftreten. Das würde ich gern feiern!«

»Taffy, das ist ja wunderbar!« Greta freute sich aufrichtig für ihn. »Du hast es verdient; du bist ein Riesentalent«, sagte sie und umarmte ihn. Mit seinen über eins achtzig, den struppigen sandfarbenen Haaren und den fröhlichen grünen Augen war er durchaus attraktiv, und sie ahnte, dass er eine Schwäche für sie hatte. Hin und wieder gingen sie miteinander essen, und er probierte neue »Taffy«-Witze an ihr aus. Sie plagte das schlechte Gewissen, weil sie ihm noch nichts von ihrer Verlobung erzählt hatte.

»Danke. Was ist nun mit dem Drink?«
»Tut mir leid, Taffy, heute Abend kann ich nicht.«
»Dann vielleicht nächste Woche?«
»Ja, nächste Woche.«
»Greta, wir sind dran!«, rief Doris.
»Sorry, ich muss raus.«

David sah Greta seufzend nach, wie sie die Bühne betrat. Sie hatten schon sehr schöne Abende miteinander verbracht, doch gerade, als er zu glauben begann, dass sie seine Gefühle erwiderte, hatte sie die Treffen mit ihm abgesagt. Er wusste wie alle anderen im Theater, warum. Sie hatte einen reichen amerikanischen Verehrer, einen Offizier. Wie sollte ein schlecht bezahlter Komiker, dessen einziger Ehrgeiz es war, die Welt nach einer ganzen Reihe trauriger Jahre wieder zum Lachen zu bringen, gegen einen attraktiven Amerikaner in Uniform ankommen? David zuckte die Achseln. Wenn der Ami erst zu Hause wäre … nun, er würde warten.

Max Landers nahm Platz und ließ den Blick mit einem unbehaglichen Gefühl über die laute, ausschließlich männliche Zuschauerschaft wandern. Er war nicht gerade versessen darauf gewesen hierherzukommen, doch seine angetrunkenen Kollegen wollten ihren letzten Abend in London mit einem Besuch der Show im Windmill feiern, bevor sie nach Hause zurückkehrten.

Max schenkte weder den Komikern noch den Sängern Aufmerksamkeit und zählte die Minuten bis zu dem Treffen mit seiner geliebten Greta. Es würde schwer werden für sie, wenn er am folgenden Tag nach Hause fuhr, und natürlich würde er seine Eltern vorbereiten müssen, die erwarteten, dass er seine Highschool-Liebe Anna-Mae heiratete. Aber er würde ihnen begreiflich machen, dass er sich verändert hatte. Bei seiner Abreise war er ein Junge gewesen, doch inzwischen hatte er sich zum Mann entwickelt, zu einem Mann, der eine Frau liebte. Und Greta war englische Lady genug, um seine Eltern mit ihrem Charme für sich zu gewinnen.

Max hob kaum den Blick, als der Vorhang nach dem ersten Auftritt fiel und die Zuschauer klatschten.

»Hey.« Sein Freund Bart boxte ihn gegen den Arm. »Die nächste Nummer wird spannend. Wegen der sind wir da.« Bart zeichnete mit den Händen die Konturen eines weiblichen Körpers.

Max nickte. »Ja, klar, Bart.«

Als der Vorhang sich wieder hob, brach tosender Applaus los, und bewundernde Pfiffe waren zu hören. Max betrachtete die fast nackten Mädchen auf der Bühne. *Welche Frau gibt sich für so etwas her?*, fragte er sich. Seiner Ansicht nach waren diese Mädchen nicht viel besser als Prostituierte.

»Hey, sind die nicht fantastisch?«, fragte Bart mit lüsternem Blick. »Schau dir mal die in der Mitte an. Wow! Hat kaum was an, und dazu dieses süße Lächeln.«

Max betrachtete die junge Frau, die starr wie eine Statue dastand. Sie ähnelte ein wenig ... Er beugte sich vor.

»Herr im Himmel!«, murmelte er, und sein Puls begann zu rasen, als er die großen blauen Augen sah, die in den Zuschauerraum blickten, die vollen Lippen und die dichten blonden hochgesteckten Haare, den ihm vertrauten Busen, dessen vorwitzige Brustwarzen nur dürftig von ein paar Pailletten verdeckt wurden, und den verführerisch geschwungenen Bauch, der den Blick in Richtung Scham lenkte ...

Kein Zweifel: Das war Greta. Und sein Kumpel Bart gaffte verzückt den Körper seiner Verlobten an.

Max, dem speiübel wurde, sprang auf und verließ hastig den Zuschauerraum.

Greta nahm die dritte Zigarette aus dem Silberetui, das Max ihr geschenkt hatte, und zündete sie an, während sie wohl schon zum hundertsten Mal auf die Uhr schaute. Er hatte bereits über eine Stunde Verspätung. Wo um Himmels willen steckte er? Der Kellner bedachte sie immer wieder mit argwöhnischen Blicken, weil sie allein an einem Tisch in der Cocktailbar saß. Sie konnte sich vorstellen, was er dachte.

Sie rauchte die Zigarette und drückte sie aus, bevor sie noch einmal auf die Uhr sah. Wenn Max bis Mitternacht nicht auftauchte, würde sie nach Hause gehen und dort auf ihn warten. Er wusste, wo sie wohnte, weil er sie mehrfach von ihrer Pension abgeholt hatte. Bestimmt gab es einen guten Grund, warum er nicht auftauchte.

Gegen Mitternacht begann sich die Cocktailbar zu leeren, und Greta ging ebenfalls. Als sie ihr Haus erreichte, war sie enttäuscht, Max nicht davor warten zu sehen. Sie trat ein und stellte den Wasserkessel auf den kleinen Herd.

»Keine Panik«, redete sie sich selbst gut zu, während sie eine winzige Menge des wertvollen Kaffeepulvers, das Max ihr mitgebracht hatte, in eine Tasse gab und sich damit auf die Bettkante setzte. »Er kommt sicher bald.«

Greta zuckte bei jedem Schritt vor dem Haus zusammen. Weil sie hoffte, dass er irgendwann klingeln würde, wollte sie sich nicht ausziehen und nicht abschminken. Gegen drei Uhr, als sie vor Kälte und Furcht zu zittern begann, legte sie sich schließlich mit Tränen in den Augen ins Bett.

Irgendwann wurde ihr klar, dass sie keine Ahnung hatte, wie sie Max erreichen konnte. Sein Schiff ging von Southampton, und sie wusste, dass er bis zehn Uhr morgens dort erscheinen musste. Was, wenn er sich davor nicht mehr bei ihr meldete? Sie hatte nicht einmal seine Adresse in Amerika. Und die Einzelheiten ihrer Reise hatte er beim Abendessen mit ihr besprechen wollen.

Als die Dunkelheit der Morgendämmerung wich, schwanden Gretas Träume von ihrem neuen Leben. Nun wusste sie sicher, dass Max nicht mehr kommen würde; inzwischen war er bestimmt nach Southampton unterwegs, von wo aus er für immer aus ihrem Leben verschwinden würde.

Am folgenden Morgen betrat Greta das Windmill Theatre mit einem benommenen Gefühl.

»Was ist denn, Schätzchen? Ist der GI in den Sonnenuntergang gesegelt und hat die arme Kleine zurückgelassen?«, spottete Doris.

»Lass mich in Ruhe!«, herrschte Greta sie an. »Du weißt ganz genau, dass er kein gewöhnlicher GI, sondern Offizier ist.«

»Kein Grund, in die Luft zu gehen. Ich hab ja nur gefragt«, entgegnete Doris fast ein wenig beleidigt. »Hat Max die Show gestern gefallen?«

»Wie meinst du das?«

»Dein Freund war gestern Abend im Publikum.« Doris wandte sich von Greta ab, um ihre Augen zu schminken. »Ich dachte, du hättest ihn eingeladen.«

Greta schluckte. Einerseits wollte sie verbergen, dass sie nichts von Max' Anwesenheit gewusst hatte, andererseits interessierte es sie jedoch, ob Doris die Wahrheit sagte.

»Ja ... natürlich. Aber ich schaue nie ins Publikum. Wo war er?«

»Links. Er ist mir aufgefallen, weil er, kurz nachdem sich der Vorhang zu uns *jolies mesdames* gehoben hatte, aufgestanden und verschwunden ist.« Doris zuckte mit den Achseln. »Männer sind manchmal schon merkwürdig.«

Einige Stunden später betrat Greta ihr Pensionszimmer in dem sicheren Wissen, dass sie nie wieder etwas von Max Landers hören würde.

# Kapitel 3

Acht Wochen später wurde Greta klar, dass Max ihr ein Andenken an ihre kurze, leidenschaftliche Affäre hinterlassen hatte. Sie war schwanger.

Niedergeschlagen betrat sie das Windmill Theatre durch den Bühneneingang. Sie fühlte sich schrecklich, nachdem sie den ganzen Morgen gegen Übelkeit angekämpft und – zwischen hastigen Toilettenbesuchen – überlegt hatte, was sie tun solle. Schon in ein paar Wochen würde ihr dann nicht mehr zu übersehender Bauch ihre Auftritte im Windmill beenden.

In der vergangenen Nacht hatte sie vor Angst kein Auge zugetan und sogar mit dem Gedanken gespielt, nach Hause zurückzukehren. Doch letztlich wusste sie, dass das keine Option war.

Trotz der Verzweiflung, die sie überkam, als sie vor dem Spiegel in der Garderobe saß, zwang sie sich zur Konzentration. Es wäre eine wunderbare Lösung gewesen, das Windmill Theatre zu verlassen und sich in die Arme eines wohlhabenden amerikanischen Ehemannes zu flüchten, doch nun stand ihr bestenfalls eines der Heime offen, die Frauen in einer solchen Situation aufnahmen. Obwohl Mr Van Damm ein sehr humaner Arbeitgeber war, galten für die Mädchen im Windmill strikte Regeln. Und ledig schwanger zu werden war das schlimmste denkbare Vergehen.

Greta wusste, dass ihr Leben ruiniert und alle ihre Pläne für eine künftige Ehe oder eine Karriere beim Film mit dem Kind zerstört waren. Es sei denn ... Als sie ihr erschrecktes Gesicht im

Spiegel sah, wurde ihr klar, dass ihr keine andere Wahl blieb. Sie würde Doris um die Adresse eines Engelmachers bitten müssen. Das wäre auch dem ungeborenen Kind gegenüber, dem sie nichts bieten konnte, kein Zuhause, kein Geld und keinen Vater, die fairste Lösung.

Nachdem der Vorhang um Viertel vor elf gefallen war, kehrten die Mädchen müde zur Garderobe zurück.

»Doris«, flüsterte Greta, »kann ich kurz mit dir reden?«

»Natürlich, Schätzchen.«

Greta wartete, bis die anderen in der Garderobe verschwunden waren, bevor sie Doris so gefasst wie möglich um die Adresse bat.

»Oje«, stöhnte Doris. »Abschiedsgeschenk von deinem GI, was?«

Greta nickte mit gesenktem Blick.

Doris legte ihr mitfühlend die Hand auf den Arm. Obwohl sie stahlhart sein konnte, schlug unter ihrer rauen Schale ein Herz aus Gold.

»Natürlich kriegst du die Adresse von mir, Schätzchen. Aber billig wird das nicht, das muss dir klar sein.«

»Wie viel?«

»Kommt drauf an. Sag ihm, dass du eine Freundin von mir bist, dann verlangt er vielleicht weniger.«

Greta bekam eine Gänsehaut. Das klang, als wollte sie sich eine Dauerwelle machen lassen. »Kann dabei nichts passieren?«, fragte sie ängstlich.

»Ich hab schon zwei wegmachen lassen und lebe immer noch, aber ich kenne auch Horrorgeschichten«, antwortete Doris. »Hinterher solltest du dich daheim hinlegen und warten, bis es zu bluten aufhört. Wenn es das nicht tut, musst du so schnell wie möglich ins Krankenhaus. Ich schreib dir die Adresse auf. Geh morgen zu ihm und lass dir einen Termin geben. Soll ich dich begleiten?«

»Nein, danke, ich komme schon zurecht, Doris.«

»Keine Ursache. Wir Mädchen müssen einander helfen. Und Schätzchen: Du bist nicht die Erste und wirst auch nicht die Letzte sein.«

Früh am folgenden Morgen fuhr Greta mit dem Bus die Edgware Road entlang nach Cricklewood. Vor dem Ziegelhäuschen des Engelmachers blieb sie kurz stehen, um tief Luft zu holen. Dann öffnete sie das Tor, ging zum Haus und klopfte an der Tür. Wenig später sah sie, wie sich der Vorhang am Fenster bewegte, und kurz darauf hörte sie, wie der Riegel zurückgeschoben wurde.

»Ja?«

Ein kleingewachsener Mann, der Greta an die Rumpelstilzchen-Bilder aus ihren Kinderbüchern erinnerte, öffnete die Tür.

»Hallo ... Äh ... Ich habe Ihre Adresse von Doris.«

»Dann kommen Sie mal rein.« Der Mann ließ Greta in den kleinen, schmuddeligen Eingangsbereich.

»Bitte warten Sie da drin. Ich bin grade mit einer Patientin beschäftigt«, erklärte er und deutete in das karg eingerichtete vordere Zimmer. Greta setzte sich in einen Sessel mit fleckigem Polster und nahm, die Nase gerümpft, weil es nach Katze und altem Teppich roch, eine zerlesene Ausgabe von *Woman* in die Hand, um darin zu blättern. Als ihr Blick auf das Strickmuster eines Babyjäckchens fiel, schloss sie die Zeitschrift wieder, sank in den Sessel zurück und starrte mit rasendem Puls die Decke an.

Stöhnen aus einem anderen Zimmer, und kurz darauf gesellte sich der Mann zu ihr und schloss die Tür.

»Nun, Miss, was kann ich für Sie tun?«

Sie wussten beide, dass diese Frage albern war. Als sie durch die geschlossene Tür wieder Stöhnen hörte, war Greta mit den Nerven am Ende.

»Doris sagt, Sie könnten vielleicht mein ... Problem lösen.«

»Möglich.« Während der Mann sie eindringlich musterte, strich er mit den Fingern die wenigen fettigen Haarsträhnen, die seinen Kopf zierten, zurück. »In der wievielten Woche sind Sie?«

»In der achten.«

»Das ist gut.« Der Mann nickte.

»Wie viel verlangen Sie?«

»Normalerweise drei Guineas, aber weil Sie eine Freundin von Doris sind, mach ich's für zwei.«

Greta vergrub die Fingernägel in den Lehnen des Sessels und nickte ebenfalls.

»Gut. Wenn Sie eine halbe Stunde warten wollen, nehme ich Sie gleich dran. Was du heute kannst besorgen, verschiebe nicht auf morgen, oder?«, sagte der Mann mit einem Achselzucken.

»Werde ich morgen in die Arbeit gehen können?«

»Kommt drauf an, wie es läuft. Manche Mädchen bluten stark, andere kaum.«

Da klopfte es an der Tür, und eine Frau mit mürrischem Gesicht streckte den Kopf herein. Ohne auf Greta zu achten, winkte sie den Mann mit dem Finger heran.

»Wenn Sie mich entschuldigen würden. Ich muss mich um meine Patientin kümmern.« Der Mann stand auf und verließ das Zimmer.

Greta stützte den Kopf in die Hände. *Manche Mädchen bluten stark, andere kaum ...*

Sie sprang auf, stolperte aus dem düsteren Raum und floh mit Tränen in den Augen zur Haustür, wo sie den rostigen Riegel zurückschob.

»Miss, Miss! Wo wollen Sie denn hin ...?«

Greta knallte die Tür hinter sich zu.

Am Abend nach der Show kam Doris zu ihr.

»Warst du bei ihm?«

Greta nickte.

»Und wann …?«

»Irgendwann nächste Woche.«

Doris tätschelte ihre Schulter. »Wird schon schiefgehen, Schätzchen.«

Greta blieb sitzen, bis die anderen Mädchen die Garderobe verlassen hatten. Dann legte sie den Kopf auf den Tisch und begann zu weinen. Das Stöhnen der Frau aus dem Nebenzimmer verfolgte sie, seit sie das grässliche Haus verlassen hatte. Obwohl ihr klar war, dass sie sich durch ihre Entscheidung selbst zu schrecklicher Ungewissheit verdammte, wusste sie, dass sie nicht zu der Abtreibung in der Lage wäre.

Weil Greta das leise Klopfen an der Garderobentür nicht hörte, schrak sie hoch, als sich eine Hand auf ihre Schulter legte.

»Hey! Ganz ruhig, ich bin's, Taffy. Ich wollte mich nur vergewissern, dass ihr alle aus der Garderobe raus seid. Was ist los, Greta?«

Sie sah Taffy im Spiegel an und suchte nach etwas, womit sie sich die Nase putzen konnte. Seine Sorge rührte sie, insbesondere deshalb, weil sie ihn, seit sie Max kannte, kaum beachtet hatte. Er reichte ihr ein blütenreines kariertes Taschentuch.

»Soll ich dich allein lassen?« Er blieb hinter ihr stehen.

»Ja, nein … ach, Taffy …«, schluchzte sie. »Ich stecke schrecklich in der Klemme!«

»Erzähl's mir. Das macht's leichter, egal, was es ist.«

Greta wandte sich zu ihm um und schüttelte den Kopf. »Ich bin selber schuld«, jammerte sie.

»Unsinn.« Seine starken Arme legten sich um Gretas Schultern und hielten sie, bis ihr Schluchzen verebbte. Dann wischte er ihr die verschmierte Schminke weg. »Du bist ganz schön durcheinander. Aber wie meine Oma immer gesagt hat: Nichts ist so schlimm wie es auf den ersten Blick aussieht.«

Greta, die sich plötzlich unbehaglich fühlte, löste sich von ihm. »Tut mir leid, dass ich mich so habe gehen lassen, Taffy. Ich komme schon zurecht. Wirklich.«

Er wirkte skeptisch. »Hast du was gegessen? Du könntest mir dein Herz bei einem Teller Hackfleisch mit Kartoffelpüree ausschütten. Das hilft bei Liebeskummer immer. Und da scheint bei dir ja der Hund begraben zu liegen.«

»Schlimmer«, murmelte Greta und bedauerte ihre Worte sofort.

Er gab sich Mühe, seine Gefühle zu verbergen. »Verstehe. Der Ami hat dich sitzen gelassen, stimmt's?«

»Ja, aber ...« Sie sah ihn erstaunt an. »Wieso weißt du von ihm?«

»Greta, du arbeitest in einem Theater. Da gibt's keine Geheimnisse. Alle, vom Portier bis zum Leiter, wissen über alles Bescheid.«

»Tut mir leid, dass ich dir nichts von ihm erzählt habe.«

»Vorbei ist vorbei. Ich warte draußen, während du dich umziehst, und dann führe ich dich zum Essen aus.«

»Taffy, ich ...«

»Ja?«

Greta schenkte ihm ein mattes Lächeln. »Danke, dass du so nett zu mir bist.«

»Dafür sind Freunde doch da, oder?« Er nickte ihr aufmunternd zu und verließ den Raum.

Sie gingen in ihr Stammcafé gegenüber vom Theater, wo Greta feststellte, dass sie einen Bärenhunger hatte, und ihren Hackbraten mit Kartoffelpüree mit gesundem Appetit verzehrte. Dabei erzählte sie ihm alles.

»Doris hat mir die Adresse gegeben, und heute Morgen war ich dort. Taffy, du kannst dir nicht vorstellen, wie's dort aussieht. Der Engelmacher hatte schmutzige Fingernägel. Es geht einfach nicht ...«

»Das kann ich verstehen«, beruhigte er sie. »Und dein Amerikaner weiß nicht, dass du schwanger bist?«

»Nein. Er ist an dem Morgen, nachdem er mich im Windmill halbnackt gesehen hatte, an Bord gegangen. Ich hab nicht mal seine Adresse in Amerika, und selbst wenn, würde er mich jetzt wohl kaum noch nehmen. Er stammt aus einer sehr traditionsbewussten Familie.«

»Hast du eine Ahnung, in welchem Teil von Amerika er lebt?«

»Ja, in Charleston. Scheint irgendwo im Süden zu sein. Ach, Taffy, ich hatte mich so darauf gefreut, die funkelnden Lichter von New York zu sehen.«

»Greta, wenn Max tatsächlich dort wohnt, wo du sagst, wärst du wahrscheinlich nie nach New York gekommen, weil das Hunderte von Meilen weg ist, fast so weit wie London von Italien. Die Staaten sind ein riesiges Land.«

»Ich weiß, aber alle Amerikaner, mit denen ich es bisher zu tun hatte, waren sehr aufgeschlossen und nicht so spießig wie wir Briten. Ich glaube, dort hätte es mir gefallen.«

Er sah sie mit einer Mischung aus Verärgerung und Mitleid an. »Wenn dich das tröstet: Die Stadt, in die du ziehen wolltest, liegt mitten in einem Landstrich, der als ›Bible Belt‹ bekannt ist. Da herrschen strikte Bibelgläubigkeit und rigide Moralvorstellungen. Selbst ein tiefgläubiger Engländer würde in der Gegend locker wirken.«

»Max hat gesagt, er ist Baptist«, erklärte Greta.

»Siehst du. Ich weiß, das ist kein Trost, Greta, aber mal ehrlich: Die Atmosphäre in Charleston unterscheidet sich von der in New York ungefähr so sehr wie die auf dem Anwesen meiner Familie in der walisischen Einöde von der in London. Du wärst dir dort nach deinem Leben hier vorgekommen wie ein Fisch auf dem Trockenen. Ich glaube, du kannst von Glück sagen, dass das nichts geworden ist.«

»Möglich.« Greta war klar, dass er sie nur trösten wollte. Amerika war als die Neue Welt, als Land der unbegrenzten Möglichkeiten, bekannt, egal, in welchem Teil man lebte. »Aber wenn du sagst, dass dort drüben so strenge Moralvorstellungen herrschen, warum hat Max dann ... du weißt schon ...« Greta wurde rot.

»Vielleicht dachte er, er könnte die Regeln wegen eurer Verlobung in seinem Sinn interpretieren«, versuchte er zu erklären.

»Ich habe wirklich geglaubt, Max liebt mich. Wenn er mir keinen Heiratsantrag gemacht hätte, wäre ich nicht ...« Greta verstummte verlegen.

Er griff nach ihrer Hand und drückte sie. »Das weiß ich«, versicherte er ihr sanft.

»Ich bin nicht wie Doris, wirklich nicht. Max ... war der Erste.« Wieder traten Greta Tränen in die Augen. »Warum habe ich immer nur Pech?«, fragte sie mit leiser Stimme.

»Siehst du das denn so, Greta? Möchtest du mir mehr darüber erzählen?«

»Nein«, antwortete sie hastig. »Das ist nur Selbstmitleid, weil ich einen dummen Fehler gemacht habe.«

Er beobachtete, wie Greta sich bemühte zu lächeln, und fragte sich, was eine junge Frau, deren Akzent von guter Herkunft und Bildung zeugte, ins Windmill Theatre geführt hatte. Greta hob sich wohltuend von den anderen Mädchen ab, was ihn von Anfang an für sie eingenommen hatte.

»Möchtest du das Kind denn, Greta?«

»Ehrlich gesagt weiß ich das nicht, Taffy. Ich bin durcheinander und habe Angst. Und ich schäme mich. Ich hatte wirklich geglaubt, dass er mich liebt. Warum habe ich bloß ...?« Ihre Stimme wurde leise. »Ich bin nicht nur vor dem Engelmacher weggelaufen, weil ich Angst vor der Prozedur hatte. Ich musste die ganze Zeit an das Kleine in meinem Bauch denken. Auf dem Heimweg hab ich zwei oder drei Mütter mit Kinderwagen gesehen. Und das hat mir bewusst gemacht, dass es, egal, wie klein es ist, lebt.«

»Ja, das stimmt, Greta.«

»Kann ich einen Mord begehen für einen Fehler, den ich gemacht habe? Dem Kind das Recht auf Leben verwehren? Obwohl ich nicht sonderlich religiös bin, würde ich mir das wohl nie verzeihen. Aber welche Zukunft liegt vor uns beiden, wenn ich es tatsächlich zur Welt bringe? Kein Mann wird mich je wieder anschauen. Ein Windmill-Mädchen, schwanger mit achtzehn. Ist kein sonderlich gutes Renommee, was?«

»Schlaf noch mal drüber. Das Wichtigste ist jetzt, dass du nicht allein bist. Und …« Er sprach den Gedanken aus, der sich in seinem Kopf herausgebildet hatte, während er ihrer Geschichte lauschte. »Wenn du beschließt, das Kind zu bekommen, könnte ich dir möglicherweise ein Dach über dem Kopf bieten. Die Sache mit dem Engelmacher hört sich nicht gut an. Am Ende bringt er euch beide um, und das wollen wir doch nicht, oder?«

»Nein, aber mir wird wohl nichts anderes übrig bleiben.«

»Greta, es gibt immer eine Alternative. Wie wär's, wenn du mit Mr Van Damm redest? Fälle wie der deine sind ihm bestimmt nicht fremd.«

»Nein, das geht nicht! Ich weiß, dass er ein guter Mensch ist, aber Mr Van Damm erwartet von seinen Mädchen eine blütenweiße Weste. Das Image des Windmill liegt ihm am Herzen, er würde mich sofort auf die Straße setzen.«

»Ganz ruhig, es war ja nur ein Gedanke«, entgegnete er, während er aufstand, um die Rechnung zu bezahlen. »Ich setze dich jetzt in ein Taxi. Fahr nach Hause und leg dich hin. Du siehst erschöpft aus, Greta.«

»Das ist wirklich nicht nötig, Taffy. Ich kann den Bus nehmen.«

»Ich bestehe darauf.«

Draußen vor dem Café winkte er ein Taxi heran, drückte ihr Geld in die Hand und legte ihr einen Finger auf die Lippen, als sie erneut widersprechen wollte. »Bitte, sonst mache ich mir

Sorgen. Schöne Träume, Greta, und grübel nicht zu viel nach. Ich bin für dich da.«

»Noch mal danke, Taffy«, sagte sie, als er die Tür des Taxis schloss.

Während er ihr nachwinkte, fragte er sich, warum er Greta unter den gegebenen Umständen helfen wollte.

Die Antwort war einfach: Egal, was sie getan hatte – er liebte sie, vom ersten Moment an.

# Kapitel 4

Am folgenden Morgen saßen sie wieder in dem Café gegenüber vom Windmill Theatre. Greta hatte sich aus der Vormittagsprobe weggeschlichen, um sich mit David zu treffen, unter dem Vorwand, sie fühle sich nicht gut und brauche frische Luft, was nicht einmal gelogen war.

»Du bist blass. Alles in Ordnung?«

Greta nahm einen Schluck dünnen Tee und gab ein weiteres Stück Zucker hinein. »Ich bin nur schrecklich müde.«

»Das wundert mich nicht. Komm, teilen wir uns das Sandwich.«

»Nein, danke.« Der Geruch allein verursachte ihr Übelkeit. »Ich esse später was.«

»Aber nicht vergessen. Und?« Er sah sie fragend an.

»Das mit der Abtreibung schaffe ich nicht, also bleibt mir keine Wahl. Ich werde das Kind zur Welt bringen und mit den Folgen leben müssen.«

Er nickte. »Dann sage ich dir jetzt, wie ich dir helfen könnte. Du brauchst ein Dach über dem Kopf, Ruhe und Abgeschiedenheit, bis das Baby da ist, stimmt's?«

»Ja, aber ...«

»Hör dir meinen Vorschlag an. Mir steht ein Cottage in Monmouthshire an der walisischen Grenze zur Verfügung. Dort könntest du eine Weile bleiben. Warst du schon mal in der Gegend?«

»Nein.«

»Dann weißt du nicht, was für ein ganz besonderer Ort das ist.« Er lächelte. »Das Cottage befindet sich auf dem Grund von

Marchmont, in der Nähe der Black Mountains, in einem pittoresken Tal, nicht allzu weit von Abergavenny entfernt.«

»Was für ein seltsamer Name.« Greta erwiderte sein Lächeln halbherzig.

»Wenn man in der Gegend aufgewachsen ist, findet man die Sprache nicht merkwürdig«, entgegnete er. »Da ich in London arbeite, brauche ich das Cottage momentan nicht. Meine Mutter lebt auf dem Anwesen. Ich habe sie gestern angerufen. Sie wäre bereit, ein Auge auf dich zu haben. Ein Großteil des Grundes wird bewirtschaftet, was bedeutet, dass es dort ausreichend Obst und Gemüse gibt, um dich über den Winter zu bringen, und das Cottage ist klein, aber sauber und gemütlich. Wenn du dich dafür entscheidest, würde das bedeuten, dass du das Windmill verlassen, das Kind zur Welt bringen und, falls du das möchtest, wieder nach London zurückkehren könntest, ohne dass irgendjemand das mitbekommt. Was hältst du von meinem Plan?«

»Klingt verlockend, aber ...«, antwortete sie zögernd.

»Greta, mehr als anbieten kann ich es dir nicht«, sagte er, als er den Zweifel und die Furcht in ihren Augen sah. »Ja, dort ist es ganz anders als in London. Es gibt keine hellen Lichter, abends ist nichts los, und es könnte gut sein, dass du dich einsam fühlst. Doch wenigstens wärst du in Sicherheit und müsstest nicht frieren.«

»Du bist auf diesem Anwesen aufgewachsen?«

»Ja. Allerdings war ich von meinem elften Lebensjahr an im Internat und anschließend an der Uni. Dann ist der Krieg ausgebrochen, und ich war mit meinem Regiment unterwegs, weswegen ich weniger oft nach Hause kam, als ich wollte. Greta, ich verspreche dir, du hast noch nie etwas Schöneres gesehen als einen Sonnenuntergang über Marchmont. Wir haben mehr als zweihundert Hektar Grund, umgeben von Wäldern mit unzähligen Pflanzen und Vögeln, und mittendurch fließt ein Fluss mit Lachsen. Es ist wirklich sehr, sehr malerisch.«

Greta spürte Hoffnung in sich aufkeimen.

»Du sagst, deine Mutter hätte nichts dagegen, wenn ich komme? Weiß sie, dass ich ... schwanger bin?«

»Ja. Mach dir deswegen keine Gedanken, Greta. Meine Mutter kann so leicht nichts erschüttern, sie ist ausgesprochen tolerant. Und ehrlich gesagt glaube ich, dass sie nichts gegen Gesellschaft hätte. Im Krieg wurde das Haupthaus als Lazarett genutzt, und seit Ärzte, Schwestern und Patienten weg sind, fehlt ihr ein bisschen der Trubel.«

»Dein Angebot ist sehr großzügig, Taffy, aber ich möchte euch nicht zur Last fallen. Außerdem habe ich kaum Geld. Besser gesagt, gar keines«, gestand Greta.

»Du musst nichts zahlen. Du wärst mein Gast«, erklärte er. »Das Cottage steht leer. Wenn du möchtest, kannst du es haben.«

»Du hast wirklich ein großes Herz. Wie schnell könnte ich hin?«, fragte sie zögernd, da sie wusste, dass das Cottage, egal, wie es aussah, auf jeden Fall einem Heim für ledige Mütter vorzuziehen war.

»Wann du willst.«

Zwei Tage später teilte Greta Mr Van Damm mit, dass sie das Windmill verlassen wolle. Als er sie fragte, warum, antwortete Greta ihm – obwohl sie vermutete, dass er Bescheid wusste –, ihrer Mutter gehe es nicht gut, sie müsse nach Hause, um sich um sie zu kümmern. Beim Verlassen seines Büros hatte sie ein flaues Gefühl im Magen, war jedoch froh, die Entscheidung getroffen zu haben. Noch am selben Tag informierte sie ihre Vermieterin, dass ihr Zimmer Ende der Woche frei werden würde, und versuchte sich die letzten Tage im Theater keine Sorgen über die Zukunft zu machen. Alle Mädchen unterschrieben auf der Abschiedskarte für sie, und Doris umarmte sie und steckte ihr diskret ein Päckchen mit einem Paar winziger gestrickter Babyschühchen zu.

Greta war in null Komma nichts fertig mit dem Verstauen ihrer Habseligkeiten, die in zwei Koffern Platz hatten. Dann gab sie ihrer Vermieterin das Geld für das Zimmer und verabschiedete sich von dem Raum, der in den vergangenen sechs Monaten ihr Zuhause gewesen war.

An einem nebligen Dezembermorgen begleitete David sie zur Paddington Station, von wo aus sie sich auf den langen Weg nach Abergavenny machen würde.

»Ach, Taffy, wenn du nur mitkommen könntest«, seufzte sie, als sie sich aus dem Fenster zu ihm hinaus auf den Bahnsteig beugte.

»Glaube mir, Greta, in Wales bist du gut aufgehoben. Meinst du denn, ich würde dir einen schlechten Rat geben?«

»Du sagst, deine Mutter holt mich vom Bahnhof ab?«, fragte Greta in ihrer Nervosität schon zum dritten Mal.

»Ja. Aber eine Bitte: Sag in Zukunft ›David‹ zu mir. Von meinem Bühnennamen wär sie bestimmt nicht begeistert«, erklärte er schmunzelnd. »Ich komme dich so bald wie möglich besuchen, das verspreche ich dir. Hier hab ich noch was für dich.« Als der Schaffner das Signal zur Abfahrt gab, drückte er ihr einen Umschlag in die Hand. »Auf Wiedersehen. Gute Reise, und pass auf euch beide auf.«

David küsste Greta zum Abschied auf beide Wangen. Dabei kam sie ihm vor wie eine Zehnjährige bei der Kinderverschickung.

Greta winkte, bis David nur noch ein kleiner Punkt auf dem Bahnsteig war, und setzte sich dann zu einer Gruppe aus dem Dienst entlassener Soldaten, die sich rauchend angeregt über lange nicht gesehene Freunde und Verwandte unterhielten. Der Kontrast zwischen ihr und ihnen hätte nicht größer sein können – sie kehrten zu ihren Lieben zurück, während sie ins Unbekannte unterwegs war. Greta öffnete den Umschlag, den

David ihr gegeben hatte. Darin befanden sich Geld und ein Zettel, auf dem stand, dass es sich um einen Notgroschen handle.

Während sie beobachtete, wie die vertrauten Gebäude Londons allmählich wogenden Feldern wichen, wuchs ihre Angst. Sie beruhigte sich selbst mit dem Gedanken, dass sie, falls Davids Mutter sich als Verrückte und das Cottage als besserer Hühnerstall entpuppten, immerhin genug Geld besaß, um nach London zurückzukehren. Auf dem Weg nach Westen verließen die Soldaten sie einer nach dem anderen und wurden an den unzähligen Haltestellen freudig von Eltern und Freundinnen begrüßt. Beim Umsteigen in Newport waren nur noch wenige Mitreisende übrig, und am Ende saß Greta ganz allein im Abteil. Beim Blick aus dem Fenster auf die ihr fremde walisische Landschaft begann sie, sich zu entspannen. Und als die Sonne unterging, bemerkte sie eine subtile Veränderung der Gegend, die nun wilder und dramatischer war als alles, was sie von England kannte. Kurz vor Abergavenny tauchten schneebedeckte Berggipfel am dunkler werdenden Horizont auf.

Es war nach fünf Uhr und bereits stockdunkel, als der Zug schließlich in die Station einfuhr. Greta nahm ihre Koffer von der Ablage über ihr, rückte ihren Hut zurecht und trat auf den Bahnsteig hinaus. Um sich gegen den kühlen Wind zu schützen, zog sie ihren dünnen Mantel enger um den Leib, bevor sie unsicher in Richtung Ausgang trottete. Vor dem winzigen Bahnhof setzte sie sich auf eine Bank, während die anderen Reisenden von ihren Lieben empfangen wurden und in die Dunkelheit verschwanden.

Zehn Minuten später war der kleine Vorplatz fast menschenleer. Nachdem Greta einige Minuten auf der Bank vor sich hin gefroren hatte, stand sie auf, kehrte in die relative Wärme des Bahnhofs zurück, wo noch ein Angestellter hinter dem Schalter saß, und klopfte ans Fenster.

»Entschuldigen Sie, Sir.«

»Ja?«

»Können Sie mir sagen, wann der nächste Zug nach London fährt?«

»Heute nicht mehr.« Der Angestellte schüttelte den Kopf. »Erst wieder morgen früh.«

»Oh.« Greta traten Tränen in die Augen.

»Tut mir leid, Miss. Haben Sie eine Unterkunft für heute Nacht?«

»Jemand wollte mich abholen und nach Marchmont bringen.«

Der Angestellte rieb sich die Stirn. »Das ist ein ganzes Stück weg. Zu Fuß kommen Sie da nicht hin. Und Tom the Taxi ist heute mit seiner Frau in Monmouth.«

»Oje.«

»Keine Panik. Ich bin noch ungefähr eine halbe Stunde hier«, erklärte er ihr freundlich.

Greta nickte und kehrte auf die Bank zurück. »Oje«, seufzte sie noch einmal und wärmte sich die Hände mit ihrem Atem. Wenig später nahte laut hupend und mit grellem Scheinwerferlicht ein Wagen. Als der Motor des Automobils ausgeschaltet wurde, hörte sie eine Frauenstimme.

»Scheiße! Hallo! Sind Sie Greta Simpson?«

Greta versuchte, die Gestalt hinter dem Steuer des offenen Wagens auszumachen, deren Augen von einer riesigen Fahrerbrille aus Leder verdeckt wurden.

»Ja. Und Sie sind Taff… David Marchmonts Mutter?«

»Ja. Steigen Sie ein. Tut mir leid, dass ich so spät komme. Ich hatte einen Platten und musste den Reifen in der Dunkelheit wechseln.«

»Schon gut.« Greta stand auf, nahm ihre Koffer und schleppte sie zum Auto.

»Werfen Sie sie hinten rein, ziehen Sie die an und schnappen Sie sich das Plaid. Es kann ziemlich frisch werden, wenn das alte Mädchen schneller als dreißig fährt.«

Greta nahm die Schutzbrille und die Decke, die die Frau ihr reichte. Nach ein paar Fehlstarts sprang der Motor schließlich an, und als Davids Mutter abrupt zurücksetzte, rammte sie fast einen Laternenpfahl.

»Ich hatte schon Angst, dass Sie nicht kommen«, bemerkte Greta, als sie die Landstraße erreichten und diese mit furchteinflößender Geschwindigkeit entlangbrausten.

»Nicht reden, Mädel, bei dem Lärm verstehe ich kein Wort!«, brüllte die Fahrerin.

In der folgenden halben Stunde hielt Greta die Augen fest geschlossen und die Hände zu Fäusten geballt, bis der Wagen langsamer wurde und so unvermittelt stehen blieb, dass Greta beinahe über die niedrige Windschutzscheibe auf die Motorhaube geflogen wäre.

»Sind Sie so nett und machen mir das Tor auf?«

Greta stieg mit wackeligen Knien aus, um das riesige schmiedeeiserne Tor zu öffnen. An der Mauer daneben befand sich ein reich verziertes Bronzeschild mit der Inschrift »Marchmont«. Nachdem das Auto das Tor passiert hatte, schloss Greta es wieder.

»Gleich haben wir's geschafft«, rief die Fahrerin ihr über den Motorenlärm zu.

Als Greta zurück auf den Beifahrersitz geklettert war, fuhren sie einen von tiefen Furchen durchzogenen Weg entlang.

»Da wären wir. Das ist Lark Cottage.« Der Wagen war kaum zum Stillstand gekommen, als die Frau auch schon heraussprang und Gretas Koffer vom Rücksitz nahm. »Ihr neues Zuhause.«

Greta folgte ihr unsicher über eine Lichtung zwischen mondbeschienenen Bäumen und seufzte erleichtert, als ein kleines Cottage in Sicht kam, aus dem der gelbe Schein von Öllampen drang. Die Fahrerin öffnete die Tür, und sie traten ein.

Im Innern nahm die Frau ihre Brille ab und wandte sich Greta zu. »Glauben Sie, das Cottage wird Ihnen reichen?«

Nun hatte Greta zum ersten Mal Gelegenheit, sie genauer zu betrachten, und sofort fiel ihr die Ähnlichkeit mit ihrem Sohn auf. Sie war sehr groß und langgliedrig, hatte strahlend grüne Augen und dichte, vom Wind zerzauste graue Haare, die kurz geschnitten waren. Mit der Cordhose, den kniehohen Lederstiefeln und der maßgeschneiderten Tweedjacke wirkte sie gleichzeitig männlich und seltsam elegant. Als Greta sich im Innern der gemütlichen Hütte umsah, entdeckte sie erfreut den Kamin, in dem ein Feuer prasselte.

»Ja, es ist wunderschön.«

»Gut. Ist leider alles ein bisschen schlicht. Hier drin gibt's noch keinen Strom. Als wir die Kabel verlegen lassen wollten, ist der Krieg ausgebrochen. Der Abtritt ist draußen, und in der Küche steht eine Zinkwanne für die hohen Feiertage. Aber weil's so verdammt lang dauert, bis man sie voll hat, ist's einfacher, sich mit dem Waschbecken zu begnügen.«

Die Frau marschierte zum Kamin, schürte die Glut und legte drei Scheite aus dem Korb neben dem Kamin nach. »Ich hab ihn angemacht, bevor ich losgefahren bin. Das Öl für die Lampen finden Sie in einem Kanister im Abtritt, das Holz ist im Schuppen hinterm Cottage, Milch, frisches Brot und Käse fürs Abendessen habe ich Ihnen in die Speisekammer gestellt. Bestimmt haben Sie Durst. Stellen Sie Wasser auf den Herd, das ist im Nu heiß. Und vergessen Sie nicht, ihn jeden Morgen mit Holz zu füttern. Wenn ich mich richtig erinnere, ist das Ding unersättlich. Aber jetzt muss ich leider los. Wir haben ein Schaf verloren. Ist wahrscheinlich in eine Schlucht gefallen. David sagt, Sie wissen sich allein zu helfen. Trotzdem schaue ich morgen noch mal bei Ihnen vorbei, wenn Sie sich ein bisschen eingewöhnt haben. Ich bin übrigens Laura-Jane Marchmont.« Die Frau streckte Greta die Hand hin. »Alle nennen mich nur LJ. Machen Sie das auch. Gute Nacht.«

Und schon war sie weg.

Greta schüttelte verwirrt den Kopf und sank seufzend in den abgewetzten gemütlichen Sessel vor dem Kamin, um sich kurz von den Strapazen der Reise zu erholen, bevor sie sich etwas zu essen machte.

Während sie ins Feuer starrte, dachte sie über Taffys Mutter nach, die sie sich völlig anders vorgestellt hatte – wie eine einfache Landfrau mit feisten roten Backen und breitem, gebärfreudigem Becken. Greta sah sich in ihrem neuen Zuhause um. Das behagliche Wohnzimmer hatte eine rustikale Decke mit Sichtbalken und eine große Kaminecke, die eine ganze Wand einnahm. Es gab kaum Möbel, lediglich einen Sessel, ein Tischchen und ein schiefes Regal mit unordentlich gestapelten Büchern. Sie öffnete die verriegelte Tür und ging zwei Steinstufen in die kleine Küche hinunter, wo sich eine Spüle, eine Anrichte mit allerlei Geschirr, ein Kiefernholztisch mit zwei Stühlen sowie die Speisekammer befanden, in der sie einen Laib frisches Brot, Käse, Butter, Dosensuppen und ein halbes Dutzend Äpfel entdeckte. Als sie die hintere Tür aufmachte, fiel ihr Blick links auf die Kühlkammer, die gleichzeitig als Toilette diente.

Eine knarrende Treppe führte von der Küche zu einer Tür im oberen Stockwerk, hinter der sich das Schlafzimmer verbarg. Der Raum mit der niedrigen Decke wurde fast ganz von einem stabilen schmiedeeisernen Bett eingenommen, über dem eine bunte Patchwork-Quiltdecke lag. Eine kleine Öllampe verbreitete heimeliges Licht. Greta hätte gute Lust gehabt, sich gleich hinzulegen, aber sie wusste, dass sie nicht nur dem Baby, sondern auch sich selbst zuliebe zuerst etwas essen musste.

Als sie nach dem Abendessen aus Brot, Suppe und Käse, das sie vor dem Kamin einnahm, zu gähnen begann, wusch sie sich, so gut es ging, an der Küchenspüle. In Zukunft würde sie Wasser erhitzen müssen, das war ihr klar. Anschließend brachte sie frierend ihr Gepäck in den ersten Stock hinauf.

Nachdem sie in ihr Nachthemd und einen Pullover geschlüpft war, schlug sie die Decke zurück, sank seufzend in das bequeme Bett und schloss die Augen. Trotz der im Vergleich zu London ungewohnten Stille schlief sie kurz darauf tief und fest ein.

## Kapitel 5

Am folgenden Morgen wachte Greta vom Gurren zweier Tauben vor ihrem Fenster auf und griff ein wenig desorientiert nach ihrer Armbanduhr. Es war nach zehn. Sie stand auf, zog die Vorhänge zurück und schaute aus dem Fenster.

Der Himmel leuchtete blau, die blasse Wintersonne hatte den Frost der Nacht weggetaut. Unter ihr lag ein sanft abfallendes, von einem dichten Wald mit riesigen kahlen Bäumen gesäumtes Tal, und das Geräusch rauschenden Wassers verriet ihr, dass es ganz in der Nähe einen Bach gab. Auf der anderen Seite dieses Bachs, der die Talsohle teilte, entdeckte sie ansteigende Felder mit kleinen weißen Punkten, wohl Schafe. Und links von ihr blickte ein niedriges Ziegelgebäude, umgeben von Rasenflächen und gestuften Steinterrassen, Scheunen und anderen landwirtschaftlichen Gebäuden, auf das Tal hinab. Die längs unterteilten Fenster leuchteten in der Sonne, aus zweien der vier imposanten Kamine stieg Rauch auf. Das musste Marchmont Hall sein.

Der Anblick der friedlichen Landschaft erfüllte Greta so unerwartet mit Freude, dass sie sich hastig anzog, um sogleich die Umgebung zu erkunden. Als sie die schmale Treppe hinunterging, klopfte es an der Tür. Sie eilte hin.

»Morgen. Wollte bloß nachschauen, ob Sie sich schon eingewöhnt haben.«

»Hallo, LJ«, begrüßte Greta sie verlegen. »Mir geht's gut, danke. Ich bin gerade erst aufgestanden.«

»Gütiger Himmel! Ich bin schon seit fünf auf den Beinen. Das verdammte Schaf ist tatsächlich in die Schlucht gefallen, und die Männer haben Stunden gebraucht, es wieder raufzubringen. Sieht so aus, als würde es durchkommen. Als Nächstes sollten wir uns über die Abläufe hier unterhalten. Ich würde vorschlagen, Sie schauen heute Abend zum Essen bei mir vorbei«, sagte LJ.

»Gern, aber ich möchte Ihnen keine Umstände machen.«

»Tun Sie nicht. Ehrlich gesagt hätte ich nichts dagegen, mal weibliche Gesellschaft zu haben.«

»Wohnen Sie in dem großen Haus da drüben?«, erkundigte sich Greta.

»Früher mal. Inzwischen lebe ich im Gate Lodge beim Haupttor. Das passt mir gut. Wenn Sie dem Weg folgen, kommen Sie direkt hin. Ist kaum fünf Minuten weg. In der Speisekammer hängt eine Sturmlaterne. Die werden Sie brauchen. Wie Sie heute Nacht gesehen haben, ist es hier stockfinster. Aber jetzt muss ich los. Wir sehen uns um sieben.«

»Ja, ich freue mich. Danke.«

LJ verabschiedete sich mit einem Lächeln und einem Winken von Greta, bevor sie sich forschen Schrittes entfernte.

Greta brachte den Tag damit zu, sich in ihrem neuen Zuhause einzurichten. Sie packte ihre Koffer aus und machte dann, dem Rauschen des Bachs folgend, einen Spaziergang. Als sie ihn schließlich fand, kniete sie nieder, um von dem klaren, sprudelnden Wasser zu trinken. Die Luft war schneidend kalt, obwohl die Sonne schien, und die von den Bäumen herabgefallenen Blätter bildeten einen dichten natürlichen Teppich unter ihren Füßen. Nach einer Weile kehrte sie müde und mit leicht geröteten Wangen nach Hause zurück und zog ihren besten Rock und ihre beste Jacke für das Abendessen mit LJ an.

Um fünf vor sieben klopfte Greta an der Tür des Gate Lodge. Im fahlen Licht des Mondes sah sie den kleinen gepflegten Garten davor und das bescheidene, aber durchaus hübsche Ziegelgebäude selbst, dessen Giebelfront der von Marchmont Hall ähnelte.

Wenige Sekunden später öffnete LJ die Tür. »Sie sind pünktlich. Das gefällt mir. Ich liebe Pünktlichkeit. Rein in die gute Stube, meine Liebe.« Sie nahm Greta die Sturmlaterne aus der Hand und löschte sie, bevor sie ihr aus der Jacke half.

Greta folgte LJ durch den Flur in das auf gemütliche Weise unordentliche Wohnzimmer.

»Setzen Sie sich. Möchten Sie was trinken?«

»Ja, gern. Irgendwas ohne Alkohol.«

»Ich mache Ihnen einen kleinen Gin Tonic. Der wird Ihnen und dem Kleinen schon nicht schaden. Ich hab in der Schwangerschaft gesoffen wie ein Loch, und Sie wissen ja, was David für ein Prachtkerl geworden ist! Bin gleich wieder da.«

Als LJ weg war, setzte Greta sich in einen Sessel am Kamin, von wo aus sie sich in dem Raum umsah, in dem eine Mahagonianrichte mit teurem Geschirr stand und an dessen Wänden große blutrünstige Bilder von der Jagd hingen. Die Möbel waren wertvoll, hatten aber bessere Zeiten gesehen.

»Da wären wir.« LJ reichte Greta ein großes Glas und nahm in dem Sessel ihr gegenüber Platz. »Willkommen in Marchmont, meine Liebe. Ich hoffe, Sie werden sich bei uns wohlfühlen.« LJ nahm einen großen Schluck Gin, während Greta nur an dem ihren nippte.

»Danke. Es ist wirklich sehr nett, dass Sie mich hier aufnehmen. Ich weiß nicht, was ich ohne Ihren Sohn gemacht hätte«, murmelte Greta verlegen.

»Er hat ein weiches Herz und eine Schwäche für Mädchen in Schwierigkeiten.«

»Taffy kommt sehr gut an im Windmill«, bemerkte Greta. »Gerade hat Mr Van Damm ihm einen festen Auftritt verschafft. Seine Nummer ist wirklich witzig. Wir Mädchen schütten uns jedes Mal vor Lachen aus.«

»Dürfte ich Sie um einen Gefallen bitten? Könnten Sie, solange Sie hier sind, meinen Sohn bei seinem richtigen Namen nennen? Mir tun die Ohren weh, wenn ich seinen nicht sonderlich einfallsreichen Spitznamen höre. Er ist sowieso nur zur Hälfte Waliser.«

»Natürlich, Entschuldigung. Dann stammt also sein Vater aus Wales?«

»Ja. Ich bin Engländerin wie Sie. Schade, dass David kaum Gelegenheit hatte, seinen Vater kennenzulernen. Mein Mann Robin ist bei einem Reitunfall ums Leben gekommen, als David zwölf war.«

»Oh, das tut mir leid«, murmelte Greta.

»Mir auch, aber auf einem Anwesen wie diesem lernt man, dass der Tod zum Leben dazugehört.«

Greta nahm einen weiteren kleinen Schluck Gin. »Sie sagten heute Morgen, Sie hätten früher im Haupthaus gewohnt?«

»Ja. David ist dort zur Welt gekommen. Als es im Krieg in ein Lazarett umgewandelt wurde, bin ich ins Gate Lodge gezogen und habe gemerkt, dass ich mich dort viel wohler fühle. Am Ende bin ich nicht mehr zurück, auch weil Owen …« LJ verstummte. »Der ältere Bruder meines Mannes lebt dort.«

»Verstehe. Es ist wunderschön«, sagte Greta, der LJs Anspannung nicht entging.

»Mag sein, aber riesig, und es in Schuss zu halten ist ein Alptraum. Hat ein Vermögen gekostet, die Stromkabel verlegen zu lassen. Mit seinen zehn großen Zimmern war es bestens als Lazarett geeignet. Einmal waren darin zwanzig Offiziere und acht Krankenschwestern untergebracht. Wurde so praktisch seiner Bestimmung zugeführt.«

»Sind Sie an der Leitung von Marchmont beteiligt?«, erkundigte sich Greta.

»Nein, nicht mehr. Nach dem Tod meines Mannes habe ich mich darum gekümmert, dass alles lief, was ein Fulltime-Job ist, das kann ich Ihnen flüstern. Robins Bruder Owen war in Kenia, kam aber bei Ausbruch des Krieges nach Hause, und natürlich hat er dann alles übernommen. Auf dem Anwesen wurden Milch und Fleisch für das Landwirtschaftsministerium erzeugt, so dass wir unabhängig waren. Von der Rationierung bekamen wir kaum etwas mit. Wir mussten damals alle die Ärmel hochkrempeln, das können Sie mir glauben. Ich habe von Sonnenaufgang bis Sonnenuntergang auf der Farm geschuftet. Als das Haus dann als Lazarett requiriert wurde, bin ich den Ärzten und Schwestern zur Hand gegangen. Ich weiß, eigentlich sollte ich über das Ende des Krieges erleichtert sein, doch ich fand's schön, dass immer etwas los war. Ich komme mir vor wie im Austrag«, erklärte sie seufzend.

»Aber bei der Farmarbeit helfen Sie immer noch mit?«, fragte Greta.

»Fürs Erste, ja. Einige der jungen Männer aus der Gegend sind noch nicht zurück, weswegen immer Mangel an Arbeitskräften herrscht. Ich melke Kühe und helfe bei der Suche nach verirrten Schafen«, erklärte LJ. »Die Leitung eines solchen Anwesens bringt große Verantwortung mit sich. Heutzutage muss man dafür sorgen, dass das Land sich selbst trägt. Die Milch und das Fleisch, die wir erzeugen, werfen ausreichend Geld ab, um Marchmont am Laufen zu halten. Aber genug von mir. Erzählen Sie doch von sich.«

»Da gibt es nicht viel zu erzählen. Ich habe mit Taff… David im Varieté zusammengearbeitet, und wir sind Freunde geworden.«

»Sie waren bei den Windmill Girls?«

Greta nickte errötend. »Ja, aber nur ein paar Monate.«

»Kein Grund, sich zu schämen. Irgendwie müssen Frauen sich ja ihren Lebensunterhalt verdienen, und solange die Welt unsere Stärken nicht erkennt, halten wir uns über Wasser, so gut es eben geht. Schauen Sie mich an. Ich bin sozusagen der Prototyp der

Oberschichtsengländerin, war sogar mal adelig. Als Mädchen musste ich zu Hause bleiben und Sticken lernen, während meine hohlköpfigen Brüder in Eton und Oxford studieren durften. Der eine säuft und hat's geschafft, innerhalb weniger Jahre das Familienvermögen durchzubringen, der andere ist bei der Großwildjagd in Afrika erschossen worden.«

»Das tut mir leid.«

»Muss es nicht. Er hat's nicht besser verdient. Ich habe die letzten dreißig Jahre in Marchmont gearbeitet, und das war die glücklichste Zeit meines Lebens. Sorry, irgendwie sind wir jetzt wieder bei mir gelandet. Meine Schuld«, entschuldigte sich LJ. »Ich schweife gern ab, ist eine meiner Schwächen. Wir haben gerade über Sie geredet. Selbst auf die Gefahr hin, dass Sie mich für neugierig halten: Welcher Natur war Ihre Beziehung zu David?«

»Wir sind gute Freunde, nichts weiter.«

»Bitte nehmen Sie mir das nicht übel, aber meiner Ansicht nach sieht David ein bisschen mehr in Ihnen. Er stellt sein Cottage nicht jedem hergelaufenen Mädchen zur Verfügung.«

»Wie gesagt: Wir sind gute Freunde.« Greta spürte, dass sie rot wurde. »David hat mir geholfen, weil ich niemanden sonst hatte.«

»Was ist mit Ihrer Familie?«

»Die ist bei einem deutschen Luftangriff umgekommen.« Eine Lüge, doch das würde LJ nicht erfahren.

»Verstehe. Sie Arme. Und das Kleine?«

»Der Vater ist amerikanischer Offizier. Ich dachte, er liebt mich, und …«

LJ nickte. »Die alte Geschichte. Viele Mädchen haben weniger Glück als Sie, meine Liebe. Weil Sie meinen Sohn kennen, haben Sie wenigstens ein Dach über dem Kopf.«

»Und dafür werde ich ihm immer dankbar sein«, sagte Greta, Tränen in den Augen.

»Macht's Ihnen was aus, wenn wir vom Tablett essen?«, fragte LJ, um das Thema zu wechseln. »Im Esszimmer ist es ziemlich kalt und düster. Taugt meiner Ansicht nach nur für Totenwachen.«

»Aber nein.«

»Gut. Dann hole ich uns mal was.«

Kurz darauf kehrte LJ mit zwei bis zum Rand mit deftigem Eintopf gefüllten Tellern zurück.

»Köstlich«, sagte Greta, als sie sich hungrig darüber hermachte. »Bei uns war das Essen im Krieg ziemlich grässlich.«

»Ich hab schon gehört, dass Trockenei nicht jedermanns Geschmack war.« LJ hob die Augenbrauen. »Hier wird es Ihnen nicht an frischen Lebensmitteln mangeln. Wir haben jede Menge Schafe, Geflügel, Wildvögel und obendrein noch selbst angebautes Gemüse. Und dazu natürlich Milch.«

»Gott, bin ich satt«, stöhnte Greta einige Minuten später und legte Messer und Gabel beiseite.

»Das machen die frische Luft und die Schwangerschaft. Sie können mir beim Abwasch helfen. Ich hasse es, wenn sich morgens das Geschirr in der Spüle stapelt.«

Greta nahm ihr Tablett und folgte LJ in die Küche.

»Apropos Essen: Ich bringe Ihnen jede Woche Eier, Milch, Gemüse und Fleisch. Wenn Sie sonst noch was wollen, fahren Sie mit dem Bus nach Crickhowell, das ist der nächstgelegene Ort. Präsentkörbe à la Fortnum and Mason gibt's da nicht gerade, aber immerhin ist dort ein netter Wollladen. Vielleicht stricken Sie für sich und das Baby ein paar Sachen. Sie werden wärmere Kleidung brauchen; im Winter kann es hier recht kalt werden.« LJ musterte Gretas dünne Jacke und ihren Rock.

»Ich kann nicht stricken, LJ.«

»Dann muss ich Ihnen das wohl beibringen. Im Krieg hab ich bestimmt hundert Pullover für unsere Jungs gestrickt. Schon erstaunlich, was man alles lernen kann, wenn man muss. Und von David sind so viele Bücher da, dass Ihnen nicht langweilig wird. Ich hab gerade *Farm der Tiere* von diesem George Orwell gelesen. Großartig! Wenn Sie wollen, leihe ich es Ihnen.«

Greta, die immer schon gern gelesen hatte, nickte erfreut.

Sie kehrten ins Wohnzimmer zurück, tranken heiße Schokolade und hörten sich die Neun-Uhr-Nachrichten im Radio an.

»Ist unsere einzige Verbindung zur Welt draußen, dieses Blechungetüm«, erklärte LJ. »Ich liebe Tommy Handley in *It's That Man Again*, und David verehrt ihn.«

»Darf ich fragen, warum David von Marchmont nach London gegangen ist?«, erkundigte sich Greta. »Wenn ich hier auf die Welt gekommen wäre, hätte ich mich bestimmt nicht wegbewegt.«

LJ seufzte. »David ist letztlich schon lange von Marchmont fort. Zuerst war er im Internat in Winchester, und in seinem ersten Jahr in Oxford ist der Krieg ausgebrochen. Er hat sich sofort freiwillig gemeldet, obwohl er nicht gemusst hätte, und wurde ein paar Monate später in Dünkirchen verwundet. Nach seiner Genesung hat man ihn nach Bletchley Park geschickt, wo er, soweit ich weiß, mit höchst geheimen Sachen beschäftigt war. Er ist ein kluger Kopf, mein David. War ein hervorragender Student. Schade, dass er keine Chance hatte, seinen Abschluss zu machen oder sich für einen Beruf zu entscheiden, in dem er seinen Verstand benutzen kann.«

»Ich hab David auf der Bühne erlebt. Seine Nummer ist großartig. Als Komiker muss man ziemlich helle sein«, verteidigte Greta ihn.

»Ist nicht gerade der Beruf, den man sich für seinen einzigen Sohn wünscht, doch er wollte von Kindesbeinen an ins Rampenlicht. Keine Ahnung, von wem er das hat. In der Familie seines Vaters und auch in der meinen haben nicht viele eine künstlerische Ader«, meinte LJ naserümpfend. »Ich hatte gehofft, dass er es sich beim Militär anders überlegen würde, aber das hat er nicht. Vor knapp acht Monaten ist er aus dem Militärdienst ausgeschieden und nur nach Hause gekommen, um mir zu sagen, dass er nach London möchte, sein Glück auf der Bühne versuchen.«

»Wenn Sie das tröstet: Er macht das sehr gut. Alle im Windmill glauben, dass er es noch weit bringen wird.«

»Das tröstet mich tatsächlich. Wenn Ihr Kleines erst mal da ist, werden Sie verstehen, welche Sorgen man sich als Mutter macht. Obwohl ich mir früher etwas anderes für David vorgestellt hatte, bin ich jetzt einfach nur dankbar, dass er den Krieg überlebt hat und seine Träume verwirklichen kann. Inzwischen geht es mir nur noch darum, ihn glücklich zu sehen.« Plötzlich musste LJ gähnen. »Entschuldigung. Nach der Aufregung mit dem Schaf vergangene Nacht bin ich müde. Tut mir leid, wenn ich Sie rauswerfen muss, aber morgen früh warten die Kühe auf mich. Finden Sie den Weg nach Hause allein?«

»Ja.«

»Gut. Ich schaue bei Ihnen vorbei, sooft ich kann, und wenn Sie etwas brauchen sollten: Ich bin immer in der Nähe.«

LJ ging in den Flur, um Gretas Jacke vom Geländer zu nehmen, und brachte ihr ein Paar Gummistiefel mit.

»Wahrscheinlich sind sie Ihnen viel zu groß, aber Ihre Stadtschühchen werden hier nicht lange halten.«

Greta schlüpfte in die Jacke und nahm die Gummischuhe. »Ganz herzlichen Dank fürs Essen. Es ist wirklich sehr nett von Ihnen, dass Sie sich so um mich kümmern.«

»Für meinen David würde ich alles tun.« LJ zündete Gretas Sturmlaterne wieder an und reichte sie ihr. »Bald werden Sie das auch nachvollziehen können.« Sie deutete auf Gretas Bauch. »Gute Nacht, Greta.«

»Gute Nacht.«

LJ sah Greta noch eine Weile von der Tür aus nach, bevor sie

sie nachdenklich schloss, sich in ihren Lieblingssessel am Kamin setzte und überlegte, warum sie ein ungutes Gefühl hatte.

Als David ihr am Telefon gesagt hatte, dass er Greta das Cottage überlassen wolle, hatte LJ die Zuneigung in seiner Stimme gehört. Vielleicht hoffte er, dass Gretas Dankbarkeit sich in etwas anderes verwandeln, dass sie eines Tages seine Gefühle erwidern würde. LJ fand Greta sehr nett, aber ihr war klar, dass sie ihren Sohn nicht liebte.

Auf dem Weg ins Schlafzimmer betete LJ, dass ihr geliebter David seine Großherzigkeit nicht eines Tages bereuen würde.

Sie ahnte, dass Gretas Aufenthalt in Marchmont Davids weiteres Schicksal beeinflussen würde. Und möglicherweise auch das ihre.

# Kapitel 6

Kurz vor Weihnachten, nach einer Woche in Marchmont, wusste Greta, dass die Langeweile ihr größter Feind sein würde. Von Innenschau hatte sie noch nie viel gehalten; letztlich machte sie ihr Angst. Die Aussicht, Stunde um Stunde über ihr chaotisches Leben nachzudenken, freute sie nicht gerade. Hier, wo sie nichts tun konnte als lesen – Klassiker von Charles Dickens und Thomas Hardy, deren Schilderungen persönlicher Tragödien sie nur an ihre eigene missliche Lage erinnerten –, ertappte Greta sich dabei, wie sie immer wieder auf die Uhr sah und sich wünschte, dass die Zeit schneller verginge.

Sie dachte viel an Max, überlegte, wo er sich aufhielt, was er machte. Kurz spielte sie sogar mit dem Gedanken, sich mit Whitehall in Verbindung zu setzen, um ihn aufzuspüren, doch letztlich erschien ihr das aussichtslos. Max würde sie in ihrem Zustand nicht mehr wollen, selbst wenn es ihr gelang, ihn zu finden.

Er fehlte ihr. Nicht die Geschenke und auch nicht das Leben, das sie mit ihm hätte haben können, sondern er selbst. Sein weicher Südstaatenakzent, sein Lachen, seine zärtlichen Berührungen ...

Sie gewöhnte sich an, nachmittags lange Spaziergänge zu machen, um aus dem Cottage herauszukommen. Wenn sie am Gate Lodge vorbeischlenderte, hoffte sie, dass LJ sie bemerken und ein Schwätzchen mit ihr halten würde. Einige Tage zuvor hatte LJ ihr frische Lebensmittelvorräte, Nadeln und Wolle gebracht und ihr eine Stunde lang geduldig das Stricken gezeigt.

Und dann war sie mit einem Korb voller Weihnachtsleckereien bei ihr aufgetaucht.

»In einer Stunde breche ich zu meiner Schwester in Gloucestershire auf. Ich bin am zweiten Weihnachtsfeiertag morgens wieder da«, hatte sie ihr wie üblich kurz angebunden mitgeteilt. »Die Sachen sollten eigentlich für die nächsten Tage reichen. Außerdem habe ich unseren Farmhelfer Mervyn gebeten, Ihnen in meiner Abwesenheit frisches Brot und frische Milch zu bringen. Frohe Weihnachten, meine Liebe. Morgen soll's schneien, also sorgen Sie dafür, dass der Kamin brennt.«

Nach LJs Besuch hatte sich Gretas Gefühl der Einsamkeit verstärkt. Und als am Heiligabend tatsächlich wie von LJ prophezeit Schnee gefallen war, hatte nicht einmal die Freude über die selbst gebackenen Mince Pies und den süßen Sherry aus dem Präsentkorb ihre Stimmung verbessern können.

»Wir sind ganz allein, mein Kleines«, hatte sie geflüstert, als die Glocken der nahe gelegenen Kapelle um Mitternacht läuteten. »Frohe Weihnachten.«

Als Greta am ersten Weihnachtsfeiertag den Vorhang öffnete, präsentierte sich ihr eine Bilderbuchlandschaft.

Der Schnee hatte alles verändert. Die Äste waren weiß, als hätte jemand sie mit Puderzucker bestreut. Der Waldboden, aus dem nur hier und da ein dunkler Zweig hervorragte, sah aus wie ein Teppich aus Hermelin, und dicker Frost ließ alles im Licht der Morgensonne glitzern.

An jedem anderen Weihnachten, dachte Greta beim Hinuntergehen, hätte sie sich wie ein Kind über den Schnee gefreut, doch nun, als sie den Kamin anschürte und den Wasserkessel auf den Herd stellte, meinte sie, sich noch nie so jämmerlich gefühlt zu haben.

Später, bei Hühnchen und Mince Pies von LJ – Greta schien nun immer Appetit zu haben –, dachte sie über frühere Weihnachtsfeste nach und wie anders sie gewesen waren.

Sie brauchte Ablenkung von diesen Gedanken an die Vergangenheit. Also zog sie Jacke, Mütze und Gummistiefel an und brach zu ihrem üblichen Nachmittagsspaziergang auf.

Als Greta durch die hintere Tür hinaustrat, knirschte der Schnee unter ihren Füßen, und vor ihrem Mund bildeten sich Atemwolken. Im Wald, wo sie hin und wieder stehen blieb, um die glitzernden Frostmuster auf Baumstämmen und heruntergefallenen Ästen zu betrachten, wurde sie vorübergehend ein wenig fröhlicher. Doch schon bald begannen ihre Gedanken wieder zu kreisen.

Vielleicht hatte ihre Niedergeschlagenheit damit zu tun, dass das, was sie bewegt hatte, so überstürzt nach London aufzubrechen, nun auf den Tag genau ein Jahr zurücklag.

Sie hatte eine glückliche Kindheit verbracht und als einziges Kind liebevoller Eltern in einem bürgerlichen Vorort von Manchester gewohnt. Eines schrecklichen Tages, sie war dreizehn gewesen, und die deutschen Luftangriffe hatten gerade ernsthaft begonnen, war ihr Vater mit seinem schwarzen Ford weggefahren und nicht mehr wiedergekommen. Am folgenden Tag hatte ihre Mutter ihr hysterisch schluchzend erklärt, dass er bei einem Bombenangriff auf die Börse von Manchester umgekommen war. Und eine Woche später hatte Greta erlebt, wie das, was von ihrem geliebten Vater noch übrig war, ins Grab gesenkt wurde.

In den beiden folgenden Jahren, in denen aufgrund des Krieges eine angespannte Atmosphäre geherrscht hatte, war ihre Mutter in eine tiefe Depression verfallen, die sie bisweilen wochenlang ans Bett fesselte, während Greta sich auf ihre Schularbeit konzentrierte und sich in Büchern vergrub. Ihr einziger anderer Trost war das Kino, in das ihre Mutter sie früher oft mitgenommen hatte. Diese Welt der Fantasie, in der alle schön waren und fast alle Geschichten ein glückliches Ende nahmen, hatte Greta von der harten Realität abgelenkt und ihren Entschluss reifen lassen, Schauspielerin zu werden, wenn sie erwachsen wäre.

In ihrem fünfzehnten Lebensjahr hatte sich dann alles geändert. Eines Abends war ihre Mutter mit einem übergewichtigen, grauhaarigen Mann in einem großen Auto nach Hause gekommen und hatte Greta erklärt, er würde ihr neuer Vater werden. Drei Monate später waren sie in das riesige Haus ihres Stiefvaters in Altrincham, einem der reizvollsten Orte in Cheshire, gezogen. Ihre Mutter war, erleichtert darüber, einen Mann gefunden zu haben, der für sie sorgte, wieder wie früher geworden, und im Haus erklang von Neuem das Lachen von Gästen.

Ihren Stiefvater, einen reichen Industriellen aus Manchester, hatte Greta anfangs nur selten gesehen. Doch als sie zu einer jungen Frau herangewachsen war, hatte sich seine Aufmerksamkeit von seiner Gattin auf ihre jüngere, hübschere Tochter verlagert. Jedes Mal, wenn sie sich allein im Haus befanden, hatte er sie belästigt. Die Lage hatte sich bis zu jenem ersten Weihnachtsfeiertag zugespitzt, als er ihr, während ihre Mutter unten die Gäste unterhielt, nach oben gefolgt war …

Greta schauderte bei der Erinnerung an seinen stinkenden Atem und seinen schweren Körper, der sie gegen die Wand presste, während seine Hände ihre Brüste begrapschten und seine feuchten Lippen die ihren suchten.

Zum Glück hatten Schritte auf der Treppe Schlimmeres verhindert, und Greta war voller Angst in der Hoffnung in ihr Zimmer gelaufen, dass es bei dieser einen, durch zu viel Alkohol herbeigeführten Episode bleiben würde.

Leider war ihre Hoffnung enttäuscht worden, und Greta hatte sich in den folgenden Monaten immer wieder gegen seine Avancen wehren müssen. Eines heißen Juniabends war er in ihr Zimmer geplatzt, als sie gerade die Strümpfe auszog, hatte sie von hinten gepackt und sie, eine Hand auf ihrem Mund, um sie am Schreien zu hindern, aufs Bett geworfen. Irgendwie war es ihr, als er sich kurz von ihr löste, um seine Hose aufzuknöpfen, gelungen, ihm das Knie in den Unterleib zu rammen.

Mit einem Aufschrei war er vom Bett gerollt und fluchend zur Tür gestolpert.

Da war ihr klar geworden, dass ihr keine andere Wahl blieb, als die Koffer zu packen. Sie hatte sich, als es im Haus ruhig geworden war, nach Mitternacht nach unten geschlichen, eine Szene mit ihrem Stiefvater im Arbeitszimmer im Kopf: Dort hatte er sie aufgefordert, sich auf seinen Schoß zu setzen. Aus Angst davor, seinen Zorn zu wecken, wenn sie es nicht täte, hatte sie ihm seinen Wunsch erfüllt. Daraufhin hatte er eine Schublade geöffnet, einen Schlüssel herausgenommen, damit den Safe aufgeschlossen, ihr das Brillantcollier darin gezeigt und ihr gesagt, wenn sie artig sei, gehöre es ihr. Dabei war Gretas Blick auf die Geldscheine im Safe gefallen. Diese Erinnerung hatte ihr geholfen, in der schicksalhaften Nacht ihrer Flucht den Schlüssel aus dem Versteck in der Schublade zu holen, den Safe aufzusperren und ein dickes Bündel Geldscheine zu entwenden.

Damit hatte sie sich auf den Weg zum Bahnhof von Altrincham gemacht und auf dem Bahnsteig bis fünf Uhr früh auf den Milchzug nach Manchester gewartet. Von dort aus war sie mit dem Zug nach London gefahren und gleich zum Windmill gegangen, um sich zu bewerben.

Als Greta zum rasch dunkler werdenden Himmel hinaufblickte, fragte sie sich, ob ihre Mutter je nach ihr gesucht hatte. Manchmal spielte sie mit dem Gedanken, ihr zu schreiben, aber wie hätte sie ihre plötzliche Abreise begründen sollen? Wenn ihre Mutter ihr geglaubt hätte, was Greta bezweifelte, hätte es ihr das Herz gebrochen, die Wahrheit über ihren Mann zu erfahren.

Als Greta auf einer Lichtung innehielt, merkte sie, dass sie sich verlaufen hatte. Inmitten der hohen Bäume, die im schwindenden Licht vom Schnee glitzerten, suchte Greta nach einem Orientierungspunkt, der ihr die Richtung zum Haus weisen konnte. Doch alles Vertraute war mit einer weißen Schicht bedeckt.

»O Gott«, murmelte sie und drehte sich verzweifelt im Kreis.

Als sie den Kragen gegen die Kälte hochstellte, hörte sie ganz in der Nähe Bellen. Kurz darauf kam ein riesiger schwarzer Hund auf sie zugerannt. Erst nach einer ganzen Weile gelang es Greta, sich aus ihrer Schockstarre zu lösen und loszulaufen, so schnell sie konnte.

»O Gott!«, rief sie erneut, das Hecheln des Hundes nur wenige Meter hinter sich. In der Dunkelheit sah sie nicht mehr so genau, wo sie hinlief, und weil sie mit den zu großen Gummistiefeln keinen richtigen Halt auf dem vereisten Schnee fand, stolperte sie und fiel hin. Dabei schlug ihr Kopf gegen einen Baumstamm, und ihr wurde schwarz vor Augen.

Als Greta wieder zu sich kam, spürte sie heißen Atem auf ihrem Gesicht und eine raue Zunge, die über ihre Wange leckte, und blickte in die großen roten Augen des Hundes. Sie stieß einen gellenden Schrei aus.

»Morgan! Morgan! Bei Fuß!«

Der Hund ließ sofort von Greta ab und trottete artig zu einer hochgewachsenen Gestalt, die sich ihr eiligen Schrittes näherte. Greta versuchte sich aufzusetzen, doch ihr wurde schwindlig. Sie schloss die Augen und sank ächzend zurück.

»Alles in Ordnung?«, fragte eine tiefe Stimme.

»Ich ...« Als Greta die Augen wieder aufschlug, sah sie den Mann, dem sie gehörte. »Ich weiß es nicht«, antwortete sie leise und begann, unkontrolliert zu zittern.

Der Mann beugte sich zu ihr hinunter. »Sind Sie gestürzt? Sie haben da eine hässliche Wunde.« Er streckte die Hand aus, um ihr die Haare aus dem Gesicht zu streichen und den Schnitt an ihrer Stirn zu begutachten, bevor er mit einem Taschentuch das Blut wegwischte.

»Ja. Der Hund hat mich verfolgt. Ich dachte, er bringt mich um!«

»Morgan? Der wollte Sie bloß ein bisschen stürmisch begrüßen«, erklärte der Mann. »Können Sie gehen? Irgendwie müssen wir es zum Haus schaffen. Dort können Sie sich abtrocknen, und ich sehe mir die Wunde an Ihrer Stirn genauer an. Hier draußen in der Dunkelheit lässt es sich nicht beurteilen, wie schlimm die Verletzung ist.«

Greta versuchte aufzustehen, doch als sie ihren rechten Knöchel belastete, stieß sie vor Schmerz einen Schrei aus, sank zurück und schüttelte resigniert den Kopf.

»Gut. Dann muss ich Sie tragen. Legen Sie die Arme um meinen Hals.« Der Mann kniete neben ihr nieder und hob sie hoch. »Halten Sie sich fest. Bald sind Sie im Warmen.«

Greta, die Mühe hatte, nicht wieder das Bewusstsein zu verlieren, barg das Gesicht an der gewachsten Jacke des Mannes. Als sie zehn Minuten später den Blick hob, sah sie, dass sie aus dem Wald heraus und auf dem Weg zum hell erleuchteten Haupthaus waren. Dort angekommen, drückte der Mann die große Eichentür mit der Schulter auf.

»Mary! Mary! Wo steckst du?«, rief er im Eingangsbereich. Trotz ihres Schmerzes nahm Greta den riesigen Weihnachtsbaum vor der schweren elisabethanischen Treppe wahr. Das Kerzenlicht, das sich in den zarten Glaskugeln spiegelte, tanzte hypnotisierend vor ihren Augen, und ein angenehmer Geruch nach Kiefernnadeln erfüllte die Luft. Der Mann trug sie in einen geräumigen Salon, in dessen riesigem Kamin Feuer brannte, und legte Greta vorsichtig auf eines der beiden großen Samtsofas davor.

»Master Owen, haben Sie gerufen?«, fragte eine rundliche junge Frau mit Schürze von der Tür aus.

»Ja! Bring warmes Wasser, ein Handtuch, eine Decke und ein großes Glas Brandy.«

»Sehr wohl, Sir«, sagte Mary und verließ den Raum.

Der Mann schlüpfte aus seiner Jacke und warf sie über einen Stuhl, bevor er das Feuer im Kamin schürte. Schon bald spürte die vor Kälte zitternde Greta die Wärme und betrachtete ihren

Retter näher. Nun erschien er ihr gar nicht mehr so groß wie zuvor im Wald. Sein attraktives wettergegerbtes Gesicht war tief gebräunt und wurde von dichten grauen Locken eingerahmt. Er trug eine praktische Moleskinhose sowie eine Tweedjacke mit einem Rollkragenpullover aus Wolle darunter. Greta schätzte ihn auf Mitte fünfzig.

»Da wären wir, Sir.« Mary legte die Dinge, die sie gebracht hatte, auf den Boden neben dem Sofa. »Ich hole nur noch schnell den Brandy aus der Bibliothek, Sir.«

»Danke, Mary.« Der Mann kniete neben Greta nieder und tauchte einen Zipfel des Handtuchs ins Wasser. »Sobald ich Ihre Verletzung gereinigt habe, soll Mary Ihnen trockene Kleidung bringen.« Als er die Wunde an ihrer Stirn betupfte, zuckte Greta zusammen. »Wollten Sie wildern? Sie sehen zwar nicht so aus, aber heutzutage weiß man das nie so genau.«

»Nein.«

»Gut. Trotzdem haben Sie sich auf Privatgrund befunden.« Er wusch das Blut aus dem Handtuch und drückte es ihr noch einmal auf die Stirn.

»Nein«, widersprach Greta. »Ich lebe hier auf dem Anwesen.«

Der Mann hob eine seiner dichten dunklen Augenbrauen. »Ach, tatsächlich? Und wo?«

»Im Lark Cottage. Das gehört David Marchmont. Er überlässt es mir eine Weile.«

Die Stirn des Mannes legte sich in Falten. »Verstehe. Sie sind also seine Freundin?«

»Nein, nein«, erklärte Greta hastig.

»Laura-Jane sollte es mir sagen, wenn ihr Sohn eines von Marchmonts Cottages einer jungen Frau zur Verfügung stellt. Ich bin übrigens Owen Marchmont, Davids Onkel. Mir gehört dieses Anwesen.«

»Dann tut es mir leid, dass Sie nichts von mir wussten.«

»Das ist nicht Ihre Schuld, aber typisch«, brummte Owen.

»Da kommt der Brandy. Danke, Mary. Bring der jungen Dame doch bitte etwas Trockenes zum Anziehen und hilf ihr aus den nassen Sachen. Danach sehe ich mir Ihren Knöchel an«, fügte er an Greta gewandt hinzu, bevor er ihr kurz zunickte und den Raum mit Mary im Schlepptau verließ.

Greta stützte ihren schmerzenden Kopf auf die Armlehne des Sofas; immerhin war ihr jetzt nicht mehr schwindlig. Als sie sich in dem gemütlichen Zimmer umsah, merkte sie, dass es mit einer merkwürdigen Mischung geschmackvoller alter Möbel eingerichtet war. Auf dem Steinfußboden lagen ausgeblichene Aubusson-Teppiche, die großen Fenster zierten pflaumenfarbene Seidenvorhänge. Die Decke wurde von einem dicken Balken gestützt, und an den mit Eichenholz vertäfelten Wänden hingen Ölgemälde.

Mary, die schon bald mit sauberer Kleidung zurückkehrte, half Greta beim Ausziehen, gab ihr ein dickes Wollgewand und reichte ihr ein Glas mit Brandy.

Greta bedankte sich. »Tut mir leid, dass ich Ihnen zur Last falle.«

»Ruhen Sie sich aus. Sie sind schlimm gestürzt. Gleich kommt Master Owen und sieht sich Ihren Knöchel an«, sagte Mary und entfernte sich.

»Fühlen Sie sich jetzt besser?«, erkundigte sich Owen, als er wenige Minuten später den Raum betrat.

»Ich glaube schon«, antwortete Greta unsicher und nahm einen kleinen Schluck Brandy.

»Dann wollen wir mal schauen.« Owen setzte sich aufs Sofa und begutachtete Gretas Knöchel. »Ziemlich geschwollen, aber da Sie ihn bewegen können, glaube ich nicht, dass er gebrochen ist. Ich tippe auf eine schlimme Verstauchung. Da hilft nur Ruhe. Bei dem Schnee werden Sie die Nacht hier verbringen müssen. Sie haben einen schweren Schock erlitten und dürfen Ihren Knöchel nicht belasten.«

»Nein! Ich möchte Ihnen keine Umstände machen. Ich ...«

»Unsinn! Wir haben neun ungenutzte Räume, und Mary muss sich nur um mich kümmern. Ich bitte sie, den Kamin in einem der freien Zimmer anzuzünden. Haben Sie Hunger?«

Greta, der nach wie vor übel war, schüttelte den Kopf.

Owen klingelte nach Mary und gab ihr Anweisungen. Dann setzte er sich in den Sessel gegenüber von Greta.

»Was für eine Weihnachtsüberraschung! Meine Gäste haben sich vor ein paar Stunden nach dem Essen verabschiedet, aber jetzt scheine ich wieder Besuch zu haben. Was wollten Sie denn überhaupt nach Anbruch der Dunkelheit im Wald? Sie waren ziemlich weit vom Lark Cottage weg, als Morgan Sie aufgespürt hat. Ich bezweifle, dass Sie den Heimweg gefunden hätten. Da draußen hätten Sie erfrieren können.«

»Ich habe mich verlaufen«, gestand Greta.

»Trotz des verstauchten Knöchels haben Sie wohl noch Glück gehabt.«

»Ja. Danke für die Hilfe«, sagte sie und unterdrückte ein Gähnen.

»Sie sollten sich hinlegen. Ich trage Sie die Treppe hinauf, ja?«

Fünfzehn Minuten später lag Greta mit einem frisch gewaschenen Pyjama von Owen in einem großen, bequemen Himmelbett und kam sich in dem Raum mit den schweren Damastvorhängen, orientalischen Teppichen und erlesenen Walnussholzmöbeln vor wie eine Königin.

»Wenn Sie etwas brauchen sollten, läuten Sie einfach nach Mary. Gute Nacht, Miss ...?« Er sah sie fragend an.

»Simpson, Greta Simpson. Es tut mir wirklich leid, dass ich Sie belästigen muss. Morgen geht es mir bestimmt wieder besser.«

»Bitte sagen Sie doch Owen zu mir.« Er verließ das Zimmer mit einem verlegenen Lächeln.

Nachdem Mary ihr einen Becher mit heißer Schokolade gebracht hatte, von der Greta nur ein paar Schlucke trank, wurde sie so müde, dass sie sofort einschlief.

Am folgenden Morgen klopfte Mary an der Tür und betrat leise das Zimmer, um das Frühstückstablett abzustellen und die Vorhänge zurückzuziehen.

»Guten Morgen, Miss. Wie geht es Ihnen heute?«, erkundigte sie sich, als Greta sich in dem großen Bett genüsslich streckte.

»Ich habe so gut geschlafen wie lange nicht mehr.« Sie schenkte Mary ein Lächeln, als diese sich bückte, um den Kamin anzuzünden. »Ich müsste auf die Toilette«, sagte sie, schlug die Bettdecke zurück und stand auf. »Au!« Greta hielt sich an der Matratze fest, als ein stechender Schmerz ihren Knöchel durchzuckte.

»Langsam, Miss, langsam.« Mary eilte zu ihr, half ihr zurück ins Bett und begutachtete ihren Knöchel, der in der Nacht tiefblau angelaufen war. »Ich helfe Ihnen zur Toilette, aber danach sollten wir Dr. Evans rufen.«

»Danke, dass Sie so schnell gekommen sind, Dr. Evans.« Owen erhob sich von seinem Schreibtisch, um dem Arzt die Hand zu schütteln.

»Keine Ursache.«

»Und, was sagen Sie?«

»Ich habe sie gründlich untersucht. Die Kopfverletzung scheint nicht so schlimm zu sein, wie sie auf den ersten Blick aussieht, aber der Knöchel ist arg verstaucht. Ich würde in den nächsten Tagen zu absoluter Ruhe raten. Besonders unter den gegebenen Umständen«, fügte Dr. Evans hinzu.

»Und die wären?«, erkundigte sich Owen.

»Meiner Rechnung nach dürfte die junge Frau im dritten Monat schwanger sein. Bei diesem Wetter sollte sie keinen weiteren Sturz riskieren, der sie und das ungeborene Kind gefährden könnte. Ich würde vorschlagen, dass sie im Bett bleibt, und sehe dann in zwei Tagen wieder nach ihr.«

Owens Miene blieb ausdruckslos. »Danke. Ich hoffe, in dieser Angelegenheit auf Ihre Diskretion vertrauen zu können.«

»Selbstverständlich.«

Nachdem Dr. Evans sich verabschiedet hatte, ging Owen hinauf zu Greta, klopfte leise an ihrer Tür und öffnete sie. Als er sah, dass sie schlief, betrachtete er sie vom Fußende des Betts aus. Sie wirkte klein und verletzlich wie ein Kind.

Owen setzte sich in einen Sessel am Fenster und überlegte, was Greta nach Marchmont geführt haben mochte. Dabei blickte er hinaus auf sein Anwesen, das bei seinem Tod auf seinen Neffen übergehen würde.

Zehn Minuten später verließ er das Zimmer und das Haus.

LJ molk im Schuppen die letzte Kuh. Als sie Schritte hörte, hob sie mit gerunzelter Stirn den Blick.

»Hallo, Owen. Die Buschtrommeln von Marchmont sagen, du hättest einen unerwarteten Gast. Wie geht's der Patientin?«

»Ihren Knöchel hat's schlimm erwischt, und der Arzt hat ihr absolute Ruhe empfohlen, weswegen sie wohl ein paar Tage bei mir im Haus bleiben wird. Im Moment kann die Arme nicht allein ins Cottage zurück und kaum stehen.«

»Oje«, seufzte LJ. »Das tut mir leid.«

»Du weißt Bescheid über ... ihren Zustand?«

»Ja, natürlich.«

»Ist das Kind von David?«

»Gütiger Himmel, nein!« LJ sah Owen entsetzt an. »Irgend so ein GI hat sie sitzen gelassen, und David hat ihr geholfen. Sie wusste nicht wohin.«

»Verstehe. Unter den gegebenen Umständen war das sehr großherzig von ihm.«

»David ist eben ein großherziger Mensch.«

»Sie hat keine Familie?«

»Anscheinend nicht.« LJ erhob sich. »Wenn du mich jetzt entschuldigen würdest ...«

»Natürlich. Ich halte dich auf dem Laufenden. Sie ist sehr hübsch, die Kleine, findest du nicht?«

»Ja, stimmt wohl.«

»Auf Wiedersehen, Laura-Jane.« Owen trat hinaus auf den Hof.

LJ nahm, verwirrt über seine Fragen, den mit Milch gefüllten Eimer in die Hand. Das Gespräch mit Owen Marchmont tat sie als weiteren Beweis seiner komplexen Persönlichkeit mit einem Achselzucken ab.

Erst später in der Nacht, in der sie sich für sie ungewohnt lange schlaflos hin und her wälzte, wurde ihr die Bedeutung dessen klar, was er über Greta gesagt hatte.

»Nein, das kann nicht sein«, stöhnte sie, entsetzt über den Gedanken, der ihr da gekommen war.

## Kapitel 7

Es dauerte vier Tage, bis Greta ohne Hilfe durchs Zimmer humpeln konnte. In dem großen Bett mit wunderbarem Blick übers Tal sitzend und umsorgt von Mary, begann sie, ihre Lage zu genießen. Sobald Owen, der immer nachmittags bei ihr vorbeischaute, um sich nach ihrem Befinden zu erkundigen, merkte, wie sehr sie Bücher liebte, las er ihr vor. Greta empfand seine Anwesenheit als merkwürdig tröstend und liebte den Klang seiner tiefen Stimme.

Als Owen die Ausgabe von *Sturmhöhe* weglegte, sah er Tränen in ihren Augen schimmern.

»Was ist denn, meine liebe Greta?«

»Entschuldigung, es ist eine so schöne Geschichte. Jemanden zu lieben und doch niemals mit ihm ...« Ihr brach die Stimme.

Owen erhob sich und tätschelte sanft ihre Hand. »Ja«, sagte er und nickte beeindruckt davon, wie sehr das Buch sie gerührt hatte. »Aber es ist eben nur eine Geschichte. Morgen fangen wir mit *David Copperfield* an, einem meiner Lieblingsromane«, versprach er und verließ das Zimmer.

Greta sank in die Kissen zurück und überlegte, wie schön es wäre, wenn sie nicht mehr in die Einsamkeit ihres kleinen, kalten Cottage zurückkehren müsste. Hier in Marchmont Hall hatte sie das Gefühl, vor der Realität geschützt zu sein. Sie fragte sich, warum der gebildete, intelligente und trotz seines Alters attraktive Owen nicht verheiratet war, und ertappte sich dabei, wie sie sich vorstellte, seine Ehefrau zu sein, die Herrin dieses Hauses und Anwesens: den Rest des Lebens sicher und geborgen. Aber das würde ein Traum bleiben, denn in Wirklichkeit war sie eine mittellose Frau, die ein uneheliches Kind unter dem Herzen trug und sich bald wieder der Realität stellen musste.

Als Owen am folgenden Nachmittag die Ausgabe von *David Copperfield* schloss, streckte Greta sich herzhaft gähnend.

»Was ist?«, fragte er.

»Sie haben mir wirklich sehr geholfen, aber jetzt darf ich Ihnen nicht mehr länger zur Last fallen. Der Schnee schmilzt allmählich, meinem Knöchel geht es besser, und ich muss ins Lark Cottage zurück.«

»Unsinn! Ich freue mich, dass Sie da sind. Im Haus war es sehr einsam, seit der letzte Offizier uns vor ein paar Monaten verlassen hat. Und in dem Cottage meines Neffen ist es feucht und kalt. Bevor Sie nicht vollständig genesen sind, können Sie nicht dort wohnen. Wie wollen Sie denn abends die Treppe hochkommen?«

»Das schaffe ich schon.«

»Ich bestehe darauf, dass Sie mindestens noch eine Woche bleiben. Schließlich bin ich an allem schuld. Da ist es das Mindeste, dass ich Sie bei mir behalte, bis Sie wieder gesund sind.«

»Wenn Sie sicher sind, Owen«, antwortete Greta, bemüht, ihre Freude über sein Angebot zu verbergen.

»Ja, natürlich. Es ist mir ein Vergnügen, Sie hier zu haben.« Owen erhob sich. »Aber jetzt sollten Sie sich ausruhen.« An der Tür drehte er sich zu ihr um. »Hätten Sie Lust, mir heute Abend beim Essen Gesellschaft zu leisten?«

»Ich … Ja, gern. Danke, Owen.«

»Dann bis um acht.« Er nickte und verabschiedete sich mit einem verlegenen Blick.

Am Nachmittag gönnte Greta sich ein langes heißes Bad, setzte sich anschließend vor den Spiegel im Schlafzimmer und frisierte sich, so gut es ging. Ungeschminkt und mit vom Bad rosigen Wangen wirkte sie blutjung.

Zwanzig Minuten später betrat sie den Salon auf eine Krücke gestützt, die Owen ihr besorgt hatte, in ihrer frisch gewaschenen Bluse und einem Wollbouclérock.

»Guten Abend, Greta.« Er stand auf, nahm ihren Arm und half ihr zu einem Sessel. »Darf ich Ihnen sagen, wie schön Sie heute sind?«

»Danke. Mir geht es ja auch schon viel besser. Allmählich komme ich mir vor wie eine Hochstaplerin, wenn ich den ganzen Tag im Bett verbringe.«

»Möchten Sie einen Drink?«

»Nein, danke. Ich glaube, im Moment würde mir der Alkohol sofort zu Kopf steigen.«

»Dann vielleicht zum Essen.«

»Ja.« Weil es kalt war in dem Raum, wärmte Greta sich die Hände am Kamin.

»Frieren Sie? Ich habe Mary gebeten, im Kamin Feuer zu machen, aber weil ich dieses Zimmer nur selten nutze, ist es ausgekühlt. Für mich allein ist die Bibliothek praktischer.«

»Nein, danke, alles in Ordnung.«

»Zigarette?« Owen hielt Greta ein Silberetui hin.

»Danke.« Sie nahm eine, und er zündete sie ihr an.

»Erzählen Sie mir doch von sich.«

»Da gibt's nicht viel zu erzählen.« Sie zog nervös an ihrer Zigarette.

»Laura-Jane sagt, Sie hätten in London im selben Theater gearbeitet wie David. Sind Sie Schauspielerin?«

»Äh, ja.«

»Ich habe nie viel Zeit fürs Theater gehabt und bewege mich sowieso lieber an der frischen Luft. Aber verraten Sie mir doch, in welchen Stücken Sie aufgetreten sind.«

»Eigentlich war ich keine richtige Schauspielerin, sondern eher Tänzerin.«

»Komödien mit Musik, so, so. Ich mag diesen Noël Coward.

Einige seiner Lieder gefallen mir sehr. Im Krieg waren Sie also in London?«

»Ja«, log Greta.

»Die V-1-Raketen müssen schrecklich gewesen sein.«

»Ja, aber wir sind einfach alle ein bisschen zusammengerückt. Wahrscheinlich muss man das, wenn man die Nacht auf engstem Raum in der U-Bahn-Station Piccadilly Circus verbringt.« Greta wiederholte, ohne mit der Wimper zu zucken, was Doris ihr erzählt hatte.

»Das ist der unbeugsame Durchhaltewillen der Briten, der uns geholfen hat, den Krieg zu gewinnen. Wollen wir zum Essen reingehen?«

Owen half Greta ins Esszimmer, das – wie die anderen Räume, die sie bis dahin gesehen hatte – geschmackvoll eingerichtet war, mit flackernden Wandleuchtern und einem langen, hochglanzpolierten Tisch, an dessen einem Ende zwei Plätze gedeckt waren. Er zog einen Stuhl für sie heraus, und sie setzte sich.

»Das Haus ist wunderschön, aber ziemlich groß. Fühlen Sie sich darin nicht manchmal einsam?«, erkundigte sie sich.

»Ja, besonders nachdem ich mich an all die Patienten und Krankenschwestern gewöhnt hatte. Und im Winter zieht's hier wie Hechtsuppe. Kostet ein Vermögen, das Gemäuer warm zu kriegen. Ich hasse Kälte«, gestand Owen. »Vor dem Krieg habe ich in Kenia gelebt. Das Klima da hat mir mehr zugesagt, wenn auch nicht unbedingt der Lebensstil.«

»Wollen Sie irgendwann zurückkehren?«, fragte Greta.

»Nein. Ich habe meine Zelte dort abgebrochen und die Farm verkauft. Außerdem hatte ich die Führung von Marchmont lange genug Laura-Jane überlassen und das Gefühl, dass ich meine Pflicht tun muss.« Als Mary den Raum betrat, hoben sie beide den Blick. »Ah, da kommt die Suppe. Mary, würdest du bitte den Wein einschenken?«

»Sehr wohl, Sir.«

Owen wartete, bis Mary serviert und das Zimmer verlassen hatte, bevor er sagte: »Ich möchte ja nicht neugierig wirken, aber warum kehrt eine hübsche junge Frau wie Sie London den Rücken, um in die Wildnis von Monmouthshire zu ziehen?«

»Ach, das ist eine lange Geschichte«, antwortete Greta ausweichend und griff nach ihrem Weinglas.

»Wir haben Zeit, den ganzen Abend.«

»Nun ...« Greta war klar, dass sie nicht ohne eine Erklärung davonkommen würde. »Ich hatte genug von London und brauchte einen Tapetenwechsel. David hat mir sein Cottage angeboten, und ich habe Ja gesagt, um Zeit zum Nachdenken zu haben.«

»Verstehe.« Owen, der beobachtete, wie Greta ihre Suppe aß, wusste, dass sie log. »Ohne indiskret sein zu wollen: Hatte Ihre Entscheidung mit einem jungen Mann zu tun?«

Greta legte klappernd den Löffel zur Seite und beschloss, die Wahrheit zu sagen. »Ja.«

»Aha. Umso besser für mich. Der Mann muss blind gewesen sein.«

Greta hielt den Blick gesenkt und atmete langsam aus. »Es gibt noch einen anderen Grund.«

Owen wartete.

»Ich bin schwanger.«

»Verstehe.« Er aß weiter.

»Ich könnte es verstehen, wenn Sie mich nun auffordern würden, sofort zu gehen.« Greta zog ein Taschentuch aus ihrem Ärmel und wischte sich die Nase ab.

»Ganz ruhig, meine Liebe. Was Sie mir soeben gestanden haben, ist noch mehr Grund, mich um Sie zu kümmern.«

Sie sah ihn erstaunt an. »Sie sind nicht schockiert?«

»Greta, ich mag am Ende der Welt wohnen, aber ein wenig Lebenserfahrung habe ich trotzdem. Solche Dinge passieren nun mal. Besonders in Kriegszeiten.«

»Er war amerikanischer Offizier«, erklärte Greta mit leiser Stimme, als würde das die traurige Geschichte besser erklären.

»Er weiß, dass Sie schwanger sind?«

»Nein. Und er wird es auch nie erfahren. Er ... Er hat mir einen Heiratsantrag gemacht. Ich habe ihn angenommen, doch dann ist er ohne ein Wort des Abschieds nach Amerika zurückgegangen.«

»Aha.«

»Ich weiß nicht, was ich ohne David gemacht hätte.«

»Sind Sie mit ihm ...?«

»Nein«, antwortete Greta hastig. »Wir sind gute Freunde, nicht mehr. David hat mir sehr geholfen.«

»Und wie sehen Ihre Pläne für die Zukunft aus?«

»Ich habe keine Ahnung. Ehrlich gesagt versuche ich, seit ich hier bin, nicht an die Zukunft zu denken.«

»Was ist mit Ihrer Familie?«, fragte Owen, als Mary ein Silbertablett mit Roastbeef brachte und auf der Anrichte abstellte, bevor sie die Suppenteller abräumte.

»Ich habe keine. Meine Eltern sind bei den deutschen Luftangriffen gestorben.«

»Aber Sie scheinen gebildet zu sein und sich hervorragend mit Literatur auszukennen.«

»Ja, ich liebe Bücher. Und ich hatte Glück. Vor dem Tod meiner Eltern habe ich ein Mädchenpensionat besucht.« Zumindest das entsprach der Wahrheit.

»Also sind Sie jetzt ganz allein auf der Welt?« Owen legte vorsichtig seine Hand auf die von Greta. »Keine Sorge, ich werde mich bemühen, mich um Sie zu kümmern.«

Im Lauf des Abends, als sich das Gespräch von der Vergangenheit wegbewegte, begann Greta sich zu entspannen. Nach dem Essen kehrten sie in den Salon zurück, wo Greta sich an den Kamin setzte und den schwarzen Labrador Morgan, der zu ihren Füßen lag, streichelte. Owen trank Whisky und erzählte vom Leben in seinem geliebten Kenia, wo ihm eine große Farm in der Nähe von Nyeri im zentralen Hochland gehört hatte.

»Aber der Trubel, für den meine Landsleute dort ständig gesorgt haben, ist mir auf die Nerven gegangen. Obwohl ›das glückliche Tal‹, wie es dort hieß, weit abseits lag, haben sie immer wieder neue Unterhaltungsmöglichkeiten gefunden, wenn Sie wissen, was ich meine.« Owen hob eine Augenbraue. »Als lediger Mann war ich für gewisse weibliche Aasgeier leichte Beute. Ich war froh, hier wieder zu moralischer Normalität zurückkehren zu können.«

»Sie haben nie geheiratet?«

»Es gab da jemanden, doch das ist lange her. Wir waren verlobt, aber ...« Owen seufzte. »Jedenfalls habe ich seitdem nicht mehr das Bedürfnis verspürt, jemandem einen Antrag zu machen. Wer würde schon einen brummigen alten Kauz wie mich wollen?«

*Ich.* Greta schob den Gedanken sofort beiseite. Der Wein und das Kaminfeuer machten sie träge, sie musste gähnen.

»Zeit fürs Bett, meine Liebe. Sie wirken müde. Ich bitte Mary, Sie hinauf in Ihr Zimmer zu begleiten«, sagte er und klingelte.

»Sie haben recht, tut mir leid. Es ist schon einige Zeit her, dass ich so lange aufgeblieben bin.«

»Kein Grund, sich zu entschuldigen. Danke, dass Sie mir so charmant Gesellschaft geleistet haben. Hoffentlich habe ich Sie nicht gelangweilt.«

»Aber nein, überhaupt nicht.« Sie stand auf, als Mary den Raum betrat.

»Könnten Sie sich vorstellen, morgen Abend wieder mit mir zu essen?«

»Gern. Danke, Owen. Gute Nacht.«

»Greta?«

»Ja?«

»Vergessen Sie nicht, dass Sie nicht länger allein auf der Welt sind.«

»Danke.«

Als Mary ihr fröhlich vor sich hinplappernd ins Bett half, versuchte Greta, sich darüber klar zu werden, was an diesem Abend passiert war. Sie hatte erwartet, dass sich Owens Verhalten ihr gegenüber in der Sekunde ändern würde, in der sie ihm gestand, dass sie schwanger war. Doch als sie, nachdem Mary das Zimmer verlassen hatte, die Bettdecke hochzog, wurde ihr bewusst, dass er auf seine unbeholfene Art mit ihr geflirtet hatte. Wie konnte er sich jetzt, da er die Wahrheit kannte, noch für sie interessieren?

In der folgenden Woche, die sich über Silvester und Neujahr erstreckte, aß Greta jeden Abend mit Owen. Da ihr Knöchel wieder stabiler war, las er ihr nachmittags nicht mehr vor, sondern machte mit ihr kurze Spaziergänge über das Anwesen. Dabei warb er auf altmodische Weise um sie. Warum, verstand sie nicht. Schließlich konnte der Herr von Marchmont kaum eine Frau heiraten, die das Kind eines anderen unter dem Herzen trug, oder?

Nach wiederholten Beteuerungen, sie müsse nach fast einem Monat im Haupthaus ins Lark Cottage zurückkehren, und Owens Bitten zu bleiben bestand kein Zweifel mehr: Er wollte sie bei sich behalten.

Einige Tage später plauderten sie nach dem Essen im Salon über *David Copperfield*. Als Owen das Buch schloss, wurde sein Gesichtsausdruck ernst.

»Greta, ich wollte Sie etwas fragen.«

»Doch hoffentlich nichts Schlimmes?«

»Nein ... Das glaube ich zumindest.« Er räusperte sich. »Greta, in der kurzen Zeit, die wir uns kennen, sind Sie mir sehr ans Herz gewachsen. Sie haben mir Energie und Lebenslust geschenkt, die ich schon verloren glaubte. In kurzen Worten: Mir graut davor, dass Sie mich wieder verlassen. Deswegen möchte ich fragen, ob Sie mir die Freude machen würden, mich zu heiraten.«

Greta sah ihn mit offenem Mund an.

»Natürlich könnte ich es gut verstehen, wenn Sie nicht die Frau eines so viel älteren Mannes werden wollen. Aber ich habe den Eindruck, dass Sie Dinge benötigen, die ich Ihnen geben kann: einen Vater für Ihr Kind und eine sichere Umgebung für Sie und das Kleine.«

Es dauerte eine Weile, bis sie die Sprache wiederfand. »Sie meinen, Sie wären bereit, mein Kind als das Ihre aufzuziehen?«

»Natürlich. Niemand muss erfahren, dass es nicht von mir ist.«

»Aber was ist mit LJ und David? Sie kennen die Wahrheit.«

»Machen Sie sich über die keine Gedanken.« Owen winkte ab. »Was halten Sie von meinem Vorschlag, meine liebe Greta?«

Sie schwieg.

»Sie fragen sich, was meine Motivation ist, nicht wahr?«

»Ja, Owen.«

»Wäre es zu simpel, wenn ich Ihnen antworte, dass Ihre Anwesenheit mir bewusst gemacht hat, wie einsam ich gewesen bin? Dass ich etwas für Sie empfinde, das ich zuvor nicht für möglich gehalten hätte? Marchmont braucht frisches Blut und Leben, sonst vergeht es mit mir. Ich glaube, wir könnten einander das geben, was uns in unserem jeweiligen Leben fehlt.«

»Ja, aber ...«

»Ich erwarte nicht, dass Sie sich gleich entscheiden«, versicherte er hastig. »Lassen Sie sich Zeit, über meinen Vorschlag nachzudenken. Und gehen Sie nach Lark Cottage zurück, wenn Sie möchten.«

»Ja. Nein ... Ich ...« Greta rieb sich die Stirn. »Würden Sie mich entschuldigen, Owen? Ich bin schrecklich müde.«

»Natürlich.«

Sie erhoben sich. Owen griff nach ihrer Hand und küsste sie sanft. »Lassen Sie es sich durch den Kopf gehen. Doch egal, wie

Ihre Entscheidung ausfällt: Es war mir ein Vergnügen, Sie bei mir zu haben. Gute Nacht.«

Im Bett kreisten Gretas Gedanken um Owens Antrag. Wenn sie ihn annahm, hätte ihr Kind einen Vater, und sie würden von den Problemen verschont, mit denen ledige Kinder und ihre Mütter für gewöhnlich konfrontiert waren. Sie wäre die Herrin eines prächtigen Anwesens und hätte nie wieder Geldsorgen.

Doch eines würde sie nicht haben: einen Mann, den sie liebte. Obwohl Owen auf seine Art freundlich, rücksichtsvoll und attraktiv war, konnte Greta sich nicht vorstellen, das Bett mit ihm zu teilen.

Aber wenn sie sein Angebot ausschlug, musste sie ins Cottage zurück und ihr Kind allein aufziehen. Wer wusste schon, wie es dann weitergehen würde? Wie standen die Chancen, irgendwann noch die große Liebe zu finden? Und wie sollte sie für sich und das Kind aufkommen?

Max tauchte vor ihrem geistigen Auge auf. Sie schüttelte den Kopf, um sein Bild loszuwerden. Er würde nicht wiederkehren, sie würde sich mit ihrem Kind allein ein Leben aufbauen müssen.

Greta versuchte, sich Davids und LJs Reaktion auf ihre Entscheidung vorzustellen. Letztlich konnte sie nur auf ihr Verständnis hoffen, weil sie im Moment nicht in der Lage war, Rücksicht zu nehmen.

»Einen andern, der für uns sorgt, finden wir wohl nicht«, stellte sie fest und strich sich über den Bauch.

Am folgenden Morgen teilte Greta Owen beim Essen mit, dass sie seinen Antrag annehme.

Mary betrat das Esszimmer, wo Owen beim Frühstück die *Times* las.

»Verzeihung, Sir, Mrs Marchmont ist hier und möchte Sie sprechen.«

»Sag ihr, sie soll warten, bis ich mit dem Frühstück ...«

»Ich glaube nicht, dass das warten kann, Owen.« LJ, die hinter Mary auftauchte, drängte sich an ihr vorbei.

Owen seufzte. »Na schön. Danke, Mary. Mach die Tür hinter dir zu, ja?«

»Ja, Sir.«

Als Mary sich entfernt hatte, sah LJ ihn vom anderen Ende des Tischs aus wütend an. Owen wischte sich seelenruhig den Mund mit einer Serviette ab und faltete ordentlich seine Zeitung.

»Was ist so dringend?«

»Das weißt du ganz genau.« LJs Stimme war kaum lauter als ein Flüstern.

»Du regst dich auf, weil ich Greta heiraten möchte, stimmt's?«

LJ sank mit einem tiefen Seufzer auf einen Stuhl. »Owen, ich will nicht behaupten, dass ich deine geheimsten Gedanken kenne, und es geht mich auch nichts an, aber du weißt doch nichts über das Mädchen.«

Owen nahm eine Scheibe Toast aus dem Ständer und bestrich sie mit Butter. »Ich weiß, was ich wissen muss.«

»Tatsächlich? Und dich stört es nicht, dass die neue Herrin von Marchmont eine Frau ist, die sich ihren Lebensunterhalt damit verdient hat, halbnackt auf der Bühne des Windmill Theatre aufzutreten?«

»Darüber bin ich informiert. Und ich bin dankbar dafür, dass ich jemanden gefunden habe, der mir das Glück schenken kann, auf das ich nicht mehr gehofft hatte.«

»Soll das heißen, dass du sie tatsächlich liebst? Oder hat dir nur ihr hübsches Gesicht den Kopf verdreht?«

»Wie du selber schon bemerkt hast, geht dich das nichts an, Laura-Jane.«

»O doch, wenn das bedeutet, dass eines Tages ihr uneheliches Kind und nicht mein Sohn Marchmont erbt!« LJs Stimme bebte vor Erregung. »Wenn das eine Strafaktion für mich sein sollte, ist sie dir gelungen.«

»*Dein* Sohn hat ja bisher nicht allzu viel Interesse an diesem Anwesen gezeigt.«

»Trotzdem gehört es ihm von Rechts wegen, und das weißt du auch.«

»Ich fürchte, das stimmt nicht, Laura-Jane. Marchmont fällt an meinen direkten Nachfahren. Und außer dir und David weiß niemand, dass Gretas Kind nicht von mir ist. Möglicherweise wird es Spekulationen darüber geben, dass es unehelich gezeugt und die Heirat deshalb hastig arrangiert wurde, aber weiter werden die Mutmaßungen nicht gehen.«

»Meinst du?« LJ bebte vor Zorn. »Du erwartest also von mir, dass ich tatenlos zusehe, wie das Erbe meines Sohnes an den Bastard eines hergelaufenen GIs geht?«

»Dein Wort stünde gegen unseres, doch wenn du die Sache vor Gericht bringen möchtest, dann bitte«, erklärte Owen mit ruhiger Stimme. »Du hast keine Möglichkeit, deine Behauptung zu beweisen, die Leute werden dich für eine schlechte Verliererin halten. Und die Zeitungen stürzen sich mit Begeisterung auf solche Skandale. Du kannst sicher sein, dass unser guter Ruf durch den Dreck gezogen würde, aber tu dir keinen Zwang an.«

»Ich begreife nicht, wie du so mit David umgehen kannst, Owen. Schließlich ...«

»*Du* begreifst nicht, wie *ich* das machen kann?« Er lachte verächtlich. »Denk einfach mal dreißig Jahre zurück, meine liebe Laura-Jane, daran, wie *du* mit *mir* umgegangen bist.«

LJ sah ihn eine ganze Weile schweigend an. »Das willst du also? Rache?«

»Nein, obwohl dir klar sein dürfte, dass du dir das alles selber zuzuschreiben hast. Wenn du damals, als ich im Ausland für König und Vaterland gekämpft habe, nicht meinen jüngeren Bruder geheiratet hättest, wäre David *unser* Sohn, und diese Situation hätte sich gar nicht ergeben.«

»Owen, du warst fast fünf Jahre lang weg, und drei davon dachten wir, du wärst tot!«

»Findest du nicht, dass du auf mich hättest warten sollen? Schließlich hatte ich dich vor meiner Abreise gefragt, ob du mich heiraten willst, und du hattest meinen Antrag angenommen und sogar meinen Verlobungsring getragen! Kannst du dir vorstellen, wie ich mich nach dem grässlichen Kriegsgefangenenlager in Ingolstadt gefühlt habe, als ich bei meiner Rückkehr nach England feststellen musste, dass meine Verlobte meinen Bruder geheiratet hatte und im Haus meiner Familie lebte? Und ich obendrein plötzlich einen einjährigen Neffen hatte? Laura-Jane, der Krieg hätte mir fast den Garaus gemacht. Mich hat nur der Gedanke daran, dass du hier auf mich wartest, am Leben gehalten.«

»Meinst du vielleicht, ich hätte mir keine Vorwürfe gemacht?« LJ rang die Hände. »Du solltest *mich* hassen, nicht meinen Sohn, nicht David. Das hat er nicht verdient. Du kannst ihm nicht mal in die Augen sehen!«

»Nein, und das werde ich auch nie können.«

»Glaub ruhig weiter, dass ich dich, hintergangen habe, aber meinst du nicht, dass ich gestraft genug bin mit meinem schlechten Gewissen und deinem Verhalten David gegenüber?«

»Niemand zwingt dich hierzubleiben.«

»Willst du, dass ich gehe?«

Owen schüttelte den Kopf. »Nein, Laura-Jane. Ich bin kein Unmensch. Marchmont ist genauso sehr dein Zuhause wie meines. Und vergiss nicht: Es war deine Entscheidung, aus dem Haupthaus ins Gate Lodge zu ziehen, als ich aus Kenia zurückgekommen bin.«

Laura-Jane stützte müde den Kopf in die Hände. »Bitte, Owen, ich flehe dich an. Verwehre David nicht sein rechtmäßiges Erbe, weil du mich bestrafen willst. Du weißt genau, dass ich nie vor Gericht ziehen würde, also muss ich an dein Gewissen appellieren. Es ist nicht nur moralisch falsch, David um sein Erbe zu bringen, es scheint mir auch ein sehr hoher Preis für deine Rache zu sein, wenn du Marchmont einem Kind ohne einen Tropfen Marchmontblut in den Adern vermachst.« LJ erhob sich. »Du hast recht. Ich sollte Marchmont tatsächlich verlassen. In einer Woche bin ich weg. Wie du richtig bemerkt hast, hält mich jetzt nichts mehr hier.«

»Wie du meinst.«

»Du hast meine Frage von vorhin nicht beantwortet: Liebst du Greta?«

Owen zögerte nur kurz mit seiner Antwort. »Ja.«

»Auf Wiedersehen, Owen.«

Er sah ihr nach, wie sie ohne einen Blick zurück den Raum verließ. Sie besaß nach wie vor die Eleganz, die ihn damals schon an der Sechzehnjährigen so beeindruckt hatte.

Owen stand auf, ging zum Fenster und beobachtete, wie Laura-Jane sich entschlossenen Schrittes vom Haus entfernte. Wieder überkam ihn ein Gefühl des Bedauerns. Er war nach Kenia gegangen, um den Schmerz über ihren Verrat zu überwinden, und weil er es nicht ausgehalten hatte, seinen Bruder Robin und seine frühere Verlobte miteinander zu sehen. Als Robin dann bei einem Reitunfall ums Leben gekommen war, wäre es ein Leichtes gewesen, nach Marchmont zurückzukehren und LJ noch einmal zu fragen, ob sie seine Frau werden wolle. Aber sein Stolz hatte ihn daran gehindert. Er war im Ausland geblieben, bis der Krieg ihn gezwungen hatte, nach Hause zu kommen.

Der Gedanke, dass sie Marchmont verlassen würde, erfüllte ihn mit Trauer. Sollte er ihr nachlaufen und ihr gestehen, dass er sie immer noch liebte? Dass er nur deshalb nie geheiratet hatte, weil er trotz allem, was sie ihm angetan hatte, nach wie vor nur sie wollte?

*Lauf ihr nach, schnell, und sag es ihr, bevor's zu spät ist ...,* drängte ihn eine innere Stimme. *Vergiss Greta und geh zu Laura-Jane. Mach das Beste aus den Jahren, die dir noch bleiben ...*

Owen sank in einen Sessel am Fenster und schüttelte traurig den Kopf. Er wusste, dass sein Stolz, der sein ganzes Leben beherrscht und zerstört hatte, ihn auch jetzt daran hindern würde, zu der Frau zu gehen, die er liebte, egal, was sein Herz sagte.

## Kapitel 8

Davids Karriere als Alleinunterhalter kam in die Gänge. Sein Vertrag mit dem Windmill Theatre war verlängert worden, und die positiven Reaktionen des Publikums nahmen im gleichen Maße zu wie sein Selbstvertrauen. Inzwischen hatte er auch einen fähigen Agenten, der ihm Großes zutraute. Dank des sicheren Einkommens vom Windmill hatte er aus seinem Zimmer in Swiss Cottage in eine Zweizimmerwohnung in Soho umziehen können, die näher beim Theater lag. Der Umzug und der straffe Auftrittsplan im Varieté hatten ihn jedoch daran gehindert, seine Mutter und Greta wie geplant in Marchmont zu besuchen. Aber am folgenden Wochenende würde er fahren.

Als er sich anzog, das Bett machte und einen herumliegenden Strumpf und eine Krawatte wegräumte, merkte er, dass sein Herz ein wenig schneller schlug als sonst, denn an diesem Morgen sollte er bei der BBC am Portland Place seinen ersten Sketch für eine Comedyshow aufnehmen, die an einem Freitagabend um sieben Uhr ausgestrahlt werden würde – beste Sendezeit. In dieser Sendung wurden interessante neue Talente vorgestellt, sie war für viele bekannte Komiker der erste Schritt zu Ruhm und Reichtum gewesen.

David betrat seine winzige Küche und stellte Wasser auf. Als er das Klappern des Briefkastens hörte, tappte er in den kleinen Flur, um die Post vom Boden aufzuheben. Auf dem Weg zurück in die Küche betrachtete er verwundert den Umschlag in seiner Hand. Er erkannte die markante Schrift seiner Mutter, aber der Brief war in Stroud, nicht in Monmouth, aufgegeben worden.

Er setzte sich mit dem Tee an den kleinen Tisch und las den Brief.

*Landsdown Road 72*
*Stroud*
*Gloucestershire*
*7. Februar 1946*

*Mein lieber David,*

*Dir ist bestimmt aufgefallen, dass ich Dir nicht von Marchmont schreibe, sondern von meiner Schwester Dorothy. Um gleich auf den Punkt zu kommen: Ich bin aus Gate Lodge ausgezogen und wohne hier, bis ich entschieden habe, was ich machen werde. Mit den Einzelheiten des Umzugs möchte ich Dich nicht langweilen; Dir soll es genügen zu wissen, dass ich beschlossen habe, ein neues Leben zu beginnen. Mach Dir keine Sorgen um mich. Mir geht es gut; Dorothy hat mich mit offenen Armen empfangen. Nach dem Tod von William im letzten Jahr werkelt sie ganz allein in dem großen Haus herum, und ich habe den Eindruck, dass wir beide froh sind, Gesellschaft zu haben. Vielleicht bleibe ich hier, vielleicht auch nicht. Das wird die Zeit erweisen. Nach Marchmont kehre ich jedenfalls nicht zurück.*

*Mein lieber Junge, es gibt Neuigkeiten: Owen hat sich in Deine Freundin Greta verguckt und ihr vor drei Wochen einen Heiratsantrag gemacht, den sie angenommen hat. Leider haben wir uns deswegen in die Haare gekriegt. Du weißt ja, wie stur Dein Onkel manchmal sein kann.*

*Hoffentlich bringt diese Nachricht Dich nicht zu sehr aus der Fassung, denn mir ist klar, dass Du tiefere Gefühle für Greta hegst als rein freundschaftliche. Soweit ich das beurteilen kann, tut Greta das, was für sie und das Kind am besten ist. Wir sind beide zu der Hochzeit eingeladen; Deine Einladung liegt bei. Ich gehe nicht hin.*

*Allerdings würde ich mir wünschen, dass Du Zeit findest, mich zu besuchen, sonst fahre ich mit dem Zug zu Dir.*

*Ich hoffe, bei Dir ist alles in Ordnung. Schreib mir doch, ich würde mich freuen.*
*Alles Liebe, Ma X*

David las den Brief noch einmal und schüttelte ungläubig den Kopf.

Greta heiratete Owen ... Er spürte, wie ihm Tränen in die Augen stiegen. Natürlich konnte er sie verstehen. Owen war in der Lage, Greta alles zu geben, was sie brauchte. Aber hatte sie sich tatsächlich in ihn verliebt? Schließlich war er alt genug, um ihr Vater zu sein. David ärgerte es, dass er ihr seine Gefühle nicht deutlicher gezeigt hatte. Wenn er es getan hätte, wäre nun vielleicht er derjenige, an dessen Arm sie zum Altar schritt. Vermutlich hatte er sie für immer verloren.

Und dass seine Mutter Marchmont verlassen hatte ... David ahnte, dass die bevorstehende Hochzeit der Grund dafür war. Er wusste, wie sehr sie das Leben dort liebte und wie schwer es ihr mit Sicherheit gefallen war fortzugehen. Ihre Beziehung zu Owen war immer kühl und distanziert gewesen, aber das hatte David ihren unterschiedlichen Temperamenten zugeschrieben.

Als er eine weitere Tasse Tee trank, kam ihm ein Gedanke: Wenn Greta Owen heiratete und er ihr Kind als das seine annahm, bedeutete das, dass dieses Kind einmal Marchmont erben würde. Zu seiner Überraschung löste das keine tiefen Gefühle in ihm aus. Ihm war früh klar gewesen, dass seine Zukunft nicht auf dem Anwesen der Familie lag. Die materiellen Dinge, die er erstrebte, wollte er sich selbst erarbeiten. Trotzdem wusste er, wie viel es seiner Mutter bedeutete, dass er Marchmont erbte. Die Vorstellung, dass der Spross eines unbekannten Amerikaners Anspruch auf das haben würde, was ihrer Meinung nach von Rechts wegen ihm selbst zustand, war für LJ schwer zu verdauen.

David seufzte tief. Unter den gegebenen Umständen erschien ihm ein Besuch in Marchmont wenig sinnvoll, weswegen er beschloss, am Wochenende nach Gloucestershire zu fahren oder sich im neutralen London mit seiner Mutter zu treffen.

»Verdammt!« Plötzlich merkte David, dass er nur noch fünfzehn Minuten hatte, um zum Portland Place zu kommen.

Er schlüpfte hastig in seinen Mantel, steckte den Brief in die Tasche und schlug die Tür hinter sich zu.

Owen Jonathan Marchmont heiratete Greta Harriet Simpson zehn Wochen nach ihrer ersten Begegnung im Wald. An einem grauen Märztag wechselten sie im kleinsten Kreis die Ringe in dem Gotteshaus auf dem Anwesen.

Greta, die von David eine freundliche Absage erhalten hatte, in der er ihr alles Gute für die Zukunft wünschte, hatte niemanden sonst eingeladen. Auch LJ, die einen Monat zuvor aus dem Gate Lodge ausgezogen war, ohne sich zu verabschieden, kam nicht. Trotz ihres schlechten Gewissens – bestimmt war ihre Verlobung der Grund für LJs Aufbruch gewesen – verspürte Greta ein Gefühl der Erleichterung. LJs Anwesenheit und deutlich sichtbare Missbilligung hätten sie nur noch nervöser gemacht.

Nun, da LJ nicht mehr da war, wollte Greta die Vergangenheit vergessen. Die Hochzeit markierte einen Neuanfang, eine Chance, in die Zukunft zu blicken. Dafür betete sie neben Owen vor dem Altar. Ihr Brokatbrautkleid im Empire-Stil war so lang und locker geschnitten, dass schon sehr scharfe Augen nötig gewesen wären, um die leichte Wölbung an ihrem Bauch wahrzunehmen. Von nun an, dachte sie, als Owen sie aus der Kirche herausführte, gehörte das Kind darin ihm.

Während die Gäste beim Hochzeitsfrühstück im Haupthaus Sekt tranken und sich angeregt unterhielten, kam Greta sich merkwürdig weit weg von allem vor. Owen hatte drei Offiziere aus seinem früheren Regiment, Dr. Evans, zwei entfernte Cousins und vier Farmer aus der Gegend eingeladen. Owens Anwalt Mr Glenwilliam war sein Trauzeuge gewesen.

Obwohl die Gäste freundlich mit ihr plauderten, spürte sie ihr Erstaunen darüber, dass Owen in seinem Alter noch heiratete, fast körperlich. Und sie wusste, dass sie, wenn das Kind deutlich früher als neun Monate nach der Hochzeit zur Welt käme, wissend mit dem Kopf nicken würden.

»Alles in Ordnung, meine Liebe?«, erkundigte sich Owen und reichte ihr ein Glas Sekt.

»Ja, danke, Owen.«

»Gut. Ich möchte ein paar Worte sagen, allen fürs Kommen danken und so.«

»Natürlich.«

Als Owen sich erhob, verstummten die Gäste und wandten sich ihm zu.

»Meine Damen und Herren, herzlichen Dank dafür, dass Sie mir und meiner Frau ...«, Owen bedachte Greta mit einem liebevollen Blick, »... heute Gesellschaft leisten. Manche von Ihnen mögen überrascht gewesen sein über die Einladung, aber jetzt, wo Sie Greta kennen, verstehen Sie sicher, warum ich sie gefragt habe, ob sie mit mir den Bund fürs Leben schließen will. Fast sechs Jahrzehnte mussten vergehen, bis ich mich endlich vor den Traualtar gewagt habe, und ich bin meiner frisch Angetrauten dankbar, dass sie meinen Heiratsantrag angenommen hat. Sie können sich gar nicht vorstellen, wie viel Mut er mich gekostet hat!«, scherzte er. »Zum Schluss möchte ich noch meinem Labrador Morgan danken, dass er uns zusammengebracht hat.«

Applaus, als Mr Glenwilliam sein Glas hob, um einen Toast auszusprechen.

»Auf Braut und Bräutigam.«

Greta nahm einen Schluck Sekt und lächelte Owen, ihrem Beschützer und Retter, zu.

Nachdem die letzten Gäste am frühen Abend gegangen waren, tranken Greta und Owen noch ein Gläschen Sekt am Kamin im Salon.

»Nun, Mrs Marchmont, wie fühlt man sich als Ehefrau?«, fragte Owen schmunzelnd.

»Es ist anstrengend!«

»Verständlich. Der Tag muss ermüdend für dich gewesen sein. Geh schon mal rauf. Mary soll dir was zu essen ans Bett bringen.« Owen sah ihr Erstaunen. »Meine Liebe, in deinem Zustand kann ich wohl nicht von dir erwarten … dass du die Ehe mit mir vollziehst. Ich schlage vor, das Zimmerarrangement vorerst so beizubehalten wie bisher. Und wenn du dann nicht mehr … gehandicapt bist, können wir neu darüber nachdenken.«

»Wenn du das möchtest, Owen.«

»Ja. Und jetzt rauf mit dir.«

Greta stand auf und ging zu ihm, um ihn auf die Wange zu küssen. »Gute Nacht. Und vielen, vielen Dank für die schöne Hochzeit.«

»Mir hat sie auch gefallen. Gute Nacht, Greta.«

Als Greta aus dem Raum war, schenkte Owen sich einen Whisky ein und starrte trübsinnig ins Feuer. Vor dem Altar hatte er die ganze Zeit nur denken können, dass an Gretas Stelle eigentlich Laura-Jane hätte stehen müssen. Sie fehlte ihm schrecklich, seit sie nicht mehr in Marchmont wohnte. Nicht zum ersten Mal fragte er sich, ob er die richtige Entscheidung getroffen hatte.

Doch nun ließ sich nichts mehr daran ändern, und Owen nahm sich vor, Greta niemals seine wahren Gefühle zu verraten. Sie würde alles bekommen, was sie brauchte.

Nur nicht sein Herz.

Als der letzte Schnee schmolz und im April eine erste Ahnung vom Frühling in der Luft lag, beobachtete Greta, wie ihr bis dahin eher kleines Bäuchlein wuchs. Sie konnte sich immer schlechter bewegen und hatte Mühe mit dem Schlafen. Außerdem schwollen ihre Knöchel an, und sie geriet schnell außer Atem. Sobald Owen das merkte, bestand er darauf, Dr. Evans zu rufen.

Der Arzt untersuchte sie vorsichtig und hörte ihren Unterleib mit einem Gerät ab, das ein wenig an ein Hörrohr erinnerte.

»Ist alles in Ordnung?«, fragte Greta besorgt, als Dr. Evans seine Tasche zumachte.

»Ja, bestens. Stellen Sie sich auf doppeltes Glück ein. Soweit ich das sehe, erwarten Sie Zwillinge. Deshalb fühlen Sie sich so unwohl. Ab jetzt sollten Sie sich schonen. Ich empfehle absolute Bettruhe, bis die Schwellung der Knöchel zurückgeht. Zwei Kinder sind eine gewaltige Aufgabe für Ihren zarten Körper, Mrs Marchmont. Probleme sind nicht zu erwarten, weil der Herzschlag bei beiden stark ist und Sie selbst sich bester Gesundheit erfreuen. Möglicherweise müssen Sie die letzten Wochen ins Krankenhaus, aber das hängt natürlich von Ihrem Befinden ab. Ich gehe jetzt nach unten und verkünde dem stolzen Vater die gute Nachricht.« Obwohl er freundlich lächelte, sah sie die leichte Häme in seinen Augen. »Ich schaue in den nächsten Tagen wieder vorbei.«

»Danke, Dr. Evans.« Greta lehnte sich mit einem erleichterten Seufzen zurück. Falls sie ihre Entscheidung, Owen zu heiraten, jemals angezweifelt hatte, waren diese Zweifel gerade beseitigt worden. Zwillinge: Zwei Kinder, die man ernähren, kleiden und aufziehen musste. Der Himmel allein wusste, wie die Zukunft für sie drei ausgesehen hätte, wenn sie allein geblieben wäre …

Zehn Minuten später klopfte es an der Tür. Owen trat ein, setzte sich aufs Bett und nahm ihre Hände in die seinen.

»Der Arzt hat es mir gesagt, Liebes. Jetzt musst du besonders gut auf dich aufpassen und dich schonen. Ich sage Mary, dass sie dir ab sofort alle Mahlzeiten aufs Zimmer bringen soll.«

»Tut mir leid, Owen.« Greta wandte den Blick ab.

»Was tut dir leid?«

»Du bist so nett zu mir. Bestimmt hast du nicht erwartet, dass bald zwei kleine Kinder unter deinem Dach herumspringen würden.«

»Ich bitte dich. Du hast mir mit der Heirat einen großen Dienst erwiesen. Zwillinge, na und? Die bringen Leben in die Bude! Jetzt ist die Chance, einen Jungen zu bekommen, doppelt so groß.« Er küsste sie auf die Wange. »Ich muss gleich nach Abergavenny, aber soll ich dir später noch vorlesen?«

»Gern, wenn du Zeit hast. Und, Owen: Könntest du mir Strickmuster und Wolle mitbringen? Ich möchte Sachen für die Kleinen stricken. Mary hat gesagt, sie würde mir helfen.«

»Gute Idee! Dann wird dir nicht langweilig.«

Als Owen weg war, dachte Greta über seine Worte nach. Es war nicht seine erste Andeutung, dass er sich einen Jungen wünschte. Vermutlich wollten alle Männer einen Sohn. »Bitte, lieber Gott«, flüsterte sie, »mach, dass es ein Junge wird.«

Gretas Wehen setzten einen Monat vor dem errechneten Geburtstermin mitten in der Nacht ein. Man rief Dr. Evans und die örtliche Hebamme Megan. Der Arzt hätte Greta ins Krankenhaus bringen lassen, sah aber, dass sie nicht transportfähig war.

Fünf Stunden später brachte Greta ein winziges Mädchen von nicht einmal fünf Pfund zur Welt, und zwanzig Minuten darauf folgte ein Junge mit wenig mehr als vier Pfund. Die erschöpfte Greta drückte gerade ihre kleine Tochter an sich, als Dr. Evans ihrem Sohn einen Klaps auf den kleinen Po gab.

»Nun mach schon«, murmelte er, und endlich begann das winzige Wesen zu husten und stieß einen Schrei aus. Dr. Evans säuberte den Kleinen, wickelte ihn in eine Decke und reichte ihn Greta.

»Das wäre geschafft, Mrs Marchmont. Zwei wunderschöne Babys.«

Greta spürte, wie ihr Tränen über die Wangen liefen, als sie die vollkommenen kleinen Menschen betrachtete, denen sie soeben das Leben geschenkt hatte. Das Gefühl der Zärtlichkeit, das sie dabei überkam, war so stark, dass es ihr den Atem benahm.

»Ist alles in Ordnung mit den beiden?«, fragte sie Dr. Evans besorgt.

»Ja, Mrs Marchmont, aber nachdem Sie sie gedrückt haben, muss ich sie Ihnen noch einmal wegnehmen, um sie mir genauer anzusehen. Der Junge ist sehr klein, um ihn wird man sich besonders kümmern müssen. Ich schlage Ihrem Mann vor, für die nächsten Wochen ein Kindermädchen einzustellen, das Ihnen unter die Arme greift. Und jetzt sollten Sie sich ausruhen. Megan bleibt bei Ihnen und erledigt die letzten Handgriffe.«

Widerstrebend reichte Greta Dr. Evans zuerst den Jungen, dann das Mädchen. »Bringen Sie sie bald wieder, ja?« Sie sank in die Kissen zurück und biss die Zähne zusammen, als die Hebamme anfing, sie zu nähen.

Später, sie döste gerade vor sich hin, spürte sie etwas Raues an ihrer Wange, schlug die Augen auf und sah den lächelnden Owen.

»Tapferes Mädchen. Unser Sohn ist wunderschön.«

»Und unsere Tochter auch.«

»Natürlich.«

»Könnten wir den Jungen Jonathan – kurz Jonny – nach mir und meinem Vater nennen?«, fragte er.

»Gern. Und das Mädchen?«

»Das wollte ich dir überlassen.«

»Francesca Rose«, sagte sie leise. »Kurz Cheska.«

»Warum nicht.«

»Wie geht's den Kleinen?«

»Gut. Sie schlafen beide tief und fest im Kinderzimmer.«

»Kann ich sie sehen?«

»Nicht jetzt. Du musst dich ausruhen. Anweisung des Arztes.«

»Okay. Aber bitte bald.«

»Selbstverständlich.« Owen küsste sie auf die Stirn und verließ den Raum.

In den folgenden achtundvierzig Stunden bekam Greta ihren Sohn nicht zu Gesicht. Da sie zu schwach war, um vom Bett aufzustehen, bat sie das Kindermädchen, das Owen für sie eingestellt hatte, Jonny zu ihr zu bringen, doch das weigerte sich und holte nur Cheska.

»Er ist krank, stimmt's?«, fragte Greta besorgt.

»Nichts Schlimmes. Er hat leichtes Fieber, und der Arzt möchte nicht, dass man ihn herumträgt.«

»Aber ich bin seine Mutter. Ich muss ihn sehen! Er braucht mich!« Greta sank frustriert in die Kissen zurück.

»Geduld, Mrs Marchmont«, entgegnete das Kindermädchen.

Später am Abend gelang es Greta aufzustehen. Sie stolperte den Flur entlang zum Kinderzimmer, wo Owen ihren leise vor sich hin wimmernden Sohn auf dem Arm hielt und zu beruhigen versuchte. Cheska schlief friedlich in ihrem Bettchen.

»Wieso bist du aufgestanden?« Owen runzelte irritiert die Stirn.

»Ich möchte meinen Sohn sehen. Ist alles in Ordnung mit ihm? Das Kindermädchen wollte mir nichts sagen. Ich darf ihm nicht mal das Fläschchen geben.« Greta streckte die Hand nach dem Kleinen aus, doch Owen drückte ihn an sich.

»Nein, Greta, du bist zu schwach. Am Ende lässt du ihn fallen. Er hatte leichtes Fieber, aber der Arzt meint, das wäre überstanden. Liebes, leg dich doch wieder hin. Du musst dich schonen.«

»Nein! Ich will Jonny auf den Arm nehmen.« Greta musste Owen ihren Sohn, dessen Wangen rot leuchteten, fast entwinden, um ihn sich genauer ansehen zu können. Sie hatte ganz vergessen, wie winzig er war. »Ich lege ihn zu mir ins Bett«, erklärte sie mit fester Stimme.

»Nein, Mrs Marchmont. Der Kleine ist gut versorgt, und Sie

müssen wieder zu Kräften kommen«, widersprach das Kindermädchen, das hinter ihr ins Zimmer gehastet war.

»Aber ich ...« Plötzlich verließen Greta die Kräfte, und sie ließ es zu, dass das Kindermädchen Jonny in sein Bettchen zurücklegte. Dann brachte Owen sie wie ein unartiges Kind in ihr Zimmer. Im Bett begann Greta, hemmungslos zu schluchzen.

»Ich hole dir das Kindermädchen, Liebes«, sagte Owen, dem ihr Gefühlsausbruch peinlich zu sein schien, und verließ den Raum.

»Ganz ruhig, Mrs Marchmont. Alle frischgebackenen Mütter fühlen sich so. Nehmen Sie die.« Das Kindermädchen reichte Greta eine Tablette und ein Glas Wasser. »Die beruhigt Sie und hilft Ihnen beim Einschlafen.«

Doch der Schlaf wollte sich nicht einstellen. Während Greta in die Dunkelheit starrte, musste sie an den besitzergreifenden Blick denken, mit dem Owen ihr ihren Sohn vorenthalten hatte.

Nicht zum ersten Mal fragte sie sich, ob er sie nur geheiratet hatte, um einen Erben für Marchmont zu haben.

Und den hatte sie ihm geschenkt.

In den folgenden Tagen erholte sich Greta körperlich und erlangte ihr inneres Gleichgewicht wieder. Sie fing trotz Protesten der Kinderschwester an, sich selbst um die Kleinen zu kümmern, und beobachtete voller Freude, wie die beiden von Tag zu Tag kräftiger wurden. Ihr Leben war nun eine einzige lange Abfolge von Fütter-, Wickel- und kurzen Schlafeinheiten dazwischen.

Ihre eigenen Bedürfnisse traten in den Hintergrund. Wenn eines der Babys schrie oder weinte, war sie sofort zur Stelle. Irgendwann wurde Greta bewusst, dass sie noch nie glücklicher gewesen war. Ihr Leben hatte einen neuen Sinn bekommen, weil sie das Gefühl hatte, als Schutzengel dieser winzigen Menschenwesen gebraucht zu werden.

Owen betrat das Kinderzimmer jeden Nachmittag pünktlich um zwei Uhr, nahm Jonny auf den Arm, fast ohne Cheska eines Blickes zu würdigen, und entführte seinen Sohn eine oder zwei Stunden lang. Manchmal sah Greta Jonny in der Bibliothek auf Owens Schoß sitzen oder Owen den großen, schweren Kinderwagen über den Kies schieben, den Labrador Morgan an seiner Seite.

»Dich nimmt er kaum wahr, was, mein Liebes?« Greta drückte einen Kuss auf die weichen blonden Haare ihrer Tochter. »Egal. Mummy hat dich jedenfalls sehr lieb.«

In den folgenden Monaten dachte Greta immer öfter über die seltsame Beziehung zu ihrem Mann nach. Vormittags war sie mit den Zwillingen beschäftigt, während Owen sich entweder auf der Farm oder geschäftlich in der Stadt aufhielt. Einen großen Teil des Nachmittags verbrachte er mit Jonny, und Greta blieb mit Cheska im Kinderzimmer, so dass die Eheleute sich tagsüber nur selten begegneten. Abends aßen sie nach wie vor an dem langen, hochglanzpolierten Tisch miteinander, aber Greta fiel auf, dass sie einsilbiger wurden. Letztlich waren die Kinder ihr einziges gemeinsames Thema. Owens Augen begannen zu leuchten, wenn er erzählte, wie Jonny Morgan am Schwanz gezogen hatte oder wie er vor Vergnügen kreischte, wenn man ihn kitzelte. Während des Essens entstanden lange Gesprächspausen. Für gewöhnlich zog Greta sich sofort danach in ihr Zimmer zurück, erschöpft vom Tag und dankbar dafür, dass Owen bislang nicht vorgeschlagen hatte, ihre Schlafbereiche zusammenzulegen.

Wenn sie in den frühen Morgenstunden über Jonny wachte, der sich leicht erkältete und Fieber bekam, grübelte Greta manchmal über ihre merkwürdige Ehe nach. Sie hatte das Gefühl, Owen nicht besser zu kennen als am ersten Tag. Er war nach wie vor rücksichtsvoll und um sie besorgt, aber bisweilen kam sie sich eher wie eine verhätschelte Nichte vor, weniger wie eine Ehefrau. Allmählich begann sie sich sogar zu fragen, ob sie am Ende den Vater geheiratet hatte, der ihr früh genommen worden war.

Oft träumte sie davon, in jungen, starken Armen zu liegen, doch wenn sie dann aufwachte, kam sie zu dem Schluss, dass der Verzicht darauf letztlich ein kleines Opfer war, das sie eben bringen musste. Ihre Kinder hatten einen Vater und ein Dach über dem Kopf, und den Rest ihres Lebens würde es ihnen materiell an nichts mangeln. Ihre geheimen Wünsche spielten da keine Rolle.

Ein Jahr verging, dann ein weiteres. Greta freute sich an Jonnys und Cheskas ersten Worten und Schritten. Die Zwillinge waren unzertrennlich, verständigten sich in ihrer eigenen – für andere rätselhaften – Sprache und spielten stundenlang miteinander, besonders gern »Hänsel und Gretel«. Sie taten so, als wären sie die Geschwister aus ihrem Lieblingsmärchen und als befände sich das Hexenhäuschen auf einer Lichtung im Wald von Marchmont. Am Ende der Geschichte rannten sie dann aufgeregt kreischend Hand in Hand zu Greta zurück.

Für Greta war das Lachen ihrer Kinder das schönste Geräusch der Welt. Ihr gefiel es, wie Jonny seine Schwester beschützte und wie vorsichtig Cheska mit ihrem kränkelnden Bruder umging.

Auch die Beziehung zwischen Owen und Jonny war innig. Jonny begrüßte seinen »Da«, wie er ihn nannte, mit einem strahlenden Lächeln, wenn dieser das Kinderzimmer betrat, und streckte ihm die Ärmchen entgegen. Greta beobachtete oft vom Fenster aus, wie ihr Mann und ihr Sohn, die Hand fest in der von Owen, im Wald verschwanden. Falls sie etwas gegen Owens deutlich sichtbare Bevorzugung Jonnys hatte, ließ sie es sich nicht anmerken und knüpfte stattdessen ein starkes Band zu ihrem kleinen blonden Engel Cheska.

Sie erhielten nur selten Besuch: Mr Glenwilliam kam mit seiner Frau zum Abendessen, manchmal leistete ihnen der Farmmanager Jack Wallace beim sonntäglichen Lunch Gesellschaft, und einmal verbrachten zwei von Owens Freunden aus Militärzeiten das Wochenende bei ihnen. Aber Greta hatte ja von Anfang an gewusst, dass Owen nicht allzu leutselig war.

Dafür entwickelte sich rasch ein freundschaftliches Verhältnis zwischen Greta und Mary, obwohl Greta die Herrin war und Mary die Bedienstete. Mary hatte ihr gestanden, dass der junge Knecht Huw Jones, der seit ein paar Monaten vorsichtig um sie warb, sie beim letzten Treffen geküsst und ihr das gefallen habe. Greta war fast ein wenig neidisch auf Mary und ihren jungen Verehrer. Oft blätterten sie miteinander Gretas wöchentliche Ausgabe der Filmzeitschrift *Picturegoer* durch oder schmunzelten über die Possen der Zwillinge. Greta dankte dem Himmel, dass Mary da war, die einzige weibliche Gesellschaft in Marchmont.

# KAPITEL 9

»Mein lieber Junge! Schön, dass wir uns endlich treffen! Du siehst richtig gut aus!« LJ küsste ihren Sohn auf beide Wangen.

»Gleichfalls, Ma. Gehen wir rein.«

»Ja. Bist du sicher, dass du dir das leisten kannst?« Auf dem Weg zum Grill Room blickte LJ sich an der Rezeption des Savoy Hotels um.

»Aber ja. Es läuft sehr gut für mich, Ma, und ich habe lange darauf gewartet, mir so etwas gönnen zu können«, antwortete David grinsend.

Der Oberkellner begrüßte sie freundlich und führte sie zu einer Nische in der Ecke des Raums.

»Bist du oft hier, David?«

»Mein Agent Leon geht immer zum Mittagessen mit mir her. Champagner, Ma?«

»Der ist doch sicher schrecklich teuer«, meinte sie und nahm Platz.

David winkte einen Kellner herbei. »Eine Flasche Veuve Clicquot, bitte. Wir haben etwas zu feiern.«

»Was denn, mein Lieber?«

»Die BBC hat in ihrer unergründlichen Weisheit endlich beschlossen, mir eine eigene Radiosendung zu geben.«

»O David!« LJ klatschte begeistert in die Hände. »Das ist ja wundervoll! Ich freue mich so für dich.«

»Danke, Ma. Die Sendung wird immer montagabends zwischen sechs und sieben ausgestrahlt, und ich habe als Moderator jede Woche andere Komiker und Sänger zu Gast.«

»Dir scheint's tatsächlich gut zu gehen, wenn du es dir leisten kannst, deine Mutter zum Champagnerfrühstück im Savoy Grill einzuladen.«

»Das liegt nicht an der BBC, wenn ich das mal so offen sagen darf, denn bei der ist noch keiner reich geworden«, erklärte David spöttisch. »Es hat eher mit all den anderen Dingen zu tun, die ich mir gerade aufbaue. Das summiert sich. Leon denkt, ich könnte eine kleine Rolle in einem Film der Pinewood Studios ergattern, außerdem wären da noch das Windmill und …«

»Musst du das in dem Varieté unbedingt machen, David? Der Gedanke, dass du … na ja … Du weißt, dass ich das nicht gut finde.«

»Vorerst ja. Vergiss nicht, dass sie mir dort Arbeit gegeben haben, als niemand sonst mich wollte. Ich möchte sichergehen, bis ich für mindestens ein halbes Jahr Aufträge habe und die Radiosendung läuft. Wie sie heißt, wird dir allerdings nicht gefallen.«

»Nein? Wie denn?«

»*Taffy's Ticklers* – Taffys tolle Sprüche.«

»Oje! Den blöden Spitznamen scheinst du nicht mehr loszuwerden. Für mich bleibst du trotzdem immer David, mein Junge.«

Der Kellner brachte den Champagner und schenkte zwei Gläser ein. David hob das seine. »Auf dich, Ma. Dafür, dass du mich stets unterstützt hast.«

»Ich bitte dich! Ich habe doch gar nichts gemacht. Du hast es ganz allein geschafft.«

»Ma, du ahnst nicht, wie viel ich dir zu verdanken habe. Du hast mich damals, als ich dir als Junge gesagt habe, dass ich Komiker werden möchte, nicht ausgelacht, egal, wie lächerlich dir das auch erschienen sein mag. Und als ich nach dem Krieg nach London gegangen bin, hast du mir nicht vorgeworfen, dass ich mich vor der Verantwortung drücke.«

»Jedenfalls freut's mich, dass alles so gut läuft. Auf dich, mein

Lieber. Hoch die Tassen, wie's so schön heißt.« LJ nahm einen Schluck Champagner, dann wurde sie plötzlich ernst. »David, ich muss dich das jetzt fragen: Hast du dir noch mal Gedanken über die Sache mit Greta und Owen gemacht? Du weißt so gut wie ich, dass das ans Illegale grenzt. Die beiden haben dich um dein rechtmäßiges Erbe gebracht. Meiner Ansicht nach könntest du damit vor Gericht gehen. Die Zwillinge sind sechs Monate, nachdem Owen Greta kennengelernt hat, auf die Welt gekommen. Dr. Evans weiß mit Sicherheit Bescheid. Schließlich war er bei der Geburt dabei.«

»Nein, Ma«, antwortete David mit fester Stimme. »Es ist klar, dass Dr. Evans niemals gegen Owen aussagen würde. Die beiden kennen sich ewig. Außerdem würde ein solcher Skandal möglicherweise meine Karriere, die jetzt endlich in die Gänge kommt, ruinieren, bevor sie richtig angefangen hat. Abgesehen davon bin ich sehr froh, mein eigenes Leben führen zu können. Es war die einzig richtige Entscheidung, Marchmont zu verlassen. Hier habe ich alles, was ich brauche. Wie geht es Owen und Greta überhaupt?«

»Ich habe keine Ahnung. Seit meinem Wegzug habe ich keinen Kontakt mehr zu Owen. Mary schreibt mir hin und wieder, aber von der habe ich auch seit Monaten nichts gehört. Ehrlich, David, ich begreife nicht, wie du das alles so ruhig hinnehmen kannst. Ich wäre dazu nicht in der Lage«, murmelte sie und trank einen großen Schluck Champagner.

»Vielleicht liegt's daran, dass ich nie darauf spekuliert habe, Marchmont zu erben. Als Teenager ist mir irgendwann klar geworden, dass Owen mich nicht mag. Obwohl ich nie verstanden habe, warum.«

LJ hatte ihrem Sohn nie von ihrer Beziehung mit Owen erzählt. Das würde sie auch jetzt nicht tun. »Ich weiß es wirklich nicht. Fest steht jedenfalls, dass die Situation grässlich ist. Wollen wir bestellen? Ich habe einen Bärenhunger.«

Während des Essens – Hummercremesuppe, Lammkarree und Obstsalat – unterhielten sie sich über Davids Radiosendung.

»Und an der Frauenfront? Hast du in letzter Zeit wieder irgendwelche verwaisten Damen aufgelesen?«, fragte LJ und hob eine Augenbraue.

»Nein, Ma. Im Moment bin ich so sehr mit dem Aufbau meiner Karriere beschäftigt, dass ich keine Zeit habe, an eine Beziehung zu denken. Aber sag, was gibt's Neues in Gloucestershire?«

»Obwohl ich kein großer Fan von Bridge-Abenden und Vorortklatsch bin, kann ich mich nicht beklagen.«

»Gib's zu, Ma ...«, David bedachte sie mit einem intensiven Blick, »... dir fehlt Marchmont, stimmt's?«

»Schon möglich. Wahrscheinlich würden nicht viele Frauen meines Alters behaupten, dass es ihnen fehlt, um fünf Uhr früh zum Melken aufzustehen, aber in Marchmont hatte ich wenigstens eine Aufgabe. Die viele Freizeit jetzt macht den Tag lang. Ich mag nicht mehr die Allerjüngste sein, doch zum alten Eisen gehöre ich noch lange nicht. Dorothy ist mein Fels in der Brandung.« LJ seufzte. »Ja, verdammt, Marchmont fehlt mir wirklich. Es fehlt mir, morgens aufzuwachen, auf die nebelverhangenen Hügel rauszuschauen und das Plätschern des Bachs unter mir zu hören. Es ist so schön dort, und ...« LJs Augen wurden feucht.

»Ma, das tut mir leid für dich.« Er legte seine Hand auf die ihre. »Wenn dir Marchmont so viel bedeutet, kämpfe ich darum. Bitte verzeih mir meinen Egoismus. Marchmont ist immer mehr dein Zuhause gewesen als das meine, und du hast es verloren, weil ich dir Greta geschickt habe.«

»Nun mach dir mal keine Vorwürfe dafür, dass du einer Frau aus der Patsche geholfen hast. Niemand konnte vorhersehen, was passieren würde. Außerdem ...«, LJ nahm ein Tuch aus ihrer Handtasche und wischte sich unauffällig die Tränen weg, »... habe ich viel zu viel Champagner getrunken. Ich bin eine rührselige alte Frau.«

»Kannst du wirklich nicht nach Marchmont zurück, Ma?«

»Nein.« Plötzlich wurde ihr Blick hart. »Ich muss jetzt los. Es ist schon nach drei, und Dorothy kriegt Panik, wenn ich später heimkomme als ausgemacht.«

»Natürlich.« David, dem der Schmerz seiner Mutter in der Seele wehtat, winkte den Kellner herbei, um zu zahlen. »Es war wunderbar, dich wiederzusehen.«

Fünf Minuten später brachte er seine Mutter zum Taxi.

»Pass auf dich auf, Ma«, sagte er und verabschiedete sich mit einem Kuss von ihr.

»Klar. Mach dir um mich mal keine Sorgen, so leicht lass ich mich nicht unterkriegen.«

David blickte dem Taxi wehmütig nach. Im Lauf der Jahre hatte er oft das Gefühl gehabt, dass hinter dem distanzierten Verhältnis seiner Mutter zu Owen mehr steckte.

Aber er hatte keine Ahnung, was.

## Kapitel 10

Am Nachmittag des dritten Geburtstags der Zwillinge tranken Greta, Owen, Mary, Jonny und Cheska zwei Stunden lang auf der Terrasse Tee, aßen Schokoladenkuchen, spielten Blindekuh und Verstecken im Wald.

Beim Schlafengehen fühlte Greta Jonnys Stirn, weil ihr seine Wangen ein wenig zu rosig erschienen, und gab ihm ein halbes Aspirin, das sie in etwas Saft auflöste. Obwohl Jonny an einem schlimmen Husten laborierte, das Überbleibsel einer Bronchitis von der Woche zuvor, war er ihr am Nachmittag munter erschienen.

Als Jonny endlich schlief, erzählte sie Owen beim Abendessen von ihrer Sorge um ihren Sohn.

»Das war bestimmt die Aufregung«, wiegelte Owen ab. »Er kommt schon wieder auf die Beine, wenn wir zwei morgen einen Ausflug mit seinem neuen Dreirad machen. Der Kleine entwickelt sich prächtig. Nicht mehr lange, dann setze ich ihn aufs Pferd.«

Den besänftigenden Worten ihres Mannes zum Trotz blieb Greta unruhig. Obwohl sie sich mittlerweile an Jonnys häufige Krankheiten gewöhnt hatte, schrillten ihre mütterlichen Alarmglocken laut und vernehmlich, und sie tappte ins Kinderzimmer, wo sie sah, dass Jonny, dessen Husten nun rau und rasselnd klang, sich in seinem Bettchen herumwälzte. Nachdem sie seine heiße Stirn gefühlt hatte, zog sie ihn aus und wusch ihn vorsichtig mit einem kühlen Schwamm, aber das linderte das Fieber nicht. Sie versuchte, ihre Panik zu verdrängen. Jonny hatte schon oft

Fieber gehabt, und sie wollte nicht überreagieren. Doch als sie sich eine Stunde später noch einmal über sein Bettchen beugte und die Hand auf seine Stirn legte, öffnete er die Augen nicht, sondern hustete und murmelte unverständliches Zeug.

»Jonny ist ernsthaft krank, das spüre ich!«, rief sie aus, als sie in Owens Schlafzimmer stürmte.

Er war sofort wach. »Was fehlt ihm?«, fragte er besorgt.

»Ich weiß es nicht so genau.« Greta unterdrückte ein Schluchzen. »So wie jetzt hab ich ihn noch nie erlebt. Bitte hol sofort Dr. Evans!«

Vierzig Minuten später beugte sich der Arzt über Jonnys Bettchen, maß seine Temperatur und lauschte durch sein Stethoskop dem flachen Atem des Jungen.

»Was ist los, Doktor?«, fragte Greta.

»Jonny hat eine schwere Bronchitis, die sich zu einer Lungenentzündung auswachsen könnte.«

»Er wird doch wieder gesund, oder?«, erkundigte sich Owen mit aschfahlem Gesicht.

»Ich würde ihn gern im Krankenhaus von Abergavenny untersuchen lassen. Seine Atmung gefällt mir nicht. Es klingt, als hätte er Wasser in der Lunge.«

»O Gott«, stöhnte Owen und rang die Hände.

»Keine Panik. Ich möchte mich nur vergewissern. Könnten Sie ihn mit Ihrem Wagen in die Klinik bringen, Mr Marchmont? Das geht schneller als mit den Sanitätern. Ich informiere die Leute im Krankenhaus, dass Sie mit Jonny unterwegs sind, und komme nach.«

Owen nickte, und Greta nahm Jonny auf den Arm. Gemeinsam hasteten sie hinunter zum Auto. Während der Fahrt zur Klinik, das kranke Kind im Arm, sah Greta, dass die Hände ihres Mannes auf dem Lenkrad zitterten.

In den folgenden achtundvierzig Stunden verschlechterte sich Jonnys Zustand drastisch. Den Bemühungen der Ärzte und Schwestern zum Trotz musste Greta hilflos mit ansehen, wie ihr kleiner Sohn um jeden Atemzug rang und schwächer und schwächer wurde. Es brach ihr fast das Herz.

Owen, der nicht in der Lage war, Greta zu trösten, saß stumm an Jonnys Bett.

Jonny starb um vier Uhr morgens, vier Tage nach seinem dritten Geburtstag.

Als Greta ihn zum letzten Mal in den Armen hielt, versuchte sie, sich jede Einzelheit seines geliebten Gesichts einzuprägen – seine vollen Lippen und hohen Wangenknochen, die sie so sehr an seinen Vater erinnerten.

Greta und Owen fuhren schweigend nach Hause, wo Greta sofort ins Kinderzimmer lief und schluchzend Cheska an sich drückte.

»Ach, mein Schatz. Warum er? Warum er?«

Später am Tag stolperte sie zu Owen, der in der Bibliothek saß, eine Flasche Whisky neben sich, den Kopf in die Hände gestützt, und hemmungslos weinte.

»Bitte, Owen, nicht ...« Greta trat zu ihm und legte die Arme um seine Schultern.

»Ich ... Ich habe ihn so sehr geliebt, obwohl er nicht von mir war. Vom ersten Augenblick an ...« Owen zuckte traurig mit den Achseln. »Er war wie ein Sohn für mich.«

»Er *war* dein Sohn und hat dich verehrt, Owen. Er hätte keinen besseren Vater haben können.«

»Ihn so jämmerlich sterben zu sehen ... Ich kann's einfach nicht fassen, dass er nicht mehr ist. Warum er? Er hatte doch gar nicht richtig gelebt, und ich mit meinen neunundfünfzig Jahren bin nach wie vor hier. Es hätte mich treffen sollen, Greta!« Owen sah sie an. »Welchen Sinn hat das alles jetzt noch für mich?«

Greta seufzte tief. »Du hast Cheska.«

Greta hoffte, dass die Beisetzung ihr und ihrem Mann Ruhe bringen würde. Owen sah um Jahre gealtert aus, und als der Sarg ins Grab gesenkt wurde, musste sie ihn stützen.

Sie hatte Owen und dem Geistlichen vorgeschlagen, Jonny auf der Lichtung im Wald zur letzten Ruhe zu betten, wo er so gern mit seiner Schwester gespielt hatte. »Ich stelle ihn mir lieber unter den Bäumen vor als inmitten von modernden Knochen im Friedhof«, hatte sie erklärt.

»Wie du meinst«, hatte Owen gemurmelt. »Er ist tot. Wo er jetzt liegt, ist mir egal.«

Greta hatte nicht gewusst, ob sie Cheska zur Beerdigung mitnehmen sollte, weil die Kleine noch nicht verstand, wohin ihr Bruder verschwunden war. »Wo ist Jonny?«, fragte sie ein ums andere Mal mit Tränen in den riesigen blauen Augen. »Kommt er bald wieder zurück?«

Dann schüttelte Greta den Kopf und sagte ihr, dass Jonny nun als Engel im Himmel sei und von einer großen, weichen Wolke auf sie herabblicke.

Am Ende war sie zu dem Schluss gekommen, dass es besser wäre, wenn Cheska nicht sah, wie ihr geliebter Jonny begraben wurde. Ein paar Tage nach der Trauerfeier führte sie Cheska in den Wald und zeigte ihr die Stelle, an der sie eine kleine Tanne gepflanzt hatte, um Jonnys Grab zu markieren, bis der Stein aufgestellt wäre.

»Das ist ein ganz besonderer Baum«, erklärte sie Cheska. »Jonny hat den Wald geliebt. Hierher kommt er mit seinen Engelsfreunden zum Spielen.«

Cheska berührte einen der dünnen Äste. »Jonny ist hier?«

»Ja, Schatz. Menschen, die wir lieben, verlassen uns nie ganz.«

»Der Engelsbaum«, murmelte Cheska. »Er ist da, Mummy, er ist da. Siehst du ihn zwischen den Ästen?«

Und zum ersten Mal seit zwei Wochen trat ein Lächeln auf Cheskas Gesicht.

Obwohl Greta am Boden zerstört war, bemühte sie sich, ihrer Tochter so etwas wie Normalität vorzugaukeln. Owen hingegen trank jetzt. Bereits beim Frühstück roch sie den Alkohol in seinem Atem, und beim Abendessen konnte er dann kaum noch aufrecht sitzen. Nach dem ersten Schock war er mürrisch geworden, und man konnte kein vernünftiges Gespräch mehr mit ihm führen. Greta nahm die Abendmahlzeiten nun in der Hoffnung in ihrem Zimmer ein, dass er sich im Lauf der Zeit, wenn der Kummer nachließ, zusammenreißen würde. Doch im Herbst wurde Greta klar, dass der Zustand ihres Mannes sich eher verschlimmerte.

Als sie eines Morgens einen Schrei vom anderen Ende des Flurs hörte, rannte sie hinaus und sah Mary, die sich vor Owens Zimmer die Backe hielt.

»Was ist passiert?«, fragte sie entsetzt.

»Master Owen hat ein Buch nach mir geworfen, weil das Ei nicht zu seiner Zufriedenheit ausgefallen ist. Aber es war ganz in Ordnung, Greta, wirklich.«

»Kühl dir die Backe, Mary. Ich kümmere mich um meinen Mann.« Greta klopfte an der Tür und betrat Owens Zimmer.

»Was willst du?«, herrschte er sie an. Er saß in einem Sessel, Morgan zu seinen Füßen, das Frühstückstablett unberührt vor sich, und schenkte sich einen Whisky aus einer fast leeren Flasche ein.

»Ist es nicht ein bisschen früh dafür?« Greta deutete auf das Glas. Dabei fiel ihr auf, wie schmal Owen in seinem Pyjama wirkte.

»Kümmer dich um deinen eigenen Kram, ja? Warum sollte ein Mann sich in seinem eigenen Haus keinen Drink gönnen, wenn ihm danach ist?«

»Mary ist ziemlich aus der Fassung. Bestimmt hat sie morgen einen hässlichen blauen Fleck an der Wange.«

Owen wich ihrem Blick aus.

»Meinst du nicht, wir sollten reden, Owen? Dir geht's nicht gut, das sehe ich doch.«

»Natürlich geht's mir gut!«, brüllte er, leerte das Glas und griff nach der Flasche.

»Für heute ist es, glaube ich, genug, Owen.« Sie ging auf ihn zu.

»Ach, tatsächlich? Was gibt dir das Recht, mir Vorschriften zu machen?«

»Nichts. Ich … Ich sehe dich nur nicht gern so.«

»Es ist alles deine Schuld.« Owen sank gegen die Rückenlehne seines Sessels. »Wenn ich dich nicht geheiratet und nicht deine unehelichen Bälger angenommen hätte, müsste ich mich jetzt nicht betrinken.«

»Owen!«, rief Greta entsetzt aus. »Bitte nenn Jonny nicht ein uneheliches Balg! Du hast ihn geliebt.«

»Habe ich das?« Er beugte sich vor und packte Greta an den Handgelenken. »Kannst du mir verraten, wieso ich einen Yankee-Bastard lieben sollte?« Er schüttelte Greta, zuerst noch leicht, dann immer stärker. Morgan begann zu knurren.

»Hör auf, du tust mir weh!«

»Warum sollte ich?«, kreischte Owen, ließ eines ihrer Handgelenke los und gab ihr eine schallende Ohrfeige. »Du alberne kleine Nutte.«

»*Hör auf!*« Greta, der es gelang, sich zu befreien, stürzte, Tränen des Entsetzens in den Augen, zur Tür.

Owen sah ihr mit getrübtem Blick nach. Dann fing er zu lachen an, ein grausames Lachen, das sie aus seinem Zimmer in ihr eigenes fliehen ließ, wo sie aufs Bett sank und verzweifelt den Kopf in die Hände stützte.

Owens Zustand verschlimmerte sich zusehends, seine klaren Momente wurden immer seltener. Gretas Gegenwart schien seinen Zorn zu schüren, und der einzige Mensch, den er bei sich duldete, war Mary.

Nach wiederholten körperlichen Angriffen rief Greta, die fürchtete, dass die Situation außer Kontrolle geraten könnte, Dr. Evans. Doch auch ihn vertrieb Owen mit einem Bombardement aus Büchern, Gläsern und anderen Dingen, die ihm in die Finger kamen, aus dem Zimmer.

»Er braucht Hilfe, Mrs Marchmont«, erklärte Dr. Evans, als Greta ihm eine Tasse Kaffee anbot. »Jonnys Tod hat ihn in eine Depression gestürzt, und er versucht, sich mit Alkohol zu trösten. Wissen Sie, im Ersten Weltkrieg wäre er fast gestorben. Er litt unter einem schweren Granatschock, als er nach England zurückkam und bevor er nach Kenia aufbrach. Könnte gut sein, dass dieser Verlust die alten Wunden wieder aufgerissen hat.«

»Aber was kann ich machen?« Greta rieb sich nervös die Stirn. »Wenn wir uns sehen, geht er auf mich los, und allmählich mache ich mir Sorgen wegen Cheska. Er isst nichts, leert nur eine Flasche Whisky nach der anderen.«

»Gibt es einen Ort, an dem Sie eine Weile bleiben könnten? Verwandte? Vielleicht würde es ihn aufrütteln, wenn Sie gehen.«

»Nein. Leider habe ich keine Alternative. Außerdem kann ich ihn in diesem Zustand wohl kaum allein lassen, oder?«

»Mary scheint als Einzige mit ihm zurechtzukommen. Eigentlich bräuchte er professionelle Hilfe, aber ...«

»Er würde Marchmont niemals verlassen«, stellte Greta fest.

»Der letzte Ausweg wäre es, ihn in eine auf solche Fälle spezialisierte Einrichtung einzuweisen, doch dazu müssten wir die Verfügung eines Richters haben. Meiner Ansicht nach ist er nicht verrückt, sondern leidet unter alkoholbedingten Depressionen. Ich wünschte, ich wäre in der Lage, mehr für Sie und Ihre Tochter zu tun. Überlegen Sie, wohin Sie sich zurückziehen könnten, und zögern Sie nicht, mich anzurufen, wenn Sie Hilfe oder Rat benötigen.«

»Danke, Dr. Evans, das tue ich.«

Wenn Greta lautes Schnarchen aus Owens Zimmer hörte, schwor sie sich jede Nacht aufs Neue, am Morgen ihre Siebensachen zu packen und mit Cheska zu verschwinden. Doch wenn dann der Morgen kam, holte die Realität sie wieder ein. Wohin sollte sie gehen? Sie besaß nichts, kein Geld und kein eigenes Zuhause. Alles, was sie hatte, war hier bei Owen.

Am Ende waren es weder die Beschimpfungen noch die tätlichen Angriffe Owens, die Greta zu einer Entscheidung zwangen.

Eines Nachmittags, als Greta den Kopf zur Tür des Kinderzimmers hineinstreckte, um nachzuschauen, ob Cheska noch schlief, sah sie, dass das Bettchen leer war.

»Cheska, Cheska!«, rief sie. Keine Antwort. Sie rannte den Flur entlang, und gerade, als sie an Owens Tür klopfen wollte, hörte sie von drinnen Kichern. Greta drückte leise die Türklinke herunter und lugte hinein.

Owen saß in seinem Sessel, Cheska auf dem Schoß, und las ihr eine Geschichte vor.

Ein häusliches Idyll.

Bis auf die Tatsache, dass Cheska von Kopf bis Fuß wie ihr toter Bruder gekleidet war.

## Kapitel 11

Als Greta mit Cheska an einem kalten, nebligen Oktoberabend in London ankam, wurde ihr bewusst, dass seit ihrer Abreise fast vier Jahre vergangen waren. Sie hatte einen Koffer dabei, in dem sich ihre eigene und Cheskas Kleidung sowie fünfzig Pfund in bar befanden – das Geld, das David ihr bei ihrem Aufbruch von London gegeben hatte, dazu zwanzig Pfund aus Owens Brieftasche.

Der Anblick von Cheska in Jonnys Sachen hatte ihr endlich klargemacht, dass sie sich von Marchmont verabschieden musste. Nach Tagen der Qual hatte Greta sich Mary anvertraut, weil sie diese nur ungern mit Owen allein ließ.

»Sie müssen gehen, Miss Greta, schon wegen Cheska. Ich komme zurecht mit Master Owen. Wenn er wieder was nach mir wirft, ducke ich mich einfach!«, hatte Mary mit einem tapferen Lächeln erklärt. »Und wenn's ganz schlimm wird, ruf ich Dr. Evans an.«

Owen war in seinem Zimmer dabei gewesen, sich wie jeden Tag in einen Zustand des Vergessens hineinzutrinken. Greta hatte an seiner Tür geklopft und ihm vorgeflunkert, sie wolle mit Cheska nach Abergavenny zum Einkaufen und möglicherweise den ganzen Tag wegbleiben. Als er Greta mit blutunterlaufenen Augen angesehen hatte, war sie sich nicht so sicher gewesen, ob er sie überhaupt hörte. Marys Freund Huw war mit ihr und Cheska zum Bahnhof von Abergavenny gefahren, wo Greta sich herzlich bei ihm bedankt und zwei Tickets nach London besorgt hatte, bevor sie in den wartenden Zug gestiegen war.

Während Greta sich von Wales und den Trümmern ihrer Ehe entfernte, starrte sie benommen aus dem Fenster. Obwohl sie keine Ahnung hatte, wo sie und ihre Tochter nun schlafen sollten, erschien ihr diese Unsicherheit besser, als in ständiger Angst vor ihrem immer labiler werdenden Mann zu leben. Trotz ihres schrecklichen Verlusts durfte sie nicht zurückblicken. Cheska kuschelte sich, ihre Flickenpuppe auf dem Schoß, an sie. Greta legte schützend den Arm um sie. Obwohl sie wusste, dass sie mit wenig mehr nach London zurückkehrte, als sie seinerzeit bei der Abreise besessen hatte, fühlte sie sich seltsam stark und furchtlos.

Als der Zug schließlich in Paddington Station eintraf, stieg sie, die verschlafene Cheska auf dem Arm und ihren Koffer in der Hand, aus, ging zum Taxistand und bat den Fahrer, sie zum Basil Street Hotel in Knightsbridge zu bringen, in dem sie einmal mit Max gewesen war und das sie als ordentlich, wenn auch teuer kannte.

Nach der Stille von Marchmont dröhnten Gretas Ohren vom Lärm der geschäftigen Londoner Straßen, als sie die Hotelhalle betrat, deren gemütliche Atmosphäre beruhigend auf sie wirkte. Kurz darauf brachte man sie in ihr Doppelzimmer hinauf, wo sie zwei Sandwiches und eine Kanne Tee bestellte.

»Schau, Liebes.« Greta setzte Cheska an den kleinen Tisch. »Käse und Tomate. Das magst du doch so gern.«

»Nein, nein!« Cheska schüttelte den Kopf und begann zu weinen.

Greta gab ihre Versuche, die Kleine zum Essen zu bewegen, schnell auf, packte den Koffer aus und zog ihr das Nachthemd an.

»Na, Liebes, ist es nicht schön mit Mummy in so einem herrlichen Hotel in London?«

Wieder schüttelte Cheska den Kopf. »Ich will heim«, quengelte sie.

»Leg dich doch zuerst mal ins Bett, dann liest Mummy dir was vor.«

Das schien Cheska aufzumuntern. Greta las ihrer Tochter eine Geschichte aus Grimms Märchen vor, dem Lieblingsbuch der Kleinen – und auch ihres Sohnes, erinnerte sich Greta traurig –, bis Cheskas Augen kleiner wurden und schließlich ganz zufielen. Greta blieb bei ihr sitzen und betrachtete sie: die Herzform ihres Gesichts, die leicht geröteten Wangen, die langen, dunklen Wimpern, die Stupsnase und die vollen Lippen. Cheskas goldene Naturlocken, die während der Nacht nicht aufgedreht werden mussten, ringelten sich auf ihren Schultern. Sie sah aus wie ein Engel, dachte Greta und wurde von einem überwältigenden Gefühl der Liebe ergriffen.

Cheska war immer unkompliziert gewesen und hatte klaglos hingenommen, dass Owen Jonny stets ihr vorzog. Obwohl Greta nach wie vor gegen den Kummer über seinen Tod ankämpfte, verstummte auch jene leise Stimme in ihr nicht, die ihr einflüsterte, dass das Schicksal zum Glück ihn gewählt hatte, nicht ihre geliebte Tochter.

Greta zog sich aus, beugte sich über die Kleine und küsste sanft ihre Wange.

»Gute Nacht, Liebes. Schlaf gut.« Sie legte sich in ihr Bett und schaltete das Licht aus.

Trotz ihrer Entschlossenheit erwiesen sich die ersten Tage in London als hart. Als Erstes musste sie eine Bleibe für sich und Cheska finden, aber ihre Tochter war es schnell leid, von einer Wohnung zur nächsten geschleppt zu werden, und begann zu quengeln. Greta gefiel der argwöhnische Blick der Hauswirtinnen nicht, wenn sie ihnen sagte, sie sei Witwe. An das Stigma einer alleinstehenden Mutter würde sie sich gewöhnen müssen, das wurde ihr bald klar.

Nach drei Tagen Suche fand sie eine saubere, helle Wohnung im obersten Stockwerk eines Hauses ganz in der Nähe der Straße, in der sie gelebt hatte, bevor sie nach Wales geflohen war. Die

Kendal Street lag gleich bei der Edgware Road, in ihrem vertrauten Viertel, was Greta ein Gefühl der Geborgenheit verlieh. Außerdem spürte sie das Mitleid ihrer Vermieterin, als sie ihr erklärte, Cheskas Vater sei unmittelbar nach dem Krieg gestorben.

»Ich hab selber Mann und Sohn verloren, Mrs Simpson. Das ist wirklich schrecklich.« Sie seufzte. »So viele Kinder wachsen ohne Vater auf. Zum Glück hat mein Mann mir dieses Haus hinterlassen, und damit ist mein Lebensunterhalt gesichert. Es ist ruhig hier. Ich wohne im Souterrain, und im Erdgeschoss leben zwei alte Damen. Ihre Kleine ist doch artig, oder?«

»Ja, sogar sehr. Stimmt's, Cheska?«

Cheska nickte mit einem strahlenden Lächeln.

»Was für ein reizendes kleines Mädchen, Mrs Simpson. Wann möchten Sie einziehen?«, fragte sie, von Cheska entzückt.

»So bald wie möglich.«

Greta zahlte die Kaution und die Miete für einen Monat. Zwei Tage später zogen sie ein und stellten eines der beiden Betten in den Wohnraum, so dass Cheska ihr eigenes Zimmer hatte und Greta in der Nacht nicht störte.

Am ersten Abend in der Wohnung ging Greta, nachdem sie Cheska ins Bett gebracht hatte, in ihren Wohn-Schlafraum, wo sie in einen Sessel sank. Nach dem geräumigen Marchmont fühlte sie sich hier sehr beengt. Doch mehr konnte sie sich momentan nicht leisten. Ihr Geld wurde rapide weniger, und sie wusste, dass sie schnell Arbeit finden musste.

Sie holte die Ausgabe der *Evening News*, die sie zuvor gekauft hatte, schlug die Stellenanzeigen auf und markierte für sie geeignete Angebote mit einem Bleistift. Deprimiert über den Mangel an passenden Stellen – sowie ihren Mangel an Qualifikationen – ging Greta in die Küche, machte sich eine Tasse Tee und zündete sich eine Zigarette an. Das Windmill Theatre war nicht gerade eine Referenz, die man einem künftigen Arbeitgeber nennen konnte. Und ins Varieté wollte sie auf keinen Fall zurückkehren, weil sie, wenn sie dort arbeitete, Cheska abends viele Stunden allein lassen müsste. Am liebsten wäre ihr eine Stelle als Sekretärin in einem Büro in der City oder im West End gewesen. Sobald sie Arbeit gefunden hätte, würde sie nach einem Kindermädchen suchen müssen, das sich in ihrer Abwesenheit um Cheska kümmerte.

Am folgenden Tag kaufte Greta Cheska eine Tafel Schokolade, bevor sie mit ihr eine Telefonzelle betrat, von der aus sie die Nummern in den Anzeigen anrief. Sie log wie gedruckt, erklärte den möglichen Arbeitgebern, dass sie Maschineschreiben könne und Büroerfahrung habe. Nachdem es ihr gelungen war, sich zwei Termine für Vorstellungsgespräche am folgenden Vormittag zu sichern, hatte sie das Problem, wie sie Cheska in der Zeit unterbringen sollte. Greta ging müde und niedergeschlagen mit der Kleinen nach Hause, wo eine alte Dame im Flur gerade das Laub aufhob, das der Wind von der Straße hereingeweht hatte.

»Hallo. Sind Sie neu hier?«

»Ja. Wir sind eben im obersten Stockwerk eingezogen. Ich bin Greta Simpson, und das ist meine Tochter Cheska.«

Die alte Dame sah Cheska an. »Hast du Schokolade gegessen, meine Kleine?«

Cheska nickte schüchtern.

Die Frau zog ein Taschentuch aus ihrem Ärmel und wischte Cheska, die sich erstaunlicherweise nicht wehrte, das Gesicht ab. »Sieht doch gleich ganz anders aus. Ich bin übrigens Mabel Brierly und wohne in Nummer zwei. Ist Ihr Mann in der Arbeit?«

»Ich bin leider verwitwet.«

»Ich auch. Ist er im Krieg gefallen?«

»Wenig später. Er wurde bei der Landung in der Normandie verwundet, hat sich von dieser Verletzung nie wieder ganz erholt und ist kurz nach dem Sieg der Alliierten gestorben.«

»Oh, das tut mir leid. Ich habe den meinen im Ersten Weltkrieg verloren. Sind traurige Zeiten, in denen wir leben.«

»Ja«, pflichtete Greta ihr ernst bei.

»Wenn Sie mal Lust auf ein Tässchen Tee und Gesellschaft haben sollten: Ich bin immer da. Ist schön, Kinder im Haus zu haben.« Mabel lächelte. »Und was für ein hübsches.« Sie beugte sich zu Cheska hinunter und hob ihr Kinn an.

Als Greta sah, wie ihre Tochter Mabels Lächeln erwiderte, packte sie den Stier bei den Hörnern. »Darf ich Sie was fragen, Mrs Brierly? Kennen Sie zufällig jemanden, der morgen Vormittag ein paar Stunden auf Cheska aufpassen könnte? Ich muss zu einem Vorstellungsgespräch, zu dem ich sie nicht mitnehmen kann.«

»Lassen Sie mich überlegen.« Mabel kratzte sich am Kopf. »Nein, da fällt mir niemand ein. Es sei denn …«, sie sah Cheska an, »… ich mach es. Allerdings nur, wenn's nicht zu lang ist.«

»Würden Sie mir den Gefallen tatsächlich tun? Dafür wäre ich Ihnen sehr dankbar. Bis Mittag bin ich bestimmt wieder zurück. Natürlich würden Sie etwas dafür bekommen.«

»Gut. Wir Witwen müssen einander unter die Arme greifen. Und wann?«

»Könnte ich sie Ihnen um neun bringen?«

»Ja. Dann also bis morgen.«

»Danke.«

Erleichtert trug Greta Cheska nach oben.

Bekleidet mit ihrem einzigen schicken Kostüm und Hut, brachte Greta Cheska am folgenden Morgen zu Mabel. Natürlich jammerte die Kleine, als ihre Mutter ihr erklärte, dass sie eine Weile weg wäre, aber mittags wieder da sein würde.

»Machen Sie sich keine Gedanken, Mrs Simpson. Cheska und ich schaffen das schon«, versicherte Mabel ihr.

Greta verabschiedete sich, bevor Cheskas Tränen zu fließen

begannen, und fuhr mit dem Bus zu ihrem ersten Bewerbungsgespräch in die Old Street.

Es handelte sich um die Stelle einer Bankangestellten, die Hilfstätigkeiten wie die Ablage sowie leichte Schreibarbeiten verrichten sollte. Greta war nervös, und ihre Lügen wirkten unbeholfen. Sie beendete das Gespräch mit dem Leiter des Büros in der Gewissheit, dass sie nie wieder von ihm hören würde.

Beim nächsten Vorstellungsgespräch ging es um die Stelle einer Verkaufsassistentin am Parfümstand des Warenhauses Swan and Edgar in der Nähe des Piccadilly Circus. Ihre mögliche Chefin, eine Frau Mitte vierzig mit harten Gesichtszügen, trug einen Hosenanzug. Als sie Greta fragte, ob sie Kinder habe, kamen ihr die Lügen leichter von den Lippen. Allerdings verließ sie das Geschäft auch diesmal in dem Bewusstsein, dass eine Zusage einem Wunder gleichkäme. Niedergeschlagen erwarb sie an einem Kiosk eine Zeitung.

Eine Woche lang lieferte Greta Cheska bei Mabel ab und verbrachte die Vormittage mit Bewerbungsgesprächen. Allmählich wurde ihr klar, dass die Nachkriegsmassenarbeitslosigkeit, von der sie im fernen walisischen Marchmont kaum etwas mitbekommen hatte, sich sehr negativ auf ihre Aussichten, eine Stelle zu finden, auswirkte. Doch Greta gab nicht auf, und die Vorstellung, nach Wales zu Owen zurückkehren zu müssen, stärkte ihre Entschlossenheit.

Nachdem sie Cheska am Freitag wieder zu Mabel gebracht hatte, machte sie sich mit dem Bus auf den Weg nach Mayfair. Allzu optimistisch war sie im Hinblick auf die Stelle einer Empfangsdame in einer Anwaltskanzlei nicht, weil ein möglicher Arbeitgeber sie tags zuvor einem Maschinenschreibtest unterzogen hatte, an dem sie kläglich gescheitert war.

Greta holte tief Luft und betätigte die Klingel neben der imposanten schwarzen Eingangstür.

»Kann ich Ihnen helfen?«, fragte die junge Frau, die sie öffnete, mit einem freundlichen Lächeln.

»Ja. Ich habe um halb zwölf einen Termin bei Mr Pickering.«

»Kommen Sie bitte mit.«

Greta folgte ihr in den Empfangsbereich, der mit eichenholzvertäfelten Wänden, dickem Teppich und Ledersesseln ausgestattet war.

Die junge Frau deutete auf einen Sessel. »Setzen Sie sich doch. Ich richte Mr Pickering aus, dass Sie da sind.«

»Danke.« Während die junge Frau hinter einer Tür am anderen Ende des Raums verschwand, fragte Greta sich, ob es sich überhaupt lohnte zu bleiben. In einer kleinen Kanzlei wie dieser wollten sie sicher jemanden mit jahrelanger Erfahrung.

Als sich die Tür wieder öffnete, hob sie den Blick.

»Greta Simpson?«

Greta stand auf und streckte einem groß gewachsenen, ausgesprochen attraktiven Mann Mitte dreißig mit tiefblauen Augen, dichtem schwarzem Haar und Geheimratsecken, der einen gepflegten Nadelstreifenanzug trug, die Hand hin. »Ja. Guten Tag.«

Mr Pickering begrüßte sie mit festem Händedruck. »Guten Tag. Würden Sie mir bitte folgen?«

»Gern.« Greta begleitete ihn zu der Tür am hinteren Ende des Raums, die er ihr aufhielt.

»Hereinspaziert.« Mr Pickering führte Greta in ein großes, unaufgeräumtes Büro. Auf dem Schreibtisch lag überall Papier, und dicke juristische Fachbücher füllten die Regale dahinter. »Setzen Sie sich doch, Mrs Simpson. Entschuldigen Sie bitte die Unordnung, leider kann ich nur so arbeiten.« Er nahm hinter dem Schreibtisch Platz und musterte sie, die Finger unter dem Kinn ineinander verschränkt. »Erzählen Sie mir doch von sich.«

Greta tat ihm den Gefallen, ohne Cheska zu erwähnen.

»Haben Sie Büroerfahrung?«

Nach einer Woche voller Lügen beschloss Greta, reinen Tisch zu machen.

»Nein. Aber ich bin gerne bereit zu lernen.«

»Nun ...«, Mr Pickering tippte mit einem Stift auf den Schreibtisch, »... die Stelle, um die es hier geht, erfordert keine großen technischen Fähigkeiten. Wir haben es mit sehr wohlhabenden, bedeutenden Personen zu tun, die von dem Augenblick an, in dem sie das Gebäude betreten, umsorgt werden müssen. Wir würden von Ihnen erwarten, dass Sie unsere Mandanten begrüßen, ihnen Tee zubereiten und vor allen Dingen diskret sind. Die meisten kommen zu uns, weil sie irgendein ... persönliches Problem haben. Sie würden Anrufe am Empfang entgegennehmen und den Terminkalender für mich und meinen Partner Mr Sallis führen. Wenn viel zu tun ist, könnte es passieren, dass Sie unserer ausgesprochen fähigen Sekretärin Moira beim Tippen von Texten helfen müssen. Sie würden Mrs Forbes ersetzen, die Sie gerade kennengelernt haben und die wir leider verlieren, weil sie im Mai ein Kind erwartet. Machen Sie sich in dieser Richtung auch Gedanken, Mrs Simpson?«

Greta gelang es, schockiert zu wirken. »Als Witwe scheint mir das keine Option zu sein.«

»Gut. Wir sind auf Kontinuität bedacht. Unsere Mandanten haben gern eine persönliche Beziehung zu unseren Angestellten. Ihr hübsches Gesicht und Ihr Charme würden ihnen bestimmt gefallen. Hätten Sie Lust, es zu versuchen? Ab Montag nächster Woche?«

Greta war sprachlos.

»Oder brauchen Sie Zeit zum Nachdenken?«

»Nein, nein«, antwortete sie hastig. »Ich würde sehr gern bei Ihnen anfangen.«

»Wunderbar. Ich glaube, Sie sind genau die Richtige.« Mr Pickering erhob sich. »Wenn Sie mich jetzt entschuldigen würden. Ich habe eine Verabredung zum Lunch. Reden Sie doch mit Sally ... ich meine Mrs Forbes. Sie erklärt Ihnen alles. Das Gehalt beträgt zweihundertfünfzig Pfund im Jahr. Entspricht das Ihren Erwartungen?«

»Ja, natürlich.« Greta erhob sich und reichte ihm die Hand. »Herzlichen Dank, Mr Pickering. Ich werde Sie nicht enttäuschen.«

»Da bin ich mir sicher. Auf Wiedersehen, Mrs Simpson.«

Als Greta das Büro verließ, überkam sie ein Gefühl der Euphorie. Schon nach drei Wochen in London war es ihr gelungen, eine Bleibe und eine Stelle zu finden.

»Wie ist's gelaufen?«, erkundigte sich Sally.

»Ich hab die Stelle und fange Montag nächster Woche an.«

»Gott sei Dank! Es waren schon so viele junge Frauen da, und allmählich hab ich's mit der Angst zu tun gekriegt, dass ich das Kind hier am Schreibtisch zur Welt bringen muss, wenn er sich nicht bald für eine entscheidet. Keine schien ihm charmant genug zu sein, wenn Sie wissen, was ich meine!«

»Ich glaube schon. Sind Sie hier zufrieden?«, fragte Greta.

»Sehr. Mr Pickering ist ein unkomplizierter Arbeitgeber, und der Alte – sorry, Mr Sallis, der Seniorpartner, ist wirklich nett. Vor Veronica, der Tochter von Mr Sallis, müssen Sie sich allerdings in Acht nehmen. Sie ist mit Mr Pickering verheiratet und ein richtiger Drache! Gelegentlich schneit sie auf dem Weg zu irgendeiner wichtigen Lunchverabredung hier rein. Ihr Mann hat nichts zu sagen, sie ist die eigentliche Herrscherin im Haus. Wenn sie Sie nicht leiden kann, haben Sie keine Chance. Meine Vorgängerin hat wegen ihr das Handtuch geworfen.«

»Verstehe.«

»Aber keine Sorge. Zum Glück beehrt Ihre Majestät uns nicht allzu oft. Möchten Sie sonst noch etwas wissen?«

Greta stellte Sally einige Fragen, die diese ausführlich beantwortete, dann sah sie auf ihre Uhr. »Oje. Hab gar nicht gemerkt, dass es schon so spät ist! Ich muss gehen.«

»Hat mich gefreut, Sie kennenzulernen. Ein paar Tage bin ich noch da und kann Ihnen alles erklären. Bestimmt werden Sie Ihre Sache gut machen.«

»Danke. Wann ist der Geburtstermin?« Fast hätte Greta ein Gespräch über die letzten anstrengenden Monate der Schwangerschaft angefangen. »Bis Montag dann. Auf Wiedersehen.«

Greta leistete sich ein Taxi, um so schnell wie möglich nach Hause zu kommen, und nahm sich vor, Mabel zu fragen, ob sie bereit wäre, tagsüber dauerhaft auf Cheska aufzupassen. Wenn nicht, würde sie einen Zettel ins Fenster des örtlichen Zeitungshändlers hängen müssen.

Zu Hause rannte ihr Cheska lachend mit schokoladeverschmiertem Gesicht aus der Wohnung von Mabel entgegen.

»Hallo, Liebes.« Greta hob sie hoch. »Na, war's schön?«

»Mummy, wir haben Feenkuchen gebacken.« Cheska schmiegte sich an ihre Mutter.

»War sie artig?«, fragte Greta Mabel, die an der Tür auftauchte.

»Sogar sehr. Ihre Tochter ist wirklich reizend, Mrs Simpson.«

»Sagen Sie doch Greta zu mir. Hätten Sie fünf Minuten Zeit für mich, Mabel? Ich würde Sie gern etwas fragen.«

»Ja. Kommen Sie herein, meine Liebe. Ich habe gerade Tee aufgebrüht.«

Greta hob Cheska hoch und trug sie in Mabels Wohnung, die mit schweren, altmodischen Möbeln vollgestellt war und in der es leicht nach Veilchen und Putzmittel roch.

Mabel ging ihnen ins Wohnzimmer voraus und holte ein Tablett mit einer Teekanne, über die ein bunter gehäkelter Teewärmer gestülpt war, dazu Tassen und einen Teller mit verkohlten Plätzchen.

»Da wären wir.« Mabel reichte Greta eine Tasse mit starkem Tee. »Was wollten Sie mich fragen, meine Liebe?«

»Heute habe ich eine Stelle bei einer Anwaltskanzlei in Mayfair gefunden.«

»Gratuliere. Ich hab nie Lesen und Schreiben gelernt. Früher war das bei Frauen nicht üblich.«

»Leider weiß ich nicht, was ich mit Cheska machen soll. Ich muss Geld für uns beide verdienen, kann sie aber natürlich nicht mitnehmen.«

»Nein, das geht wirklich nicht.«

»Deshalb wollte ich Sie fragen, ob Sie sich vorstellen könnten, regelmäßig auf sie aufzupassen. Selbstverständlich gegen Bezahlung.«

»Von wann bis wann?«

»Ich müsste um halb neun aus dem Haus und wäre bis sechs wieder daheim.«

»Fünf Tage die Woche?«

»Ja.«

»Wir könnten es probieren, was meinst du?« Mabel lächelte Cheska zu, die auf dem Schoß ihrer Mutter an einem Keks knabberte. »Dann hätte ich Gesellschaft.«

Sie einigten sich auf eine Entlohnung von fünfzehn Shilling die Woche.

»Sehr gut«, meinte Mabel. »Mir kommt jeder Extrapenny gelegen. Die Rente von meinem Mann reicht gerade mal für Miete und Essen.«

»Ich bin Ihnen sehr dankbar. Aber jetzt wollen wir Sie nicht länger belästigen. Komm, Cheska, lass uns was essen.« Greta stand auf.

»Wissen Sie, was Sie machen müssen?«, fragte Mabel sie an der Tür.

»Was?«

»Suchen Sie sich einen Mann. Eine hübsche junge Frau wie Sie findet sicher einen wohlhabenden Gentleman, der sie heiratet und für Sie beide sorgt. Es ist nicht richtig, wenn eine Mutter arbeiten muss.«

»Danke für den Tipp, Mabel, aber ich glaube nicht, dass irgendein Mann sich für eine Witwe mit Tochter interessieren würde«, entgegnete Greta mit einem wehmütigen Lächeln. »Bis Montag dann.«

»Ja, bis Montag.«

Als Greta Cheska die Treppe hinauftrug, ließ sie sich Mabels Worte durch den Kopf gehen. Selbst wenn sich die Gelegenheit dazu ergäbe, würde sie vermutlich nie wieder heiraten, dachte sie.

# Kapitel 12

Am Samstag verbrachten Greta und Cheska einen vergnüglichen Einkaufsnachmittag im West End. In Wales waren Modegeschäfte dünn gesät gewesen, und in Marchmont hatten sie letztlich nur praktische warme Sachen gebraucht.

In den Läden lagen nun wieder all die Kleidungsstücke, die Greta das letzte Mal vor dem Krieg gesehen hatte. Cheska marschierte, fasziniert von den großen Warenhäusern, mit verzücktem Gesichtsausdruck hinter ihrer Mutter her. Greta erstand zwei preiswerte Kostüme und drei Blusen für die Arbeit sowie einen cremefarbenen Aran-Pullover und einen Kilt für Cheska.

Am Sonntagabend setzte Greta sich schließlich mit ihrer Tochter zusammen, um ihr zu erklären, dass Mummy arbeiten gehen müsse, damit sie sich gute Sachen zum Essen und hübsche Kleider leisten könnten. Mabel würde tagsüber auf sie aufpassen, Mummy sie abends ins Bett bringen. Cheska, die diese Nachricht nicht zu erschüttern schien, verkündete, Mabel sei nett und gebe ihr Schokolade.

Am folgenden Morgen brachte Greta Cheska zu Mabel, wo Cheska sich ohne Jammern von ihrer Mutter verabschiedete. Erleichtert machte Greta sich mit dem Bus auf den Weg.

Greta ging gern in die Kanzlei und arbeitete sich schnell ein. Die Mandanten, mit denen sie es am Empfang zu tun hatte, waren freundlich und höflich. Moira, die Sekretärin mittleren Alters, war hilfsbereit, und Terence, der Laufbursche des Büros, ein Cockney, immer zu einem Scherz aufgelegt. Den alten Mr

Sallis, der nur an drei Tagen in der Woche in die Kanzlei kam, sah Greta nur selten, und Mr Pickering war entweder mit Mandanten in seinem Büro oder unterwegs zu einer Lunchverabredung. Zu Gretas Erleichterung tauchte Mr Pickerings gefürchtete Frau Veronica nicht in der Kanzlei auf.

Cheska schien sich gut in die neue Situation zu fügen, und obwohl Greta nach der Arbeit müde war, fand sie stets die Energie, etwas zu kochen und ihrer Tochter vor dem Zubettgehen eine Stunde lang vorzulesen.

Trotz ihres Geldmangels bemühte sich Greta an den Wochenenden um Überraschungen für Cheska. Manchmal besuchten sie das Spielzeuggeschäft Hamleys und tranken hinterher Tee im Lyons Corner House. Und einmal gingen sie in den Zoo, um sich die Löwen und Tiger anzusehen.

Greta wunderte sich, wie leicht sie sich beide an ihr neues Leben in London gewöhnten. Cheska erwähnte Marchmont nur selten, und aufgrund ihres vollen Tagesplans hatte Greta weit weniger Zeit als früher, über den Verlust ihres Sohnes nachzudenken. Jedes Mal wenn sie einen Brief voller Rechtschreibfehler von Mary erhielt, in dem diese ihr vom fortschreitenden Verfall Owens berichtete, plagte sie das schlechte Gewissen. Er war mehrmals schlimm gestürzt, woraufDr. Evans erfolglos versucht hatte, ihn ins Krankenhaus einzuweisen. Dann war auch noch sein geliebter Labrador Morgan gestorben, was offenbar weitere Alkoholexzesse ausgelöst hatte. Inzwischen war er zu schwach, um sich um das Anwesen zu kümmern, weswegen sein Anwalt Mr Glenwilliam Marchmont für ihn verwaltete.

Mary schrieb Greta immer wieder, sie brauche sich keine Sorgen zu machen, sie habe mit ihrer Flucht die richtige Entscheidung für Cheska getroffen. Greta fragte sich, wann Mary ihr mitteilen würde, dass sie kündigen wolle, denn inzwischen war sie mit dem jungen Farmarbeiter Huw verlobt, und sie sparten auf die Hochzeit. Doch Mary schien das unberechenbare Verhalten ihres Herrn weiter gelassen zu nehmen.

Einen Monat nachdem Greta ihre Arbeitsstelle angetreten hatte, lernte sie Mr Pickerings Ehefrau kennen. Greta war gerade aus der Mittagspause zurückgekehrt, als eine mit teurem Pelzmantel und elegantem Hut bekleidete Dame den Empfang ohne zu klingeln betrat. Greta begrüßte sie mit einem Lächeln.

»Guten Tag, Madam. Kann ich Ihnen helfen?«

»Und wer sind Sie?« Die Frau musterte Greta von oben bis unten.

»Mrs Simpson, die Nachfolgerin von Mrs Forbes. Haben Sie einen Termin?«, erkundigte Greta sich freundlich.

»Ich glaube kaum, dass ich einen Termin brauche, wenn ich meinen Mann oder meinen Vater sehen will, oder?«

»Nein, natürlich nicht. Bitte entschuldigen Sie, Mrs Pickering. Mit welchem von beiden möchten Sie sprechen?«

»Machen Sie sich nicht die Mühe. Ich gehe direkt zu meinem Mann durch.« Veronica Pickering warf einen Blick auf Gretas Hände. »Sie müssen sich eine Feile besorgen. Ihre Nägel sehen ungepflegt aus. Unsere Mandanten sollen doch nicht denken, wir würden hier Pöbel beschäftigen, oder?« Nach einem letzten herablassenden Blick auf Greta segelte sie in das Büro ihres Mannes.

Greta betrachtete ihre vollkommen sauberen – wenn auch unmanikürten – Fingernägel und biss sich auf die Lippe. Zum Glück trat kurz darauf ein Mandant ein, um den sie sich kümmern musste.

Zehn Minuten später erschien Mrs Pickering mit ihrem Mann im Schlepptau.

»Nehmen Sie Mr Pickerings Gespräche entgegen, Griselda. Wir gehen ein Weihnachtsgeschenk für mich kaufen, nicht wahr, Schatz?«

»Ja, Liebes. Um vier bin ich wieder da, Greta.«

»Sehr wohl, Mr Pickering.«

Auf dem Weg zur Tür wandte Veronica Pickering sich ihrem Mann zu. »Was für ein seltsamer Akzent, James. Wird heutzutage an den Schulen kein ordentliches Englisch mehr unterrichtet?«

Greta biss die Zähne zusammen, als die Tür hinter ihnen ins Schloss fiel.

Die Begegnung mit Veronica Pickering brachte sie für den Rest des Tages aus der Fassung. Mr Pickering, der nicht ins Büro zurückkehrte, sah sie erst am folgenden Morgen wieder.

»Guten Morgen, Greta.«

»Guten Morgen, Sir.«

»Ich wollte mich für meine Frau entschuldigen. So ist sie nun mal; Sie dürfen sich das nicht zu Herzen nehmen. Wir ... Ich meine, Mr Sallis und ich, sind bisher sehr zufrieden mit Ihrer Arbeit.«

»Danke, Sir.«

»Weiter so.« Als Mr Pickering sie freundlich anlächelte, fragte Greta sich, wie er zu dieser grässlichen Frau gekommen war.

Danach wechselte Mr Pickering immer ein paar Worte mit Greta, wenn er an ihrem Schreibtisch vorbeikam, wie um ihr zu versichern, dass er die Meinung seiner Frau nicht teilte. Bei einer dieser Gelegenheiten fragte sie ihn, ob sie eine Schreibmaschine haben könne, um bei den Tipparbeiten helfen zu können, und Mr Pickering sagte Ja. Kurz darauf begann Greta mit Moiras geduldiger Hilfe, sich selbst Maschineschreiben beizubringen.

Es waren nur noch wenige Tage bis Weihnachten, und Greta freute sich schon auf die freie Woche. Sie hatte ziemlich viel Geld für Cheskas Geschenke ausgegeben, damit ihre Kleine nicht dachte, das Christkind habe sie vergessen, und zwei Karten für das Scala reserviert, um Margaret Lockwood in *Peter Pan* zu sehen. Greta war entschlossen, das erste Weihnachtsfest ohne

Owen und Jonny so schön zu gestalten, wie die Umstände es erlaubten.

»Weiß das Christkind auch wirklich, wo ich bin, Mummy?«, fragte Cheska besorgt, als Greta sie ins Bett brachte.

»Natürlich, Liebes. Ich habe ihm geschrieben, dass wir umgezogen sind. Nächste Woche gehen wir einen Weihnachtsbaum und schönen Schmuck dafür besorgen. Ist das eine gute Idee?«

»O ja, Mummy.« Cheska kuschelte sich mit einem entzückten Lächeln unter ihre Bettdecke.

Am folgenden Nachmittag wurde die grippekranke Moira nach Hause geschickt, und Mr Pickering überreichte Greta einen Stapel Schreibarbeiten.

»Tut mir leid, Greta, aber wir müssen noch einige Fälle abschließen, bevor die Kanzlei über Weihnachten schließt. Da Mr Sallis bereits aufs Land gefahren ist, bleibt alles an mir hängen. Könnten Sie morgen Abend länger bleiben? Natürlich bekommen Sie die Überstunden bezahlt.«

»Ja, ich glaube, das ist möglich«, antwortete sie.

An jenem Abend fragte Greta Mabel, ob sie am folgenden Tag für Cheska kochen, sie ins Bett bringen und bei ihr bleiben könne, bis sie selbst nach Hause komme.

»Ich wäre Ihnen sehr dankbar, wenn das ginge, Mabel. Bei Hamleys habe ich eine hinreißende Puppe gesehen, die ich Cheska gern kaufen würde, und dazu könnte ich das Geld für die Überstunden gebrauchen. Leisten Sie uns beim Weihnachtsessen Gesellschaft? Cheska hat gefragt, ob Sie kommen. Sie mag Sie wirklich sehr.«

»Solange das nicht zur Gewohnheit wird«, entgegnete Mabel.

Es war nach sieben, als Greta am folgenden Abend den letzten Brief getippt hatte und an Mr Pickerings Tür klopfte, um ihm alles zum Unterschreiben zu bringen.

»Herein.«

»Die Briefe wären fertig, Mr Pickering.« Greta legte sie auf seinen Schreibtisch.

»Danke, Greta. Sie sind wirklich ein Schatz. Ich wüsste nicht, was ich ohne Sie tun würde.« Er setzte seine Unterschrift unter die Briefe und reichte sie ihr. »Das wär's dann, glaube ich, für heute. Darf ich Sie für die harte Arbeit und weil Weihnachten ist, auf einen Drink einladen?«

»Gern, aber ...« Greta verkniff es sich gerade noch zu sagen, dass sie nach Hause zu Cheska müsse.

»Gehen wir ins Athenaeum Court.« Mr Pickering griff bereits nach seinem Mantel. »Viel Zeit habe ich nicht, weil ich mit Veronica in einer Stunde zu einem Fest muss.«

Greta wusste, dass sie Nein sagen sollte, aber sie war so lange nicht mehr aus gewesen. Und sie mochte Mr Pickering. »Gut.«

»Prima. Holen Sie Ihren Mantel. Ich warte unten auf Sie.«

»Ich muss zuerst noch die Briefe in Umschläge stecken und frankieren.«

»Natürlich. Dann können wir sie gleich einwerfen.«

Zehn Minuten später erreichten sie das Athenaeum Court Hotel, wo es ihnen, obwohl es in der Cocktailbar von Menschen wimmelte, gelang, Plätze zu finden. Mr Pickering bestellte zwei Pink Gins.

»Was machen Sie an Weihnachten, Greta?«, fragte er und zündete sich eine Zigarette an. »Und sagen Sie doch außerhalb des Büros James zu mir.«

»Ach, nicht viel«, antwortete sie.

»Sie sind sicher bei Ihrer Familie, oder?«

»Äh, ja.«

Als die Drinks serviert wurden, nahm Greta einen kleinen Schluck.

»Sie lebt in London?«

»Ja. Und Sie?«

»Ach, das Übliche. Morgen geben wir eine Weihnachtseinladung in unserem Londoner Haus, und dann fahren wir bis Neujahr zu Mr und Mrs Sallis in Sussex.«

»Begeistert klingen Sie über den Besuch bei den Schwiegereltern nicht gerade«, bemerkte Greta.

»Nein? Oje. Das sagt Veronica auch immer.«

»Mögen Sie Weihnachten nicht?«

»Als Junge mochte ich es, aber heutzutage muss ich mich mit lauter Leuten treffen, die ich nicht sonderlich leiden kann. Wahrscheinlich wäre es anders, wenn wir Kinder hätten. Für die ist Weihnachten doch hauptsächlich gedacht, oder?«

»Ja«, pflichtete Greta ihm bei. »Haben Sie ... Wollen Sie und Mrs Pickering Kinder?«

»Ich würde mir schon eines Tages welche wünschen, doch meine Frau ist nicht gerade der mütterliche Typ.« James seufzte. »Aber erzählen Sie mir mehr von sich.«

»Da gibt's nicht viel zu erzählen.«

»Eine so attraktive und intelligente junge Frau wie Sie hat doch sicher irgendwo einen Mann.«

»Nein, im Moment bin ich allein.«

»Das kann ich fast nicht glauben. Wenn ich ungebunden wäre, würde es mir schwerfallen, Ihren Reizen nicht zu erliegen.« Er nahm einen Schluck Gin und musterte sie über den Rand seines Glases hinweg.

Greta, der der Alkohol bereits zu Kopf zu steigen begann, wurde rot. Sie merkte, dass das Kompliment ihr guttat. »Was haben Sie im Krieg gemacht?«, erkundigte sie sich.

»Ich leide unter Asthma, weswegen die Armee mich nicht wollte. Stattdessen habe ich fürs Verteidigungsministerium gearbeitet und abends für meine juristischen Examina gelernt. Gleich nachdem ich sie bestanden hatte, am Tag des Sieges der Alliierten, hat Mr Sallis mich zu seinem Juniorpartner gemacht«, erzählte James.

»War es hilfreich, der Schwiegersohn von Mr Sallis zu sein?«

»Natürlich, aber ich bin durchaus auch ein ganz guter Anwalt«, erklärte er schmunzelnd.

»Das habe ich keinen Augenblick bezweifelt. Darf ich fragen, wie Sie Ihre Frau kennengelernt haben?«

»Bei einem Fest unmittelbar vor dem Krieg. Ich war gerade von Cambridge da. Veronica hatte es auf mich abgesehen und ...« Er lachte. »Ehrlich gesagt, Greta: Ich hatte keine Chance, mich zu wehren.«

Kurzes Schweigen.

»Ich glaube, sie mag mich nicht. Sie findet mich ungepflegt und behauptet, ich hätte einen Akzent.«

»Der pure Neid, Greta. Veronica ist nicht mehr die Jüngste, sie beneidet jeden, der jünger ist als sie. Besonders eine hübsche Frau wie Sie. Aber jetzt werde ich mich leider von Ihnen verabschieden müssen. Die Party beginnt in fünfzehn Minuten, und ich kann es mir nicht leisten, unpünktlich zu sein.« Er zahlte und gab Greta Geld. »Nehmen Sie ein Taxi.«

Sie standen auf.

»Das war ein schöner Abend. Würden Sie mir die Freude machen, einmal mit mir essen zu gehen?«

»Vielleicht.«

»Dann erst mal schöne Weihnachten, Greta.«

»Gleichfalls, James.«

Er verabschiedete sich mit einem Winken und entfernte sich raschen Schrittes. Der Hotelportier rief ein Taxi für Greta herbei, und sie stieg ein. Während der Fahrt dachte sie über die Unterhaltung mit James nach. Sie fand ihn attraktiv und hatte das Gefühl, dass es umgekehrt genauso war. Dass ein Mann ihr Komplimente gemacht hatte, war lange her. Kurz stellte Greta sich vor, wie es wäre, wenn James sie in die Arme nähme und küsste ... Sie schob den Gedanken beiseite.

Es war Wahnsinn, so etwas auch nur zu denken, denn er war verheiratet. Und ihr Chef.

Doch als sie im Bett zum ersten Mal seit Langem wieder körperliche Begierde verspürte, wurde Greta klar, dass sie der Versuchung vermutlich nicht widerstehen konnte, wenn er den ersten Schritt tat.

## Kapitel 13

Während der Feiertage bemühte Greta sich, nicht an James zu denken und sich darauf zu konzentrieren, dass sie ihrer Tochter ein besonders schönes Fest bereitete. Als Cheska am Weihnachtsmorgen die zahlreichen Geschenke, darunter die Puppe von Hamleys, die die Augen auf- und zumachen konnte, auswickelte, kam sie aus dem Staunen nicht heraus. Anschließend teilten sie sich das kleine Brathähnchen mit Mabel und unterhielten sich angeregt. Doch als Mabel sich verabschiedet hatte und Cheska schlief, empfand Greta wieder dieses überwältigende Gefühl der Leere. Sie blickte hinauf zum Himmel und flüsterte: »Frohe Weihnachten, Jonny, wo du auch immer sein magst.«

Am zweiten Weihnachtsfeiertag sah sie sich mit Cheska *Peter Pan* im Scala Theatre an.

»Glaubt ihr an Feen?«, fragte Peter Pan.

Cheska sprang in ihrem Eifer, Tinkerbell zu helfen, von ihrem Sessel auf und kreischte mit allen anderen Kindern im Theater: »Ja! Ja!«

Greta verbrachte mehr Zeit damit, das glückliche Gesicht ihrer Tochter zu beobachten, als das Geschehen auf der Bühne. Und dieser Anblick war alle ihre Mühen und Opfer wert.

Als sie im neuen Jahr ins Büro zurückkehrte, war James noch nicht wieder von seinem Ausflug aufs Land zurück.

Und als er eine Woche später tatsächlich auftauchte, setzte ihr Herz fast einen Schlag aus.

»Hallo, Greta. Gutes neues Jahr«, sagte er, ging in sein Büro und schloss die Tür hinter sich. Worauf die enttäuschte Greta den ganzen Abend überlegte, ob sie sich den Flirt im Athenaeum Court nur eingebildet hatte.

Zehn Tage später klingelte das Telefon auf ihrem Schreibtisch.

»Hallo, Greta. Ich bin's, James. Ist Mr Jarvis schon da?«

»Nein, er hat gerade angerufen, um zu sagen, dass er sich ein wenig verspäten wird.«

»Gut. Ach, und haben Sie heute Abend schon etwas vor?«

»Nein.«

»Dann würde ich Sie zu dem versprochenen Essen einladen.«

»Gern.«

»Wunderbar. Ich habe um sechs eine Besprechung. Warten Sie doch bitte, bis die beendet ist.«

Mit vor Aufregung wild klopfendem Herzen rief Greta Mabel an, die sich bereit erklärte, für sie auf Cheska aufzupassen. Als die Besprechung von James zu Ende war, gingen sie in ein gemütliches, von Kerzen erhelltes Restaurant in der Jermyn Street, wo man ihnen große ledergebundene Speisekarten reichte.

»Wir nehmen eine Flasche Sancerre und das Tagesgericht. Da kann man nichts falsch machen«, erklärte James Greta lächelnd, als der Kellner weg war. »Ich habe etwas für Sie.« Er zog ein in hübsches Papier eingewickeltes Päckchen aus der Jackentasche und reichte es ihr. »Ein verspätetes kleines Weihnachtsgeschenk.«

»Das wäre doch nicht nötig gewesen, James.«

»Unsinn. Es war mir ein Bedürfnis. Machen Sie es auf.«

Greta tat ihm den Gefallen. In der Schachtel von Harrods befand sich ein bunt gemustertes Seidentuch. »Das ist wunderschön, vielen herzlichen Dank.«

Während des Essens hörte Greta anfangs fast nur zu. Erst als der köstliche Wein zu wirken begann, entspannte sie sich ein wenig. Trotzdem vergaß sie nicht, die Kontrolle über die zahlreichen Lügen zu behalten, die sie erzählt hatte, um die Stelle zu bekommen.

»War Weihnachten schön?«, fragte sie ihn.

»Ja, doch«, antwortete er. »Allerdings für meinen Geschmack ein wenig zu förmlich.«

»Alles in Ordnung mit Veronica?«

»Soweit ich weiß, schon. Sie ist noch bei ihren Eltern in Sussex. Mrs Sallis fühlt sich im Moment nicht so gut. Es könnte sein, dass Mr Sallis sich bald aus dem Berufsleben zurückzieht und ich die Kanzlei übernehme.«

»Das freut Sie doch sicher.«

»Ja. Die Kanzlei wird in vielerlei Hinsicht noch wie in grauer Vorzeit geführt. Sie müsste dringend modernisiert werden, aber vorerst sind mir die Hände gebunden.«

Im Lauf des Gesprächs bekam Greta immer mehr den Eindruck, dass James nicht besonders glücklich war. Er hatte etwas Trauriges, das ihr gefiel.

»Greta, kommen Sie nach dem Kaffee noch auf einen Nachttrunk mit zu mir nach Hause?«

Obwohl sie wusste, dass sie Nein sagen sollte, wünschte sie sich nichts sehnlicher. Sie sah auf die Uhr. Es war schon zehn, und sie hatte Mabel hoch und heilig versprochen, vor elf daheim zu sein.

»Ist es weit?«

»Nein, höchstens fünf Minuten.«

James schloss die Haustür auf und schaltete das Licht im Flur ein.

»Geben Sie mir Ihren Mantel.«

»Danke.«

Er führte Greta in einen spärlich eingerichteten Salon mit drei cremefarbenen Ledersofas in U-Form um einen großen Kamin, über dem ein farbenfrohes modernes Gemälde hing.

»Nehmen Sie Platz. Ich kümmere mich um den Brandy.«

»Was für ein schönes Haus, James«, sagte sie, als er die Karaffe von einem Tablett nahm.

»Ja. Geoffrey ... Mr Sallis ... hat es uns zur Hochzeit geschenkt. Nicht gerade mein Stil. Mir wäre etwas Freundlicheres lieber, aber Veronica gefällt es so.« James setzte sich näher zu Greta, als auf dem riesigen Sofa nötig gewesen wäre.

Nach zehn Minuten belanglosem Geplauder, bei dem James den Blick nicht von Greta wandte, stand sie vom Sofa auf, weil die erotische Spannung sie nervös und unruhig machte. »Danke für die Essenseinladung, aber jetzt muss ich wirklich nach Hause.«

»Selbstverständlich. Es war ein schöner Abend, ich würde ihn gern einmal wiederholen.« James erhob sich ebenfalls und nahm ihre Hände in die seinen. »Sogar sehr gern.« Er küsste sie sanft auf die Lippen.

Greta spürte, wie er die Arme um ihre Taille legte und sie zu sich heranzog. Als sich eine lange vergessen geglaubte Wärme in ihrem Körper auszubreiten begann, erwiderte sie seinen Kuss.

James fing an, die Knöpfe ihrer Jacke zu öffnen. Schon bald fand seine Hand den Weg unter ihre Bluse, und seine Finger wölbten sich um ihre Brust.

»Davon träume ich seit deinem Vorstellungsgespräch«, murmelte er und zog sie auf den Teppich hinunter.

Es war fast Mitternacht, als Greta, der vor der wortreichen Entrüstung Mabels graute, mit schlechtem Gewissen ein Taxi heranwinkte. Doch die schnarchte zum Glück laut und vernehmlich in einem Sessel vor sich hin. Greta rüttelte sie vorsichtig wach. Beim Abschied wenig später beklagte sich Mabel, benommen von ihrem Nickerchen, nicht über die späte Stunde. Greta schaute zu Cheska hinein, die, ihre neue Puppe im Arm, tief und fest schlief. Dann zog Greta sich zum zweiten Mal an jenem Abend aus und legte sich ins Bett.

Sie beschloss, mit der Affäre rational umzugehen. Sie würde sich holen, was sie brauchte, und James benutzen, wie er sie benutzte. Auf keinen Fall würde sie sich von ihm abhängig machen oder gar in ihn verlieben.

Wenig später schlief sie mit einem zufriedenen Lächeln ein.

Eines sonnigen Junimorgens wurde Greta bewusst, dass die Affäre mit James nun schon sechs Monate dauerte. Er war Teil ihres Lebens geworden, und wenn er beschlösse, sich daraus zu verabschieden, würde er eine schmerzliche Lücke hinterlassen, das war ihr klar. Sie verabredeten sich immer dann, wenn Veronica verreiste, und das geschah häufig.

Jedes Mal, wenn Greta ihm erklärte, sie finde das, was sie taten, falsch und wolle einen Schlussstrich ziehen, beklagte sich James über Veronica und redete über eine gemeinsame Zukunft. Er werde eine Kanzlei in Wiltshire aufmachen, eröffnete er ihr, wo sie zusammen einen Neubeginn wagen könnten, und müsse nur noch den richtigen Moment finden, es Veronica zu sagen. Doch der würde bald kommen.

Trotz ihrer anfänglichen Bedenken begann Greta, ihm zu glauben. Die Vorstellung, einen Mann zu haben, der für sie und Cheska sorgte – bestimmt würde er, wenn sie ihm gestand, dass sie eine Tochter hatte, nichts gegen sie haben, denn sie wusste, dass er Kinder liebte –, war verführerisch.

Allmählich weichte ihr Beschluss, ihr Herz nicht mehr zu verschenken, auf. Greta war klar, dass sie sich in ihn verliebt hatte.


Veronica suchte auf Händen und Knien auf dem Boden des Salons nach dem teuren Ohrring, der ihr heruntergefallen war und den sie zu einer Essenseinladung tragen wollte. Sie tastete unter dem Sofa herum. Als ihre Finger etwas Weiches berührten, zog sie es heraus. Es war das Seidentuch, das James ihr zu Weihnachten geschenkt hatte. *Seltsam*, dachte sie, denn sie war sich sicher, dass sie es einige Stunden zuvor in einer Schublade verstaut hatte. Veronica legte es auf die Couch und setzte die Suche nach dem verlorenen Ohrring fort.

Am folgenden Morgen sah Veronica das Seidentuch wie vermutet in der Schublade. Sie nahm es heraus und ging damit hinunter in den Salon, wo sie das, das sie unter dem Sofa entdeckt hatte, hervorholte. Veronica schnupperte daran. Billiges Parfüm.

Sie wusste, wem das Tuch gehörte.

Als Veronica die Kanzlei betrat, hob Greta den Blick.

»Guten Morgen, Mrs Pickering«, begrüßte sie sie so freundlich wie möglich.

»Ich wollte Ihnen nur etwas bringen, das Ihnen gehört.« Veronica nahm das Seidentuch aus ihrer Manteltasche und ließ es auf Gretas Schreibtisch fallen. »Es gehört doch Ihnen, oder?«

Greta spürte, wie sie rot wurde.

»Interessiert es Sie, wo ich es gefunden habe? Unter dem Sofa in meinem Salon. Wie lange geht das schon?«, fragte Veronica kühl. »Ihnen ist klar, dass Sie nicht die Erste sind? Vor Ihnen hat schon eine ganze Reihe gewöhnlicher kleiner Nutten meinem Mann geholfen, sein Ego zu stärken.«

»Bei uns ist das anders. Und es spielt keine Rolle, dass Sie es herausgefunden haben, weil er es Ihnen heute Abend sowieso sagen wollte.«

»Ach, tatsächlich? Und was genau?«, fragte Veronica mit einem höhnischen Lächeln. »Dass er mich Ihretwegen verlassen wird?«

»Ja.«

»Hat er Ihnen das weisgemacht? Das tut er bei jeder. Lassen Sie sich etwas von *mir* sagen, Schätzchen: Er wird mich niemals verlassen, weil er das, was ich ihm gebe, zu dringend braucht. Er selbst ist arm wie eine Kirchenmaus und hat keinen Penny in die Ehe mitgebracht. Ich würde vorschlagen, dass Sie Ihre Siebensachen packen und diese Kanzlei auf der Stelle verlassen. Wir sollten diese Angelegenheit auf zivilisierte Weise regeln.«

»Das ist nicht Ihre Entscheidung! Ich arbeite für James«, herrschte Greta sie an, die plötzlich der Zorn übermannte.

»Mag sein, Schätzchen, aber wenn mein Vater sich aus dem Berufsleben zurückzieht, übergibt er seine Kanzlei James und mir. Sie wird uns gemeinsam gehören, und mit Sicherheit habe ich seine volle Unterstützung, wenn ich ihm sage, dass ich Sie nicht mehr hier sehen will.«

»Wir wollen zusammen weggehen. Er liebt mich. Wir haben Pläne!«

»Ach.« Veronica hob eine elegant gezupfte Augenbraue. »Dann soll er uns die doch selbst erklären.«

Greta folgte Veronica in das Büro von James, der erstaunt den Kopf hob, als sie hereinmarschierten.

»Hallo, Schatz. Hallo, Greta. Was kann ich für euch tun?«

»Ich habe herausgefunden, dass ihr beide euch hinter meinem Rücken vergnügt, weswegen ich Greta erklärt habe, dass es das Beste wäre, wenn sie möglichst schnell und unauffällig den Rückzug antritt, aber sie besteht darauf, es von dir selbst zu hören.« Veronica klang fast gelangweilt. »Sag es ihr, Schatz, damit wir endlich essen gehen können.«

*Warum schwieg James?*, fragte sich Greta. Als sich ihre Blicke trafen, sah sie den Kummer darin. Und als er den Blick abwandte, wusste sie, dass sie verloren hatte.

Am Ende räusperte James sich. »Tja ... Ich glaube, es wäre tatsächlich das Beste, wenn du gehst, Greta. Natürlich bekommst du dein Gehalt für diese Woche.«

»Auf keinen Fall!«, zischte Veronica. »Das hätte sich die gute Greta früher überlegen müssen. Ich glaube kaum, dass wir verpflichtet sind, ihr weiterhin Gehalt zu zahlen.«

James schaute seine Frau an, und kurz sah Greta die Unsicherheit in seinen Augen. Dann sank er in sich zusammen und schüttelte traurig den Kopf.

Greta rannte aus dem Büro, packte ihren Mantel und ihre Handtasche und verließ das Gebäude.

# Kapitel 14

Greta verbrachte den Nachmittag im Green Park, weil sie nicht in der Lage war, nach Hause zu Cheska zu gehen und sich Mabels Fragen zu stellen, warum sie so früh zurück sei. Sie saß in der Junisonne auf einer Bank und beobachtete die Passanten: plaudernde Kindermädchen mit ihren Schützlingen, Geschäftsleute mit Aktentaschen, junge Paare Hand in Hand.

»O Gott«, stöhnte sie und stützte den Kopf in die Hände. Seit sie von Max verlassen worden war, hatte sie sich nicht so einsam gefühlt. Und das hatte sie sich selbst zuzuschreiben, weil ihr von Anfang an klar gewesen war, dass ihre Affäre mit James kein glückliches Ende nehmen konnte.

Greta überlegte, warum sie sich stets für die falschen Männer zu entscheiden schien. Andere Frauen schafften es doch auch, geeignete Lebenspartner zu finden, warum also nicht sie? Hatte sie das denn verdient? Leider musste sie zugeben, dass ihre eigene Schwäche sie immer wieder in eine solche Lage brachte. Sie war wie eine Motte, die unwiderstehlich von einer Kerzenflamme angezogen wurde und am Ende darin verbrannte.

Greta ließ den Blick niedergeschlagen in die Ferne schweifen. Die Vorstellung, eine andere Arbeitsstelle finden zu müssen, ohne Aussicht auf die Liebe und Sicherheit, nach denen sie sich so sehr sehnte, war deprimierend.

Nein, redete sie sich selbst zu, letztlich war alles nicht ihre Schuld; sie durfte nicht aufgeben, schon wegen ihrer Tochter.

Eines stand jedoch fest: Das Kapitel Männer war abgeschlossen. Sie würde keinen mehr so nahe an sich heranlassen, dass er ihr Leben auf den Kopf stellen konnte. Von nun an würde sie ihre Liebe ausschließlich Cheska schenken.

Greta stand auf und ging langsam in Richtung Piccadilly und Windmill Theatre. Würde sie dort anklopfen und um Arbeit betteln, statt wieder zahllose aussichtslose Vorstellungsgespräche hinter sich zu bringen? Ohne Geld für ihre Arbeit der vergangenen Woche hatte sie ein Problem. Ja, dachte sie, das war die beste Lösung. Im Windmill brauchte sie keine Referenzen, und man stellte keine Fragen. Greta öffnete die Tür zum Bühneneingang und erkundigte sich beim Portier, ob sie mit Mr Van Damm sprechen könne.

Fünfzehn Minuten später stand sie niedergeschlagener als zuvor wieder auf der Straße. Mr Van Damm hatte ihr erklärt, es tue ihm leid, er habe keine freien Stellen, sich Gretas neue Adresse notiert und ihr versprochen, sich bei ihr zu melden, sobald sich etwas ergäbe. Aber ihr war klar, dass das nicht passieren würde. Sie war fünf Jahre älter als damals, und bestimmt wusste er, dass sie ein Kind hatte.

Verzweifelt schaute Greta hinüber zu den Prostituierten, die sich in einem Hauseingang auf der anderen Seite der Archer Street unterhielten. Einige der Gesichter kannte sie noch von ihrer Zeit im Windmill. Seinerzeit hatte Greta sie immer verachtet, aber war sie wirklich so viel besser als sie? Obwohl sie von James kein Geld genommen hatte, war es das Gleiche gewesen wie bei ihnen; sie hatte ihm das gegeben, was er von seiner Frau nicht bekam.

»Greta! Greta, bist du das?«

Sie spürte, wie sich von hinten eine Hand auf ihre Schulter legte, und drehte sich um.

»Taffy!« Sie strahlte. »Ich meine ... David«, verbesserte sie sich schmunzelnd.

»Ich hab dich aus Mr Van Damms Büro kommen sehen und bin dir nachgelaufen. Was machst du denn hier?«

»Ich ... habe gefragt, ob ich meinen alten Job wiederhaben kann.«

»Verstehe. Von Ma weiß ich, dass du Owen vor ein paar Monaten verlassen hast, aber wir hatten keine Ahnung, wo du steckst. Wir haben uns beide große Sorgen um dich und die Kleine gemacht. Lust auf ein Tässchen Tee? Es scheint viel zu bereden zu geben.«

Greta sah auf ihre Uhr. Zehn vor vier. Sie musste erst in zwei Stunden zu Hause sein.

»Unter einer Bedingung.«

»Was immer du möchtest.«

»Dass du weder deiner Mutter noch irgendjemandem sonst von unserer Begegnung erzählst.«

»Abgemacht.« David hielt Greta den Arm hin, und sie hakte sich unter. So gingen sie zu einem nahe gelegenen Café.

Während er ein Kännchen Tee für zwei bestellte, zündete Greta sich eine Zigarette an.

»Wo hast du dich seit deiner Ankunft in London versteckt?«, fragte er.

»In meinem alten Viertel. Cheska und ich haben eine kleine Wohnung.«

»Ach. Soweit ich weiß, hast du Owen wegen ... seinem Problem ... verlassen.«

»Ja. Nach Jonnys Tod hat er völlig den Boden unter den Füßen verloren.«

»Dass der kleine Kerl gestorben ist, tut mir sehr leid. Es muss dir das Herz gebrochen haben.«

»Ja, es war ... schrecklich.« Greta schnürte es die Kehle zu. »Als Owen gewalttätig wurde, ist mir nichts anderes übrig geblieben. Mich plagt das schlechte Gewissen, weil ich ihn im Stich gelassen habe, aber was hätte ich sonst tun sollen?«

»Zum Beispiel hättest du dich bei mir melden können, als du nach London gekommen bist«, schalt er sie.

»David, nach allem, was du für mich getan hattest, konnte ich dich nicht wieder um einen Gefallen bitten.«

»Doch. Soweit ich weiß, ist mein Onkel verwirrt. Sein Anwalt Glenwilliam hat mir am Telefon gesagt, dass er im Suff schwer gestürzt ist und jetzt mit gebrochenem Becken im Rollstuhl sitzt.«

»Gott, wie schrecklich.« Greta senkte schuldbewusst den Blick. »Ich hätte also doch bei ihm bleiben sollen.«

»Nein, Greta, du hast das Richtige getan. Du hattest keine andere Wahl, als mit Cheska fortzugehen. Wie sieht's finanziell aus?«

»Bis heute Morgen hatte ich einen Job. Leider gab es Unstimmigkeiten mit meinem Chef, weswegen ich gehen musste. Deswegen habe ich im Windmill nach Arbeit gefragt.«

David betrachtete Greta genauer. Obwohl sie so hübsch wie eh und je war, sah er, dass sie rote Augen vom Weinen hatte und erschöpft wirkte. »Du Arme. Du hättest wirklich zu mir kommen sollen. Du weißt, dass ich dir unter die Arme gegriffen hätte.«

»Das ist wirklich nett von dir, aber ...«

»Du dachtest, ich wäre wütend auf dich, weil du meinen Onkel geheiratet hast«, führte er den Satz für sie zu Ende.

»Ja.«

»Mach dir darüber mal keine Gedanken. Das trage ich dir nicht nach. Auch wenn ich natürlich nicht weiß, was du für Onkel Owen empfunden hast.«

»Ich habe ihn nicht geliebt, falls du das meinst. Er hat mir in einer schwierigen Lage geholfen und war anfangs sehr nett zu mir. Doch er hat mich auch benutzt und mich wohl nur geheiratet, um einen Erben für Marchmont zu bekommen.«

»Ich fürchte, du hast recht. Er konnte sich nie so richtig mit dem Gedanken anfreunden, Marchmont nach seinem Tod mir zu hinterlassen«, erklärte er mit einem spöttischen Lachen.

»Bitte glaub mir, dass ich davon nichts wusste. Außerdem plagt mich das schlechte Gewissen, weil deine Mutter Marchmont bestimmt wegen unserer Heirat verlassen hat.«

»Ich hatte immer schon den Verdacht, dass Ma mir etwas über ihre Beziehung zu meinem Onkel verschweigt. Aber wenn dich das tröstet: Sie fühlt sich wohl bei ihrer Schwester in Gloucestershire.«

»David, tut mir leid, dass ich dir und deiner Familie so großen Kummer bereite. Du hast mir geholfen, und ich bringe euch nur Katastrophen. Oje, warum muss ich bloß jedes Mal, wenn ich mit dir zusammen bin, weinen?«, fragte sie schniefend.

»Soll ich das als Kompliment oder als Beleidigung auffassen? Hier.« Er reichte ihr sein Taschentuch. »Wenden wir uns erfreulicheren Themen zu. Wann werde ich meine … Was ist sie eigentlich?« Er kratzte sich am Kopf. »… Cousine ersten Grades, denke ich, sehen? Ich wollte immer schon eine Verwandte ersten Grades haben!«

Greta schmunzelte und putzte sich die Nase. »David, du weißt gar nicht, wie gut es mir tut, mit dir zusammen zu sein.«

»Gleichfalls, Greta. Und womit willst du dir jetzt deinen Lebensunterhalt verdienen?«

»Ich werde mir wohl eine andere Stelle suchen müssen. Aber sag doch, wie geht es dir?«

»Sehr gut, danke der Nachfrage. Nächste Woche ist mein letzter Auftritt im Windmill. Ich habe jetzt meine eigene Radiosendung bei der BBC, und nächsten Monat beginnen die Dreharbeiten zu meinem ersten Film in den Shepperton Studios. Ich spiele darin einen glücklosen Kartenspieler. Bin einfach keine Spielernatur«, erklärte er grinsend.

»Gratuliere!«

»Ich kann mich tatsächlich nicht beklagen«, pflichtete er ihr bei. »Komm doch am Sonntag mit Cheska zum Essen zu mir. Ich würde sie wirklich gern kennenlernen. Mein Agent wird auch da sein. Wir feiern meinen Abschied vom Windmill und den Beginn der Dreharbeiten. Leon gefällt dir bestimmt, Greta.«

»Gern, wenn es dir nicht zu viele Umstände macht.«

»Aber nein. Hier ist meine Adresse.« Er notierte sie auf einen Zettel. »Das ist gar nicht weit von hier. Ich hab dir meine Telefonnummer dazugeschrieben. Ruf mich an, wenn du was brauchen solltest, Greta. Schließlich sind wir ja jetzt irgendwie verwandt.«

»Danke. Bis Sonntag dann.« Greta stand auf. »Ich muss los. Die Frau, die auf Cheska aufpasst, wird nervös, wenn ich zu spät komme.«

»Natürlich. Auf Wiedersehen.«

Nachdem er gezahlt hatte, ging David hinüber zum Windmill. Als er seine Garderobe betrat, ertappte er sich dabei, dass er fröhlich vor sich hinpfiff, und ein Blick in den Spiegel zeigte ihm ein Leuchten in seinen Augen, das nicht von der positiven Entwicklung seiner Karriere herrührte.

Dieses Leuchten hatte mit Greta zu tun, das wusste er, denn das Schicksal hatte sie zu ihm zurückgebracht, als er sie für immer verloren glaubte.

Diesmal würde er sie festhalten.


Am Sonntag zog Greta Cheska ihr bestes blaues Kleid an und schmückte ihre blonden Locken mit einem dazu passenden Band.

»Wohin gehen wir denn, Mummy?«, fragte die Kleine, als sie die Wohnung verließen.

»Zu deinem Onkel David. Er ist ein berühmter Komiker und tritt bald in einem Film auf.«

Cheskas blaue Augen glänzten vor Aufregung, als sie in den Bus kletterten, bei Seven Dials ausstiegen und die Floral Street entlanggingen.

»Hereinspaziert!«, begrüßte David sie an der Tür, bevor er sich zu Cheska hinunterbeugte. »Hallo, ich bin dein Cousin David, wahrscheinlich ersten Grades ...« Er zwinkerte Greta zu. »Sag doch einfach Onkel zu mir. Das ist aber ein hübsches Dolly-Püppchen. Wie heißt es denn?«

»Polly«, antwortete sie schüchtern.

»Polly-Dolly. Passt genau«, meinte er in gespieltem Ernst. »Weißt du, dass du genauso hübsch bist wie deine Mummy?« Er hob Cheska hoch. »Kommt mit.«

Sie betraten das helle, luftige Wohnzimmer, in dem ein Mann mittleren Alters gerade ein Glas Whisky an die Lippen hob.

»Das sind meine Cousine Cheska und ihre Mutter Greta. Greta, das ist mein Agent Leon Bronowski.«

Der Mann stand auf und streckte Greta die Hand hin. »Angenehm«, sagte er mit leicht fremdländischem Akzent.

David setzte Cheska aufs Sofa und nahm Greta den Mantel ab. »Was darf ich euch beiden zu trinken anbieten?«

»Für mich Gin und für Cheska Fruchtsaft, wenn du welchen hast.«

»Gut.« Er ging in die Küche, um die Getränke zu holen.

»Haben Sie David im Windmill entdeckt, Mr Bronowski?«, erkundigte sie sich, als sie in einem Sessel Platz nahm.

»Sagen Sie doch Leon zu mir. Ja. David hat großes Talent und wird es noch weit bringen. Er sagt, Sie seien im Windmill Kollegen gewesen?«

»Ja, aber das ist lange her.«

»Das Windmill ist eine echte Talentschmiede. Viele der Tänzerinnen sind erfolgreiche Filmschauspielerinnen geworden. Vermutlich gingen Ihre Absichten auch in diese Richtung, nicht wahr?«

»Die Schwangerschaft mit Cheska ist dazwischengekommen, aber natürlich hatte ich davon geträumt. Tut das nicht jede junge Frau?«

Leon nickte und betrachtete nachdenklich Cheska. »Gewiss.«

Da kehrte David mit zwei Gläsern zurück.

»Danke. Auf dich, David. Du bist bestimmt schon ganz aufgeregt wegen des Films.« Greta hob ihr Glas.

»Ja. Dass das was geworden ist, habe ich Leon zu verdanken. Wenn er nicht gewesen wäre, würde ich mich wahrscheinlich immer noch im Windmill abplagen und auf meinen ersten großen Auftritt warten. Wenn ihr mich bitte kurz entschuldigen würdet. Ich muss nach dem Essen sehen.«

Wenig später servierte David einen sehr schmackhaften Lammbraten, den die vier an dem Tisch in einer Ecke des Wohnzimmers verspeisten. Greta war stolz auf Cheska, die ruhig lauschte, wie David und Leon sich über den neuesten Klatsch aus dem Showbusiness unterhielten.

Beim Kaffee wanderte Leons Blick erneut zu der Kleinen, die nun im Schneidersitz vor dem Kamin in ihrem Lieblingsmärchenbuch *Hänsel und Gretel* blätterte.

»Ist sie immer so brav?«, fragte er.

»Meistens schon, aber natürlich hat sie auch ihre unartigen Momente wie alle Kinder.«

»Mit ihren hübschen goldenen Locken und ihren blauen Augen sieht sie aus wie ein kleiner Engel«, meinte Leon. »Haben Sie je daran gedacht, sie in einem Film mitspielen zu lassen?«

»Nein. Wäre sie dafür nicht ein bisschen jung?«

»Wie alt ist sie denn?«

»Vier.«

»Greta, ich frage Sie das, weil der Regisseur des Films, in dem David mitmacht, nach einem Mädchen sucht, das die Tochter der Heldin darstellen soll. Es ist keine große Rolle, nur zwei oder drei Szenen. Cheska hat Ähnlichkeit mit Jane Fuller, die die Mutter gibt.«

»Jane Fuller ist wunderschön«, bemerkte Greta.

»Du hast recht, Leon«, pflichtete David ihm bei.

Nun sahen alle drei Cheska an, die den Blick mit einem entzückenden Lächeln hob.

»Greta, hätten Sie etwas dagegen, wenn ich dem Regisseur von Cheska erzähle?«

»Ich weiß nicht so recht.« Greta sah David an. »Was hältst du davon?«

»Wenn Cheska die Rolle bekäme, könnte ihr Onkel David am Set ein Auge auf sie haben, stimmt's, meine Kleine?« Er zwinkerte Cheska zu.

»Überlegen Sie es sich, Greta. Bestimmt könnte ich durchsetzen, dass Sie als Aufsichtsperson dabei wären. Die Bezahlung ist gut. Natürlich hängt alles davon ab, ob der Regisseur Charles Day sie für geeignet hält. Möglicherweise hat er sich bereits für ein Mädchen entschieden. Viel Zeit bleibt uns nicht.«

»Na ja, es kann vermutlich nichts schaden, wenn der Mann sich Cheska ansieht. Würde sie auch Geld dafür bekommen? Obwohl es mir selbstverständlich nicht nur darum geht«, fügte Greta hastig hinzu.

»Natürlich. Ich frage Charles morgen früh, ob er die Rolle schon vergeben hat. Wenn nicht, vereinbare ich für Sie beide einen Termin bei ihm.«

»Ja, warum nicht?«, meinte Greta.

»Hier ist meine Visitenkarte. Rufen Sie mich morgen gegen Mittag an, dann weiß ich mehr. Aber jetzt muss ich mich leider verabschieden, weil ich mit einem anderen Künstler, den ich unter Vertrag habe, im Dorchester verabredet bin.« Leon erhob sich. »Das Essen war wie immer köstlich, David.« Er kniete neben Cheska nieder und streckte ihr die Hand hin. »Auf Wiedersehen.«

»Auf Wiedersehen, Sir«, sagte sie ernst und schüttelte sie.

Leon erhob sich schmunzelnd. »Sie würde das kälteste Herz erweichen. Ich könnte mir vorstellen, dass ein richtiger kleiner Star aus ihr wird, Greta. Auf Wiedersehen.«

Greta und David trugen die schmutzigen Teller in die kleine Küche, wo David abspülte, während Greta und Cheska abtrockneten. Anschließend kehrten sie ins Wohnzimmer zurück. Dort nahm David Cheska auf den Schoß, die den Daumen in den Mund steckte und prompt einschlief.

Greta, die auf dem Boden saß, gähnte und streckte sich, müde vom Wein, genüsslich wie eine Katze. »Sehr hübsche Wohnung, David. Kaum zu glauben, dass sie mitten in London ist.« Als er schwieg, blickte sie ihn verwundert an.

»Sorry, Greta, ich war mit den Gedanken gerade woanders. Was sagst du?«

»Unwichtig. Nur, wie friedlich es hier ist.«

»Ja, finde ich auch. Trotzdem spiele ich mit dem Gedanken umzuziehen. Ich habe ein wenig Geld gespart, und mein Steuerberater meint, ich soll in eine Immobilie investieren. Das hier ist eine Mietwohnung. Vielleicht sehe ich mich am Rand von London um. Von Marchmont bin ich mehr Platz gewöhnt.«

»Wenn ich Geld hätte, würde ich mir eine große Wohnung in einem Haus in Mayfair kaufen, mit zwei Säulen und ein paar Stufen vor der Tür«, erklärte Greta verträumt, die an das Domizil von James dachte. »Aber jetzt muss ich heim, Cheska baden.«

»Ich fahre dich hin, Greta. Cheska ist müde«, schlug David vor, als die Kleine verschlafen die Augen aufschlug.

»Danke, gern, wenn dir das nicht zu viel Mühe macht.«

»Möchtest du auf einen Kaffee reinkommen?«, fragte Greta, als sie fünfzehn Minuten später vor ihrem Wohnblock hielten. »Leider ist es nicht besonders feudal.«

»Nein, danke. Ich muss noch das Skript für die morgige Radiosendung durchgehen. Schalt doch ein, wenn du Zeit hast.«

»Klar. Komm, Liebes«, sagte sie zu Cheska, ohne zu erwähnen, dass sie sich kein Radio leisten konnte.

»Gute Nacht, Cheska.« David beugte sich zu der Kleinen hinunter und drückte ihr einen Kuss auf die Wange.

»Gute Nacht, Onkel David. Danke für das feine Essen.«

»Gern geschehen, Schätzchen. Ich habe mich sehr über euren Besuch gefreut. Ruf mich an, wenn du weißt, ob ich mit ihr zusammenarbeiten werde«, fügte er an Greta gewandt hinzu.

»Mach ich. Danke, David. Ich hab schon lange keine so schönen Stunden mehr verbracht.«

»Und vergiss nicht: Melde dich, wenn du was brauchst.«

Sie nickte und verschwand im Haus.

# Kapitel 15

Am folgenden Tag rief Greta mittags von einer Telefonzelle aus in Leons Büro an, nachdem sie einen großen Teil der Nacht darüber nachgegrübelt hatte, ob es richtig war, Cheska in ihrem Alter schon in einem Film mitspielen zu lassen. Doch wenn Cheska die Rolle tatsächlich erhielt, würde Greta sehr viel mehr Zeit mit ihrer Tochter verbringen können, als wenn sie jeden Tag in die Arbeit ginge, das war ihr klar. Außerdem wusste sie, wie viel Geld man im Filmgeschäft verdienen konnte.

»Schön, dass Sie anrufen, Greta«, begrüßte Leon sie. »Ich habe für Sie und Cheska morgen früh um zehn einen Termin mit dem Regisseur Charles Day vereinbart. Wenn Sie mir Ihre Adresse geben, schicke ich Ihnen so gegen neun meinen Fahrer, der Sie zu den Shepperton Studios bringt. Mit öffentlichen Verkehrsmitteln kommt man ziemlich schwierig hin.«

»Das ist sehr nett, danke, Leon.«

»Keine Ursache. Darf ich mich bei Ihnen zu Hause melden, sobald ich mehr weiß? Die Entscheidung wird rasch fallen; die Dreharbeiten beginnen in Bälde.«

»Ich muss Ihnen die Nummer meiner Nachbarin geben, weil ich kein Telefon habe.«

»Gut.« Leon notierte sich Mabels Telefonnummer und die Adresse. »Wenn Sie eine Zusage bekommen, können Sie sich mit ziemlicher Sicherheit den Luxus eines Telefons leisten. Das werden Sie auch brauchen. Ziehen Sie Cheska das Kleid an, das sie am Sonntag getragen hat, und sagen Sie ihr, sie soll sich von ihrer Schokoladenseite präsentieren.«

Als Greta auflegte, schlug ihr Herz schneller, und sie wirbelte Cheska, die neben ihr stand, durch die Luft und drückte sie an sich.

»Wollen wir Tee im Lyons Corner House trinken?«

»Au ja, Mummy, gern!«, rief Cheska mit leuchtenden Augen aus.

Am folgenden Morgen war Greta schon früh wach. Während Cheska schlief, wusch und kämmte sie sich die Haare und schlüpfte in ihr bestes Kostüm. Anschließend weckte sie Cheska, bereitete ihr Frühstück zu und zog ihr das blaue Kleid an.

»Was machen wir, Mummy?« Cheska waren Gretas Aufregung und die Tatsache, dass sie selbst wieder ihr bestes Kleid trug, nicht entgangen.

Da klingelte es.

»Wir fahren mit dem Auto zu einem netten Mann. Vielleicht lässt er dich in einem Film mitspielen.«

»Wie Shirley Temple in *Die kleine Prinzessin*?«

»Ja, Liebes.«

Als Cheska die weichen Ledersitze der schwarzen Limousine sah, machte sie große Augen. Und während der Fahrt durch die Straßen Londons hinaus ins grüne Surrey lauschte Cheska Greta, die ihr erklärte, dass sie sich von ihrer besten Seite zeigen müsse.

Greta kam sich fast wie ein Filmstar vor, als der Wagen vor den Toren von Rainbow Pictures hielt und der Fahrer dem Mann vom Sicherheitsdienst ihre Namen nannte, der sie daraufhin durchwinkte. Sie schaute fasziniert hinaus auf das Gelände des Filmstudios mit seinen großen hangarähnlichen Gebäuden. Greta musste daran denken, wie sie selbst einmal davon geträumt hatte, hier vorsprechen zu dürfen, und bekam vor Aufregung eine Gänsehaut.

Der Fahrer brachte sie zum Haupteingang. »Ich warte hier

auf Sie, bis Sie fertig sind. Viel Glück, Miss.« Er tippte an seine Mütze und lächelte Cheska beim Aussteigen zu.

Greta nahm Cheska an der Hand und betrat das Gebäude, wo sie der Frau an der Rezeption erklärte, wer sie war.

»Nehmen Sie doch dort Platz, Mrs Simpson. Mr Days Sekretärin holt Sie gleich ab«, sagte die Frau und deutete auf ein Sofa.

»Danke.« In dem kleinen Wartebereich betrachtete Greta mit Cheska die Szenenfotos aus unterschiedlichen Filmen, die die Wände zierten. *Mach dir und Cheska keine zu großen Hoffnungen*, ermahnte sie sich. Kurze Zeit später kam eine schick gekleidete junge Frau mit einem Klemmbrett aus dem Lift auf sie zu.

»Mrs Simpson und Cheska?«

»Ja.«

»Würden Sie mir bitte folgen?«

Greta glättete hastig die Locken ihrer Tochter und drückte ihre Hand, als sie ein großes Büro mit einem riesigen Schreibtisch betraten, hinter dem ein etwa fünfunddreißigjähriger Mann saß.

»Mrs Simpson und Cheska, Sir«, teilte die Sekretärin ihm mit.

»Danke, Janet.« Der Mann erhob sich. »Mrs Simpson, freut mich, Sie kennenzulernen. Ich bin Charles Day, der Regisseur von *Stilles Wasser*. Nehmen Sie Platz.« Er deutete auf die beiden Stühle vor seinem Schreibtisch. Greta setzte Cheska in den einen und nahm dann auf dem anderen Platz.

»Und das, vermute ich, ist Cheska?«

»Guten Tag, Sir«, begrüßte Cheska ihn schüchtern.

Seine Augen blitzten belustigt. »Guten Tag, junge Dame. Weißt du, warum du hier bist?«

»Ja. Damit ich Filmstar werden und hübsche Kleider wie Shirley Temple tragen kann.«

»Genau. Würdest du das denn gern machen?«

»O ja, Sir.«

Charles wandte sich Greta zu. »Leon Bronowski hat vollkommen recht. Ihre Tochter hat tatsächlich Ähnlichkeit mit Jane Fuller. Könntest du dich bitte mal zu deiner Mummy drehen, Cheska?«, bat er sie.

Cheska tat ihm den Gefallen, und Charles musterte sie.

»Auch im Profil. Sehr gut. Mr Bronowski sagt, Sie wären bereit, Ihre Tochter zu beaufsichtigen, Mrs Simpson?«

»Ja.«

»Die Dreharbeiten beginnen zwar bereits Montag in einer Woche, aber Cheskas Szenen wären erst vierzehn Tage später eingeplant. Wir würden sie für einen Monat unter Vertrag nehmen; sie würde selbstverständlich nicht länger als ein paar Stunden täglich arbeiten müssen. Könnten Sie das einrichten?«

Greta nickte. »Ja, das klingt gut.«

»Wunderbar. Mr Bronowski sagt, Cheska ist ein richtiger kleiner Engel.«

»Sie ist wirklich sehr artig, ja.«

»Das spricht sehr für sie. Es gibt nichts Schlimmeres als verzogene Gören, die vor laufender Kamera Tobsuchtsanfälle kriegen. Zeit ist Geld. Bist du ein artiges Mädchen, Cheska?«

»Ich glaube schon, Sir.«

»Das glaube ich auch. Wenn du in diesem Film mitspielen darfst, musst du versprechen, dich von deiner besten Seite zu zeigen.«

»Das verspreche ich, Sir.«

»Gut. Das wär's dann, Mrs Simpson. Heute Vormittag stellen sich noch zwei kleine Mädchen vor. Ich melde mich bei Leon, wenn ich meine Entscheidung getroffen habe. Danke, dass Sie sich die Mühe gemacht haben hierherzukommen. Freut mich, Sie beide kennengelernt zu haben. Auf Wiedersehen.«

»Danke, Mr Day.« Greta stand auf. »Komm, Liebes.«

Cheska rutschte von dem Sessel und stellte sich, ohne von Greta dazu ermuntert worden zu sein, auf die Zehenspitzen, um Charles die Hand hinzustrecken.

Charles ergriff sie schmunzelnd.

»Auf Wiedersehen, Sir.« Sie folgte ihrer Mutter aus dem Raum.

»Charles Day am Apparat für Sie, Leon.«

»Danke, Barbara. Hallo?«

»Leon, ich bin's, Charles. Dieses Mädchen, das du mir heute geschickt hast, ist genau richtig. Wenn sie auch noch spielen kann, haben wir die nächste Shirley Temple.«

»Sie ist süß, nicht?«

»Hinreißend. Sie sieht nicht nur aus wie ein Engel, sondern hat auch dieses wunderbar Verletzliche einer jungen Margaret O'Brien oder Elizabeth Taylor. Natürlich wollen wir sie. Bei der kleinen Rolle hat das Studio erst mal Gelegenheit festzustellen, wie sie auf der Leinwand wirkt, ohne dass wir sie groß unter Druck setzen müssen. Hast du sie schon unter Vertrag genommen?«

»Nein. Ich wollte erst deine Meinung hören.«

»Dann warte nicht länger. Natürlich könnte ich mich täuschen, aber ich denke, Cheska hat das Zeug zum Star. Du weißt ja, wie selten das ist.«

»Allerdings.«

»Aber wir werden ihren Familiennamen ändern müssen. ›Simpson‹ ist langweilig.«

»Gut. Ich lass mir was einfallen.«

Da Leon Charles Days Begeisterung nicht entgangen war, gelang es ihm, eine großzügige Entlohnung für Cheska und Greta herauszuhandeln. Als er auflegte, spürte er jene Erregung, die ihn immer überkam, wenn sein Gespür für neue Talente sich bestätigte.

Am Nachmittag um halb fünf klopfte Mabel, die die Treppe heraufgehastet war, ganz außer Atem an Gretas Tür.

»Da ist ein Mr Leon Bronosk ... jemand für Sie am Telefon, Greta.«

»Danke, Mabel. Könnten Sie ein paar Minuten auf Cheska aufpassen, während ich mit ihm rede?«

Sie eilte zu Mabels Wohnung hinunter und nahm den Hörer in die Hand.

»Hallo?«

»Greta, ich bin's, Leon. Charles Day hat sich gerade bei mir gemeldet. Er will Cheska für die Rolle.«

»Das ist ja wunderbar!«

»Schön, dass es Sie freut. Charles war sehr beeindruckt von ihr. Er meint, Cheska könnte eine richtig große Entdeckung werden.«

»Sind Sie sicher, dass das alles Cheska nicht schaden wird, Leon? Sie ist sehr jung.«

»Shirley Temple war noch jünger, als sie in ihrem ersten Film mitgespielt hat. Außerdem sollten wir, auch wenn Charles sie gut findet, nichts überstürzen, bevor wir nicht wissen, wie sie auf der Leinwand wirkt. Die Kamera liebt nicht jeden.«

»Verstehe«, sagte Greta.

»Ich glaube, Sie werden erfreut sein über den Betrag, den ich für Cheska herausgehandelt habe. Wenn sie sich gut macht, könnte es sein, dass Rainbow Pictures sie langfristig unter Vertrag nimmt. Dann würde es sich um richtig interessante Summen handeln. Aber wie klingen fünfhundert Pfund fürs Erste?«

Nach vielen Monaten harter Arbeit in der Kanzlei, dachte Greta. »Wunderbar«, krächzte sie. »Danke.«

»Gut. Und Sie bekommen zehn Pfund pro Tag dafür, dass Sie auf Cheska aufpassen. Könnten Sie am Freitagvormittag zu mir ins Büro kommen, um den Vertrag für sie zu unterschreiben? Und Greta: Charles Day möchte einen interessanteren Familiennamen für sie. Dagegen haben Sie doch nichts, oder?«

»Nein, natürlich nicht.« Simpson war ohnehin nicht Cheskas richtiger Name, dachte sie.

»Dann also bis Freitag.«

Nachdem Greta aufgelegt hatte, führte sie im Flur von Mabels Wohnung einen kleinen Freudentanz auf, bevor sie hinaufeilte, um Mabel und ihrer Tochter alles zu erzählen.

»Du spielst in einem Film mit. Bestimmt bist du bald so berühmt, dass du nicht mehr mit mir redest.« Mabel kniff Cheska schmunzelnd in die Wange.

Wenig später schaute David mit einer großen Tafel Nestlé-Schokolade für Cheska und einer Flasche Champagner für Greta vorbei.

»Na, du Glückspilz?« Er hob Cheska hoch und drückte sie. »Ich wusste, dass sie die Rolle kriegen würde, Greta. Du bist wirklich ein kleiner Engel, meine Süße.«

»Ja, Onkel David.« Cheska nickte ernst, und die Erwachsenen lachten.

»Ins Bett mit dir, kleine Dame. Noch bist du nicht Elizabeth Taylor.« Greta zwinkerte David zu.

Nachdem Greta Cheska ins Bett gebracht und David ihr eine Geschichte erzählt hatte, bei der er alle auftretenden Figuren selbst verkörperte, worüber sie schrecklich lachen musste, tranken Greta und David in dem kleinen Wohnzimmer Champagner.

»Meinst du, ich tu das Richtige?«, fragte Greta ihn unvermittelt.

»Sie wird nur ein paar Drehtage haben. Wenn es Cheska nicht gefällt, muss sie es nie wieder machen. Aber ich schätze, dass die anderen Schauspieler sie nach Strich und Faden verwöhnen werden und sie einen Riesenspaß hat. Und mal ehrlich: Das Geld kommt euch doch gelegen, oder?« David war die Schäbigkeit der Wohnung nicht entgangen, und auch nicht, wie abgetragen Gretas Rock und Bluse aussahen.

»Ja, allerdings, aber ich hab ein schrecklich schlechtes Gewissen, dass Cheska es für uns verdienen muss.«

»Immerhin wirst du dann mehr mit ihr zusammen sein als bisher und musst sie nicht mehr den ganzen Tag bei eurer Nachbarin lassen«, tröstete David sie.

»Auch wieder wahr.«

»Gut. Und jetzt hör auf, dir Gedanken zu machen, und trink noch ein Glas Champagner.«

Greta betrat Leons Büro am Golden Square in Soho mit Cheska am Freitagvormittag um halb zwölf. Ihr Blick fiel auf die Fotos an der Wand.

»Das sind Sie mit Jane Fuller, stimmt's?«

»Ja, am Set von ihrem ersten großen Film. Ist inzwischen zehn Jahre her«, antwortete Leon. »Aber nun zum Geschäftlichen.«

Greta ließ sich von Leon erklären, wie er Cheskas Karriere aufbauen würde, wofür er zehn Prozent von allen ihren Einkünften verlangte. Als sie den Vertrag unterzeichnete, lächelte Leon.

»Jetzt müssen wir uns nur noch einen neuen Familiennamen für Cheska ausdenken. Wenn uns keiner einfällt, sucht das Studio ihn für sie aus, und ich finde, es stünde Ihnen zu, ihn zu wählen. Was käme denn infrage? Wie lautet der Mädchenname Ihrer Mutter?«

»Hammond.«

»Cheska Hammond. Gefällt mir. Das schlagen wir den Leuten im Studio vor und warten ab, was sie davon halten. Ich glaube, das wäre alles.« Er erhob sich. »Ich melde mich, sobald ich weiß, wann sie gebraucht wird, und schicke Ihnen das Drehbuch. Danke, dass Sie gekommen sind, Greta. Bestimmt werden wir bald auf Cheska stolz sein können, nicht wahr, meine Kleine?«

»Ja, Mr Leon«, antwortete Cheska. »Auf Wiedersehen.«

Drei Wochen später stand Cheska zum ersten Mal vor der Kamera. Greta verfolgte mit, wie ihre Tochter sich auf Jane Fullers Schoß setzte.

»Ruhe im Studio«, rief Charles Day. »Wollen mal sehen, wie gut Cheska sich einen Text merken kann. Cheska, wenn ich ›los‹ sage, legst du bitte die Arme um Janes Hals und sagst ›Ich liebe dich, Mummy‹, ja?«

»Ja, Mr Day.«

»Braves Mädchen.«

Konzentrierte Stille.

»Szene zehn, Take eins.« Charles lächelte Cheska ermutigend zu. »Los!«

Cheska schlang die Arme um Jane Fullers schmalen Hals.

»Ich liebe dich, Mummy«, sagte sie und sah Jane an, während die Kamera auf ihr Gesicht zoomte.

Greta beobachtete das Ganze mit Tränen in den Augen. »Und ich liebe dich, Cheska«, flüsterte sie.

Charles Day betrachtete die ersten Kopien der Szene mit einem der Bosse von Rainbow Pictures. Cheska Hammond war die natürlichste, betörendste Kinderdarstellerin, die sie beide je gesehen hatten.

»Sie kann sich Text merken, wenn Sie ihn ihr vorsagen?«, fragte der Boss.

»Heute hat's jedenfalls funktioniert«, antwortete Charles.

»Gut, dann schreiben Sie so viele Einzeiler ins Drehbuch wie möglich, ohne dass Sie Jane vergraulen. Sie soll ja nicht merken, dass eine Vierjährige ihr die Show stiehlt«, erklärte er schmunzelnd.

Artikel aus der Filmzeitschrift *Picturegoer Monthly*
März 1951

*Der neue Film von Rainbow Pictures heißt* Stilles Wasser, *und der Regisseur Charles Day gilt als der neue englische David Selznick. Dieses Lob wird gerechtfertigt durch ein Werk, das man wirklich nur als rührend bezeichnen kann.*

*Die Stars Jane Fuller und Roger Curtis liefern eine hervorragende Leistung als entfremdetes Ehepaar, und der Komiker David (Taffy) Marchmont versieht seine Rolle als glückloser Kartenspieler in seinem Filmdebüt mit einer Prise einfühlsamem Humor. Aber die Warnung, man solle nie bei einem Streifen mit Kindern oder Tieren mitmachen, bestätigt sich hier. Die vierjährige Cheska Hammond spielt als Tochter von Jane Fuller und Roger Curtis alle an die Wand. Angeblich wurde ihre Rolle ausgebaut, als Charles Day ihr Potenzial erkannte. Rainbow Pictures hat sie für drei weitere Filme unter Vertrag genommen, der nächste Streifen mit ihr wird bereits gedreht.*

*Sehen Sie sich* Stilles Wasser *unbedingt an; ich garantiere Ihnen Tränen in der letzten Szene mit der kleinen Miss Hammond und prophezeie ihr eine glänzende Zukunft.*

# Erster Weihnachtsfeiertag, 1985

*Marchmont Hall,
Monmouthshire, Wales*

## Kapitel 16

»Mary, hast du Greta irgendwo gesehen?«, fragte David, als er die Küche betrat, in der die Haushälterin Truthahn und Schinken mit Pickles zu einer kalten Platte arrangierte.

»Das letzte Mal vor ein paar Stunden. Da hat sie mich um Stiefel und eine Jacke gebeten, weil sie einen Spaziergang machen wollte. Vielleicht ist sie wieder oben in ihrem Zimmer und macht ein Nickerchen.«

»Ja, wahrscheinlich.«

»Soll ich das Essen jetzt reintragen oder später?«, erkundigte sich Mary.

Ein Blick auf die Uhr sagte David, dass es fast halb acht war. »Lass doch alles einfach hier in der Küche, dann kann sich jeder selber holen, was er möchte. Du hast einen langen Tag hinter dir, Mary, es wird Zeit, dass du die Füße hochlegst.«

»Sicher?«

»Absolut.«

»Gut, Master David, dann mach ich das«, sagte sie erleichtert. »Und danke für die Kaschmirjacke. So was Luxuriöses hab ich noch nie besessen.«

»Du hast es dir verdient, Mary. Ich wüsste nicht, was diese Familie ohne dich machen würde.« David verabschiedete sich mit einem Lächeln von ihr und ging nach oben, um nach Greta zu schauen. Als auf sein Klopfen keine Reaktion erfolgte, versuchte er es noch einmal und öffnete schließlich leise die Tür.

»Greta? Greta?« David schaltete das Licht ein. Das Zimmer war leer, und dem frisch gemachten Bett nach zu urteilen hatte

Greta kein Nachmittagsschläfchen gehalten. Davids Herz setzte einen Schlag aus. Er sah in alle Zimmer im oberen Stockwerk und fragte Ava, ob sie ihrer Großmutter begegnet sei. Als Ava verneinte, suchte David unten weiter.

»Hast du was verloren, David?«, fragte Tor und hob den Blick von der Mao-Zedong-Biografie, die er ihr zu Weihnachten geschenkt hatte.

»Ja, Greta. Sie wollte einen Spaziergang machen, von dem sie anscheinend noch nicht zurückgekommen ist.«

»Ach. Soll ich dir suchen helfen?«

»Nein, da draußen ist es lausig kalt. Bestimmt ist sie nicht weit gegangen. Ich bin bald wieder da.« David gab sich Mühe, sich Tor gegenüber seine Angst nicht anmerken zu lassen. Wenn Greta seit dem Nachmittag im Freien war und nicht mehr zurückfand, konnte es sein, dass sie sich Erfrierungen zugezogen hatte.

Er schaltete die starke Taschenlampe ein, die er mitgenommen hatte, und marschierte durch den knirschenden Schnee.

»Denk nach, David … Wo könnte sie hingegangen sein?«, murmelte er.

Überallhin. Denn wenn Greta sich nicht an Marchmont erinnerte, war es höchst unwahrscheinlich, dass sie sich zu einem bestimmten Ort aufgemacht hatte. Nachdem er sowohl im vorderen als auch im hinteren Garten nachgesehen hatte, bewegte er sich in Richtung Wald.

Er erinnerte sich, wie Greta damals an Weihnachten nach Marchmont gekommen war, weil sie sich den Knöchel verstaucht hatte, und inmitten der im Licht der Taschenlampe glitzernden schneebedeckten Bäume hatte er so etwas wie ein Déjà-vu-Erlebnis. In diesem Wald, der wie ein Märchenland anmutete, drohte Greta Gefahr.

Als er die Lichtung mit Jonnys Grab erreichte, rief er Gretas Namen, und zu seiner Erleichterung vernahm er aus der Ferne eine leise Antwort.

»Greta, alles in Ordnung? Sprich weiter mit mir, dann kann ich deiner Stimme folgen!«

Kurz darauf erfasste der Strahl seiner Taschenlampe sie. Sie stolperte, am ganzen Körper zitternd und mit verschmierter Wimperntusche, durch den Schnee auf ihn zu.

»Was um Himmels willen machst du hier draußen?«, fragte David, während er aus seinem dicken Anorak schlüpfte, ihn ihr umhängte und die Arme um sie legte, um sie zu wärmen.

»David, ich erinnere mich! An meine Eltern und Jonny und daran, warum ich nach Marchmont gekommen bin ...« Greta sank schluchzend in seine Arme.

Während David sie durch den Wald zum Haus trug, sprudelten die Worte nur so aus ihr heraus.

»Ich erinnere mich wieder ganz genau an die Zeit im Windmill und warum ich hier gelandet bin und ... David, plötzlich weiß ich alles wieder. Jedenfalls bis Marchmont und Jonnys Tod, aber danach liegen die Dinge nach wie vor im Dunkeln.«

»Gut«, sagte David, als er sie in die Küche brachte, wo Tor, Ava und Simon sich gerade von der kalten Platte nahmen. »Greta hat sich im Wald verirrt. Ich lasse ihr ein heißes Bad einlaufen. Tor, könntest du eine Wärmflasche füllen und die mit einer Tasse starkem, süßem Tee nach oben bringen?«

»Natürlich. Kann ich sonst noch was tun?«

»Vorerst nicht. Sie muss sich zuerst aufwärmen, und anschließend hat sie möglicherweise gute Nachrichten für uns.«

Oben half David der immer noch schlotternden Greta aus der äußeren Kleidung und ließ sie dann für den Rest im Bad allein. Als er ins Schlafzimmer trat, wartete dort schon Tor mit dem Tee.

»Was ist passiert, David? Du hast in der Küche so euphorisch gewirkt. Nicht gerade die Reaktion, die ich erwarten würde, wenn du jemanden vor dem Erfrieren rettest.«

»Tor«, hob David mit leiser Stimme an, damit Greta ihn nicht hörte, »ich weiß noch nichts Genaueres, aber Greta sagt, dass sie sich erinnert. Zumindest an manches. Ist das nicht wunderbar? Nach all den Jahren.« David traten Freudentränen in die Augen.

»Ja, ein echtes Weihnachtswunder.«

»Genau. Bestimmt hat das mit ihrer Rückkehr nach Marchmont zu tun. Wenn es mir doch nur schon vor Jahren gelungen wäre, sie zum Herkommen zu bewegen ...«

»Vielleicht war sie damals noch nicht bereit. Jedenfalls freue ich mich darauf, die ganze Geschichte zu hören. Erstaunlich, dass sie sich da draußen keine Erfrierungen zugezogen hat. Du scheinst sie gerade rechtzeitig gefunden zu haben.«

»Sie war wohl so voller Adrenalin, dass sie einfach immer weitergelaufen ist, und das dürfte sie vor Schlimmerem bewahrt haben. Geh du ruhig wieder runter zum Essen. Ich warte hier, bis sie fertig ist.«

Tor nickte und verließ das Zimmer. David setzte sich aufs Bett, und zehn Minuten später gesellte sich Greta im Bademantel zu ihm.

»Hat das Zittern aufgehört?«, erkundigte er sich.

»Ja. Jetzt ist mir nicht mehr kalt.«

»Und wie fühlst du dich?«

»Ich weiß nicht so recht ... In der Badewanne sind mir noch andere Dinge eingefallen, die muss ich irgendwie sortieren. Kannst du mir dabei helfen, David?«

»Klar.«

»Aber nicht mehr heute Abend. Ich bleibe hier oben und versuche, die Puzzleteile weiter zusammenzusetzen. Geh du runter zu deiner Familie. Ich möchte niemandem das Weihnachtsfest verderben.«

»Greta, sei nicht albern! Dies ist ein wichtiger Augenblick für dich. Da sollte ich doch wohl bei dir bleiben.«

»Nein, David. Ich muss allein sein.«

»Na schön«, meinte er schließlich. »Auf dem Nachtkästchen

steht eine Tasse Tee, und unter der Bettdecke liegt eine Wärmflasche. Soll ich dir was zu essen bringen? Du solltest was zu dir nehmen.«

»Das hat keine Eile. David, natürlich bin ich schockiert und verwirrt, aber das Ganze ist auch erstaunlich, findest du nicht?«

Zum ersten Mal seit dreiundzwanzig Jahren wirkten ihre schönen blauen Augen lebhaft.

»Ja, das ist es, Greta.«

Am folgenden Morgen, als Greta die Küche zum Frühstück betrat, wurde sie von allen umarmt und beglückwünscht.

»Tut mir leid, dass das so dramatisch gelaufen ist«, entschuldigte sie sich mit einem Blick auf Tor.

»Weißt du, was die Erinnerung ausgelöst hat?«, fragte Ava, die nicht nur die Geschehnisse, sondern auch die deutlich sichtbare physische Veränderung ihrer Großmutter faszinierend fand. Es schien, als wäre sie jahrelang in einem Eisblock eingeschlossen gewesen, der nun auftaute, so sehr leuchteten ihre Augen und Wangen.

»Die erste Erinnerung hat sich beim Aussteigen aus dem Wagen geregt und die zweite, als ich vom oberen Treppenabsatz den Weihnachtsbaum im Eingangsbereich gesehen habe. Und bei meinem ziellosen Spaziergang durch den Wald bin ich plötzlich vor Jonnys Grab gestanden. Das war die Initialzündung. Bitte fragt mich noch nicht, woran ich mich erinnere und woran nicht, weil das in meinem Kopf nach wie vor wild durcheinandergeht. Immerhin habe ich Mary heute Morgen sofort erkannt und wusste, wie rührend sie sich um mich gekümmert hat, als ich das erste Mal in Marchmont war. Und natürlich habe ich mich an das erinnert, was du für mich getan hast, David.«

»Auch an mich, Oma?«

»Lass ihr Zeit, Ava«, ermahnte David sie sanft, als er in Gretas Blick Furcht aufflackern sah. »Bestimmt kommen die Erinnerungen jetzt, da die sprichwörtliche Tür aufgestoßen ist, zurück, Greta.«

»Vielleicht solltest du zu einem Psychotherapeuten gehen, Greta«, schlug Tor vor. »Ich könnte mir vorstellen, dass das ganz schön viel zu verkraften ist.«

»Danke, im Moment komme ich zurecht. Und jetzt würde ich gern, solange die Sonne scheint, einen kleinen Spaziergang machen. Ich verspreche auch, mich nicht mehr zu verlaufen«, erklärte Greta schmunzelnd.

David spielte kurz mit dem Gedanken, sie zu begleiten, überlegte es sich dann jedoch anders.

»Ich habe Mary angeboten, ihr bei der Zubereitung des Mittagessens zu helfen. Sie wirkt müde«, sagte Tor und erhob sich. »Ich würde vorschlagen, dass wir ihr den Rest des Tages freigeben. Wir kommen auch ohne sie zurecht.«

»Und wenn ihr nichts dagegen habt, verziehe ich mich wieder in mein Tonstudio. Ich muss noch zwei Songs für Rogers neues Album schreiben«, erklärte Simon.

»Natürlich, Schatz«, meinte Ava. »Bleib dort, so lange du möchtest.«

»Gönn dir Ruhe.« Simon küsste Ava und verließ das Zimmer.

»Das mit dem Studio funktioniert also?«, erkundigte sich David.

»Sogar so gut, dass Simon manchmal am liebsten dort schlafen würde«, antwortete Ava schmunzelnd. »Es war ein Geniestreich von dir, Onkel David, eine der Scheunen für ihn umzubauen. Alle Musiker kommen gern her, weil es hier so ruhig und friedlich ist. Und das Gate Lodge eignet sich hervorragend als Unterkunft, jetzt, wo Simon und ich ausgezogen sind. Er wird dir das Geld zurückzahlen, wahrscheinlich sogar schneller, als du denkst. Das Studio ist für die kommenden sechs Monate ausgebucht.«

»Was für *dich* Segen und Fluch gleichermaßen sein dürfte.«

»Ja«, pflichtete Ava ihm bei. »Ich könnte Simons Unterstützung in den kommenden Monaten gut gebrauchen, aber es ist nun mal so, wie es ist. Gott sei Dank ist er zufrieden. Und du bist nach Omas Weihnachtswunder vermutlich auch glücklich.«

»Ehrlich gesagt muss ich das Ganze noch verdauen. Nach all den Jahren ist das ein ziemlicher Schock.«

»Gerade eben habe ich eine Ahnung davon bekommen, wie sie vor dem Unfall gewesen sein muss. Ich finde übrigens, dass Tor mit ihrem Psychotherapeutenvorschlag recht hat. Da ich neben meinem veterinärmedizinischen Studium auch ein bisschen Psychologie gemacht habe, weiß ich, dass es für Greta schwierig werden wird, wenn sich nach der Euphorie weitere Erinnerungen einstellen. Man darf auch nicht vergessen, woran sie sich noch erinnern muss«, erklärte Ava mit leiser Stimme.

»Immerhin ist sie hier bei uns, wo wir uns alle um sie kümmern können.«

»Sie sagt, sie hätte sich heute Morgen bis zu ihrem Leben in Marchmont erinnert. Damals hat sie ziemlich schwierige Zeiten durchlebt. Zu wissen, dass man seinen dreijährigen Sohn verloren hat, ist schon schrecklich genug«, meinte Ava und legte unwillkürlich die Hand auf ihren Bauch, »... und dann noch alles andere ... Hoffentlich wird sie damit fertig.«

»Nach dem halben Leben, das sie so viele Jahre geführt hat, ist das sicher die bessere Alternative.«

»Falls sie sich tatsächlich an den Unfall erinnern sollte, braucht sie doch nicht die ganze Wahrheit zu erfahren, oder, Onkel David?«

»Ich verstehe, was du meinst, Ava«, pflichtete David ihr bei, »und glaube, wir sollten einfach abwarten. Eines weiß ich mit Sicherheit: Greta ist zäh. Wenn irgendjemand mit der Situation fertigwird, dann sie. Mach dir mal keine Sorgen um deine Oma. Um die kümmere ich mich schon. Konzentrier dich lieber auf dich selbst. Und jetzt setze ich mich in den Land Rover und versuche, im Ort einen *Telegraph* zu besorgen.«

Als Ava David nachsah, fragte sie sich, ob sie die Einzige der Anwesenden war, die sich über seine Gefühle für Greta klar war. Tor zuliebe konnte sie das nur hoffen.

»Greta? Darf ich mich zu dir setzen? Alle andern sind entweder draußen oder schlafen«, sagte David, der sie allein im Salon antraf, wo sie in das verlöschende Feuer des Kamins starrte.

»Du könntest Holz für mich nachlegen«, bat sie ihn.

»Gern. Wie fühlst du dich?«, erkundigte er sich und trat zum Kamin.

»Genügt es, wenn ich antworte, dass ich das im Moment noch nicht so recht weiß?«

»Klar. Für deine gegenwärtige Situation gibt es, glaube ich, keine gültigen Regeln. Und wenn ja, wäre es völlig in Ordnung, dagegen zu verstoßen.« David setzte sich in den Sessel ihr gegenüber und beobachtete, wie die Flammen im Kamin größer wurden. »Ich bin hier, um dir zuzuhören und dir zu helfen, nicht, um ein Urteil über dich zu fällen.«

»Das weiß ich, David. Ich habe momentan eigentlich nur eine Frage an dich: Warum hast du mir verschwiegen, dass Jonny so jung gestorben ist?«

»Deine Ärzte haben mir geraten, dich mit nichts zu konfrontieren, was dich traumatisieren könnte. Verzeih mir, vielleicht hätte ich es tun sollen, aber ...«

»Du musst dich nicht entschuldigen. Mir ist klar, dass du mich nur schützen wolltest«, erklärte Greta hastig. »Wie du dir möglicherweise vorstellen kannst, habe ich Angst vor all den anderen Dingen, an die ich mich noch erinnern muss. Aber du bist einfach wunderbar zu mir gewesen, David. Ich weiß jetzt wieder, was du für mich getan hast, als ich schwanger und verzweifelt war. Danke. Abgesehen von der Trauer um meinen verlorenen Sohn sind heute an Jonnys Grab noch weitere Erinnerungen auf mich eingestürmt. An ... die Zeit danach.« Greta schluckte.

»Zum Beispiel?«

»Cheska.«

»Aha.«

»David, könntest du meiner Erinnerung auf die Sprünge helfen, auch wenn das schmerzhaft für mich ist? Ich muss die Puzzleteile zusammensetzen, weil das alles bisher keinen Sinn ergibt. Kannst du das nachvollziehen?«

»Ich denke schon«, antwortete er vorsichtig. »Greta, willst du nicht einfach abwarten, wie sich alles entwickelt? Vielleicht sollten wir tatsächlich professionellen Rat einholen.«

»Ich war bei so vielen Seelenklempnern. Glaube mir, ich kenne meine Psyche besser als irgendjemand sonst«, erwiderte Greta. »Und wenn ich das Gefühl hätte, nicht zurechtzukommen, würde ich dich nicht bitten, die Lücken für mich zu schließen. Ich kann dir jetzt selbst schon eine ganze Menge sagen. Zum Beispiel weiß ich ... oder glaube zu wissen«, korrigierte sie sich mit einem Schmunzeln, »dass Owen Alkoholiker war und ich deswegen mit Cheska Marchmont verlassen musste. Ich bin nach London gegangen und erinnere mich noch an ziemlich viel von dem, was dort passiert ist; Dinge, die ich getan habe und auf die ich nicht gerade stolz bin. Es wäre hilfreich für mich, wenn du mir die ganze Wahrheit verraten würdest. Bitte, David, ich muss es wissen.«

»Wenn du wirklich glaubst, dem gewachsen zu sein ...«

»Solange du mir versprichst, wirklich nichts auszulassen. Erst dann kann ich glauben, dass es *real* ist und mir nicht nur meine Fantasie einen Streich spielt. Bitte die volle Wahrheit. Das ist die einzige Möglichkeit.«

Am liebsten hätte David sich einen Whisky eingeschenkt, aber da es erst vier Uhr nachmittags war, widerstand er der Versuchung.

Als Greta sein Zögern bemerkte, sagte sie: »Ich weiß bereits, dass manches ziemlich schrecklich ist, also musst du keine Angst haben, mich zu schockieren.«

»Na schön.« David seufzte. »Du sagst, du erinnerst dich, wie du nach London gekommen bist. Weißt du auch, wie ich Cheska zum Film gebracht habe?«

»Ja. Fang damit an, David, denn an diesem Punkt verschwimmen meine Erinnerungen ...«

# CHESKA

*London, Juni 1956*

## Kapitel 17

Manchmal hatte Cheska einen Traum, und jedes Mal, wenn sie aus diesem Traum erwachte, zitterte sie vor Angst. Er spielte immer in einem großen, dunklen Wald, in dem lauter hohe Bäume standen. Und da war ein kleiner Junge, der genauso aussah wie sie und mit dem sie zwischen den Bäumen Verstecken spielte. Manchmal war auch ein älterer Mann dabei, der den kleinen Jungen in den Arm nehmen wollte, aber nicht sie.

Dann war es im Traum plötzlich Nacht. Der ältere Mann, der schrecklichen Mundgeruch hatte, zwang sie, in den Sarg zu gucken, in dem der kleine Junge lag. Das Gesicht des Jungen sah ganz weiß aus, seine Lippen waren grau, und Cheska wusste, dass er tot war. Der Mann zog ihn aus und ging dann zu Cheska. Im nächsten Moment trug sie die Kleider des Jungen. Sie rochen muffig, und eine große Spinne krabbelte über die Jacke zu ihrem Gesicht hinauf. Dann fasste jemand sie an die Schulter. Sie drehte sich um und blickte in die erstarrten Augen des kleinen Jungen. Es war, als würde er aus dem Schatten einer kleinen Fichte treten, und vor Kälte zitterte er am ganzen Leib und streckte die Arme nach ihr aus ...

Schreiend wachte Cheska dann immer auf und knipste die Lampe an, die neben ihrem Bett auf dem Nachttisch stand, setzte sich auf und schaute sich in dem vertrauten, behaglichen Zimmer um. Doch alles sah noch genauso aus wie am Abend zuvor. Sie suchte nach Polly, die meistens am Boden lag, drückte sie an sich und steckte schuldbewusst ihren Daumen in den Mund. Mummy erinnerte sie immer wieder daran, dass sie sich diese kindische

Geste abgewöhnen solle, sonst würden ihre Zähne vorstehen, und ihre Karriere als berühmter Filmstar wäre vorbei.

Langsam verblasste der Traum dann immer. Sie legte sich wieder hin und blickte zu dem hübschen weißen Spitzenbaldachin hinauf, bis ihr die Augen zufielen und sie einschlief, bis Mummy sie am nächsten Morgen weckte.

Von dem Traum erzählte sie ihr aber nichts. Sie war überzeugt, dass Mummy sie nur ein Dummerchen nennen und sagen würde, dass Tote nicht wieder lebendig werden könnten. Aber Cheska wusste, dass es möglich war.

Im zarten Alter von zehn Jahren war Cheska Hammond eines der bekanntesten Gesichter in ganz England. Sie hatte gerade ihren siebten Film abgedreht, in den letzten drei stand ihr Name immer vor dem Titel. Filmkritiker hatten ihr schon recht früh in ihrer Karriere den Beinamen »Der Engel« gegeben, und er war hängen geblieben. Der neue Film sollte in vier Wochen anlaufen, und Mummy hatte versprochen, ihr zur Premiere im Odeon am Leicester Square einen weißen Pelzmantel zu kaufen.

Cheska wusste, dass sie sich eigentlich auf die Premieren freuen sollte, aber sie hatte jedes Mal Angst davor. Wenn der Wagen, in dem sie saß, vor dem Kino hielt, immer so viele Menschen herum, und große Männer mussten sie ganz schnell in den Saal bringen, weil die Leute sie so bedrängten. Einmal hatte eine Frau sie am Arm gepackt und versucht, sie von ihrer Mutter wegzureißen. Später erfuhr sie, dass diese Frau von der Polizei abgeführt worden war.

Mummy sagte immer, sie habe großes Glück, dass sie mehr Geld besitze, als sie je brauchen werde, dazu eine wunderschöne Wohnung in Mayfair und Heerscharen von Bewunderern, die sie anbeteten. Damit hatte Mummy sicher recht, dachte Cheska, aber eigentlich kannte sie es nicht anders.

Während der Dreharbeiten zu ihrem letzten Film, *Das Lum-*

*penprinzesschen*, der in einem Waisenhaus spielte, hatte sie sich mit einem Mädchen angefreundet, das eine Nebenrolle als Waise spielte. Dieses kleine Mädchen, Melody hieß sie, hatte mit einem komischen Akzent gesprochen, und Cheska hatte ihr immer begeistert zugehört, wenn sie von ihren Geschwistern erzählte. Melody hatte gesagt, dass sie mit ihren Schwestern im selben Bett schlafe, weil es in ihrer kleinen Wohnung irgendwo im Osten Londons nicht genug Platz für getrennte Betten gab. Außerdem erzählte sie ihr von den Streichen, die ihre vier Brüder anderen Leuten spielten, und von dem großen Familienfest, das sie jedes Jahr an Weihnachten feierten. Fasziniert hörte Cheska zu und dachte an das feine, aber eher langweilige festliche Mittagessen, das sie und Mummy meist mit Leon und Onkel David einnahmen.

Melody stellte sie einigen der anderen Mädchen vor, und da fand Cheska heraus, dass sie alle gemeinsam Unterricht an einer Schauspielschule bekamen. Das klang lustig. Cheska selbst hatte einen verknöcherten Privatlehrer, der Mr Benny hieß und sie unterrichtete, wann immer die Dreharbeiten ihr die Zeit dafür ließen. Dann saß sie mit ihm in ihrer Garderobe im Studiogebäude oder zu Hause im Wohnzimmer, schrieb endlose Rechenaufgaben nieder und lernte fade Gedichte auswendig.

Melody gab ihr Bubblegum, und dann wetteiferten sie hinter den Schiebewänden darum, wer die größte Blase machen konnte. Jemand Netteres als Melody hatte Cheska noch nie kennengelernt. Sie hatte Mummy gefragt, ob sie nicht mit den anderen zur Schauspielschule gehen könnte, aber Mummy hatte gemeint, das sei nicht nötig. Dort würde man lernen, wie man ein Star wird, aber das sei sie, Cheska, ja bereits.

Einmal hatte Melody sie zu sich nach Hause eingeladen, zum Nachmittagstee. Cheska war ganz aufgeregt gewesen, aber Mummy hatte ihr verboten hinzugehen. Als sie nach dem Grund fragte, hatte ihre Mutter die Lippen fest zusammengepresst, so, wie sie es immer tat, wenn sie sich nicht von ihrer Meinung abbringen ließ. Und sie hatte gesagt, dass Filmstars wie Cheska sich nicht mit gewöhnlichen kleinen Statisten wie Melody anfreunden dürften.

Cheska war sich zwar nicht sicher, was »gewöhnlich« in dem Zusammenhang bedeuten sollte, aber sie wusste, dass sie genau das werden wollte, wenn sie einmal groß war.

Dann wurde Melody am Filmset nicht mehr gebraucht, und sie war wieder in ihre normale Schule gegangen. Vorher hatten sie Adressen ausgetauscht und versprochen, sich zu schreiben. Cheska hatte ihr schon ganz viele Briefe geschrieben und Mummy zum Einwerfen gegeben, aber sie hatte nie eine Antwort bekommen. Melody fehlte ihr. Sie war die erste Freundin, die sie je gehabt hatte.

»Komm, mein Schatz, es ist Zeit, dass du aufwachst.«

Mummys Stimme riss sie aus ihren Träumen.

»Heute haben wir viel vor. Um zwölf Uhr Mittagessen mit Leon, und dann zu Harrods, um deinen neuen Mantel abzuholen. Das wird dir doch gefallen, nicht?«

»Ja, Mummy.« Cheska nickte halbherzig.

»So.« Ihre Mutter ging zu dem großen Einbauschrank, der eine gesamte Wand ihres geräumigen Zimmers einnahm. »Welches Kleid möchtest du heute anziehen?«

Cheska seufzte. Ein Mittagessen mit Leon war immer lang und öde. Jedes Mal gingen sie ins Savoy, und dann musste sie, Cheska, still dabeisitzen, während Mummy und Leon wichtige geschäftliche Dinge besprachen. Ihre Mutter öffnete die Schranktür, und dreißig Kleider kamen zum Vorschein, alle von Hand aus der erlesensten Seide, aus Organza und Taft geschneidert und sorgsam in Plastikhüllen verwahrt. Eines davon nahm ihre Mutter heraus. »Wie wäre es damit? Das hast du noch nie getragen, dabei ist es so hübsch.«

Cheska betrachtete das rosa Kleid, unter dessen Rockteil mehrere Lagen Tüll hervorlugten. Diese Kleider zu tragen fand sie schrecklich. Vom Tüll juckten ihr die Beine, außerdem schnitt er ihr in die Taille, so dass sie hinterher ringsum rote Striemen hatte.

»Irgendwo steht ein Paar rosa Satinslipper, das passt wunderbar dazu.« Greta legte das Kleid auf Cheskas Bett und suchte im Schrank nach den Schuhen.

Cheska schloss die Augen und überlegte, wie es wohl wäre, wenn sie einmal einen ganzen Tag für sich haben und spielen könnte. Das wunderschöne Puppenhaus mit der Familie aus geschnitztem Holz stand zwar bei ihr im Zimmer auf dem Boden, aber irgendwie hatte sie nie Zeit, damit zu spielen. Wenn sie einen Film drehte, wurde sie morgens um sechs zum Studio gefahren, und abends waren sie selten vor halb sieben wieder zu Hause. Dann gab es Abendessen und ein Bad. Danach musste Cheska ihre Hausaufgaben erledigen und ihren Text mit Mummy einstudieren, damit sie ihn am nächsten Tag auswendig konnte. Mummy hatte ihr eingeschärft, dass es eine große Sünde war, bei einem Take einen Satz zu vergessen, und bis jetzt hatte sie noch nie einen »Aussetzer« gehabt, wie es vielen erwachsenen Schauspielern immer wieder passierte.

»Jetzt mach voran, mein Fräulein! Sonst wird dein Haferbrei kalt.«

Greta zog Cheskas Decke weg, und sie schwang die Beine auf den Boden, steckte die Arme in den Morgenmantel, den ihre Mutter ihr hinhielt, und folgte ihr ins Wohnzimmer.

Dort setzte sie sich an ihren üblichen Platz an dem großen polierten Tisch in der Ecke des Zimmers und beäugte die Schüssel mit Haferbrei, die vor ihr stand.

»Mummy, muss ich den essen? Du weißt doch, dass ich ihn nicht mag. Melody hat gesagt, dass ihre Mutter sie nie zwingt, Frühstück …«

»Also wirklich«, sagte Greta und nahm ihrer Tochter gegenüber Platz. »Ich höre nichts anderes mehr als ›Melody hier‹ und ›Melody da‹. Und ja, du musst deinen Haferbrei essen. So anstrengend, wie deine Tage sind, ist es wichtig, dass du morgens etwas Richtiges in den Magen bekommst.«

»Aber er ist eklig!« Cheska rührte in der dicklichen Masse herum, schöpfte den Löffel voll und ließ den Brei in die Schüssel zurückgleiten. Platschend landete er auf dem Tisch.

»Schluss jetzt, Fräuleinchen! Du führst dich ja auf wie eine Primadonna. So berühmt kannst du gar nicht sein, dass ich dich nicht übers Knie legen und dir das Hinterteil versohlen werde. Jetzt iss!«

Mürrisch löffelte Cheska den Haferbrei aus.

»Ich bin fertig. Darf ich jetzt bitte aufstehen?«

»Jetzt geh dich anziehen, ich komme gleich zum Haarebürsten.«

»Ja, Mummy.«

Greta sah ihrer Tochter nach und lächelte liebevoll. Von dem einen oder anderen kleinen Wutanfall einmal abgesehen – und was konnte man von einem Mädchen in ihrem Alter anderes erwarten? –, war Cheska wirklich ein Engel. Greta war überzeugt, dass ihre tadellosen Manieren und ihre Höflichkeit ihr bei ihrem Aufstieg zum Ruhm geholfen hatten.

Cheska war ein Star, weil sie ein hübsches, fotogenes Gesicht besaß und Talent als Schauspielerin, aber auch, weil Greta ihr vermittelt hatte, dass Disziplin und Professionalität bei dieser Arbeit ausschlaggebend waren. Sicher, es war Cheskas Geld, mit dem die große, prächtig eingerichtete Wohnung in Mayfair und die Schränke voll Kleidung bezahlt wurden, aber die Karriere ihrer Tochter hatte Greta in die richtigen Bahnen gelenkt. Die Leichtigkeit, mit der sie in ihre Rolle als Cheskas Managerin geschlüpft war, hatte sie selbst überrascht.

Greta traf die Entscheidung, welche Drehbücher sie annahm;

schließlich wusste sie genau, in welchem Film ihre Tochter am besten zur Geltung kam, und ihr Urteil hatte sich noch immer als richtig erwiesen. Schon beim ersten Vertrag für drei Filme hatte Greta darauf geachtet, die bestmöglichen finanziellen Bedingungen auszuhandeln. Sie hatte Leon beauftragt, mehr Geld zu verlangen, und gesagt, sie werde den Vertrag in Cheskas Namen nur unterzeichnen, wenn das Studio in ihre Konditionen einwillige. Darauf folgten meist einige Tage gespanntes Schweigen, aber schließlich und endlich gaben sie nach. Auf Cheska wollten sie nicht verzichten, und das wusste Greta auch.

Durch ihr Verhandlungsgeschick war ihre Tochter zu großem Wohlstand gekommen. Sie lebten in besten Verhältnissen und konnten sich alles leisten, wonach ihnen der Sinn stand, gaben aber bei Weitem nicht Cheskas ganze Gagen aus. Das übrige Geld legte Greta zur Absicherung von Cheskas Zukunft an; sie wollte nicht, dass ihre Tochter jemals erleben musste, was sie in jüngeren Jahren durchgemacht hatte.

Doch mittlerweile war ihre schwierige Vergangenheit nur noch Erinnerung. Greta hatte ihr Leben Cheskas Karriere gewidmet, und wenn sie dabei härter geworden sein sollte, sei's drum. Zumindest ignorierten die Menschen sie nicht mehr und nutzten sie nicht mehr aus. Auch wenn Greta in stillen Momenten bedauerte, einsam durchs Leben zu gehen, war sie in den Augen der Welt jetzt eine Frau, die man ernst nahm. Sie hatte die Kontrolle über eines der begehrtesten Objekte der britischen Filmszene. Sie war die Mutter des »Engels«.

Manchmal, wenn David sie fragte, ob sie glaube, dass Cheska glücklich sei, stieg ein vages Schuldgefühl in ihr auf. Dann ging sie in die Defensive und antwortete, natürlich sei ihre Tochter glücklich. Welches kleine Mädchen wäre das nicht, wenn sie derart vergöttert und mit so viel Aufmerksamkeit überschüttet würde? Schließlich sei David auch ein großer Star; bereite es ihm keine Freude, sein Ziel zu erreichen? Dann nickte David immer bedächtig und entschuldigte sich, ihre Entscheidungen hinterfragt zu haben.

Greta griff nach einer Filmzeitschrift und blätterte darin, bis sie die große Anzeige für *Das Lumpenprinzesschen* fand. Lächelnd betrachtete sie Cheska mit ihrem verletzlichen Gesicht, den Fetzen am Leib, dem schäbigen Teddy im Arm. O ja, in Scharen würden sie ins Kino strömen. Apropos, später hatte sie einen Termin mit Mrs Stevens, die Cheskas Club von Bewunderern leitete. Sie mussten sich auf ein Standbild aus dem neuen Film einigen, das sie den vielen Mitgliedern dieses Clubs schicken würden.

Seufzend legte sie die Zeitschrift beiseite. Kein Wunder, dass es in ihrem Leben schon so lange keinen Mann mehr gab. Selbst wenn sie sich einen wünschen würde – das Leben eines berühmten Filmstars zu organisieren verlangte ständigen Einsatz.

Cheska war ihr Leben, und genauso sollte es auch sein.

## Kapitel 18

David stand immer schon frühmorgens auf. Unabhängig davon, wann er zu Bett ging – was sehr spät sein konnte, wenn er einen Auftritt hatte und hinterher noch abschalten wollte –, wachte er immer um Punkt halb sieben auf.

Heute hatte er überhaupt nichts vor. Sein Auftritt am Palladium war seit einer Woche zu Ende, seine Radiosendung machte Sommerpause, und ein neues Programm brauchte er die nächsten zwei Monate auch nicht zu schreiben.

Er schaute durchs Fenster in den strahlenden Sonnenschein hinaus und empfand plötzlich Sehnsucht nach dem Land. Obwohl der Garten hinter seinem hübschen Cottage für Hampstead vergleichsweise groß war, fand David ihn trotzdem künstlich. Hier gab es nichts Raues oder Wildes, weder in der Landschaft noch beim Klima. Ein Mensch, der in London lebte, war im Grunde hygienisch keimfrei, dachte er immer, und in Gefahr, seine natürlichen Instinkte zu verlieren.

Vielleicht würde er diesen Sommer einen langen Urlaub machen. Ein Freund hatte ihn in seine Villa in Südfrankreich eingeladen, aber die Vorstellung, Greta so lange nicht zu sehen, gefiel ihm nicht.

Er öffnete die Terrassentür und trat in den Garten hinaus. Die Hände in die Hosentaschen gesteckt, schlenderte er zwischen den gepflegten Blumenbeeten umher und bewunderte die üppig blühenden Rosen und die wuchernden Lobelien, die einen farbenfrohen Gegensatz zum leuchtenden Grün des Rasens bildeten.

Als intelligenter, rationaler Mensch wusste er, dass Logik in seinem Verhältnis zu Greta eine untergeordnete Rolle spielte. Seit sechs Jahren trafen sie sich regelmäßig. Sonntags war er oft zum Mittagessen bei ihr und seiner süßen Cheska eingeladen. Manchmal führte er Greta ins Theater und anschließend in ein Restaurant aus.

So war die Zeit vergangen, und zwischen ihnen herrschte eine Vertrautheit, die fast an die Nähe von Bruder und Schwester erinnerte, wie er sich zu seinem Kummer eingestehen musste. Greta besprach sich mit ihm über Cheskas weitere Karriere und betrachtete ihn als guten, engen Freund. Irgendwie war nie der richtige Moment gekommen, die Basis ihrer Beziehung zu verändern. Sechs Jahre waren ins Land gegangen, und er hatte noch immer nicht den Mut gefunden, Greta seine Liebe zu gestehen.

Mit einem Seufzen entfernte David eine verwelkte Blüte von einem Rosenstrauch. Zumindest konnte er sich mit dem Gedanken trösten, dass es in Gretas Leben seines Wissens keinen anderen Mann gab. Sicher, theoretisch war sie nach wie vor mit Owen verheiratet, auch wenn die beiden seit sieben Jahren keinen Kontakt mehr hatten. Außerdem wusste er, dass sie ihre ganze Kraft und Liebe auf Cheska konzentrierte. In ihrem Leben gab es schlicht und ergreifend keinen Platz für einen anderen Menschen.

Greta lebte durch ihre Tochter, und das beunruhigte David. Sie ging völlig in ihr auf, was nicht nur ihr selbst, sondern auch dem Kind schadete. Wie oft schaute er die Kleine mit ihrem schmächtigen Körper und dem blassen Gesicht an und machte sich Sorgen um ihre Zukunft. Das hektische Leben, das sie in ihrer abgeschirmten Welt des Ruhms führte, konnte einem Kind doch nicht guttun. Immer wieder machte er sich Vorwürfe, dass er Greta zugeredet hatte, Cheska ihren ersten Film drehen zu lassen. Aber wie hätte er ahnen sollen, dass sie ein solcher

Star werden würde? Damals hatte er nur gedacht, dass es dem Mädchen Spaß machen und ein bisschen zusätzliches Geld in die Familienkasse fließen würde.

Wann immer er am Sonntag zum Mittagessen zu ihnen kam, und selbst wenn sie nur zu dritt waren, trug Cheska eines der förmlichen Kleider, in die Greta sie immer steckte. Ganz steif saß sie am Tisch und sah aus, als fühlte sie sich schrecklich unwohl in ihrer Haut. Dann wollte David sie am liebsten in den Arm nehmen und mit ihr in den nächsten Park oder zum nächsten Spielplatz gehen. Zu gern hätte er die glänzenden Haare der Kleinen zerzaust und ihr hübsches Kleid schmutzig gesehen. Vor allem aber würde er gerne erleben, wie sie vor Vergnügen kreischte, wie Kinder es nun einmal tun.

Manchmal fragte er Greta vorsichtig, ob sie nicht fände, dass Cheska auch einmal mit anderen Kindern spielen solle, weil sie so viel Zeit in Gesellschaft von Erwachsenen verbrachte. Dann schüttelte Greta immer entschieden den Kopf und sagte, Cheskas Verpflichtungen ließen ihre keine Zeit für solche Unternehmungen.

Daraufhin verstummte David immer. Cheska wurde zweifellos geliebt und gut versorgt. Außerdem konnte er, wenn er solche Fragen stellte, den Ausdruck auf Gretas Gesicht nicht ertragen.

Während er zum Haus zurückschlenderte, überlegte er sich, dass er vielleicht doch nach Südfrankreich fahren sollte. Er brauchte Urlaub, und bis er sich ein Herz fasste und Greta seine Gefühle gestand, war es lächerlich, sein Leben nach ihr auszurichten.

Er hörte das Telefon in seinem Büro läuten und lief hinein.

»Marchmont.«

»David, hier ist Ma.«

»Guten Tag, Ma. Wie schön, von dir zu hören.«

»Na ja, wie ich immer schon sagte, diesen Apparat gibt's nur, um schlechte Nachrichten zu überbringen«, meinte LJ düster.

»Was ist denn los?«

»Es geht um deinen Onkel Owen. Dr. Evans hat mich vorhin angerufen. Du weißt ja, dass er seit einiger Zeit krank ist, aber in den vergangenen Wochen hat sich sein Zustand dramatisch verschlechtert. Offenbar möchte Owen mich sehen. Er hat darauf bestanden, dass Dr. Evans mich bittet, so bald wie möglich nach Marchmont zu kommen.«

»Und, wirst du hinfahren?«

»Na ja, ich habe das Gefühl, dass mir nichts anderes übrig bleibt. Ich dachte mir, wenn du nicht zu viel zu tun hast, könntest du mich vielleicht begleiten, quasi zur moralischen Unterstützung. Es tut mir wirklich leid, David, aber ich glaube nicht, dass ich es ertrage, allein nach Marchmont zu fahren.«

»Aber natürlich, Ma. Ich habe in den nächsten Wochen sowieso nichts vor.«

»Vielen Dank, David, das freut mich wirklich sehr. Wäre morgen irgendwie machbar für dich? Nach allem, was der Arzt sagt, bleibt Owen nicht mehr allzu viel Zeit.«

»Ich verstehe. Soll ich Greta informieren?«

»Nein.« LJs Stimme wurde scharf. »Owen hat nicht nach ihr gefragt. Schlafende Hunde soll man nicht wecken.«

Sie sprachen über die Ankunftszeiten diverser Züge und vereinbarten schließlich, dass David seine Mutter um halb elf vom Bahnhof abholen und mit ihr gleich nach Wales weiterfahren würde. Schließlich legte er den Hörer auf und ließ sich, tief in Gedanken versunken, auf den Stuhl sinken, der am Schreibtisch stand.

Seiner Ansicht nach sollte Greta eigentlich über Owens Zustand informiert werden. Schließlich war sie noch immer mit ihm verheiratet. Andererseits wollte er seine Mutter nicht noch mehr belasten, da sie ohnehin schon aufgewühlt genug war bei der Vorstellung, nach all den Jahren wieder nach Marchmont zu fahren und Owen zu treffen. Als David vom Schreibtisch aufstand, fragte er sich, was wohl Cheska über ihren Vater wusste und ob überhaupt etwas.

Durch das schöne Wetter und den geringen Verkehr war die lange Fahrt nach Wales recht erträglich. David und LJ unterhielten sich den ganzen Weg aufs Angeregteste.

»Es kommt mir sehr seltsam vor, wieder nach Marchmont zu fahren, David, dir nicht auch?«, fragte LJ, als sie das kurvenreiche Sträßchen im Tal entlangfuhren, von dem sich rechts und links üppig grüne Wiesen die steilen Hänge hinaufzogen. Bald würden sie am Ziel sein.

»Doch. Du bist über zehn Jahre nicht hier gewesen, oder?«

»Aber es ist erstaunlich, wie anpassungsfähig man ist. Ich bin in Stroud regelrecht zu einer Stütze der Gesellschaft geworden und obendrein eine mehr als passable Bridge-Spielerin. Wie ich immer schon sagte, wenn du sie nicht schlagen kannst, musst du dich mit ihnen verbünden«, ergänzte sie trocken.

»Es ist dir auf jeden Fall gut bekommen. Du siehst blendend aus.«

»Wenn man Zeit im Überfluss hat, scheint das offenbar positive Auswirkungen auf den Teint zu haben, wenn auch nicht unbedingt auf die Seele.«

Als sie von der Straße im Tal abbogen und sich das Sträßchen nach Marchmont hinaufschlängelten, verfielen sie in Schweigen. Schließlich fuhren sie durch das Tor. Das Haus kam in Sicht, und LJ seufzte, überwältigt von seiner Schönheit. An diesem warmen Juninachmittag funkelten die Fenster in der Sonne, als wollten sie sie bei ihrer Heimkehr begrüßen.

David fuhr vors Haus und stellte den Motor ab. Sofort ging die Tür auf, und Mary kam herausgelaufen.

»Master David! Wie schön, Sie nach all diesen Jahren wiederzusehen! Ihre Radiosendung lasse ich mir nie entgehen! Und Sie sehen keinen Tag älter aus.«

»Guten Tag, Mary.« David schloss sie herzlich in die Arme. »Nett von dir, das zu sagen, aber ich glaube schon, dass ich seitdem ein paar Pfund zugenommen habe. Du weißt doch, bei einem Keks oder einem Stück Kuchen konnte ich noch nie Nein sagen.«

»Aber schauen Sie sich doch nur an, es steht Ihnen, mit Ihrer Größe«, sagte Mary.

LJ stieg aus dem Wagen und ging um David herum zu ihr. »Wie geht es dir, meine Liebe?«

»Sehr gut, Mrs Marchmont, vielen Dank. Noch besser, wo ich Sie jetzt wieder hier sehe, wo Sie hingehören.«

Zu dritt schritten sie auf die Haustür zu. Als sie den Eingangsbereich betraten, spürte David, wie die Anspannung seiner Mutter wuchs.

»Mary, die Fahrt war sehr lang. Könntest du uns vielleicht eine Tasse Tee machen, bevor meine Mutter zu Mr Marchmont geht?«

»Aber natürlich, Master David. Im Augenblick ist Dr. Evans bei ihm. Er hat eine schlimme Nacht hinter sich. Wenn Sie den Salon aufsuchen möchten, ich sag dem Herrn Doktor, dass Sie da sind, und sorge dafür, dass Sie Ihren Tee kriegen.«

Während Mary im oberen Stockwerk verschwand, betraten David und LJ den Salon.

»Guter Gott, hier riecht es aber muffig. Ob Mary die Räume wohl nie lüftet? Und es sieht aus, als wäre hier seit Monaten nicht mehr Staub gewischt worden.«

»Ich vermute, seit sie sich um Owen kümmert, bleibt ihr nicht allzu viel Zeit für Hausarbeit, Ma.« In der Tat wirkte der elegante Raum, in dem in seiner Erinnerung alles immer makellos sauber und glänzend poliert war, etwas vernachlässigt.

»Natürlich nicht. Es ist großartig von ihr, dass sie überhaupt bei ihm geblieben ist.« LJ löste die Verriegelung einer Terrassentür und öffnete sie weit. Dann traten beide hinaus und atmeten tief die frische Luft ein.

»Mein Lieber, gehst du mir ein bisschen zur Hand? Wenn wir diese Stühle kurz abstauben, können wir den Tee hier draußen trinken. Innen ist es so düster.« Als Mary einige Minuten später das Teetablett brachte, wuchtete LJ gerade einen rostigen gusseisernen Stuhl über die Terrasse.

»Stell's einfach ab, Mary, wir schenken uns selbst ein«, wies LJ sie an.

»In Ordnung, Mrs Marchmont. Ich habe Dr. Evans gesagt, dass Sie hier sind.«

»Danke. Bitte ihn doch, sich auf eine Tasse Tee zu uns zu setzen, ja?«

»Das mache ich, Madam«, sagte Mary und ging ins Haus.

Schweigend tranken Mutter und Sohn ihren Tee.

»Wie konnte ich das nur jemals verlassen?«, murmelte LJ und ließ den Blick über das idyllische Panorama schweifen. Unterhalb des Waldes, der den ganzen Abhang bedeckte, glitzerte das Sonnenlicht auf der klaren Oberfläche des Flusses, der gemächlich durch das sommergrüne Tal mäanderte.

»Ich weiß, was du meinst.« Mit einem Seufzen streichelte David die Hand seiner Mutter. »Das Geräusch von plätscherndem Wasser erinnert mich immer an meine Kindheit.«

Hinter ihnen waren Schritte zu hören. Beide drehten sich um. »Bitte, bleiben Sie doch sitzen. Und danke, dass Sie so schnell gekommen sind.« Dr. Evans, dessen Haar mittlerweile von grauen Strähnen durchzogen war, lächelte zur Begrüßung.

LJ schenkte ihm eine Tasse Tee ein, während er sich niederließ. »Und wie geht es Owen, Herr Doktor?«

»Leider gar nicht gut. Sie wissen ja beide, dass Mr Marchmont seit einigen Jahren ein ernsthaftes Alkoholproblem hat. Ich habe ihn immer wieder ermahnt, mit dem Trinken aufzuhören, aber leider hat er darauf nicht reagiert. Im Lauf der Jahre ist er immer wieder gestürzt, und jetzt lässt ihn auch die Leber im Stich.«

»Wie lange hat er noch zu leben?«

David beobachtete seine Mutter eindringlich. Ihre Miene verriet nichts von ihren Gefühlen, wie immer dachte sie praktisch. Allerdings rang sie unablässig die Hände, die auf ihrem Schoß lagen, was ihm nicht entging.

»Um ehrlich zu sein, Mrs Marchmont, es überrascht mich, dass er überhaupt so lange durchgehalten hat. Eine Woche, vielleicht zwei ... Es tut mir leid, aber so ist es nun einmal. Ich könnte ihn ins Krankenhaus bringen lassen, aber das würde ihm auch nicht mehr helfen. Außerdem weigert er sich strikt, Marchmont zu verlassen.«

»Ich verstehe. Danke, dass Sie uns die Wahrheit sagen. Wie Sie wissen, ist mir das lieber.«

»Laura-Jane, er weiß, dass Sie hier sind, und würde Sie gerne so bald wie möglich sehen. Im Augenblick ist er bei sich, also würde ich Ihnen raten, ihm den Wunsch zu erfüllen. Eher früher als später.«

»Also gut.« LJ erhob sich, und David sah, dass sie tief Luft holte. »Ich folge Ihnen.«

Wenige Minuten später betrat sie das Schlafzimmer. Es war dämmrig, die schweren Vorhänge waren halb zugezogen. Owen lag in seinem großen Bett, ein gebrechlicher, eingefallener, alter Mann. Seine Augen hielt er geschlossen, sein Atem ging flach. LJ stand am Bett und schaute in das Gesicht des Mannes, den sie früher einmal geliebt hatte. Sie dachte daran, dass sie sich in der Vergangenheit immer vorgestellt hatte, Owen und sie würden in der Zukunft einmal Gelegenheit haben, alles zwischen ihnen zu klären, sich zu entschuldigen, Kränkungen wiedergutzumachen. Die Endgültigkeit der jetzigen Situation erschreckte sie. Für Owen und für sie beide gab es keine Zukunft mehr.

LJ schlug die Hand vor den Mund, um nicht in Tränen auszubrechen. Owens Lider flatterten, er öffnete die Augen, hatte aber offenbar Schwierigkeiten zu fokussieren. LJ setzte sich auf die Bettkante und beugte sich vor, damit er ihr Gesicht besser sehen konnte.

Unsicher hob er eine Hand und berührte sie am Arm. »Ver... Verzeih mir...«

LJ nahm seine Hand und küsste sie zärtlich, erwiderte aber nichts.

»Ich ... muss dir alles erklären.« LJ kam es vor, als müsste er sich nicht nur körperlich bemühen, die Worte auszusprechen, sondern auch psychisch. »Ich ... liebe dich ... immer schon ... keine andere.« Eine Träne rann ihm über die Wange. »Eifersucht ... schrecklich ... wollte dir wehtun ... verzeih mir.«

»Owen, du alter Dummkopf. Ich dachte, du könntest meinen Anblick nicht ertragen! Das ist der Grund, weswegen ich aus Marchmont weggegangen bin«, antwortete sie. Seine Worte erschütterten sie.

»Ich wollte dich bestrafen, weil du meinen Bruder geheiratet hast. Als er tot war, wollte ich dich bitten, mich zu heiraten ... aber aus Stolz ... es ging nicht.«

Vor Rührung schnürte es LJ die Kehle zusammen. »Guter Gott, Owen, warum hast du mir das nie gesagt? Die ganzen Jahre, die wir vergeudet haben, Jahre, in denen wir glücklich hätten sein können. Bist du meinetwegen nach Kenia gegangen?«

»Ich konnte es nicht ertragen, dich mit dem Kind meines Bruders zu sehen. Ich will mich bei David entschuldigen. Er kann nichts dafür.«

»Weißt du denn nicht, welche Höllenqualen ich litt, als der Brief vom Kriegsministerium kam, in dem es hieß, du wärst vermisst? Drei lange Jahre habe ich gewartet und gebetet, dass du noch am Leben bist. Aber alle haben mich gedrängt, an die Zukunft zu denken. Deine ganze Familie wollte, dass ich Robin heirate. Was hätte ich denn tun sollen?«, fragte LJ unglücklich. »Du weißt genau, dass ich ihn nie so geliebt habe wie dich. Das musst du mir glauben, Owen. Mein Gott, wärst du nach Robins

Tod nur nach Hause gekommen und hättest mich gefragt, ob ich dich heirate, ich hätte sofort Ja gesagt.«

»Ich wollte ja, aber ...« Owens Gesicht verzerrte sich vor Schmerzen. »Im Krieg habe ich oft genug dem Tod ins Auge gesehen, aber jetzt habe ich Angst, ganz schreckliche Angst.« Er umklammerte ihre Hand. »Bitte, bleib bei mir bis zum Ende, ja? Ich brauche dich, Laura-Jane.«

*Würden diese letzten Tage genügen, um das ganze Leben wettzumachen, das ihnen entgangen war?*, fragte sie sich kurz. Nein, niemals, aber mehr Zeit blieb ihnen nicht.

»Ja, mein Liebling«, sagte sie leise. »Ich bleibe bei dir bis zum Ende.«

## Kapitel 19

Greta lag in der Badewanne, als das Telefon läutete.

»Verflixt!« Sie griff nach dem Handtuch und lief ins Wohnzimmer, um den Hörer abzunehmen. »Simpson«, sagte sie.

»Ich bin's, David. Störe ich dich?«

»Nein, ich habe nur gebadet, sonst nichts.«

»Ich fürchte, ich habe eine schlechte Nachricht. Ich bin gerade in Marchmont. Owen ist vor einer Stunde gestorben.«

»Das tut mir leid.« Greta biss sich auf die Unterlippe. Sie wusste nicht, was sie sonst dazu sagen sollte.

»Die Beerdigung findet am Donnerstagnachmittag hier in Marchmont statt. Das wollte ich dich wissen lassen für den Fall, dass du kommen möchtest.«

»Hm, David, danke, aber ich glaube, das geht nicht. Cheska hat den ganzen Tag einen Fototermin.«

»Ich verstehe. Aber selbst wenn du nicht zur Beerdigung kommst, zur Testamentseröffnung musst du auf jeden Fall hier sein. Owen hat kurz vor seinem Tod darauf bestanden. Nach allem, was er meiner Mutter sagte, könnte es zu deinem Vorteil sein.«

»Ist das wirklich notwendig? Ich meine, wir brauchen nicht noch mehr Geld, und um ehrlich zu sein, nach Marchmont zieht es mich nicht gerade. Das kannst du sicher nachvollziehen.«

»Genauso erging es Ma und mir, als wir vor zwei Wochen hier angekommen sind. Hier gibt es für uns alle ein paar unschöne Erinnerungen. Aber nachdem ich jetzt eine Weile da gewesen bin, selbst unter diesen Umständen, wird es mir leidtun, wieder nach London zurückkehren zu müssen. Man vergisst, wie schön es hier ist.«

»Um ehrlich zu sein, David, ich habe Angst. Und was ist mit Cheska? Sie hat nie gefragt, also habe ich ihr nichts von Owen erzählt. Ich wusste einfach nicht, was ich ihr hätte sagen sollen.«

»Vielleicht ist es jetzt die Gelegenheit, mit ihr darüber zu reden, Greta. Früher oder später wird sie ganz bestimmt nach ihm fragen, da kannst du es auch gleich jetzt machen. Außerdem wird es Cheska guttun, einmal aus London rauszukommen.«

»Vielleicht hast du recht.« Sie klang nicht überzeugt.

»Hör mal, Greta, ich kann mir vorstellen, wie du dich fühlst, aber rechtlich bist du immer noch Owens Frau, und Cheska ist seine Tochter. Der Notar wird das Testament nicht ohne dich eröffnen, das heißt, wenn du nicht herkommst, müssen Ma und ich nach London fahren. Meine Mutter hat Owen die letzten zwei Wochen praktisch rund um die Uhr versorgt, und sie ist am Ende. Es wäre mir lieber, wenn wir das alles möglichst schnell hinter uns bringen könnten, damit sie sich endlich etwas ausruhen kann.«

»Möchte sie denn, dass ich komme?«

»Sie hat das Gefühl, dass du dabei sein solltest, ja.«

Greta seufzte. »Also gut. Ich denke, Cheskas Fototermin können wir verschieben. Bei der Beerdigung wird nur die Familie dabei sein?«

»Ja.«

»Wann fängt sie an?«

»Um halb vier.«

»Dann bitte ich das Studio, dass ein Wagen uns nach Marchmont bringt. Wir fahren Donnerstagfrüh.«

»Wie du möchtest. Und noch etwas, Greta.«

»Ja?«

»Mach dir keine Sorgen. Ich bin da.«

»Dank dir, David.« Greta legte den Hörer auf, ging zum Getränkeschrank und schenkte sich aus der Flasche, die sie eigens für David im Haus hatte, einen kleinen Whisky ein. Noch immer in das Handtuch gewickelt, ließ sie sich aufs Sofa fallen und zerbrach sich den Kopf, was sie Cheska über Owen erzählen solle. Und von Marchmont.

»Mein Schätzchen, ich ... gestern Abend hab ich einen Anruf bekommen.« Greta beobachtete ihre Tochter, die gerade ihren Haferbrei aß. »Leider waren es keine guten Nachrichten.«
»Ach, Mummy, das tut mir leid. Worum ging es denn?«
»Tja, wir müssen ein paar Tage verreisen. Weißt du, Schätzchen, dein Daddy ist gestorben.«
Überrascht schaute Cheska auf. »Ich wusste gar nicht, dass ich einen Daddy habe. Wie hieß er denn?«
»Owen Marchmont.«
»Ach. Und warum ist er gestorben?«
»Zum einen, weil er sehr viel älter war als ich, und außerdem war er krank. Und du weißt doch, alle Menschen sterben, wenn sie alt werden. Möchtest du noch etwas über ihn wissen?«
»Und wo wohnt mein Daddy ... ich meine, wo hat er gewohnt?«
»In Wales, wo Onkel David herkommt. Es ist sehr schön dort. Er lebt in einem wunderbaren Haus, und dort werden wir auch wohnen.«
Cheskas Miene hellte sich auf. »Wird Onkel David auch da sein?«
»Ja. Und wir sollten dir vorher ein paar praktische Sachen zum Anziehen kaufen. In Marchmont trägt man keine schicken Partykleider.«
»Kann ich dann eine Latzhose haben, wie Melody sie immer getragen hat?«
»Sehen wir mal, was wir finden.«

»Danke, Mummy.« Cheska rutschte von ihrem Stuhl und schlang die Arme um ihre Mutter. Es war eine ungewohnte, überraschende Geste der Zuneigung. »Bist du traurig, dass mein Daddy tot ist?«

»Natürlich. Jeder ist traurig, wenn jemand anderes stirbt.«

»Ja, das sind sie in meinen Filmen auch immer. Ich gehe jetzt in mein Zimmer und warte, dass du kommst und mir die Haare bürstest.«

»Braves Mädchen.«

Greta schaute ihr nach, wie sie das Wohnzimmer verließ. Sie wusste, dass sie ihren ganzen Mut zusammennehmen musste, um sich der Vergangenheit zu stellen, sowohl ihretwegen als auch ihrer Tochter zuliebe.

Am Vorabend der Beerdigung bewunderte David gerade einige der wunderschönen alten Bücher, die in der Bibliothek standen, als seine Mutter in die Tür trat.

»Bald sind Mary und ich mit den Vorbereitungen für das Essen morgen fertig. Könnten wir uns in zwanzig Minuten oder so auf einen Drink zusammensetzen? Ich ... ich muss mit dir reden, David.«

»Natürlich.«

LJ lächelte matt und verschwand wieder. David untersuchte den Inhalt des Barschranks. Zwar standen dort viele Flaschen, aber sie waren alle leer, nur ganz hinten fand er eine Whiskyflasche, in der sich noch ein kleiner Rest befand. Den verteilte er auf zwei Gläser.

Seine Mutter und er hatten überall im Haus leere Whiskyflaschen gefunden, an den unmöglichsten Stellen – hinter Sofas, in Schränken und unter Owens Bett. Es waren so viele, dass David sich wunderte, wie lange sein Onkel überhaupt gelebt hatte. Er machte es sich mit seinem Glas in einem Sessel bequem und wartete auf seine Mutter.

»Ja, so war das, David.« LJ seufzte tief. In der vergangenen Viertelstunde hatte sie ihrem Sohn zum ersten Mal erzählt, weshalb Owen ihn immer derart abgelehnt hatte. »Du darfst nicht glauben, ich hätte deinen Vater nicht geliebt, das stimmt nicht. Ich war am Boden zerstört, als Robin gestorben ist. Aber Owen und ich ... na ja ...« LJ zögerte. »Er war meine erste große Liebe, und ich glaube, eine solche Liebe stirbt im Grunde nie.«

Zu seiner eigenen Überraschung war David nicht entsetzt über das, was seine Mutter ihm erzählt hatte, sondern eher traurig. »Warum hat Owen dich nicht gefragt, ob du ihn heiraten willst, nachdem Pa gestorben war?«

»Vor allem aus Stolz. Wahrscheinlich war es einfach mangelnde Kommunikation.« LJ schaute unverwandt in die Ferne. »Owen brauchte vierzig Jahre, um mir zu sagen, dass er mich immer noch liebt. Vierzig vergeudete Jahre.« Unglücklich schüttelte sie den Kopf. »Zumindest hatten wir am Ende noch zwei kostbare Wochen zusammen, das ist ein kleiner Trost.«

»Das heißt, Owen hat Greta zum Teil auch deswegen geheiratet, weil er dich verletzen wollte?«

»Ganz bestimmt, ja. Und er konnte sich einfach nicht mit der Vorstellung abfinden, dass du Marchmont erben würdest.«

»Und was passiert jetzt mit dem Gut? Wird Greta das Haus erben? Rechtlich ist sie immer noch seine Frau.«

»Darüber wollte Owen nicht sprechen, also müssen wir warten, bis das Testament eröffnet wird. Ich habe keine Ahnung, was er verfügt hat.«

»Warum ist das Leben so kompliziert?«

»Ach, mein lieber Junge, diese Frage habe ich mir in den vergangenen vierzig Jahren auch immer wieder gestellt.« LJ lächelte nachdenklich. »Aber wenn mich das Leben eines gelehrt hat, dann, dass man keinen einzigen Tag vergeuden darf. Und noch wichtiger: Wenn man jemanden liebt, sollte man seine Gefühle um keinen Preis verschweigen.« Sie sah ihrem Sohn fest in die Augen. »Ich möchte nicht erleben, dass du so leiden musst wie ich.«

David besaß den Anstand zu erröten. »Nein, natürlich nicht.«

»Und jetzt entschuldige mich bitte, ich ziehe mich zurück. Morgen wird ein langer Tag, und die vergangenen zwei Wochen waren sehr anstrengend.« LJ stand auf und drückte David einen Kuss auf die Stirn. »Gute Nacht, mein Lieber. Schlaf gut.«

David blickte seiner Mutter nach, bis sie den Raum verlassen hatte, und sinnierte über das, was sie gesagt hatte.

Die Liebe konnte das Schicksal verändern und das Leben bestimmen. Wie sie sein Leben bestimmte.

Ma hatte recht, das Leben war zu kurz.

Und mehr als Nein konnte sie nicht sagen.

# Kapitel 20

Cheska sah durch die Heckscheibe der Studio-Limousine auf die Skyline von London, die langsam in der Ferne verschwand und in grüne Wiesen überging. Verträumt betrachtete sie die Landschaft, bis sie, beruhigt vom leisen Brummen des Motors, einschlief.

»Mein Schatz, wir sind gleich da.«

Cheska spürte, dass ihre Mutter sie sacht schüttelte, und schlug die Augen auf.

»Cheska, das ist Marchmont«, sagte Greta, als sie vor dem Haus hielten.

Die Tür ging auf, und David kam mit raschen Schritten auf den Wagen zu.

»Hallo, mein Schätzchen«, sagte er und hob Cheska aus dem Fond.

»Hat mein Daddy wirklich hier gewohnt?«, fragte sie im Flüsterton und schaute ehrfürchtig an dem gewaltigen Haus empor.

»Ja, das hat er. Guten Tag, Greta.« Er begrüßte sie mit einem Kuss auf jede Wange und musterte sie dann voll Bewunderung. Das kurze schwarze Kleid in A-Linie betonte ihre schlanke Figur, und ihr neuer »Hepburn«-Schnitt passte gut zu ihren feinen Gesichtszügen. »Du siehst großartig aus.«

»Danke. Du siehst auch sehr schick aus.«

»Ich mag diesen Anzug eigentlich sehr gerne, aber leider kann ich ihn immer nur bei feierlichen Anlässen wie diesem tragen.«

Der Chauffeur hatte bereits Gretas Gepäck aus dem Kofferraum geholt und wartete jetzt auf weitere Anweisungen.

»Danke für die angenehme Fahrt«, sagte Greta zu ihm gewandt. »Möchten Sie eine Tasse Tee, bevor Sie zurückfahren?«

»Nein danke. Ich fahre meinen Cousin in Penarth besuchen. Ich wünsche Ihnen beiden einen schönen Aufenthalt.«

David fiel auf, dass Greta richtiges Geschick im Umgang mit Personal entwickelt hatte. Nichts erinnerte mehr an die ängstliche, unsichere junge Frau, als die sie das erste Mal nach Marchmont gekommen war. »Kommt, gehen wir hinein«, sagte er. »Ma wartet schon auf euch.«

Greta nahm Cheska an der Hand und folgte David zur Eingangstür. »Hier bist du zur Welt gekommen, mein Schatz«, erklärte sie.

»O Gott!«, sagte Cheska. »Das Haus ist ja so groß wie der Buckingham-Palast!«

»Nur fast.« David zwinkerte Greta über Cheskas Kopf hinweg zu.

»Sind das echte Schafe?« Cheska deutete auf die weißen Flecken auf den im Dunst liegenden Bergrücken in der Ferne.

»Ja.«

»Wirklich? Darf ich zu ihnen gehen und mir eins ansehen?«

»Ich glaube schon, dass sich das einrichten lässt.« David lächelte.

Nervös folgte Greta ihm mit Cheska ins Haus. Derselbe Geruch nach Hunden und Holzrauch stieg ihr in die Nase, der ihr auch entgegengeschlagen hatte, als sie damals ins Haus getragen worden war. Als sie den Salon betraten, erhob sich LJ aus ihrem Sessel. Mit den Jahren war ihr Haar schlohweiß geworden, aber sie hielt sich immer noch kerzengerade und zeigte auch sonst keinerlei Spuren des Alters.

»Greta! Wie schön, Sie zu sehen.« LJ ging auf sie zu und küsste sie auf beide Wangen. »Wie war die Fahrt? Schrecklich?«

»Nein, ich fand sie sogar sehr schön«, antwortete Greta. Sie war LJ dankbar für den herzlichen Empfang.

»Und du musst Cheska sein.« LJ reichte dem Mädchen die Hand.

»Es freut mich sehr, Sie kennenzulernen«, erwiderte Cheska ernst.

»Sehr wohlerzogen«, kommentierte LJ zufrieden. »Also, die Wagen kommen um drei Uhr, das heißt, wir haben noch eine gute halbe Stunde Zeit. Greta, Sie möchten sich nach der Fahrt sicher ein bisschen frisch machen. Ich habe Ihnen Ihr altes Zimmer gegeben, und ich dachte, Cheska könnte in ihrem früheren Kinderzimmer schlafen.« LJ wandte sich wieder der Kleinen zu. »Hast du Hunger, Cheska?«

»Ja, wir haben nichts zu Mittag gegessen.«

»Na, dann komm mit nach unten in die Küche, Mary kann es gar nicht erwarten zu sehen, wie groß du geworden bist.«

»Ja, bitte.«

»Dann lass uns gehen.« LJ reichte Cheska die Hand, die sie bereitwillig ergriff.

Die beiden verließen den Raum, und während sie den Gang entlang verschwanden, hörte Greta ihre Tochter munter mit LJ reden. Sie selbst stieg die Treppe hinauf zu dem Zimmer, in dem ihre beiden Kinder geboren worden waren.

Als ihr allmählich die Erinnerungen an Jonny wieder zu Bewusstsein kamen, fröstelte Greta. Sie fand es sehr verstörend, zurück in Marchmont zu sein. Je früher der Besuch vorbei war und sie in ihr normales Leben zurückkehren konnten, desto besser.

Cheska verfolgte, wie der Sarg in die Grube gesenkt wurde. Eigentlich müsste sie traurig sein, dachte sie. Als sie in ihrem letzten Film am Grab ihres Vaters gestanden hatte, hatte der Regisseur ihr aufgetragen zu weinen.

Was es mit dem Sterben auf sich hatte, wusste sie nicht so genau. Nur, dass man die Person nie wieder sehen würde, dass sie an einem Ort, den man Himmel nannte, war und dort mit Gott auf einer Schäfchenwolke lebte. Cheska schaute zu ihrer Mutter, die auch nicht weinte. Sie blickte in die Ferne und gar nicht in das große, schwarze Loch.

Bei dem Sarg musste Cheska an den Alptraum denken, den sie immer wieder hatte. Sie drehte sich zu ihrer Mutter, legte den Kopf zwischen die Falten ihres Kleids und hoffte, dass alles bald vorbei sein würde und sie wieder nach Hause fahren könnte.

»Kleines Fräulein, ich glaube, für dich ist es jetzt Zeit, ins Bett zu gehen.«

Cheska saß in der Bibliothek glücklich auf Davids Schoß.

»Gut, Mummy.«

»Wie wär's, wenn ich zu dir komme, nachdem Mummy dich ins Bett gebracht hat, und dir eine von meinen Extrageschichten erzähle?«

»O ja bitte, Onkel David.«

»Gut, dann bis gleich.«

»Gute Nacht, Tante LJ.« Cheska rutschte von Davids Schoß und gab ihrer Tante einen Kuss auf die Wange.

»Gute Nacht, mein Schatz. Träum süß von sauren Gürkchen.«

»Das mach ich.« Kichernd folgte Cheska ihrer Mutter aus dem Raum.

»Hier gefällt es mir, Mummy, und Tante LJ ist so nett. Ich bin froh, noch eine Tante zu haben. Ist sie schon sehr alt?«, fragte sie, als sie die Treppe hinaufstiegen.

»Nein, nicht sehr alt.«

»Älter als Daddy?«

»Wahrscheinlich ein bisschen jünger.« Greta führte Cheska den Gang entlang ins Kinderzimmer. Sie hoffte, ihre Tochter würde nichts von ihrer Nervosität bemerken, wenn sie den Raum betrat, in dem sie damals so viele Stunden mit ihren Zwillingen verbracht hatte ... »So, und da sind wir, mein Herz«, sagte sie munter und zwang sich zu einem Lächeln. »Schau, hier hast du geschlafen, als du noch ein Baby warst. Cheska, was ist denn los?« Greta sah zu ihrer Tochter, die stocksteif auf der Türschwelle stehen geblieben war. Alle Farbe war aus ihrem Gesicht gewichen.

»Ich ... Ach Mummy, darf ich heute Nacht bei dir schlafen?«

»Du bist doch schon ein großes Mädchen, außerdem ist es doch so gemütlich hier. Schau, das ist eine deiner alten Puppen.«

Cheska bewegte sich noch immer nicht vom Fleck.

»Jetzt stell dich nicht so an, Cheska. Mummy hat einen langen Tag hinter sich. Komm, schlüpf in dein Nachthemd.«

»Mummy, bitte lass mich bei dir schlafen. *Bitte*. Hier gefällt es mir nicht«, sagte sie flehend.

»Also, wie wär's, wenn du jetzt brav dein Nachthemd anziehst und dich ins Bett legst, damit Onkel David dir eine Geschichte erzählen kann. Und wenn du dann immer noch nicht hier schlafen willst, dann kommst du zu mir ins Bett. Ist das ein Vorschlag?«

Cheska nickte und setzte zögernd einen Fuß in den Raum.

Mit einem Seufzer der Erleichterung half Greta ihr beim Ausziehen. Dann deckte sie sie in dem schmalen Bett zu und setzte sich zu ihr. »Alles halb so schlimm, oder? Es ist doch wirklich ganz gemütlich hier.«

Aber Cheska starrte auf etwas hinter Gretas Schulter. »Mummy, warum stehen da drüben zwei Kinderbetten? Hat eines davon meinem Bruder Jonny gehört?«

Greta drehte sich zu den Bettchen. Um ihre Tochter nicht noch weiter zu beunruhigen, zwang sie sich, ihre eigenen Gefühle zu beherrschen. »Ja, genau.«

»Warum stehen sie dann immer noch da?«

»Ach, wahrscheinlich hat Mary vergessen, sie wegzuräumen, nachdem wir ausgezogen waren.«

»Und warum sind wir ausgezogen?«

Seufzend drückte Greta ihrer Tochter einen Kuss auf die Stirn. »Das erzähle ich dir morgen, mein Schatz.«

»Geh nicht, bevor Onkel David kommt, Mummy, *bitte*.«

»Gut, mein Liebling, so lange bleibe ich noch.«

»Liegt mein kleines Schätzchen schon kuschelig im Bett?« David stand in der Tür.

»Gute Nacht, mein Herz«, sagte Greta und erhob sich. Cheska brachte ein Lächeln zustande. »Erzähl ihr keine Geschichten, die ihr Angst machen könnten, David. Sie ist ein bisschen schreckhaft«, flüsterte Greta, als sie an ihm vorbei zur Tür ging.

»Natürlich nicht. Ich erzähle Cheska alles über den berühmten Waliser Gnom Shuni, der in einer Höhle in einem Berg lebt, gar nicht so weit von hier entfernt.«

David ließ sich auf der Bettkante nieder, und Greta blieb eine Weile in der Tür stehen und hörte dem Anfang seiner Geschichte zu, ehe sie lautlos nach unten ging.

Während David seine Geschichte erzählte, löste sich Cheskas Anspannung, und sie lachte über die komische Stimme, mit der David den Gnom nachahmte.

»Und wenn sie nicht gestorben sind …«

»Dann leben sie noch heute«, fiel Cheska ihm ins Wort.

»So, und jetzt, glaube ich, solltest du ein bisschen schlafen.«

»Onkel David?«

»Ja, mein Schätzchen?«

»Warum stirbt in den Märchen und Filmen nie jemand, außer den Bösen?«

»So ist es eben in solchen Geschichten. Die Guten leben weiter, und die Bösen sterben.«

»War mein Daddy böse?«

»Nein, mein Schatz.«

»Warum ist er dann gestorben?«

»Weil er ein richtiger Mensch war und keine Märchengestalt.«

»Ach. Onkel David?«

»Ja?«

»Gibt es wirklich Gespenster?«

»Nein, die gibt es auch nur im Märchen. Schlaf gut, Cheska.« David gab ihr einen zarten Kuss auf die Wange und ging zur Tür.

»Bitte mach die Tür nicht zu!«

»In Ordnung. Mummy schaut später noch mal nach dir.«

David ging nach unten und setzte sich zu LJ und Greta in die Bibliothek.

»Ich weiß nicht, ob es wirklich eine gute Idee war, Cheska zur Beerdigung mitzunehmen«, sagte er seufzend und ließ sich in einen Sessel sinken. »Sie hat mir gerade einige sehr merkwürdige Fragen gestellt.«

»Und sie hat sich regelrecht gesträubt, in ihrem alten Kinderzimmer zu schlafen, was ihr gar nicht ähnlich sieht«, meinte Greta. »Wenn wir zu Dreharbeiten verreisen müssen, schläft sie ohne das geringste Problem in allen Hotelbetten. Na ja, sie ist eben noch ein kleines Mädchen. Ich glaube, sie hat gar nicht genau verstanden, was heute vor sich gegangen ist.«

»So klein ist sie auch wieder nicht. In drei Jahren wird sie ein Teenager sein«, wandte LJ ein.

»Wahrscheinlich halte ich sie für jünger, als sie in Wirklichkeit ist«, pflichtete Greta bei. »Im Film spielt sie meist Sieben- oder Achtjährige.«

»Greta, glaubst du, dass Cheska den Unterschied zwischen ihren Filmen und der Realität erkennt?«, fragte David vorsichtig.

»Aber natürlich!«, fuhr Greta auf. »Warum fragst du?«

»Eigentlich ohne Grund. Das fiel mir nur ein bei einer Sache, die sie vorhin zu mir gesagt hat. Mehr nicht.«

»Ich würde mir nicht zu viele Gedanken darüber machen. Nach der Fahrt und der Beerdigung sind wir einfach beide erschöpft.« Greta erhob sich. »Ich gehe nach oben und gönne mir ein Bad.«

»Möchten Sie nichts zu Abend essen, meine Liebe?«, fragte LJ.

»Nein, danke. Ich bin noch satt von den Sandwiches heute Nachmittag. Gute Nacht.«

Mit forschen Schritten verließ sie den Raum. David wandte sich seufzend seiner Mutter zu. »Ich habe sie beleidigt. Sie kann es nicht ertragen, wenn jemand Cheska kritisiert.«

»Ein seltsames Kind, findest du nicht?«

»Wie bitte, Ma?«

»Ich sagte gerade, dass Cheska ein seltsames Kind ist. Aber ich vermute, dass sie auch ein seltsames Leben führt.«

»Das stimmt.«

»Ich persönlich finde ja, dass diese ganze Filmerei nichts ist für ein Kind. Sie sollte in der frischen Luft herumlaufen, ein bisschen Farbe bekommen und sich ein paar Pfund anfuttern.«

»Greta sagt, dass das Filmen ihr Freude bereitet.«

»Ich denke ja, dass Cheska bei der Sache kaum eine Wahl hat, abgesehen davon, dass sie nichts anderes kennt.«

»Ich bin mir sicher, dass Greta sie zu nichts zwingt, was ihr keinen Spaß macht, Ma.«

»Vielleicht nicht.« LJ zog die Nase hoch. »Das arme kleine Ding. Mir scheint, als hätte sie bis vor ein paar Tagen gar nicht gewusst, dass sie einen Vater hat, ganz zu schweigen davon, dass es nicht ihr leiblicher ist.«

»Wirklich, Ma, jetzt ist kaum der richtige Zeitpunkt.«

»Offenbar hat Greta der Kleinen überhaupt nichts von ihrer Vergangenheit erzählt.« LJ ging gar nicht auf den Einwand ihres Sohnes ein. »Weiß sie etwas von ihrem Zwillingsbruder?«

»Ich glaube nicht. Bitte Ma, versteh doch, Greta hat Cheska deshalb so wenig von ihrer Vergangenheit gesagt, weil es ihrer Ansicht nach das Beste ist. Es waren wirklich extrem schwierige Umstände, unter denen sie mit Cheska nach London gegangen ist, und natürlich wollte sie einen klaren Schnitt machen. Es wäre unsinnig, Cheska von allem zu erzählen, bevor sie alt genug ist, es zu verstehen.«

»Dir ist schon klar, dass du Greta immer und bei allem verteidigst, David, oder?«, fragte LJ unvermittelt. »Wie dem auch sei, jetzt mache ich dir mal einen Vorschlag: Warum bittest du die beiden nicht, etwas länger zu bleiben? Wenn Owen, wie wir vermuten, das Anwesen wirklich Greta hinterlassen hat, wird sie eine Weile brauchen, um alles zu organisieren. Dann hätte Cheska auch die Möglichkeit, ein paar Tage lang wie ein ganz normales kleines Mädchen zu leben.«

»Ich bezweifle, dass Greta länger als unbedingt nötig hierbleibt«, sagte David. »Jetzt sehen wir doch mal, was morgen passiert.«

»Wenn sie wirklich alles erbt, dann wäre es angesichts der Gefühle, die du eindeutig für Greta hegst, eine elegante Lösung, wenn du sie heiraten würdest. Du brauchst eine Frau, Cheska braucht einen Vater und ein ruhigeres Leben. Und Marchmont braucht einen Mann, der das Anwesen verwaltet, vorzugsweise einen, der dem Gut durch Blutsverwandtschaft tief verbunden ist.«

»Hör auf, Ma! Das sind Wunschträume von dir«, warnte David. »Allein schon deswegen, weil ich keine Lust habe, Marchmont zu verwalten, nicht einmal dir zuliebe.«

LJ sah den Ärger in den Augen ihres Sohnes und wusste, dass sie zu weit gegangen war. »Bitte entschuldige, David. Ich möchte nur, dass du glücklich bist.«

»Und ich, dass du glücklich bist. Und jetzt reden wir nicht mehr davon«, sagte er mit Nachdruck. »Lass uns etwas zu Abend essen.«

Cheska hatte wieder den Traum. *Er* stand neben ihr ... der Junge, der aussah wie sie. Sein Gesicht war ganz blass, und er flüsterte Dinge, die sie nicht verstehen konnte. Sie wusste, sie brauchte nur aufzuwachen, das Licht anzumachen und sich in ihrem gemütlichen Zimmer umzusehen, dann würde der Alptraum verschwinden. Sie streckte ihre Hand nach dem Nachttisch aus, aber sie griff ins Leere. Verzweifelt tastete sie umher, befingerte die Luft, das Herz klopfte ihr wie wild.

»Bitte, bitte«, stöhnte sie, aber als sich ihre Augen an das erste fahlgraue Morgenlicht gewöhnt hatten, erkannte sie nicht die vertrauten Umrisse ihres Zimmers. Es war das Zimmer aus ihrem Traum.

Cheska begann zu schreien. »*Mummy! Mummy! Mummy!*«

Sie wusste, sie sollte aufstehen, das Zimmer verlassen, dann würde der Alptraum aufhören. Aber sie hatte viel zu große Angst, sich zu bewegen, und die gespenstischen Silhouetten würden mit ihren klammen, toten Händen nach ihr greifen und ...

Plötzlich ging das Licht an, und ihre Mutter stand in der Tür. Cheska sprang aus dem Bett und warf sich in Gretas Arme.

»Mummy, Mummy, lass uns von hier fortgehen! Bitte!«, schluchzte sie.

»Es ist alles gut, mein Schatz. Was ist denn los?«

Cheska drängte Greta aus dem Zimmer hinaus in den Flur und warf die Tür hinter sich ins Schloss. »Schick mich nicht wieder da hinein, Mummy, *bitte*!«, flehte sie.

»Es ist ja gut, mein Schatz. Beruhige dich. Jetzt komm zu Mummy ins Bett und erzähl mir, was dir solche Angst gemacht hat.« Greta ging mit Cheska in ihr eigenes Zimmer und setzte sich aufs Bett. Die Kleine vergrub das Gesicht in ihrem Nachthemd. »Hast du schlecht geträumt, mein Schatz? Ist es das?«

»Ja.« Als Cheska zu ihrer Mutter aufsah, lag nackte Angst in ihren Augen. »Bloß war es kein Traum. Es war echt. Er wohnt ...«, Cheska schauderte, »... in dem Zimmer.«

»Wer wohnt im Kinderzimmer?«

Cheska schüttelte nur den Kopf und presste das Gesicht an Gretas Brust.

»Jetzt komm, mein Schatz.« Sanft streichelte Greta ihr übers Haar. »Jeder hat mal einen Alptraum. Alpträume sind nicht echt.

Da spielt dir im Schlaf nur deine Fantasie einen Streich, mehr nicht.«

»Nein, nein, das war echt.« Cheskas Stimme klang halb erstickt. »Ich will nach Hause.«

»Morgen fahren wir auch nach Hause, versprochen. So, und jetzt kuscheln wir uns in meinem Bett aneinander? Es ist frisch, du erkältest dich sonst noch.«

Greta legte sich mit Cheska unter die Bettdecke und drückte ihre Tochter an sich. »So, ist das jetzt besser?«

»Ein bisschen.«

»Niemand kann meiner kleinen Cheska etwas tun, solange Mummy da ist«, sagte Greta sanft. Sie streckte sich der Länge nach aus und dachte besorgt über Cheskas Reaktion auf das Kinderzimmer nach. Ob sie wohl noch viele Erinnerungen an Jonny hatte? *Das ist gleichgültig,* sagte sie sich. Morgen um diese Zeit würden sie wieder in London sein, und sie konnte die Vergangenheit erneut hinter einem Vorhang verbergen.

## Kapitel 21

»Und du hast bestimmt nichts dagegen, auf Cheska aufzupassen?«, fragte Greta Mary am folgenden Tag und suchte im Gesicht ihrer Tochter nach Anzeichen der gestrigen Ängstlichkeit.

»Natürlich nicht. Machen Sie sich keine Sorgen. Wir machen uns hier ein paar schöne Stunden, Cheska-Herzchen, nicht?«

Cheska, die auf einem Hocker am großen Küchentisch saß, die Arme bis zu den Ellbogen mit Mehl bestäubt, weil sie Mary gerade beim Backen half, nickte zustimmend.

»Ich bin bald wieder zurück. Und ich brauche mir wirklich keine Sorgen um dich zu machen?«

»Nein, Mummy.« In Cheskas Stimme schwang ein leicht gereizter Unterton mit.

»Dann bis später.« Greta verließ die Küche und stellte erleichtert fest, dass Cheska ihr nicht einmal nachsah.

David und LJ warteten bereits im Wagen.

»Wie geht es ihr?« Auch LJ hatte Cheska nachts schreien gehört.

»Bestens«, sagte Greta brüsk. »Ich glaube, sie hat einfach nur schlecht geträumt. Heute Morgen hatte sie anscheinend alles schon wieder vergessen.«

»Ich bin sicher, dass sie bei Mary gut aufgehoben ist. Also, dann fahren wir.«

In Monmouth angekommen, gingen sie in gespanntem Schweigen die hübsche Hauptstraße entlang zu Mr Glenwilliams Kanzlei.

»Guten Tag.« Mr Glenwilliam gab ihnen allen die Hand.

»Vielen Dank für das großartige Buffet nach der Beerdigung gestern. Sie haben Owen wirklich alle Ehre gemacht. Wenn Sie mir jetzt bitte in mein Büro folgen möchten, dann können wir uns dem Geschäftlichen widmen.«

Sie ließen sich auf den Stühlen vor Mr Glenwilliams Schreibtisch nieder. Er öffnete einen großen Safe, holte eine dicke, mit einer roten Schleife zusammengebundene Dokumentenrolle heraus und nahm hinter seinem Schreibtisch Platz. Dann machte er sich daran, die Rolle zu öffnen.

»Ich muss Ihnen sagen, dass ich Owen auf seinen ausdrücklichen Wunsch hin vor etwa sechs Wochen aufgesucht habe. Er wollte ein neues Testament aufsetzen, und dadurch wird jedes frühere Testament, das er womöglich gemacht hatte, hinfällig. Auch wenn er sehr schwach wirkte, kann ich bezeugen, dass er zu dem Zeitpunkt weder verwirrt noch betrunken und deshalb geistig voll zurechnungsfähig war. Owen hatte genaue Vorstellungen, was den Inhalt des Testaments betraf. Er war sich der diffizilen Situation offenbar bewusst.« Mr Glenwilliam hüstelte nervös. »Ich glaube, am besten lese ich es vor, und dann können wir alle Fragen erörtern, die sich daraus ergeben.«

»Dann lassen Sie uns anfangen«, sagte LJ, womit sie den Gedanken aller zum Ausdruck brachte.

Mr Glenwilliam räusperte sich und begann zu lesen:

*»Ich, Owen Marchmont, im Zustand voller geistiger Zurechnungsfähigkeit, erkläre dies zu meinem Letzten Willen. Ich vererbe das Anwesen Marchmont in Gänze Laura-Jane Marchmont. Einzige Bedingung hierfür ist, dass sie den Rest ihres Lebens in Marchmont verbringt. Nach ihrem Tod kann sie das Anwesen nach Belieben weitervererben, obwohl es mich freuen würde, wenn sie es meinem Neffen David Robin Marchmont vermachte.*

*Die Gelder auf dem Marchmont-Konto gehen ebenfalls an Laura-Jane Marchmont zur Instandhaltung und Verwaltung des*

*Anwesens. Von meinem persönlichen Konto vererbe ich folgende Summen:*

*Meiner Tochter Francesca Rose Marchmont die Summe von fünfzigtausend Pfund, die bis zu ihrer Volljährigkeit treuhänderisch verwaltet werden. Dazu die Bedingung, dass sie bis zu ihrem 21. Lebensjahr Marchmont jährlich mindestens einmal besucht. Die treuhänderische Verwaltung des Geldes obliegt Laura-Jane Marchmont.*

*David Robin Marchmont die Summe von zehntausend Pfund.*

*Meiner Frau Greta die Summe von zehntausend Pfund.*

*Mary-Jane Goughy vermache ich in Anerkenntnis ihrer Fürsorge um mich in den vergangenen sieben Jahren die Summe von fünftausend Pfund sowie auf unbegrenzte Dauer das Wohnrecht im River Cottage auf dem Anwesen Marchmont.«*

Mr Glenwilliam setzte seinen Vortrag fort und nannte noch einige weitere Erben, doch die drei im Raum Anwesenden hörten ihm gar nicht mehr zu. Sie hingen ihren eigenen Gedanken nach.

LJ hatte einen Kloß im Hals, den sie verzweifelt hinunterzuschlucken versuchte. Sie weinte nicht in der Öffentlichkeit.

David beobachtete seine Mutter und dachte, dass endlich die Gerechtigkeit gesiegt hatte.

Greta war erleichtert, dass alles vorbei war und sie und Cheska, um sechzigtausend Pfund reicher, nach London zurückkehren konnten und nur einmal im Jahr einen kurzen Besuch in Marchmont absolvieren mussten.

Mr Glenwilliam hatte seinen Vortrag beendet und nahm die Brille ab. »Eines noch. Greta, Ihnen hat Owen einen persönlichen Brief hinterlassen. Hier, bitte.« Er reichte ihr über den Schreibtisch hinweg ein Kuvert. »Und, haben Sie Fragen?«, wollte er von ihr wissen.

Greta wusste, dass er auf ihren Einspruch wartete, Marchmont müsse rechtmäßig an sie gehen. Sie schwieg.

»Mr Glenwilliam, können Sie uns vielleicht ein paar Minuten allein lassen?«, bat LJ leise.

»Natürlich.«

Der Notar verließ den Raum, und LJ drehte sich zu Greta. »Meine Liebe, Sie hätten sicher ganz gute Chancen, wenn Sie nachweisen wollten, dass Owen nicht zurechnungsfähig war, als er dieses Testament aufsetzte. Schließlich sind Sie Owens Witwe. Wenn Sie es anfechten möchten, würden weder David noch ich Ihnen im Weg stehen, oder, David?«

»Natürlich nicht.«

»Nein, LJ. Was Owen entschieden hat, ist für alle das Beste und Gerechteste. Um ehrlich zu sein, ich bin erleichtert. Cheska und ich haben unser Leben in London. LJ, Sie wissen genauso gut wie ich, dass sie nicht seine leibliche Tochter ist und dass unsere Ehe ein Fehler war. Angesichts dieser Umstände finde ich, dass Owen extrem großzügig uns gegenüber war. Und ehrlich gesagt bin ich nur froh, dass es vorüber ist.«

In dem Blick, mit dem LJ sie ansah, lag neuer Respekt. »Greta, sprechen wir doch offen miteinander. Wir alle wissen, weshalb Sie Owen geheiratet haben. Abgesehen davon, dass Sie ihn natürlich gern hatten«, fügte sie rasch hinzu. »Und vielleicht empfinden Sie deswegen Schuldgefühle.«

»Ja, das stimmt«, entgegnete Greta.

»Aber Sie sind auch eine intelligente Frau, und Ihnen muss klar geworden sein, dass die Ehe auch für Owen von Nutzen war. Er bekam neue Lebenslust und vor allem einen Erben für Marchmont, wenn Jonny nicht gestorben wäre.«

»Ja.«

»Deswegen brauchen Sie kein schlechtes Gewissen mehr zu haben. Und Sie dürfen auch nicht glauben, ich trüge Ihnen irgendetwas nach. In gewisser Hinsicht waren Sie ein unschuldiges Unterpfand in einem Spiel, von dem Sie nichts wussten.«

»Wirklich, LJ, Sie müssen nichts mehr sagen. Es freut mich,

dass Sie das Anwesen erben. Ich wüsste nicht einmal ansatzweise, wie ich es verwalten sollte.«

»Sind Sie sich wirklich sicher, Greta? Ihnen ist bestimmt bewusst, dass ich Marchmont in meinem Testament David vermachen werde. Es steht ihm zu.«

»Absolut«, pflichtete sie bei.

»Also gut. Aber vergessen Sie nicht, Sie sind in Marchmont jederzeit ein gern gesehener Gast, wann immer Sie und Ihre Tochter zu Besuch kommen möchten. Es lag Owen eindeutig am Herzen, dass Sie und Cheska den Kontakt zu uns nicht verlieren.«

»Danke, LJ. Das werde ich nicht vergessen.«

David bat Mr Glenwilliam wieder in den Raum. »Ist alles in Ordnung?«, fragte der Notar.

»Ja. Greta hat beschlossen, das Testament nicht anzufechten«, antwortete David.

»Sehr gut.« Mr Glenwilliam wirkte erleichtert. »Natürlich gibt es zunächst noch einiges Juristische, das zu erledigen ist, und auf die Summen, die Owen vererbt hat, werden Steuern fällig. Mrs Marchmont, Sie werden noch einmal herkommen und ein paar Urkunden unterzeichnen müssen, sobald sie gerichtlich bestätigt wurden. Ich bin natürlich jederzeit bereit, Ihnen zur Seite zu stehen, was die künftige Verwaltung des Anwesens betrifft. Wie Sie ja wissen, kümmere ich mich schon seit Längerem um die geschäftlichen Angelegenheiten.«

»Danke. Ich weiß Ihre Hilfe zu schätzen, ob in der Vergangenheit oder der Zukunft.«

»Es ist mir ein Vergnügen«, sagte Mr Glenwilliam freundlich, als die drei aufstanden und seine Kanzlei verließen.

»Mummy, Mummy, stell dir vor! Mary ist mit mir zu der Wiese gegangen, und ich habe ein Schaf gestreichelt!«, erzählte Cheska aufgeregt, als Mary sie in den Salon brachte, sobald Greta mit LJ und David aus Monmouth zurückgekehrt war.

»Wie schön für dich.«

»Und der Bauer hat gesagt, dass ich ihm morgen früh helfen darf, die Kühe zu melken. Aber dann muss ich um fünf aufstehen.«

»Aber mein Schatz, wir fahren doch heute Nachmittag wieder nach London.«

»Ach.« Enttäuschung machte sich auf Cheskas Gesicht breit. »Ich dachte, du wolltest nach Hause?«

»Schon …« Cheska biss sich auf die Unterlippe. »Können wir nicht noch einen Tag bleiben?«

»Wir sollten wirklich nach Hause fahren, Cheska. Am Montag ist der Fototermin, und da darfst du nicht müde aussehen.«

»Nur einen Tag noch, Mummy, *bitte*.«

»Meine Liebe, warum bleibt ihr nicht noch ein paar Tage? Ich glaube, das würde euch beiden sehr guttun. Schauen Sie sich Cheska doch an, sie hat ein bisschen Farbe bekommen. Und David und ich würden uns wirklich freuen«, bat LJ.

Greta war überrascht über die plötzliche Meinungsänderung ihrer Tochter. »Solange du heute Abend beim Zubettgehen nicht wieder Mätzchen machst«, sagte sie streng.

»Versprochen, Mummy. Danke!« Cheska schlang die Arme um ihre Mutter und gab ihr einen Kuss auf die Wange.

»Schön, dann wäre das geklärt«, sagte LJ. »Jetzt muss ich zu Mary und ihr die gute Nachricht vom River Cottage und ihrem Erbe überbringen. Sie und ihr Verlobter werden sich bestimmt sehr freuen. Er wartet schon seit Jahren auf sie. Ich hoffe, dass sie ihn jetzt endlich zum Ehemann macht. David, mein Lieber, kannst du uns nicht etwas zu trinken besorgen? Ich bin am Verdursten!«

Nachdem Greta sich vergewissert hatte, dass Cheska im Zimmer neben ihrem tief und fest schlief, ging sie selbst zu Bett. Sie war zu dem Schluss gekommen, dass es nach der vergangenen Nacht unklug wäre, Cheska wieder im Kinderzimmer einzuquartieren.

Dann öffnete sie Owens Brief.

*Marchmont*
*Monmouthshire*
*2. Mai 1956*

*Meine liebe Greta,*
*ich schreibe diesen Brief im Wissen, dass du ihn erst lesen wirst, wenn ich tot bin. Die Vorstellung ist etwas merkwürdig. Allerdings kennst du jetzt die Verfügungen in meinem Testament, und ich finde, ich bin dir eine Erklärung schuldig.*

*Ich hinterlasse Marchmont Laura-Jane nicht nur, weil sie das Anwesen wirklich liebt, sondern auch, weil ich es ihr und David schuldig bin. Nach langem Überlegen bin ich zu dem Schluss gekommen, dass es dir, würde ich es dir vererben, eher eine Last als eine Freude wäre und du es höchstwahrscheinlich verkaufen würdest, was mir das arme alte Herz brechen würde. Und Laura-Jane auch.*

*Mir ist bewusst, dass das Leben für dich, solange du hier warst, nicht einfach war, und das lag an meinem zunehmend unverzeihlichen Verhalten, was mir wirklich aufrichtig leidtut. Ich war schwach, und du wurdest in etwas verstrickt, das viele Jahre zuvor passiert war.*

*Ich hoffe, dass du es über dich bringst, mir zu verzeihen, und durch dieses Verzeihen Marchmont als einen Ort der Zuflucht sehen kannst, einen Rückzugsort für dich und Cheska von eurem geschäftigen Leben in London.*

*Du musst mir glauben, dass du und die Kinder mir sehr viel bedeutet haben, auch wenn die beiden nicht meine eigenen waren. Du, Jonny und Cheska habt mir neuen Lebensmut gegeben, und dafür bin ich euch wirklich dankbar. Entschuldige, dass diese Zeit durch meinen Kummer über Jonnys Tod beendet wurde. Ich war nicht da, um dir zur Seite zu stehen, und jetzt ist mir bewusst, dass ich egoistisch war.*

*Bitte sag Cheska, dass ich sie wie mein eigenes Kind geliebt habe. Mary hat mir erzählt, dass sie sie vor Kurzem in einem Film im Kino gesehen hat und sie fast schon ein Star ist. Ich bin stolz darauf, ihr Vater im Leben gewesen zu sein, wenn auch nur für kurze Zeit. Das Einzige, was mich tröstet, während ich hier liege und dem Tod entgegensehe, ist, dass ich dann meinem geliebten Jonny wieder begegnen werde.*

*Ich wünsche euch beiden ein langes, glückliches Leben.*
*Owen*

Greta steckte den Brief in den Umschlag zurück und legte ihn in ihre Handtasche. Eine Woge von Gefühlen stieg in ihr auf, doch die drängte sie entschlossen zurück. Max, Owen, James ... Die gehörten ihrer Vergangenheit an, sie durfte nicht zulassen, dass die sie jetzt noch berührten.

## Kapitel 22

Cheska lag ausgestreckt auf dem Boden und blickte in die ausladenden Äste der Eiche über ihr hinauf, die sich vor der Kulisse eines kornblumenblauen Himmels abzeichneten. Cheska seufzte glücklich. Die Filmstudios waren weit weg, hier gab es niemanden, der sie erkannte, und zum ersten Mal in ihrem kurzen Leben war sie frei und ganz allein. Hier fühlte sie sich sicher. Und seit sie nach der ersten Nacht nicht mehr in dem Kinderzimmer geschlafen hatte, war der Traum auch nicht wiedergekommen.

Sie setzte sich auf. In der Ferne konnte sie Mummy und Onkel David beim Mittagessen auf der Terrasse sehen. Mittlerweile waren sie seit einer ganzen Woche in Marchmont. Sie hatte Mummy immer wieder angebettelt, noch länger bleiben zu dürfen. Nachdem sie sich wieder hingelegt hatte, dachte sie, wie schön es doch wäre, wenn Mummy und Onkel David sich verlieben und heiraten und für immer und ewig hierbleiben würden. Dann könnte sie jeden Morgen beim Kühemelken helfen, mit Mary in der Küche frühstücken und mit den anderen Jungen und Mädchen in die Dorfschule gehen.

Aber das war ein Traum. Cheska wusste, dass sie und Mummy morgen wieder nach London fahren mussten.

Sie stand auf, vergewisserte sich, dass ihre Mutter nicht nach ihr suchte, und ging auf den Wald zu. Die Hände steckte sie in die Taschen ihrer neuen Latzhose. Die Vögel sangen, und Cheska fragte sich, warum ihr Lied hier so viel schöner klang als in London.

Während sie zwischen den hohen Bäumen dahinschlenderte, kam Cheska sich vor wie auf dem Set von *Hänsel und Gretel*, ein Film, den sie letztes Jahr gedreht und von dem Mummy gesagt hatte, er sei ein großer Weihnachtserfolg gewesen. Sie ging tiefer in den Wald hinein und fragte sich, ob es wohl auch hier eine böse Hexe gab, die in einem Lebkuchenhaus darauf wartete, sie aufzuessen. Doch als sie auf eine kleine Lichtung stieß, stand da nur eine hübsche kleine Tanne und darunter ein Stein.

Beim Näherkommen wurde Cheska klar, dass es sich um einen Grabstein handelte, und sie schauderte bei der Vorstellung, wer da unter der Erde lag. Vor dem Stein kniete sie nieder. Die Inschrift war in Gold graviert und deutlich zu lesen.

JONATHAN (JONNY) MARCHMONT

Geliebter Sohn von Owen und Greta
Bruder von Francesca

Geboren am 2. Juni 1946
Gestorben am 6. Juni 1949

Möge Gott seinen kleinen Engel
zum Himmel hinaufgeleiten

Cheska stockte der Atem.

Jonny ...

Flüchtige Erinnerungen gingen ihr durch den Kopf, doch sie konnte sie nicht festhalten.

Jonny ... Jonny ...

Dann hörte sie jemanden flüstern.

»*Cheska, Cheska ...*«

Es war die Stimme des Jungen aus dem Traum. Der Junge, der tot im Sarg lag. Der, der neulich nachts im Kinderzimmer zu ihr gekommen war.

»*Cheska, Cheska ... komm spiel mit mir.*«

»Nein!«

Cheska sprang auf, hielt sich die Ohren zu und lief, so schnell ihre Beine sie trugen, aus dem Wald.

»Greta, heute ist dein letzter Abend, da dachte ich, ich könnte dich in Monmouth zum Essen einladen«, schlug David vor, als sie beim Kaffee auf der Terrasse saßen.

»Ich ... Guter Gott, Cheska sieht ja aus, als würde sie von einem hungrigen Löwen gejagt!« Gretas Aufmerksamkeit wurde abgelenkt, als sie ihre Tochter auf sie zustürmen sah. Sobald die Kleine sie erreicht hatte, warf sie sich keuchend in ihre Arme.

»Was ist denn los, mein Schatz?«

Schweigend sah Cheska in Gretas Gesicht, dann schüttelte sie unvermittelt den Kopf. »Nichts. Mir fehlt nichts. Entschuldige, Mummy. Darf ich zu Mary in die Küche gehen? Sie hat gesagt, ich kann ihr helfen, einen Kuchen zu backen, den wir nach London mitnehmen.«

»Ja, natürlich. Cheska?«

»Ja, Mummy?«

»Bist du dir sicher, dass alles in Ordnung ist?«

»Ja, Mummy.« Mit einem Nicken verschwand sie im Haus.

Als David und Greta das Griffin Arms betraten, war das Restaurant in Kerzenlicht getaucht. Der Kellner führte sie zu einem verschwiegenen Ecktisch, der unter den uralten Deckenbalken stand, gedeckt mit blitzendem Silberbesteck und Kristallgläsern.

»Sir, Madam, darf ich Ihnen etwas zu trinken bringen?«, fragte der Oberkellner.

»Ja, bitte, eine Flasche Ihres besten Champagners«, antwortete David.

»Sehr wohl, Sir.« Er reichte beiden die Speisekarte. »Ich empfehle die Garnelen, fangfrisch von heute, und auch das Waliser Lamm. Und Sir, wenn ich das sagen darf, Ihr letzter Film hat mir sehr gut gefallen.«

»Danke. Sie sind zu freundlich.« David war es immer peinlich, wenn er erkannt wurde.

»Es ist wirklich schade, dass Cheska morgen nach London zurückfahren muss. Sie ist in den letzten Tagen regelrecht aufgeblüht«, sagte David.

»Ja, es hat ihr sicher gutgetan, aber wir können doch ihre Bewunderer nicht enttäuschen, oder?«

»Wahrscheinlich nicht«, murmelte David und hoffte, Greta meinte das ironisch, auch wenn er wusste, dass das eher nicht der Fall war. »Ach, im *Telegraph* habe ich heute Morgen übrigens gelesen, dass Marilyn Monroe und Arthur Miller geheiratet haben. Sie fliegen zusammen nach London, weil sie hier einen Film mit Lawrence Olivier macht.«

»Wirklich? Die kann man sich ja nicht unbedingt als Paar vorstellen«, sagte Greta, als der Kellner die Garnelen servierte. »Im Moment heiratet wirklich Gott und die Welt. Hast du im Fernsehen die Hochzeit von Grace Kelly mit Fürst Rainier gesehen? Cheska war hingerissen.«

Beim Essen war David so nervös, dass sein sonst so gesunder Appetit litt und er das Essen kaum anrührte. Selbst einen Nachtisch lehnte er ab. Greta aß frische Erdbeeren, während David den restlichen Champagner trank. Als er Kaffee und zwei Weinbrand bestellte, wurde ihm klar, dass der Abend bald vorüber war. Jetzt oder nie.

»Greta, ich ... also, ich möchte dich etwas fragen.«

»Ja, worum geht es denn?« Sie lächelte.

»Die Sache ist ...« David hatte die Sätze im Kopf immer wieder geprobt, aber jetzt, wo er sie tatsächlich aussprechen musste, konnte er sich an kein einziges Wort mehr erinnern.

»Also, äh ... die Sache ist, dass ich ... Ich liebe dich, Greta. Immer schon, und ich werde dich auch immer lieben. Für mich wird es nie eine andere Frau geben. Würdest du ... Ich meine, könntest du dir vorstellen ... mich zu heiraten?«

Sprachlos starrte Greta in Davids ernste Miene. Sie sah die Hoffnung, die in seinem Blick lag. Sie schluckte schwer und griff nach einer Zigarette. David war ihr bester Freund. Ja, sie liebte ihn sehr, aber nicht auf die Art, wie er es sich wünschte. Sie hatte sich geschworen, keinen Mann jemals mehr so zu lieben.

»Es ist so, Greta«, stotterte er. »Ich glaube, du brauchst jemanden, der sich um dich kümmert. Und Cheska braucht einen Vater. Marchmont ist nach Fug und Recht dein Zuhause, und wenn wir heiraten würden, würde Marchmont eines Tages uns gehören, und dann wäre alles wieder so, wie es eigentlich sein sollte. Natürlich würden wir nicht jetzt sofort hier leben. Ihr könntet zu mir nach Hampstead ziehen, und ...«

Greta hob die Hand, er brach mitten im Satz ab.

»Hör auf, David, bitte hör auf. Ich kann es nicht ertragen!« Sie schlug die Hände vors Gesicht und brach in Tränen aus.

»Greta, bitte weine nicht. Das ist das Letzte, was ich wollte.«

»David, ach, mein Lieber.« Nach einer Weile sah Greta auf und trocknete sich die Augen mit dem Taschentuch, das er ihr reichte. Sie wusste, was immer sie sagte, sie würde ihm damit sehr wehtun. »Ich will versuchen, es dir zu erklären. Als ich vor all den Jahren Max kennenlernte, als ich schwanger wurde und er mich verließ, war ich jung genug, um mit deiner Hilfe neu anzufangen. Dann kam ich nach Marchmont und heiratete Owen, einfach weil ich alleine war, weil ich Angst hatte und bald zwei Kinder bekommen würde. Ich brauchte Sicherheit, und eine Weile gab Owen sie mir auch. Aber das war nicht von Dauer, und meine Abhängigkeit von Owen hat Cheska und mich beinahe das Leben gekostet. Dann sind wir nach London zurückgegangen, und ich habe mich in meinen Arbeitgeber verliebt, der verheiratet war. Vielleicht habe ich mich nach den Jahren mit Owen nach ein bisschen Romantik gesehnt, nach körperlicher Befriedigung.« Greta errötete. »Du musst wissen, Owen und ich haben die Ehe nie vollzogen. Außerdem hat James – so hieß er – immer wieder davon gesprochen, dass er seine Frau verlassen und eine neue Zukunft mit mir aufbauen würde, und ich war dumm genug, ihm zu glauben. Aber dann hat seine Frau herausgefunden, dass wir eine Affäre hatten, und ich meinerseits habe herausgefunden, dass er ein schwacher, selbstsüchtiger Mensch war, der meine Liebe nie verdient hatte. Und meine Stelle habe ich obendrein verloren. Das war genau der Tag, an dem ich dich vor dem Windmill wiedergetroffen habe.«

»Ich verstehe«, sagte David. Es fiel ihm schwer, alles zu verarbeiten, was Greta ihm da mit einem Mal erzählte.

»Wie auch immer.« Sie unterbrach sich, vor Konzentration runzelte sie die Stirn. »Nach dieser schrecklichen Geschichte mit James habe ich mir geschworen, dass ich mir nie wieder gestatten würde, einem Mann nahezukommen, auf jeden Fall nicht auf die Art. Männer haben mir nichts als Kummer und Sorgen gebracht. Ich habe mich darauf verlassen, dass sie mir geben, was ich zu brauchen glaubte. In den vergangenen sechs Jahren bin ich in vielerlei Hinsicht glücklicher gewesen als je zuvor. Cheska ist mein Leben, und in meinem Herzen ist kein Platz für einen Mann.«

»Ich verstehe.«

»Du musst wissen, dass du mir sehr wichtig bist, David, wichtiger als jeder andere Mensch auf der Welt, von Cheska einmal abgesehen. Aber ich könnte dich nie heiraten. Ich hätte Angst, dass es schiefgehen würde, und außerdem ...« Greta schüttelte den Kopf. »Ich glaube, ich weiß gar nicht mehr, wie man auf eine solche Art liebt. Kannst du das verstehen?«

»Ich verstehe, dass du tief verletzt worden bist, aber *ich* habe dir doch nie wehgetan. Ich liebe dich, Greta, das musst du mir glauben.«

»Das glaube ich dir auch, David, wirklich. Du bist wunderbar zu mir. Aber es wäre nicht richtig von mir, deinen Antrag anzunehmen, weil mein Herz verschlossen ist. Wahrscheinlich ist es taub geworden, und ich glaube nicht, dass sich das jemals ändern wird.«

»Du sagst, dass Cheska dein Leben ist. Eines Tages wird sie ein eigenes Leben haben. Was machst du dann?«, fragte er leise.

»Cheska wird mich immer brauchen«, entgegnete Greta mit Nachdruck. »David.« Ihre Stimme wurde weicher. »Dein Antrag ehrt mich sehr. Mir war überhaupt nicht klar, dass du solche Gefühle für mich empfindest. Wenn ich mir tatsächlich überlegen würde, jemanden zu heiraten, wärst du der einzige Mann, mit dem ich es mir vorstellen könnte, aber das tue ich nicht. Und leider werde ich es auch nie.«

David schwieg. Er war am Boden zerstört. Es war sinnlos, noch weiter darüber zu reden. Seine Träume hatten sich zerschlagen, eine zweite Chance würde es nicht geben.

»Ich hätte dich vor all den Jahren heiraten sollen, als du schwanger warst«, sagte er nachdenklich.

»Nein, David, das hättest du nicht. Verstehst du denn nicht? Wir haben etwas viel Besseres als eine Ehe. Wir sind Freunde. Ich hoffe nur, dass sich nach diesem Abend nichts daran ändern wird. Oder?«

Über den Tisch hinweg streckte er die Hand nach ihrer aus und wünschte sich, er könnte diese Geste machen, um ihr einen Ring anzustecken. Er lächelte traurig. »Natürlich nicht, Greta.«

Schweigend verließen sie wenig später das Restaurant und fuhren nach Marchmont zurück.

LJ glaubte, von oben Stimmen zu hören. Sie verließ die Bibliothek, wo sie über den Rechnungsbüchern von Marchmont saß, und ging auf Zehenspitzen in den ersten Stock. Das Bett in Cheskas Zimmer war leer. Sie klopfte an die Badezimmertür und öffnete sie, aber dort brannte kein Licht. Dann streckte sie den Kopf in Gretas Zimmer und schaute danach in alle weiteren Räume, die von dem Flur abgingen, bis sie das Kinderzimmer erreichte. Die Tür war geschlossen, doch von dahinter hörte sie schrilles Lachen. Langsam öffnete sie sie.

Vor Entsetzen hätte sie fast aufgeschrien und schlug schnell die Hand vor den Mund.

Cheska saß mit dem Rücken zur Tür am Boden. Sie sprach mit jemandem, und dabei riss sie einem alten Teddy den Kopf ab und versuchte, die Füllung herauszuziehen, zerrte so lange an seinem Arm, bis er schließlich abfiel. Dann fing sie an, die beiden Augenknöpfe aus dem Kopf zu pulen. Einer ließ sich leicht entfernen, und sie bohrte den Finger in das Loch, das dadurch entstanden war, und lachte wieder. Es war ein Lachen, das LJ durch Mark und Bein ging.

Entsetzt von der Gewalt des Kindes stand sie wie angewurzelt da und beobachtete es. Nach einer Weile trat sie in den Raum und stellte sich leise vor Cheska hin. Die Kleine bemerkte sie offenbar gar nicht. Sie versuchte immer noch, das zweite Auge herauszureißen, und sprach dabei unablässig leise mit sich selbst.

LJ sah, dass Cheskas Augen ganz glasig waren, als befände sie sich in einer Art Trance. Sie bückte sich. »Cheska«, flüsterte sie. »Cheska.«

Das Mädchen fuhr zusammen und schaute auf, sein Blick wurde klar. »Mummy, ist es Zeit, ins Bett zu gehen?«, fragte es.

»Ich bin nicht Mummy, sondern Tante LJ. Was hast du denn mit dem armen Teddy gemacht?«

»Ich glaube, ich will jetzt ins Bett. Ich bin müde und mein Freund auch. Er geht jetzt auch ins Bett.« Unvermittelt ließ Cheska die Überreste des Teddybären fallen und streckte die Arme nach LJ aus, die sich nur mit Mühe überwinden konnte, sie aufzuheben. Cheska schmiegte den Kopf an ihre Schulter, und im nächsten Moment fielen ihr die Augen zu. LJ legte das Kind in sein Bett. Es rührte sich nicht, auch nicht, als sie die Tür hinter sich schloss.

Im Kinderzimmer sammelte LJ mit Abscheu die Stofffetzen

und Sägespäne ein, aus denen der von vielen Marchmont-Kindern geliebte Teddy bestanden hatte, und warf sie in der Küche in den Müll.

Dann kehrte sie in die Bibliothek zurück und betete, dass Greta den Antrag ihres Sohns annehmen würde. Als David ihr gesagt hatte, dass er sich schließlich und endlich ein Herz fassen und um ihre Hand anhalten würde, hatte LJ ihm den Verlobungsring gegeben, den sie von Robin bekommen hatte. Es war ein Familienerbstück, und ihr schien es deshalb nur recht und billig, dass die nächste Generation von Marchmont-Männern diesen Ring ihrer Erwählten gab.

Selbst wenn Greta nicht die Frau war, die sie sich für David gewünscht hätte, stand außer Zweifel, dass er sie liebte, und er brauchte eine Frau. Außerdem brauchte Cheska einen Vater und auch eine gewisse Normalität in ihrem seltsamen Leben. Und nach dem, was sie, LJ, gerade miterlebt hatte, vielleicht auch psychotherapeutische Hilfe.

Eine Weile später hörte LJ die Haustür gehen. David kam in die Bibliothek. Sie stand auf und schaute ihm forschend ins Gesicht. Er lächelte traurig und zuckte leicht mit den Schultern. Sie schloss ihn in ihre Arme.

»Das tut mir wirklich leid, mein lieber Junge.«

»Na ja, zumindest habe ich sie gefragt. Mehr konnte ich nicht tun.«

»Wo ist Greta?«

»Sie ist ins Bett gegangen. Sie und Cheska müssen morgen sehr früh aufbrechen.«

»Eigentlich wollte ich noch kurz mit ihr reden wegen etwas, das Cheska getan hat, während ihr fort wart.«

»Wenn das Kind ungezogen war, umso besser. Es wird Zeit, dass sie anfängt, einen eigenen Willen zu haben«, antwortete David. »Sag's Greta nicht, Ma. Sie wird dir sowieso nicht glauben, und es gibt nur unnötig Spannungen.«

»Sie war weniger ungezogen als merkwürdig. Um ehrlich zu sein, glaube ich, dass Cheska etwas gestört ist.«

»Wie du schon gesagt hast, Cheska sollte sich manchmal wie ein ganz normales kleines Mädchen verhalten dürfen. Die meisten Kinder tun ab und zu merkwürdige Dinge. Um meinetwillen, lass es gut sein, ja? Ich möchte, dass Greta wieder nach Marchmont kommt, und wenn du ihre geliebte Tochter kritisierst, dann tut sie das eher nicht.«

»Wenn du unbedingt meinst.« LJ seufzte.

»Danke, Ma.«

»Weißt du, es gibt auf der Welt auch andere Frauen.«

»Vielleicht. Aber keine wie Greta.« David küsste seine Mutter liebevoll auf die Stirn. »Gute Nacht, Ma.«

# Kapitel 23

Die Veränderungen in ihrer Tochter gingen derart langsam und allmählich vor sich, dass Greta, als Cheska sich ihrem dreizehnten Geburtstag näherte, nicht genau sagen konnte, wann sie eigentlich begonnen hatten. Im Verlauf der zweieinhalb Jahre seit Owens Tod hatte Greta mit angesehen, wie aus dem heiteren kleinen Mädchen langsam ein mürrisches, introvertiertes Kind wurde, das nur noch für die Kamera lächelte.

Cheska entfernte sich zunehmend von ihr, reagierte abweisend auf Umarmungen und war ihr gegenüber selten einmal liebevoll. Manchmal hörte Greta sie mitten in der Nacht Selbstgespräche führen und stöhnen. Wenn Greta dann leise zu ihr hineinspähte, drehte Cheska sich um und verstummte. Immer wieder fragte Greta sie, ob alles in Ordnung sei, ob es nicht etwas gebe, worüber sie mit Mummy reden wolle. Aber Cheska schüttelte stets den Kopf und sagte, ihr fehle nichts, nur ihr Freund sei unglücklich. Auf Gretas Frage, wer dieser »Freund« denn sei, zuckte Cheska schweigend mit den Schultern.

Greta erinnerte sich, dass sie als kleines Mädchen ebenfalls einen imaginierten Freund gehabt hatte, der sie über ihre Einsamkeit als Einzelkind hinwegtröstete. Sie würde einfach abwarten müssen, bis Cheska aus dieser Phase herausgewachsen war. Die Kleine war gesund, sie aß, sie schlief, nur ihre Augen hatten allen Glanz verloren.

Niemand anderes bemerkte die Veränderung, und Greta war froh, dass Cheskas mürrische Miene und ihre Einsilbigkeit verschwanden, sobald sie am Set eintraf.

Auch äußerlich veränderte Cheska sich. Die ersten Anzeichen ihrer beginnenden körperlichen Reife ließen Alarmglocken in Gretas Kopf schrillen. Sie zwang Cheska, dicke, eng anliegende Unterhemden zu tragen, die ihre Brust flach drückten. Pickel, die bisweilen auf ihrer Nase oder ihrem Kinn sprießten, wurden mit Desinfektionsmittel behandelt und unter Abdeckstift verborgen. Schokolade und alles Fetthaltige wurde vom Speiseplan gestrichen.

Leon hatte Greta versichert, es gebe keinen Grund, weshalb Cheska der Übergang vom Kinder- zum Erwachsenenstar nicht gelingen sollte. Aber sie wusste, je länger Cheska das unschuldige kleine Mädchen spielen konnte, desto lieber wäre das dem Publikum.

Zur Feier des dreizehnten Geburtstags ihrer Tochter veranstaltete Greta bei sich zu Hause eine Party. Als Gäste lud sie die Besetzung von Cheskas neuestem Film ein sowie David, Leon und Charles Day, den Regisseur, mit dem Cheska am häufigsten arbeitete. Sie bestellte beim Lieferservice ein Buffet, die Party sollte für *Movie Week* fotografiert werden. Einige Tage zuvor hatte sie mit Cheska bei Harrods ein neues Partykleid aus Satin erworben. Das hing jetzt im Schrank neben ihren vielen anderen Kleidern.

Am Morgen ihres Geburtstags servierte Greta ihr das Frühstück am Bett.

»Alles Gute zum Geburtstag, mein Schatz. Hier, ich habe dir Orangensaft gebracht und ein Stück von dem Kuchen, den du so gerne magst. Ganz ausnahmsweise.«

»Danke, Mummy«, sagte Cheska und setzte sich auf. Greta stellte das Tablett aufs Bett.

»Ist alles in Ordnung, mein Schatz? Du siehst sehr blass aus.«
»Ich hab nicht besonders gut geschlafen, das ist alles.«
»Das ist nicht so schlimm, und gleich gebe ich dir etwas, das

dich aufmuntern wird.« Greta verschwand kurz im Flur und kehrte mit einer großen, in Geschenkpapier eingewickelten Schachtel zurück. Die präsentierte sie ihrer Tochter. »Komm, mach auf.«

Cheska riss das Papier herunter und holte aus dem Karton eine große Puppe.

»Ist sie nicht schön? Kommt dir das Gesicht nicht bekannt vor? Und das Kleid?«, fragte Greta aufgeregt. »Ich habe sie extra für dich machen lassen.«

Cheska nickte verhalten.

»Das bist du, als ›Melissa‹ in deinem letzten Film. Ich habe dem Puppenmacher ein Bild von dir mitgebracht, damit er ihr dein Gesicht gibt. Ich finde, das ist ihm großartig gelungen, meinst du nicht auch?«

Cheska betrachtete die Puppe schweigend.

»Sie gefällt dir doch, oder?«

»Doch, Mummy. Vielen Dank«, erwiderte Cheska mechanisch.

»Und jetzt iss dein Frühstück. Ich muss noch mal kurz rausgehen und etwas ganz Besonderes für die Party heute Nachmittag abholen. Kommst du allein zurecht?«

»Ja.«

»Ich bin bald wieder zurück. Warum nimmst du nach dem Frühstück nicht ein schönes Bad?«

Cheska nickte. Sobald sie die Wohnungstür ins Schloss fallen hörte, warf sie die Puppe auf den Boden, vergrub das Gesicht im Kissen und weinte.

Sie hatte sich so sehr ein Radio gewünscht. Wochenlang hatte sie immer wieder Andeutungen gemacht, und trotzdem hatte ihre Mutter ihr eine dumme Puppe geschenkt. Ein Geschenk für ein kleines Kind. Aber sie war kein kleines Kind mehr. Das konnte ihre Mutter einfach nicht begreifen.

Cheska setzte sich auf und starrte auf das Satinkleid, das im Schrank hing.

Es war ein wunderschönes Kleid – für ein kleines Kind.

Die Stimme, die sie zum ersten Mal in Marchmont gehört hatte, flüsterte wieder in ihrem Kopf.

Greta holte bei Fortnum and Mason den Geburtstagskuchen ab und trug ihn vorsichtig zum wartenden Taxi. Auf der kurzen Fahrt nach Hause ging sie im Kopf die Liste der Dinge durch, die sie noch zu erledigen hatte, ehe um vier Uhr die Gäste kamen.

Sie schloss die Wohnungstür auf und stellte den Kuchen schnell außer Sichtweite in einen Küchenschrank.

»Mein Schatz, ich bin wieder da!«

Sie bekam keine Antwort. Greta klopfte an die Tür zum Badezimmer. Darauf bestand Cheska seit einiger Zeit. Sie konnte es nicht leiden, wenn Greta sie nackt überraschte.

»Darf ich reinkommen?« Als sie keine Antwort erhielt, stieß sie die Tür auf, aber im Bad war niemand. »Ich dachte, du wolltest baden!«, rief Greta und ging zu Cheskas Zimmer. »Wir müssen noch einiges erledigen, bevor …«

Sie öffnete die Tür und brach mitten im Satz ab, um die Szene, die sich ihr darbot, zu begreifen.

Ihre Tochter saß auf dem Boden, eine Schere in der Hand, umgeben von einem Berg Satin, Seide und Tüll. Vor Gretas Augen hielt Cheska die Überreste ihres neuen Partykleids hoch und zerschnitt kichernd den feinen Stoff in tausend Fetzen.

»Was in aller Welt machst du da?« Greta marschierte zu ihrer Tochter. »Gib die Schere her, und zwar sofort!«

Cheska sah mit glasigen Augen zu ihr hoch.

»Gib mir die Schere!«, wiederholte Greta und entriss sie Cheska, die sie weiter mit ausdrucksloser Miene anstarrte.

Mit Tränen in den Augen sank Greta zu Boden. Als ihr Blick auf den Kleiderschrank fiel, sah sie, dass er leer war. Die ganzen wunderschönen Kleider lagen zerfetzt und zerschnitten in einem Berg neben dem Bett.

»Warum, Cheska? Warum?« Das Mädchen schaute sie unverwandt mit demselben ausdruckslosen Gesicht an. Greta schüttelte sie fest. »Jetzt antworte mir, verdammt noch mal!«

Die körperliche Berührung holte Cheska offenbar aus ihrer Trance. Sie sah ihrer Mutter ins Gesicht, und ein Ausdruck von Angst trat in ihre Augen. Dann blickte sie um sich auf die zerfetzten Kleider und nahm anscheinend zum ersten Mal wahr, was sie getan hatte.

»Warum? *Warum?*« Greta schüttelte sie immer weiter.

Cheska begann zu weinen, ein ersticktes, schreckliches Schluchzen, und ließ sich an die Brust ihrer Mutter fallen, doch die schloss sie nicht in die Arme.

»Er war's, mein Freund. Er hat gesagt, dass ich das tun soll. Es tut mir leid. Es tut mir leid. Es tut mir leid.« Sie wiederholte die Worte unablässig wie ein Mantra.

»Wer ist er?«, fragte Greta.

»Das kann ich dir nicht sagen, das habe ich ihm versprochen!«

»Aber Cheska, wie kann er dein Freund sein, wenn er dich zwingt, solche Sachen zu machen?«

Aber Cheska schüttelte nur den Kopf und stöhnte. »Mir tut der Kopf so weh.«

»Es ist ja gut, es ist alles gut. Mummy ist nicht mehr böse. Und jetzt komm, beruhige dich, und dann räumen wir hier auf. Wir müssen dich doch für die Party hübsch machen.« Schnell holte Greta einige schwarze Müllsäcke, in die sie die Reste von Cheskas Garderobe stopfte. Sie würde bei der Reinigung anrufen müssen, vielleicht konnten sie eines von Cheskas alten Kleidern vorbeibringen. Das musste dann für die Party genügen.

Als Greta das letzte zerschnittene Kleid vom Boden aufklaubte, stockte ihr der Atem: Der Kopf der Puppe, die sie Cheska zum Geburtstag geschenkt hatte, starrte sie an. Er war aus dem Puppenkörper gerissen, die Haare mit der Schere brutal abgeschnitten.

Unter dem Bett sah sie einen Arm hervorlugen. Langsam robbte sie über den Boden, Tränen liefen ihr über die Wangen, während sie die Gliedmaßen der zerstückelten Puppe einsammelte. Sie legte sie in den Müllsack oben auf die zerschnittenen Kleider, kniete sich hin und vergrub den Kopf in den Händen.

Sie wusste, das konnte sie jetzt nicht mehr ignorieren.

Cheska brauchte dringend Hilfe.

»Und, Herr Doktor, was ist Ihr Urteil?« Greta rutschte auf dem Stuhl in der eleganten Praxis in der Harley Street nervös hin und her.

»Nun ja, die gute Nachricht ist, dass Cheska physisch bei bester Gesundheit ist.«

»Gott sei Dank«, murmelte sie. Während der Arzt Cheska untersuchte, hatte sie sich alle möglichen schrecklichen Dinge ausgemalt.

»Allerdings würde ich sagen, dass ihre … psychische Verfassung momentan nicht ganz stabil ist.«

»Was meinen Sie damit?«

»Nun ja, Mrs Simpson, ich fragte sie nach diesem eingebildeten Freund, von dem sie Ihnen erzählte. Sie sagte, dass er die ganze Zeit mit ihr spricht, vor allem nachts. Offenbar trägt er ihr auf, diese … unschönen Dinge zu tun. Sie erzählte mir auch, dass sie immer wieder dieselben Alpträume hat und regelmäßig unter heftigen Kopfschmerzen leidet.«

»Ja«, sagte Greta ungeduldig, »aber was ist die Ursache dafür?«

»Mrs Simpson, möglicherweise spielt ihre Fantasie ihr einen Streich, weil sie ständig großem Druck ausgesetzt ist. Schließlich steht sie im Rampenlicht, seit sie vier ist. Aber nachdem ich mit Cheska gesprochen habe, und nach allem, was Sie mir berichtet haben, deutet auch einiges darauf hin, dass sie unter einem Zustand der sogenannten Schizophrenie leidet. Ich werde sie also an einen Psychiater überweisen, der sie eingehend untersuchen soll.«

»O mein Gott!« Greta hatte den Ausdruck schon einmal gehört und wusste genau, was er bedeutete. »Sie wollen mir damit also sagen, dass sie möglicherweise verrückt ist?«

»Mrs Simpson, Schizophrenie ist eine Krankheit. Heutzutage nennen wir sie nicht mehr Wahnsinn«, stellte der Arzt richtig. »Außerdem müssen wir Cheska erst einmal eingehender untersuchen lassen, ehe wir über Diagnosen spekulieren. Vergessen Sie nicht, sie steht zudem am Anfang der Pubertät, das ist für alle jungen Mädchen eine schwierige Zeit. Was ich als ihr Hausarzt allerdings sofort empfehle, ist eine längere Phase der Erholung. Fahren Sie mit ihr für ein paar Monate irgendwohin, wo sie Ruhe hat und nicht im Blickpunkt der Öffentlichkeit steht. Lassen Sie ihr Zeit, zu sich zu kommen.«

»Aber Herr Doktor, Cheska hat gerade einen Vertrag für zwei Filme unterschrieben. Die Dreharbeiten für den ersten beginnen in gut zwei Wochen. Sie kann nicht einfach ein paar Monate wegfahren. Außerdem macht es ihr Spaß. Es ist unser ... es ist *ihr* Leben.«

»Mrs Simpson, Sie bezahlen mich, damit ich Ihnen eine angemessene Therapie empfehle. Das ist mein Vorschlag. Und jetzt setze ich mich mit meinem Kollegen in Verbindung und vereinbare sofort einen Termin für Sie und Cheska. In der Zwischenzeit schreibe ich Ihnen ein Rezept für ein mildes Beruhigungsmittel. Geben Sie es ihr nur, wenn sie sehr unruhig ist. Es sollte ihr helfen abzuschalten.«

»Meinen Sie wirklich, dass sie zu diesem Psychiater gehen muss?«, fragte Greta. »Wie Sie ja selbst sagten, ist sie vielleicht nur überarbeitet; und dann das Heranwachsen – ist ihr Verhalten nicht nur darauf zurückzuführen?«

»Nein. Ich bin der Ansicht, dass sie unbedingt einen Psychiater aufsuchen sollte. Womöglich benötigt sie weitere Medikamente, etwa Chlorpromazin. Es ist besser, auf Nummer sicher zu gehen. So, hier ist das Rezept für das Beruhigungsmittel.« Der

Arzt reichte es ihr. »Soll ich mit Cheska selbst darüber sprechen, was ich Ihnen gesagt habe?«

»Nein, danke, Herr Doktor, das mache ich selbst«, sagte Greta hastig.

»In Ordnung. Und vergessen Sie nicht, Mrs Simpson, bis zu ihrem Termin beim Psychiater ist absolute Ruhe angesagt. Ich melde mich bei Ihnen, sobald ich den Termin weiß.«

»Ja. Vielen Dank, Herr Doktor. Auf Wiedersehen.«

Greta verließ das Besprechungszimmer und holte Cheska, die sehr blass war, im Wartezimmer ab. Draußen auf der Straße hielt Greta ein Taxi an.

»Was hat der Arzt denn gesagt, was mir fehlt, Mummy?«, erkundigte Cheska sich auf der Heimfahrt.

Greta drückte ihr die Hand. »Gar nichts, mein Schatz. Er hat gesagt, dass du bei bester Gesundheit bist.«

»Aber was ist mit den Kopfschmerzen? Und den … seltsamen Träumen?«

»Der Arzt hat gemeint, dass du zu viel gearbeitet hast, weiter nichts. Nichts, worüber wir uns Sorgen machen müssten. Er hat dir ein paar Tabletten verschrieben, die dir helfen zu entspannen und einzuschlafen. Außerdem meinte er, ein Urlaub würde dir guttun. Ich habe mir überlegt, dass wir vielleicht zwei Wochen nach Marchmont fahren könnten.«

Mit einem Schlag hellte sich Cheskas Miene auf. »Ach, das wäre schön! Wird Onkel David auch da sein?«

»Das bezweifle ich, aber wir wohnen bei Tante LJ und Mary, und da kannst du dich erholen und dich auf deinen neuen Film vorbereiten.«

»Ja, Mummy.«

Greta beobachtete ihre Tochter, die zum Fenster hinaussah. Erleichtert stellte sie fest, dass ihre Augen klarer wirkten als seit vielen Tagen.

Nachdem Greta ihrer Tochter abends eine Tablette gegeben und sie ins Bett gebracht hatte, setzte sie sich mit einem kleinen Glas Whisky ins Wohnzimmer. Am Nachmittag hatte der Arzt angerufen und gesagt, er habe beim Psychiater für Cheska einen Termin in zwei Tagen vereinbart. Greta hatte ihm gedankt und versichert, sie würden den Termin wahrnehmen. Allerdings hatte sie bereits beschlossen, am kommenden Tag mit Cheska nach Marchmont zu fahren. Dann würden sie abwarten und sehen, wie es ihr nach den zwei Wochen ging. Den nächsten Film zu verschieben kam nicht infrage, selbst wenn es vertraglich möglich wäre. Beim Filmpublikum hieß es: »Aus den Augen, aus dem Sinn.« Vor allem an diesem heiklen Punkt in Cheskas Karriere, wo sie vom Kind zur Frau wurde. Längere Zeit nicht auf der Leinwand präsent zu sein bedeutete den sicheren Tod.

Und dass Cheska schizophren sein sollte – was nach Gretas Verständnis immer noch gleichbedeutend war mit verrückt, egal, was der Arzt sagte –, da war ja schon der bloße Gedanke lächerlich. Ihre vollkommene Tochter, begabt, schön, ein großer Star ...

Das arme Ding brauchte einfach einmal eine Pause, mehr nicht. Und sie würde dafür sorgen, dass sie die bekam.

Als Cheska nach dem zweiwöchigen Aufenthalt in Marchmont nach London zurückkehrte, schien sie ruhiger und erholter zu sein und nahm drei Beruhigungstabletten am Tag. Sie war zwar sehr still, aber die Kopfschmerzen und die Alpträume hatten aufgehört. Greta rief beim Arzt in der Harley Street an und bat um ein Folgerezept für das Beruhigungsmittel, doch er weigerte sich, es auszustellen, bevor Cheska beim Psychiater gewesen war. Greta erklärte, dass es Cheska nach dem Urlaub wesentlich besser gehe und sie sie nicht mit weiteren Untersuchungen belasten wolle. Doch der Arzt ließ sich nicht überreden und erklärte, das Beruhigungsmittel sei nur eine Übergangslösung und dürfe nicht über längere Zeit hinweg eingenommen werden. Verärgert vereinbarte Greta daraufhin einen Termin mit ihrem eigenen Hausarzt. Dem erzählte sie, sie selbst sei sehr angespannt und nervös, und bat um ein Rezept für Cheskas Beruhigungsmittel mit der Erklärung, eine Freundin habe ihr das Mittel empfohlen. Der Arzt stellte ihr das Rezept ohne weiteres Nachfragen aus.

Eine Woche später stand Cheska am Set ihres nächsten Films. Greta erhöhte die Dosis ihrer Tochter auf vier Tabletten am Tag.

Cheska saß in ihrer Garderobe und las in einer Zeitschrift gerade einen Artikel über Bobby Cross, den neuesten Popstar in England. Er gefiel ihr besser als Cliff Richard, obwohl sie eigentlich, seit sie einen Plattenspieler hatte, ständig nur »Living Doll« hörte. Träumerisch fuhr sie mit dem Finger über Bobbys Gesicht und fragte sich, ob sie ihre Mutter wohl jemals überreden könnte, ihr zu erlauben, ein Konzert von ihm zu besuchen.

Seufzend legte Cheska die Zeitschrift beiseite und wandte sich dem Stapel von Verehrerpost zu, den Greta ihr hingelegt hatte. Wahllos zog sie einen Brief heraus.

*5, St. Bennets Road*
*Longmeadow*
*Cheshire*

*Liebe Miss Hammond,*
*ich schreibe Ihnen, um Ihnen zu sagen, wie gut mir Ihr neuester Film* Das Lumpenprinzesschen *gefallen hat. Ich musste lachen und weinen, und ich finde, Sie sind die begabteste und schönste Schauspielerin, die es auf der Leinwand nur gibt. Am besten hat mir gefallen, dass der Film ein Happy End hat und dass Sie Ihren verlorenen Vater wiedergefunden haben.*

*Bitte schicken Sie mir ein signiertes Foto.*
*Mit herzlichen Grüßen,*
*Miriam Maverly (53 Jahre alt)*

Cheska legte den Brief weg und betrachtete sich im Spiegel. Seit sie die Tabletten nahm, ging es ihr etwas besser. Das Kopfweh und die Stimme, die sie in ihren Träumen heimgesucht und die ihr aufgetragen hatte, schreckliche Sachen zu machen, hatten aufgehört.

Aber jetzt empfand sie nichts mehr. Fast kam es ihr vor, als wäre sie nicht echt, als würde sie sich nur als eine lebende Person ausgeben. Irgendetwas in ihr war taub, und sie hatte das Gefühl, dass sie sich selbst und andere nur aus großer Entfernung wahrnahm.

Sie fasste sich an die Wange und spürte die Wärme ihrer Haut, das beruhigte sie ein wenig.

Sie seufzte tief. Tausende hingebungsvoller Verehrer, eine erfolgreiche Karriere, durch die sie Privilegien hatte, von denen andere nur träumen konnten. Die meisten Leute bemühten sich ihr Leben lang, das zu erreichen, was sie seit dem Alter von vier Jahren besaß. Doch sie kam sich mit ihren dreizehn Jahren uralt vor. Und im Moment erschien ihr alles sinnlos.

Es klopfte an der Tür.

»Alle wären jetzt so weit, Miss Hammond.«

»Ich komme sofort.«

Sie stand auf und ging zur Tür. Sie war bereit, sich eine Stunde lang einer Illusion hinzugeben, die ihr weit realer erschien als ihr eigenes Leben. Als sie die Garderobe verließ, fragte sie sich, ob wohl dieses eigene Leben ein Happy End haben würde.

## Kapitel 24

*Juni 1962, London*

Leon bat Greta und Cheska in sein Büro und gab beiden zur Begrüßung einen herzlichen Kuss.

»Ihr seht beide gut aus«, sagte er lächelnd. »Jetzt setzt euch und macht es euch bequem. Also, Cheska, du weißt, dass deine Mutter und ich uns in den letzten Monaten oft darüber unterhalten haben, wie es mit deiner Karriere weitergehen soll. Wir sind uns einig, dass wir das Bild, das die Öffentlichkeit von dir hat, verändern müssen, wo du jetzt das hohe Alter von sechzehn Jahren erreicht hast.«

»Ja, Leon.« Cheskas Antwort klang mechanisch und gelangweilt.

»Wie du weißt, kann der Übergang von Kinderdarstellerin zu erwachsener Schauspielerin sehr schwierig sein, aber ich glaube, Rainbow Pictures hat genau den richtigen Film gefunden, um dir dabei zu helfen.« Mit einem Lächeln schob Leon ihr über den Schreibtisch ein Drehbuch zu.

Cheska griff danach und las den Titel: *Entschuldigung, Herr Lehrer, ich liebe Sie*. Bevor sie die erste Seite umblättern konnte, hatte ihre Mutter ihr das Drehbuch schon aus der Hand genommen.

Greta warf Leon einen wütenden Blick zu. »Ich dachte, wir hätten vereinbart, dass du Drehbücher mir zur Freigabe vorlegst?«

»Es tut mir leid, Greta, aber das ist erst gestern Abend gekommen.«

»Wer hat es geschrieben?«, fragte sie aufgebracht.

»Peter Booth, ein neuer Drehbuchautor, von dem sich Rainbow Pictures viel verspricht.«

»Cheska würde die Hauptrolle spielen?«

»Natürlich«, beruhigte Leon sie. »Und das Großartige ist, Charles glaubt, dass er Bobby Cross unter Vertrag bekommen kann, den Popsänger, der damit seine erste Filmrolle spielen würde. Bobby wäre der männliche Hauptdarsteller.«

»Aber Cheskas Name würde immer noch an erster Stelle genannt werden?«

»Zumindest könnten wir es so machen, dass sie und Bobby nebeneinander an erster Stelle stehen«, erwiderte Leon diplomatisch. »Die Sache ist, Greta, mit diesem Film würde sie ein völlig neues Publikum ansprechen. Die ganzen weiblichen Teenager würden ins Kino gehen, um Bobby Cross zu sehen, und ihre Freunde würden sich in Cheska verlieben. Es ist ein großartiges Drehbuch, völlig anders als alles, was sie bislang gemacht hat. Nichts Süßes, Liebes, Unschuldiges. Meine Liebe«, sagte Leon augenzwinkernd an Cheska gewandt, »du bekommst auch deinen ersten Leinwandkuss.«

»Du meinst, ich müsste Bobby Cross küssen?« Cheska errötete, unvermittelt blitzten ihre Augen auf.

»Ja, meines Wissens sogar mehr als einmal.«

»Leon, hier ist ein Fluchwort. Das muss gestrichen werden«, sagte Greta beim Durchblättern des Scripts.

»Greta, wir schreiben das Jahr 1962. Dir muss klar sein, dass sich die Welt ändert, und wir im Filmgewerbe müssen diese Veränderung widerspiegeln. Im letzten Jahr hatten wir *Bitterer Honig*, in dem Rita Tushingham ohne Ehering schwanger geworden ist, und ...«

»Also wirklich, Leon! Nicht in Cheskas Gegenwart.«

»Ist ja gut, entschuldige. Aber was ich zu sagen versuche, ist, dass Mädchen in Cheskas Alter nicht mehr am Rockzipfel ihrer

Mutter hängen, zu Hause herumsitzen, das Kochen lernen und warten, bis der richtige Mann des Weges kommt. MGM hat gerade *Lolita* in die Kinos gebracht, und Alan Bates spielt in *Nur ein Hauch Glückseligkeit*. Rainbow Pictures will mit der Zeit gehen. Mittlerweile besteht das Kinopublikum vor allem aus jungen Leuten; Schnulzen, Kriegs- und Kostümfilme sind passé. Die jungen Leute wollen sich identifizieren mit dem, was sie auf der Leinwand sehen.«

»Danke für die Aufklärung, Leon«, sagte Greta spitz. »Mir ist durchaus bewusst, wie sehr sich alles verändert. Ich gehöre noch nicht ganz zum alten Eisen. So, und worum geht es in diesem Film genau?«

»Um ein junges Mädchen, das sich in ihren jungen, attraktiven Musiklehrer verliebt. Sie laufen zusammen weg, und der Lehrer gründet eine Band. Gleichzeitig sind die Behörden im ganzen Land auf der Suche nach ihnen. Es ist ein leichter, heiterer Film. Bobby Cross schreibt die Musik dazu. Wir würden auf Location drehen, damit der Film das authentische Gefühl vermittelt, das im Moment so beliebt ist.«

»Das klingt gut, Mummy, findest du nicht?«, fragte Cheska aufgeregt.

»Ich nehme das Drehbuch mit und lese es zu Hause, und dann entscheiden wir, Cheska«, meinte Greta entschlossen.

»Lasst euch nicht zu lange Zeit. Cheskas Karriere ist, wie wir wissen, an einem kritischen Punkt angelangt. Es gibt jede Menge anderer hübscher junger Mädchen, die beim Studio unter Vertrag stehen.«

»Aber keine von ihnen hat derartige Heerscharen von Verehrern wie Cheska, die die Kinos wirklich füllen«, rief Greta ihm ins Gedächtnis. »Komm, Cheska, wir müssen nach Hause.« Sie erhob sich und bedeutete ihrer Tochter, ebenfalls aufzustehen.

»Auf Wiedersehen, Schätzchen.«

»Auf Wiedersehen, Leon«, erwiderte Cheska bedrückt, als sie ihrer Mutter nach draußen folgte.

Leon lehnte sich in seinem Stuhl zurück und dachte über das Gespräch nach. Er hatte die Hartnäckigkeit, mit der Greta ihrer Tochter zu diesem immensen Erfolg verholfen hatte, immer bewundert, aber in letzter Zeit war sie zunehmend autoritär geworden. Sicher, Cheska war unglaublich populär, aber ihre Bewunderer hatte sie vor allem unter den Älteren. Mittlerweile war sie kein kleines Mädchen mehr und hatte die Eigenschaften verloren, die sie zum Star gemacht hatten. Bei ihrem letzten Film waren die Einnahmen an der Kasse stark zurückgegangen, und sie hatte seit neun Monaten keinen Film mehr gedreht. Jetzt musste Cheska Rainbow Pictures und ein völlig neues Publikum davon überzeugen, dass es sich immer noch lohnte, eine Kinokarte zu kaufen und sie auf der Leinwand zu sehen. Greta musste begreifen, dass sich das Blatt gewendet hatte und sie nicht mehr das Heft in der Hand hielt.

Aber Leon war doch erleichtert, dass Cheska sich von einem bildhübschen Kind zu einer wunderschönen Frau entwickelte. Mit ihrer zierlichen Figur, den langen blonden Haaren und zarten Gesichtszügen würde jeder pickelige Jugendliche wochenlang von ihr träumen. Cheskas Zukunft lag in ihrer Fähigkeit, erwachsen zu werden und die männliche Bevölkerung anzusprechen.

Allerdings fragte Leon sich, ob ihre Mutter ihr das tatsächlich gestatten würde.

»*Bitte*, Mummy, mir gefällt das Drehbuch wirklich gut. Es ist klasse!«

»So dumme Wörter verwendet man nicht, Cheska.«

Mutter und Tochter saßen beim Frühstück. Nachts im Bett hatte Cheska das Script von Anfang bis Ende durchgelesen, und in den paar Stunden Schlaf danach hatte sie im Traum Bobby

Cross geküsst. Zum ersten Mal seit Jahren war sie regelrecht aufgeregt bei der Aussicht, einen Film zu machen.

»Ich bin mir nicht sicher, Cheska. Ich habe es auch gelesen, und ich glaube einfach nicht, dass deine Bewunderer dich im kurzen Rock und mit falschen Wimpern sehen wollen.«

»Aber Mutter, ich kann keine kleinen Mädchen mehr spielen. Dafür bin ich zu alt. Das sagen mittlerweile sogar die Kritiker.«

»Sicher, aber vielleicht sollten wir uns noch andere Drehbücher ansehen, bevor wir uns entscheiden. Immerhin gibt es eine Szene, in der du nur in BH und Höschen bekleidet aus dem Zimmer kommst!«

»Ja und? Ich schäme mich nicht wegen meines Körpers. Nackt zu sein ist natürlicher, als Kleider zu tragen, weißt du das nicht?« Damit zitierte Cheska einen Artikel, den sie kürzlich in einer Zeitschrift gelesen hatte.

»Cheska, also bitte! Du magst dich für erwachsen halten, aber du bist erst sechzehn, und meine Meinung hat immer noch Gewicht!«

»Mutter, es gibt sechzehnjährige Mädchen, die alleine in einer Wohnung leben, die einen Freund haben und ... und ... andere Sachen auch noch!«

»Und was weißt du von solchen anderen Sachen, mein Fräulein?«

»Ich weiß nur, dass andere Mädchen einen Freund haben und dass ich diesen Film machen will!« Abrupt stand Cheska auf, ging in ihr Zimmer und knallte die Tür hinter sich zu.

Greta schärfte sich ein, beim Arzt um ein neues Rezept für das Beruhigungsmittel zu bitten, dann griff sie zum Telefon und wählte Leons Nummer.

»Guten Tag, Leon, hier ist Greta. Ich habe das Drehbuch gelesen, und ich bin etwas unglücklich damit. Ich möchte, dass die ganzen halbnackten Szenen gestrichen werden, ebenso der Slang. Dann können wir darüber reden.«

»Das geht nicht, Greta. Entweder nimmt Cheska die Rolle, wie sie im Script steht, oder gar nicht.«

»Gut, dann heißt die Antwort von unserer Seite aus ›Nein‹. Kannst du nicht nach einem anderen Drehbuch für sie suchen?«

»Greta, wie ich dir schon sagte, es ist das oder gar keins für das Studio. Soll ich ihnen mitteilen, dass sie anfangen sollen, Probeaufnahmen mit anderen Mädchen zu machen?«

Greta schwieg. Sie stand mit dem Rücken zur Wand, und das wusste sie auch.

»Was ist mit Cheska?«, fragte Leon. »Möchte sie den Film denn machen?«

»Ja, aber mit großen Vorbehalten.«

Vorbehalte, dass ich nicht lache, dachte Leon. Er hatte das Blitzen in Cheskas Augen gesehen, als er den Namen Bobby Cross erwähnte.

»Weißt du was, ich rufe Charles an und sage ihm, dass Cheska die Rolle übernimmt, bevor er die Geduld verliert und sie jemand anderem gibt. Über die Einzelheiten können wir uns später noch unterhalten. Jetzt komm, Greta«, bat er, »wir arbeiten schon so lange zusammen, und dir muss doch klar sein, dass es eine großartige Chance für sie ist.«

»Also gut, aber garantiert keine halbnackten Szenen.«

»Großartig! Das wird dir nicht leidtun, das verspreche ich dir.«

»Ich hoffe, du hast recht«, murmelte sie, als sie den Hörer auflegte und zu Cheska ging, um ihr die Nachricht zu verkünden.

Das Strahlen, das sich auf dem Gesicht ihrer Tochter ausbreitete, hatte Greta schon sehr lange nicht mehr gesehen. »Danke, Mummy. Ich weiß, dass es das Richtige ist. Ich freue mich wirklich sehr.«

Und zumindest darüber konnte auch Greta sich freuen.

»Gut, das wär's.« Die Maskenbildnerin entfernte das Tuch um Cheskas Hals. »In einer Viertelstunde sollte am Set alles auch so weit fertig sein. Möchten Sie einen Kaffee?«

»Nein, danke.« Cheska schüttelte den Kopf und betrachtete sich in dem Spiegel, der, an die Wand gelehnt, auf einer Schulbank stand. Ihr Gesicht war stark geschminkt, die Augenlider hatte sie mit einem schwarzen Strich betont, dazu ein blauer Lidschatten und lange falsche Wimpern. Der rosa Lippenstift brachte ihre perlweißen Zähne gut zur Geltung. Ihr Kopf fühlte sich leicht an, schließlich war sie an die langen Haare gewöhnt, aber jetzt fielen sie ihr in einem Pagenschnitt nur noch bis knapp auf die Schultern.

Sie trug eine herkömmliche Schuluniform mit Blazer, Bluse und Krawatte, doch der Faltenrock endete zehn Zentimeter über ihren Knien, so dass ihre langen Beine gut zur Geltung kamen. Ihre Füße steckten in Söckchen und Schuhen.

Cheska lachte leise. Mummy würde einen Anfall bekommen, wenn sie sie sah. Aber das war ihr egal. Sie kam sich toll vor.

Die Aufnahmeleiterin kam, um sie auf den Set zu bringen.

»Du siehst fantastisch aus, Cheska.« Das Mädchen lächelte. »Ich kann's gar nicht fassen, dass das wirklich du bist«, fügte sie hinzu, als Cheska ihr den zugigen Flur entlang zur Aula folgte. »Du weißt, mit welcher Szene wir anfangen?«

»Ja.« Mit einem raschen Blick suchte Cheska den Raum nach Bobby Cross ab. »Die Morgenversammlung, bei der der neue Musiklehrer den Schülerinnen vorgestellt wird.«

»Genau. Setz dich hierher, Cheska, wir holen dich, wenn wir so weit sind.«

Der Raum war voller Mädchen, die alle die gleiche Uniform wie Cheska trugen und sich lauthals miteinander unterhielten. Das Geplapper verstummte unvermittelt, als die Tür aufschwang und Bobby Cross eintrat, begleitet von Charles Day. Cheska drehte sich gleichzeitig mit allen anderen zu ihm um, ihr stockte der Atem, als sie ihn zum ersten Mal leibhaftig vor sich sah. Im richtigen Leben fand sie ihn noch attraktiver als auf den Fotos. Sein aschblondes Haar war zu einer Tolle hochgekämmt, seine kastanienbraunen Augen wurden von langen gebogenen Wimpern beschattet, und sein schlanker Körper einschließlich der sich wiegenden Hüften steckte in einem nüchternen grauen Anzug.

»Hey, Mädels, wie geht's?«, begrüßte Bobby sie forsch in seinem frechen Cockneyakzent und schenkte ihnen sein berühmtes Lächeln.

Ein kollektives Seufzen ging durch die Reihen.

»Komm, ich stell dich deiner Filmpartnerin Cheska Hammond vor«, sagte Charles Day.

Cheska erhob sich und sah Bobby gebannt auf sich zukommen. »Hallo, Süße. Das wird doch richtig lustig werden, den Film zu machen, was meinst du?«

Sie brachte ein Nicken und ein leises »Ja« zustande.

Bobbys Blick wanderte von ihren Söckchen die Beine hinauf und verweilte vielsagend in Schritthöhe. Cheska spürte, dass sie rot anlief. Bobby drehte sich zu Charles. »Ich glaube, gerade ist mein Traum wahr geworden!«

»Verzeihung, ich bin Cheskas Mutter, Greta Simpson. Es freut mich, Sie kennenzulernen.« Greta drängte sich an Cheska vorbei und reichte Bobby die Hand.

»Hallo«, antwortete Bobby und ignorierte die ausgestreckte Hand. »Wir sehen uns am Set.« Er zwinkerte Cheska kurz zu und ging dann mit Charles davon. »Wird der Drache die tollste Mieze, die ich seit Monaten gesehen habe, wirklich ständig bewachen? Das würde mir ja den ganzen Spaß verderben«, sagte er zu Charles Day so laut, dass alle Beteiligten es hören konnten. Gretas Gesicht blieb ausdruckslos. Cheska wäre vor Verlegenheit und Freude am liebsten im Boden versunken.

»Also gut, alle miteinander.« Charles Day klatschte in die Hände. »Fangen wir an.«

»Mummy, ab morgen möchte ich allein ins Studio fahren.« Cheska hatte gerade gebadet und gesellte sich noch kurz zu ihrer Mutter ins Wohnzimmer, ehe sie zu Bett ging.

Greta hatte gerade in einer Zeitschrift geblättert, jetzt sah sie auf. Ihre Miene erstarrte.

»Warum denn das?«

»Weil ich sechzehn bin und rechtlich keine Begleitperson mehr benötige.«

»Aber Cheska, ich bin doch immer mitgekommen! Du brauchst jemanden, der sich um die ganzen Schwierigkeiten kümmert, die auftreten können, das weißt du doch.«

Cheska setzte sich neben ihre Mutter auf das Sofa und nahm ihre Hand. »Mummy, du darfst nicht glauben, ich wollte dich nicht dabeihaben, aber keins der anderen Mädchen im Film bringt ihre Mutter mit … Ich komme mir vor wie ein Baby, und alle lachen über mich.«

»Das stimmt gar nicht.«

»Aber du hast die letzten sechzehn Jahre damit verbracht, dich um mich zu kümmern.« Cheska verlegte sich auf ein anderes Argument. »Du bist doch selbst erst fünfunddreißig. Jetzt möchtest du doch bestimmt ein bisschen Zeit für dich selbst haben, oder nicht? Außerdem«, sie seufzte, »muss ich doch lernen, auf eigenen Beinen zu stehen.«

»Es ist sehr nett von dir, an mich zu denken, aber ich begleite dich sehr gerne ins Studio. Es ist mein Leben genauso wie deines.«

»Also, würde es dir schrecklich viel ausmachen, wenn ich es ein paar Tage allein versuche, nur um zu sehen, wie ich zurechtkomme?«

»Aber was, wenn du zu Außenaufnahmen fährst? Dann brauchst du wirklich jemanden, der sich um dich kümmert.«

»Vielleicht. Aber bitte, Mummy, lass es mich versuchen. Es ist mir sehr wichtig.«

Greta sah den flehentlichen Blick ihrer Tochter. »Also gut, wenn du das wirklich willst. Aber nur ein paar Tage.«

»Danke, Mummy.« Cheska nahm sie in den Arm, was nur noch sehr selten vorkam. »Jetzt gehe ich ins Bett. Morgen wird ein langer Tag. Gute Nacht.« Sie küsste Greta flüchtig auf die Wange und verließ den Raum.

Um acht Uhr morgens am folgenden Tag beobachtete Greta, wie ihre Tochter in den Fond des Studiowagens stieg und davonfuhr. Dann badete sie ausgiebig, machte in aller Ruhe die Betten und räumte in der Küche auf, obwohl dreimal in der Woche die Putzfrau kam. Sie kochte sich eine Tasse Kaffee und sah, dass es erst kurz nach zehn Uhr war. Beim Kaffeetrinken überlegte sie, womit sie sich die Zeit vertreiben könnte, bis Cheska wieder nach Hause kam. Sie könnte einkaufen gehen. Aber ohne Cheska, die Kleider anprobierte, würde ihr das keinen großen Spaß machen. Sie beschloss, David anzurufen. Vielleicht hatte er Zeit, sich zum Mittagessen mit ihr zu treffen.

Nach Davids Heiratsantrag hatte sie inständig darum gebetet, dass sich an ihrem Verhältnis nichts ändern würde, aber natürlich war es doch so gekommen. Sie hatten sich in den sechs Jahren, die seitdem vergangen waren, zwar nicht aus den Augen verloren, aber sich weit seltener gesehen als früher. David hatte immer unglaublich viel zu tun und war sehr gefragt; mittlerweile hatte er auf ITV, dem neuen Sender im Privatfernsehen, eine eigene Abendsendung und war landesweit bekannt. Sosehr er Greta auch fehlte, konnte sie ihn doch verstehen. Er musste sein eigenes Leben führen und andere Frauen kennenlernen.

Aber heute brauchte sie ihn. Sie griff zum Hörer und wählte seine Nummer.

David nahm sofort ab. »Marchmont.«

»David, hier ist Greta.«

»Greta!« Seine Stimme klang warm. »Wie geht es dir?«

»Danke, sehr gut.«

»Und Cheska?«

»Ihr geht es auch gut. Sie hat vor ein paar Tagen mit einem neuen Film begonnen.«

»Wirklich? Und du bist nicht bei ihr?«

»Äh, nein, heute nicht. Ich hatte einiges zu erledigen, Cheska hat mir den Tag freigegeben. Ich dachte, ob du vielleicht Lust hast, dich mit mir zum Mittagessen zu treffen? Ich muss für ein paar Besorgungen in die Stadt. Wir könnten ins Savoy gehen. Meine Einladung.«

»Ach, Greta, das wäre sehr schön, aber ich fürchte, ich habe schon eine Verabredung.«

»Kein Problem. Wie wäre es mit nächster Woche?«

»Oje, ich bin im Moment mit der Fernsehsendung ziemlich eingespannt, aber sobald es etwas ruhiger wird, würde ich mich wirklich freuen, dich zu sehen. Kann ich mich in ein paar Tagen bei dir melden, und dann sehen wir weiter?«

»Gut.«

»Großartig. Es tut mir leid, aber jetzt muss ich los. Der Studiowagen ist gerade gekommen. Auf Wiedersehen!«

»Auf Wiedersehen, David.«

Greta legte den Hörer auf, ging langsam zum Fenster und schaute auf die Straße hinunter. Mit einem Blick auf die Armbanduhr stellte sie fest, dass es erst fünf vor elf war.

Ohne Cheska hatte sie nichts.

Und sie wusste, dass Cheska ihr entglitt.

## KAPITEL 25

Die nächsten beiden Wochen verbrachte Cheska in einem Zustand der Verliebtheit und Verwirrung.

Die meisten ihrer Filmszenen waren mit Bobby Cross. Er redete fast ununterbrochen, flirtete mit ihr und behandelte sie wie eine Erwachsene. Sie hätte gern etwas Witziges erwidert, aber wann immer sie beim Warten auf einen Take mit ihm herumstand, brachte sie vor lauter Verlegenheit keinen Ton hervor. Im Gegensatz zu den anderen Mädchen, die mit den Wimpern klimperten und mit ihm schäkerten, hatte sie keine Ahnung, was sie sagen oder wie sie sich ihm gegenüber verhalten sollte.

Und jetzt, wo sie den ganzen Tag von Greta getrennt war und ihre Freiheit genießen konnte, empfand sie die Abende zu Hause zunehmend als unangenehm. Wenn sie nach einem Drehtag in die Wohnung zurückkam, wartete ihre Mutter schon sehnsüchtig auf sie, und Cheska musste ihr in allen Einzelheiten von ihrem Tag berichten. Ein köstliches Abendessen wurde ihr vorgesetzt, das sie nur mit Mühe hinunterwürgte, nachdem sie am Set einen üppigen Lunch bekommen hatte. Die Stimmung erschien ihr klaustrophobisch, und sie war froh, wenn es Schlafenszeit wurde, damit sie die Tür hinter sich schließen und ins Bett gehen konnte, um von Bobby zu träumen.

»Also gut, Leute, das war's. Am Montagmorgen treffen wir uns in aller Frühe und alter Frische im Grand Hotel in Brighton. Wenn einer von euch noch nicht weiß, wie er nach Brighton kommt, soll er sich bei Zoe melden. Sie weiß Bescheid.«

»Das wird lustig werden, meinst du nicht?«

»Wie bitte?«, fragte Cheska und drehte sich zu Bobby.

»Ich sagte, Brighton wird lustig werden. Weißt du schon, wir sind im selben Hotel untergebracht.« Bobby zwinkerte Cheska zu, als Zoe auf sie zusteuerte.

»Ja.« Sie wurde rot bis unter die Haarwurzeln.

»Also, Cheska, für dich und deine Mutter habe ich ein Doppelzimmer reserviert. Der Wagen holt euch am Sonntagnachmittag um vier ab.«

Cheska sah, dass Bobby das Gesicht verzog.

»Äh, Zoe, nein. Ich brauche kein Doppelzimmer. Meine Mutter kommt nicht mit.«

Sie blickte kurz zu Bobby, der zufrieden grinste. »Bis Sonntagabend, Süße.«

»Also gut«, sagte Zoe. »Wenn's Probleme gibt, du kennst meine Nummer.«

»Danke«, sagte Cheska.

An dem Abend hatten sie und Greta ihren ersten richtigen Krach. Cheska bestand darauf, allein nach Brighton zu fahren, Greta bestand nicht minder vehement darauf, sie zu begleiten.

»Cheska, du bist zu jung, um allein in einer fremden Stadt zu sein! Es tut mir leid, aber du fährst nicht ohne mich, und das ist mein letztes Wort.«

»Mutter.« Cheskas Augen waren rot vom Weinen. »Ich bin sechzehn. Kannst du nicht verstehen, dass ich kein kleines Kind mehr bin? Warum willst du nicht, dass ich erwachsen werde? Wenn ich nicht allein fahren darf, fahre ich überhaupt nicht!«, brauste sie auf und brach wieder hysterisch in Tränen aus. Dann lief sie in ihr Zimmer und knallte die Tür hinter sich zu.

Unglücklich ging Greta zum Telefon und wählte Leons Privatnummer, um ihm das Problem zu schildern. Mitfühlend hörte er zu.

»Cheska ist einfach zu jung, um allein in einem Hotel zu sein, Leon. Sie hält sich für erwachsen, aber das ist sie nicht. Und jetzt sagt sie, dass sie überhaupt nicht fährt, wenn ich darauf bestehe mitzukommen.«

»Greta, ich kann ja verstehen, dass du dir Sorgen machst, aber Brighton liegt nicht am anderen Ende der Welt. Von London ist es gerade einmal eine gute Stunde, und Cheska wohnt in einem Hotel, in dem auch die anderen Schauspieler und das ganze Team untergebracht sind. Und ich fahre kommende Woche auch runter, also kann ich sie im Auge behalten. Das ist bloß ein Wutausbruch, wie Teenager ihn manchmal eben kriegen. Ich an deiner Stelle würde sie allein fahren lassen, dann stellt sie fest, wie sehr du ihr fehlst. Und um ehrlich zu sein, was den Film betrifft, wünschen wir uns, dass Cheska so glücklich und locker wie möglich ist. Charles hat gesagt, dass sie sich bis jetzt richtig gut macht.«

»Also gut«, lenkte Greta schließlich ein. »Dann sage ich Cheska, dass sie allein fahren darf. Aber du musst mir versprechen, dafür zu sorgen, dass sie jeden Abend um zehn im Bett liegt und abends nicht ausgeht. Ich weiß doch, wie Partys am Set ausufern können.«

»Versprochen. Und wirklich, versuch, dir keine Sorgen zu machen. Cheska wird nichts passieren. Ach, übrigens, hättest du irgendwann in den nächsten zwei Wochen einmal Zeit, dass wir uns zum Lunch treffen? Ich habe einen interessanten Anruf von einem amerikanischen Produzenten erhalten. Er sitzt in L. A., aber er ist mit Charles befreundet und seit ein paar Tagen hier. Er hat die Muster gesehen und meint, Cheska könnte in Hollywood eventuell groß rauskommen.«

»Nächste Woche habe ich einiges vor, aber übernächster Montag würde mir passen.«

»Sehr schön«, meinte Leon. »Dann treffen wir uns um ein Uhr im Ivy. Und mach dir keine Sorgen, ich habe ein Auge auf Cheska.«

Greta legte den Hörer auf und fragte sich, was in aller Welt sie mit sich anfangen sollte, solange Cheska sich in Brighton aufhielt.

Cheska saß in der Badewanne ihrer Suite im Grand Hotel in Brighton und seifte sich die Beine ein. Sie war kreuzunglücklich und fühlte sich elend. Der Drehtag war der reinste Alptraum gewesen. Sie hatten die Szene am Strand drehen wollen, in der sie und Bobby sich zum ersten Mal küssten. Das Wetter war schrecklich gewesen, der Wind hatte ihnen um die Ohren gepfiffen, und sie war wegen des Kusses so nervös gewesen, dass sie sich bei ihrem Text immer wieder verhaspelte. Als das Wetter immer schlechter und die Stimmung immer angespannter wurde, hatte Charles Day schließlich früh Drehschluss gemacht.

»Nimm's nicht so ernst«, hatte Charles gesagt, als sie die Promenade entlang zum Hotel zurückgegangen waren. »Jetzt schlafen wir mal drüber, und morgen fangen wir noch mal von vorn an, in Ordnung?«

Cheska hatte genickt, war in ihrer Suite verschwunden und hatte sich weinend aufs Bett geworfen.

»Ach Jimmy, ist es nicht wunderschön? So glücklich war ich noch nie!« Als Cheska aus der Badewanne stieg und sich abtrocknete, wiederholte sie die zwei simplen Sätze, die dem Kuss vorausgingen. Das restliche Team saß unten beim Essen, aber sie hatte keine Lust, sich zu ihnen zu gesellen. Sie fühlte sich unglücklich, außerdem war ihr die ganze Sache peinlich. Und so beschloss sie, sich vom Zimmerservice ein paar Sandwiches bringen zu lassen und früh ins Bett zu gehen.

Das Telefon klingelte, und sie hob ab. »Ja bitte?«

»Mein Schatz, hier ist Mummy. Wie geht es dir?«

»Gut.«

»Wie ging's mit dem Drehen?«

»Sehr gut.«

»Schön. Isst du auch richtig?«

»Natürlich!«

»Kein Grund, mich anzuschreien, Cheska, ich mache mir einfach Sorgen um dich.«

»Mummy, ich bin gerade einmal einen Tag weg.«

»Und du fühlst dich auch nicht einsam, so ganz allein?«

»Nein. Und jetzt muss ich Schluss machen, weil ich meinen Text für morgen lernen möchte.«

»Ja, natürlich. Solange alles in Ordnung ist.«

»Ja.«

»Und ach, Cheska, vergiss nicht, deine Tabletten zu nehmen, ja?«

»Nein, Mummy. Gute Nacht.«

Cheska legte den Hörer auf und ließ sich entnervt aufs Bett fallen.

Charles Day und Bobby standen bei einem Drink an der Hotelbar. Ihre Unterhaltung wurde ständig von errötenden Teenagern unterbrochen, die Bobby etwas zum Signieren reichten.

»Das Problem ist, zwischen dir und Cheska Hammond funkt es momentan nicht. Das ist ihre erste Erwachsenenrolle, und sie tut sich schwer. Jedes Mal, wenn du sie heute vor der Kamera küssen wolltest, sah sie aus wie ein verschrecktes Huhn.«

»Ja, sie muss unbedingt etwas lockerer werden«, pflichtete Bobby ihm bei.

»Der ganze Witz an dem Film sind die sexuellen Funken, die zwischen euch fliegen. Wenn die nicht aufs Publikum überspringen, können wir den Film vergessen. Vielleicht hat sie sich bis morgen wieder eingekriegt. Cheska ist eine gute Schauspielerin, aber sie hat bis jetzt immer nur das kleine verlorene Ding gespielt und nicht die sexy Mieze.«

»Ich wette, dass sich hinter der verklemmten Fassade eine richtige Ranschmeißerin versteckt«, meinte Bobby. »Sag mal, müssen wir die Strandszene unbedingt morgen drehen?«

Charles zuckte mit den Achseln. »Tja, vermutlich könnten wir sie auf Ende der Woche verschieben, weshalb?«

»Gib mir ein paar Tage Zeit, dann habe ich dein kleines Problem gelöst, o.k.?«

»Also gut, aber sei vorsichtig. Cheska mag ja wie eine blonde Sexbombe aussehen, aber sie ist absolut naiv. Ihre Mutter hat sie bis jetzt unter Verschluss gehalten.«

»Ich werde sie mit Samthandschuhen anfassen, Mann«, sagte Bobby grinsend.

Um halb zehn, Cheska hatte gerade das Licht ausgeschaltet, klingelte das Telefon wieder.

»Ja bitte?«

»Cheska, hier ist Bobby. Wo hast du denn den ganzen Abend gesteckt?«

»Äh ...« Vor Schreck, seine Stimme zu hören, verschlug es ihr die Sprache. »Ich war müde, sonst nichts.«

»Na, wenn du dich jetzt ein bisschen ausgeruht hast, dann beweg deinen hübschen Hintern mal hier runter. Wir gehen aus.«

»Aber ich ... ich bin schon im Nachthemd, ich ...«

»Klingt gut. Trag das. Wir sehen uns in zehn Minuten an der Bar. Bis gleich.« Und damit legte er auf.

»Hey, Baby Doll! Schicker Dress!«

Als Cheska nach unten kam, stand Bobby mit ein paar Leuten aus der Crew an der Bar. Sie errötete wegen seiner Bemerkung über ihr Trägerkleid aus Cord und der Wollstrumpfhose.

»Mir war kalt«, sagte sie leise.

»Komm her.« Bobby breitete die Arme aus. »Ich krieg dich bald warm«, sagte er beruhigend. »Ich fress dich nicht auf, versprochen.«

Zögernd trat Cheska näher, und er zog sie an sich.

»Du solltest deinen tollen Körper nicht so verstecken, das

meine ich damit«, flüsterte er ihr ins Ohr. »Also, Ben kennst du ja schon, den Beleuchter, gemeinhin als ›Blitz‹ bekannt, und Jimmy, der unser Gesäusel auf seinem Mikro einfängt und sich Mikki nennt.«

»Hallo«, brummte Blitz und zündete sich eine Zigarette an.

»Zu trinken?«, fragte Bobby.

»Äh ... eine Cola bitte.«

»Eine Cola bitte, mit einem Schuss Rum zum Aufwärmen«, sagte Bobby zum Barkeeper.

»Ach, ich glaube nicht ...«

»Jetzt komm schon, Cheska, versuch's mal. Du bist doch ein großes Mädchen.« Bobby reichte ihr das Glas und zog einen Barhocker heran. Unbehaglich ließ sie sich darauf nieder, während er sich mit Blitz und Mikki unterhielt.

»Alles in Ordnung, Baby?« Er warf ihr ein Lächeln zu.

»Ja.«

»Gut, trink aus, dann gehen wir. Hast du eine Jacke?«

»Bei mir im Zimmer.«

»Na, dann musst du dich einfach an mich kuscheln, wie wär's damit?« Bobby half ihr vom Barhocker herunter, dann folgten sie Blitz und Mikki durchs Foyer in die kalte Nacht hinaus. Bobby legte den Arm um sie.

»Wohin gehen wir?«, fragte sie.

»In einen Club, den ich kenne. Der wird dir gefallen. Als mich noch kein Mensch kannte, hat der Besitzer mir einen Gig gegeben. Es ist klasse dort.«

Sie gingen ein paar hundert Meter die Seepromenade entlang, dann folgte Cheska Bobby eine Treppe hinab. Der Raum war voll junger Leute, die zu einem Song von Elvis Presley tanzten, gespielt von einer Band, die auf einem Podest stand.

»Setz dich hin, ich besorg dir etwas zu trinken.« Bobby deutete auf einen Tisch in der Ecke und ging mit Mikki zur Bar.

Cheska nahm Platz, Blitz ließ sich neben ihr nieder. Er öffnete eine Dose und zerrieb zwischen den Fingern etwas Braunes, das er in ein Zigarettenpapierchen krümelte. Dann gab er Tabak dazu, drehte eine Zigarette daraus und zündete sie an.

»Magst mal ziehen?« Er bot Cheska den Joint an.

»Nein danke.«

Mit einem Achselzucken zog Blitz heftig an dem Joint und blies den Rauch langsam durch die Nase aus. Dann nickte er zufrieden. »Guter Stoff.«

Bobby kehrte mit den Getränken zurück und setzte sich neben sie. »Alles in Ordnung, Süße?«

Sie nickte und griff nach dem Glas.

Bobby legte ihr besitzergreifend einen Arm um die Schultern. »Weißt du, ich habe auf eine Gelegenheit gewartet, dass du und ich zusammenkommen.«

»Wirklich?«, fragte Cheska überrascht.

»Klar. Du bist die süßeste Mieze, die mir seit Jahren begegnet ist. Komm.« Bobby zog sie hoch. »Tanzen wir.«

Als sie die überfüllte Tanzfläche betraten, begann die Band »Moon River« zu spielen. Bobby zog Cheska an sich und sang die Worte leise in ihr Ohr.

»Der Song ist klasse, auch wenn er mich letztes Jahr in der Weihnachtszeit um Platz eins in den Charts gebracht hat!« Bobby lachte. »Hast du *Frühstück bei Tiffany* gesehen?«

»Nein.«

»Toller Film. Audrey Hepburn hat schon was.«

Als das Lied zu Ende war, lösten sie sich voneinander und klatschten. »Gefällt's dir?«, fragte er.

»Ja, danke.«

»Sehr geehrte Damen und Herren«, erklang plötzlich eine Stimme aus dem Mikrofon. »Wie Sie sicher alle bemerkt haben, haben wir einen Star in unserer Mitte. Ich bin stolz darauf, sagen zu können, dass ebendieser Club Bobby Cross zu Anfang seiner Karriere seine allererste Chance gab. Bobby, wärst du so nett und würdest dich dafür erkenntlich zeigen? Komm rauf und sing was für uns.«

Jubel wurde laut, als Bobby bescheiden abwinkte, auf das Podest trat und das Mikrofon in die Hand nahm. Cheska kehrte an den Tisch zurück.

»Vielen Dank, meine Damen und Herren. Ich möchte meinen neuen Song »Der Wahn der Liebe« spielen, den ich einer Freundin widme, der hinreißenden Miss Cheska Hammond.« Er hängte sich eine geliehene Gitarre um den Hals und stimmte die langsame Ballade an. »Ja, der Wahn der Liebe ...«, sang er schmachtend und sah Cheska in die Augen. Cheska war wie gebannt, sie konnte den Blick nicht von ihm nehmen. Als der Song zu Ende war, brandete Beifall auf; die Leute riefen nach einer Zugabe. Bobby spielte einen weiteren seiner Hits, eine schnelle Nummer. Bald drängten die Leute wieder auf die Tanzfläche.

Als Bobby Cheska zuzwinkerte, griff sie nach ihrem Glas. *War es wirklich möglich, dass er sich für sie interessierte?*, fragte sie sich. Zumindest hatte es den Anschein. Ein wunderbares Glücksgefühl stieg in ihr auf, sie kicherte.

Bobby kam und zog sie wieder auf die Tanzfläche.

»Geht's dir gut, Süße?«

»O ja, Bobby. Es ist toll hier.«

»Stimmt.« Er hielt ihre Taille umfangen. »Du bist sehr schön, weißt du das?«

Nach zwei himmlischen Tänzen stellte Bobby sie Bill vor, dem Besitzer des Clubs.

»Ich habe Sie in *Das Lumpenprinzesschen* gesehen. Seitdem sind Sie ein ganzes Stück erwachsener geworden, was?«, meinte Bill anerkennend.

»Das stimmt«, sagte Bobby nickend und fuhr ihr mit der Hand zärtlich über den Rücken.

Allmählich leerte sich der Club, und als Cheska und Bobby zu ihrem Tisch zurückkehrten, waren Mikki und Blitz verschwunden.

»Wahrscheinlich haben sie sich zwei Mädels angelacht und sich zurückgezogen.« Bobby nahm Cheska an der Hand und führte sie die Treppe hinauf nach draußen. »Komm, jetzt trotzen wir den Elementen! Ich mag's gern, wenn's so stürmisch ist.« Bobby zog sie mit sich auf die andere Straßenseite und stützte sich auf die Brüstung, jenseits der der Strand begann. »Die Wellen haben eine unglaubliche Wucht. Wir mögen uns ja einbilden, dass wir sie beherrschen, aber das kann keiner aufhalten.« Er deutete auf das schwarz hereinbrandende, tosende Meer. Der Wind heulte um sie her.

Unwillkürlich schauderte Cheska, von der Kälte ebenso wie vor Aufregung.

»'tschuldigung, Süße. Hier.« Fürsorglich legte er ihr sein Jackett um die Schultern und drehte ihr Kinn zu sich. »Du weißt schon, du bist wirklich hinreißend. Ich kann gut verstehen, warum Jimmy bereit ist, deinetwegen alles aufzugeben. Hat dich schon mal jemand geküsst?«

»Nein.«

»Dann erweise mir die Ehre, der Erste sein zu dürfen.« Sacht legte Bobby seinen Mund auf ihren.

Als er mit sanftem Druck ihre Lippen öffnete, spürte Cheska, wie die Anspannung allmählich von ihr wich. Zaghaft berührte sie seine Zunge mit ihrer, und als ihr bewusst wurde, dass nichts weiter dabei war, gab sie sich ganz dem Kuss hin.

Nach einer Weile löste Bobby sich von ihr. »Mann, du lernst aber schnell«, scherzte er und drückte sie an sich. »Ist es nicht romantisch hier draußen? Mitten in der Nacht, allein am verwaisten Strand mit dem heulenden Wind und dem tosenden Meer. Den ersten Kuss vergisst man nie, Cheska.«

»Wie war es bei deinem?«

»Weiß ich nicht mehr!« Er lachte. »Komm, wenn wir nicht

bald ins Warme kommen, liegen wir morgen beide mit Lungenentzündung im Bett. Obwohl, wenn ich mich an dich kuscheln könnte, hätte ich auch nichts dagegen.«

Sie liefen ins Hotel zurück, und Bobby begleitete Cheska zu ihrer Suite.

»Du weißt, ich würde gerne mit reinkommen, Süße, aber ich will dich nicht drängen. Gehen wir morgen Abend zusammen essen?« Er küsste sie sanft auf die Stirn.

Cheska konnte nur schweigend nicken.

»Gute Nacht. Schlaf gut.« Winkend verschwand er den Gang entlang.

Sobald Cheska sich in ihrer Suite befand, ging sie ins Bad – eigentlich hatte sie den ganzen Abend dringend auf die Toilette gemusst, aber es war ihr zu peinlich gewesen zu fragen, wo sie war – und schlüpfte wieder in ihr Nachthemd. Während sie sich das Haar bürstete, fiel ihr Blick auf ihre Beruhigungstabletten und das Glas Wasser auf dem Nachttisch.

»Nein.«

An diesem Abend fühlte sie sich fantastisch, und sie wollte nicht, dass irgendetwas dieses Gefühl dämpfe. Sie legte sich ins kalte Bett, steckte zum Aufwärmen den Kopf unter die Decke und ließ jede Sekunde des wunderbaren Abends noch einmal Revue passieren.

## KAPITEL 26

»Also, Bobby, du wirbelst Cheska in deinen Armen durch die Luft. Cheska, du wirfst den Kopf in den Nacken und lachst, dann siehst du Bobby in die Augen. Bobby, du beugst dich vor und küsst sie.«

Bobby und Cheska standen am windgepeitschten eiskalten Strand. »Klar tun wir das«, sagte er und zwinkerte Cheska zu.

»Gut, dann machen wir jetzt einen Take, bevor es regnet«, sagte Charles mit einem Blick zum Himmel.

»Alles in Ordnung, Süße? Du siehst halb erfroren aus. Komm her«, sagte Bobby und zog sie an sich.

Cheska lehnte sich an ihn. Ihre Füße waren taub, ihre Augen tränten im Wind, aber so glücklich wie jetzt war sie noch nie gewesen.

»Szene fünf, Take eins.« Die Klappe wurde vor ihren Gesichtern geschlagen. »Kamera ab!«, rief Charles.

Bobby schwang Cheska in die Luft und wirbelte sie umher. Lachend warf sie den Kopf in den Nacken, dann schaute sie Bobby in die Augen. Er lächelte und beugte sich zu ihr. Als seine Lippen die ihren berührten, lief ihr unwillkürlich ein Schauder über den Rücken. Sie schlang die Arme um seinen Nacken und schloss die Augen.

»Schnitt! ›Schnitt!‹, habe ich gesagt, ihr beiden!« Charles lachte. Schließlich lösten sich Bobby und Cheska voneinander. Als Cheska sich umsah, stellte sie fest, dass der Großteil der Crew grinste. Errötend blickte sie zu Leon, der hinter der Kamera stand. Er winkte ihr zu und hielt beide Daumen hoch.

»Ich checke nur kurz das Bildfenster, und wenn das stimmt, ist die Szene abgedreht. Gut gemacht, ihr beiden«, sagte Charles und kam zufrieden auf sie zu. »Cheska, du bist für heute fertig. Ab ins Hotel und in die Badewanne mit dir. Ich möchte nicht, dass dein Agent mich wegen Nachlässigkeit verklagt.«

»Ich gehe mit ihr ins Hotel und jage sie eigenhändig in die heiße Wanne.« Leon legte Cheska einen Arm um die Schultern und verließ mit ihr den Strand. Sie drehte sich noch einmal um und winkte Bobby kurz zu.

»Bis später, Süße«, rief Bobby ihr nach. Dann wandte er sich wieder Charles zu. »Hab ich's dir nicht gesagt, dass ich das hinkriegen würde?« Er grinste. »Nicht dass es mir unangenehm gewesen wäre.«

»Vielen Dank, aber pass auf. Angesichts deiner, ähemm, deiner Situation möchten wir Ärger vermeiden.«

»Diskretion ist für mich Ehrensache, das weißt du doch.«

»Ich mache dich nur darauf aufmerksam, dass mittlerweile allen klar ist, wie sehr Cheska sich in dich verknallt hat, Bobby. Wir möchten nicht, dass irgendwelche Tobsuchtsanfälle die Produktion verzögern.«

»Die nächsten Wochen behandle ich sie wie einen Korb roher Eier, versprochen. Wir verbringen das Wochenende zusammen im Hotel. Ich hoffe, dass meine amourösen Aufmerksamkeiten entsprechend belohnt werden. Bis später.« Bobby nickte Charles kurz zu, dann ging er den Strand entlang zum windgepeitschten Masken-Zelt.

»Charles ist begeistert von dir«, sagte Leon, als der Wind ihn und Cheska die Seepromenade hinauf zum Hotel trieb. »Er sagt, das ist deine beste Leistung überhaupt. Vergangene Woche habe ich deiner Mutter mitgeteilt, dass ein amerikanischer Produzent mich angerufen hat. Wenn dieser Film so einschlägt, wie alle glauben, dann wartet Hollywood auf dich.«

»Aber ich dachte, Hollywood ist nicht an mir interessiert.«

»Als du jünger warst, war das auch der Fall. Sie hatten ihre eigenen Kinderstars. Aber jetzt, wo du älter bist, ist es anders. Und schau nur, was für ein Star Liz Taylor in Amerika geworden ist. Deine Mutter beantragt Pässe für euch beide, und ich helfe ihr mit den Visa. Wenn dieser Film abgedreht ist, können wir rüberfliegen.«

»Leon ...« Cheska strich sich das vom Wind zerzauste Haar aus dem Gesicht. »Ich fahre dieses Wochenende nicht nach Hause.«

»Gut. Hast du deiner Mutter Bescheid gesagt?«

»Nein. Ich dachte mir ... na ja ... könntest du es ihr sagen? Ihr erzählen, dass wir im Drehplan hinterherhinken oder so und Samstag und Sonntag arbeiten müssen?«

»Du möchtest also, dass ich für dich lüge, Cheska?«

Cheska blieb stehen und schaute ihn an. »Ach, Leon, bitte! Du kennst doch meine Mutter! Sie ist eine solche Glucke, wenn sie da ist, kriege ich kaum Luft.«

»Ich vermute, der wahre Grund, weshalb du in Brighton bleiben möchtest, hat mit deinem Filmpartner zu tun?«

»Zum Teil, aber vor allem habe ich mir gedacht, wie schön es wäre, zum allerersten Mal in meinem Leben ein ganzes Wochenende für mich zu haben.«

Nachdenklich betrachtete Leon seine Klientin. Ohne Greta, die alles für sie organisierte und sogar das Reden für sie übernahm, kam allmählich Cheskas eigene Persönlichkeit zum Vorschein. Leon fragte sich, ob sie wohl schon mit Bobby geschlafen hatte. Das Knistern zwischen den beiden war deutlich zu spüren. Im Grunde wusste er, dass er sie aus moralischen Überlegungen heraus warnen sollte, auf was sie sich da einließ, und versuchen sollte, sie davon abzubringen. Doch dann wiegelte er innerlich ab. Letztlich würde sie sich ja nichts Schlimmeres als ein bisschen Liebeskummer einhandeln, und außerdem musste sich jeder irgendwann einmal zum ersten Mal verlieben. Wenn sie diese Gefühle auch noch auf die Leinwand brachte, sollte das ihr Schaden nicht sein. Und ganz abgesehen davon ging ihr Privatleben ihn letztlich sowieso nichts an.

»Also gut, Cheska«, willigte er ein, »ich rede mit deiner Mutter.«

»Auf jeden Fall lässt Cheska dich grüßen, und ich soll sie entschuldigen. Sie sagt, sie sieht dich dann nächste Woche.«

»Wollte sie gar nicht, dass ich nach Brighton komme?«, fragte Greta und zündete sich vor Nervosität eine Zigarette an. In den letzten Tagen hatte sie sich aus reiner Langeweile das Rauchen wieder angewöhnt.

»Um ehrlich zu sein, das Wetter ist hier ziemlich scheußlich, deswegen hinken wir auch mit dem Drehplan völlig hinterher. In den nächsten Tagen drehen sie meistens draußen vor Ort, außerdem machen sie ein paar Nachtdrehs.« Leon gingen die Lügen glatt über die Lippen. »Ich an deiner Stelle würde im behaglichen London bleiben.«

»Wahrscheinlich hast du recht. Versprich mir nur, dass meinem kleinen Mädchen nichts fehlt und dass du sie im Auge behältst.«

»Es geht ihr gut, Greta, wirklich. Und sie spielt ausgezeichnet. Also, wir sehen uns am Montag im Ivy?«

»Ja, Leon, danke. Auf Wiedersehen.«

Greta legte auf und hörte die Stille, die nur unterbrochen wurde vom Ticken der Uhr, auf der langsam die Sekunden verstrichen. Die vergangenen vier Tage waren ihr endlos erschienen, und allein der Gedanke, dass Cheska an diesem Abend nach Hause kommen würde, hatte sie davor bewahrt, in Trübsal zu versinken. Sie hatte Cheskas Lieblingsgericht gekocht, eine Kartoffel-Fleisch-Pastete. Der köstliche Geruch wehte von der Küche herüber. Sie warf einen Blick zum Tisch, der schon für zwei gedeckt war.

Sie hatte keine Freundin, die sie anrufen konnte, nichts zu tun und nichts, wohin sie hätte gehen können. Einen Moment wanderten ihre Gedanken zu David. Vielleicht war es verrückt von ihr gewesen, seinen Heiratsantrag abzulehnen und ihr Leben auf Cheska auszurichten, wo sie möglicherweise – nur möglicherweise – selbst glücklich hätte werden können. *Nein*, rief sie sich streng zur Ordnung, die Tür hatte sie bewusst geschlossen, und die würde sie nie wieder öffnen.

Es blieb ihr nichts anderes übrig, als sich der bitteren Realität zu stellen, dass Cheska, nachdem sie sechzehn Jahre lang ihr Leben ausschließlich ihr gewidmet hatte, nun ihren eigenen Weg gehen wollte.

Greta hatte geglaubt, dass ihr so etwas nie wieder passieren würde, aber offenbar war sie wieder einmal ganz auf sich allein gestellt.

»Ach, Süße, wenn du wüsstest, wie lange ich schon davon träume, das zu tun«, flüsterte Bobby Cheska ins Ohr, als er die letzten Kleidungsstücke über ihre schlanken Arme und Beine streifte. »Lass dich ansehen.«

Bobby kniete auf seinem Hotelbett über ihr und betrachtete die gerade sich herausformenden Konturen ihrer Hüften, ihrer Taille und Brüste. Das gedämpfte Licht warf tanzende Schatten über ihren blassen Körper. Eigentlich mochte er etwas üppigere Frauen lieber, aber Cheskas Jungmädchenkörper war nicht zu verachten.

Sie lächelte ihn schüchtern an, während er sein Hemd, die Hose und dann die Unterwäsche ablegte. Als er ausgezogen war, leckte er ihr zärtlich das Ohr. »Lassen wir uns Zeit. Ich möchte alles von dir genießen.«

Bobbys Zunge wanderte von ihrem Ohr zu ihrem Hals und weiter nach unten, um ihre Brüste zu liebkosen. Cheska schloss die Augen, ab und zu spürte sie zarte Bisse. Sie fragte sich, ob es nicht entsetzlich verkehrt war, was sie Bobby da zu tun gestattete, aber ihr Körper sagte ihr, dass es das Natürlichste von der Welt war. Bobby richtete sich wieder über ihr auf und griff nach etwas, das auf dem Nachttisch lag. »Wir müssen doch achtgeben, dass nichts passiert«, sagte er. »Bist du bereit?«

Als er sich in Position brachte, hob Cheska plötzlich den Kopf. »Bobby?«

»Ja?«

»Sag mal ... liebst du mich?«

»Natürlich, Süße. Du bist ein Traum.« Er küsste sie fest auf den Mund, und als sich ihre Lippen öffneten, spürte sie, wie er in sie eindrang.

Ein scharfer Schmerz durchzuckte sie, erschrocken holte sie Luft.

»Jetzt wird's gleich besser, wart's nur ab«, sagte er beschwichtigend. »Ach, Süße, du fühlst dich wunderbar an.«

Cheska beobachtete Bobbys Gesicht, keine zehn Zentimeter über ihrem, als er sich immer schneller auf und ab bewegte, aufgestützt auf seine muskulösen Arme. Plötzlich drehte er sich mit einem Aufstöhnen zur Seite und ließ sich neben ihr aufs Bett fallen.

Sie schaute in die flackernden Flammen im Kamin und fragte sich, ob es wohl immer so war, wie sie es gerade erlebt hatte. Eine Hand legte sich träge auf ihre Brust.

»Alles in Ordnung? Du bist so still.«

»Ich glaube schon.«

»Denk dir nichts, das erste Mal fühlt es sich immer unangenehm an. Aber die Nacht ist noch lange nicht vorbei, wir haben noch sehr viel Zeit, damit ich dir zeigen kann, wie schön es eigentlich ist.«

Als Cheska am Montag früh am Set erschien, kam sie sich vor, als hätte ein Wirbelwind sie gepackt und im Lande Oz abgesetzt. Ihr Körper war mit blauen Flecken übersät, hervorgerufen von den Ellbogen und Knien, die in Momenten der Leidenschaft aneinandergeraten waren. Nach achtundvierzig Stunden im Bett war sie untenherum ganz wund, und ihre Beine fühlten sich an wie Wackelpeter.

»Hallo, Cheska. Hast du ein schönes Wochenende gehabt?« Charles entgingen ihre funkelnden Augen und roten Wangen nicht.

»Aber ja, danke«, antwortete sie. »Das schönste Wochenende meines Lebens.«

# Kapitel 27

»Ich werde erst nach zehn heimkommen, Mummy. Wir drehen ein paar Nachtszenen. Bis dann!«, sagte Cheska, als sie die Wohnungstür hinter sich schloss, so dass Greta keine Gelegenheit hatte, etwas zu erwidern.

Cheska stieß einen Seufzer der Erleichterung aus, als sie sich in das weiche, cremefarbene Leder des wartenden Studiowagens sinken ließ. Nach der Freiheit, die sie in Brighton genossen hatte, fühlte sie sich in London von ihrer Mutter noch mehr eingeengt, als sie befürchtet hatte. Morgens konnte sie es gar nicht erwarten, das Haus zu verlassen. Ihrer Mutter Lügen aufzutischen war ihr zur zweiten Natur geworden. Bobby hatte in Bethnal Green, ganz in der Nähe der Schule, die als Drehort diente, eine kleine Pension gefunden. Dorthin verschwanden sie jeden Tag nach Drehschluss, um sich zu lieben. Cheska erzählte Greta einfach, sie müssten abends noch drehen.

Eine halbe Stunde später hielt der Wagen vor dem Schulgebäude. Cheska betrachtete sich kurz im Rückspiegel und stieg dann aus. Ihr Herz klopfte wie wild vor Vorfreude, ihn zu sehen.

»Wäre es nicht schön, wenn wir die ganze Nacht miteinander verbringen könnten, wie in Brighton?«, fragte Cheska verträumt.

»Schon«, antwortete Bobby. Er warf ihr die Unterwäsche hinüber. »Beeil dich, Süße. Ich muss los.«

»Wohin?«

»Ach, ich treffe mich nur mit ein paar Leuten.«

»Kann ich mitkommen?«

»Heute Abend nicht. Außerdem macht deine Mutter dir die Hölle heiß, wenn du nicht um zehn zu Hause bist.«

»Können wir abends nicht mal ausgehen? Du weißt schon, in einen Club?«, fragte Cheska, als sie widerwillig aus dem Bett mit den zerwühlten Laken stieg und sich langsam anzog.

»Vielleicht.«

»Wann?«

»Demnächst.« Bobby klang gereizt.

»Die Dreharbeiten sind bald vorbei. Nur noch eine Woche.« Cheskas Stimme klang bedrückt. »Und was machen wir dann?«

»Da findet sich schon etwas. Jetzt komm, Cheska, es ist nach halb zehn.«

»Entschuldige.« Gehorsam folgte sie ihm zum Zimmer hinaus und die Treppe hinunter auf die Straße.

»Bis morgen.« Bobby gab ihr einen Kuss auf die Wange und winkte einem Taxi.

»Ich liebe dich«, flüsterte sie, bevor sie sich in den Wagen setzte.

»Ich dich auch. Bis morgen, Süße.«

Cheska winkte ihm durch die Heckscheibe zu, als das Taxi losfuhr, und fragte sich, wohin er wohl gehen mochte. Erst jetzt wurde ihr klar, wie wenig sie über ihn wusste. Er hatte ihr noch nicht einmal verraten, wo er wohnte. Aber bald würde sie alles über ihn wissen, sie würde sein ganzes Leben mit ihm teilen und nicht nur ein kleiner Teil davon sein.

Sie war sich sicher, dass Bobby sie fragen würde, ob sie ihn heiraten wolle. Wenn sich in ihren Filmen zwei Menschen verliebten, war die Hochzeit schließlich immer der nächste Schritt.

Als sie nach Hause kam, steckte sie den Schlüssel leise ins Schloss in der Hoffnung, dass ihre Mutter schon zu Bett gegangen war. Seufzend stellte sie fest, dass das Licht im Wohnzimmer noch brannte. Greta saß im Morgenrock auf dem Sofa und sah fern.

»Guten Abend, Mummy.«

»Du kommst ja später als sonst.« Greta lächelte angespannt. »Anstrengender Abend, ja?«

»Ja.« Cheska gähnte. »Hättest du etwas dagegen, wenn ich gleich ins Bett gehe? Ich bin furchtbar müde.«

»Komm und setz dich, ich mache dir eine Tasse Tee. Ich würde gern noch etwas mit dir besprechen.«

Cheska seufzte, als Greta in die Küche ging und Wasser aufsetzte. Sie ließ sich aufs Sofa fallen und wünschte, dass morgen nicht Wochenende wäre, was bedeutete, dass sie Bobby zwei ganze Tage nicht sehen würde.

Greta kam mit einem Tablett ins Wohnzimmer zurück, auf dem eine Teekanne, ein Kännchen mit Milch und zwei Tassen standen. Sie setzte es ab und schenkte ihnen langsam und bedächtig ein. »So, das sollte dich aufwärmen nach dem langen Abend draußen in der Kälte. Da bist du doch gewesen, oder?«

»Ja. Es war eisig.« Cheska schauderte und trank einen Schluck Tee.

»Das ist seltsam, weil Charles Day mich heute Abend angerufen hat. Gegen sieben Uhr, um genau zu sein.«

»Ach, worum ging's denn?«

»Eine Änderung im Drehplan nächste Woche. Anscheinend hat sich die Schauspielerin, die deine Mutter spielt, einen scheußlichen Magenvirus eingefangen, und sie haben ihre Szenen auf Ende der Woche verschoben, um ihr Zeit zu lassen, sich davon zu erholen.«

»Ach.«

»Das ist doch merkwürdig, oder?« Greta nahm einen Schluck Tee.

»Was?«

»Dass Charles Day dich anrufen muss, um dir etwas zu sagen, wo er angeblich gleichzeitig eine Szene mit dir dreht.«

»Ach so, na ja, Charles ging es heute Abend auch nicht so gut, der Assistent ist eingesprungen«, log Cheska panisch.

»Tatsächlich? Und was war in den vergangenen zwei Wochen? Ich habe Charles gefragt, ob du abends immer Drehtermine hattest, und das hat er verneint. Die Frage ist also, wenn du nicht beim Drehen warst, Cheska – wo warst du dann?«

»Unterwegs«, antwortete Cheska leise.

»Ah ja, ›unterwegs‹. Und mit wem, wenn ich fragen darf?«

»Mit ein paar Leuten vom Set. Das sind Freunde, Mummy.«

»Und gehört zu den Leuten zufällig auch Bobby Cross?«

»Manchmal.«

»Untersteh dich, mich anzulügen, Cheska!«

»Mummy, ich lüge nicht.«

»Cheska, bitte. Es ist schlimm genug, dass ich deinetwegen am Telefon gegenüber Charles Day dumm dastand, aber dass du mich weiter derart schamlos anlügst, geht wirklich …«

»Also gut, Mummy!« Cheska sprang auf. »Ja! Ich war mit Bobby zusammen! Ich liebe ihn, und er liebt mich, und wir werden bald heiraten! Und das habe ich dir deswegen nicht gesagt, weil ich weiß, dass du mir nie im Leben erlauben würdest, etwas so Normales wie einen Freund zu haben!«

»Einen Freund? Ich glaube kaum, dass der Begriff ›Freund‹ auf Mr Cross zutrifft, meinst du nicht? Cheska, er ist mindestens zehn Jahre älter als du!«

»Was hat das Alter damit zu tun? Was war denn mit meinem Vater? Du hast immer gesagt, dass er viel älter war als du. Wenn man jemanden liebt, ist das doch völlig egal, oder etwa nicht?« Cheska klang regelrecht gehässig.

»Komm, jetzt beruhigen wir uns beide, ja?« Greta fuhr sich mit der Hand über die Stirn und versuchte, ihrem Ärger Herr zu werden. »Weißt du, mein Schatz, du musst verstehen, dass es mir wehtut, wenn du mir nicht erzählst, was du machst. Ich dachte, wir würden uns immer die Wahrheit sagen.«

»Aber begreifst du denn nicht, dass ich erwachsen bin? Ein paar Geheimnisse werde ich wohl haben dürfen.«

»Das ist mir klar, Cheska, und mir ist auch klar, dass du dein eigenes Leben führen musst, in dem ich ab sofort nur noch eine kleine Rolle spiele.«

»Ach, Mummy, bitte! Jetzt versuchst du auch noch, mir Schuldgefühle einzureden. Ich gehe ins Bett.« Cheska bewegte sich Richtung Tür.

»Entschuldige. Es sollte nicht so klingen, wie es herausgekommen ist«, sagte Greta rasch. Ihr war bewusst, dass sie Gefahr lief, Cheska ganz zu verlieren, wenn sie nicht einlenkte – unabhängig davon, was sie tatsächlich empfand. Sie zwang sich zu einem Lächeln. »Magst du mir nicht von Bobby erzählen?«

Cheska blieb stehen und drehte sich um. Als sie seinen Namen hörte, wurde ihr warm ums Herz. »Was willst du denn über ihn wissen?«

»Ach, wie er so ist, was ihr miteinander macht. Mir ist klar, dass du langsam erwachsen wirst, Cheska, und ich möchte auch deine Freundin sein und nicht nur deine Mutter.«

»Also«, fing Cheska zaghaft an. Als ihre Mutter aufmunternd lächelte, begann sie über Bobby zu reden und konnte schließlich gar nicht mehr aufhören, von ihm zu schwärmen.

»Dann war also Bobby der Grund, weswegen du übers Wochenende in Brighton geblieben bist?«, fragte Greta.

»Ja, Mummy. Es tut mir wirklich leid. Wir wollten einfach zwei Tage miteinander verbringen, mehr nicht.«

»Hat Leon die Wahrheit gewusst?«

»Äh, eigentlich nicht«, druckste Cheska herum. »Mach ihm keine Vorwürfe. Ich habe ihn gebeten, dich anzurufen.«

»Du glaubst also, dass du in Bobby verliebt bist?«

»Ja, auf jeden Fall.«

Greta sah das Funkeln in Cheskas Augen. »Und du glaubst, dass er in dich verliebt ist?«

»Das weiß ich.«

»Cheska, du … du schläfst doch nicht mit ihm, oder?«

»Natürlich nicht!« Cheskas Jahre vor der Kamera leisteten ihr gute Dienste. Es gelang ihr, angemessen entsetzt dreinzuschaun.

»Das ist gut. Weißt du, Männer sind seltsame Wesen. Bobby ist bestimmt anders, aber du musst wissen, dass manche von ihnen nur auf eines aus sind. Ich weiß, dass sich die Einstellungen geändert haben, aber es ist trotzdem besser, erst einmal abzuwarten, bis man sich absolut sicher ist.«

»Natürlich, Mummy«, antwortete Cheska ernst.

»Du wirst es mir doch sagen, wenn Bobby dich fragt, ob du mit ihm schläfst, oder?«

Errötend senkte Cheska die Augen. »Ja.«

»Wir haben uns nie über solche Dinge unterhalten, aber ich vermute, du weißt mittlerweile Bescheid, wie … wie das alles vor sich geht. Und was passieren kann, wenn man nicht aufpasst. Wenn du … Wenn dir etwas zustoßen würde, könnte das deine Zukunft ruinieren. Komm, setz dich zu mir, mein Schatz.« Sie klopfte auf das Sofa neben sich, schloss ihre Tochter in die Arme und streichelte ihr übers Haar. »Ich erinnere mich an meine erste Liebe«, sinnierte sie. »Ich glaube, die vergisst man nie.«

»Das sagt Bobby auch. Wer war deine?«

»Ein amerikanischer Offizier, der sich während des Kriegs hier in London aufhielt. Als er nach Hause fuhr, war ich am Boden zerstört, ich dachte, ich würde nie darüber hinwegkommen. Das bin ich natürlich doch, die Zeit heilt alle Wunden. Damals hat Onkel David mir viel geholfen.«

»Liebst du David? Früher habt ihr euch ständig getroffen und jetzt fast gar nicht mehr.«

»Freilich liebe ich ihn, Cheska. Wir kennen uns schon sehr lange. Aber wir sind auch gut befreundet, und Freunde sind vielleicht noch wichtiger.«

»Du meinst, du liebst ihn wie einen Bruder?«

»Ja, so ungefähr«, sagte Greta und nickte. »Um ehrlich zu sein, Männer und ich haben nie so recht zusammengepasst. Mit ihnen hatte ich mehr Ärger als Glück.« Greta lächelte wehmütig. »Die Liebe ist ein seltsames Ding, Cheska. Sie kann das ganze Leben verändern und einen dazu bringen, Dinge zu tun, die man bei klarem Verstand eindeutig als falsch erkennen würde.«

»Der Wahn der Liebe«, murmelte Cheska. »So heißt Bobbys neuer Song.«

»Ich hoffe, du kannst verstehen, dass ich ungern mit ansehen möchte, dass du dieselben Fehler machst wie ich. Verlieb dich ruhig, aber behalte immer ein bisschen von dir zurück. Bau dir deine Zukunft auf, ohne dich auf einen Mann zu verlassen. Und jetzt glaube ich, ist es Zeit, dass du ins Bett gehst.«

»Ja.« Cheska setzte sich auf. »Danke, Mummy, für … für dein Verständnis. Es tut mir leid, dass ich dich angelogen habe.«

»Das weiß ich, mein Schatz. Behalt einfach im Kopf, dass ich deine Freundin und nicht gegen dich bin. Und immer da sein werde, wenn du über etwas reden möchtest.«

Aus einem Impuls heraus drückte Cheska ihre Mutter an sich. »Ich hab dich lieb, Mummy.«

»Ich dich auch. Und jetzt ab ins Bett mit dir.«

»Gute Nacht.« Cheska stand auf.

»Ach, übrigens, heute Morgen sind unsere Pässe gekommen, und Leon kümmert sich um die Visa für Amerika. Das wird doch aufregend sein, nach Hollywood zu reisen, oder?«

»Doch«, antwortete Cheska halbherzig.

»Gute Nacht, mein Schatz, und vergiss nicht deine Tabletten.«

»In Ordnung.«

Greta sah ihrer Tochter nach, als sie den Raum verließ. Erleichtert schloss sie die Augen. Jetzt fühlte sie sich etwas beruhigt. Sie durfte Cheskas Vertrauen nicht verlieren. Wenn die Beziehung mit Bobby Cross zu Ende war, was früher oder später unweigerlich der Fall sein würde, würde sie da sein, um ihre Tochter zu trösten. Cheska würde sich bei ihr ausweinen und zu ihr zurückkommen.

Nachdem sie die Tabletten die Toilette hinuntergespült hatte, lag Cheska im Bett und dachte über das Gespräch mit ihrer Mutter nach. Es war ein richtiges Erwachsenengespräch gewesen, das sie gerade geführt hatten. Bei dem Gedanken musste sie lächeln. Bobby hatte keinen Keil zwischen sie und ihre Mutter getrieben, sondern einander nähergebracht. Die Vorstellung gefiel ihr. Und auch wenn sie verheiratet waren und sie mit Bobby zusammenlebte, gab es keinen Grund, warum ihre Mutter nicht weiterhin eine große Rolle in ihrer Zukunft spielen sollte.

Nur ein Satz ihrer Mutter machte ihr Sorgen.

»Behalte immer ein bisschen von dir zurück, Cheska …«

Seufzend drehte sie sich auf die Seite. Das war unmöglich. Bobby besaß sie zu hundert Prozent. Wenn er sie morgen bitten würde, ihre Karriere aufzugeben und mit ihm ans andere Ende der Welt zu ziehen, würde sie sofort einwilligen.

Bobby Cross war ihr Schicksal. Sie gehörte ihm mit Leib und Seele.

# KAPITEL 28

Am Sonntagabend brach bei Cheska derselbe Mageninfekt aus wie bei der Schauspielerin, die im Film ihre Mutter mimte. Den Großteil der Nacht verbrachte sie in der Toilette und übergab sich.

Am Montagmorgen um sieben Uhr lag sie geschwächt im Bett, ihr war immer noch speiübel. Greta kam herein.

»Ich habe Charles angerufen und ihm gesagt, wie schlecht es dir geht und dass du heute nicht kommen kannst. Er lässt dich grüßen und meint, das sei nicht so schlimm. Sie können die nächsten beiden Tage Szenen, in denen du nicht vorkommst, drehen.«

»Ach, aber ...« Bei der Vorstellung, Bobby weitere achtundvierzig Stunden nicht zu sehen, füllten sich Cheskas Augen mit Tränen.

»Es ist ja gut, mein Schatz, es ist ja gut. Glaubst du, du kannst deine Tablette nehmen?« Greta reichte ihr das Beruhigungsmittel und ein Glas Wasser.

Cheska schüttelte den Kopf und drehte sich unglücklich auf die Seite.

Fürsorglich richtete Greta die Bettdecke und strich ihr das feuchte Haar aus der Stirn. »Und jetzt versuch zu schlafen, mein Schatz. Die dumme Magensache vergeht bestimmt genauso schnell, wie sie gekommen ist.«

Am folgenden Tag ging es Cheska schon besser, und am Mittwoch teilte sie ihrer Mutter mit, dass sie wieder zur Arbeit gehen könne.

»Aber du hast die letzten drei Tage nichts gegessen. Ich finde, du solltest mindestens noch einen Tag zu Hause bleiben.«

»Nein, Mummy, ich gehe. Vergiss nicht, ich bin ein Profi, das hast du mir doch immer gesagt.«

Dagegen konnte Greta nichts einwenden. Cheska stand auf und zog sich an. So schlecht es ihr körperlich auch noch ging, die Vorstellung, Bobby einen weiteren Tag nicht zu sehen, war noch viel schlimmer. Sie fragte sich, wie in aller Welt sie die nächste Woche überstehen sollte, wenn die Dreharbeiten zu Ende waren und sie sich mit ihm nicht mehr jeden Tag treffen würde.

Sie überstand die Dreharbeiten mehr schlecht als recht. Sie fühlte sich schwach, und immer wieder wurde ihr schwindlig. Schließlich kam Charles zu ihr, legte ihr einen Arm um die Schulter und schickte sie nach Hause. »Geh früh ins Bett, Herzchen. Wir können mit Bobby ein paar Außenaufnahmen machen.«

Cheska sah zu ihm hinüber. Er scherzte gerade mit einem Mädchen von der Maske. Sie hatte gehofft, er würde vorschlagen, dass sie zusammen vom Set verschwinden würden, aber er hatte den ganzen Tag kaum ein Wort mit ihr gesprochen. Er umarmte das Mädchen kurz und ging davon. Cheska lief ihm nach. »Bobby, Bobby!«

Er blieb stehen und drehte sich zu ihr um. »Hallo, Süße. O Mann, du siehst ja schrecklich aus.«

»Ich bin aber wieder gesund. Gehen wir heute Abend in die Pension?«

»Ich dachte, Charles schickt dich nach Hause?«

»Das stimmt, aber wir können uns später trotzdem treffen.«

»Damit du mir deinen Infekt anhängst? Lieber nicht.« Er lachte. »'tschuldigung, Süße, so hab ich das jetzt nicht gemeint. Trotzdem, geh nach Hause und leg dich ins Bett.«

»Wie wär's mit morgen Abend?«

»Nach allem, was ich höre, müssen wir morgen den ganzen Abend drehen, um die verlorene Zeit wettzumachen. Aber am Freitag ist die Drehschlussparty. Da sehen wir uns dann, o.k.?«

Cheska war am Boden zerstört. Bei der Party würde das ganze Team dabei sein, das hatte sie eigentlich nicht im Sinn gehabt. »O.k.«

»Abend, Süße.« Beim Davongehen winkte Bobby ihr beiläufig nach. Niedergeschlagen verließ sie den Raum, um sich für den Nachhauseweg umzuziehen.

Freitagmittag hatte Cheska all ihre Szenen abgedreht. Charles schloss sie fest in die Arme und sagte, sie sei großartig gewesen. Bis zur Mittagspause trieb sie sich am Set herum in der Hoffnung, Bobby könnte da sein, aber er war verschwunden. Seufzend verließ Cheska das Schulgebäude und stieg in den wartenden Wagen.

»Nach Hause, Miss?«, fragte ihr Fahrer.

»Ja ... nein. Könnten Sie mich bitte ins West End bringen?«

»Klar.« Er ließ den Motor an und fuhr los. Als sie die Regent Street entlangfuhren, betrachtete Cheska die Passanten. Frisch, wie das Wetter an diesem Oktobernachmittag war, waren sie alle warm angezogen.

»So, da wären wir. Passen Sie gut auf, Miss!«

»Danke.« Cheska stieg aus dem Wagen. »Und wo fange ich jetzt an?«, fragte sie sich. Sie warf einen Blick in die Auslage von Marshall and Snelgrove und beschloss, dass sie genauso gut gleich in diesen Laden gehen konnte.

Anderthalb Stunden später schwankte sie fast unter dem Gewicht ihrer vielen Tüten. Das Einkaufen hatte ihr richtig Spaß gemacht. Sie hatte ihre erste Denim-Jeans gekauft, außerdem eine bunt karierte Skihose, die eng um ihre schlanken Hüften anlag, und zwei Rollkragenpullover. Und bei Mary Quant hatte sie für die Party am Abend ein wunderschönes Kleid erstanden, ein kleines Schwarzes, genau wie dasjenige, das Audrey Hepburn in Bobbys Lieblingsfilm *Frühstück bei Tiffany* trug.

Cheska winkte einem Taxi. Auf dem Heimweg fragte sie sich, was wohl ihre Mutter zu ihren Einkäufen sagen würde.

»Und, wie findest du's?« Cheska kam ins Wohnzimmer und drehte sich vor Greta einmal im Kreis.

Greta musste schlucken. Ihre Tochter sah atemberaubend aus. Das knappe schwarze Kleid brachte ihre Figur wunderbar zur Geltung, und sie hatte ihr Haar auf eine Art hochgesteckt, die ausgesprochen elegant wirkte.

»Du siehst hinreißend aus, mein Schatz, es fehlt nur etwas Schmuck um den Hals. Warte.« Greta holte eine Perlenkette aus ihrem Zimmer. »So.« Sie legte sie Cheska an. »Hast du einen Mantel? Sonst holst du dir in dem Kleid noch den Tod.«

»Ja, Mummy.«

»Wo ist die Party denn?«

»Im Village in der Lower Sloane Street.«

»Das ist ein sehr schickes Lokal, nicht? Wie auch immer, amüsier dich gut. Wann wirst du wieder da sein?«

»Keine Ahnung, aber es kann spät werden. Warte nicht auf mich. Auf Wiedersehen, Mummy.«

»Auf Wiedersehen, mein Schatz.« Greta stieß einen tiefen Seufzer aus, als die Wohnungstür ins Schloss fiel. Sie dachte an den einsamen Abend, der vor ihr lag, und überlegte sich wieder einmal, wie schwer es war zuzusehen, wie aus ihrer Tochter eine erwachsene Frau wurde.

In den langen, eintönigen Tagen der vergangenen Wochen hatte Greta reichlich Zeit zum Nachdenken gehabt. Und sie hatte sich vor allem Gedanken über ihre wahren Gefühle für David gemacht.

Angefangen hatte das an dem Abend, an dem Greta ihr von Bobby erzählt und gefragt hatte, ob sie David liebe. Seitdem hatte Greta sich immer wieder daran erinnert, wie eng ihre Beziehung früher gewesen war. Vor dem Heiratsantrag stellte er einen wesentlichen Teil ihres Lebens dar. Und sie musste sich eingestehen, dass er ihr in den vergangenen sechs Jahren entsetzlich gefehlt hatte. Früher war er immer für sie da gewesen und hatte sie unterstützt, ohne etwas zu fordern. Aber erst jetzt wurde ihr klar, dass sie ihn und seine Güte mehr oder minder als eine Selbstverständlichkeit betrachtet hatte.

Als er sie gefragt hatte, ob sie ihn heiraten wolle, hatte sie Oberwasser gehabt. Cheska war ihr Lebensinhalt gewesen, und das sowie ihr Entschluss, ihr Herz keinem Mann mehr zu öffnen, hatten dazu geführt, dass sie seinen Antrag strikt abgelehnt hatte.

Worüber sie am meisten grübeln musste, war, ob er ihr nur deswegen fehlte, weil sich Cheska zunehmend von ihr entfernte und sich jetzt eine große Lücke in ihrem Leben auftat. Und David war die naheliegendste Person, diese Lücke zu füllen. Oder ob er ihr um seinetwillen fehlte.

Greta dachte an die Zeiten, die sie im Lauf der vielen Jahre miteinander verbracht hatten. David hatte ihr nicht nur immer aufmerksam zugehört und ihr mit Rat und Tat zur Seite gestanden, es war ihm auch immer gelungen, sie aufzuheitern, wenn es ihr schlecht ging. In seiner Gegenwart hatte sie sich unweigerlich besser gefühlt, und sie sehnte sich nach der Leichtigkeit, die er in ihren Alltag gebracht hatte.

Sie hatte auch angefangen, sich selbst und ihr Verhalten in den vergangenen Jahren zu analysieren, vor allem ihre Entschlossenheit, Cheska zu einem Star zu machen und die Kontrolle über sie und ihre Karriere zu haben. Darüber hatte sie alles andere aus dem Blick verloren. Greta wusste, dass sie hart geworden war, seit sie ihr Herz verschlossen und sich alle sie immer wieder in Schwierigkeiten bringende Nachsicht verboten hatte. Das bedeutete zwar, dass sie nicht mehr verletzt werden konnte, hieß aber auch, dass es kaum noch Momente des Glücks gab. Sie überlegte sich, wann sie das letzte Mal gelacht hatte – sie konnte sich nicht erinnern.

David hatte sie zum Lachen gebracht. Seine Überzeugung, dass nichts, und mochte es noch so ernst sein, nicht auch seine humorvolle Seite hatte, war das genaue Gegenstück zu ihrer Neigung, alles negativ zu sehen.

Als Greta langsam aus ihrer emotionalen Starre erwachte, wurde ihr klar, dass sie Liebe immer als leidenschaftlichen, alles verzehrenden Rausch verstanden hatte. Genau wie jetzt bei Cheska die Affäre mit Bobby Cross. Aber was ihre Tochter erlebte, war Schwärmerei, da ging es nur um körperliche Anziehung.

So war es bei ihr auch immer gewesen.

Wenn sie an David dachte, stiegen völlig andere Gefühle in ihr auf, eine wunderbare Wärme, die sie ausfüllte und glücklich machte; sie kam sich aufgehoben und geliebt vor. David gegenüber brauchte sie nichts vorzutäuschen wie bei anderen Männern; bei ihm konnte sie ganz sie selbst sein. Er kannte ihr Innerstes, kannte all ihre Schwächen, und er liebte sie trotzdem.

Aber ... Greta schloss die Augen. Spürte sie denn auch das alles entscheidende Kribbeln im Magen, wenn sie an ihn dachte? In all den Jahren hatten sie sich nie geküsst. Sie überlegte, was in ihr vorging, wenn sie ihn in seiner wöchentlichen Sendung sah. In letzter Zeit war ihr aufgefallen, wie attraktiv er wirkte. Aber vielleicht war er immer schon attraktiv gewesen, und sie hatte es nur nie bemerkt, weil sie so sehr mit ihrem eigenen Leben beschäftigt gewesen war.

Auf jeden Fall hatte sie irgendwie das Gefühl, dass er ihr gehörte. Sie dachte an den Stich, den es ihr versetzt hatte, als sie in der Zeitung ein Premierenfoto von ihm mit einer schönen Schauspielerin am Arm gesehen hatte.

Seit sie seinen Antrag abgelehnt hatte, war ihr Leben hohl

gewesen. Mit brutaler Ehrlichkeit gestand Greta sich ein, dass sie sich seit Jahren unglücklich fühlte. Sich für Cheskas Karriere einzusetzen hatte die Risse übertüncht, aber jetzt ...

Seufzend ging sie in die Küche, um sich wie jeden Abend einen Becher Malzmilch zuzubereiten. Sie stellte sich vor, dass David jetzt bei ihr wäre, dass ihm ein Scherz zu diesem oder jenem einfallen, er sie vielleicht in den Arm nehmen, sie fest an sich drücken und küssen würde ...

Bei dem Gedanken begann es in ihrem Magen zu kribbeln.

»O mein Gott«, flüsterte sie. »Was habe ich bloß gemacht?«

Das Kleid hatte genau die erhoffte Wirkung. Als Cheska die Holztreppe in die von Kerzen erleuchtete Bar hinunterstieg, drehten sich alle Köpfe zu ihr, und als sie auf die unterste Stufe trat, wartete Bobby bereits auf sie. Er wirbelte sie durch die Luft und gab ihr einen Kuss auf die Wange.

»Hallo Süße, du siehst fabelhaft aus!« Seine Hände wanderten über ihren Körper. »Mein kleines Mädchen wird erwachsen, stimmt's?«, flüsterte er und küsste sie auf den Hals. »Komm, wir besorgen dir etwas zu trinken.«

Den restlichen Abend war Bobby ihr gegenüber so aufmerksam wie in der ersten Woche in Brighton. Er wich nicht von ihrer Seite und hielt sie fest an der Hand, während sie sich von einem Grüppchen zum nächsten bewegten. Cheska leerte jedes Glas, das ihr gereicht wurde, und sie versuchte sogar, an einem Joint zu ziehen, den jemand ihr anbot. Bobby lachte, als sie husten musste.

»Daran gewöhnst du dich schon noch, das prophezeie ich dir.«

Cheska bemerkte die junge Frau aus der Maske, die beobachtete, wie Bobby und sie auf der Tanzfläche herumwirbelten. Es bereitete ihr große Genugtuung, die Enttäuschung in ihren Augen zu sehen.

»Du wirst mir fehlen«, flüsterte Bobby, als er sich im Rhythmus der Musik wiegte, seinen Körper fest an ihren gedrückt.

»Was meinst du damit?« Sie schob ihn ein Stück von sich weg.

»Ich meine, es wird mir fehlen, dich jeden Tag am Set zu sehen.«

»Mir auch. Aber wir werden uns doch trotzdem noch oft treffen, Bobby, oder?«

»Natürlich. Aber erst einmal muss ich wegfahren, Süße. Nur ein paar Wochen.«

»Wohin?«

»Nach Frankreich, für ein paar Gigs. Meine Plattenfirma will mich auf dem Kontinent ein bisschen bekannter machen.«

»Ach.« Tränen waren Cheska in die Augen getreten. »Wann kommst du zurück?«

»Ich hoffe, vor Weihnachten.«

»Kann ich nicht mitkommen?«

»Die Idee ist nicht so gut. Ich werde viel zu tun haben und ständig unterwegs sein. Du würdest dich zu Tode langweilen.«

»Das würde mir nichts ausmachen, solange ich bei dir bin.« Cheska schmiegte den Kopf an seine Schulter und roch sein vertrautes, würziges Rasierwasser.

»Sag mal, Süße, wo wir uns eine Weile nicht sehen werden, wie wär's mit … einem schnellen Abschiedsgeschenk?« Seine Hände fuhren die Umrisse ihres Körpers nach.

»Wo?«, fragte sie, von Alkohol und Aufregung ganz durcheinander.

»Komm mit.« Bobby zog sie von der Tanzfläche einen schummrigen Flur entlang, öffnete eine Tür und führte sie in ein kleines Büro. Sobald er die Tür verschlossen hatte, drückte er Cheska an die Wand, küsste sie und schob mit einer Hand ihr Kleid hoch, während er mit der anderen ihre Brust liebkoste.

»Du bist eine Wucht«, stöhnte er, spreizte ihre Beine und stieß in sie.

»Bobby, sollten wir nicht ...«

»Alles unter Kontrolle, Süße, keine Sorge.« Bobby hob sie hoch, so dass Cheska die Beine um seine Hüften schlingen konnte.

»Ist das nicht toll?«, murmelte er und fing an, sich rhythmisch vor und zurück zu bewegen.

Ob wegen des Alkohols, wegen der Gefahr, ertappt zu werden, oder einfach Bobbys wegen, wusste Cheska nicht, aber sie war noch nie so glücklich gewesen, hatte sich noch nie derart frei und unbeschwert gefühlt. Eine Woge der Wollust stieg in ihr auf. Sie stöhnte vor Erregung, bewegte sich im Rhythmus seiner Stöße, ihr Körper verlangte nach einer Erlösung. Als sie beide gleichzeitig kamen, schrie sie vor Lust auf.

Keuchend ließen sie sich auf den staubigen Boden sinken.

»Ich liebe dich, Bobby, ich liebe dich«, flüsterte sie.

»Tut mir leid, ich hab die Beherrschung verloren.« Bobby schaute sie an und strich ihr das Haar aus dem Gesicht. »So hatte ich es mir ja eigentlich nicht vorgestellt, aber Junge, du bist eine der schärfsten Miezen, die ich je kennengelernt habe.«

»Was meinst du damit, dass du es dir nicht so vorgestellt hattest?«, fragte sie.

»Nichts, Süße.« Er stand auf, steckte sich das Hemd in die Hose und knöpfte sie zu. »Ich meinte nur, dass ich nicht damit gerechnet hatte, mich in mein weibliches Gegenüber zu verlieben. Jetzt komm.« Er zog sie hoch und schloss die Tür auf, während Cheska schnell ihr Kleid glatt strich.

»Bobby, du rufst mich doch an, wenn du aus Frankreich zurückkommst, oder?«

Er nahm ihr Gesicht in die Hände. »Natürlich.« Er gab ihr einen Kuss auf die Nase. »Jetzt muss ich los. Ein Freund von mir spielt mit einer Band in einem anderen Klub. Ich hab versprochen, da ein paar Leute zu treffen und mir die Szene anzusehen. Mach's gut, Süße. Es war wirklich schön.«

»Aber Bobby, ich hab dir noch gar nicht meine Telefon…«

Aber er war schon den Flur entlang verschwunden und in der Menge untergetaucht, ehe sie den Satz beenden konnte. Cheskas Euphorie verebbte. Mit einem Kloß im Hals ging sie zur Toilette, betrat eine Kabine, klappte den Sitz herunter und setzte sich darauf, den Kopf zwischen den Händen vergraben.

Tränen liefen ihr über die Wangen, als sie sich die nächsten Wochen ohne Bobby vorstellte. Wie sollte sie die bloß überstehen?

# Kapitel 29

Greta nahm sich viel länger Zeit als sonst, um sich für das Treffen mit David im Savoy schön zu machen. Während sie im Lauf der vergangenen Wochen Cheska unglücklich durch die Wohnung hatte schleichen und sich nach Bobby Cross verzehren sehen, war sie sich ihrer eigenen Gefühle immer sicherer geworden.

Sie liebte David wirklich, wie sie Cheska gesagt hatte, aber seit sie das erste Kribbeln in der Magengegend gespürt hatte, wusste sie, dass sie ihn auch auf andere Art wollte.

»Seit Jahren war er direkt vor meiner Nase, und ich habe ihn nicht gesehen«, tadelte sie ihr Spiegelbild. »Du bist eine unglaublich dumme Frau!«

Seit sie ihr Herz aus seinem Gefängnis befreit hatte, hatte Greta sich das Leben vorzustellen versucht, das sie mit David hätte führen können: Das unangestrengte, harmonische Miteinander, das David und sie immer gehabt hatten, hätte ihr das innere Glück vermittelt, das in ihrem Leben fehlte. Es hätte Liebe, Gemeinsamkeit und körperliche Nähe gegeben. David hätte sie beschützt, unterstützt und sich mit ihr an den einfachen Dingen des Lebens gefreut, anstatt dass sie sich verbissen allein mit allem abgekämpft hätte.

»Ist es zu spät?«, fragte sie ihr Spiegelbild, während sie Lippenstift auftrug.

Das wusste sie nicht, also blieb ihr nichts anderes übrig, als diese Frage ihm zu stellen.

David stand auf, als Greta den Grill Room betrat. Lächelnd verfolgte er, wie sie näher kam, und küsste sie herzlich zur Begrüßung auf die Wange. »Greta, wie geht es dir? Wie schön, dich zu sehen. Du siehst großartig aus.«

»Ach ... danke. Du auch«, sagte sie nervös.

»Hattest du Schwierigkeiten herzukommen? Gestern ist der Verkehr durch den Smog fast überall zusammengebrochen.«

»Ich bin zu Fuß hier. Ein Taxi war nirgends zu kriegen. Allerdings hätte ich nicht meine neuen Schuhe anziehen dürfen. Die Füße tun mir höllisch weh.« Greta deutete auf ihre sehr spitzen Charles-Jourdan-Schuhe aus Krokoleder, zu denen Cheska sie bei einem Einkaufsbummel überredet hatte.

»Angeblich soll sich der Smog morgen früh verzogen haben«, sagte David, als sie sich setzten.

»Hoffentlich.«

»Ist alles in Ordnung? Du wirkst ein bisschen nervös.«

»Nein, nein, alles in Ordnung.« Greta wusste, dass sie ein, wenn nicht zwei Gläser Wein brauchte, um den Mut aufzubringen, mit David über ihre Erkenntnis zu sprechen. »Um ehrlich zu sein ist es mit Cheska im Moment nicht ganz einfach.«

»Aber sie ist nicht krank, oder?« Er winkte dem Kellner und bestellte eine Flasche Chablis.

»Nein, das nicht, zumindest glaube ich das nicht.«

»Sir, möchten Sie bestellen?«, fragte der Kellner beflissen. »Die Tagessuppe ist Tomatencreme mit Basilikum.«

Greta warf einen kurzen Blick auf die Speisekarte. »Ich nehme die Suppe und die Seezunge.«

»Gute Entscheidung. Für mich dasselbe, bitte.«

Der Kellner nickte und ging.

»Und was ist das eigentliche Problem?«

»Sie hat sich Hals über Kopf verknallt. Ein besonders schlimmer Fall von Erstinfektion.«

»Ich verstehe«, sagte David. »Allerdings kann ich mir nur

schwer vorstellen, dass Cheska die Gefühle einer erwachsenen Frau hat. Für mich ist sie immer noch ein Kind.«

»Sie ist in den letzten Monaten sehr schnell erwachsen geworden. Seit die Dreharbeiten für *Entschuldigung, Herr Lehrer, ich liebe Sie* zu Ende sind, schleicht sie wie ein verlorenes Seelchen durch die Wohnung und tut nichts anderes, als in ihrem Zimmer zu sitzen und den dummen neuen Song von Bobby Cross zu hören.«

»Ach, du meinst ›Der Wahn der Liebe?‹ Guter Song.«

»Na ja, wenn du ihn fünfzigmal am Tag hören musst, geht er dir irgendwann auf die Nerven.« Sie hob übertrieben die Augenbrauen, und David lachte. In dem Moment brachte der Kellner die Weinflasche, öffnete sie und schenkte ihnen ein. Greta trank einen großen Schluck.

»Und werden ihre Gefühle vom fraglichen jungen Mann erwidert?«, erkundigte sich David.

»Ich weiß es nicht. Er ist seit ein paar Wochen verreist, deswegen bläst Cheska ja Trübsal. Er ist nicht ganz der junge Mann, den ich mir als ihren ersten Freund vorgestellt habe, aber ehrlich gesagt ist alles besser, als sie so unglücklich zu sehen. Sie ist davon überzeugt, dass er sie heiraten will.«

»Verstehe. Und meint er das wirklich ernst?«

»Wer weiß? Cheska sagt, dass das im Bereich des Möglichen liege, aber meines Erachtens ist der Gedanke lachhaft. Sie ist doch erst sechzehn, und er ist ein richtiger Mann.«

»Und wer ist er?«, fragte David.

»Ach, entschuldige, ich dachte, das hätte ich schon gesagt. Ihr Co-Star, der Sänger der schrecklichen Schnulze, Bobby Cross.«

Falten bildeten sich auf Davids Stirn. »Oje.« Er seufzte.

»David, ich weiß, dass er viel zu alt ist, aber warum sagst du das mit solchem Nachdruck? Kennst du ihn?«

»Als Freund würde ich ihn nicht unbedingt bezeichnen, aber ich kenne ihn. Vor einer Weile war er in meiner Fernsehsendung zu Gast, außerdem hat er ein paar von Leons Partys besucht. Leon will ihm zu einer Filmkarriere verhelfen. Ich habe auch seine Frau kennengelernt«, fügte er langsam hinzu.

»O mein Gott.« Greta schluckte schwer. »Bist du dir wirklich absolut sicher? Davon weiß Cheska hundertprozentig nichts.«

»Das wundert mich nicht. Das ist ein gut gehütetes Geheimnis, genauso wie Bobbys zwei kleine Kinder.«

Alles, was sie David hatte sagen wollen, trat angesichts dessen, was Greta gerade erfahren hatte, in den Hintergrund. Sie griff wieder nach ihrem Weinglas und stellte fest, dass ihre Hand zitterte. »David, ich bin sprachlos ...«

»Es tut mir leid, Greta, aber ich musste es dir sagen. Und Cheska muss es auch erfahren. Bobby hat sehr jung geheiratet, noch bevor er ein Star war. Und als sich seine Platten dann allmählich verkauften, meinte sein Label, seine Frau und die Kinder sollten verschwiegen werden. Seine jungen weiblichen Fans sollten glauben, dass er zu haben wäre.«

»Aber ich habe in den letzten Jahren in den Zeitungen doch unzählige Fotos gesehen, auf denen Bobby mit Models und Schauspielerinnen abgebildet war! Das verstehe ich nicht.«

»Nun ja, laut Leon haben Bobby und seine Frau eine Abmachung. Er ist ja zu einer Menge Geld gekommen, und ihr gefällt es, in Wohlstand zu leben, ohne im Rampenlicht zu stehen. Es stört sie nicht, wenn er andere Frauen hat, solange er sich nicht von ihr scheiden lässt. Du musst wissen, sie ist streng katholisch, und sie hat ihm gesagt, wenn er je die Scheidung einreicht, dann geht sie an die Öffentlichkeit.«

»O mein Gott, David. Hätte ich das nur geahnt, dann hätte ich ...« Verzweifelt rang Greta die Hände. »Und Leon hat es also gewusst?«

»Natürlich.«

»Das Schwein!« Greta verlor selten die Beherrschung, aber jetzt war sie außer sich vor Wut. »Wie konnte er nur!«

Der Kellner servierte die Suppe. Als er sich wieder entfernte, fuhr Greta fort: »Leon hat von Anfang an von Cheskas Verhältnis mit Bobby gewusst, es sogar unterstützt. Cheska hat mir gestanden, dass sie ihn gebeten hatte, mich anzurufen und mich anzulügen, weshalb sie das Wochenende in Brighton bleibt. Er muss gewusst haben, dass sie die Zeit mit Bobby verbracht hat.«

»Aber warum hätte Leon das tun sollen?«

»Keine Ahnung, David, außer aus Gehässigkeit mir gegenüber. Es hat ihn immer gestört, dass Cheska eher auf mich als auf ihn hörte. Wahrscheinlich wollte er die Möglichkeit nutzen, einen Keil zwischen Cheska und mich zu treiben und ihr Vertrauter zu werden, ihr Komplize. Widerlich ist das!« Greta war wütend.

»Ich weiß nicht, was ich sagen soll, Greta.« David rührte nachdenklich in seiner Suppe. »Aber wenn Leon wirklich mitbekommen hat, dass Cheska sich in Bobby verliebt, dann ist es unverzeihlich. Sie ist doch völlig naiv und unerfahren im Umgang mit Männern. Und ganz bestimmt nicht mit einem so von sich eingenommenen Lackaffen wie Mr Cross. Wann willst du es ihr sagen?«

»So bald wie möglich. Eigentlich soll sie nach L. A., es gibt dort einen Produzenten, der Probeaufnahmen mit ihr machen will, aber sie weigert sich strikt, irgendetwas zu unternehmen, solange sie nichts von Bobby gehört hat. David, sie ist von ihm besessen. Sie glaubt wirklich, dass er sie heiraten wird und sie bis ans Ende ihrer Tage zusammenbleiben.«

»Mir ist auch zu Ohren gekommen, dass Bobby ständig Affären hat, aber weiter geht es nicht. Er darf einfach nicht riskieren, dass seine Frau auspackt. Dann würde er als der Hochstapler dastehen, der er in Wirklichkeit ist.«

»Zumindest *so* weit sind die Dinge zwischen ihnen nicht gegangen. Ich habe sie gefragt, ob sie mit Bobby schläft, und sie hat Nein gesagt.«

»Und du glaubst ihr?«

»Sie hat geschworen, dass das die Wahrheit ist. Wirklich, David, ich denke, es ist ein ganz schlimmer Fall von Schulmädchenschwärmerei.«

»Greta, sei dir nicht so sicher«, riet er. »Du sagst ja selbst, dass es Cheska wirklich schlimm erwischt hat. Bei der ersten Liebe wirft man schon mal alle moralischen Bedenken, die einem eingeimpft wurden, über Bord. Sie war emotional immer schon etwas labil, und …«

»Was meinst du mit emotional labil?«

»Na ja, sie ist so jung und deswegen verletzlich, leichte Beute für einen Casanova wie Mr Cross.«

»Du sagst es«, murmelte Greta. »Hör mal, ich treffe mich heute Abend hier mit Cheska auf einen Drink, bevor wir dann ins Theater gehen. Ich sage es ihr, aber wahrscheinlich wird sie mir nicht glauben. Könntest du eventuell dazukommen? Sie hat dich immer gern gemocht, vielleicht glaubt sie dir, wenn du ihr sagst, dass Bobby verheiratet ist.«

»Natürlich. Ich habe den ganzen Nachmittag im Bush House eine Besprechung mit dem Produzenten meiner Radiosendung, aber es ist ja nicht weit. Ich könnte gegen Viertel vor sechs wieder hier sein, wenn du glaubst, dass das etwas nützt.«

»Ja, das tut es bestimmt. Ich glaube nicht, dass ich das allein schaffe.« Greta streckte die Hand über den Tisch nach seiner aus. »Danke, David.«

Obwohl er seit Jahren versuchte, seine Gefühle für Greta zu überwinden – schließlich wusste er, dass sie zu nichts führten –, konnte er jetzt, als sie sich hilfesuchend an ihn wandte, nicht anders, als ihre Hand fest zu drücken. »Das ist schon in Ordnung.«

Bei der Berührung seiner Hand erinnerte sie sich wieder an das, was sie ihm eigentlich hatte sagen wollen. »Übrigens, David, da ist noch etwas, was ich … worüber ich mit dir reden wollte.«

»Ja? Dann schieß los.«

»Ich ...« Greta verließ der Mut. Sie seufzte. »Ehrlich gesagt, nach dem, was du mir gerade erzählt hast, ist jetzt vielleicht nicht der richtige Augenblick. Aber könnten wir uns eventuell Anfang nächster Woche noch mal zum Mittagessen treffen?«

»Natürlich geht das. Stimmt etwas nicht?«

»Doch, es ist alles bestens«, antwortete sie rasch. »Es ist nur ...« Sie machte eine ausweichende Geste. »Ich verspreche, ich erzähle es dir nächste Woche, wenn wir dieses Problem mit Cheska gelöst haben. Also«, Greta zwang sich zu einem kleinen Lächeln, »was gibt es Neues von deiner Fernsehsendung zu berichten?«

Cheska saß im Wartezimmer. Sie war nervös. Sie griff sich eine Zeitschrift von dem Stapel, der auf dem zerkratzten Tischchen lag, und blätterte sie durch, ohne etwas wahrzunehmen.

Die letzten Wochen waren schrecklich gewesen. Seit dem Abend der Party hatte sie nichts mehr von Bobby gehört, und der lag bereits zwei Monate zurück. Ihr war schon klar, dass er in Frankreich viel zu tun hatte, aber er hätte sie doch wenigstens einmal kurz anrufen können. Sie hatte Höllenqualen ausgestanden und sich alles mögliche Schreckliche vorgestellt: dass Bobby mit anderen Mädchen zusammen war, dass Bobby sie nicht mehr liebte, dass Bobby tot war ... Das Einzige, was sie tröstete, war, wenn er ihr auf dem Grammofon vorsang, wie er es damals in Brighton getan hatte. Dann erinnerte sie sich an den Abend, und es ging ihr wieder besser. Außerdem war bald Weihnachten, und da würde er doch bestimmt wieder in England sein?

Aber die Stimme war zurückgekehrt und hatte sie gequält, wenn sie wach war, und ihre Träume heimgesucht, wenn sie endlich eingeschlafen war.

*Bobby ist weg ... Bobby ist weg ... er liebt dich nicht mehr.*

Cheska fragte sich, ob sie diese schrecklichen Kopfschmerzen wieder hatte, weil sie seit einiger Zeit ihre Tabletten nicht mehr nahm, und ob sie deswegen auch die Stimme hörte, aber das glaubte sie eigentlich nicht. Das war nur, weil Bobby sich nicht meldete.

Außerdem waren ihre Tage ausgeblieben. Beim ersten Mal hatte sie sich nichts dabei gedacht, aber als vergangene Woche wieder nichts passierte, war Cheska klar gewesen, dass sie zum Arzt gehen musste. Vielleicht würde sie bald sterben, und dann musste sie das Bobby wissen lassen.

Vier Tage zuvor hatte sie einen Termin bei einer anderen Ärztin als ihrem sonst üblichen Hausarzt vereinbart. Dr. Ferguson, eine Frau um die vierzig, hatte Cheska ins Beratungszimmer gebeten und ihr viele Fragen gestellt, bei denen Cheska öfter errötet war. Je länger das Gespräch gedauert hatte, desto mehr war ihr klar geworden, wie wenig sie eigentlich über ihren Körper wusste. Außerdem hatte Dr. Ferguson sie eingehend untersucht, hatte ihr Blut abgenommen und vorgeschlagen, einen Schwangerschaftstest machen zu lassen. Zuerst war Cheska entsetzt gewesen über den Vorschlag, hatte dann aber doch eingewilligt. Seitdem wälzte sie sich jede Nacht im Bett und quälte sich mit dem Gedanken, was ihr wohl fehlen könnte.

Und wenn sie dann tatsächlich einmal schlief, hatte sie Alpträume und hörte die Stimme. Aufhören würde das alles nur, wenn Bobby wieder bei ihr wäre, das wusste sie.

Nachdem ihre Mutter das Haus verlassen hatte, um sich zum Mittagessen mit David zu treffen, war Cheska unruhig durch die Wohnung gegangen. Um halb drei hatte sie einen Termin bei der Ärztin, um die Ergebnisse der Untersuchung zu erfahren. Doch sie war so durcheinander, dass sie keine Sekunde still sitzen konnte.

Dann war etwas Entsetzliches passiert. Als sie in den Spiegel geblickt hatte, um sich die Haare zu bürsten, war kein Spiegelbild zu sehen gewesen.

Sie schien unsichtbar zu sein.

Schluchzend war sie aus der Wohnung gestürzt und hatte es auf dem Weg zur Arztpraxis nicht gewagt, in ein Schaufenster zu blicken, um herauszufinden, ob sie sich darin spiegelte.

»Cheska Hammond.« Endlich rief die Arzthelferin ihren Namen auf, und sie erhob sich. Sie war so früh gekommen, dass sie fast eine Stunde im Wartezimmer gesessen hatte. »Dr. Ferguson erwartet Sie jetzt.«

Mit wild pochendem Herzen ging Cheska langsam den Gang entlang zum Beratungszimmer und klopfte an die Tür.

»Guten Tag, Dr. Ferguson«, sagte sie, als sie eintrat.

»Guten Tag, Cheska. Setzen Sie sich doch bitte. Vor mir liegen die Ergebnisse der Untersuchungen, die wir vor ein paar Tagen gemacht haben. Sie freuen sich sicher zu hören, dass Sie nicht krank sind, von sterbenskrank ganz zu schweigen. Aber was wir vergangene Woche schon als Möglichkeit ansprachen – der Test hat jetzt Gewissheit gebracht. Sie sind schwanger.«

Cheska brach in Tränen aus.

»Es ist ja gut, es ist alles gut«, tröstete Dr. Ferguson sie und reichte Cheska ein Papiertaschentuch. »Letzte Woche sagten Sie, dass Sie nicht verheiratet sind, stimmt das?«

»Ja.«

»Aber Sie haben einen festen Freund?«

»Ja.«

»Glauben Sie, dass er sich anständig verhalten wird, wenn er von der Nachricht erfährt? Das wäre natürlich sehr viel besser, sowohl für Sie als auch für das Kind.«

»Ich ... Muss ich es bekommen?«

»Tja, schon. Vielleicht wissen Sie das nicht, meine Liebe, aber Abtreibung – um eine unerwünschte Schwangerschaft zu beenden – ist hierzulande immer noch illegal. Ich fürchte, Sie haben keine andere Wahl.«

Cheska kämpfte gegen die Tränen an. Was die Ärztin da sagte, konnte sie unmöglich begreifen. Aber dann ... sie stellte sich vor, wie sie Bobby sagte, dass sie sein Kind in sich trug. Ihr gemeinsames Kind, ein Kind der Liebe. Wie konnte sie daran zweifeln, dass er sie heiraten würde? Unvermittelt breitete sich großer Frieden in Cheska aus. Ihr Herzschlag beruhigte sich, sie lächelte die Ärztin an.

»Doch, ich bin mir sicher, dass er zu mir halten und mich heiraten wird«, sagte sie.

»Na, das ist doch eine gute Nachricht. Dann schlage ich vor, dass Sie mit ihm reden, und danach kommen Sie wieder zu mir, damit wir Sie für die Geburt in einem Krankenhaus anmelden können. Haben Sie sonst noch Familie?«

»Ich wohne bei meiner Mutter.«

»Dann würde ich es ihr an Ihrer Stelle auch gleich sagen. Unter solchen Umständen ist es immer gut, jemanden an der Seite zu haben. Vielleicht wird sie zuerst einmal entsetzt sein, aber das legt sich, und sie wird Sie ganz bestimmt unterstützen.«

»Danke, Frau Doktor.« Cheska erhob sich. »Auf Wiedersehen.«

Benommen verließ sie die Praxis und ging auf die belebte Straße hinaus. Der Smog war noch sehr dicht und der Verkehr zum Erliegen gekommen. Der Abend brach herein, es nieselte leicht.

Cheska überlegte, wohin sie gehen konnte, um in Ruhe nachzudenken. Sie wanderte den Piccadilly hinauf und durch die verwinkelten Gassen von Soho und betrat die erstbeste Cafébar. Dort bestellte sie einen Espresso, wühlte in der Handtasche nach ihrer Zigarettenschachtel und zündete sich eine an. Es war eine Embassy, Bobbys Marke. Sie hatte sich das Rauchen erst vor Kurzem angewöhnt. Der Geruch erinnerte sie tröstlich an Bobby. Sie holte ihre Puderdose heraus. »Bitte, lieber Gott, lass mich da sein«, flehte sie, während sie die Dose aufklappte, und stieß einen Seufzer der Erleichterung aus, als ihre vertrauten Gesichtszüge sie aus dem Spiegel ansahen.

Es war alles in Ordnung, sagte sie sich beruhigend. Sie war doch nicht unsichtbar. Das musste die Angst vor dem Arztbesuch gewesen sein.

Während Cheska den heißen Espresso trank, überlegte sie, dass das Baby eigentlich das Beste war, was ihr passieren konnte. Jetzt würde Bobby sie bestimmt heiraten und ihr Traum in Erfüllung gehen. Vor ihrem geistigen Auge stieg das Bild ihrer glücklichen kleinen Familie auf – sie, Bobby und das neugeborene Kind –, und sie lächelte. Vorsichtig streichelte sie ihren Bauch. Dort war ein Teil von Bobby, eine lebendige, atmende Erinnerung daran, wie er sie geliebt hatte und auch in der Zukunft lieben würde.

Cheska wusste, dass sie sich mit den praktischen Fragen ihrer Situation beschäftigten musste. Sie beschloss, ihrer Mutter abends im Savoy von der Schwangerschaft zu erzählen; im Hotel würde Greta keine Szene machen. Sie würde ihr versichern, dass sie und Bobby so bald wie möglich heiraten würden. Vielleicht würde ihre Mutter wütend sein, weil sie sie angelogen hatte, aber Cheska war sicher, dass sie ihr vergeben würde, wenn sie erfuhr, dass sie Großmutter werden und ein wunderschönes Enkelkind bekommen würde, das sie lieben konnte. Die Probeaufnahmen in Hollywood würden für unbestimmte Zeit verschoben werden müssen, aber was bedeutete schon ein dummer Film im Vergleich zu ihrer Liebe zu Bobby und ihrem gemeinsamen Kind?

Als Erstes musste sie Leon anrufen und Bobbys Telefonnummer in Frankreich erfragen. Sie leerte ihren Espresso, ging zur Telefonzelle im hinteren Teil der Bar und wählte seine Nummer.

»Guten Tag, Cheska. Schön von dir zu hören. Hast du dir schon überlegt, wann du nach Amerika fahren willst?«

»Nein, nicht so recht, Leon.«

»Sehr viel länger solltest du dir nicht Zeit lassen, ewig warten sie nicht.«

»Ich weiß. Hör mal, Leon, ich rufe an, weil ich Bobby kontaktieren muss.«

»Welchen Bobby?«

»Bobby Cross natürlich«, sagte Cheska gereizt. »Hast du eine Telefonnummer von ihm in Frankreich?«

»In Frankreich?« Leon klang überrascht.

»Ja. Da ist er doch, oder nicht?«

»Ach, äh … ja natürlich.«

»Ich muss wirklich dringend mit ihm sprechen.«

»Ich verstehe. Weißt du was, überlass das mir. Er … Er ist im Moment viel unterwegs, aber wenn er mich das nächste Mal anruft, sage ich ihm, dass er sich bei dir melden soll.«

»Also gut, aber bitte, Leon, sag ihm, dass es wirklich dringend ist.«

»Das mach ich. Es ist doch alles in Ordnung, Cheska, oder?«

»Ja, alles in bester Ordnung. Auf Wiedersehen.« Cheska legte auf und sah auf die Uhr. Ihr blieben zwanzig Minuten, um ins Savoy zu kommen.

# Kapitel 30

Greta saß in der American Bar bei einem Gin Tonic und rauchte eine Zigarette. Die vergangene Stunde hatte sie sich den Kopf zerbrochen, wie sie Cheska die schlimme Wahrheit über Bobby Cross nahebringen sollte.

Sie sah ihre Tochter die Bar betreten, und einen Moment stockte ihr das Herz. Die Männer, die hier und dort verstreut saßen, folgten Cheska mit den Blicken. Ihre Tochter wuchs wirklich zu einer wunderschönen jungen Frau heran, und es gab keinen Grund, warum sie nicht jeden anderen Mann bekommen konnte, den sie wollte. Der Gedanke machte Greta Mut.

»Guten Abend, Mummy.« Cheska nahm ihr gegenüber Platz.

Greta bemerkte, dass Cheskas Augen allzu sehr blitzten und ihre sonst blassen Wangen gerötet waren.

»War es nett mit Onkel David?«, fragte Cheska.

»Sehr nett. Er wird bald auf einen Drink dazukommen.«

»Ach. Ich freue mich, ihn zu sehen.«

»Soll ich dir etwas bestellen?«

»Ja, einen Orangensaft bitte.«

»Gut.« Greta winkte dem Kellner, bestellte und wandte sich wieder Cheska zu. Sie war völlig ratlos, wie sie beginnen sollte.

»Mummy, ich ... ich muss dir etwas sagen.« Cheska riss sie aus ihren Gedanken. »Ich weiß, du wirst erst einmal wütend sein, aber glaub mir, es wird alles gut werden.«

»Ja? Worum geht es denn?«

»Also, heute Nachmittag habe ich erfahren, dass Bobby und ich ein Kind bekommen.« Sie verhaspelte sich und sprach schnell weiter, ehe Greta etwas erwidern konnte. »Bitte, Mummy, sei nicht wütend. Ich weiß, dass ich dich angelogen habe wegen Bobby und mir und wie unsere Beziehung wirklich ist, aber ich wusste, dass du dir nur Sorgen machen würdest, wenn ich dir die Wahrheit sage. Das mit dem Kind war nicht ganz geplant, aber jetzt, wo es passiert ist, bin ich richtig glücklich. Ich freue mich so, und Bobby wird begeistert sein. Ich weiß, er wird mich so bald wie möglich heiraten.«

Cheska bemerkte, dass ihre Mutter vor Schreck blass geworden war.

»Ich ... ach, Cheska«, brachte sie schließlich hervor. Eine einzelne Träne rann ihr über die Wange.

»Mummy, bitte weine nicht. Es wird alles gut werden, wirklich.«

»Entschuldige, mein Schatz, ich muss kurz verschwinden.« Mit raschen Schritten durchquerte Greta die Bar und stieg die Stufen hinab zur Toilette. Noch während sie die Tür hinter sich schloss, stieg Übelkeit in ihr auf.

Nachdem sie sich übergeben hatte, lehnte sie sich keuchend an die Tür.

Sie hatte alles getan, wirklich alles, um ihre Tochter zu beschützen und ihr den Weg zu ebnen, damit sie die Liebe, die finanzielle Sicherheit und die Karriere haben konnte, die ihr, Greta, verwehrt geblieben waren. Aber all ihren Bemühungen zum Trotz wiederholte sich die Geschichte. Cheska war schwanger von einem Mann, der sie nicht liebte und der sie nie heiraten würde, selbst wenn er ungebunden wäre.

»Warum? Warum?«, stöhnte Greta.

»Mummy, Mummy? Bist du da drin? Ist alles in Ordnung?« Cheska war ihr in die Toilette gefolgt.

»Ja, mein Schatz, es ist alles in Ordnung.« Greta straffte die Schultern und betätigte die Spülung. Sie holte tief Luft. Um ihrer Tochter willen musste sie stark sein. Die Situation war zu retten, aber sie musste schnell denken. Sie zwang sich zu einem Lächeln und öffnete die Tür. Cheska stand vor ihr und rang die Hände, wie sie es immer tat, wenn sie nervös oder besorgt war. Greta wusch sich die Hände und zog den Lippenstift nach. Schweigend verfolgte Cheska ihre Bewegungen.

»Es tut mir leid, mein Schatz. Das muss der Schock gewesen sein. Eine kleine Schwäche, aber jetzt ist wieder alles in Ordnung. Komm, gehen wir wieder zu unserem Tisch. Wir haben ja einiges zu besprechen.«

»Also gut.« Gemeinsam kehrten sie in die Bar zurück. Greta nahm einen großen Schluck Gin und wünschte sich, dass David sich beeilen würde.

»Mummy, bitte sag mir, dass du nicht wütend bist auf mich. Ich möchte wirklich nicht, dass du dir Sorgen machst. Ich tue es ja auch nicht. Ich bin glücklich.« Cheska lächelte schwach.

Matt schüttelte Greta den Kopf. »Nein, ich bin nicht wütend, mein Schatz. Aber ich mache mir große Sorgen.«

»Das brauchst du aber nicht. Ich habe dir doch gesagt, es wird alles gut werden.«

»Hast du Bobby schon davon erzählt?«

»Nein, noch nicht. Er ist noch in Frankreich. Aber ich habe vorhin mit Leon gesprochen, und Bobby ruft mich sobald wie möglich an. Ich weiß, er wird sich freuen. Und es bedeutet ja nur, dass wir früher als geplant heiraten werden.«

»Bobby hat dich also gefragt, ob du ihn heiraten willst, Cheska?«

»Nicht direkt, aber ich weiß, dass er das möchte. Er liebt mich, Mummy, und ich liebe ihn. Stell dir nur vor, du wirst Großmutter!«

Es gelang Greta, keine Miene zu verziehen, obwohl ihr gerade das Herz brach. Sie musterte das ernste Gesicht ihrer Tochter und fragte sich, ob sie womöglich emotional doch etwas beeinträchtigt war. Oder war es ihre Schuld als Mutter, weil sie Cheska zu sehr vor der Realität abgeschirmt hatte? Aus welchem Grund auch immer, ihre Naivität war schier unfassbar. Cheska ging davon aus, dass ihr Leben – wie ihre Filme – ein Happy End haben würde.

Greta konnte nicht länger auf David warten. Sie holte tief Luft und nahm Cheskas Hand. »Mein Schatz, ich muss dir etwas sagen. Es könnte sein, dass du es mir nicht glauben magst, deswegen kommt Onkel David, um zu bestätigen, dass ich nicht lüge. Ich wollte es dir heute Abend sowieso sagen, aber nach dem, was du mir gerade erzählt hast, ist es noch wichtiger, dass du die Wahrheit erfährst.«

Greta sah, dass sich Cheskas Miene versteinerte, ihre Mundwinkel verspannten sich. »Welche ›Wahrheit‹ denn?«

»Bevor ich weiterrede, möchte ich dir sagen, dass ich dich mehr liebe als alles auf der Welt und dass ich nie etwas machen würde, um dir wehzutun. Ich würde alles darum geben, dir zu ersparen, was ich dir jetzt sagen muss, Cheska, aber das geht nicht. Du hast mich gebeten, dich als Erwachsene zu behandeln, jetzt musst du auch den Mut haben, dich wie eine Erwachsene zu verhalten. Verstehst du, was ich meine?«

»Ja, Mummy. Aber sag mir doch einfach, was es ist. Hat es etwas mit dir zu tun? Bist du krank?«

»Fast wünsche ich mir, es wäre so einfach. Du musst jetzt ganz tapfer sein, und denk immer daran, dass ich auf deiner Seite bin und dir nach Kräften helfe.«

»Jetzt sag mir endlich, was los ist, Mummy! Bitte!«

»Cheska, mein Schatz, Bobby Cross ist verheiratet. Schon seit mehreren Jahren. Er hat auch zwei kleine Kinder.«

Cheska starrte ihre Mutter mit ausdrucksloser Miene an, ohne ein Wort zu sagen.

Greta fuhr fort: »Das hat Onkel David mir heute Mittag erzählt. Angeblich ist das im Showgeschäft ein wohl gehütetes Geheimnis. Eine Ehefrau und Kinder waren seinem Bild als Teenagerschwarm nicht zuträglich, also hat man sie verschwiegen. Und selbst wenn er dich heiraten wollte, könnte er das nicht, weil seine Frau sich weigert, sich scheiden zu lassen. Cheska, was er mit dir gemacht hat, ist unverzeihlich, aber Onkel David hat gesagt, dass du nicht die Erste bist und ganz bestimmt auch nicht die Letzte sein wirst. Das weiß er alles von Leon, und ich schwöre dir, es ist die Wahrheit.« Greta verstummte und musterte ihre Tochter, um deren Reaktion abzuschätzen.

Cheska blickte nicht mehr zu Greta, sondern starrte in die Ferne.

»Mein Schatz, bitte glaub mir, die Situation ist zwar schwierig, aber sie ist nicht das Ende der Welt. Wir können das Problem lösen, Cheska. Du weißt doch, es gibt Mittel und Wege, und hinterher fahren wir zu den Probeaufnahmen nach Amerika. Und wenn dann dein Film dort anläuft, werden die Studios Schlange stehen, um dich unter Vertrag zu nehmen. Du wirst Bobby bald vergessen und ...«

»NEIN! NEIN! NEIN! Ich höre dir nicht zu, ich höre dir gar nicht zu. Du lügst! Du lügst mich an!« Cheska hielt sich die Ohren zu und schüttelte heftig den Kopf.

Die ersten Gäste sahen zu ihnen herüber. »Bitte, mein Schatz, versuch, dich nicht so aufzuregen. Ich schwöre, dass ich dir die Wahrheit sage. Warum sollte ich dich anlügen?«

Cheska nahm die Hände von den Ohren und schaute ihrer Mutter direkt in die Augen. »Weil du den Gedanken nicht ertragen kannst, mich zu verlieren, deswegen. Weil du willst, dass ich immer und ewig dein kleines Mädchen bin und den Rest deines Lebens bei dir bleibe. Du willst nicht, dass ich ein eigenes Leben mit Bobby habe oder mit irgendeinem anderen Mann. Aber so läuft es nicht, Mummy. Ich liebe Bobby, und ich werde ihn heiraten und sein Kind bekommen. Und wenn dir das nicht gefällt, dann ist das dein Problem, nicht meins!«

Greta schauderte, als sich Cheskas Gesicht zu einer hässlichen

Fratze verzog, ein manischer Ausdruck entstellte ihre sonst so schönen Züge.

»Mein Schatz, hör mir zu. Ich kann ja verstehen, dass dich das trifft, aber ...«

»Mich treffen? Überhaupt nicht!«, fuhr Cheska auf. »Das kann mich gar nicht treffen! Ich empfinde nur Mitleid mit dir, sonst nichts. Du hast doch nur Angst, den Rest deines Lebens einsam und allein zu sein!«

»Jetzt reicht's!« Unter Cheskas bösartigen Anschuldigungen verlor Greta schließlich die Beherrschung. »Jetzt erzähle ich dir mal etwas von meinem ›einsamen‹ kleinen Leben. Ich war achtzehn, als ich mit dir schwanger wurde. Dein Vater war ein amerikanischer Offizier, der in die Staaten zurückfuhr und mich einfach im Stich ließ, ohne sich auch nur von mir zu verabschieden. Ich hatte keinen Pfennig Geld und keine Wohnung, und aus dieser verzweifelten Situation hat Onkel David mich gerettet und mich nach Wales geschickt. Dort habe ich Owen Marchmont kennengelernt und ihn geheiratet, damit mein Kind einen Vater hat. Als Owen anfing zu trinken, bin ich mit dir nach London gegangen und habe mich abgemüht, damit wir ein Dach über dem Kopf haben. Und das Einzige, was ich je wollte, ist, dir zu geben, was ich nie haben konnte. Das habe ich alles für dich getan, Cheska. Ich erwartete nichts dafür, aber ich bitte dich doch, so viel Anstand zu besitzen, mir zu glauben, was ich dir erzählt habe!«

Cheska starrte ihre Mutter an, in ihrem durchdringenden Blick lag blanke Gehässigkeit. Langsam verzogen sich ihre Lippen zu einem spöttischen Lächeln. »Kannst du mir sagen, Mummy, wieso ich dir glauben soll, was du über Bobby erzählst, nachdem du mich ja eindeutig jahrelang über meinen richtigen Vater angelogen hast?«

Greta sackte in sich zusammen, eine fast lähmende Schwäche übermannte sie. Geistesabwesend griff sie nach ihrer Handtasche und holte etwas Geld heraus, um die Rechnung zu bezahlen.

»Ich gehe jetzt. Ich schlage vor, dass du hier auf Onkel David wartest und dir von ihm bestätigen lässt, was ich dir erzählt habe. Ich kann dir nicht mehr sagen, als dass ich immer für dich da sein werde, wenn du das möchtest, dass ich dich sehr liebe und stets dein Bestes wollte.« Langsam stand sie auf. »Auf Wiedersehen, Cheska.«

Cheska sah ihrer Mutter nach, wie sie die Bar verließ. Im selben Moment begann die Stimme wieder heimtückisch zu flüstern.

*Sie lügt, sie lügt ... Bobby liebt dich ... er liebt dich ... Sie hasst dich, sie hasst dich, sie will dich vernichten ...*

Cheska schüttelte wild den Kopf, schloss die Augen und öffnete sie wieder. Alles, was sie sah, war von einem lila Nebel eingehüllt.

Sie stand auf und folgte ihrer Mutter durch das Foyer auf die Straße hinaus.

Mit schnellen Schritten ging David, vom Bush House kommend, den Strand entlang. Die Besprechung hatte sich in die Länge gezogen, und er war spät dran für sein Treffen mit Greta und Cheska. Der Smog hing immer noch sehr dicht über der Stadt, aber zumindest schien er sich an manchen Stellen zu lichten. Als er auf das Savoy zusteuerte, fragte er sich, ob Greta ihrer Tochter wohl schon die Wahrheit über Bobby Cross erzählt hatte. Er stand dem Hotel gegenüber auf dem Bürgersteig und suchte im Nebel nach einer Lücke im Verkehr, um die Straße zu überqueren.

Er stand noch wartend da, als er hörte, wie auf dem feuchten Asphalt Reifen ins Schleudern gerieten, gefolgt von einem lauten Aufprall und dann einem ohrenbetäubenden Schrei. Der Verkehr stockte und kam dann auf beiden Spuren zum Erliegen.

David überquerte den Strand zwischen den stehenden Wagen hindurch. Vor einem Auto auf der anderen Straßenseite stand eine kleine Ansammlung von Menschen, die alle auf eine am Boden liegende Person starrten.

»O mein Gott!«

»Ist sie tot?«

»Jemand muss den Notarzt rufen!«

»Sie muss gestolpert und gestürzt sein. Gerade hatte sie noch auf dem Bürgersteig gestanden, und dann ...«

»Ich konnte wegen des Smogs nichts sehen, und ...!«

Kurz bevor David die Menschenansammlung erreichte, stolperte er über etwas. Er bückte sich danach.

Mit einem unterdrückten Aufschrei nahm er den zierlichen Schuh aus Krokoleder an sich. »Nein ... bitte nicht!« Er drängte sich durch die Menge hindurch und kniete sich neben die Gestalt, die reglos auf der Straße lag. Er drehte ihr Gesicht zu sich und stellte fest, dass es bis auf eine leichte Schürfwunde unverletzt war; an einer Wange sah er einen Schlammspritzer. Er tastete nach ihrem Puls, der sehr schwach war, und David wusste, dass es nicht gut um sie stand.

»Greta, mein Liebling«, flüsterte er ihr ins Ohr und schmiegte seine Wange an ihre. »Bitte verlass mich nicht. Ich liebe dich, ich liebe dich ...«

Er wusste nicht, wie lange er so neben ihr kniete, bis ein Sanitätswagen mit blinkendem Blaulicht hielt.

»Entschuldigen Sie, Sir, dürfen wir sie untersuchen?« Ein Sanitäter sprach ihn an.

»Ihr Herz schlägt noch, aber ... bitte seien Sie vorsichtig mit ihr«, sagte David flehentlich.

»Wir kümmern uns jetzt um sie, Sir. Könnten Sie bitte zur Seite treten?«

Verzweifelt richtete David sich auf. Er wusste, dass er nichts tun konnte, um zu helfen. Aus einiger Entfernung verfolgte er, wie Greta vorsichtig auf eine Trage gelegt wurde. Dann bemerkte er Cheska, die ein Stück den Bürgersteig entlang ganz allein unter einer Laterne stand. Langsam ging er zu ihr.

»Cheska«, sagte er leise, doch sie reagierte nicht. »Cheska.« Er legte ihr einen Arm um die Schultern. »Es ist alles in Ordnung. Onkel David ist hier.«

Cheska blickte zu ihm hoch, in ihren Augen flackerte es, als würde sie ihn vage wiedererkennen.

»Was ist passiert? Ich ...« Sie schüttelte den Kopf und schaute sich um, als versuchte sie, sich zu erinnern, wo sie sich befand. »Mummy? Wo ist Mummy?« In wachsender Verzweiflung suchte Cheska mit den Augen die Straße ab.

»Cheska, ich ...« David deutete auf den Sanitätswagen.

Cheska löste sich aus seiner Umarmung und lief auf ihn zu. Greta lag noch neben dem Wagen auf der Trage, die Sanitäter bereiteten gerade alles vor, um sie einzuladen. Ihr Gesicht war weiß und durchsichtig wie Porzellan. Mit einem Aufschrei warf sich Cheska auf die Trage und schlang die Arme um Gretas schlaffen Körper.

»Mummy! Mummy! Das habe ich nicht so gemeint, ich habe es nicht so gemeint! O mein Gott, nein!«

David stand hinter Cheska und hörte, wie sie etwas in Gretas Brust schluchzte, unterbrochen von hysterischem Weinen. Er versuchte sie fortzuziehen, doch sie klammerte sich an der Trage fest, ihre Worte waren erstickt.

»Jetzt komm, Cheska, komm, Schätzchen. Sie müssen Mummy doch ins Krankenhaus fahren.«

Cheska drehte sich mit schmerzverzerrtem Gesicht zu David um, bevor sie ohnmächtig in seine Arme sank.

# Kapitel 31

In den ersten Tagen nach dem Unfall pendelte David im Krankenhaus St. Thomas in tiefster Sorge zwischen der Intensivstation, auf der Greta lag, und der medizinischen Station, auf der Cheska behandelt wurde.

Nachdem Cheska an dem schrecklichen Abend in Ohnmacht gefallen war, hatte David wohl oder übel bei ihr bleiben müssen, auch wenn er Gretas wegen in tausend Ängsten schwebte. Einer der Sanitäter von Gretas Rettungswagen war am Unfallort geblieben, um Cheska zu versorgen, doch während er sie untersuchte, war sie zu sich gekommen, hatte gellend geschrien und wirres Zeug gebrabbelt. Als David versucht hatte, sie zu beruhigen, hatte sie wild um sich geschlagen, so dass der Sanitäter keine andere Möglichkeit sah, als sie zu sedieren, noch während sie auf einen zweiten Sanitätswagen warteten.

Als Cheska dann auf der Station versorgt wurde, hatte David sich erkundigt, wo er Greta finden könnte, und war, von Panik erfüllt, mit dem Lift zur Intensivstation gefahren. Er hatte nicht gewusst, ob Greta überhaupt noch lebte, bis man ihm sagte, dass sie im Koma liege und ihr Zustand kritisch, aber stabil sei. Ein Besuch bei ihr kam nicht infrage.

Stundenlang war er im Korridor auf und ab marschiert und hatte das medizinische Personal, das kam und ging, mit Fragen bombardiert, doch sie hatten immer nur wiederholt, dass Greta schwer verletzt sei.

Erst nach zwei Tagen, in denen die Ärzte so gut wie nichts über ihren Zustand verlauten ließen, durfte er sie schließlich sehen. Bei ihrem Anblick war er in Tränen ausgebrochen: angeschlossen an diverse Geräte, Kanülen in Mund und Nase, das Gesicht geschwollen und blau verfärbt.

»Bitte werde wieder gesund«, flüsterte er immer wieder, während er an ihrem Bett saß. »Bitte, Greta, komm zu mir zurück.«

»Ah, Mr Marchmont.« Der Arzt erhob sich und gab David die Hand, als dieser das Besprechungszimmer betrat. »Ich bin Dr. Neville. Bitte setzen Sie sich doch. Sie sind also mit Greta verwandt?«

»Ja, das stimmt wohl, durch Heirat. Aber wir sind auch gut befreundet«, antwortete David.

»Dann darf ich Ihnen ja sagen, was wir bislang herausgefunden haben. Durch den Zusammenstoß mit dem Wagen hat sie sich einen komplizierten Oberschenkelbruch zugezogen und ein schweres Schädeltrauma erlitten, dessentwegen sie ins Koma gefallen ist. Die Kopfverletzung bereitet uns natürlich die größte Sorge, zumal Greta noch nicht wieder zu Bewusstsein gekommen ist, nicht einmal kurzzeitig.«

»Aber irgendwann wird sie doch sicher wieder aufwachen, oder nicht?«, fragte David.

»Die Untersuchungen laufen noch, so dass wir im Augenblick noch nichts Definitives sagen können. Wenn wir nichts finden, müssen wir sie zur weiteren Beobachtung eventuell in die Abteilung für Hirnverletzungen im Addenbrooke Hospital in Cambridge verlegen.«

»Und wie sieht gegenwärtig die Prognose aus, Doktor Neville?«

»So wie es aussieht, besteht keine Lebensgefahr, wenn Sie das meinen. Ihre Vitalfunktionen sind ermutigend, und wir wissen jetzt mit Sicherheit, dass es keine inneren Blutungen gibt. Was allerdings das Koma betrifft ... das muss die Zeit weisen. Es tut mir leid, Ihnen nichts Genaueres sagen zu können.«

David verließ das Besprechungszimmer mit gemischten Gefühlen. So erleichtert er war, dass Greta nicht mehr in Lebensgefahr schwebte, war er doch am Boden zerstört über die möglichen gesundheitlichen Folgen des Unfalls. Er wusste nicht, was schlimmer war – die Vorstellung, dass Greta möglicherweise nie mehr aufwachen würde, oder dass sie aufwachte, ihr Gehirn aber derart geschädigt war, dass ihr Leben nie mehr so sein würde wie zuvor.

Am Nachmittag ging David bedrückt einige Stockwerke höher zu seinem täglichen Besuch bei Cheska. Nach wie vor schien sie ihn gar nicht wahrzunehmen, sondern lag reglos auf dem Bett und starrte unentwegt zur Decke.

David tat alles, um ihr eine Reaktion zu entlocken, aber vergeblich.

Ihr glasiger, stierer Blick verfolgte ihn, wenn er den Raum verließ, um sich daheim umzuziehen und ein paar Stunden zu schlafen. Der behandelnde Arzt hatte gesagt, Cheska befinde sich in einem katatonischen Zustand, vermutlich ausgelöst durch das emotionale Trauma, den Unfall ihrer Mutter miterlebt zu haben.

In der folgenden Woche wurde Greta, die noch immer im Koma lag, ins Addenbrooke Hospital verlegt. Man sagte David, die Ärzte wollten sie zunächst einige Tage untersuchen, ehe er sie sehen dürfe. Man würde ihn kontaktieren, wenn es Neuigkeiten gebe.

Erschöpft vom Schlafmangel und der körperlichen und seelischen Belastung, sich um zwei Frauen zu kümmern, die er liebte, ging David nach Hause und schlief vierundzwanzig Stunden am Stück. Als er mit frischer Kraft ins Krankenhaus kam, um Cheska zu besuchen, bat der behandelnde Arzt ihn, kaum hatte er die Station betreten, in sein Zimmer.

»Setzen Sie sich doch bitte, Mr Marchmont.«
»Danke.«
»Ich wollte mit Ihnen über Cheska sprechen. Als sie einge-

liefert wurde, gingen wir davon aus, dass der Schock darüber, den Unfall ihrer Mutter beobachtet zu haben, im Lauf der Zeit abklingen und ihr Zustand sich normalisieren würde. Leider war das bislang nicht der Fall. Wir sind eine medizinische Station, Mr Marchmont, und nicht auf derartige Fälle spezialisiert. Ich habe Cheska von unserem Psychiater hier im Haus untersuchen lassen, und er ist der Ansicht, dass sie in eine psychiatrische Abteilung verlegt werden muss. Vor allem in Anbetracht der Umstände.«

»Welcher Umstände?«

»Cheska ist im dritten Monat schwanger.«

»O mein Gott!« Stöhnend fragte David sich, wie viele Hiobsbotschaften er noch ertragen musste.

»Ich habe vermutet, dass Sie das noch nicht wussten, und theoretisch habe ich jetzt meine ärztliche Schweigepflicht verletzt, aber da Cheska nicht in der Lage ist, es Ihnen selbst mitzuteilen, und da ihre Mutter ... unpässlich ist, sind Sie der nächste Anverwandte. Ich finde es wichtig, dass Sie im Bilde sind.«

»Sicher«, antwortete David schwach.

»Angesichts der Tatsache, dass Cheska so berühmt ist, schlage ich eine diskrete Privatklinik vor.«

»Natürlich«, sagte David zögernd. »Aber ist eine solche Einrichtung wirklich notwendig?«

»Da Cheska momentan von sich aus höchstwahrscheinlich nichts unternehmen würde, falls es Komplikationen gibt, muss sie während der Schwangerschaft unter ärztlicher Aufsicht bleiben.«

»Ich verstehe.«

»Lassen Sie mich wissen, welche Region in England für Sie am günstigsten wäre. Ich werde dann unseren Psychiater bitten, bei ein paar geeigneten Kliniken anzurufen.«

»Danke.« David verließ das Besprechungszimmer und ging langsam den Korridor entlang zu Cheska.

Sie saß, wie in letzter Zeit immer, in einem Sessel und starrte zum Fenster hinaus. David kniete sich neben sie und nahm ihre Hände in seine.

»Cheska, das hättest du mir sagen sollen. Du bekommst ein Kind.«

Nichts.

»Bobbys Kind.« Das sagte er ganz instinktiv.

Cheska neigte den Kopf ein klein wenig und lächelte unvermittelt.

»Bobbys Kind«, wiederholte sie.

David schlug die Hände vors Gesicht und weinte vor Erleichterung.

»Ist Leon da?«, fragte David die junge Frau am Empfang und ging zielstrebig auf die geschlossene Bürotür zu.

»Ja, aber ...«

Leon legte den Hörer beiseite, als David, ohne zu klopfen, eintrat. »Guten Tag, David. Frohe Weihnachten! Wie geht es Greta und Cheska ...?«

David trat ganz nah an den Schreibtisch und stützte sich mit den Händen auf der Platte ab, beugte sich vor und baute sich zu voller Größe auf.

»Etwas besser, aber das haben sie nicht Ihnen zu verdanken. Ich möchte von Ihnen wissen, ob Sie wussten, dass Cheska eine Affäre mit Bobby Cross hatte, und wenn ja, warum Sie sie nicht gewarnt haben, dass er verheiratet ist?«

Erschreckt wand Leon sich in seinem Stuhl. Der sonst so gutmütige, sanfte David sah ausgesprochen bedrohlich aus.

»Ich ... Ich ...«

»Sie haben also davon gewusst?«

»Na ja, ich wusste, dass da etwas lief.«

»Ach, Leon, jetzt hören Sie doch auf! Greta hat mir erzählt, Sie hätten ihr am Telefon gesagt, dass Cheska übers Wochenende in Brighton bleiben muss. Cheska hat ihrer Mutter gestanden, dass an den Tagen nicht gedreht wurde. Leon, Sie haben Cheska gedeckt! Warum, in Gottes Namen? Gerade Sie wissen doch genau, was Bobby für ein Mensch ist!«

»Also gut, David, also gut. Bitte, setzen Sie sich doch. Sie sehen aus wie ein Gangster, so wie Sie dastehen.«

David blieb stehen und verschränkte die Arme. »Ich möchte den Grund wissen«, wiederholte er.

»Hören Sie, ich schwöre, ich habe die Beziehung nicht aktiv betrieben, obwohl Charles Day das dem Film zuliebe gern gesehen hätte. Cheska hatte Probleme, den Übergang von den Kleinmädchenrollen zu finden, die sie bislang immer gespielt hatte, und Charles dachte, ein Flirt mit ihrem männlichen Gegenüber könnte ihr nicht schaden, würde ihr sogar helfen, erwachsener zu werden. Und ihrem Spiel hat es wirklich gutgetan. Sie sollten mal die Tagesmuster sehen! Cheska ist wirklich fantastisch.«

Voll Abscheu blickte David auf Leon hinunter. »Sie wollen mir also sagen, dass Sie um ein paar guter Nahaufnahmen willen Charles darin unterstützt haben, eine emotional völlig unerfahrene Sechzehnjährige zu ermutigen, mit einem verheirateten Mann ins Bett zu springen, dessen Ruf noch schlechter ist als Ihre Moral?! Das ist ja widerlich! Dass das Geschäftliche für Sie an erster Stelle steht, wusste ich immer schon, Leon, aber ich wusste nicht, dass Sie völlig skrupellos sind!«

Leon machte eine beruhigende Geste. »Ach, jetzt hören Sie, es war eine kleine Liebelei, weiter nichts. Was hätte ich denn tun sollen? Cheska verbieten, Bobby zu sehen? Das Ganze hatte ja schon angefangen, bevor ich überhaupt nach Brighton gekommen bin. Außerdem, es ist doch weiter nichts passiert.«

»Nichts passiert?« David schüttelte verzweifelt den Kopf. »Cheska hat sich in Bobby verliebt.«

»Das verkraftet sie schon. Jeder muss sich irgendwann das erste Mal verlieben.«

»Ganz so einfach ist es nicht, Leon. Ich glaube, Cheska liegt auch deswegen mit Katatonie im Krankenhaus, weil ihre Mutter ihr erzählt hat, dass Bobby Cross verheiratet ist.«

Leon beugte sich ein wenig vor. »Wissen Sie, das war immer schon das Problem mit Cheska. Sie wurde von Greta derart behütet und umsorgt, dass sie sich nie mit der Realität auseinandersetzen und ihre eigenen Entscheidungen treffen ...«

»Unterstehen Sie sich, so von Greta zu sprechen!« David baute sich wieder drohend vor dem Schreibtisch auf. Am liebsten hätte er Leon am Kragen gepackt und ihm das selbstgefällige Lächeln aus dem Gesicht geprügelt.

»Entschuldigung, David, das tut mir leid. Wirklich. Das war gedankenlos angesichts der Umstände. Aber was ich meinte, ist, Cheska wird langsam erwachsen. Sie muss selbst Erfahrungen machen und lernen, mit ihnen umzugehen, wie jeder andere Mensch auch. Die letzten Wochen waren schlimm für sie, aber sie wird die Sache mit Bobby überwinden, davon bin ich überzeugt.«

»Das hätte sie vielleicht, wenn sie nicht gerade schwanger von ihm wäre.«

»Guter Gott!«

Jetzt nahm David endlich Platz.

»Das tut mir leid, David. Ich ... verdammt! Will sie es behalten?«

»In ihrem gegenwärtigen Zustand ist sie nicht in der Lage, eine vernünftige Entscheidung zu treffen. In zwei Tagen wird sie in eine Privatklinik in der Nähe von Monmouth verlegt, wo sie sich in Ruhe erholen soll.«

»Ich verstehe. Ich werde mit Charles Day reden, das Studio soll die Kosten für die Klinik übernehmen. Angesichts der Umstände ist das das Mindeste.«

»Das ist das Wenigste. Aber ich möchte, dass Sie Ihren unsäglichen Klienten kontaktieren und ihn das wissen lassen. Wo ist Bobby überhaupt?«

»Irgendwo im Ausland, er macht Urlaub mit seiner ... seiner Frau und den Kindern.« Peinlich berührt senkte Leon den Blick. »Er sagt mir nie, wohin er fährt.«

»Wann kommt er zurück?«

»Irgendwann nächsten Monat. Er nimmt ein Album auf, dann fangen die Proben für seine Spielzeit im Palladium an.«

»Sie würden mich doch nicht anlügen, Leon, oder?« David betrachtete ihn skeptisch.

»Guter Gott, David, wirklich nicht! Vergessen Sie nicht, Cheska ist auch meine Klientin, und sie ist mir sehr viel mehr wert als Bobby. Ganz zu schweigen von Ihnen, natürlich. Wenn er wieder hier ist, werde ich es ihm sofort sagen. Allerdings habe ich keine großen Hoffnungen. Andererseits ist Cheska ohne ihn besser dran, schwanger hin oder her. Sie könnte das Kind doch adoptieren lassen, oder nicht?«

»Denken wir schon wieder ans Geschäftliche, Leon?«, fragte David verächtlich.

»Hören Sie, ich tue alles, was ich kann, um zu helfen. Wie geht es Greta?«

»Unverändert.« Schmerz lag in Davids Blick.

»Bitte grüßen Sie sie von mir.«

»Sie wird die Grüße nicht erwidern, wie Sie genau wissen, Leon.«

»Was meinen die Ärzte?«

»Ich glaube nicht, dass Sie das wirklich interessiert, also spare ich mir die Worte.« Er stand auf. »Aber eines möchte ich Ihnen doch noch sagen: Ihre Dienste als mein Agent stehen momentan auf dem Prüfstand.«

Ehe Leon antworten konnte, machte David auf dem Absatz kehrt und verließ das Büro.

Am Tag vor Heiligabend wurde Cheska mit dem Ambulanzwagen ins Medlin Psychiatric Hospital in der Nähe von Monmouth gebracht. David und LJ folgten ihr mit dem Auto. Nach einem langen Gespräch mit ihrem Sohn hatte LJ, die David nach Kräften unterstützen wollte, vorgeschlagen, dass sie die Pflege von Cheska übernehme, während David sich Greta widmete.

Als sie auf den Parkplatz fuhren, dachte David sich, dass die Klinik ebenso gut ein Hotel sein könnte. Es war ein wunderschönes Haus aus dem 18. Jahrhundert, umgeben von gepflegten Gartenanlagen. Sowohl im Foyer als auch in den Gemeinschaftsräumen herrschte die Atmosphäre eines vornehmen Landhauses. Die Räume der Patienten waren klein, aber geschmackvoll und behaglich eingerichtet. David und LJ ließen Cheska mit einer Schwester in ihrem Zimmer zurück und folgten der Empfangsdame in das Büro des psychiatrischen Chefarztes.

»Guten Tag, ich bin John Cox.« Der grauhaarige Mann begrüßte David und LJ mit einem warmen Lächeln und gab ihnen die Hand. »Bitte, nehmen Sie doch Platz. Ich verfüge zwar über die Krankenhausunterlagen von Cheska, hätte aber doch gerne noch ein paar Hintergrundinformationen, um mir ein besseres Bild machen zu können. Haben Sie etwas dagegen?«

»Ganz und gar nicht.« David nickte seiner Mutter ermutigend zu.

»Gut. Fangen wir ganz von vorne an. Wo wurde sie geboren?«

David beantwortete die Fragen nach bestem Wissen, auch wenn es ihn schmerzte, sich an die Vergangenheit erinnern zu müssen.

»Sie ist also mit vier Jahren zum Film gekommen?«, fragte Dr. Cox.

»Ja. Ich persönlich fand das nie richtig«, sagte LJ missbilligend.

»Ich würde Ihnen nicht widersprechen. Das ist ein großer Druck für ein kleines Kind. Wissen Sie, ob sie vor diesem Vorfall jemals ähnliche Probleme hatte?«

LJ biss sich auf die Unterlippe, ehe sie antwortete. »Ja, doch, einmal …« Als sie Davids fragenden Blick bemerkte, zögerte sie kurz, fuhr dann aber entschlossen fort. »Cheska war bei mir in

Marchmont, damals war sie noch recht klein. Eines Abends sah ich sie in dem alten Kinderzimmer sitzen, wie sie einen Teddybären malträtiert hat.«

»Jetzt komm, Ma«, widersprach David. »Ist ›malträtieren‹ nicht ein bisschen heftig? Das hast du mir noch nie erzählt. Und außerdem gehen doch alle Kinder hin und wieder ziemlich lieblos mit ihrem Spielzeug um, oder?«

»David, du hast ihr Gesicht nicht gesehen«, entgegnete LJ leise. »Es war fast ... manisch.«

Der Psychiater nickte und notierte etwas auf seinem Block, ehe er die Befragung fortsetzte.

»In den Krankenhausaufzeichnungen steht, dass Cheska den Unfall ihrer Mutter mit angesehen hat?«

»Ja, das denken wir zumindest«, sagte David. »Auf jeden Fall ist sie spätestens wenige Sekunden danach hinzugekommen.«

»Ah so. Hat sie sonstige Erinnerungen an den Abend?«

»Das weiß ich wirklich nicht«, erklärte David. »Sie hat nichts erwähnt, und wir wollten sie nicht fragen für den Fall, dass es sie verstört. Ihre Mutter liegt noch im Koma.«

»Nun ja, bei Patienten wie Cheska ist Ehrlichkeit oft das Beste. Wenn das Thema zur Sprache kommt, können Sie ruhig über ihre Mutter reden, natürlich im Rahmen.«

David und LJ nickten.

»Gibt es noch etwas, das Sie von sich aus sagen möchten, was uns womöglich helfen könnte?«

»Nun, Sie wissen ja aus den Aufzeichnungen, dass sie schwanger ist. Und den Vater des Kindes über alles liebt. Aber leider wird er sich kaum der Verantwortung stellen«, sagte David.

»Arme Cheska. Kein Wunder, dass sie Probleme hat. Herzlichen Dank für Ihre Auskünfte. Cheska wird jeden Tag eine Therapiestunde bei mir haben, und ich muss ihren Zugang zur Realität einschätzen können. Glauben Sie zum Beispiel, dass sie sich der Schwangerschaft bewusst ist?«

»Auf jeden Fall«, antwortete David.

»Nun, das ist ja schon ein Schritt in die richtige Richtung. Belassen wir es dabei und sehen wir, was die Zukunft bringt.«

»Wohin gehst du? Du willst mich doch nicht allein hier lassen, oder?« Entsetzen breitete sich auf Cheskas Gesicht aus, als David sie auf die Wange küsste. John Cox stand in diskretem Abstand hinter ihm, er wollte die Abschiedsszene beobachten.

»Die Ärzte möchten, dass du eine Weile hierbleibst, damit sie dich und das Baby im Auge behalten können«, sagte David fürsorglich. »Nicht für lange, das verspreche ich dir.«

»Aber ich möchte mit dir heimfahren. Es ist doch Weihnachten, Onkel David!« Cheskas Augen füllten sich mit Tränen. »Lass mich nicht allein, bitte lass mich nicht allein.«

»Es ist ja gut, es ist alles gut. Es gibt keinen Grund, dich aufzuregen. LJ wird dich jeden Tag besuchen, und ich komme auch, so oft es geht.«

»Versprochen?«

»Versprochen, Schätzchen.« Er zögerte und überlegte kurz, ob er wirklich sagen sollte, was ihm auf der Zunge lag. »Cheska, bevor ich gehe – gibt es etwas, das du mich fragen möchtest, über deine Mutter oder …?« Er brach mitten im Satz ab. Cheskas Gesicht hatte bei der Erwähnung ihrer Mutter keinerlei Regung gezeigt. Sie schaute ihn nur einen Moment verständnislos an, wandte sich dann ab und starrte aus dem Fenster. »Dann auf Wiedersehen, Schätzchen. Wir sehen uns bald wieder.«

»Auf Wiedersehen, Onkel David«, sagte sie über die Schulter hinweg.

David verließ das Zimmer, gefolgt von Dr. Cox.

»Machen Sie sich keine Sorgen, Mr Marchmont. Der Abschied war für Sie jetzt vielleicht etwas belastend, aber meiner Ansicht nach durchaus ermutigend. Dass Cheska zu gewissen Regungen fähig ist, etwa Trauer über Ihre Abreise, ist ein positives Zeichen.«

»Aber ich komme mir so gemein vor, sie hierzulassen.«

»Bitte, machen Sie sich keine Sorgen. Ich bin mir sicher, dass sie sich sehr schnell einleben wird. Sie ist wirklich am besten Ort, den es für sie momentan gibt, und Sie müssen uns vertrauen. Fahren Sie nach Hause und versuchen Sie, sich ein paar erholsame Weihnachtstage zu machen, und danach sprechen wir uns wieder.«

Am frühen Abend kamen David und LJ in Marchmont an. Erschöpft, wie er emotional und körperlich war, hatte er den Vorschlag seiner Mutter akzeptiert, zumindest Weihnachten bei ihr zu verbringen.

»Setz dich, David, ich hole uns einen Drink.«

Sie schenkte ihnen einen Whisky ein. »Hier, bitte.« Sie reichte ihm das Glas und legte dann ein paar Scheite in das Feuer im Kamin.

»Zum Wohl, und frohe Weihnachten. Du siehst blendend aus, Ma, wie immer. Im Moment sogar jünger als ich«, scherzte er.

»Ich glaube, es ist die Farm, die mich jung hält. Ich habe so viel zu tun, dass mir gar keine Zeit bleibt, alt zu werden.«

»Wirst du es denn wirklich schaffen, Cheska zu besuchen, Ma?«

»Aber natürlich, mein Lieber. Und Mary kann auch immer wieder einmal zu ihr fahren.«

»Aber was, wenn sie in ein paar Monaten das Kind bekommt und sich um ein winziges Wesen kümmern muss, das in jeder Hinsicht auf sie angewiesen ist? Sie ist ja nicht einmal in der Lage, sich um sich selbst zu kümmern, von einem Baby ganz zu schweigen. Und nachdem Greta ...« Seufzend brach David ab.

»Ja, darüber mache ich mir auch Gedanken. Aber wir können nichts tun außer beten, dass es ihr bis dahin besser geht. Es ist noch eine ganze Weile hin«, erinnerte LJ ihn.

»Sie sieht aus wie ein Gespenst. Ganz blass und dazu dieser

glasige Blick. Sie wirkt so zerbrechlich, Ma. Und sie hat kein einziges Mal über Greta gesprochen. Ihr Gesicht war völlig ausdruckslos, als ich beim Abschied ihre Mutter erwähnte.«

»Wie ich heute Nachmittag dem Psychiater schon sagte, frage ich mich, ob das nicht alles Teil eines weit größeren mentalen Problems ist und nicht nur der Schock über Gretas Unfall«, meinte LJ.

»Das glaube ich nicht. Cheska war eigentlich immer sehr stabil. Sie hat jahrelang im Rampenlicht gestanden, ohne dass es ihr geschadet hätte; ich kenne ältere, reifere Menschen, die unter dem Druck zusammengebrochen sind.«

»Vielleicht, aber denkst du nicht, dass genau das Teil ihres Problems sein könnte? Ich meine, was ist für sie denn die Realität? Und der ganze Ruhm in ihrem Alter. Du weißt, ich fand die viele Filmerei immer problematisch. Ich habe das Gefühl, dass sie überhaupt keine Kindheit hatte.«

»Ja, aber du weißt selbst, Greta wollte immer nur ihr Bestes.« Wie üblich wehrte David jede Kritik an Greta ab.

»Und was ist mit dem Vater ihres Kindes? Dieser Bobby Cross?«

»An dem Abend, an dem der Unfall passiert ist, wollte Greta ihr sagen, dass er verheiratet ist. Ob sie das getan hat oder nicht, weiß im Moment nur Cheska. Leon will Bobby anrufen, sobald er sich wieder in England befindet, aber um ehrlich zu sein, könnte er sich den Anruf eigentlich sparen. John Cox wird das Thema bestimmt mit ihr ansprechen, dann wissen wir vielleicht mehr.«

»Und was sind deine Pläne für die nächsten Tage?«, fragte LJ, um das Thema zu wechseln.

»Ich fahre am zweiten Weihnachtstag nach Cambridge, um Greta zu besuchen.« Er zuckte mit den Schultern. »Ihr Arzt hat gesagt, dass bei den Untersuchungen überhaupt nichts festgestellt wurde.«

»Das heißt, ihr Zustand ist unverändert?«

»Offenbar.«

»Musst du dann wirklich zu ihr fahren? Ich möchte ja nicht unfreundlich klingen, David, aber die arme Frau liegt im Koma. Sie ist im Addenbrooke Hospital in guten Händen, und abgesehen davon wird sie dich in ihrem Zustand ein paar Tage kaum vermissen. Du musst dir ein bisschen Ruhe gönnen, mein Lieber. Es wird alles zu viel für dich.«

»Nein, Ma«, antwortete David leise. »Was ich muss, ist, bei der Frau zu sein, die ich liebe.«

## Kapitel 32

»Und, Cheska, wie geht es Ihnen heute?« John Cox lächelte sie über den Schreibtisch hinweg an.

»Gut«, antwortete sie.

»Sehr schön. Leben Sie sich gut ein?«

»Ich denke schon, aber ich möchte lieber nach Hause.«

»Nach Marchmont?«

»Ja.«

»Ihr Zuhause ist für Sie also Marchmont und nicht die Wohnung in London, in der Sie mit Ihrer Mutter gelebt haben?«

Cheska fixierte die Porzellanfigur, die auf einem Regal stand, und gab keine Antwort.

»Möchten Sie mir von Ihrer Mutter erzählen, Cheska?«

»Ich habe einmal einen Film gemacht, in dem ein Psychiater vorkam.«

»Ach ja?«

»Ja. Er wollte allen Leuten einreden, dass sein Bruder verrückt ist, damit er ihn wegsperren und sein ganzes Geld stehlen kann.«

»Aber Filme sind nicht die Realität, Cheska. Sie sind Märchen. Niemand will Ihnen sagen, dass Sie verrückt sind. Ich versuche, Ihnen zu helfen.«

»Genau das sagte der Psychiater in dem Film auch.«

»Dann reden wir doch über das Kind. Sie wissen, dass Sie ein Kind erwarten, oder?«

»Natürlich!«, fuhr sie auf.

»Wie geht es Ihnen damit?«

»Ich bin überglücklich.«

»Wirklich?«

»Ja.« Sie wurde unruhig und schaute zum Fenster hinaus.

»Dann ist Ihnen ja klar, dass Sie gut auf sich aufpassen müssen. Sie dürfen keine Mahlzeit ausfallen lassen. Ihr Kind ist auf Sie angewiesen, damit es wachsen kann.«

»Ja.«

»Wie geht es Ihnen mit der Vorstellung, das Kind alleine zu bekommen, ohne Vater?«, fragte er vorsichtig.

»Aber mein Kind hat doch einen Vater«, widersprach sie zuversichtlich. »Wir heiraten, sobald er aus Frankreich wieder da ist.«

»Ich verstehe. Und wie heißt Ihr, äh, Freund?«

»Bobby Cross. Wissen Sie, er ist ein ganz berühmter Sänger.«

»Was sagte Ihre Mutter dazu, dass Sie heiraten werden?«

Auch auf diese Frage ging Cheska nicht ein.

»Also gut, ich glaube, das genügt für heute. Ich sehe Sie morgen wieder, zur gleichen Zeit am selben Ort.« John Cox lächelte. »Ach, übrigens, heute Nachmittag bekommen Sie Besuch. Ihr Onkel.«

Ein strahlendes Lächeln erschien auf Cheskas Gesicht. »Ach, wie schön. Kommt er, um mich nach Marchmont zu bringen?«

»Nein, heute nicht. Aber sehr bald, das verspreche ich Ihnen.«

Er betätigte einen Summer, und eine Pflegerin trat ein.

Cheska erhob sich. »Auf Wiedersehen«, sagte sie und folgte der Krankenschwester aus dem Zimmer.

Am Nachmittag wurde David in John Cox' Büro gebeten.

»Wie geht es ihr?«, fragte er.

»Sehr viel besser, wie ich schon Ihrer Mutter sagte. Auf jeden Fall reagiert sie mehr auf ihre Umwelt als noch vor zwei Wochen. Aber sie weigert sich nach wie vor, über ihre Mutter zu reden. Es ist schwer zu sagen, ob sie glaubt, dass Greta am Leben ist oder tot. Liegt sie noch immer im Koma?«

»Ja. Im Moment gibt es keine Veränderungen.«

»Die Situation ist für Sie bestimmt sehr schwierig, Mr Marchmont.«

»Ich komme schon zurecht«, antwortete David rasch. Er wollte vermeiden, dass sein gegenwärtiger Geisteszustand von einem Psychiater unter die Lupe genommen würde. »Angesichts der Umstände wäre es vielleicht besser, Cheska nicht mehr nach ihrer Mutter zu fragen. Wenn sie sich tatsächlich an den Unfall erinnert – Greta an eine Herz-Lungen-Maschine angeschlossen zu sehen dürfte ihr kaum ein Trost sein.«

»In diesem Stadium würde ich Ihnen nicht unbedingt widersprechen«, sagte Dr. Cox seufzend. »Cheska hat mir heute Vormittag auch erzählt, dass sie und Bobby Cross heiraten, sobald er aus Frankreich zurückkommt.«

»Das könnte heißen, dass Greta ihr vor dem Unfall doch nichts von Bobby erzählt hat.«

»Wer weiß? Ich schlage vor, dass wir jetzt erst einmal die Geburt abwarten, und danach sehen wir weiter.«

David klopfte an Cheskas Tür.

»Herein.«

David betrat den Raum und sah Cheska in einem Sessel am Fenster sitzen.

»Guten Tag, Schätzchen, wie geht es dir?«

Mit einem Lächeln wandte sie sich zu ihm. »Guten Tag, Onkel David. Bist du gekommen, um mich abzuholen und nach Hause zu bringen?«

Er drückte ihr einen Kuss auf die Wange. »Du siehst fast schon wieder wie die alte Cheska aus. Wie schön, dich richtig angezogen zu sehen.«

»Ach, mir geht's auch gut. Ich möchte nur wissen, wann ich nach Hause darf. Bobby wird sich schon Sorgen machen und sich wundern, wo ich bin.« Cheskas Miene verdüsterte sich. »Weißt du was, Onkel David, ich habe einen Traum gehabt.

Einen schrecklichen Traum. Jemand hat mir gesagt, dass Bobby mich nicht mehr liebt, dass er verheiratet ist und schon Kinder hat und mich deswegen überhaupt nicht heiraten kann. Aber das war doch nur ein Traum, Onkel David, oder?« Verzweifelt suchte sie in seinem Gesicht nach einer Bestätigung. »Bobby liebt mich doch, oder?«

David schluckte schwer, dann nickte er. »Wie könnte er dich nicht lieben? So, und jetzt lass dich mal richtig umarmen.« Er nahm sie in den Arm und spürte durch ihre Kleidung hindurch ihre Rippen. »Mein Fräulein, du bist ja richtig mager geworden. Du solltest jetzt zunehmen, nicht abnehmen.«

»Ich weiß. Es tut mir leid. Sag Bobby, ich verspreche ihm, dass ich ab sofort richtig esse. Onkel David, was ist mit der Hochzeit? Bevor das Baby kommt, sollten wir wirklich heiraten.«

»Hier ist es sehr schön, findest du nicht?« Im Versuch, das Thema zu wechseln, ging David zum Fenster. »Die Anlagen sind wunderhübsch. Du solltest ein bisschen spazieren gehen. Die frische Luft würde euch beiden guttun.«

»Ja, es ist wirklich ganz hübsch hier«, sagte Cheska, die Davids Blick gefolgt war. »Aber ein paar Leute hier sind richtig verrückt. Nachts, wenn ich schlafen will, höre ich sie stöhnen. Es ist schrecklich. Ich wäre viel lieber in Marchmont.«

»Je mehr du auf dich selbst achtest und tust, was Dr. Cox dir sagt, desto eher kann ich dich nach Hause holen. Fehlt dir hier etwas, das ich dir mitbringen könnte?«

»Vielleicht wäre ein Fernseher ganz schön. So ohne Beschäftigung ist mir manchmal langweilig.«

»Ich sehe mal, was sich machen lässt.«

»Danke. Onkel David? Bin ich krank? Ich fühle mich nicht krank.«

»Nein, du bist auch nicht krank. Du hast nur einen ... einen ziemlichen Schock bekommen, deswegen bist du noch ein bisschen schwach.«

Cheska wurde noch blasser. »Ich ... Manchmal bin ich ganz durcheinander. Ich habe lauter schreckliche Alpträume, und dann kann ich nicht unterscheiden, was Wirklichkeit ist und was ich geträumt habe. Manchmal denke ich, dass ich verrückt sein muss. Aber ich bin doch nicht verrückt, oder? Bitte sag mir, dass ich nicht verrückt bin!« Ihre Augen schwammen in Tränen.

David kniete sich neben sie und streichelte ihr sanft über die Wange. »Natürlich bist du nicht verrückt, Schätzchen. Du warst einfach lange Zeit unter sehr großem Druck, das ist alles. Deswegen bist du hier, um dich zu erholen und ein bisschen Ruhe zu finden. Du brauchst dir keine Sorgen zu machen, du brauchst dich nur um dich und dein Kind zu kümmern. Versprichst du mir, dass du das tust?«

»Ich versuch's.« Cheska trocknete sich die Tränen. »Manchmal bekomme ich einfach solche Angst. Ich ... Ich komme mir so allein vor.«

»Du bist aber nicht allein, Cheska. Du hast das Baby, das in dir lebt.« Er warf einen Blick auf die Uhr, die auf ihrem Nachttisch stand. »Schätzchen, ich muss jetzt fahren. Ich komme dich in zwei Wochen wieder besuchen.«

»Schön. Ich hab dich lieb, Onkel David.« Sie schlang die Arme um seinen Hals. »Du denkst doch nicht, dass ich ein schlechter Mensch bin, oder?«

»Nein, Cheska, ganz bestimmt nicht. Bis bald.« David gab ihr einen Kuss auf den blonden Scheitel und verließ den Raum.

Auf der Rückfahrt sinnierte David über das Gespräch. Es stand außer Zweifel, dass es Cheska besser ging als bei seinem letzten Besuch; in manchen Momenten war sie ihm völlig normal erschienen. Aber ihre Fantasie mit Bobby bereitete ihm große Sorgen.

Vier Stunden nachdem er Cheska verlassen hatte, saß David wieder am Bett ihrer Mutter.

David kehrte von seinem Wachposten an Gretas Bett, den er sechs Tage die Woche bezog, nach Hampstead zurück. Es war Sommer geworden, doch er hatte den Wechsel der Jahreszeiten kaum bemerkt. Fast sechs Monate waren seit dem Unfall vergangen, und immer noch war ihr Zustand unverändert. Das Gros seiner Arbeitsverpflichtungen hatte er abgesagt, um jeden Tag bei ihr sein zu können, nur seine Radiosendung am Freitagabend behielt er nach wie vor bei. Die Ärzte im Addenbrooke Hospital waren mit ihrer Weisheit mehr oder weniger am Ende, nachdem Gehirnscans und weitere Untersuchungen keinerlei Anzeichen eines dauerhaften Schadens ergeben hatten. Sie konnten David nur vorschlagen, Greta so oft wie möglich vorzulesen und mit ihr zu reden in der Hoffnung, irgendwann könnte sie reagieren. Das hatte er bereitwillig getan, aber bislang vergebens.

Als er die Haustür aufschloss, hörte er das Telefon klingeln und lief ins Wohnzimmer, um abzuheben.

»Marchmont.«

»David, hier ist Leon. Wie geht es Cheska?«

»Besser.«

»Und Greta?«

»Unverändert. Leon, was ist der Grund für Ihren Anruf?«

»David, hören Sie, ich habe mit Bobby gesprochen, und er klang aufrichtig entsetzt. Er sagte, ja, Cheska und er hätten geflirtet, aber nicht intim genug, als dass ein Kind dabei herauskommen könnte. Er schwört, dass er unmöglich der Vater sein kann.«

»Glauben Sie ihm?«

»Einen Teufel werde ich tun! Aber was sollen wir machen? Er weist jede Verantwortung weit von sich.«

David knirschte mit den Zähnen. »Ich sage Ihnen, sollte ich dem Schuft jemals wieder begegnen, spieße ich ihn an den Eiern auf! Haben Sie ihn gefragt, ob er Cheska besuchen würde?«

»Ja, und das hat er abgelehnt. Er meinte, das könnte alles noch schlimmer machen. Er sagte, sie würde die ganze Sache total aufbauschen, es wäre nur eine nette kleine Romanze gewesen mit keinerlei Hintergedanken.«

»Ich kann nicht behaupten, dass ich etwas anderes erwartet hätte, aber seine dreisten Lügen zu hören schockiert mich trotzdem.«

»Der Mann hat keine Moral, hat er noch nie gehabt. Aber hören Sie, eine Sache gibt es, über die wir uns noch unterhalten müssen. Charles Day hat vor Kurzem bei mir angerufen. Er wollte hören, ob Cheska im kommenden Monat bei der Premiere von *Entschuldigung, Herr Lehrer, ich liebe Sie* dabei sein kann.«

»Und was haben Sie gesagt?«

»Dass ich das bezweifle. Ich habe ihm ihre Situation natürlich nicht in allen Details geschildert, Charles glaubt, sie hätte einen Nervenzusammenbruch erlitten wegen des Schocks, den Unfall ihrer Mutter mit angesehen zu haben. Von dem Kind weiß er nichts.«

»Cheskas Zustand erlaubt ihr nicht, irgendwohin zu gehen. Und selbst wenn – ich vermute, dass auch Bobby Cross bei der Premiere sein wird? Leon, wie können Sie einen solchen Vorschlag auch nur einen Moment erwägen?«

»Schon gut, ich sage Charles, dass sie zu krank ist, um zu kommen, und er soll den Zeitungen mitteilen, dass sie eine Grippe hat. Aber es ist ein Jammer. Alle gehen davon aus, dass der Film hier und in den Staaten ein Riesenerfolg wird.«

»Ja, Leon, es ist wirklich ein Jammer. Aber wenn bestimmte Menschen Cheska nicht manipuliert hätten, wäre das alles gar nicht passiert, stimmt's?«

»Ich weiß, David, aber was kann ich sagen? Es tut mir leid, wirklich.«

»Wenn Sie Bobby das nächste Mal sehen, richten Sie ihm

aus, dass er mir aus dem Weg gehen soll. Ich könnte mich sonst vergessen.«

Erschöpft legte David den Hörer auf. Er war körperlich, geistig und emotional am Ende. Tagein, tagaus an Gretas Bett zu sitzen, zu tun, was die Ärzte empfahlen, und zu versuchen, Greta zu einer Reaktion zu veranlassen, aber keine zu bekommen, raubte ihm die Zuversicht.

Er wusste, dass er allmählich die Hoffnung verlor.

# Kapitel 33

Nach Cheskas Gefühl verging die Zeit entsetzlich langsam. An manchen Tagen war sie beim Aufwachen voller Energie und dachte an Bobby und das Baby, aber an anderen versank sie in tiefster Schwermut. LJ besuchte sie praktisch jeden Tag, aber sie erzählte ihr lieber vom Wetter und den Lämmern, die auf der Farm zur Welt kamen, dabei wollte Cheska nur von Bobby reden. Onkel David kam auch manchmal, und ihn fragte sie immer, wann sie Medlin endlich verlassen konnte. Sie wusste ja, dass es ein Krankenhaus für Verrückte war. Beim Essen im Speisesaal hatte sie versucht, sich mit anderen Patienten zu unterhalten, aber die antworteten entweder gar nicht oder wiederholten nur immer wieder dasselbe.

David hatte ihr versprochen, dass sie nach der Geburt des Kindes nach Hause kommen würde, und sie tröstete sich mit dem Gedanken, dass es bis dahin nicht mehr lange war. Sie schrieb Bobby ausführliche Briefe, die sie David mitgab, um sie in den Briefkasten zu werfen, wenn er sie besuchte. Bobby schrieb nie zurück, aber sie wusste, dass er viel zu tun hatte, und versuchte, ihn zu verstehen. Wenn sie verheiratet waren, würde sie sich sowieso daran gewöhnen müssen, dass er oft unterwegs war.

Mitten in der Nacht quälten Cheska manchmal die alten Alpträume. Dann wachte sie schluchzend auf, und eine der Schwestern kam ins Zimmer, beruhigte sie und gab ihr eine Tasse Kakao und eine Schlaftablette.

Hin und wieder tauchten Bruchstücke in ihrer Erinnerung

auf, dass sie etwas ganz Entsetzliches getan hatte, aber sie verbannte sie vehement aus ihrem Kopf. Wahrscheinlich gehörten sie zu ihren Alpträumen.

Im letzten Monat der Schwangerschaft musste Cheska das Bett hüten. Ihr Blutdruck war gestiegen, und Dr. Cox verordnete ihr absolute Ruhe. Den Abend verbrachte sie meist vor dem Fernseher, den Onkel David ihr gebracht hatte.

Eines Sonntagabends verfolgte sie vom Bett aus die Nachrichten.

»Und jetzt gehen wir zu Minnie Rogers, die am Leicester Square steht und von den Stars berichtet, die zur Premiere von *Entschuldigung, Herr Lehrer, ich liebe Sie* eintreffen.«

Cheska sprang aus dem Bett und stellte den Ton lauter.

»Guten Abend.« Die Reporterin lächelte in die Kamera. Hinter ihr drängte eine Menschenmenge gegen die Absperrungen, wie Cheska es bei ihren Premieren unzählige Male erlebt hatte. »Wir warten jetzt auf Bobby Cross, den Star des Films. Cheska Hammond, die die Rolle der Ava spielt, liegt mit Grippe im Bett und kann heute Abend nicht dabei sein. Oh!« Die Reporterin drehte sich um, die Aufregung stand ihr ins Gesicht geschrieben. »Und hier ist er!«

Cheska sah eine große schwarze Limousine vorfahren. Bobby stieg aus und winkte lächelnd den kreischenden Fans zu. Cheskas Augen füllten sich mit Tränen. Sie streckte die Hand aus und streichelte sein Gesicht.

Bobby drehte sich noch einmal zum Wagen um und half einer wunderschönen blonden Frau, aus dem Fond zu steigen; sie war sehr schlank und trug ein mit Pailletten besetztes Minikleid. Er legte den Arm um sie und gab ihr einen Kuss auf die Wange, dann gingen die beiden zum Eingang des Kinos, wo sie für die Kameras posierten.

»Bobbys Fans sind außer Rand und Band!«, fuhr die Reporterin begeistert fort. »Heute Abend wird er von Kelly Bright begleitet, dem derzeit berühmtesten britischen Model. Momentan ist Bobby mit seiner ausverkauften Show im Palladium zu sehen. Jetzt gehen er und Kelly ins Kino, wo das restliche Team bereits wartet. Der Film beginnt in etwa zwanzig Minuten. Ab morgen ist er in allen Kinos zu sehen, und ich verrate vorab schon einmal so viel: Den muss man gesehen haben! Und damit zurück zu Mike im Studio.«

Aus den Tiefen von Cheskas Brust stieg ein tiefes, animalisches Heulen auf. Sie fuhr sich mit den Fingernägeln übers Gesicht, kratzte sich die Haut blutig und drehte unentwegt den Kopf hin und her. »Nein ... nein ... nein! Er gehört mir ... er gehört mir ... er gehört mir!« Ihre Stimme gellte durch den Raum.

Eine Krankenschwester, die zufällig draußen vorbeiging, hörte den Lärm und stürzte ins Zimmer.

»Was ist denn ...« Als die Schwester sah, dass Cheska wild auf das Fernsehgerät einschlug, blieb sie abrupt stehen.

»Cheska, hören Sie auf!«

Aber Cheska nahm die Schwester gar nicht wahr, sie hämmerte immer heftiger auf das Gerät ein.

Die Schwester versuchte, sie festzuhalten. »Kommen Sie, ich helfe Ihnen, sich hinzulegen. Denken Sie an das Baby, Cheska, bitte!«

Unvermittelt sackte Cheska in sich zusammen. Die Schwester kniete neben ihr nieder und fühlte nach ihrem Puls. Da bemerkte sie die Lache auf dem Boden. Sie betätigte den Notfallknopf.


»Bitte, lieber Gott, bitte, lieber Gott«, flüsterte David, als er mit dem Wagen auf den Krankenhausparkplatz fuhr.

Im Laufschritt eilte er ins Foyer der Entbindungsstation, wo er von John Cox empfangen wurde.

»Ist alles ... ist Cheska ...?« Er schaffte es nicht, die Worte auszusprechen.

»Es geht ihr gut. Als die Wehen begannen, haben wir sie hierherverlegt. Sie hat vor ungefähr einer Stunde ein kleines Mädchen zur Welt gebracht. Die Kleine wiegt knapp dreitausend Gramm. Mutter und Kind sind wohlauf.«

»Gott sei Dank.« David versagte fast die Stimme nach der Anspannung, wie ein Wahnsinniger von Cambridge hierhergefahren zu sein.

»Ihre Mutter ist bei Cheska, die Schwestern kümmern sich gerade noch um sie. Aber möchten Sie die Kleine sehen?«

»Sehr gerne.« Er folgte Dr. Cox einen Gang entlang zum Säuglingszimmer. Als sie den Raum betraten, erhob sich eine Schwester und lächelte.

»Wir möchten das Baby Hammond sehen«, sagte Dr. Cox.

»Eigentlich heißt sie ja ›Marchmont‹«, stellte David richtig. Plötzlich hatte er einen Kloß im Hals. Was auch immer es mit den genauen Verwandtschaftsverhältnissen auf sich hatte, ein neues Lebewesen, das seinen Nachnamen trug, war gerade auf die Welt gekommen.

»Ich verstehe.« Die Schwester hob ein kleines Bündel aus einem der Kinderbetten und legte es David vorsichtig in den Arm.

Er schaute in das verknautschte Gesichtchen. Dann öffnete die Kleine die Augen und starrte ihn an.

»Sie macht ja einen sehr wachen Eindruck«, sagte er.

»Ja, sie ist ausgesprochen kräftig«, bestätigte die Kinderschwester.

Mit tränennassen Augen gab David dem Baby einen Kuss auf die Wange.

»Das hoffe ich, um ihretwillen hoffe ich das sehr«, sagte er leise.

# Kapitel 34

Als David sechs Wochen nach der Geburt von Cheskas Kind zu seinem zweiwöchentlichen Besuch kam, bat John Cox ihn in sein Büro.

»Ich denke, sie kann entlassen werden.«

»Das ist ja großartig!« David war begeistert.

»Wir haben den Eindruck, dass sie durch die Geburt wieder ins Lot gekommen ist. Seitdem hat sie gewaltige Fortschritte gemacht und wirkt klar, ruhig und entspannt. Sie hat eine gute Beziehung zu ihrem Kind aufgebaut. Gestern hat die Krankenhaushebamme die nachgeburtliche Untersuchung vorgenommen und gesagt, dass Cheska sich körperlich völlig erholt hat. Es versteht sich ja von selbst, dass es jetzt für beide von Vorteil wäre, in einer natürlicheren Umgebung als einer psychiatrischen Klinik zu leben.«

»Ganz bestimmt. Und Ihrer Ansicht nach ist Cheska dafür mental belastbar genug?«

»Ich kann nur sagen, dass es ihr wesentlich besser geht. Sie weigert sich nach wie vor, über ihre Mutter zu sprechen, aber wir könnten sie den Rest ihres Lebens hierbehalten, ohne dass sie je darüber spricht, was an dem Abend vorgefallen ist. Positiv ist auch, dass sie Bobby Cross seit der Geburt nicht mehr erwähnt hat. Das ist ein gutes Zeichen. Natürlich wird sie viel Unterstützung brauchen, aber ich glaube, dass sie durch ihre Tochter einen neuen Lebenssinn bekommen hat, eine andere Person als sie selbst, an die sie denken muss.«

»Schön. Ich hoffe sehr, dass Sie recht haben.«

»Das wird nur die Zeit erweisen. Jetzt bringen Sie sie erst einmal nach Hause, dann sehen wir, wie sie dort zurechtkommt. Wenn es Probleme gibt, Sie wissen ja, wo wir zu finden sind.« John Cox erhob sich. »Und jetzt gehen wir mit der guten Nachricht zu Cheska, ja?«

Cheska saß in ihrem Zimmer im Sessel und gab ihrer Tochter das Fläschchen. Als David und Dr. Cox eintraten, lächelte sie.
»Hallo, Cheska, wie geht es dir und der Kleinen? Ihr seht beide sehr gut aus.« David strahlte sie an.
»Es geht uns auch gut. Übrigens, wir brauchen sie nicht mehr ›die Kleine‹ zu nennen. Ihr werdet euch freuen zu hören, dass ich schließlich und endlich einen Namen für sie gefunden habe. Ich werde sie Ava nennen, nach meiner Figur in *Entschuldigung, Herr Lehrer, ich liebe Sie*. Ich finde, er passt zu ihr, findest du nicht?«
»Ein sehr schöner Name«, stimmte David zu. »Und ich habe auch eine gute Nachricht für dich. Dr. Cox hat gesagt, dass du und Ava nach Hause könnt.«
»Das ist ja fantastisch!« Cheska sah überglücklich aus. »Ich kann es gar nicht erwarten, ihr Marchmont zu zeigen.«
»Ich schicke eine Schwester, die Ihnen beim Packen hilft«, sagte der Arzt. »Wir sehen uns dann in einer Stunde bei mir im Büro, um die notwendigen Papiere auszufüllen.«
»Sehr schön«, antwortete Cheska munter.

LJ stand in Marchmont im Kinderzimmer. Nach Davids Anruf hatten sie und Mary sich im Eiltempo darangemacht, es gemütlich herzurichten.
»So, hier ist jetzt alles fertig. Wird es nicht wunderbar sein, wieder ein kleines Kind im Haus zu haben?«, sagte sie zu Mary, die gerade die Matratze in der alten Korbwiege mit einem sauberen Laken bezog.

»Ja, Mrs Marchmont, da haben Sie recht«, pflichtete sie ihr bei.

Zwanzig Minuten später, die Sonne ging gerade unter, sah LJ Davids Wagen die Auffahrt heraufkommen. »Sie sind da!« Begeistert klatschte sie in die Hände. »Ich gehe sie begrüßen.« Sie sauste die Treppe hinunter nach draußen.

»Willkommen, meine Lieben. Ich freue mich so, dass ihr beide hier seid«, sagte sie herzlich, als sie Cheska mit dem Baby aussteigen half.

»Und ich freue mich so, wieder hier zu sein, Tante LJ. Hier, möchtest du sie halten?«

Cheska reichte das Bündel LJ, die liebevoll auf die Kleine einredete, während sie sie ins Haus trug. »Sie ist ja noch schöner geworden, seit ich sie das letzte Mal gesehen habe. Ich glaube wirklich, dass sie deine Augen hat, Cheska. Weißt du schon, wie sie heißen soll?«, fragte sie, als sie ins Wohnzimmer gingen.

»Ava.«

»Ach wie schön, nach meiner Lieblingsschauspielerin. In *Glut* war Ava Gardner einfach hinreißend.« LJ setzte sich in einen Sessel und drückte das Kind an sich. Unvermittelt verzog Ava das Gesicht und schrie.

»Sie hat Hunger«, meinte Cheska.

»Mary hat vorhin ein paar Fläschchen vorbereitet und in den Kühlschrank gestellt. Sollen wir ins Kinderzimmer gehen? Dann bitte ich Mary, eins aufzuwärmen und uns zu bringen.«

LJ beobachtete Cheska, die im Kinderzimmer saß und ihrem Kind die Flasche gab. Sie staunte darüber, wie sicher sie mit ihrer Tochter umging, dabei war sie ja fast selbst noch ein Kind. Nachdem Cheska die Kleine hatte aufstoßen lassen, legte sie sie in die Korbwiege.

»So, und jetzt schläft sie vermutlich bis Mitternacht. Das tut sie meistens.«

»Warum gehst du dann jetzt nicht auch ins Bett?«, schlug LJ

vor. »Ich bleibe bei ihr und übernehme die Mitternachtsschicht. Du bist doch bestimmt sehr müde, mein Herz.«

»Ein bisschen, ja. Das ist sehr nett von dir.«

»Demnächst wirst du mir verbieten müssen, sie anzufassen. Ich vergöttere kleine Babys.« LJ lachte.

»Weißt du, als ich klein war, hat mir dieses Zimmer immer Angst gemacht«, sagte Cheska nachdenklich und sah sich im Kinderzimmer um.

»Und warum?«

»Das weiß ich nicht. Gute Nacht, LJ, und vielen Dank.« Cheska gab ihr einen Kuss auf die Wange und verließ den Raum.

Am folgenden Vormittag überließ Cheska ihre Tochter der liebevollen Fürsorge von LJ und Mary und machte einen langen Spaziergang. Marchmont war so schön, dass ihr allein schon bei seinem Anblick leicht ums Herz wurde. Das Haus lag inmitten der Hügel in der prallen Julisonne, auf den breiten Terrassen prangten in steinernen Töpfen leuchtend rote Geranien. Die Wälder unterhalb des Anwesens bildeten einen wahren Dschungel, der über die Hänge hinabzuwuchern schien.

Pünktlich zum Mittagessen kehrte Cheska zurück und setzte sich zu LJ und David auf die Terrasse.

»Nach dem scheußlichen Essen, das ich in Medlin bekommen habe, ist Marys Küche ein wahrer Genuss«, sagte sie zu David.

»In meinen Augen sind Sie immer noch viel zu dünn, Herzchen«, tadelte Mary sie und setzte ihr einen großen Teller mit saftigem Lammbraten und neuen Kartoffeln vor. »Außerdem müssen Sie viel an die frische Luft, damit Sie ein bisschen Farbe bekommen. Ich weiß noch, genau das Gleiche habe ich zu Ihrer Mutter gesagt, als Sie das erste Mal hier waren.«

LJ warf Mary einen warnenden Blick zu, aber Cheska ging auf die Bemerkung gar nicht ein.

»Ich würde gern bald nach London fahren. All meine Sachen sind dort, hier habe ich überhaupt keine Sommergarderobe.«

David bedeutete seiner Mutter mit einem Blick, ihre Worte mit Bedacht zu wählen.

»Keine schlechte Idee«, sagte LJ, ohne auf ihren Sohn zu achten. »Möchtest du, dass ich für ein paar Tage auf die Kleine aufpasse?«

»Wenn es dir nichts ausmacht. Wisst ihr, ich habe mir überlegt, Ava und ich sollten zumindest im Moment hier leben, wenn euch das recht ist. Außerdem sollte ich, wenn ich schon in London bin, mit Leon reden und ihm sagen, dass ich meine Filmkarriere erst einmal auf Eis lege, solange ich mich um meine Tochter kümmere.«

»Sehr schön.« LJ warf ihrem Sohn über den Tisch hinweg einen triumphierenden Blick zu. »Natürlich geht das, mein Herz. Du machst mir sogar eine Freude damit.«

»Ich muss am Montag sowieso wieder nach London fahren, Cheska. Wenn du magst, nehme ich dich mit«, sagte David, obwohl ihn bei dem Vorschlag ein ungutes Gefühl überkam, das er sich allerdings nicht erklären konnte.

»Danke, das passt wunderbar.«

Am Nachmittag rief David bei Dr. Cox an, um mit ihm über Cheskas Wunsch zu sprechen.

»Nun ja, es klingt, als würde sie sich jetzt endlich der Realität stellen. Das ist eine sehr gute Nachricht, Mr Marchmont.«

»Also soll ich sie nach London mitnehmen?«

»Aus meiner Sicht spricht nichts dagegen. Sie haben gesagt, dass Sie dabei sind.«

»Ja. Aber was sage ich wegen ihrer Mutter?«

»Gibt es irgendwelche Veränderungen?«

»Nein«, antwortete David.

»Dann würde ich es Cheska überlassen, das Thema anzuschneiden.«

»Sie wird doch merken, dass ihre Mutter nicht in der Wohnung ist«, gab David zu bedenken. Er versuchte, sich seine Sorge nicht anmerken zu lassen. »Soll ich ihr die Wahrheit sagen?«

»Wenn sie nach ihr fragt, dann ja. Ich würde allerdings empfehlen, dass Sie sie nachts nicht allein lassen.«

»Natürlich, ich werde mit ihr in der Wohnung bleiben.«

»Wenn Sie Rat brauchen, können Sie mich jederzeit anrufen, aber richten Sie sich in der Sache ganz nach ihr. Es ist wichtig, dass sie auf ihre Art und in ihrem Tempo damit umgeht.«

»Gut. Ich lasse Sie wissen, wie es gelaufen ist.«

Am Abend, bevor Cheska mit David nach London fuhr, ging sie noch einmal ins Kinderzimmer. Irgendetwas an dem Raum verursachte ihr nach wie vor Unbehagen, aber an diesem Abend gab es hier keine Gespenster, nur ein kleines Baby, das friedlich in seinem Bettchen lag.

Cheska streichelte ihrer Tochter über die Wange.

»Es tut mir leid, dass ich dich verlassen muss, Kleines, aber LJ wird sich gut um dich kümmern«, flüsterte sie. »Und eines Tages komme ich und hole dich, das verspreche ich dir. Auf Wiedersehen, Ava.« Sie küsste das Kind auf die Stirn und ging lautlos hinaus.

Auf der Fahrt nach London unterhielten sich Cheska und David angeregt.

»Es ist schön zu sehen, dass es dir so viel besser geht, aber du darfst es jetzt in London nicht übertreiben, Schätzchen«, sagte er.

»Ich weiß. Aber ich habe einfach das Bedürfnis, mich von der Vergangenheit zu verabschieden und mein neues Leben mit Ava in Marchmont zu beginnen.«

»Das ist sehr mutig von dir, Cheska. Du bist richtig erwachsen geworden, seit du eine Mutter bist.«

»Na ja, das musste ich ja, um Avas willen. Onkel David, es gibt ein paar Sachen ... ein paar Sachen, die ich dich fragen möchte«, sagte sie zögernd.

David wappnete sich innerlich. »Nur zu.«

»War Owen mein leiblicher Vater?«

Diese Frage verblüffte David, die hatte er am allerwenigsten erwartet. Aber in den vergangenen Monaten waren zu viele Lügen erzählt worden, und Cheska machte den Eindruck, als könnte sie die Wahrheit verkraften.

»Nein.«

»Bist du das?«

Er lachte. »Nein, leider nicht. Obwohl ich mir immer so vorgekommen bin.«

»Wer war mein Vater dann?«

»Ein amerikanischer Offizier. Deine Mutter und er haben sich bald nach Kriegsende verliebt, dann ist er in die Staaten zurück und hat nie mehr von sich hören lassen. Bitte lass dich davon nicht belasten, Cheska. Obwohl zwischen dir und den Marchmonts keine Blutsverwandtschaft besteht, betrachten LJ und ich dich und Ava als Teil der Familie. Und das hat Owen auch gemacht.«

»Danke, dass du mir das gesagt hast, Onkel David«, sagte sie leise. »Das wollte ich wissen.«

Abends um sechs Uhr kamen sie in Mayfair an.

»Bist du sicher, dass wir das nicht auf morgen verschieben sollen, Cheska? Wir könnten direkt zu mir nach Hampstead fahren und früh ins Bett gehen«, sagte David, als sie auf die Wohnungstür zusteuerten.

»Nein«, antwortete sie. Sie drehte bereits den Schlüssel im Schloss.

David folgte ihr in die Wohnung. »Ich habe alles mehr oder minder so gelassen, wie es war, nur die Putzfrau kommt wie gewohnt«, sagte er, als Cheska Licht machte. Er versuchte, ihre Reaktion abzuschätzen, als sie ins Wohnzimmer trat.

»Onkel David, möchtest du einen Drink? Mummy hatte für dich immer eine Flasche Whisky stehen.«

»Ja, gerne.« Es war das erste Mal seit dem Unfall, dass Cheska ihre Mutter erwähnte.

Sie holte zwei Gläser aus dem Getränkeschrank und schenkte in jedes etwas Whisky ein.

»Bitte.« Sie reichte ihm das Glas, und sie setzten sich beide aufs Sofa. »Ich würde heute gerne hier übernachten, Onkel David. Würdest du bei mir bleiben?«

»Ja, natürlich. Kann ich dich irgendwohin zum Essen einladen? Ich bin am Verhungern.«

»Um ehrlich zu sein, habe ich kaum Hunger.«

»Dann lass mich doch zum Laden um die Ecke gehen, und ich besorge uns etwas Brot, Käse und Schinken. Wie wär's damit?«, schlug er vor.

»Das wäre sehr schön, Onkel David.«

Als David die Wohnung verlassen hatte, ging Cheska langsam in das Zimmer ihrer Mutter. Sie betrachtete das große gerahmte Foto von sich, das auf dem Nachttisch stand. Dann öffnete sie die Schranktüren. Der vertraute Duft von Gretas Parfüm traf sie wie ein Schlag. Sie vergrub ihr Gesicht im weichen Nerzmantel und weinte.

Was David ihr im Wagen erzählt hatte, hatte ihre schlimmsten Befürchtungen bestätigt. Der Streit mit ihrer Mutter im Savoy konnte kein Traum gewesen sein. Und wenn ihre Mutter sie wegen ihres leiblichen Vaters nicht belogen hatte, dann hatte sie wohl auch nicht gelogen, als sie sagte, Bobby sei verheiratet.

Nach dem Streit war sie ihrer Mutter aus dem Hotel gefolgt. Und dann ...

»O mein Gott«, stöhnte sie. »Mummy, es tut mir so leid, so furchtbar leid.«

Cheska warf sich auf das Bett ihrer Mutter, ihr Atem ging panisch. Sie vergrub ihre Fäuste im Kissen, und eine entsetzliche, nicht zu kontrollierende Wut stieg in ihr auf.

Das war alles nur Bobbys Schuld. Dafür würde er büßen.

Es klingelte. Rasch trocknete Cheska sich die Augen und öffnete ihrem Onkel die Wohnungstür.

David richtete in der Küche Sandwiches her, Cheska saß daneben und sah ihm zu. Als er fertig war, stellte er die Teller auf den Tisch und setzte sich ihr gegenüber.

»Es muss sich merkwürdig anfühlen, wieder hier zu sein«, sagte er versuchshalber und biss ein großes Stück von seinem Sandwich ab.

»Das stimmt«, bestätigte sie. »Onkel David, Mummy ist doch tot, oder? Weißt du, das kannst du mir ruhig sagen.«

Fast hätte David sich an seinem Brot verschluckt. Er trank einen Schluck von dem scheußlichen Wein, den er im Laden um die Ecke besorgt hatte, und schaute sie an. »Nein, Cheska, sie ist nicht tot.«

»Mummy lebt noch? Aber ... Ich ...« Sie blickte sich um, als könnte Greta jeden Moment die Küche betreten. »Wo ist sie denn dann?«

»Im Krankenhaus.«

»Ist sie krank?«

»Ja. Sie liegt im Koma, schon seit neun Monaten. Weißt du, was ein Koma ist?«

»So ungefähr. In einem meiner Filme ist mein Bruder vom Baum gefallen, hat sich den Kopf aufgeschlagen und lag danach ewig im Koma. Der Regisseur hat gesagt, das wäre wie Dornröschen, das für hundert Jahre in einen tiefen Schlaf verfällt.«

»Das ist ein sehr guter Vergleich«, meinte David. »Ja, deine Mutter ›schläft‹ sozusagen, aber leider weiß niemand, wann sie wieder aufwacht.«

»Wo ist sie?«

»Im Addenbrooke Hospital in Cambridge. Möchtest du sie besuchen? Mit dem Auto ist es nur eine gute Stunde.«

»Ich ... Ich weiß nicht.« Unvermittelt wirkte Cheska ängstlich.

»Na, du kannst es dir ja überlegen. Ich weiß, dass Mummys Ärzte überglücklich wären, wenn du kämst. Wer weiß, vielleicht würde deine Stimme sie aufwecken.«

Plötzlich gähnte Cheska. »Onkel David, ich bin schrecklich müde. Ich glaube, ich möchte jetzt schlafen.« Sie stand auf und gab ihm einen Kuss. »Gute Nacht.«

»Dir auch eine gute Nacht.«

David leerte sein Glas Wein, dann räumte er die Teller ab. Morgen würde er Dr. Cox anrufen, ihm berichten, was passiert war, und ihn um Rat fragen. Das war zweifellos ein Durchbruch, nicht nur für Cheska, sondern möglicherweise auch für seine geliebte Greta.

Als David sich an dem Abend ins Gästebett legte, fühlte er zum ersten Mal seit Monaten Hoffnung in sich aufkeimen.

Am folgenden Morgen um zehn ging David zu Cheska, um sie sanft zu wecken.

»Wie hast du geschlafen?«, fragte er.

»Sehr gut. Ich muss müde gewesen sein von der Fahrt.«

»Und von dem Kind, das du vor sechs Wochen bekommen hast. Ich habe dir Tee und Toast gemacht.« David stellte das Tablett auf ihren Schoß und setzte sich auf die Bettkante. »Ich muss heute in die Shepperton Studios, um die diesjährige Weihnachtssondersendung zu besprechen. Magst du nicht mitkommen?«

»Nein danke, ich habe viel vor. Heute Nachmittag gehe ich zu Leon.«

»Bist du dir sicher? Ich lass dich ungern hier allein, Cheska.«

»Hör auf, mich zu bemuttern, Onkel David. Bitte versuch, nicht ständig zu vergessen, dass ich jetzt erwachsen bin und selbst ein Kind habe.«

»Du hast recht«, pflichtete er ihr bei. »Aber ich werde erst spät wiederkommen. Wie wär's, wenn ich dich heute Abend zum Italiener um die Ecke ausführe? Dann können wir uns darüber unterhalten, ob du morgen Mummy besuchen möchtest, bevor wir wieder nach Marchmont fahren. Dr. Cox meinte, das wäre eine gute Idee.«

»Schön«, sagte Cheska. Spontan schlang sie ihm die Arme um den Hals. »Und danke für alles.«

Kaum war David gegangen, verließ Cheska die Wohnung. Zuerst ging sie zur Bank, dann fuhr sie mit dem Taxi zu Leon.

»Meine Liebe!«, begrüßte er sie herzlich. »Welche Überraschung! Wie geht es dir?«

»Sehr gut.«

»Und dem Kind?«

»Ach, sie ist so süß.«

»Gut. Und du siehst großartig aus. Es tut dir offenbar gut, Mutter zu sein.«

»Ava ist im Moment in Marchmont. Onkel David übernachtet mit mir hier in der Wohnung.«

»Ich habe zahllose Anrufe von Regisseuren bekommen, sowohl aus England als auch von jenseits des großen Teichs. Du hast derart herausragende Kritiken für *Entschuldigung, Herr Lehrer, ich liebe Sie* bekommen, dass jeder dich haben will. Aber vielleicht überlegst du dir ja, wieder im Filmgeschäft zu arbeiten, wenn das Baby ein bisschen größer ist.«

»Also«, erklärte Cheska, »ehrlich gesagt ist das der Grund, weshalb ich mit dir reden wollte. Hat Hollywood immer noch Interesse?«

»Ja. Columbine Pictures möchte unbedingt Probeaufnahmen mit dir machen.«

»Weißt du, Leon, nach allem, was passiert ist, habe ich das Gefühl, dass ich ganz von Neuem anfangen möchte. Wenn sie mich immer noch wollen, stehe ich für Probeaufnahmen bereit.«

»Doch, sie wollen dich noch«, bestätigte Leon. »Sobald du mir sagst, ich soll loslegen, organisiere ich alles. Es kostet mich nur einen Anruf.«

»Wie wär's, wenn ich morgen fliege?«

»Wie bitte?« Überrascht sah Leon sie an. »Ich hätte gedacht, dass du zumindest die nächsten Monate bei deinem Kind bleiben willst.«

»Es spricht doch nichts dagegen, dass ich rüberfliege, die Aufnahmen mache und wieder zurückkomme, oder? Und wenn sie mich dann wirklich haben wollen, können Ava und ich dauerhaft in die Staaten ziehen.«

»Ich verstehe. Und was sagt David dazu?«

»Ich glaube, er freut sich einfach, dass es mir besser geht. Und meine Tante LJ ist glücklich, wenn sie sich ein paar Tage um Ava kümmern kann.«

»Also gut, wenn du dir sicher bist, dann rufe ich bei Columbine an. In Hollywood stehen sie in zwei Stunden auf, dann sehen wir, was sich machen lässt.«

»Sehr gut.« Cheska stand auf. »Weißt du, Leon, du hast mir immer gesagt, dass man die Gunst der Stunde nutzen muss. Ich möchte mir die Chance nicht entgehen lassen.«

»Genau, Cheska. Überlass das mir, ich gebe dir heute Abend gegen fünf Uhr Bescheid.«

Das Telefon in der Wohnung klingelte um zwanzig nach fünf. Cheska hob sofort ab.

»Hier ist Leon. Es ist alles arrangiert. Du fliegst morgen Abend um sechs von Heathrow. Barbara, meine Sekretärin, wird dich mit deinem Visum und dem Ticket am BOAC-Schalter erwarten. Du fliegst natürlich erster Klasse. In L. A. holt dich jemand von Columbine ab und bringt dich in dein Hotel. Sie haben dir eine Suite im Beverly Wilshire reserviert, alle Unkosten werden übernommen. Apropos, brauchst du Geld?«

»Nein«, sagte Cheska. »Ich war heute Morgen auf der Bank und habe etwas abgehoben. Ich besitze reichlich.«

»Gut. Ich hoffe, alles klappt. Eine Sache noch: Ich habe dem Studio gegenüber nichts von deiner Tochter erwähnt. Man ist dort drüben etwas altmodisch, und ich wollte nicht deine Chancen gefährden, noch bevor du überhaupt Probeaufnahmen gemacht hast. Wenn du erst einmal bei ihnen unter Vertrag stehst, sehen wir weiter.«

»Ich verstehe.«

»Bist du dir sicher, dass du das schaffst? Wir können deine Reise gerne verschieben, bis du wieder völlig hergestellt bist.«

»Es geht mir bestens, Leon, wirklich. Ich muss den Erfolg meines letzten Films nutzen, bevor sie mich vergessen.«

»Das stimmt«, pflichtete Leon ihr bei. »Cheska, ich wollte dir nur sagen, wie leid es mir tut wegen deiner Mutter. Und auch wegen Bobby«, fügte er hinzu.

»Warum sollte es dir seinetwegen leidtun?«

»Weil ich wusste, dass er verheiratet ist und welchen Ruf er hat, und ich dich nicht davor gewarnt habe. Ich habe dich im Stich gelassen, Cheska, und deswegen mache ich mir Vorwürfe.«

»Ich glaube, es wird eher ihm leidtun. Auf Wiedersehen, Leon. Ich melde mich von Los Angeles aus bei dir.«

Eine Stunde später kam David nach Hause, und sie gingen zu dem italienischen Restaurant, das ganz in der Nähe lag.

»Wie war dein Tag?«, fragte er, nachdem sie bestellt hatten.

»Gut. Ich war bei Leon und habe ihm erklärt, was ich mir vorstelle«, antwortete sie vorsichtig. Sie wollte ihrem Onkel keine handfesten Lügen auftischen. »Heute ist mir klar geworden, dass ich mich viel zu sehr auf Mummy verlassen habe, in jeder Hinsicht, und jetzt ist sie … ist sie nicht da, deswegen muss ich lernen, auf eigenen Beinen zu stehen.«

»Ja.« David seufzte. »Das stimmt leider, zumindest im Moment.«

»Außerdem war ich bei der Bank. Ich hatte ja keine Ahnung, wie viel Geld ich eigentlich besitze, Onkel David. Dabei bin ich ja richtig reich.« Sie lachte.

»Deine Mutter hat sich immer bemüht, dein Geld klug anzulegen, und ich kann mir vorstellen, dass die Summe in den vergangenen dreizehn Jahren um einiges gewachsen ist. Das zumindest ist eine Sorge, die du nicht haben musst.«

»Das stimmt. Übrigens, Onkel David, ich habe beschlossen, so bald wie möglich nach Marchmont zurückzufahren. Ich habe hier alles gemacht, was ich erledigen wollte.«

»Natürlich. Aber wenn du bis Freitag wartest, kann ich dich mitnehmen, dann brauchst du nicht die beschwerliche Zugfahrt auf dich zu nehmen.«

»Nein, ich möchte lieber gleich morgen früh fahren. Ava fehlt mir. Ich habe schon einen Koffer mit meinen Sommersachen gepackt, vielleicht kannst du mir den im Wagen mitbringen?«

»Das ist kein Problem. Und natürlich kann ich verstehen, dass du so bald wie möglich zu Ava zurück möchtest. Wenn du den Zug um kurz nach zwölf nimmst, bitte ich Ma, dich um halb sieben am Bahnhof in Abergavenny abzuholen. Ich habe den ganzen Tag Besprechungen, deswegen kann ich dich leider nicht zum Zug nach Paddington bringen.«

»Mach dir keine Sorgen, Onkel David, bitte. Ich nehme ein Taxi«, sagte sie. In dem Moment wurde ihre Pasta serviert.

»Um ehrlich zu sein, hatte ich eigentlich gehofft, dass du deine Mutter besuchen möchtest. Ich fahre am Donnerstag nach Cambridge. Willst du wirklich nicht mitkommen?«

»Wenn ich das nächste Mal in London bin, dann besuche ich sie, versprochen. Es ist nur … Ich bin noch nicht so weit. Kannst du das verstehen, Onkel David?«

»Natürlich, Schätzchen. Und ich möchte dir sagen, dass ich sehr beeindruckt bin, wie wunderbar du das alles machst. Du hast schreckliche Monate hinter dir, und ich bin richtig stolz auf dich, wie gut du mit allem fertiggeworden bist.«

»Danke.«

»Und vergiss nicht, dass Ma und ich immer für dich und Ava da sind, komme, was wolle.«

Cheska sah zu David. »Komme, was wolle?«, wiederholte sie.

»Ja.«

# KAPITEL 35

Cheska wusste, dass ihr wenig Zeit blieb. Sobald ihr Onkel am folgenden Morgen um neun die Wohnung verlassen hatte, schloss sie die Reisetasche und rief ein Taxi, das sie zum Addenbrooke Hospital bringen sollte. Zuerst weigerte sich der Fahrer, bis nach Cambridge zu fahren, aber als Cheska ihm ein fürstliches Trinkgeld in Aussicht stellte, änderte er rasch seine Meinung.

Vor dem Krankenhaus bat sie den Fahrer, auf sie zu warten, ging zum Empfang und trug ihr Anliegen vor. Sie wurde auf die Station sieben im zweiten Stock verwiesen. Dort drückte sie auf die Klingel, und eine Krankenschwester öffnete ihr die Tür.

»Ich bin Cheska Hammond, die Tochter von Greta Marchmont«, sagte sie. »Kann ich meine Mutter besuchen?«

Die jamaikanische Schwester starrte sie fassungslos an. »Cheska Hammond! Ich habe erst vor drei Wochen Ihren letzten Film gesehen.« Sie trat etwas näher, als müsste sie sich vergewissern, dass tatsächlich Cheska vor ihr stand. »Mein Gott, Sie sind es ja wirklich!«

»Nun, kann ich meine Mutter besuchen?«

»Ich ... ja, entschuldigen Sie bitte. Kommen Sie herein.« Die Krankenschwester war sichtlich nervös. »Ich hatte ja keine Ahnung, dass *Sie* Gretas Tochter sind! In dem Film waren Sie großartig, Miss Hammond«, sagte sie. Ihre Stimme wurde zu einem Flüstern, als sie die Station betraten.

»Danke.«

Cheska folgte der Schwester einer Reihe von Betten entlang,

in denen unbewegliche, schweigende Patienten lagen, die alle an mehrere Geräte angeschlossen waren. Das einzige Geräusch, das man hörte, war ein leises, unregelmäßiges Piepen.

»Willkommen auf der stillsten Station im ganzen Krankenhaus. Leider kann ich mich mit meinen Patienten nicht so richtig unterhalten. So, da wären wir. Hier liegt Ihre Mutter.« Die Schwester blieb am Fußende eines Bettes stehen. Sie beugte sich über Greta. »Ihnen geht's gut, stimmt's?« An Cheska gewandt fuhr sie fort: »Wir hatten ein Problem mit ein paar scheußlichen Wundstellen, aber die sind jetzt verheilt. Die bekommen die Patienten hier leider alle. Jetzt lasse ich Sie mal mit ihr allein. Reden Sie so viel wie möglich mit ihr und halten Sie ihre Hand. Unsere Patienten reagieren eindeutig auf Stimmen und Körperkontakt. Ich glaube, Ihre Mutter ist einfach eigensinnig und hat beschlossen, nicht aufwachen zu wollen, denn das EEG ist einwandfrei. Wenn Sie mich brauchen, rufen Sie mich.«

»Danke.« Cheska setzte sich auf den Stuhl, der neben dem Bett stand, und betrachtete ihre Mutter. Greta war leichenblass, auf der dünnen Haut ihrer mageren Arme klebte überall Leukoplastband zum Fixieren der Nadeln, die sie an die lebensnotwendigen Infusionen anschlossen. An ihrer Schläfe war ein Saugnapf befestigt, aus dem Drähte ragten, ein weiterer befand sich auf ihrer Brust. Zaghaft legte Cheska eine Hand auf die ihrer Mutter und war überrascht zu spüren, dass sie wärmer war als ihre eigene. Sie fühlte sich eindeutig lebendig an, auch wenn sie wie tot aussah.

»Mummy, ich bin's, Cheska.« Sie biss sich auf die Unterlippe, sie wusste nicht, was sie sagen sollte. »Wie geht es dir?«

Sie musterte Gretas Gesicht, konnte aber keine Reaktion feststellen.

»Mummy.« Cheska senkte die Stimme noch mehr. »Ich wollte dir nur sagen, dass es mir sehr leidtut wegen des furchtbaren Streits, den wir hatten, und ... und auch wegen anderer Sachen. Ich wollte dir nie wehtun. Ich ... Ich hab dich lieb.«

Tränen stiegen Cheska in die Augen, sie schluckte schwer. »Aber Mummy, mach dir keine Sorgen, ich werde dafür sorgen, dass Bobby büßen muss für das, was er uns angetan hat. Das tue ich für uns beide«, sagte sie. »Ich muss jetzt gehen, aber du sollst wissen, dass ich dich sehr, sehr lieb habe. Danke für alles, und ich verspreche dir, mir alle Mühe zu geben, dass du stolz auf mich sein kannst. Auf Wiedersehen, Mummy. Bis bald.«

Cheska küsste Greta zärtlich auf die Stirn, stand auf und ging zum Stationsausgang. Die Krankenschwester eilte ihr nach.

»Miss Hammond, darf ich Sie um ein Autogramm für meinen Sohn bitten? Er verehrt Sie sehr, und ...«

Aber Cheska war schon zur Tür hinaus. Sie stieg in das wartende Taxi und bat den Fahrer, sie in London vor dem Palladium abzusetzen. In der Regent Street um die Ecke erstand sie in einem kleinen Supermarkt ein Fläschchen von dem, was sie brauchte. Zwei Türen weiter kaufte sie bei einem Blumenhändler einen großen Strauß roter Rosen, dann kehrte sie zum Palladium zurück.

Beim Filmen in Shepperton war Melody einmal mit ihr ins benachbarte Studio gegangen, wo gerade ein Krimi gedreht wurde, und der hatte sie auf die Idee gebracht. Sie wusste, dass es kein Problem sein würde. Sie ging zum Bühneneingang und spähte hinein. Im Kämmerchen des Türhüters saß ein alter Mann und rauchte.

»'tschuldigung, Miss, könnense mir mal die Tür aufmachen?«

Cheska drehte sich um und sah hinter sich einen Mann mit einem großen Karton im Arm stehen. Sie öffnete ihm die Tür. Der Lieferant ging an ihr vorbei und ließ den Karton auf den Boden des Kämmerchens fallen. Während sich die beiden Männer darüberbeugten, um den Inhalt zu begutachten, schlich Cheska an ihnen vorbei und lief rasch den Gang entlang. Sie wusste genau, wohin sie gehen musste; sie hatte Onkel David mehr als einmal in der Garderobe besucht. Sie machte die Tür auf, schaltete das

Licht an und atmete tief ein. Im Zimmer roch es nach ihm, nach dem würzigen Rasierwasser, das er immer verwendete.

Cheska ging direkt zum Schminktisch und legte den Rosenstrauß darauf. Auf dem Tisch stand die Dose Crowes Cremine, mit der nach einem Auftritt die schwere Theaterschminke entfernt wurde. Cheska nahm den Deckel ab und stellte fest, dass die Dose nur noch zu einem Viertel voll war. Sie holte das Fläschchen aus ihrer Tasche, kippte etwas Flüssigkeit hinein und rührte alles mit einer Nagelfeile um.

Die Creme hatte jetzt zwar die Konsistenz von Hüttenkäse, doch Cheska bezweifelte, dass er es bemerken würde. Sie knipste das Licht wieder aus und ging zum Ausgang. Die beiden Männer leerten gerade den Inhalt des Kartons auf den Boden des Kämmerchens.

Unbemerkt lief Cheska an ihnen vorbei auf die Straße hinaus.

Als Bobby Cross seine Garderobe betrat und die Luft roch, verzog er angewidert das Gesicht. Er nahm sich vor, den Putzfrauen zu sagen, dass sie in Zukunft nicht mehr so viel Bleichmittel verwenden sollten. Dann fiel sein Blick auf den großen Strauß roter Rosen, der auf dem Schminktisch lag, und er las die dazugehörige Karte. Normalerweise entfernte der Türsteher die Begleitschreiben, ehe Bobby Blumengrüße zu Gesicht bekam, aber diese Karte war ihm offenbar entgangen.

*Du hast den Wahn der Liebe nie verstanden, also sollst du ihn auch nicht mehr besingen.*

Bobby schauderte. Früher hatte er oft solche Zeilen von verrückten Fans bekommen, und sie hatten ihn immer verstört. Wütend zerriss er die Karte und ließ sie in den Papierkorb fallen, ebenso wie die Rosen, dann begann er, sich zu schminken.

Aufgekratzt wie immer nach einem Auftritt setzte Bobby sich in seiner Garderobe vor den Spiegel und dachte an den weiteren

Verlauf des Abends. Zuerst würde er mit Kelly essen gehen, und danach ... danach würde sie ihn ins Hotel begleiten und ihm helfen zu entspannen. In Vorfreude darauf lächelte er seinem Spiegelbild zu, fuhr mit geübter Geste mit einem Wattebausch in die Dose Crowes Cremine und begann, sich abzuschminken.

Er rieb die Creme gründlich ein und verteilte sie auch auf den Augen, um den Eyeliner und die Wimperntusche zu entfernen. Ein paar Sekunden später spürte er ein Brennen in den Augen, das sich ausbreitete, bis er glaubte, seine Haut stünde in Flammen. Vor Schmerzen schrie er laut auf.

Einen Moment sah Bobby sein entstelltes Gesicht im Spiegel, dann fiel er ohnmächtig zu Boden.

LJ sah den letzten Passagier im Bahnhofsgebäude von Abergavenny verschwinden. Der Zug setzte sich bereits wieder in Bewegung. Noch einmal blickte sie den Bahnsteig entlang, aber von Cheska war nichts zu sehen. Vielleicht hatte sie sich ja einfach verhört, als David sagte, sie würde um halb sieben ankommen. Auf jeden Fall war es sinnlos, noch länger zu warten, an diesem Tag kam kein Zug mehr aus London.

Als sie wieder zu Hause war, sah sie nach Ava, die friedlich im Kinderzimmer schlief, ging in die Bibliothek und wählte Davids Nummer.

»Guten Abend, Ma. Ist Cheska gut nach Hause gekommen?«, fragte er.

»Nein. Sie war nicht im Zug.«

»Seltsam. Vielleicht hat sie beschlossen, noch bis morgen in London zu bleiben. Ich rufe mal bei ihr in der Wohnung an.«

»Ja, mach das, und dann lass es mich bitte wissen.«

»Mach ich.«

LJ legte auf und wartete auf Davids Rückruf. »Und?«, fragte sie, als er sich meldete.

»Keine Antwort. Vielleicht ist sie noch unterwegs.«

»Oje, David, sie sollte abends wirklich nicht allein in London unterwegs sein. Du ... du glaubst doch nicht, dass ihr etwas zugestoßen ist, oder?«

»Natürlich nicht, Ma. Ich fahre gleich in die Wohnung und sehe nach, ich habe ja einen Schlüssel.«

»Und du rufst mich sofort an, wenn du etwas in Erfahrung bringst?«

»Aber ja.«

Das Telefon, das in Gretas Wohnzimmer läutete, riss David aus dem Schlaf.

»Hast du irgendetwas von ihr gehört?«

»Hallo, Ma.« David zwang sich, wach zu werden. »Wie spät ist es? Ich muss auf dem Sofa eingeschlafen sein. Ich habe auf Cheska gewartet.«

»Halb neun morgens.«

»Das heißt, dass Cheska die ganze Nacht weg war.«

»Meinst du nicht, du solltest bei der Polizei anrufen?«

»Und was sagen? Sie ist alt genug, um zu tun und zu lassen, was sie mag.«

»Ich weiß, aber sie ist erst vor Kurzem aus der Psychiatrie entlassen worden. Auch wenn sie ganz ruhig wirkte, ihr Psychiater wird sich bestimmt nicht freuen zu hören, dass sie seit vierundzwanzig Stunden spurlos verschwunden ist. Hast du's schon bei Leon versucht? Vielleicht hat er sie ja gesehen.«

»Ich hab gestern Abend zweimal bei ihm im Büro angerufen, aber da war niemand mehr. Ich versuch's gleich noch mal. Jetzt lass uns nicht panisch werden, Ma.«

»Ich tue mein Bestes. Ruf mich an, sobald du etwas hörst.«

Gleich nach dem Auflegen wählte David Leons Nummer. Dieses Mal hob der Agent ab.

»Leon, hier ist David. Ich habe versucht, Sie gestern Abend zu erreichen.«

»Ich war nicht da, sondern im Krankenhaus. Haben Sie gehört, was mit Bobby Cross passiert ist? Er ...«

»Bobby interessiert mich nicht«, unterbrach ihn David ärgerlich. »Haben Sie vielleicht etwas von Cheska gehört?«

»Sicher, sie war vor zwei Tagen bei mir.«

»Das weiß ich. Ich meine, in den letzten vierundzwanzig Stunden.«

»Das geht schlecht, David. Ihr Flugzeug wird gerade erst in Los Angeles gelandet sein.«

»Wie bitte? Los Angeles?«

»Ja.«

Am anderen Ende der Leitung trat Stille ein.

»O mein Gott, David, sagen Sie mir nicht, dass Sie nichts davon gewusst haben«, entgegnete Leon. »Cheska hat mir erzählt, dass Sie bei ihr in Mayfair sind. Sie sagte, Sie hätten die Idee auch gut gefunden. Sie hat sogar gesagt, dass Ihre Mutter sich angeboten hätte, sich um das Kind zu kümmern, bis sie wieder da ist.«

»Welche Idee soll ich gut gefunden haben?«

»Die Idee mit den Probeaufnahmen in L. A.«

»Leon, können Sie sich wirklich vorstellen, dass ich Cheska einfach so nach Amerika fliegen lassen würde, nachdem sie gerade erst aus der psychiatrischen Klinik entlassen wurde? Und dass sie ihr Kind hier zurücklässt?«

»David, ich schwöre, Cheska sagte, Sie wüssten ...«

David knallte den Hörer auf die Gabel, hob ihn aber gleich wieder ab und rief seine Mutter an. »Ma, ich bin's.«

LJ empfing ihn vier Stunden später in Marchmont an der Eingangstür.

»Mein armer Junge, du siehst völlig erledigt aus. Komm rein, ich bitte Mary, uns einen Tee zu machen«, sagte sie.

»Ein Drink wäre mir lieber, Ma.«

Mutter und Sohn gingen in den Salon, und David setzte sich. LJ schenkte ihm einen Whisky ein.

»So, mein Junge, und jetzt erzähl mir alles der Reihe nach.«

Nachdem David ihr sein Gespräch mit Leon wiedergegeben hatte, schüttelte sie ungläubig den Kopf. »Warum? Ich meine, warum sollte Cheska uns anlügen?«

»Vielleicht dachte sie, dass wir sie nicht nach Amerika fliegen lassen würden.«

»Hätten wir das denn?«

»Keine Ahnung.« Erregt fuhr sich David durch die Haare.

»Und Leon sagte, dass sie in ein paar Tagen zurückfliegt?«

»Ja, das hat er gesagt.«

»Also, David, ich hoffe, dass ich mich täusche, aber mein Bauch sagt mir, dass Cheska nicht die Absicht hat, nach England zurückzukommen, und mein Bauch hat mich noch selten getrogen.«

»Können wir einfach erst einmal abwarten?«, fragte David und seufzte. »Es ist sinnlos zu spekulieren, und ich bin einfach zu erschlagen, um noch weiter darüber nachzudenken.«

»Sicher. Und zumindest wissen wir jetzt, wo sie ist.«

»Jetzt möchte ich erst einmal baden, und könnte Mary mir dann etwas zu essen machen?«

»Bestimmt. Aber bevor du gehst …« LJ reichte ihm die Zeitung. »Du hast die heutige *Mail* vermutlich noch nicht gesehen. Es geht um Bobby Cross. Anscheinend ist ihm gestern ein … ein Unglück zugestoßen.«

David warf einen Blick auf das Foto von Bobby, das auf der Titelseite abgebildet war, und las den darunterstehenden Artikel.

*POPSTAR BEI IRREM ANSCHLAG VERSTÜMMELT!*
*Laut neuesten Berichten wurde der Sänger Bobby Cross gestern am späteren Abend ins Krankenhaus eingeliefert, nachdem offenbar*

*seine Gesichtscreme mit einer giftigen Substanz versetzt worden war. Mr Cross hatte nach der gestrigen Show zum Abschminken gerade die Creme aufgetragen, als seine Haut zu brennen begann. Nachdem er unbestimmte Zeit bewusstlos in seiner Garderobe lag, wurde er von Mitarbeitern des Theaters aufgefunden und vom Notarzt ins Guy's Hospital gebracht, wo die Ärzte bei einer Notfalloperation versuchten, sein linkes Auge zu retten. Wie es heißt, handelte es sich bei der Substanz, mit der Mr Cross' Creme versetzt war, um Bleichmittel. Ein Sprecher der Polizei sagte gestern Abend, der Anschlag sei von »beispielloser Bösartigkeit«. Es wird vermutet, dass ein irrer Fan die Tat beging, denn in Mr Cross' Garderobe lag auch ein Strauß roter Rosen mit einem drohenden Begleitschreiben.*

David warf einen Blick zu seiner Mutter, er wusste, was sie dachte.

»Nein, Ma. Cheska mag ja ein paar Probleme gehabt haben, aber so etwas? Nie im Leben. Das ist einfach ein böser Zufall.«

»Meinst du?«

»Das weiß ich. Wie geht es Ava?«

»Sie schläft ganz brav. Sie ist ein wunderbares kleines Ding.«

»Na, hoffen wir, dass wir bald von ihrer Mutter hören. Und dass sie zu ihrem Kind zurückkommt. So, jetzt lege ich mich in die Badewanne, Ma. Bis später.«

LJ erwiderte nichts, als ihr Sohn den Raum verließ. Um Avas willen hoffte sie, dass Cheska so lange wie möglich fortbleiben würde.

Am folgenden Tag fuhr David bei Sonnenaufgang wieder nach London zurück. Am Nachmittag hatte er mehrere Besprechungen, und unterwegs wollte er im Addenbrooke Hospital bei Greta vorbeisehen. Aus dem einen oder anderen Grund hatte er sie seit einem guten Monat nicht mehr besucht, obwohl er jeden Tag auf der Station anrief, um sich zu erkundigen, ob sich Veränderungen ergeben hätten. Das war aber nie der Fall.

Während der Fahrt nach Cambridge dachte er unablässig an Cheska. Auf allen Sendern wurde laufend von dem entsetzlichen Anschlag auf Bobby Cross berichtet, sämtliche Zeitungen brachten die Nachricht in den Schlagzeilen. Offenbar schwebte er nicht in Lebensgefahr, aber nach allem, was man hörte, würde er bleibende Schäden an den Augen und im Gesicht davontragen.

Bobbys Talent als Musiker war begrenzt, sein sexuelles Charisma allerdings unbestritten. Mit diesem Anschlag fanden seine Tage als Teenagerschwarm und Filmstar schlagartig ein Ende, so grausam das auch sein mochte. David hoffte, dass Bobbys Frau ihn wirklich liebte, denn jetzt würde der Mann sie mehr brauchen als je zuvor in seinem Leben.

»Wie man sät, so erntet man ...«, sagte er leise, als er mit dem Wagen vor dem Krankenhaus in eine Parklücke fuhr. In Gedanken noch immer bei Bobby Cross, überlegte er sich, dass seine Mutter ihm beigebracht hatte, so zu leben, dass er immer in den Spiegel blicken konnte. Bisweilen hatte er bei Freunden und Kollegen miterlebt, dass sie Abkürzungen genommen hatten, um ein Ziel zu erreichen, aber jetzt, im Alter von einundvierzig Jahren, wusste er, dass dieser Rat seiner Mutter der beste war, den sie ihm je gegeben hatte. In letzter Zeit war ihm klar geworden, dass sich früher oder später alles rächte.

Und trotzdem musste Greta, die sich ihr Leben lang bemüht hatte, anderen Menschen nicht zu schaden, derart leiden.

Er stieg aus, schloss den Wagen ab und steuerte auf den Eingang zu. Dabei ging ihm wieder die Frage durch den Kopf, ob Cheska womöglich etwas mit dem Anschlag auf Bobby Cross zu tun hatte. Er wusste, dass seine Mutter diesen Verdacht hegte. Aber bestimmt war ihre Fantasie hier mit ihr durchgegangen. Es musste reiner Zufall sein, sagte David sich.

Im Lift zur Station sieben dachte er an das süße kleine Mädchen zurück, das Cheska gewesen war – und das sie in seinen Augen immer noch war. Er hatte an ihrem Verhalten nie etwas bemerkt, das auf eine gewalttätige, psychotische Persönlichkeit schließen ließe, und nur jemand, der schwer gestört war, würde einen derart entsetzlichen Anschlag auf Bobby verüben. Sicher, nach dem Unfall ihrer Mutter war Cheska bisweilen verrückt vor Kummer gewesen, aber war das nicht normal?

David läutete und sah Jane, seine Lieblingsschwester, lächelnd die Tür öffnen.

»Guten Tag, Mr Marchmont. Ich habe Sie ja eine ganze Weile nicht gesehen«, sagte sie und ging ihm in die Station voraus. Ihr blonder Pferdeschwanz schwang unter ihrer Schwesternhaube hin und her. Er wusste, dass sie ihn ins Herz geschlossen hatte, und wenn er bei Greta am Bett saß, brachte sie ihm oft eine Tasse Tee und Kekse. Ihre munteren Bemerkungen waren eine willkommene Abwechslung von dem traurigen einseitigen Gespräch.

»Ich war unterwegs.« Die Erklärung erschien ihm am einfachsten. »Irgendeine Veränderung?«

»Leider nicht, obwohl die Schwester heute Morgen eine leichte Bewegung der linken Hand bemerkt hat. Aber wie Sie wissen, war das höchstwahrscheinlich ein automatischer Reflex.«

»Danke, Jane.« Er setzte sich und betrachtete Greta. Sie sah seit seinem letzten Besuch unverändert aus.

Jane nickte und ging.

»Hallo, meine Schöne, wie geht es dir?« David nahm Gretas Hand. »Es tut mir leid, dass ich so lange nicht bei dir war. Ich hatte viel zu tun. Aber ich habe dir eine Menge zu erzählen.« Er blickte in ihr friedliches Gesicht, hoffte auf eine Regung, ein kaum merkliches Blinzeln. Aber wie immer passierte nichts.

»Wie ich dir schon beim letzten Mal sagte, Greta, und natürlich ist es lachhaft, dass es wirklich stimmt, denn du siehst nicht alt genug aus, um eine Tochter zu haben, von einer Enkeltochter ganz zu schweigen. Aber es ist die Wahrheit: Cheska hat ein hinreißendes Töchterchen zur Welt gebracht und sie Ava genannt. Ich glaube wirklich, wenn es ihr etwas besser geht, wird sie dich besuchen kommen. Das Baby ist bildschön. Es sieht seiner Mutter sehr ähnlich, und dafür, dass es erst ein paar Wochen alt ist, schläft es sehr gut. Cheska macht sich als Mutter ganz großartig, sogar meine alte Ma ist beeindruckt.«

David erzählte weiter, wie er es immer tat. Bisweilen hob er den Blick zu der halb vertrockneten Graslilie, die auf dem Fensterbrett über Gretas Kopf stand, und sprach zu der Pflanze, nur um nicht immer in die bleichen, reglosen Gesichtszüge blicken zu müssen, während er sich überlegte, was er alles noch zu tun hatte.

»Du hast gesagt, das Baby heißt Ava. Nach dem Filmstar Ava Gardner?«

»Ja, genau«, antwortete David automatisch, noch immer auf die Pflanze starrend. Er dachte gerade über mögliche Sketche für seine Fernsehshow nach und welche berühmten Gesichter er zu seiner Weihnachtssondersendung einladen sollte und ob er vielleicht Julie Andrews dafür gewinnen könnte. »Ich ...«

Sein Gehirn brauchte ein paar Sekunden, um zu begreifen, was gerade geschehen war. Langsam wanderte sein Blick von der Pflanze nach unten. Ihm graute bei der Vorstellung, er habe sich ihre Stimme nur eingebildet, und musste sich zwingen, in ihr Gesicht zu sehen.

»O mein Gott ...«, flüsterte er, als er zum ersten Mal seit neun Monaten in ihre schönen blauen Augen blickte. »Greta ... du bist ...«

Mehr konnte er nicht sagen, er brach in Tränen aus.

# Dezember 1985

*Marchmont Hall,*
*Monmouthshire*

## Kapitel 36

Als David verstummte, ging gerade die Sonne hinter den Bäumen unter. Er zog sein Taschentuch heraus und trocknete sich die Augen. An vielen Stellen hatte er pausiert, zu Greta geblickt, die still dagesessen und seinen Worten gelauscht hatte, und sie gefragt, ob er wirklich fortfahren solle. Und jedes Mal hatte sie Ja gesagt. Jetzt sah er sie wieder an, sie starrte in die Ferne, und er fragte sich, was ihr wohl durch den Kopf gehen mochte. Schon ein Fremder, dem die Geschichte erzählt würde, wäre schockiert – wie erging es dann erst Greta, die immerhin ihre eigene Lebensgeschichte hörte?

»Ist alles in Ordnung, Greta?«

»Ja«, beruhigte sie ihn. »Oder zumindest so weit in Ordnung, wie es möglich ist nach allem, was du mir erzählt hast. Um ehrlich zu sein, hatte ich mich an das meiste sowieso schon erinnert. Aber du hast einige Sachen geklärt und in einen Zusammenhang gestellt. Und was sie Bobby angetan hat ...« Greta schauderte. »Sie hätte ihn ohne Weiteres umbringen können.«

»Du glaubst also, dass sie es war?«

»Ich bin mir ziemlich sicher. Der Wahnsinn, den ich in ihren Augen sah an dem Abend im Savoy, als ich ihr sagte, dass Bobby verheiratet ist ... Ich glaube, da wäre sie zu allem fähig gewesen. Sie war psychisch derart labil, und ich habe es nicht gesehen«, flüsterte sie. »Ich wollte es nicht sehen, David«, korrigierte sie sich mit grausamer Ehrlichkeit. »Ich habe so viele Fehler gemacht. Gott möge mir verzeihen.« Ihr stockte die Stimme. »Ich hätte sie nie so drängen und ihre Karriere derart forcieren dürfen.«

»Greta.« David räusperte sich. Ihm war klar, dass Greta sich offensichtlich nicht erinnerte, wie sie an jenem schrecklichen Abend vor dem Savoy vom Bürgersteig gestürzt war, oder sie wusste es nicht. Aber jetzt war nicht der richtige Moment, seinen Verdacht zu äußern. »Ich brauche jetzt einen Drink. Wie sieht's mit dir aus?«

»Vielleicht«, sagte sie. »Einen kleinen.«

»Ich mache dir einen schwachen Gin. Bin gleich wieder da.«

David ging in die Küche, wo Tor saß und im *Telegraph* las. Nachdem er zwei Stunden lang die entsetzliche Geschichte erzählt hatte, kam er sich vor, als beträte er eine Welt der Normalität und Ruhe.

»Wie geht es ihr?«, fragte Tor.

»Ich weiß es nicht, aber angesichts dessen, was ich ihr gerade berichtet habe, würde ich denken, dass sie etwas unter Schock steht. Es tut mir leid, dass ich so viel Zeit mit ihr verbringen muss.« Er küsste Tor auf den Scheitel. »Ich verspreche dir, das mache ich in Italien wieder wett. Es sind nur noch ein paar Tage.«

Tor schaute auf und drückte seine Hand. »So ist es nun einmal. Vielleicht wird Greta ja jetzt, nachdem ihr Gedächtnis zurückgekehrt ist, nicht mehr so auf dich angewiesen sein wie früher.«

»Ja, das könnte sein. Darf ich dir nachschenken?«, fragte David, als er zum neuen, hochmodernen Kühlschrank ging und ein Glas unter den Eiswürfelbereiter stellte.

»Nein danke«, sagte Tor, schon wieder in ihre Zeitung vertieft.

David kehrte mit den Drinks in den Salon zurück und stellte Gretas Glas vor sie. »Hier, bitte.«

»Danke.« Sie trank einen Schluck. David bemerkte, dass ihre Hand zitterte.

»Kann ich dir irgendwie helfen, Greta?«, fragte er. Er hatte das Gefühl, dass in dieser Sache sie den Takt vorgeben musste.

»Ach, David, ich habe den Eindruck, dass du in den letzten weiß Gott wie vielen Jahren nichts anderes getan hast, als mir zu helfen. Und Cheska«, ergänzte sie. »Ich weiß gar nicht, wie ich dir dafür danken soll. Du warst für uns beide da, als ich die vielen Monate im Krankenhaus lag. Ich kann mir gar nicht vorstellen, wie du das geschafft hast. Ich … Ich mache mir Vorwürfe wegen vielem. Wie kann ich das je wiedergutmachen?«

»Eigentlich hast du das heute Nachmittag schon. Du weißt ja, ich habe nie die Hoffnung aufgegeben, also empfinde ich es als ausgesprochene Genugtuung, recht behalten zu haben«, beschwichtigte David sie. »Außerdem ist das das Letzte, worüber du dir Gedanken machen musst, Greta. Du bist Teil der Familie, ebenso wie Cheska. Ganz abgesehen davon, dass das alles schon sehr lange her ist. Und in Notzeiten hält man doch zusammen, oder? Dafür ist eine Familie schließlich da. Und wenn du sagst, dass wir nicht blutsverwandt sind – das spielt doch wirklich keine Rolle.«

»LJ muss mich doch als Ursache für alles Unglück hier in Marchmont betrachtet haben.« Bei dem Gedanken schauderte Greta. »Und in gewisser Weise auch für ihr eigenes. Obwohl es mir geholfen hat zu hören, dass Owen mich offenbar genauso benutzt hat wie ich ihn. Die vielen Jahre, die er im Grunde LJ geliebt hat … Das habe ich nicht gewusst. Eigentlich ist das für beide schrecklich traurig.«

»Na ja, sie waren eben beide Dickköpfe. Manchmal ist das Leben so.«

Greta fuhr zusammen, als sie sich plötzlich an einen bestimmten Moment erinnerte. Unwillkürlich holte sie Luft, so lebhaft stand ihr die Begebenheit vor Augen.

»Was ist?«

»Nichts. Und jetzt entschuldige mich bitte, David. Ich möchte mich hinlegen.« Abrupt stand Greta auf und verließ den Salon. David fragte sich, welche Erinnerung ihr wohl gerade in den Sinn gekommen sein mochte. Es konnte alles Mögliche gewesen sein.

»Das berühmte Wespennest«, sagte er leise zu sich und leerte sein Glas. Dann stand er ebenfalls auf und gesellte sich zu Tor in die Küche.

Greta saß auf ihrem Bett und wünschte sich, sie könnte schnurstracks wieder nach unten gehen und David fragen, ob das, was ihr unversehens in den Sinn gekommen war, wirklich passiert war – nämlich, dass er ihr einmal gesagt hatte, dass er sie liebe, und sie gebeten hatte, ihn zu heiraten.

Das hatte er nicht erwähnt, als er ihr Cheskas Geschichte erzählt hatte; vielleicht wollte er es absichtlich verschweigen, weil es ihm unpassend erschienen war. Oder er wollte nicht, dass sie es wusste.

Greta schloss die Augen und sah David und sich an einem Tisch sitzen ... ja, genau! Es war in Monmouth gewesen, in den Griffin Arms, da hatte er ihr gestanden, dass er sie liebte. Sie sah die Szene genau vor sich. Und aus irgendeinem Grund, der ihr jetzt nicht einfiel, hatte sie ihn zurückgewiesen. Greta durchforstete die Nischen ihres Gedächtnisses – sie musste sich doch an den Grund erinnern!

*Geduld, Greta, hab Geduld*, ermahnte sie sich. Sie hatte schon bemerkt, dass einige Dinge ungebeten vor ihrem geistigen Auge auftauchten, während sie auf andere warten musste; denn es gab noch eine andere Erinnerung, etwas war danach passiert, von dem sie ahnte, dass es alles andere erklären würde.

Wieder schloss sie die Augen und versuchte, sich innerlich zu entspannen, damit ihre Synapsen in Kontakt träten und die Erinnerung einfingen. Einzelne Bilder sah sie bereits ... es war im Savoy – sie erkannte das solide Silberbesteck und das makellose weiße Leinentischtuch. Sie und David unterhielten sich beim Lunch, sie war sehr nervös gewesen, weil sie ihm etwas sagen wollte. Dann hatte David von etwas gesprochen, das sie überrumpelt hatte ... Was war das nur gewesen? Eine schlechte Nachricht, etwas, das sie entsetzt hatte ...

Cheska und Bobby Cross.

Greta öffnete die Augen. Jetzt erinnerte sie sich genau an den Moment, in dem sie beschlossen hatte, David zu sagen, dass sie vor all den Jahren ausgesprochen dumm gewesen war, seinen Antrag abzulehnen. Sie war drauf und dran gewesen, ihm zu gestehen, dass sie ihn liebte, und ihn zu fragen, ob er noch etwas für sie empfinde ...

Am Abend hatten sie sich auf einen Drink treffen wollen, aber Cheska war vor ihm gekommen – genau, wie David es erzählt hatte. Und sie und Cheska hatten diesen schrecklichen Streit gehabt. Jetzt wusste Greta, dass sie nie dazu gekommen war, David das zu sagen, was sie ihm hatte sagen wollen, denn wenige Minuten später war sie ins Vergessen gestürzt ...

Das heißt, dass David all die Jahre nichts von alldem gewusst hatte.

War es jetzt zu spät ...?

Vielleicht nicht, dachte sie, während sie seine Liebeserklärung und seinen Heiratsantrag im Kopf immer wieder Revue passieren ließ. Mit einem glückseligen Lächeln auf den Lippen, ohne die Hilfe irgendwelcher chemischer Substanzen, schlief sie ein.

»Liebling, hast du Lust auf einen Spaziergang?«, fragte David Tor nach dem Mittagessen.

»Gute Idee. Greta schläft doch, oder?«

»Ja.«

Sobald sie draußen waren, erkundigte sich Tor einfühlsam nach dem, was er Greta erzählt hatte. Er beantwortete ihre Fragen einsilbig. Er hatte das Gefühl, Greta beschützen und ihr beistehen zu müssen bei dem, was sie jetzt durchmachte; gleichzeitig aber hatte er ein schlechtes Gewissen, denn es war nicht ganz das Weihnachtsfest gewesen, das er sich vorgestellt hatte. Weder für ihn noch für Tor. Seit Monaten bereitete er sich innerlich darauf vor, ihr einen Heiratsantrag zu machen. Ihm war klar, dass er zu alt war, um noch seinen früheren Träumen von einer vollkommenen Liebe mit Greta nachzuhängen. Dass Tor und er auf ihre eigene, vernünftige Art glücklich miteinander waren und es nach sechs Jahren an der Zeit war, ihr einen Ring an den Finger zu stecken.

Diese Überlegungen gingen ihm durch den Kopf, während er sich nach Kräften bemühte, ihre Fragen zu beantworten. Gleichzeitig überlegte er sich, welche Erkenntnis Greta denn gerade gekommen sein mochte. Aber war das jetzt wirklich noch wichtig? Selbst wenn sie sich an ihre Vergangenheit erinnerte und an die Rolle, die er darin gespielt hatte – sie hatte ihn nie geliebt. Oder zumindest nicht auf die Art, wie er es sich gewünscht hatte. Abgesehen davon hatte Tor ihm, seiner Liebe zu Greta, an der sich nie etwas ändern würde, zum Trotz, ein Gefühl von Stabilität vermittelt, ein wohltuender Gegensatz zu den verrückten Erlebnissen, die er Greta gerade geschildert hatte.

Seiner jetzigen Beziehung mochte es an Leidenschaft mangeln, aber tat das wirklich noch etwas zur Sache, in seinem Alter und angesichts des Kummers, den die Vergangenheit ihm bereitet hatte? Die vielen Monate, in denen er zwischen der bettlägerigen Greta und der kranken Cheska hin und her gehastet war, hatten ihn derart in Anspruch genommen, dass er sich bisweilen gefragt hatte, ob nicht auch er den Verstand verliere.

Und er wusste, dass Tor allmählich unruhig wurde. Nicht zu Unrecht hatte sie das Gefühl, dass ihre Beziehung eindeutiger definiert werden sollte und eine festere, dauerhaftere Basis brauchte. David hatte sogar den Verlobungsring seiner Mutter nach Marchmont mitgebracht – ebenden Ring, den er damals Greta hatte überstreifen wollen. Er lag in einer Schublade in ihrem gemeinsamen Zimmer, damit er ihn im geeigneten Moment herausnehmen könnte. Vielleicht sollte er warten, dachte er, bis sie sich zu Neujahr in seiner Wohnung in Italien befanden. Dann hätten sie das alles hier hinter sich. Gleichzeitig spürte David aber auch, dass Tor wegen Gretas Anwesenheit ohnehin etwas angespannt war, von dem, was in der Zwischenzeit passiert war, ganz zu schweigen.

»So warm, wie die Sonne scheint, wird es morgen tauen.« Tor sah lächelnd zu ihm hoch.

»Da hast du wahrscheinlich recht«, pflichtete David ihr bei. »Aber der Frost war schön anzusehen.«

»Allerdings.« Tor hängte sich bei ihm ein und stellte sich auf die Zehenspitzen, um ihm einen Kuss zu geben. »Wir müssen uns überlegen, welche Abenteuer wir uns für nächstes Jahr vornehmen wollen. Worauf hättest du denn Lust? Ich habe mir gedacht, wir könnten entweder die Marco-Polo-Route durch China machen, weil wir das ja beim letzten Mal nicht geschafft haben, oder wir fahren nach Machu Picchu. Wir könnten Anfang Juni aufbrechen und anschließend durch Südamerika reisen.«

Für derartige Vorschläge liebte er sie. Genau das Richtige, um ihn nach den vergangenen Stunden auf andere Gedanken zu bringen. Sie beschwerte sich weder darüber, wie Weihnachten verlaufen war, noch über seine mangelnde Zuwendung und lenkte seinen Blick auf die Zukunft. David seufzte, wenn auch lautlos. Die Vergangenheit war vorbei. Und Tor hatte mit Greta und der ganzen Situation unendlich viel Geduld bewiesen. Das hätte kaum eine andere Frau mitgemacht. Er schuldete ihr eine ganze Menge dafür, dass sie ihm immer zur Seite gestanden hatte.

»Das klingt beides wunderbar, was immer dir lieber ist. Außerdem«, sagte David aus einem Impuls heraus, »möchte ich dich etwas fragen.«

»Ach ja?«

»Nun, ich dachte mir, wenn wir dieses Jahr ins Ausland reisen, wäre es vielleicht eine gute Idee, den Namen in deinem Pass eher früher als später zu ändern.«

»Was meinst du denn damit?« Tor sah ihn verständnislos an.

»Ich meine, dass ich mir wünsche, du wärst meine Frau, Tor. Und entschuldige, wenn ich nicht auf die Knie falle, aber im Schnee könnte ich Rheuma bekommen, und dann würdest du mich nie mehr hochkriegen. Aber so ist es.«

»Meinst du das im Ernst?«

»Darf man einem Komiker wirklich eine solche Frage stellen?«

Tor lächelte und lachte dann fast mädchenhaft. »Also, im Ernst?«

»Aber natürlich, Tor! Eigentlich wollte ich dich erst in Italien fragen, aber jetzt sind einfach die Pferde mit mir durchgegangen. Also, was meinst du?«

»Ich ... bist du dir sicher?« Der Antrag schien Tor zu überraschen, fast wirkte sie benommen.

»Ja. Bist du dir sicher?«

»Ich glaube schon.«

»Meine Güte, Liebling, wir sind seit sechs Jahren zusammen. Warum bist du denn so entsetzt?«

Mehrere Sekunden wandte sie sich ab, und er bemerkte, dass sie tief Luft holte, ehe sie sich wieder zu ihm umdrehte.

»Weil ich dachte, du würdest mich nie fragen.«

Beim Aufwachen fühlte Greta sich erholt und guten Muts. Auch wenn sie mit vielen Dingen, die David ihr erzählt und an die sie sich selbst erinnert hatte, noch zurechtkommen musste, war sie doch glücklich über die Erkenntnis, dass David sie geliebt hatte. Und wenn er sie früher einmal geliebt hatte, dann würde er sie doch sicher wieder lieben können ...?

Greta ließ sich ein Bad einlaufen und gab sich besondere

Mühe mit ihrer Frisur, dem Make-up und ihrer Kleidung, ehe sie sich zum Aperitif zu den anderen im Salon gesellte.

Sobald sie den Raum betrat, spürte sie die Aufregung, die in der Luft lag. Eine Flasche Champagner stand in einem Eiskühler auf dem Couchtisch. Als sie eintrat, verstummten alle.

»Wir haben nur auf dich gewartet«, sagte Ava und zog sie in den Raum. »Offenbar will David eine Ankündigung machen.«

»Obwohl ich glaube, dass wir alle wissen, worum es geht.« Simon schmunzelte.

»Pst!«, zischte Ava und stieß ihm mit dem Ellbogen in die Rippen. »Onkel David, du hast uns fast eine Stunde auf die Folter gespannt.« Sie reichte Greta ein Glas Champagner. »Jetzt komm, spuck's aus!«

»Also, die Sache ist die, Tor und ich haben beschlossen zu heiraten«, sagte David.

Ava und Simon hoben das Glas. »Endlich!«, sagte Ava.

»Herzlichen Glückwunsch«, sagte Simon und gab Tor einen Kuss auf die Wange. »Willkommen in unserer Familie.«

Wie betäubt stand Greta da, und in dem Moment blickte David zu ihr. Nur wenige Sekunden sahen sie sich in die Augen, dann hatte Greta sich gefasst. Sie setzte ein freudiges Lächeln auf und beglückwünschte das strahlende Paar.

»Das ist ja ein unglaubliches Weihnachten«, meinte Ava, als später alle beim Essen am Tisch saßen. »Zuerst, dass dein Gedächtnis zurückgekehrt ist, Oma, und jetzt Onkel David und Tor. Ich hatte nicht gedacht, dass uns besonders nach Feiern zumute sein würde, weil LJ nicht mehr hier ist, aber da habe ich mich getäuscht.«

»Ja«, stimmte Tor zu, »trinken wir auf LJ.«

»Auf LJ.«

Greta fehlte die Kraft, weiterhin so glücklich wie alle anderen zu wirken. Sie entschuldigte sich und verschwand in ihr Zimmer.

Während sie sich auszog und unter die Bettdecke schlüpfte, tat sie ihr Bestes, sich für David zu freuen. Und für Tor. Was immer David einmal für sie empfunden haben mochte, war offensichtlich gleichgültig, ebenso gleichgültig wie das, was sie einmal für Max, Cheskas Vater, empfunden hatte. Das Leben fand jetzt statt, nicht in der Vergangenheit, und nur, weil ihr plötzlich wieder eingefallen war, was sie beide einmal füreinander empfunden hatten, konnte sie nicht erwarten, dass deswegen alle ihre Pläne änderten.

Es war einfach zu spät.

Am nächsten Morgen wachte Greta nach einer unruhigen Nacht früh auf. Sie ging nach unten, wo Tor allein beim Frühstücken in der Küche saß.

»Guten Morgen, Greta.«

»Guten Morgen.«

»In der Kanne ist Kaffee, wenn Sie einen möchten.«

»Um diese Tageszeit gehöre ich zu den Teetrinkern«, antwortete Greta und schaltete den Kessel an. »Das muss an meiner Herkunft aus dem Norden liegen.«

»Sie sind gestern Abend sehr früh zu Bett gegangen, aber ich wollte mich bei Ihnen entschuldigen. In Anbetracht all dessen, was Sie gerade durchmachen, kam die Nachricht wohl nicht gerade zur günstigsten Zeit«, erklärte Tor. »Ich stelle es mir sehr schwierig vor, wenn das Gedächtnis so plötzlich zurückkehrt.«

»In mancher Hinsicht ist es das auch, aber in anderer ist es sehr positiv.«

»Sie kommen also damit zurecht?«

»Ich glaube schon.« Greta zuckte abwehrend mit den Achseln. »Woher soll ich das wissen?«

»Wie auch? Trotzdem, ich möchte Ihnen ein großes Kompliment aussprechen dafür, wie stoisch Sie das alles hinnehmen. Es ist ja wirklich eine Offenbarung für Sie. Wenn Sie erst einmal den Schock überwunden haben, wird Ihr Leben bestimmt sehr viel erfüllender und aktiver sein als in den vergangenen Jahren.«

»Ja, bestimmt.«

»Ich denke, das war einer der Gründe, weshalb David mir gerade jetzt den Heiratsantrag gemacht hat. Weil er weiß, dass Sie nun sehr viel besser in der Lage sein werden, ein unabhängiges Leben zu führen. Ich hoffe, es stört Sie nicht, wenn ich das so sage.«

»Überhaupt nicht.« Greta zwang sich zu einem Lächeln. »Ich glaube, ich nehme meinen Tee mit nach oben. Ich muss ein paar Briefe schreiben.«

Greta ließ Tor in der Küche sitzen, bevor sie ihr den heißen Tee über den Kopf schüttete, bloß damit sie mit ihren wohlmeinenden, aber spitzen Bemerkungen aufhörte. Sie brauchte nicht eigens daran erinnert zu werden, welche Last sie die ganzen Jahre für David gewesen war. Sie konnte es Tor zwar nicht verdenken, dass sie das gestört hatte, aber im Moment brauchte sie wirklich nicht noch jemanden, der Salz in die Wunde streute.

Als sie in ihr Zimmer kam, machte Mary gerade ihr Bett.

»Guten Morgen! Wie geht es Ihnen?« Mary warf Greta einen mitfühlenden Blick zu. Weshalb, das wusste Greta nicht so genau.

»Ich komme schon zurecht, Mary, danke«, sagte sie. Ihre Mitmenschen sollten endlich aufhören, ständig Mitleid mit ihr zu empfinden! »Was sagst du zu der Nachricht mit David? Ist das nicht großartig?«

»Ja, schon.« In Marys Stimme schwang keine echte Begeisterung mit. »Allerdings nicht unbedingt das, womit ich gerechnet hätte.«

»Wirklich nicht? Ich dachte, das war schon seit Jahren zu erwarten.«

»Tja, vielleicht ist es genau das. Ich finde ja, wenn man jemanden hat, den man liebt, dann wartet man nicht ewig, bis man sich entscheidet, ihn zu heiraten. Vor allem nicht in Master Davids Alter.« Ihre Stimme wurde zu einem Flüstern. »Nicht dass ich Tor nicht mag, aber ...«, Mary zuckte mit den Achseln, »ich hatte nie das Gefühl, dass er mit ganzem Herzen bei der Sache ist. Nun ja, das geht mich nichts an, oder? Ich hoffe, dass die beiden richtig glücklich werden, Miss Greta, und hoffentlich auch Sie, nachdem Sie so viel mitgemacht haben.«

»Danke«, sagte Greta. Sie spürte den Unterschied zwischen Marys echtem, herzlichem Mitgefühl und dem Tors.

»Und ich hoffe auch, dass Sie in Zukunft öfter nach Marchmont kommen. Wenn das Kleine da ist, wird Ava jede Hilfe brauchen, die sie kriegen kann. Ich weiß noch, dass Sie Ihren beiden Kindern eine wunderbare Mutter waren.«

»Ach ja?« Greta strahlte vor Freude. »Aber es stimmt, auch wenn die Situation wegen Owens Schwierigkeiten nicht gerade ideal war, habe ich mich damals sehr glücklich gefühlt.«

»Das habe ich auch gemerkt, und ...« Unvermittelt lief Mary rot an. »Darf ich Ihnen ein Geheimnis verraten? Ich konnte Ihnen doch immer alles erzählen. Erinnern Sie sich an Jack Wallace, den Farmmanager?«

»Ja, natürlich, Mary. Er hat immer gern bei dir in der Küche gesessen und sich deinen Kuchen schmecken lassen.«

»Stimmt, und jetzt hat er mich gefragt, ob ich ihn heiraten will, und ich überlege mir, Ja zu sagen.«

»Ach, Mary! Wie schön. Du musst seit Huws Tod doch manchmal recht einsam sein.«

»Ja, das ist richtig. Und er auch. Aber meinen Sie nicht, dass es noch ein bisschen zu früh ist? Ich bin doch erst seit drei Jahren Witwe. Die Leute sollen mich nicht für ein Flittchen halten!«

»Das denkt ganz sicher niemand.« Greta lachte leise. »Und ehrlich gesagt, Mary, nachdem ich gerade dreiundzwanzig Jahre vergeudet habe – wenn du mit jemandem glücklich sein kannst, dann pack die Gelegenheit beim Schopf. Das Leben ist zu kurz, um sich darüber zu grämen, was die Leute denken könnten«, sagte sie mit Nachdruck.

»Danke, Miss Greta«, sagte Mary. »Also, jetzt bin ich hier fertig und gehe nach unten, um das Mittagessen vorzubereiten. Tor meint ja, dass sie mir hilft, aber ich mag es nicht, wenn mir jemand in meiner Küche dazwischenfunkt«, beschwerte sie sich und verschwand mit einem unwirschen Brummen.

Greta trank ihren Tee, Marys Worte hatten sie ein wenig getröstet. Früher waren sie befreundet gewesen, und Greta hoffte, dass das wieder möglich sein würde. Sie leerte ihre Tasse und ging dann nach unten, um David zu suchen; sie hatte das Gefühl, dass ihr Glückwunsch am Abend zuvor nicht herzlich genug geklungen hatte. Außerdem wollte sie ihn um Hilfe bei der restlichen Geschichte bitten, ehe er und Tor nach Italien abreisten.

Er saß in seinem üblichen Sessel am Feuer und las seine Ausgabe des *Telegraph*.

»Guten Morgen, Greta. Wie geht es dir heute?«

»Gut, danke«, sagte sie, als seine Augen über dem Rand der Zeitung sichtbar wurden. »Und dir?«

»Auch ganz gut, mal abgesehen davon, dass ich gestern Abend viel mehr Champagner getrunken habe, als mir guttut.«

»Ich wollte dir nur noch einmal sagen, dass ich mich wirklich sehr für dich und Tor freue. Ich hoffe, dass ihr richtig glücklich werdet. Das hast du verdient.«

»Danke, Greta. Und ich hoffe, du weißt, dass ich deswegen jetzt nicht plötzlich aus deinem Leben verschwinde wie eine Seifenblase, die zerplatzt ist. Bis Tor in Rente geht, dauert es noch ein paar Jahre, also wird sich an unseren Wohnverhältnissen höchstwahrscheinlich erst einmal nichts ändern.«

»David, wirklich, mach dir keine Sorgen um mich.« Die Worte klangen brüsker, als sie es beabsichtigt hatte. »Aber sag mal, hast du heute Vormittag schon etwas vor?«

»Nein, meines Wissens nicht. Warum?«

»Nun ja, ich kann mich an vieles erinnern, das seit dem Unfall passiert ist, aber angesichts dessen, was sich davor ereignet hat, dachte ich mir, dass du mir womöglich nicht alles erzählt hast. Ich habe das Gefühl, dass du bestimmte Sachen verschwiegen hast – natürlich in bester Absicht«, ergänzte sie rasch. »Könnte das richtig sein?«

David faltete die Zeitung sorgfältig zusammen und legte sie auf seinen Schoß. »Vermutlich schon. Natürlich wollte ich dich nicht zusätzlich aufregen. Ich weiß nicht, wie belastbar du wirklich schon bist, Greta.«

»Wärst du damit einverstanden, wenn ich dir erzähle, woran ich mich erinnere, und du füllst die Lücken? Das sollte nicht zu lange dauern, und mir ist es wichtig, dass ich die ganze Geschichte kenne. Über Cheska«, fügte sie erklärend hinzu.

»Also gut«, antwortete David zögernd. »Ich tu mein Bestes. Ich mache mir einfach Sorgen, dass es dir zu viel werden könnte.«

»Das wird es nicht«, beruhigte sie ihn. »Also, nach achtzehn Monaten bin ich aus dem Krankenhaus gekommen. Da war Ava hier in Marchmont und Cheska in Hollywood. Das stimmt doch, oder?«

»Ja, und in den nächsten sechzehn Jahren ist nichts passiert, was im Moment von Bedeutung wäre. Leider ist kurz vor Avas achtzehntem Geburtstag alles zu einem Alptraum geworden – und einen Teil davon kennst du ja auch.«

# Avas Geschichte

*April 1980*

## Kapitel 37

Ava Marchmont ging das Sträßchen entlang und bog auf die lange Auffahrt nach Marchmont ein. Im Winter konnte sie diesen Weg nicht leiden, vor allem nicht, wenn es schneite. Bis sie zur Küche kam, waren ihre Füße meist taub, und dann musste sie sie am Ofen wärmen, damit sie wieder auftauten. Aber zum Glück war der Winter eine ferne Erinnerung, und jetzt, im Frühling, freute sie sich über den zehnminütigen Spaziergang. Sie bemerkte die Osterglocken, die unter den Bäumen entlang der Auffahrt blühten. Die neugeborenen Lämmer, bei deren Geburt sie teilweise geholfen hatte, sprangen auf ihren wackligen Beinen fröhlich auf den umliegenden Feldern umher.

Ava blickte in den blauen Himmel hinauf, und unvermittelt breitete sich ein Glücksgefühl in ihr aus. Sie ließ den schweren Lederranzen auf den Boden fallen, streckte die Arme in die Luft und atmete langsam aus. Sie spürte die Spätnachmittagssonne auf dem Gesicht, nahm die Brille ab und ließ die Welt zu einem verschwommenen Muster von Grün, Blau und Gold werden. Es wunderte sie immer wieder, dass sich ihre Wahrnehmung so schlagartig verändern konnte. Ihre Augen hatten die Farbe ihrer Mutter, sagte LJ immer. Ava wünschte sich nur, sie würden so funktionieren wie bei den meisten anderen Menschen. Seit sie fünf war, trug sie eine Brille; damals hatte ihre Lehrerin sich gewundert, weshalb ein derart kluges Mädchen sich so schwertat, lesen und schreiben zu lernen. Da hatte man Kurzsichtigkeit festgestellt.

Sie setzte die Brille wieder auf, griff nach ihrem Ranzen und ging weiter. Heute war der letzte Schultag vor den Osterferien gewesen. In den kommenden drei Wochen konnte sie alle fünfe gerade sein lassen und das tun, was sie am liebsten machte.

Schon als Kind hatte Ava beim Versorgen der Tiere auf der Farm mitgeholfen. Als sie älter wurde, hatte der Anblick eines Tiers, das Schmerzen litt, sie zunehmend bekümmert; und wenn die Landarbeiter bei einem todkranken Tier resigniert den Kopf schüttelten, hatte Ava sich geweigert, die Hoffnung aufzugeben. So hatte sie zunehmend mehr Tiere um sich geschart, die sie gesund gepflegt hatte, ihre »Menagerie«, wie LJ den kleinen Zoo nannte. Ein schwächliches Lamm, das vom Mutterschaf nicht angenommen worden war und das Ava mit der Flasche aufzog, war ihr erstes Adoptivkind gewesen. Mittlerweile war Henry ein alter, wolliger Pensionär, den Ava heiß und innig liebte. Es gab ein dickes rosa Schwein namens Fred, zahlreiche Hühner und zwei übellaunige Gänse. Dann waren da noch die von Milben halb zerfressenen Hasenkinder, die Ava aus den Fängen von Farmkatzen gerettet und in Schuhkartons in ihr Zimmer getragen hatte, um sie zu verarzten. LJ hatte kopfschüttelnd gesagt, es gebe wenig Hoffnung, kleine Tiere würden häufiger an Angst als an ihren Verletzungen sterben. Doch dann hatte sie ziemlich überrascht verfolgt, wie Ava die Tiere mit zarten Händen zuerst beruhigte und dann wieder aufpäppelte. Ein Gehege aus feinem Maschendraht und Sperrholz, das in einer unbenutzten Scheune stand, diente der Menagerie als Zuhause. Die meisten Tiere wurden zahm und begrüßten ihre Retterin beim Näherkommen immer freudig und lautstark.

Hinter dem Haus im Schatten einer alten Eiche befand sich ein kleiner Friedhof. Jedes toten Tiers wurde mit einem Kreuz und zahlreichen Tränen von Ava gedacht.

Als Ava älter wurde, wusste sie sehr genau, was sie später einmal werden wollte. Ihre schulischen Leistungen waren ausgesprochen schwankend. Fächer wie Kunst und Geschichte interessierten sie einfach nicht, aber wenn es um Naturkunde oder Biologie ging, glänzte sie. In den vergangenen Monaten hatte sie hart gearbeitet, denn sie wusste, dass sie in ihren Abschlussprüfungen sehr gute Noten brauchte, um Tiermedizin studieren zu können. Doch in den kommenden drei Wochen konnte sie ihre Zeit bei ihren Tieren verbringen, durch die sie viel mehr lernte als je in einem Klassenzimmer. Davon war sie überzeugt.

Ava erreichte die Biegung in der Auffahrt, von der Marchmont Hall ins Blickfeld kam. Während sie dastand und die Sonne auf dem Schieferdach glänzen sah, sagte sie sich wieder einmal, welches Glück sie hatte, hier zu leben. Das Haus hatte Charakter, gleichzeitig sah es so behaglich und einladend aus, dass sie nie woanders leben wollte. Sobald sie als Tierärztin approbiert war, wollte sie nach Marchmont zurückkommen und eine eigene kleine Praxis eröffnen. Sie hoffte, ihr Ruf als Tierfreundin, den sie in der Umgebung bereits hatte, würde ihr den Start erleichtern.

Als sie sich dem Haus näherte, stellte sie erfreut fest, dass der Wagen der Schneiderin noch nicht in der Auffahrt stand. Beim Gedanken an die Anprobe später am Nachmittag verzog sie das Gesicht. Soweit sie sich erinnern konnte, hatte sie bislang ganze drei Mal im Leben ein Kleid getragen, und diesen Sommer würde ein viertes Mal dazukommen. Aber in diesem Fall musste sie gute Miene zum bösen Spiel machen, schließlich war es für einen ganz besonderen Anlass: Tante LJ würde ihren fünfundachtzigsten Geburtstag feiern. Und sie selbst würde wenige Wochen zuvor achtzehn werden.

Ava öffnete die Küchentür. Am geschrubbten Kieferntisch saß der Farmmanager Jack Wallace bei einer Tasse Tee, während Mary Teig ausrollte.

»Guten Tag, Ava, mein Herzchen. Wie war dein Tag?«, fragte Mary.

»Wunderbar, schließlich war es der letzte Schultag für drei

Wochen!« Ava lachte vergnügt und drückte Mary liebevoll einen Kuss auf die Wange.

»Na, wenn Sie denken, dass Sie sich während der Ferien auf die faule Haut legen können, haben Sie sich getäuscht«, sagte Jack grinsend. »Jetzt, wo Mickey in die Stadt gezogen ist, brauche ich Ihre Hilfe, wenn wir die Schafe desinfizieren.«

»Das mach ich gern«, sagte Ava, »solange Sie mir versprechen, mich nächste Woche zur Viehauktion mitzunehmen.«

»Da werden wir doch handelseinig, Fräuleinchen. So, und jetzt muss ich los. Danke für den Tee, Mary. Auf Wiedersehen, Ava.«

Ava wartete, bis Jack die Tür hinter sich geschlossen hatte.

»Dieser Tage sitzt Jack ständig bei dir in der Küche. Mary, ich glaube, du hast einen neuen Verehrer gefunden.«

»Jetzt hör auf, ich bin eine verheiratete Frau!« Errötend tat Mary die Bemerkung ab. »Ich kenne Jack Wallace, seit wir beide in den Windeln lagen. Er ist bloß ein bisschen einsam, jetzt, wo seine Frau tot ist.«

»Also, ich an deiner Stelle wäre vorsichtig!«, zog Ava sie auf. »Ruht Tante LJ sich gerade aus?«

»Ja, aber nur, weil ich gedroht habe, sie in ihr Zimmer zu sperren. Deine Großtante möchte immer noch mit dem Kopf durch die Wand. Sie will nicht kapieren, dass sie mittlerweile vierundachtzig ist. Und diese scheußliche Hüft-OP hätte auch eine Frau, die nur halb so alt ist wie sie, ganz schön mitgenommen.«

»Ich bringe ihr eine Tasse Tee.« Ava nahm den Kessel vom Herd und füllte ihn mit Wasser.

»Bleib nicht zu lang bei ihr. Die Schneiderin kommt um fünf. Mein Gott, bin ich froh, wenn dieser ganze Geburtstagsrummel vorbei ist!«

Amüsiert hörte Ava Marys Gejammer zu. Sie wusste, dass ihr die Vorbereitungen insgeheim Spaß machten. »Aber Mary, wir werden dir doch alle helfen«, tröstete sie sie. »Mach dir keine Sorgen, bis dahin sind noch Monate. Wenn du so weitermachst, kriegst du einen Nervenzusammenbruch. Was gibt's heute Abend zu essen?«

»Eine Fleischpastete mit Nieren, die isst deine Großtante doch so gern.«

»Dann mag ich nur einen Teller Gemüse.«

»Mich kannst du für deine dummen vegetarischen Flausen nicht verantwortlich machen. Herzchen, der Mensch isst Fleisch seit Tausenden von Jahren, genauso wie Katzen Mäuse fressen. Es ist das Natürlichste auf der Welt, Teil der Revolution.«

»Ich glaube, du meinst ›Evolution‹, Mary«, verbesserte Ava sie lächelnd, während sie den Tee mit kochendem Wasser aufgoss.

»Was auch immer. Kein Wunder, dass du so blass bist. Du musst doch noch wachsen, und dieses Tofuzeug, das du ständig isst, ist doch kein Ersatz für ein gutes Stück Fleisch. Ich …«

Das Teetablett in der Hand, schlüpfte Ava aus der Küche, überließ Mary ihrer Tirade und stieg die Treppe hinauf zu LJs Zimmer und klopfte.

»Komm rein.«

»Guten Tag, meine Liebe, hast du dich gut ausgeruht?«, fragte Ava und stellte das Tablett auf dem Bett ab.

»Ich denke schon.« LJ zwinkerte ihr aus ihren leuchtend grünen Augen zu. »Diese ganzen Nachmittagsnickerchen sind ja entsetzlich. Ich komme mir vor wie ein Baby oder eine Schwerverletzte, und ich weiß nicht, was schlimmer ist.«

»Vergiss nicht, du hast das neue Hüftgelenk erst seit einem Monat. Der Arzt hat gesagt, dass du so viel wie möglich ruhen sollst.« Ava schenkte Tee in LJs Lieblingstasse und reichte sie ihr.

»Dieses Affentheater! Zeit meines Lebens war ich keinen einzigen Tag krank, bis mir diese dumme Kuh einen Tritt versetzt hat!«

»Es ist alles unter Kontrolle, wirklich. Mary steht in der Küche und zetert, gleich kommt die Schneiderin. Du brauchst dir wirklich keine Sorgen zu machen«, beschwichtigte Ava ihre Großtante.

»Du willst mir also sagen, dass ich überflüssig bin?«

»Nein, LJ. Ich sage, das Wichtigste ist, dass du wieder auf die Beine kommst.« Ava gab ihr einen liebevollen Kuss. »Jetzt trink deinen Tee, und wenn die Anprobe vorbei ist, komme ich und helfe dir runter.« Sie erhob sich.

»Also, eins sage ich dir, es kommt nicht infrage, dass ich mit dem lächerlichen Gehwagen auf meinem eigenen Fest erscheine«, sagte LJ mit Nachdruck.

»Tante LJ! Du hast noch wochenlang Zeit, dich zu erholen, also hör auf, dich verrückt zu machen. Außerdem, denk an mich Arme – ich muss ein Kleid tragen!« Ava verdrehte die Augen. »So, und jetzt gehe ich, um mich in Weiblichkeit zu üben.«

Als Ava das Zimmer verlassen hatte, stellte LJ ihre Tasse auf das Tablett und ließ sich wieder ins Kissen sinken. Ava war ein richtiger Wildfang, war sie schon von klein auf gewesen. Und sehr schüchtern. Wohl fühlte sie sich nur im engsten Familienkreis, und mit Selbstbewusstsein auftreten konnte sie nur, wenn es um ihre kostbaren Tiere ging. LJ liebte sie von ganzem Herzen.

Nachdem sie vor siebzehn Jahren zwei Wochen auf Cheskas Rückkehr aus Los Angeles gewartet hatte, hatte sie jeden Versuch aufgegeben, sich emotional nicht zu sehr an die Kleine zu binden. Und in einem Alter, in dem sich die meisten Frauen mit Tee und Kuchen häuslich vor dem Fernseher niederließen, eine Wolldecke um die Beine, hatte LJ Windeln gewechselt, ein Krabbelkind auf den Knien verfolgt und sich an Avas erstem Schultag zu nervösen Müttern, die ihre Enkeltöchter hätten sein können, auf den Pausenhof gesellt.

Aber sie hatte sich wieder jung gefühlt. Ava war die Tochter, die sie nie gehabt hatte. Und wie der Zufall es wollte, liebten sie beide die frische Luft, die Natur, Tiere. So enorm der Altersunterschied auch war, er störte sie nie.

Seitdem hatte sich LJ immer wieder gefragt, wie eine Frau wie Cheska ein derart vernünftiges, ausgeglichenes Kind bekommen konnte. Als Cheska vor all den Jahren in L. A. geblieben war, hatte sie nicht einmal den Anstand besessen, David anzurufen und zu sagen, dass es ihr gut gehe. Zwei Wochen später hatte David – der mit der gerade aus dem Koma erwachten Greta beschäftigt gewesen war – einen Flug gebucht, um sie nach Hause zu holen.

Dann war in Marchmont ein Brief eingetroffen, geschrieben in Cheskas Kinderschrift und adressiert an LJ.

*Beverly Wilshire Hotel*
*Beverly Hills*
*90212*
*28. September 1963*

*Liebste Tante LJ,*
*ich weiß, du wirst das Allerschlechteste von mir denken und glauben, ich würde Ava im Stich lassen. Aber ich habe lange darüber nachgedacht, was denn das Beste ist, und ich glaube nicht, dass ich ihr im Moment eine gute Mutter wäre. Die Schauspielerei ist das Einzige, was ich gut kann, und das Studio hat mir einen Fünfjahresvertrag angeboten.*

*Auf diese Art kann ich zumindest für Avas Unterhalt und für ihre Zukunft sorgen. Aber ich werde sehr oft bei den Dreharbeiten für die vielen Filme unterwegs sein, und das heißt, dass ich nur wenig Zeit mit ihr verbringen könnte. Ich würde ein Kindermädchen einstellen müssen, und abgesehen davon finde ich, dass Hollywood kein Ort ist, an dem ein Kind aufwachsen sollte.*

*Ich weiß, ich bitte dich um sehr viel, aber ich wünsche mir, dass Ava in Marchmont bleibt und in der wunderschönen Umgebung die Art Kindheit hat, die ich gerne gehabt hätte. Kannst du dich um sie kümmern, Tante LJ? Wann immer ich bei dir war, habe ich mich aufgehoben und geborgen gefühlt, und ich bin mir sicher, dass du Ava sehr viel besser erziehst, als ich das je könnte.*

*Wenn du das Gefühl hast, dass es dir zu viel ist, kann ich dir Geld schicken, damit du ein Kindermädchen einstellst. Bitte lass mich wissen, wie viel du brauchst.*

*Außerdem denkst du vermutlich, dass ich Ava nicht liebe und sie mir gleichgültig ist. Das stimmt nicht, ich liebe sie sehr, und deswegen will ich zur Abwechslung einmal das tun, was für sie das Beste ist und nicht für mich.*

*Sie wird mir entsetzlich fehlen. Bitte sag ihr, dass ich sie liebe und dass ich sie so bald wie möglich besuchen komme.*

*Bitte verzeih mir, Tante LJ, und antworte mir, wenn du das kannst.*

*Cheska*

LJ hatte den Brief mehrmals gelesen und versucht zu entscheiden, ob sie das Allerschlechteste oder das Allerbeste von ihrer Nichte denken sollte. Aber als sie David anrief – der gerade zum Flughafen aufbrechen wollte – und ihm den Brief vorlas, hatte er ihre schlimmsten Befürchtungen bestätigt.

»Ma, Leon hat mir selbst gesagt, dass er gegenüber dem Studio nichts von Cheskas Kind erwähnt hat. Die haben einen strengen Moralkodex für ihre Schauspieler und Schauspielerinnen und schreiben die unglaublichsten Klauseln in den Vertrag, an die sich jeder halten muss. Wenn er oder Cheska erwähnen würde, dass sie mit ihren siebzehn Jahren eine ledige Mutter ist, säße sie im nächsten Flugzeug nach Hause.«

»Ich verstehe. Oje, David. Ich meine, natürlich habe ich nichts dagegen, mich um Ava zu kümmern – sie ist ein süßes kleines Ding –, aber ich bin nicht mehr die Jüngste und eigentlich kein Ersatz für ihre leibliche Mutter.«

Am anderen Ende der Leitung herrschte Schweigen, bis David schließlich antwortete.

»Weißt du, Ma, angesichts der Umstände finde ich es eigentlich das Beste für Ava. Cheska ist ... Cheska, und um ehrlich zu sein, wenn Ava bei ihr in L. A. leben würde, hätten wir doch beide vor Sorge nur noch schlaflose Nächte. Die Frage ist, schaffst du das?«

»Aber natürlich schaffe ich das!«, hatte LJ erwidert. »Außerdem kann Mary mir helfen, sie vergöttert Ava sowieso schon. Ich glaube, neben dem Anwesen und der Farm kann ein kleines Kind auch nicht so viel mehr Arbeit machen.«

»Nein.« Wie immer war David vom Selbstvertrauen seiner Mutter beeindruckt gewesen. Sie war wirklich durch nichts zu erschüttern. »Also gut, dann storniere ich meinen Flug, und du solltest Cheska antworten, dass du einverstanden bist. Natürlich muss sie für Avas Unterhalt aufkommen. Das werde ich ihr auch selbst schreiben. Ehrlich gesagt, Ma, bin ich erleichtert. Zusätzlich zu Greta und den langsamen Fortschritten, die sie macht, ist ein Flug nach L. A. das Letzte, was ich im Moment brauche.«

»Und wie geht es Greta?«

»Im Moment bekommt sie Krankengymnastik, um die Muskeln wieder aufzubauen, nachdem sie so lange im Bett gelegen hat. Gestern konnte sie zum ersten Mal aus eigener Kraft ein paar Sekunden stehen.«

»Und was ist mit ihrem Gedächtnis?«

»Leider immer noch nichts. Hin und wieder erwähnt sie ihre Kindheit, aber darüber hinaus erinnert sie sich anscheinend an gar nichts. Ehrlich gesagt, weiß ich nicht, was schlimmer ist, Ma – monatelang auf sie einzureden und nie eine Antwort zu bekommen oder jetzt, wo sie mich anstarrt, als wäre ich ein Fremder.«

»Mein Lieber, du hast schreckliche Monate hinter dir.« LJ schluckte ihren Ärger hinunter. Ihre Ansicht über die Aufopferung, mit der ihr Sohn sich immer noch um Greta kümmerte, behielt sie besser für sich. »Hoffen wir, dass ihre Erinnerung bald zurückkehrt.«

Seitdem waren über siebzehn Jahre vergangen, und Cheska war nie zurückgekommen. Und Gretas Erinnerung leider auch nicht.

In den ersten Jahren hatte der Kontakt mit Cheska in einem monatlichen Scheck bestanden und bisweilen einem Paket für Ava, das große Schachteln amerikanischer Süßigkeiten und Puppen mit stark geschminkten Gesichtern enthielt, denen Ava jedoch ihren zerschlissenen Teddybären vorzog. In dem beiliegenden Brief stand immer dasselbe: *Sag Ava, dass ich sie liebe und sie bald besuchen komme.*

Als Ava alt und verständig genug war, erklärte LJ ihr, dass die Pakete aus Amerika von ihrer Mutter stammten. Ein paar Wochen lang fragte Ava dann immer, wann ihre Mummy denn käme, weil sie in dem Brief doch geschrieben habe, dass es bald sein würde. Dann konnte LJ ihr immer nur freundlich versichern, dass ihre Mutter sie liebte.

Irgendwann waren die Pakete ausgeblieben, und Ava hatte aufgehört, Fragen zu stellen. In geeigneten Momenten hatte LJ weiterhin von Cheska gesprochen. Sie fand es wichtig, dass Ava die Situation verstand – nur für den Fall, dass Cheska doch eines Tages auftauchen und ihre Tochter holen sollte, auch wenn LJ diese Vorstellung entsetzte.

Von David erfuhr LJ, dass Cheska ausgesprochen erfolgreich war. Sie drehte eine Reihe großer Filme, die auch in England im Kino liefen, LJ aber nicht sehen wollte. Und vor fünf Jahren hatte sie die Hauptrolle in einer neuen amerikanischen Seifenoper bekommen. Die Serie hatte weltweit eingeschlagen, Cheska war jetzt ein internationaler Fernsehstar.

Obwohl LJ Fernsehen eigentlich ablehnte, fand sie es ungerecht, Ava einen Fernseher vorzuenthalten, da all ihre Schulfreundinnen einen zu Hause hatten. Eines Abends, als Ava dreizehn war, war sie zu ihr in den Salon gegangen, wo der Fernseher stand, und hatte Cheskas Gesicht formatfüllend auf dem

Bildschirm gesehen. Sie hatte sich zu Ava gesetzt und den Film mit ihr angeschaut.

»Du weißt doch, wer das ist, mein Schatz, oder?«, hatte sie gefragt.

Ava hatte sich zu ihr gedreht und genickt. »Natürlich, Tante LJ. Das ist Cheska Hammond, meine Mutter.« Dann hatte sie ihre Aufmerksamkeit wieder auf den Fernseher gerichtet. »Die Serie heißt *Die Ölbarone*, und sie ist absolut super. Die Mädchen in der Schule finden sie klasse. Cheska ist wirklich sehr schön, findest du nicht?«

»Ja, das ist sie. Erzählst du deinen Freundinnen, dass sie deine Mutter ist?«

Ava hatte sich mit einem Ausdruck großen Erstaunens wieder zu ihr gewandt. »Aber wo denkst du denn hin? Die würden doch sagen, dass ich das nur erfinde!«

LJ hätte am liebsten gelacht und gleichzeitig geweint. »Ja, mein Schatz, da hast du wahrscheinlich recht.«

Den Rest der Folge hatte sie schweigend die Frau betrachtet, die sie als junges Mädchen gekannt hatte und die jetzt in atemberaubenden Kleidern durch elegante Wohnungen und Häuser stöckelte und, wie LJ bemerkte, in einer ganzen Reihe von Betten lag.

Als die Episode zu Ende war, fragte LJ: »Ava, ist das wirklich was für dich? Es scheint mir ein bisschen gewagt zu sein.«

»Ach, Tante LJ, jetzt sei nicht so altmodisch. Ich kenne mich aus mit Sex. Davon haben sie uns in der Schule erzählt, als ich zwölf war. Man hat uns sogar einen Film gezeigt.«

»Wirklich?« LJ hob die Augenbrauen und nahm Avas Hand. »Wenn du deine Mutter so im Film siehst, wünschst du dir dann, du wärst bei ihr in Hollywood und würdest ein solches Leben führen?«

»Guter Gott, nein!« Ava hatte gelacht. »Ich weiß, dass Cheska meine leibliche Mutter ist, aber ich kenne sie nicht und kann nicht behaupten, dass sie mir fehlt. Du bist meine Mutter, und Marchmont ist mein Zuhause.« Ava hatte LJ die Arme um den Hals geschlungen. »Und ich habe dich sehr, sehr lieb.«

Im Lauf der Jahre war Ava zu LJs Lebensinhalt geworden, zu einem Teil ihrer selbst. Ihr mütterlicher Instinkt war ebenso stark ausgeprägt wie einst bei David. Manchmal hatte sie sich selbst Vorwürfe gemacht, weil sie durch das Kind lebte, ebenso, wie Greta durch Cheska gelebt hatte. Aber sie konnte nicht anders. Ava war ein wunderbares Menschenkind, und sie vergötterte sie.

Jetzt hörte LJ Avas rasche Schritte im Flur näher kommen. Sie riss sich von ihren Erinnerungen los. Vielleicht kam es von der Operation, aber in letzter Zeit hatte sie ein ungutes Gefühl. Sie hatte versucht, es abzuschütteln, aber sie vertraute ihren Instinkten seit vierundachtzig Jahren, und die hatten sie noch selten getrogen.

## Kapitel 38

*Los Angeles, Juni 1980*

»Ach, du bist's.« Cheskas Stimme klang barsch. Den Telefonhörer in einer Hand, nahm sie die Satinschlafmaske ab und warf einen Blick auf die Uhr, die auf dem Nachttisch stand. »Was, zum Teufel, bildest du dir ein, mich um diese Zeit anzurufen? Bill, du weißt doch genau, Sonntag ist der einzige Tag, an dem ich ausschlafen kann«, schimpfte sie.

»Es tut mir leid, Schätzchen, aber es ist halb zwölf, und wir müssen uns unterhalten. Dringend.«

»Heißt das, sie geben mir die verlangten zwanzigtausend pro Folge mehr?«

»Hör mal, Cheska, können wir uns zum Mittagessen treffen? Dann erkläre ich dir alles.«

»Du weißt, dass ich am Sonntag nichts unternehme, Bill. Wenn es so dringend ist, dann musst du dich schon hierherbemühen. Um zwei sehe ich meine Masseurin, also komm um drei.«

»Also gut. Bis dann, Schätzchen.«

Cheska warf den Hörer auf den in Gold und Cremeweiß ziselierten Apparat und ließ sich gereizt in die Kissen sinken. Samstag war der einzige Abend in der Woche, an dem sie aufbleiben konnte, so lange sie wollte. An allen anderen Tagen wachte sie mit den Vögeln um halb fünf auf und wurde um fünf vom Studiowagen abgeholt.

Und die vergangene Nacht war … nun ja, sie war …

Cheska fuhr mit der Hand tastend über die andere Seite des breiten Betts und spürte nur eine zerwühlte Decke. Sie sah hinüber und entdeckte auf einem der Kissen einen Zettel. Darauf stand:

*»Letzte Nacht war fantastisch. Kuss, Hank.«*

Cheska räkelte sich genüsslich wie eine Katze und dachte an die mit Hank verbrachte vergangene Nacht. Hank war der Leadsänger einer tollen neuen Band. Sie hatte einen Gastauftritt in dem Club, den Cheska am vergangenen Abend mit ein paar Freunden besucht hatte. Sobald sie ihn mit seinem muskulösen, schlanken Körper, den blauen Augen und dem aschblonden Haar gesehen hatte, wusste sie, dass sie ihn haben musste.

Und wie immer hatte Cheska am Ende des Abends bekommen, was sie wollte.

Normalerweise war es der Reiz der Eroberung, der ihr dieses wunderbare Prickeln bereitete; der Sex selbst war enttäuschend. Doch die vergangene Nacht war gut gewesen. Vielleicht, aber wirklich nur vielleicht, würde sie sich bereit erklären, sich noch einmal mit ihm zu treffen. Cheska stieg aus dem Bett und ging in das angrenzende Marmorbad, um Wasser in die Wanne laufen zu lassen.

Als sie in dieses Haus oben in der Chalon Road in Bel Air gezogen war, gleich nachdem sie die Zusage für die Rolle der Gigi in *Die Ölbarone* erhalten hatte, war es völlig ungesichert gewesen. Jetzt standen eine drei Meter hohe Mauer und eine Sicherheitsüberwachung rund um die Uhr zwischen ihr und der Welt. Obwohl der Blick aus den oberen Stockwerken grandios war – zu ihren Füßen lag ganz Los Angeles –, öffnete Cheska nicht die Rollos, um die wunderbare Junisonne ins Zimmer scheinen zu lassen. Die Rollos blieben geschlossen, bis sie fertig angekleidet war. Einem tollkühnen Fotografen war es schon einmal gelungen, auf eine Leiter zu steigen und sie nur in ein Handtuch gehüllt abzulichten. Das Bild hatte er für ein Vermögen an ein paar Boulevardblätter verkauft. Schließlich war Cheska eines der bekanntesten Gesichter in ganz Amerika, wenn nicht der ganzen Welt.

Cheska drehte das Wasser ab, betätigte den Whirlpoolschalter und stieg in die Wanne. Als das Wasser sanft ihren Körper massierte, ließ sie sich tief hineinsinken. Ihr war nicht klar, weshalb Bill so dringend mit ihr sprechen wollte. Es konnte doch keine Probleme mit dem neuen Vertrag geben? Sie schüttelte den Kopf. Das war undenkbar. Gigi war die beliebteste weibliche Rolle in *Die Ölbarone*. Sie erhielt mehr Fanpost als jeder andere Darsteller der Serie, wurde zu mehr öffentlichen Auftritten eingeladen und bekam mehr Schlagzeilen als alle anderen Schauspieler zusammen.

Wie Cheska wusste, hing das auch mit ihrem berühmt-berüchtigten Privatleben zusammen. Wenn sie wieder einmal mit irgendeinem jungen, blonden Mann fotografiert worden war, hatte das Studio sie ermahnt und ihr etwas von Moralklauseln im Vertrag vorgehalten, doch darauf achtete sie nie. Warum beschwerten sie sich überhaupt? Es bedeutete doch nur noch mehr Werbung für die Serie. Und ihr Privatleben war genau das: privat. Es ging das Studio überhaupt nichts an.

Cheska musterte im Spiegel ihr Gesicht und entdeckte zwei Falten unter den Augen. Sie war müde, erschöpft von neun Monaten ununterbrochener Dreharbeiten. Zum Glück begann in ein paar Wochen die Sommerpause. Sie musste unbedingt wegfahren und sich erholen. Vielleicht hatte ihre unschöne, in den Medien breitgetretene Scheidung vor sechs Monaten sie doch mehr Energie gekostet, als sie hatte wahrhaben wollen. Nach kalifornischem Gesetz stand dem Partner die Hälfte des gesamten Besitzes des Ehemanns beziehungsweise der Ehefrau zu. Da sie, Cheska Hammond, sehr viel besaß und ihr beschissener Rockmusiker-Ex gar nichts, hatte sie am Ende als die Dumme dagestanden. Durch die Scheidung waren das Strandhaus in Malibu sowie die Hälfte ihres Barvermögens und ihrer anderen Finanzanlagen an Gene »Schweinehund« Foley gegangen. Während ihrer Ehe hatte er keinen einzigen Tag gearbeitet, hatte mit seinen langhaarigen Freunden im Strandhaus herumgelungert, Dope geraucht, Bier getrunken und Cheskas mühsam verdientes Geld in halbseidenen Kneipen in L. A. verprasst. Bis ans Ende ihres Lebens würde sie den Tag bereuen, an dem sie ihn geheiratet hatte. Aber sie waren high gewesen, damals in Las Vegas, und hatten es witzig gefunden, um drei Uhr morgens einen Geistlichen aus dem Schlaf zu klingeln und ihn aufzufordern, sie auf der Stelle zu trauen. Als Ehering hatte Gene ihr den Ring einer Bierdose an den Finger gesteckt. Medienwirksamer hätten sie nicht heiraten können. Weltweit konnte man ihr Bild auf den Titelseiten der großen Tageszeitungen sehen.

Dabei hatte er sie doch nur an Bobby erinnert ...

Durch diesen einen Moment der Verrücktheit hatte Cheska sehr viel verloren. Außerdem hatte sie immer schon einen extravaganten Lebensstil gepflegt. Sie kaufte teure Designergarderobe und veranstaltete, wann immer die Lust sie überkam, luxuriöse Partys, die von den besten Caterern beliefert wurden. Vor der Scheidung hatte sie das Geld dafür besessen, doch jetzt überzog sie ihr Konto in atemberaubender Höhe – das sagte zumindest ihr Buchhalter.

Vergangene Woche hatte er sie um ein Gespräch gebeten und ihr geraten, ihre Ausgaben zu reduzieren. Die Bank sei zwar bereit, ihren Überziehungskredit um weitere fünfzigtausend Dollar aufzustocken, aber nur, wenn das Haus mit einer weiteren Grundschuld belastet werde. Cheska hatte die Dokumente, die er ihr reichte, unterschrieben, ohne das Kleingedruckte zu lesen.

Aus diesen Gründen brauchte sie mehr Geld. Als Gigi war sie in *Die Ölbarone* unersetzlich, und sie hatte bei ihrem neuen Vertrag aggressiv verhandeln wollen. Bill, ihr amerikanischer Agent, hatte zur Vorsicht gemahnt. Die Studios seien launisch, meinte er, sie hätten ungern das Gefühl, dass sich die Schauspieler wichtiger nehmen als die Serie, in der sie mitwirkten.

Cheska stieg aus der Wanne und griff nach dem Handtuch. Sie fand es lächerlich, dass der begehrteste Fernsehstar Hollywoods den Riemen enger schnallen sollte. Beim Anziehen beruhigte sie sich mit dem Gedanken, dass der neue Vertrag ihre finanziellen Probleme lösen würde.

»Komm rein, komm rein.« Vom Sofa aus winkte Cheska Bill zu sich, als ihr mexikanisches Dienstmädchen ihn in das große, behagliche Wohnzimmer mit Blick auf den Pool führte. »Ich kann nicht aufstehen, Schätzchen. Ich habe gerade eine Massage bekommen und frischen Nagellack auf den Zehen. Etwas zu trinken?«

»Ein Eistee wäre schön«, sagte Bill zu dem Dienstmädchen.

»Bring zwei.« Auf Cheskas Nicken hin verließ das Mädchen den Raum.

Bill gab ihr einen Kuss auf die Wange. »Wie geht's, Süße?«

Cheska streckte sich und lächelte. »Gut, sehr gut«, antwortete sie. Bill stellte seine Aktentasche auf die Glasplatte des Sofatischs und ließ sich ihr gegenüber in einen Ledersessel fallen. »Also, was ist so dringend, dass du dafür an einem Sonntag deine Frau und Kinder allein lässt?«, erkundigte sie sich.

»Es geht um die Serie.«

»Das dachte ich mir.« Cheska musterte Bills Gesicht und sah die Anspannung in seinem Blick. »Stimmt etwas nicht, Bill?«

»Also, Cheska, es ist so, ich fürchte, sie werden deinen Vertrag nicht verlängern.«

Ihr stockte der Atem. Das Mädchen servierte den Eistee, und beide warteten schweigend, bis sie die Gläser auf den Tisch gestellt hatte und wieder verschwunden war.

»Aber Bill, da musst du dich verhört haben!«

»Irving hat mich am Freitag zu sich ins Büro bestellt. Sie, na ja ...« Bill hielt kurz inne und überlegte, wie er sich am besten ausdrücken sollte. »Der neue Studioleiter ist ein anständiger Familienmensch, und er möchte, dass seine Stars mit gutem Beispiel vorangehen.«

»Moment mal, Bill. Du willst mir also sagen, dass die Personen in *Die Ölbarone* zwar regelmäßig miteinander ins Bett hüpfen, illegitime Kinder zeugen, Drogenprobleme und gewalttätige Ehemänner haben, die Stars aber wie Heilige leben sollen? Guter Gott!« Cheska schüttelte den Kopf und lachte bitter. »Wie scheinheilig kann man denn noch sein!«

»Ich weiß, ich weiß«, meinte Bill beschwichtigend. »Aber die Serie wird in der neuen Staffel auch anständiger. Solche Szenen, wie du sie beschrieben hast, sollen gestrichen werden.«

»Und die Quote wird sinken«, murmelte sie. »Was, zum Teufel, denkt er, weshalb die Leute sich die Serie ansehen?«

»Ich bin ganz deiner Meinung, Cheska, und ich kann nur sagen, wie leid es mir tut, dass du ins Kreuzfeuer geraten bist. Aber ich habe dich immer wieder gewarnt, dass das Studio ...«

»... das Studio nicht will, dass seine Stars in Nachtclubs gesehen werden, beim Trinken, beim Tanzen oder bei sonst etwas, das Spaß macht, oder auch nur, dass sie ein eigenes Leben haben«, beendete Cheska seinen Satz wütend.

»Jetzt komm, Schätzchen, seien wir ehrlich. In den letzten Monaten hast du dich öfter am Set verspätet, deinen Text vergessen ...«

»Verdammt noch mal, ich habe eine Scheidung hinter mir!« Cheska schlug mit der Faust auf ein Kissen ein und schleuderte es zu Boden. Während sie zum Fenster hinausstarrte, drohten die altbekannten Gefühle, von denen sie gehofft hatte, sie seien nur noch eine ferne Erinnerung, wieder in ihr aufzusteigen. Entschlossen drängte sie sie zurück, atmete durch und sah wieder zu Bill.

»Und was passiert mit Gigi, ich meine ...?«

Das war die alles entscheidende Frage. Wenn das Studio Gigi mit einem Mann dem Sonnenuntergang entgegenfliegen ließ, war es möglich, dass sie wiederkam. Wenn nicht …

Bill holte tief Luft. »Ein Autounfall. Tot bei der Ankunft im Krankenhaus.«

»Ich verstehe.«

Eine Weile herrschte Schweigen. Cheska bemühte sich, nicht die Beherrschung zu verlieren. »Tja«, sagte sie schließlich, »das war's dann also? Erledigt und abgeschrieben im Alter von vierunddreißig?«

»Das würde ich wirklich nicht sagen«, widersprach Bill. »Das Studio fände es am besten, wenn sie verlauten lassen, dass du aus eigenem Wunsch aus der Serie ausscheidest, um dich anderen Projekten zu widmen. Und es gibt keinen Grund, weshalb du nicht übergangslos etwas anderes machen solltest. Ich habe schon ein paar Ideen.«

Bill sprach mit einer Zuversicht, die er nicht hatte. Im inneren Zirkel von Hollywood machten schlechte Nachrichten schnell die Runde. Und Cheska stand seit einiger Zeit im Ruf, »schwierig« zu sein.

»Du meinst, sie erwarten von mir, dass ich mich einfach von ihnen feuern lasse, ohne etwas dagegen zu unternehmen?«, fuhr Cheska auf.

»Schätzchen, ehrlich gesagt kannst du kaum was dagegen tun.«

»Ich könnte beim *National Enquirer* anrufen und ihnen stecken, was Irving, der Schuft von einem Produzenten, mit mir vorhat! Der konnte mich noch nie leiden, Bill, nicht, seitdem er mir an die Wäsche wollte und ich ihm in die Eier getreten habe. Wenn meine Fans wüssten, dass Gigi vom Studio eliminiert wird, würde das einen öffentlichen Aufschrei geben!«

Bill unterdrückte einen Seufzer. Das hatte er alles schon mehr als einmal erlebt: Stars, die sich als unersetzlich betrachteten, ob für das Studio oder für das Publikum. In Wahrheit waren beide flatterhaft in ihrer Gunst, und Gigi würde vergessen sein, sobald eine andere Figur zum Publikumsliebling aufstieg. Außerdem war Cheska sehr schwierig, war sie immer schon gewesen. Doch bis jetzt waren sowohl er, ihr Agent, als auch das Studio um der Quote und des Profits willen bereit gewesen, sich mit ihren Launen und ihrer Labilität zu arrangieren.

»Hör, Cheska, ich glaube, wenn du deswegen Krach schlägst, ist niemandem geholfen, am allerwenigsten dir selbst und deiner Karriere. Wenn du in Hollywood eine Zukunft haben willst, werden wir uns damit abfinden müssen.«

»Bill, ich kann nicht glauben, dass mir das gerade wirklich passiert.« Vor Schock wie benommen, fuhr sich Cheska über die Stirn. »Ich meine, die Serie hat immer noch erstklassige Einschaltquoten, Gigi ist die beliebteste Figur … Ich …« Sie rang die Hände. »Warum?«

»Ich hab dir die Gründe schon genannt. Ich kann nachvollziehen, wie es dir geht, aber das müssen wir jetzt vergessen und in die Zukunft blicken. Wir sind da machtlos, glaub mir.«

Cheska warf ihm einen gehässigen Blick zu. »Du meinst, ich soll nichts unternehmen, das deine kuschelige Beziehung zum Studio stören könnte?«

»Das ist wirklich unfair von dir, Cheska. Ich habe immer mein Bestes für dich getan, das weißt du auch, und in den letzten Jahren ein paar großartige Sachen für dich ausgehandelt.«

»Tja, wenn das dein Bestes sein soll, dann ist es wahrscheinlich an der Zeit, dass ich mir jemand anderen suche. Du bist entlassen, Bill. Bitte geh.«

»Jetzt komm, Cheska. Das ist doch nicht dein Ernst. Wir stehen das gemeinsam durch und finden etwas richtig Gutes für dich.«

»Das Salbadern kannst du dir sparen, Bill. Du hast jetzt größere Fische zu vertreten als mich. In deinen Augen bin ich eine abgetakelte Schauspielerin mit schlechtem Ruf.«

»Cheska, jetzt red nicht solchen Unsinn!«, sagte Bill.

Sie erhob sich. »Ab jetzt verhandeln wir nur noch über meinen Buchhalter miteinander. Schick die Schecks wie üblich an ihn. Auf Wiedersehen, Bill.«

Bill betrachtete Cheska, die ihr Kinn trotzig vorgereckt hatte. Ihre Augen funkelten vor Wut. Als sie vor sechzehn Jahren sein Büro betreten hatte, war sie in seinen Augen eine der schönsten jungen Frauen gewesen, die er je gesehen hatte. Und wahrscheinlich war sie jetzt als reife Frau noch schöner. Aber hinter dieser Fassade steckte eine richtig verrückte Tusse, und die war sie immer schon gewesen. Besessen von dem, was die Leute von ihr dachten, und immer im Glauben, dass jeder ihr nur Böses wolle, selbst in ihren erfolgreichsten Zeiten. Aber eigentlich wimmelte es in Hollywood von unsicheren Frauen, Cheska war nur eine der Schlimmsten. Bill wusste, dass er aus einer großen Verantwortung entlassen wurde. Im Grunde war ihm das gar nicht so unlieb. Er beschloss, sich nicht mehr zu wehren.

»Also gut, Cheska, wenn du das wirklich willst.« Seufzend griff er nach seiner Aktentasche und ging zur Tür.

»Ja, das will ich.«

»Lass mich wissen, wenn du's dir anders überlegst.«

»Das werde ich nicht. Auf Wiedersehen, Bill.«

»Viel Glück.« Mit einem Nicken verließ er den Raum.

Cheska wartete, bis die Haustür hinter ihm ins Schloss fiel. Dann warf sie sich schreiend vor Wut auf den Boden.

# KAPITEL 39

Acht Wochen später kam Cheska von ihrem letzten Studiotag nach Hause. Am Set hatte es zum Abschied Champagner und einen riesigen Kuchen gegeben, und die anderen Schauspieler hatten ihr versichert, wie sehr sie ihnen fehlen werde. Sie hatte die Zähne zusammengebissen und sich durch die Party gelächelt, hatte getan, als wäre es ihre Entscheidung, *Die Ölbarone* zu verlassen. Ihr war klar geworden, dass Bill recht hatte: Das war die einzige Möglichkeit, das bisschen Stolz, das sie noch hatte, und ihre Karriere zu retten. Auch wenn sie sich keiner Illusion hingab, dass alle über ihre Kündigung Bescheid wussten.

Bei allen Fragen nach ihrem nächsten Projekt hatte Cheska nur abwehrend die Hände gehoben und gesagt, sie werde nach England fahren und einen dringend nötigen Urlaub machen, ehe sie sich zu etwas anderem verpflichtete. Tatsächlich aber hatte sie nichts in Aussicht. Sie hatte bei allen Topagenten in Hollywood angerufen, bei ICM, William Morris ... Agenturen, die sie vor ein paar Jahren mit Kusshand genommen hätten. Wenn sie jetzt dort anrief, notierte eine Sekretärin ihre Nummer, und das war's dann.

Cheska bat ihr Hausmädchen, ihr ein Glas Champagner zu bringen, und ließ sich im Salon in einen Sessel sinken. Langsam fragte sie sich, ob es nicht ein schrecklicher Fehler gewesen war, als sie Bill den Laufpass gegeben hatte. Ob sie ihn anrufen sollte? Ihn bitten, ihre überstürzte Entscheidung zu vergessen und sich nach geeigneten Rollen für sie umzuhören?

Nein, sagte sie sich. Ihr Stolz hatte genug gelitten, sie konnte jetzt nicht auf Knien bei ihm angekrochen kommen. Sie musste einfach ihre Ansprüche etwas herunterschrauben und zu einem weniger bekannten Agenten gehen, der sich freuen würde, einen großen Namen wie den ihren auf seine Liste setzen zu können.

Aber war ein zweitklassiger Agent nicht schlimmer als gar keiner? Wahrscheinlich schon.

»Mist!« Cheska presste die Hände an die Schläfen. Kopfschmerzen kündigten sich an.

Das Dienstmädchen brachte den Champagner, und sie trank einen großen Schluck. Es war ihr egal, ob die Kopfschmerzen davon noch schlimmer wurden.

Und dann waren da noch ihre finanziellen Schwierigkeiten. Sie war pleite. Nein, schlimmer noch: Sie hatte Zehntausende von Dollar Schulden. Gestern, als sie bei Saks ein Kleid für die Abschiedsparty kaufte, hatte ihre Kreditkarte die Zahlung verweigert. Die Verkäuferin hatte ihr erklärt, dass sie offenbar ihren Kreditrahmen ausgeschöpft habe. Also hatte Cheska einen Scheck ausgestellt, der, wie sie wusste, höchstwahrscheinlich platzen würde, und war mit hochrotem Kopf und wutentbrannt aus dem Laden marschiert. Zu Hause hatte sie sofort ihren Buchhalter angerufen und ihm aufgetragen, den nächsten Scheck, den er von Bill bekam, direkt an sie zu schicken und nicht über die Bank laufen zu lassen. Dann hätte sie über zwanzigtausend Dollar, die ihr, wenn sie sparsam war, ein paar Wochen reichen sollten.

Cheska heulte vor Verzweiflung. Seit ihrem vierten Lebensjahr arbeitete sie ununterbrochen, und was hatte sie davon? Ein Haus, das sie würde verkaufen müssen, um ihre Schulden zu bezahlen, und einen Wandschrank voll Designerklamotten, die sie wegen mangelnder Gelegenheiten nicht mehr tragen konnte. Ihre Freunde im Showgeschäft, die sich früher um Einladungen bei ihr gerissen hatten, waren in den vergangenen Wochen von der Bildfläche verschwunden.

Sie kannte den Grund. Ihr Stern war im Sinken, und das rochen die anderen wie ein billiges Parfüm. In deren Leben gab es keinen Platz für eine Versagerin. Es könnte auf sie abfärben.

Im Lauf des Abends betrank sich Cheska zusehends, und am nächsten Morgen wachte sie angezogen auf dem Sofa auf.

Die folgende Woche war unerträglich.

Sie sagte ihre Termine mit der Masseurin, dem Fitnesstrainer und der Friseurin ab. Sie kündigte ihrem Hausmädchen und der Sicherheitsfirma, denn sie wusste, dass sie sie am Ende des Monats nicht mehr bezahlen konnte. Ihre Nägel wurden rissig, die Haare hingen ihr strähnig ins Gesicht, und sie zog sich morgens nicht mehr an.

Die finanziellen Schwierigkeiten gepaart mit der Langeweile waren schon schlimm genug, aber dann tauchten auch die entsetzlichen Gefühle wieder auf, die Gefühle, von denen sie inständig gehofft hatte, sie wären für immer verschwunden. In ihren Träumen drängte wieder alles an die Oberfläche, so dass sie immer häufiger schwitzend und zitternd aufwachte.

Ein paar Tage zuvor hatte sie dann die vertraute Stimme gehört, die Stimme, deretwegen sie diese schrecklichen Sachen gemacht hatte. Die hatte sich nicht mehr gemeldet, seit sie vor siebzehn Jahren nach Amerika gegangen war. Und dann gab es auch noch andere Stimmen. Nur erzählten sie ihr diesmal nichts von anderen Menschen, sie sprachen von ihr selbst.

*Du bist eine Versagerin, Cheska, stimmt's? ... Ein dummes, unfähiges kleines Mädchen ... du wirst nie wieder Arbeit bekommen ... dich will keiner mehr, dich liebt keiner ...*

Cheska war von einem Zimmer ins andere gewandert, im vergeblichen Bemühen, die Stimmen loszuwerden, doch sie waren ihr gefolgt und gönnten ihr keinen Moment Ruhe.

Sie hatte mit den Fäusten gegen ihre Stirn gehämmert, damit die Stimmen verschwanden. Sie hatte ihnen geantwortet und genauso laut geschrien wie sie. Aber sie hörten einfach nicht auf ... hörten einfach nicht auf.

Verzweifelt hatte sie ihren Arzt angerufen und um Beruhigungsmittel gebeten, aber die hatten sie weder beruhigt noch die Stimmen zum Verstummen gebracht.

Cheska war klar, dass sie wieder durchzudrehen drohte. Sie brauchte Hilfe, aber sie wusste nicht, an wen sie sich wenden sollte. Wenn sie dem Arzt von den Stimmen erzählte, würde er sie in ein komisches Sanatorium sperren lassen wie dasjenige, in das die Ärzte sie gesteckt hatten, als sie schwanger war.

Nach zwei höllischen Wochen hatte Cheska eines Morgens in den Spiegel geblickt und festgestellt, dass sie nicht mehr da war.

»*Nein! Nein!* Bitte nicht!«

Cheska sank zu Boden. Sie war wieder unsichtbar, vielleicht schon tot … geträumt hatte sie das oft genug. Was war Realität? Sie wusste es nicht mehr. Ihr platzte schier der Kopf, die Stimmen redeten auf sie ein und machten sich über sie lustig.

Panisch rannte Cheska durchs Haus, drehte die Spiegel zur Wand um und verhängte diejenigen, die sie nicht bewegen konnte. Dann setzte sie sich im Wohnzimmer auf den Boden und versuchte, ruhig durchzuatmen.

Als die endlosen Tage in unendlich lange Nächte übergingen, wusste Cheska, dass sie am Ende war. Die Stimmen hatten recht, sie hatte keine Zukunft mehr.

»Bitte, warum hilft mir denn niemand?«, jammerte sie.

*Es gibt niemanden, der dir helfen könnte, Cheska … niemanden. Niemand liebt dich, niemand will dich …*

»Aufhören! Aufhören! Aufhören!« Cheska stieß mit dem Kopf rhythmisch gegen die Wand, aber die quälenden Stimmen verstummten nicht.

Unvermittelt richtete sie sich auf. Sie wusste, es gab keine andere Möglichkeit. Den Frieden, den sie suchte, konnte sie nur auf eine Art finden.

Langsam ging sie in ihr Schlafzimmer und nahm das Fläschchen aus der Nachttischschublade. Auf dem Boden sitzend, betrachtete sie die harmlos wirkenden gelben Tabletten in dem durchsichtigen braunen Plastikbehälter. Sie fragte sich, wie viele sie wohl nehmen müsste, um sicherzugehen. Dann schraubte sie den Deckel ab und kippte die Tabletten auf den Boden.

Als die Stimmen wieder einsetzten, lachte sie laut auf.

»Ich kann euch zum Schweigen bringen!«, erklärte sie ihnen triumphierend. »Es ist ganz einfach, ganz einfach ...«

Sie nahm eine Tablette, legte sie auf ihre Lippe und berührte mit der Zunge die brennende, kalkige Oberfläche. Mit einem Schluck Wasser aus dem Glas, das auf dem Nachttisch stand, schluckte sie sie hinunter. Sie nahm drei weitere Tabletten in die Hand und schaute zum Himmel empor, wo sie wusste, dass Jonny auf sie wartete.

»Darf ich jetzt bitte zu dir kommen? Ich will nicht mit ihnen dort hinunter. Wenn ich sage, dass es mir leidtut und dass ich an Gott glaube, darf ich dann zu dir?«

Ausnahmsweise einmal herrschte Stille in ihrem Kopf. Niemand antwortete ihr. Eine Träne rann ihr über die Wange.

»Es tut mir so leid, Mummy, so sehr leid. Das wollte ich nicht.«

*Und was ist mit Ava ...? Du hast deine Tochter im Stich gelassen ... wer soll dir dafür vergeben ...?*

Die Stimmen waren wieder da. »Bitte! *Bitte!*«, flehte sie sie an. Als die Stimmen nicht aufhören wollten, sammelte sie mehr Tabletten vom Boden auf. Dann hörte sie noch ein anderes Geräusch ... eine Glocke, die läutete, die Glocke am Tor zur Hölle.

Das Läuten hallte durch ihren Kopf. Sie legte die Hände auf die Ohren. »Aufhören! Aufhören! Bitte aufhören!« Das Geräusch kam ihr vage vertraut vor, und langsam wurde ihr bewusst, dass da nicht die Glocke der Hölle läutete, sondern die Klingel am Haustor. Irgendwie schaffte sie es, sich in den Eingangsbereich zu schleppen, aber dort sackte sie zusammen.

»Geht weg! Bitte geht weg!«, schrie sie.

»Cheska, ich bin's, Onkel David!«

Cheska erkannte das vertraute Gesicht Davids auf der Überwachungskamera. David? Das konnte nicht sein. Er lebte in England. Das waren die Stimmen. Die wollten sie überlisten.

»Cheska, bitte, mach auf!«

Sie erhob sich und starrte in sein Gesicht, nur um sich zu vergewissern. Älter, runder, graues, sich lichtendes Haar an den Schläfen, aber immer noch dasselbe Funkeln in den Augen.

»Schon gut, schon gut.« Auf unsicheren Beinen stakste Cheska zur Alarmanlage, um sie auszuschalten, und drückte auf den Summer, damit David das Tor öffnen konnte.

David tat sein Bestes, sich seinen Schrecken nicht anmerken zu lassen, als Cheska ihm die Haustür aufmachte. Ihre Haare waren fettig und strähnig, ihre Augen glasig mit schwarz verschmierten Rändern. Ihr Blick wanderte fahrig wie bei einem gehetzten Tier umher. Mitten auf der Stirn prangte ein großer blauer Fleck. Ihre mageren Schultern bedeckte ein schmutziges Sweatshirt, und ihre früher so wohlgeformten Beine sahen aus wie zwei Stecken. Schwankend stand sie vor ihm, als wäre sie betrunken.

»Cheska, wie schön, dich zu sehen.« Er beugte sich vor, um ihr einen Kuss zu geben, und nahm ihren ungewaschenen Geruch wahr.

»Ach David, David, ich …« Gequält blickte sie ihn aus ihren blauen Augen an, dann brach sie in Tränen aus und sank zu Boden.

Als er sie dort kauern und sich hin und her wiegen sah, kniete er sich neben sie, um sie zu beruhigen, doch sobald er sie berührte, schrie sie auf.

»So, das reicht, ich hole einen Arzt!« David stand auf, aber Cheska umklammerte eines seiner Beine und schaute zu ihm hoch.

»Nein! Ich … Es geht schon wieder, wirklich.«

»Cheska, schau dich doch an. Es geht gar nicht wieder.«

Mühsam erhob sie sich und schleppte sich ins Wohnzimmer, wo sie auf dem Sofa zusammenbrach und die Arme nach ihm ausstreckte.

»Bitte nimm mich in den Arm, Onkel David. Nimm mich einfach in den Arm.«

David legte den Arm um sie, und sie vergrub ihren Kopf in seinem Schoß. Eine Weile bewegte sie sich nicht, dann sah sie zu ihm auf und fuhr schließlich langsam mit der Hand über seine Augen, seine Nase und seinen Mund.

»Bist du echt?«

Er lachte kurz auf. »Das möchte ich doch meinen! Warum fragst du?«

»Weil ich mir in den letzten Wochen so viele Sachen eingebildet habe. Menschen, Orte ...« Plötzlich breitete sich ein Lächeln auf ihrem Gesicht aus. »Wenn du wirklich echt bist, dann bin ich froh, dass du hier bist.«

Sie schloss die Augen und war im nächsten Moment eingeschlafen.

## Kapitel 40

Nach einer Weile legte David Cheskas Kopf vorsichtig aufs Sofa und ließ sie weiterschlafen. Er ging durchs Haus, schaute in die verdreckte Küche, wo sich auf den benutzten Tellern und Tassen ebenso wie im Spülbecken Schimmel gebildet hatte, und kam ins Schlafzimmer, wo er die Beruhigungsmittel auf dem Teppichboden bemerkte. Er sammelte sie auf und warf sie ins Klo. Ihm war klar, was Cheska im Sinn gehabt und vielleicht auch zu tun begonnen hatte; das würde erklären, weshalb sie so unsicher auf den Beinen gewesen war und jetzt so fest schlief. Er dankte den Göttern, dass er auf dem Weg zu einem alten Schauspielerfreund weiter oben am Berg, bei dem er hatte übernachten wollen, beschlossen hatte zu läuten.

In den letzten Jahren hatte er immer wieder einmal beruflich in Hollywood zu tun gehabt und manchmal auf einen Drink bei Cheska vorbeigeschaut. Auch wenn sie Ava im Stich gelassen hatte, war es seiner Ansicht nach wichtig, den Kontakt zu ihr nicht ganz abzubrechen. Allerdings hatte er sich in ihrer Gesellschaft stets unwohl gefühlt. Praktisch hielt sich jedes Mal irgendein Mann im Haus auf, und David hatte bei all seinen Besuchen immer nur wenige Minuten allein mit ihr verbracht. Seiner Meinung nach war das Absicht, schließlich wusste in Hollywood niemand, dass Cheska ein Kind hatte. Sie wollte auf keinen Fall, dass er von Ava sprach, davon war er überzeugt, und sie wusste, dass er das vor Fremden nie tun würde.

Pflichtschuldig hatte er ihr geschrieben, dass ihre Mutter, bald nachdem sie England verlassen hatte, aus dem Koma erwacht war, und sie über Gretas Fortschritte mehr oder minder auf dem Laufenden gehalten. Aber wann immer er bei Cheska zu Besuch war, hatte sie keinerlei Interesse daran gezeigt, über sie zu reden. Wenn David auf das Thema kam, folgte ein einseitiges Gespräch mit Plattitüden wie »Deine Mutter lässt dich herzlich grüßen«, was ohnehin gelogen war. Greta hatte keinerlei Erinnerung an Cheska.

Wenn er sich dann von ihr verabschiedet hatte, war er immer bedrückt gewesen, denn es war ihm klar, dass Cheska nichts mehr mit ihrer englischen Vergangenheit zu tun haben wollte. Ebenso wenig wie mit Greta. Auch wenn ihn das enttäuschte und mit Trauer erfüllte, seine Mutter hatte immer gemeint, er solle schlafende Hunde nicht wecken. Und diesem Rat war er schließlich gefolgt.

Jetzt ging er wieder nach unten, spülte eine Tasse ab und machte sich Tee. Dabei überlegte er, was wohl passiert sein mochte. Er hatte keine Ahnung, was Cheska zu dem Selbstmordversuch veranlasst haben könnte. Er war davon ausgegangen, dass in ihrem Leben alles bestens für sie lief.

Er hatte die vergangenen vier Wochen in Hollywood eine wunderbare Gastrolle in einem großen Film übernommen. Am Tag zuvor waren sie mit den Dreharbeiten fertig, und er befand sich auf dem Weg zurück nach England. Allzu lange würde er allerdings nicht dort bleiben. Nach dem Fest zum fünfundachtzigsten Geburtstag seiner Mutter legte er sein ewig verschobenes Sabbatjahr ein, wie man das heutzutage nannte. Er war jetzt neunundfünfzig, und seine Karriere hatte sowohl in den USA als auch in England einen Punkt erreicht, an dem er das Gefühl hatte, sich ein Jahr frei nehmen zu können. Er hatte es sich verdient, und wenn er es nicht bald tat, würde er vielleicht zu alt und gebrechlich dafür sein.

Außerdem war er endlich nicht mehr allein.

Beim Gedanken an sie musste er lächeln. Ihre zierliche, wohlproportionierte Figur, die dunklen Haare, die zu einem Knoten geschlungen waren, die warmen braunen Augen, die vor Intelligenz funkelten. Sie hatte ihm sofort gefallen, als er sie auf einer Dinnerparty bei einem alten Freund aus seiner Zeit in Oxford kennengelernt hatte. Als alleinstehender Mann wurde er bei solchen Anlässen gerne neben eine Singlefrau gesetzt, die ihn aber meist nicht besonders interessierte. Bei Victoria allerdings, oder »Tor«, wie sie sich nannte, war es anders gewesen. Er hatte sie für Mitte vierzig gehalten, obwohl er später erfuhr, dass sie Anfang fünfzig war. Ihr Mann war zehn Jahre zuvor gestorben, und sie hatte nie das Bedürfnis verspürt, noch einmal zu heiraten. Sie arbeitete in Oxford als Professorin für frühe chinesische Geschichte, ihr Mann war Humanist gewesen. Tor hatte ihr ganzes Leben im Elfenbeinturm der akademischen Welt verbracht.

Auf der Heimfahrt hatte David sich gedacht, dass eine derart kultivierte, gebildete Frau wenig bis gar kein Interesse an einem Entertainer wie ihm haben würde. Sicher, er hatte eine erstklassige schulische Ausbildung genossen, sich aber seitdem in eine völlig andere Richtung entwickelt.

Eine Woche nach ihrer ersten Begegnung hatte sie ihm allerdings eine Einladung zu einem Klavierkonzert in Oxford geschickt, an dem er Interesse geäußert hatte. Er hatte ein Hotelzimmer gebucht und sich gefragt, wie er wohl mit Tors intellektuellem Bekanntenkreis zurechtkommen würde. Wie sich herausstellte, war der Abend sehr gut verlaufen.

Bei einem kleinen anschließenden Essen zu zweit hatte Tor ihn wegen seines mangelnden Selbstbewusstseins getadelt. »Sie verstehen es, Menschen zu unterhalten, David. Das ist eine große Gabe, eine viel größere, als einen Essay über Konfuzius zu schreiben. Menschen zum Lachen zu bringen, so dass sie ein paar Sekunden glücklich sind, ist ein wunderbares Talent. Davon abgesehen haben Sie in Oxford studiert, und Sie haben sich an diesem Abend doch wunderbar mit meinen Freunden verstanden.«

Von da an hatten sie sich regelmäßiger getroffen, und schließlich hatte er Tor gefragt, ob sie nicht ein Wochenende mit ihm verreisen wolle. Er war mit ihr nach Marchmont gefahren, und LJ hatte sofort Gefallen an ihr gefunden. Angesichts ihrer unverhohlenen Missbilligung wegen seiner aufopfernden Loyalität gegenüber Greta – »guter Gott, mein Liebling, wieso hat sie solche Macht über dich? Sie weiß doch nicht einmal, wer du bist!«, so lag sie ihm ständig in den Ohren – überraschte ihn ihre Freude darüber, dass er endlich eine »Damenbekanntschaft« hatte, wie sie es nannte, nicht.

»Ma, sie ist wirklich nur eine Bekannte«, hatte er bei diesem ersten Wochenende erklärt.

Im Lauf der nächsten Monate hatte David sich selbst wiederentdeckt – seine Liebe zur Musik und zur Kunst, den Spaß daran, Händchen haltend nach einem üppigen Sonntagsbraten einen Feldweg entlangzuschlendern oder bis spät in die Nacht bei einer Flasche Wein über Bücher zu sprechen, die sie beide gelesen hatten. Und vor allem eine Frau zu haben, bei der er das Gefühl hatte, dass sie seine Gesellschaft ebenso genoss und schätzte wie er die ihre.

Dann hatte Tor ihm erzählt, dass sie ein Sabbatjahr von ihrer Lehrtätigkeit nehmen würde, um all die Orte zu besuchen, über die sie so viel gelehrt und geschrieben, die sie aber nie gesehen hatte. Scherzhaft hatte sie ihn gefragt, ob er nicht mitkommen wolle, und er hatte die Idee mit einem Lachen weit von sich gewiesen. Aber dann hatte er doch über den Vorschlag nachgedacht und war zu dem Schluss gelangt, dass eine solche Reise vielleicht genau das war, was er brauchte. Tor hatte ihn überglücklich, aber auch ungläubig angesehen, als er sagte, er würde gerne mitkommen.

»Aber was ist mit deiner Arbeit? Und mit Greta?«

Tor wusste natürlich Bescheid über sie. Sie spielte eine große Rolle in seinem Leben. Seit siebzehn Jahren besuchte er Greta nahezu jeden Sonntag zum Mittagessen. In letzter Zeit allerdings hatte David diese Treffen bisweilen schuldbewusst wegen einer Unternehmung mit Tor, die nur über wenig Freizeit verfügte, abgesagt.

»Sie wird gut damit zurechtkommen, Tor«, hatte David mit größerer Überzeugung beteuert, als er empfand. Ihm war nur allzu bewusst, wie sehr Greta auf ihn angewiesen war. Sie verließ die Wohnung nur selten, weil größere Menschenmengen ihr Angst machten, und sie empfing keine Gäste außer Leon, der ihr manchmal einen Pflichtbesuch abstattete, und noch seltener LJ und Ava, wenn sie einmal in London weilte. Für Greta war die Vorstellung, auch nur eine Nacht außerhalb der Sicherheit ihrer Wohnung in Mayfair zu verbringen, undenkbar. Sie führte mehr oder minder das Leben einer Einsiedlerin.

Nie würde er den Moment vergessen, in dem sie nach den langen Monaten im Koma die Augen aufgeschlagen hatte. Das Glücksgefühl, das er empfunden hatte, als seine ganze Liebe zu ihr in ihm aufgewallt war, er ihr Gesicht mit Küssen bedeckt hatte und seinen Tränen freien Lauf ließ, war im Handumdrehen in blankes Entsetzen umgeschlagen, als sie ihn mit ihren mageren Händen wegstieß und fragte, wer in aller Welt er sei. Über die Jahre hinweg hatte er sich mit der Situation abgefunden. Es war ihm wenig anderes übrig geblieben, denn Gretas Gedächtnis weigerte sich beharrlich zurückzukehren.

David störte ihre Abhängigkeit von ihm nicht im Geringsten, schließlich liebte er sie. Doch da Greta ihm nie auch nur andeutungsweise zu verstehen gab, dass sie mehr als nur seine Freundschaft und Hilfe wollte, war die Situation die ganzen Jahre vage geblieben. Die Begegnung mit Tor hatte ihm die Art ihrer Beziehung noch deutlicher vor Augen geführt. Schließlich und endlich hatte David begonnen zu verstehen, was seine Mutter ihm die ganze Zeit schon zu sagen versuchte: Dass es unsinnig war, sich nach Greta zu verzehren.

Ma hatte recht. Er musste in die Zukunft blicken.

Nachdem David Tor überzeugt hatte, dass ihm ernst war mit seiner Entscheidung, hatten sie angefangen, die Reise genauer zu planen. Zuerst wollten sie nach Indien fahren und von dort, da Tor mit Begeisterung wanderte, nach Lhasa fliegen und einen vierwöchigen Treck im Himalaja unternehmen. Anschließend hatten sie vor, auf den Spuren von Marco Polo durch China zu reisen, wovon Tor schon seit vielen Jahren träumte.

David kippte den Rest seines Tees ins Spülbecken. Wenn er sich wieder in England befand, würde er Greta von seiner geplanten Reise erzählen. Sie war daran gewöhnt, dass er immer mal wieder für mehrere Wochen nach Hollywood fuhr – er hatte sie öfter gefragt, ob sie nicht mitkommen und Cheska besuchen wolle, aber das hatte sie stets abgelehnt. Sechs Monate waren allerdings eine sehr viel längere Zeit. Er würde LJ oder Ava bitten müssen, sie während seiner Abwesenheit zu besuchen.

Und jetzt hielt er sich rein zufällig hier auf und musste sich mit einem Problem beschäftigen, für das es keine schnelle Lösung gab. Er rief seinen Freund Tony an und erklärte, ihm sei etwas dazwischengekommen, er könne ihn heute doch nicht besuchen.

Als er den Hörer auf die Gabel legte, dachte er an den eklatanten Unterschied zwischen der Cheska, die momentan als menschliches Wrack auf dem Sofa schlief, und der wunderschönen Frau, deren berühmtes Gesicht auf Fernsehbildschirmen, Zeitungen und Zeitschriften in aller Welt prangte.

Etwas ganz Entsetzliches musste geschehen sein, um sie an den Rand des Selbstmords zu treiben. Er fragte sich, wie er wohl den Grund dafür herausfinden könnte. David warf einen Blick auf die Namen und Telefonnummern, die in Cheskas kindlicher Schrift auf dem Block neben dem Telefon standen. Bill Brinkley war die dritte Nummer. Das war der Agent, zu dem sie nach ihrem

Umzug in die Staaten gegangen war; Leon hatte sie kurzerhand gekündigt. Bill musste doch wissen, was vorgefallen war?

Er wählte die Nummer und bat die Assistentin, ihn durchzustellen.

»Bill, hier ist David Marchmont. Ich glaube, wir sind uns auf ein paar Partys begegnet.«

»Ja, ich erinnere mich. Guten Tag, David.«

»Guten Tag.« David bemerkte, dass seine britische Aussprache ausgeprägter war als sonst. Das musste wohl seine unbewusste Reaktion auf den amerikanischen Akzent sein, dachte er.

»Wie kann ich Ihnen behilflich sein? Sind Sie auf der Suche nach einem neuen Agenten, David? Ich lasse Ihnen gerne meine Unterlagen zukommen«, sagte Bill.

»Danke, Bill, aber nein danke. Wie Sie wissen, bin ich schon immer bei Leon Bronowski.«

»Ich verstehe. Wenn ich Sie nicht vertreten darf, was kann ich sonst für Sie tun?«

»Haben Sie in letzter Zeit Cheska gesehen? Wie Sie sicher wissen, ist sie meine Nichte.«

»Ach wirklich? Nein, das wusste ich nicht. Und da sie mir vor rund zwei Monaten gekündigt hat und mir deutlich zu verstehen gab, dass sie nichts mehr mit mir zu tun haben will, lautet die Antwort Nein. Ich habe sie nicht gesehen.«

»Ich verstehe. Wenn ich fragen darf – weshalb hat sie Ihnen gekündigt?«

»Das wissen Sie noch nicht? Ich dachte, das weiß mittlerweile halb L. A.«

»Vielleicht kenne ich die falschen Leute, aber bis jetzt ist mir nichts zu Ohren gekommen.«

»Nun ja, die Medien und die Öffentlichkeit haben noch nicht Wind davon bekommen, also behalten Sie es für sich. Das Studio wird rund einen Monat, bevor die Serie im Oktober wieder startet, Gigis dramatisches Ende verkünden. Der reinste Medienrummel; sie rechnen bei der Ausstrahlung mit Rekordzahlen. Cheska hat mir gekündigt, weil sie mir die Schuld gibt, dass das Studio sie aus der Serie streicht.«

»Ich verstehe. Wer vertritt sie jetzt?«

»Keine Ahnung. Jemand sagte, sie würde eine Pause einlegen und wäre nach Europa gefahren, bevor sie entscheidet, was sie weiter macht.«

»Ich verstehe. Darf ich fragen, warum das Studio den Vertrag nicht verlängert hat? Es bleibt unter uns, das verspreche ich Ihnen. Immerhin bin ich ihr Onkel, und ich ... ich mache mir Sorgen um sie.«

»Nun ja ...« Bill zögerte. »Also gut, weil Sie Verwandtschaft sind, sage ich's Ihnen. Cheska ist im Umgang einfach zu schwierig geworden. Hat hohe finanzielle Ansprüche gestellt, kam zu spät ins Studio und hatte eine Vorliebe, sich mit den falschen Männern fotografieren zu lassen. Ich fürchte, David, das hat sie sich selbst zuzuschreiben. Aber wenn Sie mit ihr sprechen, sagen Sie ihr nicht, dass ich das gesagt habe.«

»Das versteht sich von selbst. Es war gut, mit Ihnen zu reden, Bill. Danke für Ihre Aufrichtigkeit.«

»Kein Problem. Grüßen Sie England von mir, und wenn Sie Cheska sehen, grüßen Sie sie auch. Sie ist verrückt, aber ich habe eine Schwäche für sie. Sie war eine meiner ersten Klientinnen.«

»Das mache ich, Bill. Danke. Auf Wiederhören.«

Er legte den Hörer auf und schaute in den Salon, wo Cheska immer noch schlief. David seufzte. Jetzt war ihm alles klar. Sich noch einmal um seine Nichte zu kümmern war das Letzte gewesen, was er sich vorgestellt hatte, als er nach L. A. geflogen war, aber er konnte jetzt kaum verschwinden und sie sich selbst überlassen.

David holte seinen Koffer aus dem Wagen. Während er ihn in Cheskas Gästezimmer auspackte, überlegte er sich, warum das Schicksal ihn in die Vergangenheit zurückkatapultiert hatte, wo er zum ersten Mal seit Jahren nach vorn blickte, in die Zukunft.

## Kapitel 41

Drei Stunden später wachte Cheska schließlich auf. Ohne auf ihre Einwände zu achten, rief David bei ihrem Arzt an und bat ihn herzukommen. Als der Doktor eintraf, klärte David ihn kurz über den Stand der Dinge auf und führte ihn dann ins Wohnzimmer, wo Cheska gerade noch auf dem Sofa gesessen hatte. Aber sie war nicht mehr da. David ging nach oben und klopfte an ihre Schlafzimmertür. Als er nichts hörte, drückte er auf die Klinke, aber die Tür war verschlossen.

»Cheska, lass mich rein. Der Arzt möchte dich kurz untersuchen.«

»*Nein!*« Ihre Stimme war erregt. »Mir fehlt nichts. Er soll verschwinden!«

All seiner Überredungskünste zum Trotz öffnete sie die Tür nicht. Schließlich musste David sich geschlagen geben.

»Tja, da können wir nicht viel machen«, sagte der Arzt. »Vielleicht schaffen Sie es ja, sie zu überzeugen, mich morgen aufzusuchen, und in der Zwischenzeit reden Sie ihr gut zu, damit sie etwas isst. Außerdem sollte sie so viel wie möglich schlafen. Ich vermute, dass sie an einer Depression leidet. Als ich sie das letzte Mal sah, habe ich ihr ein Beruhigungsmittel verschrieben.«

»Ich tue mein Bestes«, versprach David und begleitete den Arzt zur Haustür.

Eine Stunde später erschien Cheska im Wohnzimmer.

»Es ist alles in Ordnung, er ist weg«, sagte David ruhig und stellte den Fernseher aus. »Was in aller Welt war denn das eben?«

Cheska ließ sich auf das Sofa fallen. »Ich kann Ärzte nicht leiden. Ich traue ihnen nicht. Du und LJ, ihr habt mich damals, als ich schwanger war, ins Nervenkrankenhaus gesteckt, und die Leute haben die ganze Nacht geschrien und gebrüllt. Das lasse ich nie mehr mit mir machen.« Sie schauderte.

»Das war der Vorschlag der Ärzte gewesen, Cheska. Und wir haben das damals nur für dich gemacht und natürlich für Ava.«

Cheskas Blick war in die Ferne gerichtet, als hörte sie auf etwas. Als sie sich David zuwandte, waren ihre Augen glasig und trüb. »Wie bitte?«

»Nichts«, sagte er. »Du musst jetzt wieder anfangen zu essen und dich zu pflegen, Cheska. Du siehst schrecklich aus. Und dein Haus ist ein Saustall.«

»Ich weiß.« Unvermittelt lächelte sie und streckte die Arme nach ihm aus. »Ach, Onkel David, ich bin so froh, dass du hier bist. Du lässt mich doch jetzt nicht allein, oder? Ich mag es nicht, allein zu sein.«

»Na, wenn du willst, dass ich bleibe, junge Dame, musst du anfangen, dich zu benehmen.« Er stand auf und nahm sie wie gewünscht in den Arm.

Cheska schmiegte sich an ihn, wie sie es schon als kleines Kind getan hatte. »Das tu ich, Onkel David, versprochen.«

Im Lauf der nächsten Tage erfuhr David allmählich die ganze traurige Geschichte. Cheska schlief kaum und erschien zu den unmöglichsten Stunden in seinem Zimmer, zitternd vor Angst wegen eines Alptraums. Dann hielt er sie tröstend im Arm, während die Worte nur so aus ihr heraussprudelten.

»Mein Gott, Onkel David, sie haben mich gefeuert. Sie haben mich tatsächlich gefeuert! Mich, Cheska Hammond, den Megastar! Für mich ist es aus und vorbei. Ich habe keine Zukunft mehr, überhaupt keine Zukunft. Ich bin erledigt, wie man hier so schön sagt.«

»Jetzt komm, mein Schatz, red nicht solchen Unsinn. Es gibt eine Menge Schauspieler, die aus einer Serie ausscheiden und irgendwo anders wieder groß rauskommen. Du wirst etwas finden, davon bin ich überzeugt.«

»Das sollte aber gleich sein, Onkel David. Ich bin pleite, ich habe keinen Cent mehr. Ich stecke bis zum Hals in Schulden, die Bank wird das Haus bestimmt bald pfänden, um an ihr Geld zu kommen.«

»Aber was ist denn mit dem ganzen Geld, das deine Mutter für dich investiert hat? Und mit dem Geld, das du seitdem verdient hast?«

»Ich hab alles ausgegeben. Und was ich nicht ausgegeben habe, hat sich mein schuftiger Ex genommen oder das Finanzamt. Es ist nichts mehr da, gar nichts. Ach, Onkel David, mein Leben ist ein Scherbenhaufen.«

Er legte seine starken Arme um ihre magere Gestalt und drückte sie an sich. »Cheska, ich helfe dir, alles wieder auf die Reihe zu bekommen.«

»Warum solltest du mir helfen, nachdem ich dich vor all den Jahren so angelogen habe?«, jammerte sie.

»Ich hab dich heranwachsen sehen, Cheska. Du bist das Kind, das ich nie hatte. Und in Krisenzeiten halten Familien zusammen.«

Cheska schaute zu ihm hoch, Tränen rannen ihr über die blassen Wangen. »Und du bist wie der Vater, den ich nie hatte. Danke.«

Am Donnerstag rief er bei Tor an – die ihn eigentlich am kommenden Wochenende in Oxford erwartete – und erklärte ihr, was passiert war.

»Das ist schon in Ordnung, mein Liebling. Wenigstens ist es jetzt passiert, vor unserer Abreise, wo du dich um alles kümmern kannst, und nicht, während wir irgendwo im Himalaja unterwegs sind und niemand dich erreichen kann. Du denkst aber schon, dass Cheska stabil genug sein wird, um in nächster Zeit allein zurechtzukommen, oder?«

David hörte den besorgten Unterton. »Ja, das wird sie müssen. Auf diese Reise verzichte ich für nichts und niemanden. Ich lasse dich wissen, wann ich zurückfliege.«

»Pass auf dich auf, David.«

»Das mache ich. Und du auf dich.«

Als David auflegte, hoffte und betete er, dass seine Entschlossenheit nicht auf die Probe gestellt würde. Diese Reise machte er für sich, und ausnahmsweise würde er seine eigenen Wünsche und Bedürfnisse nicht hintanstellen.

Entsprechend erleichtert war David also, als es Cheska jeden Tag etwas besser ging. Mithilfe der Schlaftabletten, die der Arzt ihr verschrieben hatte, schlief sie die Nächte durch, und sie bekam wieder etwas Farbe im Gesicht. David brachte sie dazu, regelmäßig zu essen, und achtete darauf, dass sie sich morgens anzog. Es gab immer noch Momente, in denen sie plötzlich mitten in einer Unterhaltung in ihrer eigenen Welt verschwand und ihre schönen Augen den merkwürdig abwesenden Ausdruck annahmen. Greta oder Ava erwähnte sie nie, und David tat es ihr gleich. Außerdem verschwieg er seiner Mutter gegenüber den wahren Grund, weshalb er sich noch in Los Angeles aufhielt. Er wusste, dass jede Nachricht über Cheska sie aufregte.

An einem wunderschönen milden Abend beendete David ein Telefonat mit Tor, der er versichert hatte, wie viel besser es Cheska schon gehe und dass er hoffentlich bald nach Hause fliegen könne. Als er sich umdrehte, stand Cheska hinter ihm.

»Mit wem hast du da gesprochen, Onkel David?«

»Mit Tor ... Victoria, meiner Freundin.«

»Eine Gute-Bekannte-Freundin oder eine Liebesbeziehung-Freundin?«, fragte sie. Etwas Keckes schwang in ihrer Stimme mit. »So, wie du mit ihr gesprochen hast, tippe ich auf Letzteres.«

»Ich würde sagen, sie ist beides«, antwortete David zögernd.

»Ich habe auf der Terrasse gerade eine Flasche Wein aufgemacht. Magst du rauskommen und mir von ihr erzählen, während wir den Sonnenuntergang genießen?«

David folgte ihr nach draußen. Der Blick von der Terrasse war atemberaubend. Im Tal unterhalb von Cheskas exklusiver Villa hoch oben am Berg funkelten die Lichter von Los Angeles vor dem dunkelblauen Himmel, über den dramatische, leuchtend rot-goldene Wolkenbänke zogen. David lehnte sich an die Brüstung und ließ die Aussicht auf sich wirken.

»Onkel David, du bist ein stilles Wasser.« Lächelnd reichte Cheska ihm ein Glas Wein. »Komm, erzähl mir von ihr.«

Und so begann David, seiner Nichte von Tor und der geplanten Reise zu erzählen. Cheska wollte auch noch das kleinste Detail wissen.

»Sie hört sich hinreißend an, und du klingst ein bisschen verliebt«, meinte sie schließlich.

»Vielleicht bin ich das auch«, pflichtete er ihr bei. »Aber in meinem gesetzten Alter laufen die Dinge ein bisschen anders. Wir wollen nichts überstürzen. Nach der Reise sehen wir weiter. Immerhin werden wir sechs Monate aufeinander angewiesen sein.«

»Wann wollt ihr fahren?«

»Mitte August, gleich nach der Geburtstagsfeier meiner Mutter.«

»Weißt du, früher dachte ich immer, du wärst in meine Mutter verliebt«, sagte Cheska nachdenklich. »Ich habe sogar gehofft, dass ihr eines Tages heiraten würdet.«

»Einmal habe ich ihr einen Heiratsantrag gemacht«, gestand David, »aber sie hat ihn abgelehnt.«

»Das war sehr dumm von ihr«, sagte Cheska. »Das konnte doch jeder sehen, dass sie dich auch geliebt hat.«

David schwieg, verblüfft über Cheskas Bemerkung. Er fragte

sich, ob Cheska sich vielleicht jetzt nach ihrer Mutter erkundigen würde, aber als die Frage ausblieb, fuhr er in seiner Erzählung fort. »Und Ava wird kommenden Monat achtzehn.«

»Meine kleine Tochter, die jetzt fast achtzehn und schon ganz erwachsen ist.« Das sagte Cheska auf eine Art, als müsste sie sich in Erinnerung rufen, wer Ava überhaupt war. »Wie geht es ihr?«

»Sehr gut. Sie ist klug, hübsch und ...«

»Sieht sie mir ähnlich?«

»Doch, ich glaube schon. Sie hat denselben Teint wie du, aber ihre Haare sind kurz, außerdem ist sie viel größer als du, und um ehrlich zu sein, in ihrer Persönlichkeit ist sie das genaue Gegenteil von dir.«

»Das ist ein Segen«, sagte Cheska leise.

»Wie bitte?«

»Nichts. Erzähl mir von ihr, Onkel David. Was macht ihr Spaß, was erwartet sie vom Leben? Will sie Schauspielerin werden?«

David lachte. »Nein. Ava will Tierärztin werden. Sie kann großartig mit Tieren umgehen.«

»Ah ja. Weiß sie ... Weiß sie, wer ich bin?«

»Selbstverständlich. LJ fand es immer wichtig, über dich zu reden. Ava ist süchtig nach den *Ölbaronen*. Sie sieht dich jede Woche.«

Cheska fuhr zusammen, und David hätte sich für seinen Fauxpas ohrfeigen mögen. »Und LJ? Ich vermute, dass sie mich hasst, oder?«

»Nein, Cheska, das tut sie nicht.«

»Aber es muss euch doch schwergefallen sein zu verstehen, warum ich nach L. A. gegangen bin und Ava zurückgelassen habe. Andererseits, weißt du, hatte ich keine andere Wahl. Ich wusste, wenn ich es dir sage, hättest du mich nie im Leben fahren lassen. Aber ich musste einen richtigen Schnitt machen, die Vergangenheit hinter mir lassen und neu anfangen.«

»Das ist uns beiden klar, Cheska. Aber ehrlich gesagt war es für LJ in den letzten Jahren nicht immer einfach. Sie ist Avas Ersatzmutter geworden, und ich glaube, sie hat immer Angst gehabt, du könntest deine Tochter eines Tages zu dir holen. Meine Mutter liebt Ava wie ihr eigenes Kind. Alle negativen Gefühle, die sie dir gegenüber womöglich empfunden hat, hatte sie nur Avas wegen.«

Cheska seufzte tief. »Ich habe mein Leben wirklich vermasselt, Onkel David, stimmt's? Meine Karriere ist am Ende, ich bin unfähig zu einer Beziehung, und ich habe meine Tochter verlassen.«

»Cheska, du bist erst vierunddreißig. Für die meisten Menschen fängt das Leben in dem Alter erst richtig an. Du redest, als wärst du so alt wie ich«, tadelte David sie sanft.

»Na ja, ich fühle mich auch so alt wie du. Dreißig dieser Jahre habe ich mich totgearbeitet.«

»Ich weiß. Ich wünschte mir, ich hätte dich Leon damals nicht vorgestellt. Du kannst mir die Schuld an dem Ganzen geben.«

»Unsinn. Das war das, was das Leben für mich auf Lager hatte. Darf ich dich etwas fragen, Onkel David?«

»Sicher.«

»Findest du ... meinst du, dass ich ... normal bin?«

»Das kommt darauf an, wie man ›normal‹ definiert, Cheska.«

»Also, dann anders gefragt: Glaubst du, ich könnte verrückt sein?«

»Dein Leben ist sehr ungewöhnlich verlaufen. Von Kindesbeinen an ständig unter Druck zu stehen, das geht an niemandem spurlos vorbei. Wenn du dir wirklich Sorgen machst, könntest du dir jemanden suchen, mit dem du darüber sprechen kannst.«

»Das kommt nicht infrage! Nie wieder! Seelenklempner sind das, sie mischen sich ungebeten in alles ein und machen dadurch alles noch schlimmer. Die Sache ist, Onkel«, Cheska holte tief Luft, »manchmal höre ich ... höre ich in meinem Kopf Stimmen. Und sie ... sie bringen mich dazu, Dinge zu tun, die ich ... die ich ...«

David bemerkte ihre wachsende Erregung. »Und wann hörst du diese Stimmen?«

»Wenn ich mich ärgere oder wenn ich gekränkt bin, oder ...« Unvermittelt schauderte sie. »Ich kann nicht weiter darüber reden. Aber bitte erzähl niemandem davon, ja?«, sagte sie flehend.

»Ich behalte es für mich, aber ich finde wirklich, dass du mit jemandem darüber sprechen solltest, Cheska. Es könnte ja etwas ganz Banales sein, etwa, dass du eine Weile absolute Ruhe brauchst«, sagte David beschwichtigend, obwohl er selbst sehr besorgt war. »Wann hast du sie das letzte Mal gehört?«

Es war, als würde Cheska einen inneren Kampf ausfechten. »Ich habe sie jahrelang nicht gehört, und dann ... Ich habe gesagt, dass ich nicht mehr darüber reden kann, *ja*?!«

»Ist ja gut, Schätzchen, das kann ich verstehen«, beruhigte er sie.

»Was ist ... mit Avas Vater? Weiß sie, wer er ist?«, fragte sie und wechselte abrupt das Thema.

»Nein. LJ und ich hatten beide das Gefühl, dass es an dir liegt, ihr das zu sagen.«

»Es ist besser für sie, wenn sie von dem Arschloch nichts weiß!« Zorn flackerte in Cheskas Augen auf. »Das werde ich ihr nie erzählen.«

»Vielleicht wird sie es eines Tages wissen wollen.«

»Also, ich ...« Wieder starrte sie in die Ferne und spielte dabei geistesabwesend mit den Fransen des Kissens, auf dem sie saß. Unvermittelt gähnte sie. »Ich bin müde. Hast du etwas dagegen, wenn ich ins Bett gehe?«

»Nein, gar nicht. Aber ich finde wirklich, du solltest dir überlegen, wegen deines ... Problems mit jemandem zu reden«, sagte er freundlich.

Cheska stand auf. »In Ordnung, ich werde darüber nachdenken. Gute Nacht.« Sie gab ihm einen Kuss auf den Scheitel und verließ die Terrasse.

Am folgenden Morgen wurde David nach einer unruhigen Nacht davon geweckt, dass Cheska ein Tablett auf sein Bett stellte.

»Bitte schön. Ein richtiges englisches Frühstück, mit allem Drum und Dran. Ich erinnere mich, wie gern du das immer mochtest, als ich ein Kind war.«

David setzte sich auf, rieb sich die Augen und sah erstaunt zu Cheska. Sie trug eine schicke Seidenbluse und Jeans und war perfekt geschminkt und frisiert. Ihre Augen glänzten vor Lebensfreude. Sie sah aus wie ein völlig neuer Mensch.

»Aber Cheska, du siehst ja fantastisch aus!«

»Danke«, sagte sie und errötete ein wenig. »Ehrlich gesagt geht es mir auch richtig gut. Das Reden mit dir gestern Abend hat mich sehr erleichtert.« Sie setzte sich aufs Bett und starrte auf ihre Hände. »Ich war dumm und voller Selbstmitleid. Also bin ich heute Morgen aufgestanden und im Pool geschwommen und habe beschlossen, dass es Zeit ist, mich zusammenzureißen.«

»Tja, das ist – wenn ich das mal sagen darf – eine bemerkenswerte Verwandlung, und zwar eine, bei der du meine volle Unterstützung hast.«

»Sag mal«, schlug sie vor, »wie würdest du das finden, wenn wir zum Mittagessen ins Ivy gingen? Ich bin seit Wochen nicht mehr vor der Tür gewesen.«

»Eine wunderbare Idee, wenn ich nach diesem Riesenfrühstück noch Platz dafür habe.« Er lächelte.

»Bestimmt.« Cheska stand auf. »Wir sehen uns unten. Ich werde jetzt Bill anrufen, meinen Agenten, und mich entschuldigen, dass ich ihn rausgeschmissen habe. Und ihn fragen, ob er mich wieder aufnimmt.«

»Sehr gut.«

»Und, ach ja, ich glaube, es ist eine gute Idee, wenn ich einen Termin bei einem Therapeuten vereinbare. All meine Schauspielerkollegen haben einen, so etwas tut man heutzutage doch, oder, Onkel David? Da ist doch nichts dabei?«

»Nein, Cheska, da ist wirklich nichts dabei.«

Nachdem sie den Raum verlassen hatte, ließ David sich langsam ins Kissen sinken. Vor Erleichterung seufzte er tief. Vielleicht würde Cheska jetzt, nachdem sie über ihre Ängste gesprochen hatte, in der Lage sein, mit ihnen umzugehen. Sicher war es noch zu früh, um Genaueres zu sagen, aber nach der hinter ihnen liegenden Woche gab es jetzt zumindest einen Funken Hoffnung.

Vielleicht konnte die ersehnte Reise doch stattfinden.

## Kapitel 42

»Hast du auch nichts vergessen, Onkel David?«, fragte Cheska, als er mit seinem Koffer nach unten kam.

»Ich hoffe nicht.«

»Gut. Das Taxi wartet schon.«

Er stellte den Koffer ab. »Nun, mein Fräulein, jetzt musst du mir versprechen, dass du weiter so artig bleibst. Bist du sicher, dass du zurechtkommst? Ich kann wirklich noch einen Tag bleiben, wenn ...«

»Sei still.« Sie legte ihm einen Finger auf die Lippen. »Ich komme gut zurecht. Bill hat schon ein paar Sachen für mich organisiert, ich werde also viel zu tun haben. Und wer weiß? Vielleicht hätte mir nichts Besseres passieren können, als bei den *Ölbaronen* aufzuhören.«

»Versprich mir, dass du auch weiterhin zu dem Therapeuten gehst, den du gefunden hast. Übrigens, auf dem Sofatisch liegt ein Scheck für dich. Der sollte dich in den nächsten zwei Monaten über die Runden bringen.«

»Danke. Ich verspreche dir, sobald ich einen Job habe, zahle ich es dir zurück. Und jetzt ab mit dir, sonst verpasst du noch deinen Flug.«

Cheska begleitete David zum Taxi. Als er einsteigen wollte, schlang sie die Arme um ihn.

»Vielen, vielen Dank. Für alles.«

»Sei nicht so dumm. Pass einfach auf dich auf.«

»Das schwöre ich. Eine wunderbare Reise mit Tor wünsche ich dir. Schreib mir von unterwegs ein paar Postkarten!«

»Auf Wiedersehen, Cheska. Ich rufe dich aus England an.«
David winkte aus dem Fenster, bis sie außer Sichtweite war.

Auf dem langen Heimweg fand er keine Ruhe.

Ging es Cheska wirklich gut genug, dass er sie allein lassen konnte? Hätte er nicht seine Abreise verschieben und noch länger bei ihr bleiben sollen? Zweifellos war eine erstaunliche Verwandlung mit ihr vorgegangen, und rein äußerlich hatte die Frau, mit der er die letzten Tage verbracht hatte, ausgeglichen und ruhig gewirkt.

Aber war der Wandel nicht zu abrupt gewesen ... zu perfekt? Immerhin hatte Cheska sie alle schon einmal zum Narren gehalten, damals vor siebzehn Jahren, als sie mit Ava aus dem Krankenhaus nach Marchmont gekommen und dann plötzlich nach L. A. verschwunden war. David konnte nur hoffen, dass sie weiterhin den Therapeuten besuchen und bald eine Filmrolle bekommen würde, auf die sie sich konzentrieren konnte.

Außerdem zerbrach er sich den Kopf, ob er seiner Mutter erzählen sollte, wo er die vergangenen Tage wirklich verbracht und in welchem Zustand er Cheska angetroffen hatte. Schließlich würde er monatelang unterwegs sein und wäre in einem Notfall sehr schwer zu erreichen. Aber das war ja auch Sinn und Zweck der Reise: die Welt einfach einmal sich selbst zu überlassen.

Nach langem Überlegen beschloss er, ihr nichts zu sagen. Sie würde sich nur grämen und Sorgen machen, und angesichts der Operation, die sie gerade erst gehabt hatte, und auch wegen des bevorstehenden Fests wäre es einfach nicht richtig.

Für eines allerdings war David sehr dankbar gewesen, nämlich, dass Cheska offenbar kein Interesse daran hatte, Ava zu besuchen. Tausende von Meilen trennten sie von Marchmont, und das, so sagte er sich, war wohl auch gut so.

Jetzt musste er nur Greta irgendwie beibringen, dass er verreisen würde.

Er schloss die Augen und versuchte zu schlafen. Er hatte alles in seiner Macht Stehende getan. Jetzt war seine Chance gekommen, glücklich zu sein.

Cheska hatte Davids Taxi mit Erleichterung, aber auch mit Trauer abfahren sehen. An dem Abend, nachdem sie versucht hatte, ihm zu beschreiben, wie es ihr ging, und sie ihm von den Stimmen in ihrem Kopf erzählt hatte, war sie ruhig und entspannt eingeschlafen. Aber dann hatten die Stimmen sie geweckt und ihr gesagt, sie habe David zu nah an sich herangelassen. Wenn sie ihm noch mehr erzähle, werde er sie wieder wegsperren.

Schwitzend und zitternd hatte sie sich aufgesetzt. Die Stimmen hatten recht. Es war falsch gewesen, sich ihm anzuvertrauen, deswegen musste sie dafür sorgen, dass er so bald wie möglich nach Hause fuhr. Es hatte sie größte Mühe gekostet, die Stimmen zu ignorieren, wenn sie auf sie einredeten, aber irgendwie war es ihr in den vergangenen Tagen gelungen, normal zu wirken, und jetzt war er endlich weg.

Ihr Leben war nicht vorbei. Die Stimmen hatten ihr gesagt, was sie tun sollte.

Cheska wusste genau, wohin sie fahren würde.

Nach Marchmont, um ihre Tochter zu sehen.

Greta hatte – wie immer, wenn David sie besuchen kam – zwei Stunden beim Friseur um die Ecke verbracht. Auch wenn er es zweifellos nicht bemerkte, sie fühlte sich dann besser. Sobald sie nach Hause kam, machte sie sich in der Küche zu schaffen, backte einen Biskuitkuchen und die süßen Brötchen, die David so gern mochte. Sie holte ihr bestes Teegeschirr aus dem Schrank, ehe sie den Couchtisch im Wohnzimmer deckte. Nach einem Blick auf die Armbanduhr – in weniger als einer Stunde würde er kommen – ging sie in ihr Schlafzimmer und schlüpfte in den Rock und die Bluse, die sie am Morgen zurechtgelegt hatte. Sie tuschte sich die Wimpern, legte etwas Rouge auf und schminkte sich die Lippen blassrosa. Dann setzte sie sich ins Wohnzimmer und wartete, dass es an der Tür läutete.

Sie hatte ihn wochenlang nicht gesehen, weil er in Hollywood gewesen war, um einen Film zu drehen. Der Gute schlug ihr immer wieder vor, ihn zu begleiten, doch das meinte er nicht im Ernst. Außerdem fühlte sie sich überfordert bei der bloßen Vorstellung, zu einem Flughafen fahren, ein Flugzeug besteigen und zwölf Stunden in einer engen Kabine sitzen zu müssen, um dann an einem unbekannten Ort zu landen. Sie musste schon allen Mut zusammennehmen, um sich einmal die Woche zum Einkaufen aus der Wohnung zu wagen. Hinterher hastete sie zurück und seufzte dann vor Erleichterung, dass sie das Haus erst in einer Woche wieder verlassen musste.

David war immer sehr verständnisvoll und lieb, wenn sie ihm ihre Angst vor der Welt dort draußen zu erklären versuchte. Er sagte, das hänge vermutlich mit dem Abend zusammen, an dem der Unfall passiert ist. Offenbar hatte zusammen mit ihr eine ganze Menschenmenge auf dem Bürgersteig vor dem Savoy gewartet, dass die Ampel auf Grün schaltete. Dann musste ihr jemand von hinten einen Schubs gegeben haben, und sie war auf die Straße vor ein Auto gestürzt.

Nach Gretas Ansicht erklärte das zumindest teilweise ihre Agoraphobie, und auch die Tatsache, dass sie monatelang in der stillen Atmosphäre eines Krankenhauses verbracht hatte. Sie erinnerte sich nur allzu gut an den Tag, an dem sie entlassen worden war und sie sich panisch die Ohren zuhielt, als David sie auf die lärmende Londoner Straße hinausgeführt hatte.

Aber es hatte auch mit einem Gefühl zu tun, das sie niemandem erklären konnte. Alle anderen Menschen dort draußen wussten, wer sie waren. Sie trugen ihre Vergangenheit beständig mit sich umher, während sie nur eine leere, nichtssagende Hülle war, die sich als Mensch ausgab. Menschenansammlungen und

Lärm mochte sie ohnehin nicht, aber dazu kam, dass ihr in Gegenwart anderer, normaler Menschen noch schmerzlicher bewusst wurde, was ihr innerlich fehlte.

Die einzige Ausnahme war David, vielleicht, weil er der Erste war, den sie beim Erwachen aus dem Koma gesehen hatte. Er war ganz am Anfang ihres jämmerlichen neuen Lebens da gewesen, und sie vertraute ihm völlig. Allerdings, seiner großen Geduld zum Trotz, mit der er immer wieder versuchte, ihrem Gedächtnis auf die Sprünge zu helfen, fiel ihr bisweilen doch seine Frustration auf, wenn er ihr eines der unendlich vielen Fotos zeigte, mit denen er sie an ihre Vergangenheit erinnern wollte. Und wenn es nicht die gewünschte Wirkung hatte, wenn ihr Gedächtnis überhaupt nichts zutage förderte, sah sie, wie traurig ihn das machte.

Wenn sie aus der Sicherheit ihrer Wohnung im dritten Stock auf das rege Treiben auf der Straße unter sich hinaussah, hatte Greta manchmal das Gefühl, in einer Dämmerwelt zu leben – die sie, nach Meinung der Ärzte, selbst geschaffen hatte. Die Ärzte behaupteten, ihre Erinnerung sei vorhanden, weil die Gehirnscans keinerlei Besonderheiten aufwiesen, keine Verletzungen, keine Schäden. Das bedeutete, dass ihr Gedächtnisverlust irgendwie auf sie selbst zurückging, vermutlich wegen des Traumas, hieß es.

»Ihr Bewusstsein hat einfach beschlossen, sich nicht erinnern zu wollen«, hatte ein Facharzt gesagt, »aber Ihr Unterbewusstsein weiß alles.« Er hatte Hypnose vorgeschlagen, was sie mehr als drei Monate lang versucht hatte, ohne Erfolg. Eine Weile hatte sie Tabletten genommen – vermutlich Antidepressiva, dachte Greta –, von denen ein anderer Facharzt behauptete, sie könnten ihr helfen zu entspannen und ihr damit die Angst vor den Erinnerungen nehmen. Doch die Tabletten hatten nur dazu geführt, dass sie bis in die späten Vormittagsstunden schlief und sich den Rest des Tages lethargisch fühlte. Dann hatte es Therapiestunden gegeben, bei denen eine Frau ihr banale Fragen stellte, etwa, wie es ihr gehe und was sie am Abend zuvor gegessen habe. Diese Fragen hatten sie wirklich geärgert. Sie mochte sich ja an nichts vor dem Unfall erinnern, aber bei allem, was seit ihrem Erwachen aus dem Koma passiert war, funktionierte ihr Gedächtnis einwandfrei.

Zu guter Letzt hatten die Ärzte übereinstimmend beschlossen aufzugeben. Sie hatten die Ordner zugeklappt und Gretas unerklärliches Schicksal in einem Metallschrank verwahrt.

Nur David nicht. Er gab offenbar die Hoffnung nicht auf, dass sie sich eines Tages erinnern würde. Auch wenn sie selbst schon längst allen Glauben daran verloren hatte.

Mit am schmerzhaftesten war, dass sie, weil die Ärzte keinen Grund für ihren Zustand finden konnten, sich Vorwürfe machte, es wäre irgendwie ihre Schuld, ein Problem, das sie selbst lösen könnte, wenn sie nur wollte. Manchmal bemerkte sie in den Augen der anderen einen Blick – vor allem bei LJ, wenn sie bei einem ihrer Besuche in London mit Ava zum Tee kam –, der ihr sagte, dass auch sie dieser Ansicht waren. Und das empfand Greta als das Schlimmste von allem: Dass Leute glaubten, sie würde nur so tun, als ob sie sich nicht erinnerte. An den einsamen Abenden, die sich endlos in die Länge zogen, füllten sich ihre Augen manchmal mit Tränen der Wut und der Verzweiflung beim Gedanken, irgendjemand könnte annehmen, dass sie diese Art Leben tatsächlich führen *wollte*. Und in ihren dunkelsten Stunden wünschte sie, sie wäre bei dem Unfall gestorben, dann müsste sie nicht das unermesslich einsame Dasein ertragen.

Wäre David nicht gewesen, dachte Greta, hätte sie womöglich etwas unternommen, um diesem halben Leben ein Ende zu bereiten. Niemand würde sie vermissen, sie wurde nicht gebraucht, sie war für niemanden von Nutzen und nur eine Last. Aus dem Grund achtete sie auch darauf, nie zu viel von David zu verlangen. Auch wenn sie, wenn er sich verabschiedete, am liebsten in seine Arme sinken und ihm sagen würde, dass sie ihn mehr liebte, als Worte es auszudrücken vermochten, und ihn bitten, immer bei ihr zu bleiben.

Die Worte waren ihr oft genug auf der Zunge gelegen, doch hatte sie sie immer gerade noch rechtzeitig zurückgehalten. Welche Art Leben würde sie ihm damit denn zumuten? Eine Frau, die jedes Mal zusammenfuhr, wenn das Telefon läutete, die lieber sterben würde, als auszugehen und sich mit seinen vielen Freunden zu treffen; die sich nicht vorstellen konnte, sich weiter von ihrer Wohnung zu entfernen als bis zu den Geschäften um die Ecke, von einer Reise nach Amerika oder zu der Wohnung in Italien, die David sich kürzlich gekauft hatte, ganz zu schweigen.

»Mehr als süße Brötchen kann ich ihm nicht bieten«, dachte sie resigniert, als es an der Tür klingelte.

»Guten Tag, Greta, du siehst heute sehr hübsch aus.« David gab ihr einen Kuss auf beide Wangen und reichte ihr einen Strauß Tulpen. »Sie waren so schön, da konnte ich nicht widerstehen«, erklärte er und folgte ihr ins Wohnzimmer.

»Vielen Dank«, sagte Greta. Die Geste rührte sie.

»Früher hast du Tulpen sehr gemocht.« Er setzte sich an den Tisch und betrachtete die süßen Brötchen. »Mein Lieblingsgebäck«, sagte er. »Eigentlich sollte ich weniger essen, aber da kann ich nicht widerstehen.«

»Ich setze nur eben den Kessel auf.« Greta eilte in die Küche. Das Wasser hatte bereits vor einigen Minuten gekocht; wenn sie es jetzt noch einmal anstellte, dauerte es nicht mehr so lange. Sie wollte möglichst keine Sekunde mit David vergeuden.

Mit der Teekanne in der Hand kehrte sie zurück, stellte sie auf den Tisch und nahm in dem Sessel David gegenüber Platz. »Und, wie lief's in Hollywood? Du warst etwas länger weg, als du gesagt hattest.«

»Ja, die Dreharbeiten haben wie so oft länger gedauert. Ich

bin froh, wieder hier zu sein. Wie du weißt, ist Los Angeles keine Stadt, in der ich freiwillig länger als unbedingt nötig bleibe.«

»Zumindest bist du braun geworden«, sagte sie munter und schenkte ihnen Tee ein.

»Du siehst aus, als könntest du auch etwas Sonne vertragen, Greta. Ich weiß, ich habe es dir schon oft vorgeschlagen, aber vielleicht würde es dir guttun, ein bisschen an der frischen Luft spazieren zu gehen. Der Green Park liegt ganz in der Nähe, und im Moment ist es besonders schön dort mit den ganzen Sommerblumen.«

»Die Idee klingt nicht schlecht. Vielleicht mache ich das wirklich.«

Beide wussten, dass sie log.

»Hast du in den nächsten Wochen viel vor?«

»Sehr viel«, antwortete David. »Abgesehen von allem anderen fahre ich dieses Wochenende zu Avas achtzehntem Geburtstag nach Marchmont, und dann kommt natürlich im August das Fest zum Fünfundachtzigsten meiner Mutter. Ich gehe davon aus, dass du für beides eine Einladung bekommen hast?«

»Ja, und ich habe geantwortet und für Ava etwas Geld in einen Umschlag gesteckt. Es tut mir leid, David, ich ... ich kann einfach nicht.«

»Ich weiß, aber ich finde es sehr schade. Wir würden uns alle so freuen, wenn du dabei wärst.«

Greta schluckte. Sie wusste, dass sie ihn wieder einmal enttäuschte.

»Vielleicht ein anderes Mal«, sagte David. Er konnte ihr Unbehagen nur allzu gut nachvollziehen. »Davon abgesehen gibt es noch etwas anderes, das ich dir erzählen muss.«

»Wirklich? Was denn?«

»Ich habe beschlossen, ein Sabbatjahr einzulegen.«

»Du willst aufhören zu arbeiten?«

»Zumindest eine Zeit lang.«

»Meine Güte, das ist ja etwas ganz Neues. Und was willst du stattdessen tun?«

»Ich habe beschlossen zu verreisen und mir die Welt ein bisschen anzusehen. Ich habe eine Freundin, sie heißt Victoria, oder Tor, wie jeder sie nennt, und wir machen eine Abenteuerreise. Indien, der Himalaja, Tibet, und dann auf den Spuren von Marco Polo durch China. Deswegen sollte ich mir auch wirklich nicht noch eins von deinen köstlichen süßen Brötchen einverleiben.« Lachend tat David ebendas. »Ich möchte fit werden für die Reise.«

»Ach … das klingt spannend«, brachte Greta hervor. David sollte um keinen Preis merken, dass er ihrem Herzen gerade einen Dolchstoß versetzt hatte.

»Ich werde sechs Monate unterwegs sein, vielleicht auch länger. Das heißt natürlich, dass wir uns eine ganze Weile nicht sehen werden, Greta. Aber ich habe das Gefühl, ich muss das jetzt durchziehen, bevor ich zu alt dafür bin.«

»Aber natürlich!« Greta tat, als teilte sie seine Begeisterung. »Du hast es dir wirklich verdient, einen richtigen Urlaub zu machen.«

»Ich weiß nicht, ob ich es tatsächlich Urlaub nennen würde, aber es wird mir auf jeden Fall guttun, dem ewigen Trott zu entrinnen. Wirst du ohne mich zurechtkommen?«

»Aber natürlich. Ich arbeite mich ja im Moment durch sämtliche Romane von Charles Dickens; damit bin ich eine Weile beschäftigt. Und für danach habe ich mir Jane Austen vorgenommen. Einer der Vorteile meines Gedächtnisverlusts ist ja, dass ich die ganzen Klassiker noch mal lesen kann, aber zum ersten Mal!« Greta lächelte munter. »Also mach dir bitte keine Sorgen um mich, David. Ich werde gut zurechtkommen.«

David war gerührt. Er wusste, dass Greta ihm etwas vorspielte, damit er kein schlechtes Gewissen haben musste. Er stellte ihre Verbindung zum Leben dar, das war ihnen beiden klar. Wieder einmal geriet seine Entschlossenheit ins Wanken, die Reise tatsächlich zu machen – was Greta sofort bemerkte.

»David, wirklich, sechs Monate sind gar nicht so lange. Und ich freue mich darauf zu erfahren, was du alles erlebt hast, wenn du zurückkommst. Pass nur auf, dass du dir keinen scheußlichen Virus einfängst oder von einem Berg runterfällst, ja?«

»Ich tue mein Bestes, versprochen.«

Danach unterhielten sie sich über Belanglosigkeiten, über LJ und Avas Pläne, Tiermedizin zu studieren. Sowohl David als auch Greta waren unglücklich und fühlten sich unwohl in ihrer Haut.

»Und?« Schließlich und endlich fand Greta den Mut, die Frage zu stellen, die ihr auf der Zunge brannte, seit David gesagt hatte, er mache diese Reise mit einer Frau. »Seid ihr, du und diese Frau – Tor –, ein Paar?«

»Tja, ich vermute, das könnte man so sagen«, antwortete David, davon überzeugt, dass Ehrlichkeit die beste Strategie war. »Wir sind uns in letzter Zeit nähergekommen. Sie ist sehr nett, ich glaube, sie würde dir gefallen.«

»Das glaube ich auch.«

»Wie auch immer«, er warf einen Blick auf die Uhr, »es wird Zeit zu gehen. In einer halben Stunde habe ich bei der BBC eine Besprechung.«

»Natürlich.«

David erhob sich, Greta ebenfalls. Schweigend gingen sie zur Wohnungstür.

»Wenn du irgendetwas brauchst, während ich weg bin, Greta, dann ruf bitte bei meiner Mutter an oder bei Ava.«

»Danke, aber das wird bestimmt nicht nötig sein.«

»Ich versuche, vor der Reise noch mal bei dir vorbeizuschauen«, sagte er und küsste sie auf beide Wangen. »Pass auf dich auf, ja?«

»Ja. Auf Wiedersehen, David.«

Die Tür schloss sich hinter ihm. Langsam ging Greta ins Wohnzimmer zurück und machte sich mechanisch daran, die Teller und Tassen auf das Tablett zu stellen, in die Küche zu tragen und abzuwaschen. Sie warf einen Blick auf den unberührten Kuchen und schmiss ihn in den Mülleimer. Nachdem sie das Geschirr gespült und wieder eingeräumt hatte, kehrte sie ins Wohnzimmer zurück und ließ sich auf dem Sofa nieder. Dann starrte sie in die Leere vor sich und fragte sich, wie in aller Welt ihr Leben jetzt, wo David weg war, weitergehen sollte.

LJ hatte zwar mit Engelszungen auf Ava eingeredet, zu ihrem achtzehnten Geburtstag eine Party zu geben, aber Ava hatte sich rundweg geweigert.

»Wirklich, ein Abendessen zu Hause mit der ganzen Familie ist mir viel lieber«, hatte sie beteuert.

LJ hatte die Augenbrauen gehoben. »Liebes Kind, eigentlich sollte es doch genau umgekehrt sein, oder nicht? Für dich die große Sause und für mich das Essen. Ich hoffe, ich habe dir nicht den Wind aus den Segeln genommen; wir könnten das Partyzelt für beide Feste verwenden, das wäre ausgesprochen kosteneffektiv.«

»Nein, LJ. Nach allem, was ich höre, wird das Leben an der Uni eine einzige Party sein. Es ist mir wirklich lieber so, glaub mir.«

An einem wunderschönen Juliabend saßen also David, Tor, Mary und LJ zum Abendessen auf der Terrasse und stießen auf Avas Gesundheit und Glück an. Alle hatten zusammengelegt, um ihr einen wunderschönen Saphir-Anhänger zu schenken, der genau die Farbe ihrer Augen hatte. Als Ava an dem Abend ins Bett ging, fühlte sie sich über die Maßen geliebt.

## Kapitel 43

Lächelnd zog Ava einen Monat später die Vorhänge zurück und ließ die Augustsonne in ihr Zimmer strömen. Es würde ein heißer Tag werden. Das Haus war schon wach, von unten hörte sie leise Schritte. Als ihr Blick auf das Kleid fiel, das an der Schranktür hing, schnitt sie eine Grimasse und ging ins Bad, um die Wanne einlaufen zu lassen.

Zwanzig Minuten später war sie unten und richtete das Frühstück für LJ. Mary, mit Lockenwicklern im Haar, schnitt gerade einen riesigen Lachs in Scheiben und machte ihrem Herzen mit deutlichen Worten Luft.

»Deine Tante hat ja gemeint, das wäre ganz einfach, aber hat sie je versucht, einen Lachs für fünfzig Leute aufzuschneiden?! Bis die Gäste kommen, stinke ich nach Fisch.«

»Immer mit der Ruhe«, beschwichtigte Ava sie. »Du bist ja gleich fertig.«

»Ich möchte einfach, dass alles perfekt ist, weißt du? Ich hoffe nur, dass meine beiden Nichten beim Servieren die Erbsen nicht über die Gäste verteilen.«

»Bestimmt nicht, Mary. Komm, setz dich einen Moment und trink eine Tasse Tee.« Ava zog einen Stuhl heraus und stellte einen Becher Tee auf den Tisch. »Und den bringe ich jetzt LJ.«

Ava stand in ihrem Kleid vor dem Spiegel und begutachtete sich. Zu schrecklich sah sie nicht aus, fand sie. Das Kleid war aus kornblumenblauem Chiffon und reichte ihr bis knapp unters Knie. Davids Freundin Tor hatte gesagt, die Farbe würde zu ihren Augen passen, die im Moment allerdings gerötet waren und juckten, weil sie gerade Kontaktlinsen eingesetzt hatte. Sie griff nach ihren Schuhen und ging zu Tors Zimmer, wo sie an die Tür klopfte.

»Hallo, ich bin's nur«, sagte sie beim Eintreten. »Ich komme mir richtig lächerlich vor.« Sie setzte sich auf Tors Bett und sah ihr beim Schminken zu.

»Ava, jetzt hör auf mit dem Unsinn!«, tadelte Tor sie. »Ich verstehe nicht, weshalb du dich die ganze Zeit runtermachen willst. Du bist beneidenswert schlank, hast schöne blonde Haare und hinreißende blaue Augen. Schade, dass du nicht häufiger Kontaktlinsen trägst.«

»Aber sie brennen mir in den Augen. Stört dich das ganze Zeug im Gesicht nicht?«, fragte Ava, während Tor Lippenstift auftrug. »Ich habe LJ kein einziges Mal mit Schminke gesehen.«

»Ich finde es nicht unredlich, der Natur ein bisschen nachzuhelfen, Ava, solange man sich nicht dahinter versteckt, wie manche Frauen es tun. Komm her.« Tor bedeutete ihr näher zu kommen, erhob sich von dem Hocker, auf dem sie vor dem Spiegel gesessen hatte, und brachte Ava mit sanftem Druck dazu, darauf Platz zu nehmen. »Ich zeig dir, was ich meine.«

Zehn Minuten später betrachtete Ava wieder ihr Spiegelbild. Tor hatte ihr die Wimpern getuscht, etwas Rouge auf die Wangen aufgetragen und die Lippen blass rosa nachgezogen.

»Wow! Bin das ich?« Sie ging mit dem Gesicht ganz nah an den Spiegel heran und studierte es ungläubig.

»Ja, meine Liebe, das bist du. Also spar dir bitte ab sofort den Unsinn, dass du eine graue Maus bist.«

»Ich denke ja bloß an die armen Tiere, an denen die Kosmetik getestet wird, nur um der weiblichen Eitelkeit willen«, verteidigte sich Ava, die sich immer noch im Spiegel betrachtete. »Ich sehe aus wie ... wie ...«

»Ja, Ava, du siehst aus wie deine Mutter, die nach allgemeiner

Auffassung eine der schönsten Frauen der Welt ist. Sollen wir zu LJ gehen, ob sie vielleicht Hilfe braucht?«

Ava lächelte. »Ja, das machen wir.«

Arm in Arm verließen sie den Raum.

Entgegen ihren Erwartungen amüsierte sich Ava auf der Party ausgesprochen gut. Es war ein wunderschöner Tag, die Gäste konnten den Champagner auf der Terrasse trinken, ehe sie sich zum Essen in das Zelt auf dem Rasen begaben. Ava saß neben LJ – auf deren anderer Seite David seinen Platz hatte – und war beglückt über die Freude ihrer Großtante, dass sich ihr zu Ehren an diesem Tag all ihre alten Freundinnen und Freunde aus nah und fern hier versammelten.

»Bei vielen ist es vielleicht das letzte Mal, dass ich sie sehe, bevor sie im Sarg liegen«, flüsterte LJ ihr einmal leise zu. »Mein Gott, die meisten sehen doch sowieso schon halb tot aus. Bin ich wirklich schon so alt?«

Als man nach dem Essen wieder auf der Terrasse zusammensaß, trat ein älterer Herr mit strahlenden Augen und stark gebräunter Haut auf einen Gehstock gestützt zu LJ.

»Laura-Jane! Du meine Güte, können es wirklich über sechzig Jahre her sein, dass wir uns das letzte Mal gesehen haben? Ich glaube, das war bei Davids Taufe.«

»Lawrence!« LJ errötete vor Freude, als er ihr zur Begrüßung einen Kuss gab. »Das wundert mich nicht, schließlich hast du seitdem ja in Afrika gelebt.«

»Jetzt bin ich aber wieder hier. Ich möchte nicht, dass meine Knochen in fremder Erde ihre letzte Ruhe finden.«

»Das kann ich verstehen. Darf ich dir meine Großnichte Ava vorstellen?«

»Mit Vergnügen«, sagte Lawrence und bedachte Ava mit einem Handkuss. »Und das ist mein Enkel Simon.«

Ava betrachtete den groß gewachsenen jungen Mann, der

jetzt neben seinem Großvater stand. Er war ihr schon früher aufgefallen, vor allem deswegen, weil er einer der sehr wenigen Gäste unter siebzig war. Er hatte breite Schultern, kräftiges blondes Haar und, im Kontrast dazu, braune Augen mit dunklen Wimpern.

»Guten Tag«, sagte sie und spürte, dass sie errötete.

»Ava, mein Schatz, hättest du etwas dagegen, wenn Lawrence sich auf deinen Platz setzt, damit wir uns in Ruhe unterhalten können?«, bat LJ.

»Natürlich nicht«, antwortete Ava und trat beiseite, damit Lawrence sich auf ihrem Stuhl niederlassen konnte. Unbeholfen blieb sie neben Simon stehen und wusste nicht, was sie sagen sollte.

»Ich hätte furchtbar gern etwas Kaltes zu trinken, du auch?«, fragte er. »Ich komme in diesem Anzug fast um vor Hitze. Zu dem hat mein Opa mich gezwungen«, gestand er.

»Meine Großtante hat darauf bestanden, dass ich das trage.« Ava deutete auf ihr Kleid.

»Bei der Farbe hat sie auf jeden Fall eine gute Wahl getroffen. Sie passt zu deinen Augen. Also, wo gibt es Wasser?«

Nachdem sie auf der Terrasse vergeblich nach Megan und Martha gesucht hatten – Marys Nichten, die eigentlich ständig Krüge mit Holunderbeersaft und Wasser bereithalten sollten –, ging Ava mit Simon durchs Haus in die Küche. Sie füllte zwei Gläser mit Eis und dem klaren, reinen Quellwasser, das in Marchmont aus dem Hahn floss. Erleichtert setzte Simon sich an den Tisch.

»Hier ist es wunderbar kühl. Danke«, fügte er hinzu, als Ava ihm das Glas reichte.

»Ja, im Winter ist es hier so kalt, dass Mary, unsere Haushälterin, es unsere ›Eistruhe‹ nennt.«

»Hättest du etwas dagegen, wenn ich mir die Jacke und die Krawatte ausziehe? Ich komme mir vor wie im Korsett.«

»Aber bitte.« Ava trank einen Schluck von ihrem Wasser. Sie wusste nicht, ob sie sich hinsetzen sollte oder nicht. Auf der Farm arbeitete sie zwar oft mit Männern zusammen, aber die waren alle viel älter als sie. Und da sie eine reine Mädchenschule besuchte, war sie, soweit sie sich erinnern konnte, noch nie allein in der Gesellschaft eines jüngeren Mannes gewesen.

»Musst du irgendwohin?«, fragte er.

»Nein.«

»Wenn du da draußen nicht gebraucht wirst, lass uns doch eine Weile hierbleiben und uns unterhalten, bevor wir auf die Terrasse zurückgehen und ich mir wieder die Krawatte umbinden muss.«

»Ja«, sagte sie, froh darüber, dass er ihr gesagt hatte, was sie tun sollte.

»Wo wohnst du?«

»Hier in Marchmont, bei meiner Tante LJ.«

»Ah so. Dann bist du also ein richtiges Mädchen vom Lande.«

»Ja.«

»Da hast du wirklich Glück. Ich bin in London geboren und aufgewachsen und wünsche mir seit dreiundzwanzig Jahren nichts sehnlicher, als auf dem Land zu leben. Na ja, wahrscheinlich wollen wir immer genau das, was wir nicht haben.«

»Ich weiß nicht, ich bin hier sehr glücklich«, erwiderte sie zaghaft. »Ich glaube, ich würde es nicht ertragen, auf Dauer in einer Stadt zu sein.«

»Es ist ziemlich unerträglich, da gebe ich dir recht. Wenn du hier morgens die Vorhänge aufziehst, ist doch allein schon der Blick aus dem Fenster das reinste Vergnügen. Es ist so wunderschön hier.«

»Aber es regnet sehr viel.«

»In London regnet es auch sehr viel. Und was machst du hier?«, erkundigte sich Simon.

»Ich habe gerade die Abschlussprüfungen gemacht und hoffe

jetzt, an der Uni in London für Tiermedizin zugelassen zu werden. Dann würde ich auch dort wohnen müssen«, antwortete Ava mit einem schiefen Lächeln. »Und du?«

»Ich bin im letzten Jahr am Royal College of Music. Danach werde ich in die große weite Welt der Möchtegernmusiker entlassen.« Er lächelte.

»Welche Instrumente spielst du?«

»Klavier und Gitarre, aber eigentlich möchte ich Songwriter werden. Paul Weller ist eher mein Stil als Wagner. Aber wie meine Familie sagt, ein solides Fundament in klassischer Musik ist wichtig. Und auch wenn ich mich die letzten drei Jahre durch die meisten Vorlesungen gegähnt habe, haben sie vermutlich recht.«

»Da bewundere ich dich. Ich hab nicht das geringste musikalische Talent.«

»Ava, das glaube ich nicht. Ich habe noch niemanden getroffen, der mit Musik gar nichts anfangen kann, und wenn du nur mitsummst, wenn im Radio ein bestimmtes Lied spielt. Hast du schon immer hier gelebt?«

»Ja.«

»Deine Eltern auch?«

»Ich … Die Geschichte ist ein bisschen kompliziert, aber für mich ist LJ meine Mutter.«

»Ich verstehe. Tut mir leid, dass ich gefragt habe.« Simon lächelte entschuldigend.

»Schon in Ordnung.«

»Ehrlich gesagt habe ich dich für älter gehalten, als du bist. Du kommst mir für siebzehn sehr erwachsen vor.«

»Danke.« Ava spürte, wie er sie musterte, und rutschte auf ihrem Stuhl ein wenig hin und her.

»Mein Gott, das muss ziemlich herablassend klingen von jemandem, der das betagte Alter von dreiundzwanzig hat!« Er lachte selbstironisch. »Es war auf jeden Fall als Kompliment gemeint.«

»Ich sollte wohl wieder nach LJ gucken. Der Tag war bestimmt sehr anstrengend für sie.«

»Klar. Es war schön, mit dir zu reden, Ava. Wenn du wirklich nach London kommst, spiele ich gerne Stadtführer für dich.«

»Danke, Simon.«

Fast überstürzt verließ Ava die Küche, ihr schwindelte ein bisschen der Kopf. Sie fragte sich, ob das wohl von dem Champagner kam, den sie vorhin getrunken hatte, oder vom Reden mit Simon. Auf jeden Fall war er ohne Zweifel der bestaussehende junge Mann, den sie je kennengelernt hatte.

Die Gäste waren bereits am Aufbrechen, als Ava bemerkte, dass LJ vor Erschöpfung grau im Gesicht war.

»Möchtest du dich nicht ein bisschen ausruhen?«, fragte Ava.

»Das kommt nicht infrage. Heute gehe ich als letzter Mann von Bord, zumindest im übertragenen Sinn«, wehrte sie resolut ab.

Ava ließ sie in Davids und Tors Obhut zurück und ging in die Küche, um Mary bei der gewaltigen Aufgabe des Abwaschs zu helfen.

»Und, war es ein schöner Tag für dich?«

»Wunderschön«, sagte Ava und krempelte die Ärmel auf. »Und sowohl der Lachs als auch das Dessert kamen sehr gut an!«

»Es hat mir das Herz erwärmt, deine Tante mit so vielen Freunden zu sehen. Aber wer war der junge Mann, mit dem du dich vorhin unterhalten hast? Ich hab schon bei den Reden gemerkt, dass er dich beobachtet«, sagte Mary mit einem vielsagenden Lächeln, als sie nebeneinander am Spülbecken standen.

»Er heißt Simon und ist der Enkel von Lawrence Irgendwas, einer von LJs Freunden. Er studiert Musik, aber er ist sehr viel älter als ich.«

»Wie viel älter?«

»Sechs Jahre.«

»Wunderbar! So, wie du aufgewachsen bist, wüsstest du doch mit einem Milchbart nichts anzufangen.«

»Also wirklich, Mary, er war nur höflich. Es war überhaupt nicht ... so.«

»Und was heißt ›so‹?«, fragte Mary mit einem wissenden Blick.

»Das weißt du genau. *So* eben. Und jetzt hör auf, mich aufzuziehen. Ich werde ihn nie wiedersehen.«

»Wo wohnt er denn?«

»In London.«

»Und wo wirst du studieren?«

»*Falls* ich angenommen werde ...«

»Wir wissen alle, dass du angenommen wirst. Glaub mir«, sagte Mary und nickte weise, die Hände ins Spülwasser getaucht, »du wirst ihn wiedersehen.«

Als die Sonne dramatisch jenseits des Tals unterhalb von Marchmont unterging, setzte sich Ava zu LJ, David und Tor auf die Terrasse. Alle Gäste hatten sich verabschiedet, sie unterhielten sich über den vergangenen Tag.

»Ich kann euch allen gar nicht genug danken, dass ihr mir das ermöglicht habt.« LJ legte eine Hand auf den Arm ihres Sohnes. »Jetzt habe ich das Gefühl, dass ich in Frieden sterben kann.«

»Du lieber Himmel, Ma, jetzt hör aber auf«, sagte David. »In dir steckt noch einiges an Leben!«

»Hoffen wir, dass ich bei eurer Rückkehr noch hier bin«, meinte sie mit ungewohnter Rührseligkeit.

»Natürlich bist du noch hier«, sagte Tor. »Wir sind doch nur sechs Monate unterwegs. In der Zeit wird nichts passieren.«

»Und die nächsten sechs Wochen bin ich hier«, warf Ava ein. Sie hatte Davids besorgten Gesichtsausdruck bemerkt.

»Außerdem, Ma, hast du unseren detaillierten Reiseplan. Du kannst jederzeit eine Nachricht in einem der Hotels hinterlassen, die wir fest gebucht haben«, erklärte er.

»David, das wird bestimmt nicht nötig sind. Ich bin einfach etwas sentimental. Das muss vom vielen Champagner kommen.

Also gut, ab ins Bett mit mir. Mein Mindesthaltbarkeitsdatum ist längst überschritten, aber es war wirklich ein wunderschöner Tag.«

»Ich bringe dich nach oben«, sagte Tor mit Nachdruck, als alle drei aufstanden. »David, Liebling, du bleib hier mit Ava sitzen und ruh dich aus.«

Als LJ und Tor verschwunden waren, wandte David sich an seine Nichte. »Ma macht sich Sorgen, weil wir wegfahren, oder?«

»Ein bisschen vielleicht. Aber wenn man fünfundachtzig ist, fragt man sich wahrscheinlich schon, ob man den nächsten Sommer noch erlebt«, meinte sie achselzuckend.

»Meine Güte, Ava, du klingst so erwachsen. Älter als du's an Jahren bist.«

»Na ja, mich hat eine sehr kluge Frau erzogen.«

»Übrigens, ich habe deine Großmutter in London besucht und ihr gesagt, dass ich das nächste halbe Jahr verreist sein werde.«

»Mach dir keine Sorgen, Onkel David, ich behalte sie im Auge«, beruhigte Ava ihn.

»Und als ich in Los Angeles war, habe ich deine Mutter getroffen.«

»Ach ja?«, sagte Ava mit unverhohlener Gleichgültigkeit. »Wie geht es ihr?«

»Einigermaßen. Im Moment ist das Leben für sie ein bisschen schwierig.«

»Hat sie gerade wieder einen Ehemann abgelegt?«

»Ava, wirklich, immerhin ist sie deine Mutter.«

»Ich kenne sie nur aus den Klatschspalten, wie jeder andere Mensch auch. Tut mir leid, Onkel David.«

»Das kann ich verstehen. Und es stimmt natürlich, dass es dir hier bei Ma sehr viel besser ergangen ist, als es bei deiner Mutter je der Fall gewesen wäre. Deswegen ist es trotzdem nicht richtig«, fügte er rasch hinzu.

»Wie auch immer, Onkel David, ich verspreche dir, dass ich auf Tante LJ und Oma aufpassen werde. Ich möchte wirklich, dass du wegfährst und dir keine Sorgen machst. So, und jetzt«, Ava gähnte, »gehe ich nach oben, gebe LJ einen Gutenachtkuss und falle dann auch ins Bett.«

»Ach, bevor ich's vergesse.« David zog aus seiner Jackentasche einen gefalteten Zettel hervor. »Der Enkel von Mas altem Freund hat mich gebeten, dir das zu geben.«

»Danke«, sagte sie und nahm den Zettel, den er ihr reichte.

Lächelnd bemerkte David die Röte, die ihr ins Gesicht stieg. »Wie heißt er denn?«

»Simon«, antwortete Ava zögernd.

»Seltsam, er hat mich sehr an jemanden erinnert, ich weiß nur nicht, an wen. Wie auch immer, er bat mich, dir zu sagen, dass du ihn anrufen sollst, wenn du nach London kommst. Gute Nacht, mein Herz.«

Liebevoll gab Ava ihm einen Kuss auf die Wange und verschwand im Haus. David sah ihr nach und wünschte, er könnte seine Beklommenheit abschütteln. In seiner Abwesenheit die Stellung zu halten stellte eine gewaltige Aufgabe für eine Siebzehnjährige dar, die sich eigentlich auf ihre eigene Zukunft konzentrieren sollte. Doch wie Tor sagte, er war seit Jahren für alle immer da gewesen, und schließlich handelte es sich lediglich um ein halbes Jahr …

Zwei Tage später bestieg David gemeinsam mit Tor das Flugzeug nach Neu Delhi. Als es von der Rollbahn abhob und er auf die weite englische Landschaft hinabblickte, die zunehmend kleiner wurde, drückte Tor ihm fest die Hand.

»Und, bist du bereit für unser großes Abenteuer?«

David riss sich vom Anblick los und gab ihr einen Kuss. »Ja, ich bin bereit.«

## KAPITEL 44

Zwei Wochen nach dem großen Fest genoss LJ ihre traditionelle Tasse Nachmittagstee auf der Terrasse. Sie hatte Großbritannien zwar nie verlassen, aber sie war überzeugt, dass sie keinen schöneren Blick hätte haben können als den, der sich vor ihr ausbreitete. Und so viele Jahre ihr auch noch vergönnt sein mochten – und ihr Arzt meinte offenbar, es seien noch etliche, wenn sie achtgäbe –, LJ wusste, dass sie in ihrem geliebten Marchmont schon morgen glücklich sterben könnte. Die späte Augustsonne brannte herab, sie schloss die Augen, freute sich an der Wärme und dem beruhigenden Plätschern des Flusses unter ihr und döste ein. Bald würde es September sein, der Herbst würde beginnen, ihre liebste Jahreszeit in Marchmont.

»Hallo, Tante Laura-Jane.«

Es war eine Stimme, die sie kannte, aber LJ ließ die Augen geschlossen. Sie wusste, es war ein Tagtraum.

»Laura-Jane.« Eine Hand schüttelte sie sacht. »Ich bin's. Ich bin wieder da.«

Schließlich öffnete LJ die Augen einen Spalt. Als sie die Frau, die vor ihr stand, erkannte, wich ihr alle Farbe aus dem Gesicht.

Die Frau trat näher, kalte Hände legten sich auf ihre. »Liebste LJ, ich bin's, Cheska.«

»Ich weiß, wer du bist, meine Liebe. Ich bin noch nicht senil«, erwiderte sie, mit ihrer Fassung ringend.

»Ach, es ist herrlich, wieder hier zu sein.« Die Hände bewegten sich über ihre Arme hinauf zu ihren Schultern und drückten fest zu, fast schnürten sie LJ die Luft ab.

»Was ... Wieso bist du hier?«

Der Griff löste sich, Cheska kniete sich vor LJ, und ein verletzter Ausdruck erschien auf ihrem Gesicht. »Weil hier mein Zuhause ist, weil meine Tochter hier lebt und weil ich herkommen und meine liebste Tante LJ besuchen wollte.« Sie unterbrach sich kurz. »Du scheinst dich gar nicht zu freuen, mich zu sehen.«

»Ich ... Nun ja ...« LJ schluckte schwer. »Natürlich freue ich mich. Ich bin nur ... ein bisschen überrascht, sonst nichts. Warum hast du uns denn nicht geschrieben, dass du kommst?«

»Weil ich euch überraschen wollte.« Cheska richtete sich auf. »Ach, dieser fantastische Blick! Ich hatte ganz vergessen, wie wunderschön es hier ist. Glaubst du, ich könnte etwas Kaltes zu trinken bekommen? Ich bin in Heathrow in ein Taxi gestiegen und habe mich gleich herfahren lassen. Ich konnte es gar nicht erwarten, euch zu sehen.«

»Mary kann dir sicher etwas machen.«

»Mary! Du meine Güte, arbeitet sie immer noch hier? Es hat sich ja wirklich nichts verändert, oder? Dann gehe ich mal schnell in die Küche, hole mir etwas zu trinken und begrüße sie kurz. Ich bin gleich wieder da.«

Als Cheska im Haus verschwand, traten LJ Tränen in die Augen. Nicht vor Freude, sondern vor Angst. Warum gerade jetzt, wo David mit Tor unterwegs war ...?

Nach einer Weile kehrte Cheska zurück, ein großes Glas eiskaltes Wasser in der Hand, und nahm neben LJ Platz. »Im Eingang stehen ganz viele Geschenke für euch. Wo ist ... ist Ava da?«

»Ja, sie treibt sich irgendwo auf der Farm herum.«

»Glaubst du, dass sie überrascht sein wird, mich zu sehen? Denkst du, sie weiß, wer ich bin?«

»Aber natürlich – als Antwort auf beide Fragen.«

Cheska stand auf und ging hin und her. »Sie wird mich doch

nicht hassen, oder? Ich meine dafür, dass ich sie verlassen habe? Am Anfang war es unmöglich, sie nachzuholen, und später hätte ich es nicht richtig gefunden, ihr Leben auf den Kopf zu stellen, wo sie doch so glücklich hier war. Das verstehst du doch, oder?«

LJ nickte langsam. Sie war zu benommen, um jetzt eine Auseinandersetzung heraufzubeschwören.

»Aber hasst du mich, LJ?«

»Nein, Cheska, ich hasse dich nicht«, antwortete sie matt.

»Gut, denn ich verspreche dir, jetzt, wo ich hier bin, werde ich Ava gegenüber alles nachholen, was ich die ganzen Jahre versäumt habe. Guter Gott, ist es heute heiß! Wenn du nichts dagegen hast, würde ich mir gern etwas Leichteres anziehen. Mir klebt alles am Leib. Kann ich mein altes Zimmer haben?«

»Das ist jetzt Avas Zimmer. Geh ins Kinderzimmer. Das haben wir zu einem Gästezimmer umgestaltet«, sagte LJ abweisend.

»In Ordnung. Wenn Ava kommt, solange ich oben bin, sag ihr nicht, dass ich da bin, ja? Ich möchte sie überraschen.«

Erschöpft kam Ava von ihrem Tag auf der Farm nach Hause. Aber sie war auch überglücklich, schließlich hatte sie vor einer Woche die Ergebnisse ihrer Abschlussprüfungen bekommen, und die Noten waren so gut, dass sie problemlos zum Tiermedizinstudium in London zugelassen werden würde. Außerdem hatte sie gestern die Führerscheinprüfung bestanden, damit konnte sie sich jetzt, wenn es etwas zu erledigen gab, endlich ans Steuer von LJs altem Land Rover setzen.

LJ hatte sich mit ihr gefreut, obwohl Ava sich zunächst Gedanken machte, ob das Studium nicht zu viel Geld kosten würde. Darüber hatten sie sich beim Essen an dem Abend unterhalten, bei dem sie auf die gute Nachricht angestoßen hatten.

»Liebes Mädchen, du hast mir von Kindesbeinen an auf der Farm geholfen, ohne jemals etwas dafür zu verlangen. Außerdem gibt es da noch das Erbe deines Großvaters, Ava. Es ist ziemlich viel Geld, das deckt leicht die Kosten für deinen Unterhalt in London. Ich weiß, dass dein Großvater das gewollt hätte. Ich bin so stolz auf dich, mein Liebling. Du hast dir deinen Traum erfüllt.«

Ava stieß die Küchentür auf und sah, dass Mary eine Lammschulter zubereitete.

»Guten Abend, Mary. Ich dachte, LJ und ich würden später einfach einen Salat essen?«

Mary schaute auf und schüttelte den Kopf. »Die Pläne haben sich geändert, Herzchen. Ihr habt Besuch bekommen. Schau mal raus auf die Terrasse und sag ›guten Tag‹.«

»Wer ist es denn?«

Mary zuckte verhalten mit den Schultern. »Lass dich überraschen.«

Also ging Ava in den Salon. Sie hörte LJs Stimme und eine andere, die ihr ebenfalls vage bekannt vorkam, mit der Andeutung eines amerikanischen Akzents. Sie lief die Stufen zur Terrasse hinunter und sah den Rücken einer Frau mit üppigen blonden Haaren, die auf einem Stuhl neben LJ saß.

Wie erstarrt blieb sie stehen, unfähig, sich zu bewegen. Die Frau musste ihre Schritte gehört haben, denn sie drehte sich um.

Die beiden starrten sich lange Zeit schweigend an.

Dann hörte Ava LJs Stimme. Sie klang gezwungen und unnatürlich.

»Ava, mein Schatz, komm her und begrüße deine Mutter.«

Als LJ die beiden beobachtete, tobten widersprüchlichste Gefühle in ihrer Brust. Sie hatte die Angst in Avas Augen gesehen, als sie ihre Mutter begrüßte. Cheska war aufgestanden und hatte ihre Tochter in die Arme geschlossen, während Ava stockstanden dastand, ohne auf die Umarmung zu reagieren. Dann hatten sie sich gesetzt und sich wie Fremde unterhalten, die sie letztlich ja auch waren. Im Lauf des Abends schließlich, als sie den von Cheska mitgebrachten Champagner getrunken hatten, taute Ava ein wenig auf.

Während des Essens bemerkte LJ, wie sehr Cheska sich bemühte, Ava in ihren Bann zu ziehen. Sie erzählte Geschichten von ihrem Leben in Hollywood, von den Leuten, die sie kennengelernt hatte, und Anekdoten über andere Schauspieler aus *Die Ölbarone*.

LJ hatte geglaubt, Ava in- und auswendig zu kennen, aber was ihre Großnichte an diesem Abend empfand, vermochte sie nicht zu sagen. Rein äußerlich betrachtet, schien sie die Geschichten ihrer Mutter faszinierend zu finden.

Nach dem Kaffee gähnte Cheska. »Entschuldigt mich, aber ich fühle mich wie erschlagen und muss jetzt ins Bett. Vergangene Nacht im Flugzeug habe ich kein Auge zugetan.« Sie erhob sich und gab LJ einen Kuss auf die Wange. »Vielen Dank für das Essen. Es war köstlich.« Dann legte sie die Arme um Ava. »Gute Nacht, mein Schätzchen. Ich hoffe, dass du die nächsten Tage nichts vorhast. Ich möchte, dass wir so viel wie möglich zusammen unternehmen. Wir müssen die ganze verlorene Zeit wettmachen, nicht?«

»Ja. Gute Nacht, Cheska.« Ava nickte unaufgeregt. »Schlaf gut.«

Als Cheskas Schritte verhallten, legte LJ über den Tisch hinweg eine Hand auf Avas Arm. »Ist alles in Ordnung, mein Schatz? Es tut mir sehr leid, dass ich dich nicht vorwarnen konnte. Das muss ein Schock für dich gewesen sein.«

Ava drehte sich zur Seite, ihr Gesicht war im dämmrigen Licht nicht zu erkennen. »Dafür kannst du doch nichts. Sie ist wirklich sehr schön, findest du nicht?«

»Ja, aber nicht so schön wie ihre Tochter.«

Ava lachte leise auf. »Die Geschichten, die sie erzählt hat ... Kannst du dir vorstellen, ein solches Leben zu führen?«

»Nein, mein Liebling, das kann ich nicht.«

»Glaubst du, dass sie lange bleiben wird?«

»Ich habe keine Ahnung.«

»Oh.« Ava beobachtete eine Motte, die das Nachtlicht auf dem Tisch umflatterte, fasste sie sanft bei den Flügeln und steuerte sie in die Sicherheit der Nacht.

»Bist du dir sicher, dass alles in Ordnung ist?«, erkundigte sich LJ noch einmal.

»Ja. Ich meine, sie ist ja sehr nett und offenbar auch lustig, aber ich habe nicht das Gefühl, als hätte sie irgendetwas mit mir zu tun. Ich habe mich immer gefragt, was ich wohl empfinden würde, wenn ich ihr begegnen sollte, und was ich empfunden habe, ist … eigentlich nichts. Fast habe ich ein schlechtes Gewissen.«

»Das solltest du aber nicht. Es wird einfach eine Weile dauern, bis du sie besser kennenlernst. Und das willst du doch, oder?«, fragte LJ.

»Ich denke schon«, antwortete Ava zögernd. »Das einzige Problem ist, ich glaube nicht, dass ich sie je als meine Mutter betrachten werde, nicht im richtigen Sinn. Meine Mutter bist du, und daran wird sich nie etwas ändern. Nie. Liebste LJ, du bist bestimmt schrecklich müde. Soll ich dir helfen, nach oben zu gehen?«

Als LJ im Bett lag, setzte Ava sich wie jeden Abend zu ihr auf die Bettkante. Zärtlich küsste sie ihre Großtante auf die Stirn. »Mach dir keine Sorgen um mich, LJ. Mir geht's gut. Ich hab dich lieb. Gute Nacht.« Damit verließ sie den Raum und zog die Tür leise hinter sich ins Schloss.

LJ starrte in die Dunkelheit. Sie war durcheinander, sie machte sich Sorgen, und zum ersten Mal fühlte sie jedes einzelne ihrer fünfundachtzig Jahre. Es gab bestimmte Dinge, die sie Ava gerne von ihrer Mutter erzählen würde. Sie wollte sie warnen, dass Cheska nicht ganz so war, wie sie sich nach außen hin gab. Aber das ging nicht. Das würde nach sauren Trauben klingen, und LJ wollte nicht, dass Ava ein schlechtes Gewissen bekam, wenn sie ihre Mutter besser kennenlernen wollte. David hatte erst gestern aus Neu Delhi angerufen und gesagt, dass er und Tor jetzt nach Tibet aufbrechen und die nächsten Wochen nicht zu erreichen sein würden. Ohne ihn kam sie sich unsicher und verletzlich vor.

Irgendwann schlief LJ ein, aber es war ein unruhiger Schlaf. Mit einem Ruck wachte sie wieder auf, ein ungewohntes Geräusch hatte sie aufgeschreckt. Sie knipste die Nachttischlampe an und stellte fest, dass sie nicht einmal eine Stunde geschlafen hatte. Ja, sie konnte eindeutig etwas hören oder jemanden, der leise stöhnte. Dann vernahm sie schrilles Lachen. Gerade wollte sie nach ihrem Stock greifen und sich aus dem Bett hieven, als das Stöhnen aufhörte. Sie spitzte die Ohren, aber das Geräusch kehrte nicht wieder zurück.

Sie schaltete das Licht aus und versuchte, sich zu beruhigen.

Das Lachen hatte sie schon einmal gehört, vor langer Zeit, und sie zerbrach sich den Kopf, wann und wo das gewesen war.

Dann fiel es ihr wieder ein.

Das war an dem Abend gewesen, an dem sie Cheska im Kinderzimmer den armen, unschuldigen Teddybären hatte zerfetzen sehen.

# KAPITEL 45

Am Samstagabend, eine Woche nach Cheskas Ankunft, saß Ava mit LJ bei einem Glas Limonade auf der Terrasse und bewunderte den Sonnenuntergang.

»Und wo wart ihr heute, mein Schatz?«, erkundigte LJ sich.

»Einkaufen in Monmouth. Cheska hat offenbar viel Geld und kauft mir ständig irgendwelche Kleider, von denen sie meint, sie würden mir stehen. Das einzige Problem ist, dass Cheska immer wieder erkannt wird und die Leute sie um ein Autogramm bitten. Zuerst war das ja in Ordnung, aber allmählich stört es mich wirklich. Sie hat sehr viel Geduld mit ihren Fans. Die hätte ich nicht, das weiß ich genau.«

»Hast du das Gefühl, sie langsam besser zu kennen?«

»Es macht Spaß, mit ihr zusammen zu sein, und wir lachen viel, aber mir will einfach nicht in den Kopf, dass sie meine Mutter ist. Und sie verhält sich auch nicht wie eine, nicht so wie du. Wahrscheinlich ist sie für mich eher wie eine Schwester. Manchmal kommt sie mir schrecklich jung vor.«

»Hat sie etwas gesagt, wann sie wieder fährt?«, fragte LJ vorsichtig.

»Nein, aber ich denke bald. Sie hat doch ihre ganzen Verpflichtungen in Hollywood. Ehrlich gesagt bin ich froh, wenn sie wieder weg ist. Ich habe tausend Sachen zu erledigen, bevor ich in gut zwei Wochen nach London fahre. Nächstes Wochenende kommen die Kinder aus dem Dorf, ich mache mit ihnen eine Naturführung über die Farm. Ich kann mir schlecht vorstellen, dass Cheska in eine Jeans schlüpft und beim Grillen hilft.« Ava lachte.

»Nein, für das Landleben hatte sie noch nie viel übrig.«

Eine Stunde später gesellte sich Cheska zu ihnen. Sie hatte beim Einkaufsbummel eine Flasche Champagner besorgt, und davon schenkte sie jetzt drei Gläser ein.

»Zum Anstoßen, weil wir nach der langen Zeit wieder zusammen sind. Cheers, wie man hier so sagt.«

»Prost«, sagte LJ matt. Irgendwie gab es immer einen Grund, noch eine Flasche Champagner zu öffnen, und allmählich wurde sie es leid, so zu tun, als würde sie ihn trinken. Die Kohlensäure bekam ihr gar nicht.

»Ach, ich hätte gedacht, du würdest das hübsche Kleid anziehen, das ich dir heute gekauft habe, Ava«, meinte Cheska schmollend.

»Ehrlich gesagt trage ich tagaus, tagein nichts als Jeans«, erklärte Ava. »Das Kleid hebe ich für einen besonderen Anlass auf. Du hast mir so viele Sachen gekauft, ich weiß gar nicht, wofür ich mich entscheiden soll.«

»Na, es schadet ja nicht, deine Garderobe zu erweitern, oder? Und wie wär's mit einer neuen Brille? Weißt du, deine schmeichelt dir nicht besonders, dabei hast du wunderschöne Augen. Meine Farbe, würde ich sagen.« Cheska lächelte. »Es ist ein Jammer, sie hinter dem schweren Rahmen zu verstecken.«

»Ich trage Kontaktlinsen, aber die Brille ist viel angenehmer.«

»Ich finde ja, Cheska, dass eine Brille Avas Gesicht Charakter gibt«, sagte LJ.

»Das stimmt auch. Wie dem auch sei«, Cheska lächelte wieder, »ich muss euch etwas gestehen. Ich habe die Woche hier so genossen, dass ich beschlossen habe, noch ein Weilchen zu bleiben. Das heißt, wenn ich darf.«

»Aber du hast doch bestimmt Termine wegen deiner Fernsehserie, oder nicht? Außerdem, wird dir hier nicht langweilig? Marchmont ist schließlich nicht Hollywood«, erwiderte LJ zögernd.

»Die Dreharbeiten fangen erst Ende September wieder an, und natürlich wird mir nicht langweilig, LJ«, antwortete Cheska. Ihr Ton war unverkennbar gereizt. »Die Ruhe hier ist nach L. A. genau das Richtige. Außerdem, hier lebt meine Familie«, fügte sie hinzu und nahm Avas Hand. »Es tut mir nur leid, dass Onkel David, der Liebe, nicht auch bei uns ist.«

*Mir auch*, dachte LJ.

»Cheska, ich hoffe, du hast nichts dagegen, aber ich habe in den nächsten Tagen einiges vor und nicht mehr die Zeit, so viel mit dir zu unternehmen wie bisher«, sagte Ava.

»Natürlich habe ich nichts dagegen. Ich freue mich, in die schöne Landschaft blicken und mich ausruhen zu können.« Cheska streckte sich und seufzte dann tief. »Ach, bin ich froh, nach Hause gekommen zu sein!«

Cheska bestand darauf, Ava am folgenden Tag zum Mittagessen in ein teures Hotel einzuladen, obwohl Ava eigentlich Jack versprochen hatte, ihm auf der Farm zu helfen. Schließlich willigte sie ein als Friedensangebot und in der Hoffnung, in ihren restlichen Wochen in Marchmont wieder selbst über ihre Zeit verfügen zu können.

»Ich kann gar nicht glauben, dass du wirklich Tierärztin werden willst, mein Schatz.« Mit einem Schaudern spießte Cheska einen kleinen Bissen Rindfleisch auf ihre Gabel. »Mir ist völlig unklar, wie du das ertragen kannst. Wenn ich Blut sehe, falle ich in Ohnmacht.«

»Und wenn ich sehe, wie du ein Stück der armen Kuh isst, wird mir flau im Magen«, gab Ava lächelnd zurück.

Verärgert runzelte Cheska die Stirn und fuhr dann fort: »Ach, gestern hast du mir erzählt, dass LJ für die Unkosten während deines Studiums aufkommt. Woher hat sie das Geld? Das Leben in London ist ziemlich teuer. Ich habe das Gefühl, dass das meine Aufgabe ist.«

»Offenbar hat mein Großvater – dein Vater – mir eine Erbschaft hinterlassen. Sie sagt, es wäre ziemlich viel Geld und würde problemlos reichen, um die Kosten zu decken. Also mach dir keine Sorgen, Cheska.«

»Ach. Aber dein Großvater ist doch ...« Cheska verstummte abrupt. Sie hatte gerade sagen wollen, dass Owen gestorben war, ehe sie, Cheska, zehn gewesen war – wie hätte er also einem Kind Geld vermachen können, das noch nicht einmal geboren war?

Ava bemerkte den versteinerten Blick ihrer Mutter nicht, sie erzählte begeistert von ihrem Traum, später einmal hier in der Gegend ihre eigene Tierarztpraxis zu eröffnen.

»Na, du hast dein Leben ja gut durchgeplant, Ava. Leider hält sich die Zukunft nicht immer an unsere Pläne, aber das wirst du früher oder später sicher noch selbst erfahren.«

»Da hast du bestimmt recht, aber ich weiß, was ich will. Und wenn ich Schritt für Schritt plane, kann doch eigentlich nichts schiefgehen, oder?« Ava sah, dass ihre Mutter zum Fenster hinausstarrte. »Cheska? Ist alles in Ordnung?«

Nach einer Weile drehte Cheska sich wieder zu ihr und lächelte ein wenig. »Ich habe dich verstanden, mein Schatz, und bin überzeugt, dass alles wunderbar werden wird.«

Jeden Morgen, wenn Ava die Vorhänge aufzog, wurde sie vom leichten Septembernebel begrüßt, der über dem Tal hing. Sie sog jede Sekunde dieses schönen Augenblicks in sich auf, um sich daran zu erinnern, wenn sie in London sein würde. Wie sie Cheska schon gesagt hatte, verbrachte sie fast jede Minute auf der Farm und half den Bauern, das Heu für den Winter in Ballen zu pressen. Ihre Mutter sah sie nur beim Abendessen, denn bis Cheska am späteren Vormittag aufstand, war Ava schon längst aus dem Haus. Auf dem Heimweg durch den Wald bemerkte Ava manchmal eine kleine Gestalt an Jonnys Grab und vermutete, dass Cheska ihren Zwillingsbruder besuchte, der als kleiner Junge gestorben war. Sie konnte kaum glauben, wie schnell die Ferien verflogen waren, und fragte sich, wann ihre Mutter wohl nach Hollywood zurückkehren würde. Recht bald, vermutete sie.

In der letzten Septemberwoche, eine Woche vor Avas Abreise nach London, eilte Mary ihr, als sie abends nach Hause kam, schon auf der Auffahrt entgegen.

»Was ist passiert, Mary?« Ihr Herz begann zu rasen.

»Deine Großtante, sie ist heute Nachmittag gestürzt. Cheska hat es gesehen und gesagt, sie wäre auf der Treppe gestolpert.«

»O mein Gott! Was fehlt ihr?«

»Nichts Schlimmes, sie ist nur ziemlich durcheinander. Dr. Stone ist gerade bei ihr.«

Ava stürmte ins Haus und rannte die Treppe hinauf nach oben. Keuchend stieß sie die Tür zu LJs Zimmer auf. Cheska stand mit verschränkten Armen am Fußende des Betts, während der junge Arzt LJ den Blutdruck maß.

»Ach LJ!« Sie lief zum Bett und kniete sich neben ihre Großtante, die aschfahl war. »Was hast du bloß gemacht? Ich habe dir doch gesagt, du sollst kein Hindernisrennen veranstalten, wenn ich nicht da bin, um auf dich aufzupassen!«

LJ brachte ein mattes Lächeln zustande über den Scherz, den Ava und sie seit ihrer Hüftoperation machten.

»Herr Doktor, wie geht es ihr?«, fragte Ava beklommen.

»Na ja, es ist nichts gebrochen, nur ein paar schlimme Prellungen«, antwortete er. »Aber ich fürchte, Mrs Marchmont, dass Ihr Blutdruck stark nach oben gegangen ist. Ich erhöhe Ihre Tablettendosis, und Sie müssen mir versprechen, den Rest der Woche das Bett zu hüten.« Er wandte sich an Ava und Cheska. »Nicht die geringste Aufregung, bitte. Mrs Marchmont braucht absolute Ruhe, dann sollte ihr Blutdruck wieder sinken. Wenn Sie nicht artig sind« – er drohte LJ scherzhaft mit dem Zeigefinger –«, »bleibt mir nichts anderes übrig, als Sie ins Krankenhaus einzuweisen.«

»Vertrauen Sie mir, Herr Doktor, ich passe auf, dass sie keinen Finger krumm macht.« Ava drückte LJ fest die Hand. »Ich kann die Abreise nach London immer verschieben.«

»Nein, Ava, das kannst du nicht. Ich werde mich um sie kümmern.«

Jetzt sprach Cheska zum ersten Mal. Ava warf einen Blick zu ihrer Mutter und wunderte sich über den merkwürdigen Ausdruck auf ihrem Gesicht. »Aber ich dachte, du musst wieder nach Hollywood?«

»Das stimmt, aber ich kann euch hier nicht alleine lassen. Ich rufe meinen Agenten an, er soll beim Studio Bescheid sagen. Sie können eine Weile um mich herum drehen oder mich aus den ersten Folgen streichen«, erklärte Cheska. Dann fügte sie hinzu: »Schließlich geht die Familie vor, oder nicht? Sie darf doch am Semesteranfang nicht fehlen, LJ, was meinst du?«

»Auf keinen Fall.« LJ schüttelte unglücklich den Kopf. »Aber vergesst nicht, Mary ist auch noch hier. Bitte, Cheska, meinetwegen brauchst du nicht hierzubleiben. Du kannst wie geplant nach Los Angeles zurückfliegen.«

»Das kommt gar nicht infrage, liebste LJ. Du wirst dich einfach damit abfinden müssen, dass ich dich pflege.«

»Möchten Sie mich zur Haustür bringen, Ava?«, fragte Dr. Stone.

»Natürlich. Ich bin gleich wieder da.«

»Und bitte versuchen Sie, fünf Minuten lang vernünftig zu sein, Mrs Marchmont.«

»Ich sorge dafür.« Cheska schenkte ihm ein Lächeln. »Auf Wiedersehen, Herr Doktor, vielen Dank.«

Errötend murmelte der Arzt einen Abschiedsgruß.

Ava begleitete ihn die Treppe hinab. »Sind Sie sicher, dass sie sich ganz davon erholen wird?«

»Solange sie Ruhe gibt, stehen die Chancen sehr gut. Das Problem mit hohem Blutdruck ist, dass er zu einem Schlaganfall führen kann. Ihre Großtante steht ziemlich unter Schock, und obwohl sie für ihr Alter sehr agil ist, hat die Hüftoperation ihr doch zu schaffen gemacht.« Vor der Haustür fragte der Arzt Ava: »Übrigens, war das wirklich Gigi aus *Die Ölbarone*?«

»Ja.«

»Eine Verwandte?«

»Meine Mutter, um genau zu sein.«

Erstaunt hob er die Augenbrauen. »Das wusste ich gar nicht. Auf jeden Fall wird sie sich bestimmt gut um Ihre Großtante kümmern. Man kann ja von Glück sagen, dass sie Sie gerade besucht hat, wo Ihr Onkel auf Reisen ist und Sie nach London müssen. Ich schaue morgen wieder vorbei. Auf Wiedersehen.«

Als der Arzt gegangen war, schloss Ava die Tür, drehte sich um und sah Cheska auf der Treppe stehen.

»Ich wollte LJ gerade eine Tasse Tee machen«, erklärte Cheska lahm.

»Gute Idee. Ich setze mich eine Weile zu ihr.« Dann bemerkte sie die Tränen in den Augen ihrer Mutter. »Was ist denn?«, fragte sie und ging zu ihr.

»Ach Ava, ich habe so ein schlechtes Gewissen. Ich meine«, Cheska suchte in ihrem Ärmel nach einem Taschentuch, »ich habe direkt hinter ihr gestanden, und dann … dann ist sie gestolpert und gestürzt.« Sie sank auf die Stufen und brach in Tränen aus.

Ava ließ sich neben ihr nieder und legte ihr den Arm um die Schultern. »Wein nicht, Cheska, es war doch nicht deine Schuld.«

Cheska sah Ava in die Augen und ergriff ihre Hand. »Ava, was immer sie sagt, ich liebe dich sehr. Wirklich sehr.« Ihre blauen Augen wirkten riesig. »Jetzt mache ich den Tee.« Sie erhob sich und sah sich dann noch einmal um. »Du weißt schon, dass ich dich liebe, oder?«

»Äh, ich … ja.« Ava machte ein verwundertes Gesicht.

Als Ava sie eingehend betrachtete, blickte Cheska vage in die Ferne. »Es gibt so vieles, was wir … Dinge, die …«

Ein Schaudern durchfuhr ihre Mutter, dann nahm Cheska sich mühsam zusammen.

»Es tut mir leid, ich bin einfach unglücklich, das ist alles. Und ich wünsche mir wirklich, du würdest mich ›Mutter‹ nennen und nicht ›Cheska‹.«

»Ich … natürlich. Jetzt setz dich doch eine Weile in die Küche … Mutter. Ich gehe zu LJ.«

»Danke.« Traurig machte sich Cheska durch den Eingangsbereich auf den Weg in den hinteren Teil des Hauses.

Verwirrt vom merkwürdigen Verhalten ihrer Mutter stieg Ava die Treppe hinauf und setzte sich zu LJ ans Bett, die zwar blass, aber etwas munterer wirkte.

»Wie geht es dir?«, fragte sie liebevoll.

»Besser, glaube ich. Ist deine Mutter unten?«

»Ja.«

»Ava, ich …«

»Was?«

»Also, ich weiß, es ist schrecklich, darüber zu sprechen, aber es ist unerlässlich.«

»Worüber zu sprechen?«

»Was mit dir passiert, wenn ich sterbe.«

Tränen schossen Ava in die Augen. »Ach bitte, LJ, nicht jetzt.«

»Jetzt hör mir gut zu.« LJ griff nach ihrer Hand und hielt sie fest. »In dem Fall geht Marchmont an deinen Onkel David über, aber im Testament heißt es, dass du weiter hier wohnen kannst. David hat gesagt, dass er auf keinen Fall hier leben möchte. Wenn er stirbt, geht Marchmont an dich. Dieser Meinung waren wir beide, und das steht auch in seinem Testament. Wie du weißt, ist auch etwas Geld vorhanden, ein Erbe deines Großvaters. Es gehört dir, Ava und … und niemand anderem.«

»Aber was ist mit meiner Mutter? Sollte nach Onkel Davids Tod nicht sie Marchmont und das Geld erben?«

LJ seufzte tief. »Ava, es gibt so vieles, das du über deine Vergangenheit und deine Mutter nicht weißt.«

»Dann erzähl's mir«, drängte sie. »Ich meine, ich weiß ja nicht einmal, wer mein Vater ist.«

»Eines Tages vielleicht. Aber das Allerwichtigste ist … bitte nimm dich vor deiner Mutter in Acht.«

»Warum?«

Unvermittelt ließ LJ Avas Hand los und sank erschöpft ins Kissen.

»Frag deinen Onkel, er wird es dir erklären.«

»Aber LJ, ich …«

»Entschuldige, Ava, das hörte sich jetzt ein bisschen zu dramatisch an. Achte nicht auf mich, ich stehe einfach noch unter Schock.«

»Wie auch immer, ich fahre erst, wenn es dir besser geht. Wirklich, an der Uni werden sie schon verstehen, wenn ich ein paar Tage später komme.«

»Bis du fährst, wird es mir besser gehen«, meinte LJ überzeugt. »Und nur über meine Leiche erlaube ich dir, deine Zukunft aufs Spiel zu setzen. Wir haben ja noch ein paar Tage Zeit.«

»Genau. Warten wir's ab, wie es dir dann geht«, sagte Ava mit nicht minder großem Nachdruck.

»So, hier kommt die Tasse Tee.« Cheska betrat den Raum, ein Tablett in der Hand. »Tja, das ist für mich eine ganz neue Rolle, die ich hier spiele: Krankenschwester«, sagte sie und reichte LJ die Tasse.

In der Nacht wälzte sich Ava schlaflos im Bett herum und grübelte über das, was LJ gesagt hatte. Sie wünschte sich nur, David wäre hier und könnte ihr erklären, was ihre Großtante gemeint hatte.

In den nächsten Tagen erholte LJ sich zusehends. Ihr Blutdruck sank, und der Arzt – der LJ gewissenhaft jeden Tag besuchte und Cheska anschließend bei einer Tasse Kaffee beruhigte – sagte Ava, er sei sehr zufrieden mit den Fortschritten, die sie machte.

»Ich denke, Sie können morgen mit gutem Gewissen nach London fahren. Und Ihre Mutter kümmert sich wirklich vorbildlich um sie, mit Marys Hilfe natürlich.«

Ava war das Herz schwer, als sie an dem Abend ihren Koffer schloss.

Sie würde am nächsten Tag sehr früh aufbrechen müssen, und ganz abgesehen von ihrer Beklommenheit wegen des neuen Lebens, das für sie jetzt begann, und der Nervosität, in einer Großstadt zu leben, weit weg von allem, was sie kannte, machte sie sich große Sorgen um LJ.

Sie ließ Cheska wissen, dass sie ihrer Großtante ihren abendlichen Kakao bringen würde, und klopfte an ihre Tür.

»Guten Abend, mein Schatz. Du sitzt auf gepackten Koffern?« LJ lächelte.

»Ja.« Ava stellte den Kakao auf den Nachttisch und setzte sich auf die Bettkante. Erleichtert bemerkte sie, dass LJs Haut nicht mehr so fahl wirkte und ihre Augen glänzten. »Bist du dir wirklich sicher, dass ich nicht bleiben soll? Es ist doch nur die Orientierungswoche, es gibt noch keine Vorlesungen. Ich ...«

»Ava, wie oft soll ich es dir noch sagen, dass ich mich wohlfühle und auf dem besten Weg zur völligen Genesung bin? Außerdem geht es an der Universität nicht nur um Vorlesungen. In der Orientierungswoche lernt man neue Freunde kennen und unternimmt gemeinsam Dinge. Du sollst doch auch Spaß haben, bitte!«

»Das werde ich bestimmt, aber ...« Ava tat ihr Bestes, die Tränen zurückzuhalten. »Du wirst mir schrecklich fehlen.«

»Du mir auch, mein Schatz, aber ich hoffe, du wirst hin und wieder fünf Minuten Zeit finden, um mir zu schreiben und zu berichten, was du alles treibst.«

»Natürlich tu ich das. Und hier ...« Ava fischte aus ihrer Jeanstasche einen Zettel. »Das ist die Telefonnummer des Wohnheims, in dem ich bin. Wenn etwas ist, ruf dort an, sie sagen mir Bescheid. Mary habe ich die Nummer auch schon gegeben. Ich lege den Zettel in deine Nachttischschublade. Und ich rufe jeden Sonntag so gegen sechs an.«

»Mach dir keine Sorgen, wenn es mal nicht klappt. Ava, mein Schatz«, LJ streichelte ihrer Großnichte zärtlich die Wange. »Du warst für mich immer die reinste Freude, vom ersten Moment an, als ich dich sah. Ich bin so stolz auf dich.«

Sie umarmten sich lange Zeit, keine von ihnen wollte, dass die andere ihre Tränen sah.

»So, du musst morgen früh los, also ab ins Bett mit dir.« LJ löste sich aus der Umarmung. »Pass auf dich auf, mein Schatz«, fügte sie hinzu, als Ava aufstand und ihr einen Gutenachtkuss gab.

»Das tue ich. Und du pass auf dich auf. Ich habe dich lieb«, sagte sie bekümmert, als sie die Tür öffnete.

Selbst Cheska stand am nächsten Tag ausnahmsweise um acht Uhr auf, um sich von Ava zu verabschieden.

»Bitte mach dir keine Sorgen um LJ. Ich verspreche dir, dass ich sie nach allen Regeln der Kunst pflege. Dr. Stone sagt, ich wäre die geborene Krankenschwester.« Sie kicherte wie ein junges Mädchen. »So, und jetzt fahr, ich wünsch dir eine wunderbare Zeit an der Uni. Es tut mir sehr leid, dass ich nie die Möglichkeit hatte zu studieren.« Cheska nahm Ava in den Arm. »Ich liebe dich, Schätzchen, vergiss das nicht, ja?«

»Nein«, sagte Ava und stieg ins Taxi. »Halt mich auf dem Laufenden, wie es LJ geht, ja? Ich rufe heute Abend an. Auf Wiedersehen!«, rief sie aus dem Fenster, als das Taxi die Auffahrt hinunterfuhr, fort von Marchmont.

# Kapitel 46

Ava war froh, dass sie in der ersten Woche, in der sie von LJ getrennt und nicht in Marchmont war, vom Trubel des Neuen mitgerissen wurde. Manches davon war gut, anderes eher schlecht; außerdem gab es so viel zu lernen, etwa, wie in London die U-Bahn und die Busse funktionierten und dass es ihren Kommilitonen anscheinend unheimlichen Spaß machte, Wetttrinken zu veranstalten und dabei bisweilen das Bewusstsein zu verlieren. Vor allem aber musste sie lernen, mit dem unablässigen Dröhnen des Verkehrs vor ihrem stickigen kleinen Zimmer zu leben. Auf der positiven Seite gab es zu vermelden, dass alle in ihrem Semester, die sie bislang kennengelernt hatte, sehr nett waren und sich schon ein Gefühl von Zusammengehörigkeit entwickelte. Da Ava weder derartige Menschenmassen gewöhnt war noch daran, ständig von anderen umgeben zu sein, hielt sie sich zunächst ein wenig abseits. Doch dank der vielen Veranstaltungen, die für die Erstsemester organisiert wurden, wirkte sie am Ende der Woche bereits viel lockerer und selbstsicherer.

Und das Schönste von allem war, dass ein Brief von Simon sie bei ihrer Ankunft erwartet hatte. Darin schrieb er, dass er sein Versprechen vom Sommer wahrmachen und sich gern mit ihr treffen würde, um ihr London zu zeigen.

In den ersten langen, drückenden Nächten, wenn sie sich mit allen Fasern ihres Herzens nach der frischen Luft und offenen Weite von Marchmont sehnte, dachte sie bisweilen an ihn. Wie Simon sie in dem Briefchen gebeten hatte, das er ihr durch

Onkel David hatte zukommen lassen, hatte sie ihm geschrieben und ihre Adresse in London mitgeteilt, sich aber jeden Gedanken verboten, sie könnte ihm tatsächlich gefallen haben. Dass er ihr geschrieben hatte, ließ eine wohlige Wärme in ihr entstehen.

Erst am Donnerstag hatte sie den Mut gefunden, ihn von dem Münztelefon am Ende ihres Flurs anzurufen und sich mit ihm zu verabreden. Diesen Sonntag würde er sie abholen und ausführen, wie er es nannte, um ihr alle Sehenswürdigkeiten zu zeigen.

Zum ersten Mal in ihrem Leben überlegte sich Ava, was sie anziehen sollte. Völlig übermüdet stand sie am Sonntagmorgen auf, nachdem sie am Abend zuvor noch den Erstsemesterball besucht hatte und erst um drei Uhr nachts ins Bett gekommen war.

»Ich muss mir angewöhnen, nicht alles zu trinken, was man mir hinstellt«, sagte sie sich. In ihrem Kopf hämmerte es. Sie nahm zwei Paracetamol und spähte lustlos in ihren Kleiderschrank, fischte eine pinkfarbene Hose und einen teuren Kaschmirpullover heraus, die Cheska ihr gekauft hatte, und zog sie an. Doch sie fand, dass sie darin viel zu sehr wie ihre Mutter aussah, und tauschte das Outfit gegen eine Jeans und ein T-Shirt aus. Und da sie wusste, dass ihre Augen an diesem Tag für Kontaktlinsen viel zu empfindlich waren und nur rot werden und ständig tränen würden, setzte sie ihre Brille auf.

Um elf Uhr betrat sie unsicher den Eingangsbereich ihres Wohnheims, in dem sich ausnahmsweise niemand aufhielt. Offenbar schliefen alle anderen ihren Kater vom Vorabend aus. Simon wartete schon draußen; sie konnte ihn durch die Glasfront sehen. Ihr Herz klopfte wie wild, und sie ermahnte sich, dass diese freundliche Einladung nur etwas mit Familienverbindungen zu tun hatte und bestimmt von seinem Großvater angeordnet worden war, öffnete die Eingangstür und ging hinaus.

»Hallo, Ava. Du meine Güte, du siehst ja völlig anders aus!«, sagte Simon und gab ihr zwei Küsschen auf die Wange.

»Wirklich?«

»Schön anders, als wäre das jetzt die echte Ava. Und dich mit Brille, das finde ich wirklich toll«, fügte er hinzu. »Du erinnerst mich an eine sehr hübsche junge Lehrerin, die ich hatte, als ich sieben war. Ich war jahrelang über beide Ohren in sie verknallt und stehe seitdem auf Brillen!«

»Danke, sag ich mal.« Ava lächelte schüchtern und bemerkte, dass Simon ebenfalls eine Jeans und ein Sweatshirt trug.

»Auf dem Weg hierher habe ich mir überlegt, dass es überflüssig ist, mit dir die üblichen touristischen Sehenswürdigkeiten abzuklappern, das kannst du jederzeit allein machen. Deswegen zeige ich dir das London, das ich mag. Einverstanden?«

»Wunderbar.«

Er bot ihr seinen Arm an, sie hakte sich ein, und dann schlenderten sie die sonntäglich verschlafene Straße entlang zur Bushaltestelle.

Als Ava abends um sieben nach Hause kam, fühlte sie sich wie erschlagen. Simon mochte ja ein Großstadtkind sein, aber ironischerweise hatten sie nur Dinge unternommen, bei denen sie zu Fuß unterwegs waren. Sie waren durch den Hyde Park marschiert und hatten am Speakers' Corner den Menschen zugehört, die ihre radikalen politischen Ansichten zum Besten gaben. Einige waren derart abstrus, dass sie gehen mussten, um nicht in hysterisches Lachen auszubrechen. Dann waren sie dem Treidelpfad am Ufer der Themse von Westminster nach Hammersmith gefolgt, wo sie in einem Pub zu Mittag aßen.

Ava hatte den Tag in vollen Zügen genossen, gerade weil sie keine antiken Kulturschätze bestaunt hatten und nicht von Touristen angerempelt worden waren, die in einem Museum einen besseren Blick auf ein Gemälde erhaschen wollten. Sie hatten einfach über Gott und die Welt geredet. Und da sie sich dank Simons kluger Planung fast ständig im Freien bewegt hatte, war Avas Gefühl verflogen, eingesperrt zu sein.

Der Tag war warm genug gewesen, um draußen vor dem Pub zu sitzen, und Simon hatte ihr erzählt, dass er gerade eine Rolle in einem Musical im West End bekommen hatte.

»Wie du weißt, ist es nicht gerade das, was ich im Leben machen will. Eigentlich möchte ich ein Songwriter werden«, gestand er. Das Engagement war ihm offensichtlich peinlich. »Aber sie brauchen richtige Musiker, die singen und ein paar Instrumente spielen können, und ein Bekannter hat mich vorgeschlagen. Also habe ich vorgesprochen und die Rolle tatsächlich gekriegt. Keiner war mehr überrascht als ich, das kannst du dir denken, aber andererseits kommt Geld für die Miete rein. Und wenn die Show erst einmal läuft, habe ich den ganzen Tag frei, um mich auf meine eigenen Sachen zu konzentrieren. Jetzt habe ich sogar einen Agenten.« Er verdrehte die Augen.

»Und worum geht es in dem Musical?«

»Ach, um mehrere berühmte Sänger aus den fünfziger und sechziger Jahren. Wir spielen ihre ganzen Hits, das heißt, es ist ein garantierter Renner beim weiblichen Publikum zwischen dreißig und vierzig.«

»Wann ist die Premiere?«

»In zwei Wochen. Wenn du Lust hast, dann komm doch.«

»Sehr gern.«

»Aber ich warne dich, ich glaube nicht, dass ich besonderes Talent als Schauspieler habe.«

»Aber du könntest dadurch berühmt werden, Simon.«

»Das ist das Letzte, was ich möchte. Wirklich. Ich möchte eines Tages mein eigenes Aufnahmestudio haben, meine Songs für andere produzieren und völlig im Hintergrund bleiben.«

»Ich auch«, pflichtete Ava ihm überzeugt bei.

Simon brachte sie zu ihrem Wohnheim in Camden und gab ihr zum Abschied einen Kuss auf die Wange. »Viel Glück in der kommenden Woche, Ava. Versuch, nicht bei zu vielen Vorlesungen einzuschlafen«, sagte er grinsend.

»Das tue ich bestimmt nicht. Und vielen Dank für den schönen Tag. Es hat mir wirklich gut gefallen.« Sie wandte sich zum Gehen, aber er hielt sie am Ärmel fest.

»Also, ich weiß ja, wie hektisch die ersten Wochen sind, aber wenn du ein bisschen Zeit hast, würde ich dich gerne bald wieder treffen.«

»Wirklich?«

»Ja! Warum schaust du mich so misstrauisch an?«

»Weil ich dachte, dass du das nur deinem Großvater zuliebe machst.«

»Dann hältst du mich für wesentlich weniger egoistisch, als ich es in Wirklichkeit bin. Im Ernst, ich fand den Tag mit dir richtig toll. Also, wie wär's mit Freitagabend? Wenn ich dich um sieben abhole?«

»Wenn du dir sicher bist?«

»Ava, ich bin mir absolut sicher.«

»Also gut.«

»Gut. Bis dann!«

Ava lag auf dem Bett und hing ihren Tagträumen von Simon nach. Dabei musste sie eingeschlafen sein, denn als sie aufwachte, war es dunkel. Sie drehte sich um und warf einen Blick auf den Wecker. Es war nach zehn Uhr.

»Verdammt!«, fluchte sie. Jetzt war es viel zu spät, um in Marchmont anzurufen, wie sie es LJ versprochen hatte.

Sie stand auf, um sich in der Gemeinschaftsküche, die sich den Flur entlang ein paar Zimmer weiter befand, eine Tasse Tee zu machen, und bereitete alles vor, was sie für ihre erste Vorlesung am nächsten Tag brauchte. Dann legte sie sich wieder ins Bett und schärfte sich ein, LJ anzurufen, sobald sie morgen von der Uni heimkam.

Nachdem Cheska Laura-Jane einen Kakao gebracht hatte, ging sie nach unten in die Bibliothek. Tagelang hatte sie gesucht und an diesem Nachmittag schließlich den Schlüssel zur Schreibtischschublade gefunden. Die Tatsache, dass der Schlüssel versteckt war, hatte sie in ihrem Verdacht bestärkt, dass LJ in ebendieser Schublade persönliche Dokumente aufbewahrte.

Sie setzte sich an den Schreibtisch, steckte den Schlüssel ins Schloss, drehte ihn um, öffnete die Schublade und zog eine große grüne Aktenmappe heraus, die sie auf die Schreibtischplatte legte. Die Mappe enthielt zahlreiche Dokumente. Cheska blätterte sie durch, bis sie das Gesuchte fand, legte die Mappe beiseite, um sie später durchzusehen, öffnete den festen Pergamentumschlag und faltete das darin liegende Blatt Papier auseinander. »Testament von Laura-Jane Edith Marchmont«, stand darüber.

Cheska begann zu lesen.

*»Das Anwesen Marchmont wird meinem Sohn David Robin Marchmont hinterlassen. Bei seinem Tod ist es mein Wunsch, dass das Anwesen in Gänze an meine Großnichte Ava Marchmont geht, was den Vorkehrungen im gegenwärtigen Testament meines Sohnes entspricht.«*

Cheska spürte Wut in sich aufsteigen, doch sie zwang sich, ihren Zorn zu unterdrücken und weiterzulesen. Erst in einem Kodizill am Ende des Testaments stieß sie schließlich auf ihren Namen.

Einige Minuten später kochte sie vor Wut. Sie schlug mit der Faust auf den Schreibtisch und las das Kodizill ein zweites Mal, nur um sich zu vergewissern, dass sie sich nicht getäuscht hatte.

»*Als Erbschaftsverwalterin für das Treuhandvermögen von Cheska Marchmont (bekannt als Hammond), das ihr von ihrem Stiefvater Owen Jonathan Marchmont hinterlassen wurde, ist es meine Pflicht, dieses Treuhandvermögen abzuerkennen. In Owen Marchmonts Testament (siehe Anlage) heißt es:* »*Um Anspruch auf das Geld aus dem Treuhandvermögen zu haben, muss Cheska Marchmont das Anwesen Marchmont mindestens einmal pro Jahr besuchen.*« *Ich bestätige hiermit, dass Cheska seit ihrem sechzehnten Lebensjahr kein einziges Mal in Marchmont war. Überdies ließ sie ihre Tochter in meiner Obhut zurück und hielt es nicht für notwendig, sie oder mich über viele Jahre hinweg zu kontaktieren. Aus dem Grund fühle ich mich verpflichtet, Owen Marchmonts Klausel anzuwenden und die Gelder aus dem Treuhandvermögen auf Cheska Marchmonts Tochter Ava zu übertragen, die ihr ganzes Leben in Marchmont verbracht hat. Meiner Ansicht nach gehört dieses Geld rechtmäßig ihr.*«

»Du Hexe!«, schrie Cheska und durchwühlte hektisch die Aktenmappe, bis sie schließlich fand, wonach sie suchte. Es war ein Kontoauszug von einer Maklerfirma, der Aufschluss über den Stand des Treuhandkontos gab, das eigentlich ihr gehörte: über hunderttausend Pfund.

Dann ging sie eine Reihe anderer Auszüge durch. Laut dem neuesten befanden sich auf dem Konto des Anwesens über zweihunderttausend Pfund.

Cheska sackte in sich zusammen. »Ich bin seine Tochter«, schluchzte sie. »Das sollte alles mir gehören. Warum hat er mich nicht geliebt …? Warum nicht, warum nicht …?«

*Erinnere dich, Cheska, erinnere dich …*, sagten die Stimmen.

»Nein!« Sie legte die Hände auf die Ohren und weigerte sich, ihnen zuzuhören.

Als LJ an einem verregneten Oktobermorgen aufwachte, eine Woche nach Avas Abreise, sah sie Cheska auf dem Stuhl am Fenster sitzen.

»Mein Gott, ich fühle mich wie erschlagen. Wie spät ist es denn?«

»Nach elf.«

»Elf Uhr morgens? Guter Gott! So lange habe ich in meinem ganzen Leben noch nicht geschlafen.«

»Es tut dir gut. Wie geht es dir?«

»Heute ehrlich gesagt ziemlich schlecht. Ich fühle mich uralt und krank. Werde nicht alt, Cheska, es ist keine schöne Erfahrung.«

Cheska erhob sich, ging durch den Raum und setzte sich neben LJ aufs Bett. »Ich hoffe, du hast nichts dagegen, wenn ich dich das jetzt frage, aber es muss sein. Was ist aus dem Geld geworden, das mein Vater für mich auf ein Treuhandkonto eingezahlt hat?«

»Ah ja, ich …« LJ zuckte zusammen, ein scharfer Schmerz fuhr ihren linken Arm hinauf.

»Ich meine, es ist doch noch da, oder nicht? Es ist nämlich so, dass ich es dringend brauche.«

LJ konnte kaum glauben, dass Cheska wie ein wunderschöner Racheengel über ihr aufragte, während sie schwach, krank und hilflos dalag. Der Schmerz in ihrem Arm wurde immer schlimmer, und sie spürte ein merkwürdiges Prickeln in der linken Kopfhälfte. Sie bekam kaum noch Luft und konnte Cheskas Frage nur mit Mühe beantworten.

»Das Testament deines Vaters enthielt eine Klausel, die besagte, dass du mindestens einmal im Jahr nach Marchmont kommen musst. Das bist du nicht, oder?«

Cheskas Miene verhärtete sich. »Nein, aber du willst mir mein rechtmäßiges Erbe doch nicht wegen einer blöden Klausel verwehren, oder?«

»Ich … Cheska, können wir uns ein anderes Mal darüber unterhalten? Es geht mir wirklich nicht gut.«

»Nein!« Cheskas Augen funkelten vor Wut. »Das Geld gehört mir!«

»Ich wollte es Ava geben. Findest du nicht, dass sie es verdient hat? Schließlich bin ich davon ausgegangen, dass du haufenweise Geld hast. Ich …« LJ keuchte, als der Schmerz durch den Nacken in ihren Kopf hinaufschoss.

Cheska schien LJs Qualen nicht zu bemerken. »Und was ist mit Marchmont? Schließlich bin ich die direkte Erbin, die Tochter meines Vaters. Da muss es doch an mich gehen? Und nicht an Onkel David?«

»Cheska, ich bin die rechtmäßige Besitzerin von Marchmont und kann es vererben, wem ich möchte. Und natürlich ist David, mein Sohn, der rechtmäßige Erbe, der Blutsverwandte deines Vaters …«

»Nein! Ich bin Owens Tochter! Ich habe zum Beweis sogar eine Geburtsurkunde. Du hast nicht nur mein Treuhandvermögen meiner Tochter gegeben, sondern auch mein Zuhause meinem Onkel. Und was ist mit mir? Wann wird endlich einmal jemand an mich denken?!«, schrie sie.

LJ nahm Cheska nur noch durch einen roten Schleier wahr, vor ihren Augen tanzten bunte Muster. Sie wollte antworten … wollte erklären, doch als sie den Mund öffnete, weigerte er sich, Worte hervorzubringen.

»Du hast mich immer gehasst, stimmt's? Aber du wirst nicht gewinnen, liebste Tante, weil …« Sie brach ab, als LJ vornübersackte, einmal stöhnte und dann nach hinten ins Kissen fiel. Reglos und leichenblass blieb sie so liegen.

»LJ?« Cheska schüttelte ihre Tante an den Schultern. »Wach auf und hör mir zu! Ich weiß doch, dass du das nur vortäuschst, um nicht darüber reden zu müssen! LJ! LJ?«

Als sich ihre Tante weiterhin nicht bewegte, schlug der Ausdruck auf Cheskas Gesicht von Wut in Entsetzen um.

»LJ! Verdammt noch mal, wach auf! Es tut mir leid, ich wollte dich nicht aufregen. Bitte! Bitte! Es tut mir leid!« Hysterisch schluchzend schlang sie die Arme um LJs schlaffe Gestalt.

Und so fand Mary die beiden, als sie Cheskas Schreie schließlich hörte. Sie rief den Notarzt und fuhr zusammen mit LJ und Cheska ins Krankenhaus von Abergavenny.

# Kapitel 47

Für Ava waren die ersten Tage, an denen sie Vorlesungen besuchte, erschreckend und sehr anstrengend; sie musste sich an eine völlig neue Art des Lernens gewöhnen. Während sie mit achtzig anderen Studenten im Hörsaal saß und die Ohren spitzte, um jedes Wort zu verstehen, das den Professoren über die Lippen kam, versuchte sie, alles so detailliert wie möglich mitzuschreiben, um es dann so schnell es ging zu Hause ins Reine zu bringen. Alles machte ihr großen Spaß. Allmählich freundete sie sich mit anderen Studenten an und gewöhnte sich an ihr neues Leben.

Die letzten drei Abende hatte sie versucht, in Marchmont anzurufen, aber nie Antwort erhalten. Das hatte sie weiter nicht beunruhigt, schließlich gab es im ganzen Haus nur zwei Telefone, eines in der Bibliothek, das andere in der Küche. Wenn sich alle draußen oder oben aufhielten, hörten sie das Läuten nicht. Doch als am vierten Abend noch immer niemand abhob, begann Ava, sich Sorgen zu machen. Und als das Telefon auch am Freitagabend endlos läutete, ohne dass sich jemand meldete, suchte sie aus ihrem Adressbuch Marys private Nummer heraus und wählte sie. Am anderen Ende begrüßte sie Marys Mann Huw mit seinem breiten Waliser Dialekt.

»Es tut mir leid, Sie zu stören, Huw, aber allmählich mache ich mir Sorgen, weil in Marchmont niemand ans Telefon geht«, erklärte sie. »Ist dort alles in Ordnung?«

Kurz herrschte Schweigen, dann sagte Huw: »Ich dachte, die anderen hätten Sie informiert, Miss Ava. Es tut mir leid, Ihre Großtante hat vor drei oder vier Tagen einen Schlag gehabt, und

Ihre Mutter ist bei ihr im Krankenhaus. Mary besucht sie auch jeden Abend, deswegen hebt im Haus niemand ab.«

»O mein Gott! LJ hat einen Schlaganfall gehabt? Wie schlimm war er? Ist sie in Gefahr? Ich ...«

»Jetzt regen Sie sich nicht auf, Miss Ava. Ich weiß zwar nicht genau Bescheid, aber Ihre Tante lebt und ist in besten Händen. Geben Sie mir doch die Nummer, von der Sie anrufen, und ich sage Mary, sie soll zurückrufen, sobald sie wieder da ist, ja?«

»Ja, danke. Können Sie mir vorher noch sagen, in welchem Krankenhaus meine Tante liegt? Dann rufe ich gleich dort an.«

»Im Krankenhaus von Abergavenny. So, und jetzt bleiben Sie einfach da, wo Sie gerade sind, Mary sollte in einer Viertelstunde hier sein.«

Als Ava bei der Auskunft anrief, um die Nummer des Krankenhauses zu erfragen, zitterten ihr die Hände vor Angst und Wut, dass Cheska ihr nichts von LJs Schlaganfall gesagt hatte. Zwischendurch musste sie mehr Kleingeld aus ihrem Zimmer holen. Schließlich erreichte sie die Zentrale im Krankenhaus, und nach einer Ewigkeit, wie ihr schien, wurde sie mit der Station verbunden, auf der LJ lag. Aber gerade als die Stationsschwester an den Apparat kam, ging ihr das Kleingeld aus – und das Telefon piepste nur noch. Frustriert knallte Ava den Hörer auf die Gabel, sah auf ihre Armbanduhr und stellte fest, dass es schon zehn nach sieben war. Sie wollte sich nicht vom Telefon fortbewegen für den Fall, dass Mary anrief, und bat eines der Mädchen, das auf demselben Flur wie sie wohnte, nach draußen zu gehen und Simon auszurichten, wo sie sich befand. Er kam im selben Moment durch die Doppeltür, als das Münztelefon klingelte.

»Hallo? Mary? Was ist passiert? Wie geht es ihr? Warum hat mir niemand Bescheid gegeben? Ich ...« Ava brach in Tränen aus.

»Jetzt beruhige dich doch, Herzchen«, sagte Mary beschwichtigend. »Du weißt doch, dass weder deine Tante noch deine Mutter dich in deiner ersten Woche stören wollten. Obwohl ich Cheska gesagt habe, dass ich persönlich glaube, dass du wissen willst, was passiert ist. Deine Großtante hat einen Schlaganfall erlitten. Der Arzt hatte ja gesagt, dass das passieren kann. Sie war die letzten Tage auf der Intensivstation, aber jetzt ist sie gerade auf eine normale Station verlegt worden und außer Gefahr. Es ist alles gut, Herzchen, alles gut«, sagte Mary liebevoll, als Ava ins Telefon schluchzte.

»Ich wusste doch, dass ich sie nicht allein lassen durfte. Bist du dir wirklich sicher, dass sie wieder gesund wird?«

»Das haben die Ärzte gesagt, ja.«

»Also, ich steige jetzt in den Zug und fahre nach Hause. Und dann nehme ich mir vom Bahnhof ein Taxi direkt zum Krankenhaus.«

»Das ist vielleicht keine so gute Idee. Sie würden dich sowieso nicht zu ihr lassen, die Besuchszeiten sind vorbei, außerdem schläft sie schon. Komm doch nach Marchmont, und ich richte deiner Mutter aus, dass du unterwegs bist.«

»Also gut«, lenkte Ava ein und versuchte, sich zusammenzureißen. Aus den Augenwinkeln sah sie, dass Simon sie beobachtete. »Aber sag ihr, dass ich erst nach Mitternacht da sein werde.«

»Das mach ich, Herzchen. Und jetzt pass auf dich auf, du hast eine lange Reise vor dir. Ich sehe dich dann morgen früh in Marchmont.«

»Ja, Mary. Danke.«

Ava legte auf, fuhr sich unwirsch über die Augen und drehte sich zu Simon.

»Deine Großtante liegt im Krankenhaus?«

»Ja. Ich kann gar nicht glauben, dass meine Mutter mir nichts davon gesagt hat. Es tut mir wirklich leid, Simon, aber ich muss jetzt sofort nach Hause fahren.«

»Das kann ich gut verstehen. Weißt du was, Ava, ich fahre dich. Mit dem Zug ist das eine lange Reise.«

»Das ist wirklich sehr nett von dir, Simon, aber ich schaffe das schon. Und jetzt muss ich packen gehen.«

»Ava.« Simon hielt sie am Arm zurück. »Ich möchte dich aber fahren. Ich hole jetzt schnell mein Auto und stehe in einer halben Stunde hier vor der Tür, in Ordnung?«

»In Ordnung«, antwortete sie dankbar.

»Aber ich warne dich, es ist nicht gerade ein Rolls-Royce«, sagte er und ging.

Fünf Stunden später fuhr Simon in seinem uralten Mini das holprige Sträßchen entlang, das nach Marchmont führte. Unterwegs war die Heizung ausgefallen, und Ava klapperten die Zähne, ob vor Kälte oder Anspannung, wusste sie nicht.

Mary hatte ihnen Suppe und Brot in die Küche gestellt, und Simon aß hungrig davon, während Ava nur mit dem Löffel im Teller herumrührte. Von Cheska war nichts zu sehen.

Später brachte sie Simon nach oben ins Gästezimmer. »Vielen Dank, dass du mich heute Abend hergefahren hast«, sagte sie.

»Das war überhaupt kein Problem.« Simon nahm sie fest in den Arm. »Versuch, ein bisschen zu schlafen, ja?«

»Ja. Gute Nacht.«

Am folgenden Morgen ging Ava nach dem Aufstehen zu Mary in die Küche.

»Wie geht es dir, Herzchen? Komm und lass dich von deiner Mary umarmen«, sagte sie und wischte sich die Hände an der Schürze ab.

»Ach, Mary, warum hat mir niemand Bescheid gesagt? Mein Gott, wenn sie gestorben wäre, das hätte ich ...«

»Ich weiß, Herzchen. Aber jetzt ist sie nicht mehr in Gefahr, und wenn sie dich sieht, gibt ihr das bestimmt neuen Mut.«

»Meinst du, wir sollten Onkel David anrufen?«

»Ich habe deine Mutter gefragt, was sie meint, und sie sagte, wir sollten ihn in Ruhe lassen. Und jetzt, wo keine Gefahr mehr besteht, glaube ich, dass wir ihn wirklich nicht anzurufen brauchen. Wir wissen doch beide, dass er sonst wie der Blitz nach Hause geschossen kommt. Ich will gerade deiner Mutter das Frühstück bringen – du weißt doch, sie frühstückt immer im Bett –, also warum kommst du nicht mit und begrüßt sie?«

»Ich mache Simon und mir vorher nur schnell eine Tasse Tee«, sagte Ava und schaltete den Kessel an.

»Simon heißt er?«

»Ja, er hat mich freundlicherweise gestern hergefahren.«

»Und sollte das derselbe Simon sein, der zum fünfundachtzigsten Geburtstag deiner Großtante hier war?«

»Richtig.«

»Das war aber wirklich sehr nett von ihm, oder nicht? Ich hab dir doch gesagt, dass du ihn wiedersehen würdest.« Sie zwinkerte amüsiert. »Dann sehen wir uns oben.«

Nachdem Ava dem noch schlafenden Simon eine Tasse Tee auf den Nachttisch gestellt hatte, ging sie ins Zimmer ihrer Mutter. Tief Luft holend, klopfte sie an und trat ein. Cheska saß im Bett und frühstückte.

»Ava, mein Schätzchen! Komm her und gib deiner Mutter einen Kuss.«

Ava kam ihrem Wunsch nach. Dann klopfte Cheska aufs Bett, um ihr zu bedeuten, sie solle sich hinsetzen.

»Ich bin heute Morgen völlig erschöpft. Seit deine arme Laura-Jane den Schlaganfall hatte, bin ich Tag und Nacht im Krankenhaus gewesen. Es stand wirklich auf Messers Schneide, ob sie es schafft.« Cheska gähnte dramatisch.

»Warum hast du mich nicht wissen lassen, was passiert ist?«

»Weil ich nicht wollte, dass du dir Sorgen machst, Schätzchen. Außerdem war ich ja hier, um mich um alles zu kümmern.«

»Mutter, beim nächsten Mal ruf mich bitte an. LJ bedeutet mir alles, das weißt du auch.«

»Ja, das weiß ich, das hast du mir oft genug gesagt! Wie auch immer, jetzt ist sie auf dem Weg der Besserung, und ich bin diejenige, der es schlecht geht.«

»Heute brauchst du sie auf jeden Fall nicht zu besuchen. Das übernehme ich.«

»Das wäre schön.« Cheska gähnte wieder. »Ich glaube, ich bleibe im Bett und hole etwas Schlaf nach. Kannst du das Tablett nach unten bringen und Mary sagen, dass ich nicht gestört werden möchte?«

Simon bestand darauf, Ava nach Abergavenny ins Krankenhaus zu fahren, und sagte, er würde draußen auf sie warten, sie solle sich keine Sorgen machen, auch wenn es länger dauere. Auf der Station stellte sie sich der Schwester am Empfang vor und fragte, ob sie ihre Großtante besuchen könne.

»Es ist zwar noch nicht Besuchszeit, aber weil Sie von so weit her kommen, mache ich eine Ausnahme«, sagte sie verständnisvoll.

»Wie geht es ihr? Meine Mutter sagt, dass sie mittlerweile außer Gefahr ist.«

»Ja, das stimmt. Mr Simmonds, der Stationsarzt, ist irgendwo auf der Station unterwegs. Ich versuche, ihn zu finden, damit Sie kurz mit ihm sprechen können, bevor Sie zu ihr gehen.«

Nervös wartete Ava, dass die Schwester mit dem Arzt auftauchte. Als er kam, gab er ihr die Hand.

»Guten Tag, Miss Marchmont. Kommen Sie doch mit, dann können wir uns kurz ungestört unterhalten.«

Ava folgte ihm in sein kleines Büro. Mr Simmonds schloss die Tür und bot ihr einen Stuhl an. Dankbar nahm sie darauf Platz. Sie hatte weiche Knie.

»Miss Marchmont, oder darf ich Ava sagen? Wie Sie sicher von Ihrer Mutter wissen, hatte Ihre Großtante einen Schlaganfall. Sie hat ihn überlebt, aber sie wird längere Zeit therapiert werden müssen. Eine Woche bleibt sie noch im Krankenhaus, aber darf ich empfehlen, sie anschließend in eine Rehaklinik zu schicken? Dort könnte sie die intensive physiotherapeutische Betreuung bekommen, die sie braucht, und zwar in weniger steriler Umgebung als hier. Ich bin zuversichtlich, dass mit der richtigen Pflege auch ihr Sprachvermögen wieder zurückkehrt. Zweifelhafter ist, ob sie in Zukunft den linken Arm wieder vollständig wird benützen können. Aber wer weiß? Ihre Großtante ist eine beeindruckende alte Dame mit einem eisernen Willen, Ava.«

»Ja, das stimmt.« Ava war entsetzt von dem, was sie gerade gehört hatte. »Sie sagen, dass sie nicht sprechen kann?«

»Im Moment nicht, nein. Das ist nach einem Schlaganfall durchaus nichts Ungewöhnliches. Ich habe Ihrer Mutter schon eine Liste mit einigen sehr guten Einrichtungen hier in der Umgebung gegeben, die könnten Sie sich ja einmal ansehen.«

»Gut. Danke, dass Sie sich die Zeit genommen haben, mit mir zu sprechen. Und jetzt möchte ich zu ihr.«

»Sicher. Kommen Sie, ich zeige Ihnen, wo sie liegt.«

Sie verließen das Büro, und Ava folgte Dr. Simmonds auf die Station.

LJ schlief. Ava stellte sich ans Bett und betrachtete sie. Sie wirkte so gebrechlich, so alt.

»Bleiben Sie, solange Sie wollen«, sagte Dr. Simmonds, als er das Zimmer verließ.

Ava setzte sich neben das Bett und nahm die Hand ihrer Großtante. »Liebste LJ, ich habe gerade mit dem Doktor gesprochen, und er sagt, dass du große Fortschritte machst. Er hat sogar gemeint, dass du bald aus dem Krankenhaus entlassen werden kannst und zur Erholung in eine Klinik kommst, in der du es etwas schöner hast als hier. Ist das nicht großartig?«

Ava spürte einen leichten Druck an ihrer Hand und stellte

fest, dass LJ die Augen geöffnet hatte. Ihr Blick war voller Freude, ihre geliebte Großnichte zu sehen.

»Es tut mir so leid, dass ich nicht früher gekommen bin, aber niemand hat mir gesagt, was mit dir passiert ist. Aber jetzt bin ich hier, und ich fahre erst wieder, wenn du entlassen worden bist, versprochen.«

Ava sah, dass LJ sich bemühte, ihre Lippen zu Worten zu formen, die aber nicht herauskommen wollten. Zudem bemerkte sie, dass die linke Gesichtshälfte ihrer Tante herunterhing.

»Der Arzt hat gesagt, dass du früher oder später wieder sprechen kannst, also mach dir jetzt keine Sorgen deswegen. Warum erzähle ich dir stattdessen nicht von London und der Uni?«

Zwanzig Minuten lang berichtete Ava von ihrem neuen Leben und hielt die ganze Zeit LJs schlaffe Hand fest. Jedes Mal brach es ihr fast das Herz, wenn sie sah, wie sehr LJ sich bemühte, ihr zu antworten. Schließlich fiel ihr nichts mehr zu erzählen ein. Dann sah sie, dass LJ mit ihrer rechten Hand gestikulierte.

»Dirigierst du ein Orchester?«, fragte Ava in einem matten Versuch zu scherzen. LJ schüttelte frustriert den Kopf und gestikulierte wieder, bis Ava verstand, was sie meinte.

»Du willst etwas zu schreiben?«

LJ nickte erleichtert und deutete auf die Schublade neben dem Bett.

Schließlich zeigte LJ Ava den Zettel, auf dem in krakeliger Schrift stand: »Ich liebe dich.«

»Wie war's?«, fragte Simon, als Ava neben ihn ins Auto stieg.

»Schrecklich«, antwortete Ava. »Sie kann nicht sprechen, und ihr linker Arm ist gelähmt. Aber der Arzt sagte mir vorher schon, dass sie schlimmer aussieht, als es ihr geht. Ich ...« Einen Moment verlor Ava die Fassung. »Daran muss ich mich klammern«, stieß sie hervor.

»Ja.« Simon drückte fest ihre Hand. »Das musst du, Liebste.«

Als sie wieder nach Marchmont kamen, machte Mary sich gerade auf den Heimweg. »Im Herd steht ein Gemüseeintopf, und morgen früh sehen wir uns wieder. Wie geht es deiner Tante?«, fragte sie, als sie Avas blasses Gesicht bemerkte.

Ava konnte nur mit den Schultern zucken.

»Ich weiß, Herzchen, ich weiß. Aber sie wird wieder gesund werden, daran musst du jetzt ganz fest glauben.«

»Hast du heute meine Mutter schon gesehen?«, fragte Ava im Bestreben, das Thema zu wechseln.

»Ja, etwa vor einer Stunde. Da wollte sie baden. Wir sehen uns morgen wieder. Und Simon, Sie passen auf Ava auf? Sie hat einen furchtbaren Schrecken bekommen.«

»Natürlich tue ich das.«

Nachdem Mary gegangen war, füllte Ava zwei Teller mit Eintopf, den sie schweigend aßen.

»Badet deine Mutter immer um zwei Uhr nachmittags?«, fragte er, als sie mit dem Essen fertig waren.

»Wahrscheinlich. Sie war heute Morgen sehr müde, weil sie die ganze Woche bei LJ im Krankenhaus verbracht hat. Simon, ich muss jetzt erst einmal hierbleiben, ich kann nicht weg, solange LJ noch im Krankenhaus ist. Und ich weiß, dass du für die Proben wieder in London sein musst.«

»Aber ich brauche erst morgen zu fahren. Lass uns heute Nachmittag doch einen Spaziergang machen. Es würde dir guttun, ein bisschen an die frische Luft zu kommen, und ich würde mir das Anwesen sehr gerne ansehen.«

Noch bevor Ava antworten konnte, betrat Cheska die Küche.

»Da seid ihr also. Ich dachte doch, ich hätte ein Auto ...« Cheskas Blick fiel auf Simon, und ihre Stimme erstarb.

»Mutter, das ist mein Freund Simon Hardy. Simon, meine Mutter, Cheska Hammond.« Ava bemerkte, dass Simon der Mund offen stehen blieb. »Du meinst, *die* Cheska Hammond? Die Cheska Hammond, die in den *Ölbaronen* die Gigi spielt?«

Der Blick, mit dem Cheska ihn betrachtete, war ausgesprochen befremdlich. Schließlich fasste sie sich wieder, und ein Lächeln breitete sich auf ihrem schönen Gesicht aus. »Ja, das bin ich. Es freut mich sehr, dich zu sehen! Ich bin mir sicher, dass wir uns schon einmal begegnet sind. Ich …« Cheska sah ihn wieder an. »Glaubst du nicht?«

»Nein, daran würde ich mich bestimmt erinnern.« Lächelnd erhob sich Simon von seinem Stuhl und reichte ihr höflich die Hand, doch Cheska ignorierte die Geste und küsste ihn stattdessen liebevoll auf beide Wangen.

»Es ist wunderbar, dich zu sehen, Bobby.«

»Simon, Miss Hammond.«

»Bitte, nenn mich doch Cheska. Also«, Cheska wirbelte durch die Küche zum Kühlschrank. »Ich finde, darauf müssen wir mit Champagner anstoßen!«

»Nicht für mich, Mutter.«

»Für mich auch nicht«, sagte Simon.

»Wirklich nicht?« Schmollend stand Cheska mit der Flasche in der Hand da. »Aber es ist einfach wunderbar, dass ihr hier seid. Das müssen wir doch feiern!«

»Vielleicht später. Es ist erst drei Uhr«, sagte Ava. Sie fand das Verhalten ihrer Mutter ausgesprochen verstörend.

»Sei doch keine Spielverderberin, Ava. Na gut, dann heben wir die Flasche eben für später auf. Also, was machen wir heute Nachmittag?«

»Ava wollte mit mir rausgehen und mir das Anwesen zeigen«, erwiderte Simon.

»Eine großartige Idee! Genau das, was wir alle brauchen. Ein bisschen frische Luft. In dieser Jahreszeit bin ich für mein Leben gern draußen unterwegs. Im Herbst sieht alles so hübsch aus, findet ihr nicht? Ich ziehe mir nur schnell etwas Vernünftiges an und bin in zehn Minuten wieder da.«

Verblüfft sah Ava Cheska zur Küche hinausrauschen. Soweit

sie wusste, war ihre Mutter zu Fuß noch nie weiter als bis zum angrenzenden Wald gegangen und hatte kategorisch erklärt, dass sie Kälte nicht leiden könne.

»Du meine Güte, Cheska Hammond ist deine Mutter«, murmelte Simon kopfschüttelnd. »Warum in aller Welt hast du mir das nie gesagt?«

»Ist das wichtig?«, fuhr Ava auf und bedauerte es sofort. »Entschuldigung«, sagte sie.

»Nein, natürlich nicht. Aber wenn irgendwo mitten auf dem flachen Land ein internationaler Superstar unangekündigt in die Küche spaziert, ist es doch eigentlich normal, wenn man überrascht ist. Vor allem, wenn sich der Star als die Mutter einer guten Freundin herausstellt.«

»Tja, so ist es eben. Das ist meine Mutter.«

»Aber jetzt ist mir auch klar, weshalb du mir bekannt vorkamst, als ich dich das erste Mal sah. Und du bist genauso schön wie sie«, sagte Simon freundlich.

»Wir sollten uns besser für diesen Spaziergang fertig machen.« Abrupt stand Ava auf. »Ich hole dir ein Paar Gummistiefel.«

Zehn Minuten später gingen sie zu dritt über die Terrassenstufen nach unten. Cheska sah ein wenig lächerlich aus in einer alten Barbourjacke und Gummistiefeln, die viel zu groß waren für ihre Füße.

»Wo wollen wir beginnen?«, fragte Cheska und hängte sich bei Simon ein. »Die Wälder sind wunderschön, vor allem in dieser Jahreszeit, und dann könnten wir am Bach entlanggehen.«

»Das klingt gut«, meinte Simon.

Ava folgte ihnen in einigem Abstand. Sie war entsetzt, dass Cheska sich noch nicht nach LJ erkundigt hatte, aber auch etwas irritiert darüber, wie sehr sie Simon mit Beschlag belegte. Ava wusste, dass er ihrem Charme erlegen und völlig überwältigt war von der Aufmerksamkeit, die sie ihm schenkte.

Obwohl Simon ihr nie Versprechungen gemacht und auch

nie mehr als einen freundschaftlichen Kuss auf die Wange gegeben hatte, versetzte es ihr einen heftigen Stich, die beiden über etwas lachen zu sehen. Es war doch nicht möglich, dass Cheska diese Art von Interesse an ihm hatte – oder doch? Immerhin war sie alt genug, um seine Mutter zu sein.

Aber dann ... Ava rechnete im Kopf nach. Wenn Cheska sie mit siebzehn bekommen hatte und Simon fünf Jahre älter war als sie, dann war Cheska elf Jahre älter als er. Außerdem sah sie sowieso zehn Jahre jünger aus. Ava schauderte vor Unbehagen, als sie sich an die plötzliche Verwandlung ihrer Mutter erinnerte, wie ihre morgendliche Erschöpfung verflogen schien und sie zu einem strahlenden Mädchen wurde, sobald sie Simon sah.

»Dann sollen sie eben«, sagte sie leise zu sich.

Als sie vom Spaziergang zurück waren, sagte Ava, sie wolle noch einmal ins Krankenhaus fahren und LJ besuchen.

»Ich fahre dich«, erbot Simon sich sofort.

»Aber Simon, das ist doch überhaupt nicht nötig. Du hast heute schon genug gemacht«, meinte Cheska. »Ava kann doch den Land Rover nehmen und selbst fahren, oder nicht, Schätzchen? Und mach dir keine Gedanken, Ava, ich leiste Simon so lange Gesellschaft. Vielleicht mache ich ihm sogar meine ganz speziellen Rühreier mit Räucherlachs. Die sind in ganz Hollywood berühmt – mein Geheimrezept«, schwärmte sie.

»Es ist wirklich kein Problem ...«

»Ist schon in Ordnung, Simon.« Ava hatte bereits die Autoschlüssel vom Haken genommen. »Bis später.«

Ava saß neben LJs Bett und versuchte, nicht an Simon und Cheska in Marchmont zu denken. Sie war froh zu sehen, dass es LJ viel besser zu gehen schien, auf jeden Fall wirkte sie lebendiger als am Vormittag. Ava hatte einen Block und mehrere Stifte mitgebracht, außerdem die Lieblingsromane ihrer Großtante von Jane Austen. LJ schrieb kurze Antworten auf Avas Fragen.

*Ja, es geht mir besser.*
*Der Arzt sagt, morgen darf ich auf dem Stuhl sitzen.*
*Und ich werde geduscht!*

Als Ava feststellte, dass es sie zu sehr ermüdete, begann sie, ihr aus *Emma* vorzulesen, und hob erst wieder den Kopf, als die Glocke läutete und das Ende der Besuchszeit verkündete. Da sah sie, dass LJ eingeschlafen war. Liebevoll gab sie ihr einen Kuss auf die Wange, verließ das Krankenhaus und stieg wieder in den Wagen. Ihr graute vor dem Heimkommen.

Simon und Cheska saßen in der Küche und lachten über etwas. Ava bemerkte die leere Champagnerflasche, die auf dem Tisch stand.

»Hallo, Schätzchen. Simon und ich haben einen wunderschönen Abend verbracht, nicht, Simon? Er hat mir gerade von seinem Debüt im West End erzählt und mich zur Premiere eingeladen. Die Musik der Sechziger ist natürlich genau meine Zeit«, sagte Cheska.

»Vielleicht könnt ihr zwei ja zusammen kommen?« Simon richtete seine dunkelbraunen Augen auf Ava.

»Wenn LJ bis dahin das Krankenhaus verlassen hat«, antwortete Ava knapp.

»Möchtest du etwas trinken?« Cheska hielt eine gerade geöffnete Weinflasche hoch.

»Nein danke. Wenn ihr mich entschuldigt, ich gehe jetzt ins Bett. Gute Nacht.« Damit verließ Ava die Küche und überließ Cheska und Simon sich selbst.

## Kapitel 48

Am nächsten Vormittag sagte Simon, er müsse nach London zurückfahren, auch wenn Cheska ihn zu überreden versuchte, zum Mittagessen zu bleiben.

»Morgen fangen wir mit den Bühnenproben an, es wird eine harte Woche werden.«

»Ich bin ja so gespannt auf die Show!«, sagte Cheska, als sie und Ava Simon zum Auto hinausbegleiteten. »Vielleicht können wir anschließend essen gehen?«, schlug sie vor, während er in den Wagen stieg.

»Ehrlich gesagt, Cheska, glaube ich, dass ich anschließend auf die Premierenparty gehen muss. Wie auch immer, vielen Dank für die Gastfreundschaft. Ava«, er winkte sie zum Fahrerfenster, »lässt du mich wissen, wenn du wieder in London bist?«

»Ja.« Sie nickte.

»Ich …« Er sah zu ihr, dann zu Cheska und zuckte mit den Schultern. »Grüß deine Großtante von mir und pass auf dich auf.«

»Das mache ich.«

»War er nicht hinreißend?«, sagte Cheska, als sie zusammen ins Haus zurückgingen.

»Ja.«

»Und so reif für einen jungen Mann seines Alters.«

»Ich fahre jetzt ins Krankenhaus, Mutter«, sagte Ava brüsk. Sie hatte keine Lust, Cheska von Simon schwärmen zu hören. »Kommst du mit?«

»Heute vielleicht nicht. Bei uns ist es gestern ziemlich spät geworden. Und du hast vorhin ja selbst gesagt, dass es LJ viel besser geht. Ich werde mich nach dem Mittagessen ein bisschen hinlegen.«

In den nächsten Tagen verbrachte Ava so viel Zeit wie möglich bei LJ im Krankenhaus und sah mit Freude, dass es ihr jeden Tag etwas besser ging. Gegen Ende der Woche bat der Stationsarzt Ava wieder in sein Büro und sagte, LJ könne bald aus dem Krankenhaus entlassen werden.

»Haben Sie sich die Rehazentren angesehen, die ich Ihnen genannt habe?«

»Nein, aber das machen wir jetzt. Vielen Dank, Dr. Simmons.« Ava erhob sich. »Ich bin Ihnen für Ihre Fürsorge wirklich sehr dankbar.«

»Das ist mein Beruf, Ava«, sagte er und brachte sie zur Tür. »Übrigens, wie geht es Ihrer reizenden Mutter? Ich habe sie diese Woche gar nicht gesehen.«

»Sie ist ziemlich erschöpft, nachdem sie die ganze vergangene Woche hier verbracht hatte, also habe ich das übernommen.«

»Dann grüßen Sie sie doch von mir, ja?«

»Selbstverständlich.«

»Und lassen Sie mich wissen, wie es mit der Rehaeinrichtung aussieht. Ich würde ab kommenden Mittwoch einen Platz für sie buchen.«

Sobald Ava zu Hause war, wählte sie die Telefonnummern der drei Kliniken, die der Arzt empfohlen hatte. Eine war voll belegt, aber bei beiden anderen hieß es, sie könnten LJ ab kommenden Mittwoch aufnehmen. Nachdem Ava ihrer Mutter eine Weile aus dem Weg gegangen war, um sich nicht mehr ihre ermüdenden Monologe über Simons Vorzüge anhören zu müssen, machte sie sich jetzt auf die Suche nach ihr. Schließlich fand sie sie in der Bibliothek sitzen, wo sie Unterlagen durchging.

»Möchtest du heute Nachmittag mit mir die Rehakliniken besichtigen, die der Arzt uns vorgeschlagen hat? LJ wird am Mittwoch entlassen.«

»Ich ... ist das wirklich nötig, Ava? Ich glaube, dass ich mich auf dein Urteil verlassen kann, Schätzchen. Vielleicht die, die am nächsten liegt, denn wenn du wieder an der Uni bist, werde ja ich diejenige sein, die sie besucht.«

Ava sah, dass ihre Mutter abgelenkt war. »Also gut, wenn du mir vertraust, dann fahre ich jetzt und erzähle dir dann, was ich denke.«

»Danke, Ava. Sonst noch etwas?«

»Nein. Ist es nicht wunderbar, dass es LJ besser geht?«

»Großartig.« Cheska nickte, sie war schon wieder in ihre Unterlagen vertieft.

Am Mittwoch begleitete Ava LJ im Sanitätswagen zu der Klinik, die sie ausgewählt hatte. Cheska hatte versprochen, mit dem Land Rover hinzufahren und sie dort zu treffen. Und tatsächlich wartete sie bereits auf dem Parkplatz, als der Transport eintraf.

Die Klinik lag inmitten gepflegter Grünanlagen, das Pflegepersonal war freundlich, und LJ hatte ein helles Zimmer, das auf den Garten hinausging. Bei ihrem ersten Besuch hatte Ava erfreut festgestellt, dass es ebenso viele junge wie alte Patienten gab.

»Wir führen hier verschiedenste Therapien durch«, hatte die Leiterin erklärt. »Wir sind kein Abstellgleis für ältere Menschen, sondern eine Rehabilitationseinrichtung für Patienten jeden Alters.«

Ava half LJ auszupacken und alles so einzurichten, wie es ihr behagte. Währenddessen saß Cheska geistesabwesend im Sessel. Ava und ihre Großtante hatten mittlerweile ihre eigene Art der Kommunikation entwickelt: LJ drückte Ava die Hand oder hob die Augenbrauen und deutete mit dem funktionsfähigen

Arm ein wenig zitternd auf das, was sie wollte. Konnte sie ihren Wunsch nicht verständlich machen, schrieb sie ihn auf einen Zettel.

»Schätzchen, ich denke, wir sollten jetzt fahren und Tante Laura-Jane die Gelegenheit geben, sich einzuleben.« Cheska blickte zum Fenster hinaus und spielte nervös mit ihren Fingern.

»Ach, ich wollte eigentlich noch ein bisschen bei ihr bleiben, Mutter. Aber mach dir keine Sorgen, fahr nach Hause; ich bestelle mir dann ein Taxi.«

»Es ist schon in Ordnung. Ich warte«, sagte Cheska bestimmt.

LJ drückte Ava die Hand, schüttelte leicht den Kopf und deutete zur Tür.

»Bist du sicher, dass du heute nichts mehr brauchst?«

Sie nickte heftig.

»Morgen komme ich wieder. Schreib auf, wenn du etwas brauchst, und gib den Zettel der Schwester. Wenn ich später anrufe, kann sie es mir ausrichten, und ich bringe es morgen mit.«

LJ verdrehte die Augen.

»Ich weiß, ich bin eine richtige Glucke.« Lachend gab Ava ihrer Großtante einen Kuss. »Ich kann es nicht erwarten, bis du wieder zu Hause bist. Ich hab dich lieb.«

Als sie gingen, lächelte LJ ihr schiefes Lächeln und winkte derart unbeholfen, dass Ava wieder Tränen in die Augen traten.

»Ach, es gefällt mir gar nicht, sie hierzulassen«, sagte sie, als Cheska den Wagen aufschloss.

»Jetzt sei nicht dumm, Ava. Sie ist in guten Händen, das hast du doch gesehen«, antwortete sie barsch. »Außerdem kostet die Klinik ein Vermögen, also sollte sie gut sein.«

»Ich weiß, entschuldige. Wahrscheinlich kommt's davon, dass ich jetzt bald wieder nach London muss.«

»Aber ich bin doch hier, oder nicht?«

Cheska ließ den Motor an und legte knirschend den Rückwärtsgang ein.

Ava besuchte LJ an allen drei folgenden Tagen und vergewisserte sich, dass ihre Großtante sich wirklich gut eingewöhnte. Das Personal war zuvorkommend, und die Physiotherapie bewirkte Wunder. Auch wenn ihr Sprechvermögen noch nicht wiedergekehrt war, konnte sie mit dem Gehstock kurze Spaziergänge im Garten unternehmen.

»*Du musst wieder nach London. Es geht mir besser.*«
Ava las die Nachricht und sah, dass LJ sie heftig nickend anschaute. Sie schrieb noch etwas hinzu.
»*Morgen!*«
»Aber LJ, ich will erst fahren, wenn du wieder zu Hause bist.«
»*Du musst. Widersprich mir nicht.*«
»Das tue ich ja nicht, aber ...«
»*Ich bin immer noch deine Tante.*«
»Also gut, wenn du darauf bestehst. Aber nächstes Wochenende bin ich wieder hier.«
»*Das sehen wir noch.*«

Als Ava abends ihrer Mutter sagte, es gehe LJ so gut, dass sie wieder nach London fahren könne, erklärte Cheska, sie würde ebenfalls eine Stippvisite in London machen.
»Und ich muss ja auch zu Bobbys ... ich meine Simons Show. Außerdem dachte ich, dass ich bei meinem früheren Agenten vorbeischauen könnte. Wenn ich schon in England festsitze, kann ich auch die Möglichkeiten ausloten, die es hier gibt.«
»Aber was ist mit LJ? Ich dachte, du bleibst hier, um sie zu besuchen, wenn ich weg bin?«
»Du meine Güte, Ava, ich will doch nur einen Abend in London verbringen! Mary ist doch da, und LJ wird doch bestimmt vierundzwanzig Stunden ohne uns auskommen. Wir können uns vor der Show auf einen Drink im Theater treffen. Vorher muss ich mir aber noch etwas anzuziehen kaufen, schließlich ist es eine Premiere. Ach, ist das alles aufregend!«

Am folgenden Morgen verabschiedete Cheska sich mit einem Kuss und einem Lächeln von Ava.

»Wir sehen uns am Donnerstagabend. Und mach dir keine Gedanken wegen LJ. Ich fahre sie jetzt gleich besuchen.«

»Gut. Grüß sie ganz lieb von mir.«

»Mach ich.«

Am nächsten Morgen zog Cheska eine eng anliegende Seidenbluse an, die die Farbe ihrer Augen hatte und den Ansatz ihres Dekolletés zeigte. Dann ging sie nach unten, um Dr. Stone zu empfangen, der gerade im Wagen vorgefahren war.

Nachdem der Arzt sich verabschiedet hatte, fuhr Cheska nach Monmouth und betrat die Kanzlei von Glenwilliam, Whittaker und Storey, dem Notar in Marchmont.

»Guten Tag, ich bin Cheska Hammond. Ich habe einen Termin mit Mr Glenwilliam.«

»Äh, ja ... Miss Hammond ...« Die junge Dame am Empfang verhaspelte sich ein wenig. »Nehmen Sie doch bitte Platz, ich gebe Mr Glenwilliam Bescheid, dass Sie hier sind.«

»Danke.« Cheska setzte sich. Eine Minute später ging die Tür auf, und ein Mann Anfang dreißig erschien. Sie stand auf.

»Miss Hammond, es ist mir ein Vergnügen. Bitte, folgen Sie mir doch in mein Büro.«

»Danke. Ich hatte gedacht, dass Sie alt und verknöchert sind.« Sie lachte jungmädchenhaft.

»Äh, nein. Da hatten Sie wohl meinen Vater im Sinn. Er ist vor ein paar Jahren in den Ruhestand gegangen, und ich habe die Kanzlei übernommen.«

»Ich verstehe«, sagte sie und folgte Mr Glenwilliam in sein Büro.

»Setzen Sie sich doch, Miss Hammond.«

»Danke.«

»Was kann ich für Sie tun?«

»Das Problem ist, dass sich mein Onkel auf einer längeren Auslandsreise befindet und im Moment nicht zu erreichen ist.« Cheska kreuzte langsam die Beine und beobachtete, wie der Notar die Bewegung verfolgte. »Und jetzt, wo LJ, meine Tante, so krank ist …« Tränen traten ihr in die Augen, sie kramte in ihrer Tasche nach einem Taschentuch.

»Bitte, Miss Hammond, versuchen Sie doch, sich deswegen keine zu großen Sorgen zu machen.«

»Nun ja, jetzt ist es an mir hängen geblieben, mich um alles zu kümmern, und ich brauche einen Rat.«

»Ich bin Ihnen gern behilflich, wenn es in meiner Macht steht«, sagte Mr Glenwilliam zuvorkommend und blickte in die legendären blauen Augen.

»Dafür danke ich Ihnen sehr, Mr Glenwilliam. Wie Sie sicher wissen, ist man, wenn man Marchmont verwalten will, im Grunde rund um die Uhr beschäftigt. Das hat meine Tante viele Jahre lang großartig gemacht, aber durch ihre Krankheit ist in letzter Zeit doch vieles liegen geblieben. Ein ganzer Berg unbezahlter Rechnungen, Zäune, die repariert werden müssen, und so weiter. Jack Wallace, der Farmmanager, war gestern bei mir. Jetzt muss etwas geschehen.«

»Wirklich?« Mr Glenwilliam hob verwundert die Augenbrauen. »Sie überraschen mich, Miss Hammond. Ich war vor gar nicht so langer Zeit bei Ihrer Tante und dachte mir, dass alles wie am Schnürchen läuft.«

»Nun ja, sagen wir mal so, bisweilen kann der Schein trügen«, erwiderte Cheska. »Wie auch immer, das unmittelbare Problem ist, dass ich Geld brauche, um Gehälter und einige Rechnungen zu bezahlen.«

»Das sollte keine Schwierigkeiten bereiten. Wir sind seit Jahrzehnten mit allen Angelegenheiten von Marchmont befasst. Wenn Sie mir die Rechnungen zukommen lassen, begleiche ich sie per Scheck vom Konto des Anwesens. Auf dem liegt genügend Geld. Wenn es Ihrer Tante dann wieder besser geht, kann sie ...«

»Aber das ist ja genau das Problem, Mr Glenwilliam.« Cheska ließ erneut Tränen fließen. »Ich glaube nicht, dass meine Tante wieder ganz gesund wird. Zumindest wird es ihr nicht möglich sein, sich so wie früher um das Anwesen zu kümmern. Und da mein Onkel außer Landes ist, bin ich die nächste Anverwandte. Und ich möchte Marchmont so verwalten, wie sie es immer getan hat.«

»Ich verstehe.« Der Notar betrachtete Cheska mit unverhohlener Überraschung. »Wie Sie schon sagten, Marchmont beschäftigt einen rund um die Uhr. Was ist mit Ihrer Arbeit als Schauspielerin?«

»Die Familie geht vor, oder sind Sie da anderer Meinung?«, antwortete sie. »Ich werde bis zur Rückkehr meines Onkels einfach Urlaub nehmen müssen.«

»Nun ja, Miss Hammond, das fände ich ein wenig übertrieben. Wie ich bereits sagte, diese Kanzlei hat die Verwaltung des Anwesens schon häufiger übernommen und ist jederzeit bereit, das wieder zu tun, zwischenzeitlich natürlich.«

»Nein, Mr Glenwilliam, ich glaube nicht, dass das die Lösung ist. Ich möchte nicht unhöflich sein, aber ich will wirklich nicht jedes Mal, wenn ich etwas Viehfutter oder Heu kaufe, zu Ihnen kommen müssen, um mir einen Scheck ausstellen zu lassen, so unterhaltsam das auch wäre.«

»Ich verstehe, Miss Hammond.« Mr Glenwilliam rückte seine Krawatte zurecht. »Was Sie also wirklich möchten, ist eine vorübergehende Vollmacht, ja?«

»Möchte ich das? Können Sie mir bitte erklären, was das bedeutet?«

»Wenn eine Person vom Arzt für unfähig erachtet wird, ihre eigenen finanziellen Angelegenheiten oder ihr Unternehmen zu verwalten, wird entweder einem engen Familienangehörigen oder einer juristischen Person eine Vollmacht erteilt. Dadurch erhält diese Person Zugriff auf alle Finanzen, zudem kann sie im Namen des oder der Erkrankten Entscheidungen treffen.«

»Ich verstehe.«

»Sind Sie sicher, dass Sie das möchten? Marchmont ist wirklich eine sehr große Verantwortung, vor allem für jemanden, der – entschuldigen Sie, wenn ich das so sage – wenig Erfahrung mit derartigen Dingen hat.«

»Ja, zumindest für die nächste Zeit. Wenn mein Onkel zurückkommt, sehen wir weiter.«

»In dem Fall muss ich paar Dokumente aufsetzen, die Ihre Tante dann unterschreibt.«

»Das könnte ein Problem sein. Im Moment kann meine Tante nicht einmal eine Tasse anheben, ganz zu schweigen davon, mit ihrem Namen zu unterschreiben. Sie hat auch das Sprechvermögen verloren.«

»In dem Fall brauchen wir von ihrem Arzt eine Bestätigung, dass Mrs Marchmont im Moment nicht in der Lage ist, ihre Geschäfte zu tätigen.«

»Diese Bestätigung habe ich dabei. Dr. Stone hat meine Tante gesehen und bestätigt in dem Brief genau das, was ich gerade gesagt habe.«

»Ich verstehe.« Mr Glenwilliam las den Brief. »Ich betone, es wäre eine vorübergehende Vollmacht, bis Ihre Tante wieder genesen ist, oder … nun ja, in dem Fall tritt ohnehin das Testament in Kraft.«

»Natürlich«, sagte Cheska sehr leise und senkte den Blick. »Und das Anwesen geht an meinen Onkel David, nicht wahr?«

»Genau«, bestätigte Mr Glenwilliam. »Es ist wirklich eine sehr große Verantwortung, Miss Hammond.«

»Ich weiß. Aber ich möchte alles tun, um meiner Tante zu helfen. Wenn sie weiß, dass Marchmont in sicheren Händen ist, fällt eine große Last von ihr ab. Jack Wallace steht mir zur Seite, und wenn ich Rat brauche, kann ich mich doch an Sie wenden, Mr Glenwilliam, oder nicht?«

»Selbstverständlich. Wann immer Sie Hilfe oder Rat brauchen, greifen Sie einfach zum Hörer. Ich lasse einstweilen die Dokumente aufsetzen.«

Sobald Cheska nach Hause kam, tätigte sie einen Anruf.

»Nein, sie ist nicht inkontinent, aber im Moment kann sie nicht sprechen. Haben Sie Platz für sie? Wunderbar. Ich bringe sie am Mittwochnachmittag vorbei, wenn das für Sie in Ordnung ist. Ja, das mache ich. Auf Wiedersehen.«

In der Nacht schlief Cheska nicht. Sie hatte Angst vor den Träumen, die sie mit Sicherheit heimsuchen würden.

Am Mittwochvormittag ließ sie sich mit dem Taxi nach Monmouth bringen, ging schnurstracks zu Mr Glenwilliams Kanzlei und holte bei der Sekretärin den Umschlag ab, der ihre vorübergehende Vollmacht enthielt. Damit suchte sie die Bank auf, die gleich um die Ecke lag, und ließ vom Marchmont-Konto eine große Geldsumme auf ihr persönliches überweisen. Dann erkundigte sie sich, wo sie ein Auto mieten konnte, und folgte der Beschreibung des Bankangestellten die Straße entlang.

Sie bezahlte die Kosten für den Leihwagen, stieg ein und fuhr zu LJs Rehaklinik.

Am Nachmittag war sie wieder in Marchmont. Zuerst packte sie ihre Sachen, dann ging sie nach unten und sprach mit Mary.

»Du weißt ja, Mary, morgen fahre ich nach London, und ich finde, du solltest dir den Tag frei nehmen. Mach dir ein paar schöne Stunden mit deinem Mann. Du hast in letzter Zeit sehr viel für uns getan. Überhaupt«, Cheska suchte in ihrer Handtasche nach dem Geldbeutel, »wie wär's, wenn ihr heute Abend essen geht, als ›Dankeschön‹ von mir?« Sie reichte ihr zwei Zwanzig-Pfund-Scheine.

Überrascht sah Mary sie an. »Aber wenn Sie ein paar Tage

weg sind, sollte ich doch herkommen und nachsehen, ob alles in Ordnung ist, oder?«

»Das wird nicht nötig sein, Mary. Ich bin wirklich in der Lage, das Haus richtig abzuschließen, wenn ich fahre. Und jetzt keine Widerworte mehr.«

»Wenn Sie das wirklich meinen, Miss Cheska. Sie haben recht, es wäre schön, einen Tag mit Huw zu verbringen. Und natürlich besuche ich Ihre Tante, solange Sie weg sind.«

»Ach ja, als ich vorhin bei ihr war, sagte die Leiterin, dass sie morgen den ganzen Tag in Abergavenny im Krankenhaus ist. Sie wollen ein paar Untersuchungen durchführen und feststellen, welche Fortschritte sie macht. Wahrscheinlich ist es besser, wenn du sie erst am Wochenende wieder besuchst. Du weißt ja, sie ist sehr unglücklich darüber, nicht reden zu können. Und du vergiss wenigstens einmal im Leben Marchmont und uns.« Cheska lächelte freundlich. »Und komm erholt wieder.«

»Also gut«, willigte Mary widerstrebend ein. »Ich fahre jetzt. Ihr Abendessen steht im Ofen«, sagte sie und zog die Schürze aus. »Schöne Tage in London, und geben Sie meiner Ava einen Kuss von mir, ja?«

»Das werde ich.«

In der Nacht wanderte Cheska durch die verwaisten Räume von Marchmont Hall. Die Stimmen in ihrem Kopf waren an diesem Abend besonders eindringlich, vor allem aber eine.

*Es sollte dir gehören, du musst darum kämpfen ... Sie hasst dich, das hat sie immer schon ...*

Cheska ließ sich auf ihr altes Bett im Kinderzimmer fallen, dem Zimmer, in dem Jonny und sie damals friedlich nebeneinander in ihren Bettchen geschlafen hatten. Sie hatte ihn vergöttert, und dann war er auf einmal verschwunden, und niemand wollte ihr sagen, wohin.

»Aber du bist ja nicht verschwunden, Jonny, stimmt's? Und

das wirst du auch nie!«, schluchzte sie, schlang die Beine umeinander, wie sie es als Kind immer getan hatte, und presste die Fäuste in die Augenhöhlen, damit die Tränen und die Stimmen endlich aufhörten.

»Sie werden nie aufhören, stimmt's? Ihr werdet nie aufhören!«, schrie sie gequält. »Lasst mich in Ruhe, lasst mich in Ruhe ...«

Als die Stimmen zu einem unerträglichen Gellen anschwollen, wurde Cheska schlagartig klar, was sie tun musste.

Zerstöre die Erinnerungen, dann können sie dich nicht mehr heimsuchen.

Ja, genau, das war die Lösung!

Sie schloss den Koffer, den sie bereits für ihre Abfahrt nach London am nächsten Morgen gepackt hatte, und trug ihn nach unten zur Haustür. Aus dem Salon holte sie den Karton mit Feueranzündern und eine Schachtel Streichhölzer und ging damit wieder nach oben. Ruhig stellte sie den Papierkorb unter das alte Holzschaukelpferd, das, wie ihre Tante gesagt hatte, einmal David gehörte. Aus einem von ihr als Kind geliebten Bilderbuch riss sie die Seiten heraus, zerknüllte sie und warf sie in den Papierkorb.

Sie bückte sich, riss ein paar Streichhölzer an und ließ sie in den Korb fallen. Das Papier fing sofort zu brennen an. Cheska setzte sich auf die Bettkante und beobachtete, wie die Flammen an der Seite des Holzpferds hochzüngelten und die Farbe zu blättern begann. Zufrieden stand sie auf und schlüpfte in ihren Mantel.

»Auf Wiedersehen, Jonny«, flüsterte sie, als sie zur Tür ging.

Bis sie das Zimmer verlassen hatte, brannte das Schaukelpferd bereits lichterloh.

## Kapitel 49

Sobald Ava nach ihrer letzten Vorlesung ins Wohnheim zurückkehrte, ging sie unter die Dusche, schlüpfte in ein eng anliegendes schwarzes Kleid, das Cheska ihr in Monmouth gekauft hatte, schminkte sich rasch die Lippen und lief wieder hinaus, um mit dem nächsten Bus zur Shaftesbury Avenue zu fahren.

Das Theaterfoyer war bereits voller Menschen. Ava bahnte sich einen Weg durch das Gedränge zur Bar des ersten Rangs, wo sie sich mit Cheska treffen sollte.

»Schätzchen!« Strahlend umarmte Cheska sie und drückte ihr einen Kuss auf beide Wangen. »Komm und setz dich. Dorian hat schon Champagner bestellt.«

»Wer ist Dorian?«, fragte Ava und nahm Platz.

»Dorian ist mein neuer Agent, Schätzchen. Na ja, ganz neu ist er eigentlich nicht. Er hat die Agentur von Leon Bronowski übernommen, der mich früher vertreten hat, als ich vor vielen Jahren hier in London als Schauspielerin gearbeitet habe. Er kann es gar nicht erwarten, dich kennenzulernen. Schau, da ist er.«

»Ach.« Ava sah einen gut vierzigjährigen Mann mit sich lichtendem Haar, einem grellroten Samtjackett und goldenem Halstuch auf ihren Tisch zusteuern.

»Miss Marchmont, Ava.« Der Mann gab ihr einen Handkuss. »Ich bin Dorian Hedley, Agent der Extraklasse und demnächst zuständig für die ohnehin schon brillante Karriere Ihrer Frau Mutter. Guter Gott, Cheska, Ava könnte dein Double sein! Champagner, meine Liebe?«

»Nur einen Schluck, danke. Aber ich dachte, du hast in Hollywood schon einen Agenten?« Ava starrte Cheska an, die in ihrem glitzernden schwarzen Abendkleid atemberaubend schön aussah. Dadurch kam sie sich noch mehr wie eine biedere Ausgabe ihrer Mutter vor.

»Ja, Schätzchen, das stimmt auch. Aber ... ach, ich habe schon seit Längerem das Gefühl, dass es Zeit ist für etwas anderes. Und Dorian hat mich überzeugt, dass ich damit recht habe, stimmt's, Dorian?« Sie lachte jungmädchenhaft. Dorian nickte.

»Ja. England verliert ja seine besten Produkte an die Staaten, umso mehr freue ich mich, wenn ich zumindest Ihre Mutter zurücklocken kann.«

»Das heißt ... Mutter, du willst auf Dauer hier in England bleiben?«

»Auf jeden Fall will ich es versuchen«, antwortete Cheska. »Ich habe heute am späten Nachmittag Dorian in seinem Büro besucht, eigentlich wollte ich nur Hallo sagen, aber dann haben wir angefangen, uns zu unterhalten, und festgestellt, dass wir in vielen Dingen ähnlicher Auffassung sind. Dorian wollte auch zu dieser Premiere kommen, weil einer seiner Klienten in der Show mitspielt. Also haben wir uns in eine Bar gesetzt, und er hat mich überzeugt, dass meine Zukunft hier in England liegt.« Sie nahm Avas Hand. »Ist das nicht großartig? Ich meine, dass wir jetzt zusammen in London sein werden?«

Ava runzelte die Stirn, sie dachte an LJ. »Doch.« Schweigsam saß sie daneben, während Cheska und Dorian mehrere Fernsehsendungen zerpflückten, lachend Klatsch austauschten und über eine sehr bekannte Schauspielerin lästerten. Ava wünschte, sie wäre nicht gekommen, sie fühlte sich völlig fehl am Platz.

Schließlich ertönte der zweite Gong, und Dorian führte sie in eine Loge auf der linken Seite der Bühne. Ava schaute ins Parkett hinunter, wo, wie immer, Menschen tuschelnd auf ihre Mutter deuteten.

Die Lichter erloschen, und schon bald füllten Rock-and-Roll-Klänge der fünziger Jahre den Saal. Simon betrat die Bühne. Ava konnte die Augen nicht von ihm lassen, solange er und die anderen Darsteller einige der bekanntesten Popstars der damaligen Zeit mimten.

Nach der Pause bewegte sich die Show in die sechziger Jahre. Wieder erloschen die Lichter, und Simon trat ans Mikrofon. Er trug nur Jeans und Strickjacke.

Ava war betört von der schönen, weichen Stimme, mit der er zu singen begann. Sie bemerkte, dass ihre Mutter sich vorbeugte. Ihr Atem ging schwer, während ihr Blick sich auf Simon heftete.

»Ja, der Wahn, der Wahn der Liebe ...«

Mutter und Tochter saßen einträchtig nebeneinander und hingen ihren Erinnerungen nach. Für Cheska war das Schreckliche, was sie gestern getan hatte, ausgelöscht. Das war ein Traum gewesen. Die Realität war das, was hier geschah. Er war zu ihr zurückgekommen, und dieses Mal würde er für immer bei ihr bleiben.

Ava erinnerte sich an den Tag, als sie mit Simon die Themse entlangspaziert war und wie wohl sie sich in seiner Gesellschaft gefühlt hatte. Aber jetzt wurde ihr klar, dass Simon ein begabter, gut aussehender Mann war, dem nach diesem Abend scharenweise junge Frauen nachstellen würden. Und dass er ein paar Nummern zu groß für sie war.

Am Ende der Show wurden die Darsteller mit stürmischem Beifall bejubelt, und Cheska applaudierte am lautesten von allen.

»Du hast doch nichts dagegen, kurz mit uns hinter die Bühne zu gehen, Ava, oder?«, sagte Cheska, als sie den Theatersaal verließen. »Ich muss Bobby sagen, wie großartig er war.«

»Du meinst Simon, Mutter«, korrigierte Ava sie.

Sobald sie sich im Bühnenbereich befanden, ging Dorian zu

seinem Klienten, während Cheska zielstrebig auf Simons Garderobe zusteuerte. Ohne anzuklopfen, betrat sie den Raum, in dem bereits eine ganze Schar von Gratulanten stand. Sie drängte sich durch die Menge hindurch zu Simon vor, der sich gerade mit jemandem unterhielt, schlang ihm die Arme um den Hals und gab ihm einen Kuss auf beide Wangen.

»Mein Schatz, du warst fantastisch! Eine grandiose Premiere! Morgen spricht ganz London von dir, das garantiere ich dir!«

»Äh, danke, Cheska.«

Ava, die wegen des Gewühls bei der Tür stehen geblieben war, sah, dass das überschwängliche Lob ihrer Mutter ihn peinlich berührte. Dann bemerkte Simon sie und ging lächelnd an Cheska vorbei zu ihr. »Hallo, wie geht es dir?«, fragte er leise.

Sie lächelte schüchtern. »Gut, danke. Du warst toll.«

»Danke. Ich ...«

Cheska fuhr mit ungewöhnlich schriller Stimme dazwischen. »Ich sehe dich nachher auf der Party, Simon.«

»Äh, ich fürchte, dafür braucht man eine Einladung, Cheska.«

»Ich komme mit Dorian, meinem Agenten. Ava, wir gehen jetzt und lassen Simon Zeit, sich mit den anderen Leuten zu unterhalten.« Cheska schob Ava aus der Garderobe Richtung Bühneneingang, wo Dorian bereits auf sie wartete. »Ava, Schätzchen, ich fürchte, Dorian hat keine Einladung mehr für dich. Warum kommst du morgen nicht zum Frühstücken zu mir ins Savoy?«

»Ich habe eine Vorlesung, Mutter.«

»Na, dann eben mittags oder zum Abendessen. Wir telefonieren morgen. Gute Nacht, Schätzchen.«

Ava blickte Cheska nach, die sich bei Dorian unterhakte und ihn die Straße entlangzog. Er konnte ihr zum Abschied gerade noch zunicken. Sie fühlte sich klein und hässlich, als sie zur Bushaltestelle ging, um nach Hause zu fahren.

Als sie ihr Zimmer betrat, sah sie einen Zettel auf dem Boden liegen.

*»Entschuldige«*, stand dort, *»ich hab vorhin vergessen, dir zu sagen, dass mittags eine Mary für dich angerufen hat. Sie bittet dich dringend um Rückruf. Helen vom Zimmer nebenan.«*

Ava wurde der Mund trocken, das Herz klopfte ihr bis zum Hals. LJ ...

Sie holte ein paar Münzen und ging zum Telefon am Ende des Flurs. Mittlerweile war es nach elf Uhr abends. Sie konnte nur hoffen, dass Mary noch auf war. Zum Glück hob sie ab.

»Mary, hier ist Ava. Ich hab deine Nachricht eben erst bekommen. Was ist passiert?«

»Ach, Ava, Gott sei Dank!«

»Bitte sag mir, was los ist! Ist es LJ?«

Ava hörte Schluchzen vom anderen Ende der Leitung. »Nein, es ist nicht LJ.«

»Bin ich froh, ach, bin ich aber froh! Was ist dann passiert?«

»Ava, Marchmont ...«

»Was ist mit Marchmont?«

»Es hat ein schreckliches Feuer gegeben. Ava, Marchmont ist abgebrannt.« Marys Schluchzen wurde immer lauter.

»Ist jemand ... zu Schaden gekommen?«

»Sie können deine Mutter nicht finden, und da das Feuer nachts ausgebrochen ist, wissen sie nicht ...«

»Mary, meiner Mutter fehlt nichts. Ich habe sie gerade eben hier in London gesehen.«

»Ach, das ist aber eine Erleichterung! Ich wusste schon, dass sie nach London fahren wollte, aber eigentlich hatte sie gesagt, dass sie erst heute Morgen fährt, und ...« Marys Stimme erstarb. »Wie gut zu hören, dass sie gestern Nacht nicht im Haus war.«

»Sie hat mir gesagt, dass sie im Savoy wohnt. Ich hinterlasse dort eine Nachricht für sie, aber im Moment ist sie auf einer Party, und ich habe keine Ahnung, wann sie nach Hause kommt.«

»Ava, ich glaube wirklich, wir sollten deinem Onkel David

Bescheid sagen. Hast du die Nummern, die er für Notfälle dagelassen hat?«

»Ja. Ich rufe an, aber es ist völlig offen, wann er die Nachricht bekommt. Soweit ich weiß, ist er noch in Tibet. Weißt du was, Mary, ich komme morgen mit dem ersten Zug nach Marchmont.«

»Ava, nein! Deine Mutter soll herkommen und sich um alles kümmern. Du hast an der Uni schon genug versäumt.«

Das Telefon begann zu piepen, die Münzen gingen aus. »Mary, wir müssen aufhören, ich hab nicht genug Kleingeld und muss noch meine Mutter anrufen. Ich melde mich morgen früh.«

Sie legte auf, erfragte bei der Auskunft die Nummer des Hotels Savoy und ließ ihrer Mutter dort ausrichten, sie möge sowohl Mary als auch sie sofort anrufen. Am ganzen Körper zitternd kehrte sie in ihr Zimmer zurück. Tränen traten ihr in die Augen, als sie daran dachte, dass ihr geliebtes Marchmont in Schutt und Asche lag.

Sie rollte sich auf dem Bett zusammen und fragte sich, wie in aller Welt sie schlafen sollte. Und dachte darüber nach, wie merkwürdig es war, dass alles ganz entsetzlich schieflief, seit Cheska nach England gekommen war.

Am nächsten Tag um zehn Uhr klopfte Ava an der Tür zu Cheskas Suite im Savoy. Nachdem sie im Hotel angerufen und man ihr gesagt hatte, dass Miss Hammonds Nummer gesperrt sei, hatte sie beschlossen, eine weitere Vorlesung ausfallen zu lassen und sofort ins Hotel zu fahren.

»Mutter, ich bin's, Ava.«

Es dauerte eine ganze Weile, bis die Tür geöffnet wurde, und Cheska warf sich ihr in die Arme. Ihr Gesicht war mit Wimperntusche verschmiert, ihr Haar völlig zerzaust.

»O mein Gott, o mein Gott! Ich habe gerade mit Mary gesprochen. Das wird LJ mir nie verzeihen, nie! Warum musste das ausgerechnet jetzt passieren, wo ich für das Ganze verantwortlich bin? Sie werden beide mir die Schuld dafür geben, o ja, doch!«

Ava sah den Ausdruck in den Augen ihrer Mutter. Sie war eindeutig verrückt.

»Das tun sie bestimmt nicht. Jetzt komm schon, Mutter, das muss ein Unglück gewesen sein.«

»Ich ... ich weiß es nicht. Ich weiß es nicht. Ich ...«

»Mutter, du musst dich beruhigen. *Bitte.* Es hilft niemandem weiter, wenn du dich aufregst, und am allerwenigsten dir.«

»Aber ich ... o mein Gott ...«

»Hör mal, ich ... ich glaube, ich rufe jetzt einen Arzt. Ich ...«

»*Nein!*«

Die heftige Reaktion verblüffte Ava. Cheska fuhr sich mit einem nassen Papiertaschentuch über die Augen und putzte sich die Nase. »Du brauchst keinen Arzt zu holen, wirklich nicht. Ich hab mich schon wieder beruhigt.«

»Na gut. Aber wie wär's mit einem Cognac? Der hilft doch immer bei einem Schock. Soll ich dir einen bringen lassen?«

Cheska deutete auf ein Schränkchen, das in einer Ecke des elegant ausgestatteten Raums stand. »Schau mal dort nach.«

»Mach ich. Magst du nicht ins Bad gehen und dich ein bisschen herrichten? Ich schenke dir in der Zwischenzeit einen Cognac ein, und dann unterhalten wir uns darüber, wie's jetzt weitergeht.«

Cheska sah Ava fassungslos an. »Wie konnte ich je eine derart vernünftige Tochter zur Welt bringen?«, sagte sie und verschwand im Bad.

Ava goss Cognac in ein Glas und wartete auf dem Sofa. Schließlich tauchte ihre Mutter wieder auf. Sie war noch blass, sah aber makellos aus. »Ich weiß nur, dass es gebrannt hat. Könntest du mir bitte genau erzählen, was passiert ist?«

»Also, ich bin am Mittwoch gegen acht Uhr abends in Marchmont losgefahren. Mary sagte, dass Jack Wallace sie in den frühen Morgenstunden anrief, als er aus den Fenstern im ersten Stock große Rauchschwaden steigen sah. Er hat sofort bei der Feuerwehr angerufen, aber da hatte der Brand offenbar schon ziemlich gewütet.«

»Wie schlimm ist der Schaden?«

»Ziemlich schlimm nach allem, was Mary sagt. Das Dach ist abgebrannt, ebenso das Innere des Hauses, aber die Mauern stehen wohl zum Großteil noch. Jack sagte Mary, dass sie durch einen starken Regenguss gerettet wurden. Immerhin ein kleiner Trost.«

»Wissen sie schon, was die Brandursache ist?«

»Mary meinte, es könnte eine alte Stromleitung gewesen sein. Die Installationen waren zum Teil wirklich uralt. Ich hatte LJ schon vor einer ganzen Weile darauf hingewiesen, dass sie erneuert werden müssten. Aber Ava«, sie schauderte, »das Schlimmste ist, dass ich in dem Haus hätte sein können. Ich habe mich ganz spontan entschieden, noch an dem Abend nach London zu fahren.«

»Was ist mit den Tieren? Ist ihnen etwas passiert?«

»Ich glaube nicht. Das Feuer hat sich auf das Haus beschränkt.« Cheska schlug die Hände vors Gesicht. »Ich begreif's einfach nicht. Ich kann den Gedanken nicht ertragen, dass das schöne Haus eine verkohlte Ruine ist.«

»Wir sollten sofort aufbrechen.« Ava warf einen Blick auf die Uhr. »Wir könnten vor Einbruch der Dunkelheit dort sein.«

Cheska nahm die Hände vom Gesicht und starrte Ava entgeistert an. »Das ist doch nicht dein Ernst, dass ich jetzt nach Marchmont fahren soll, oder? Nein, nein, das könnte ich nicht ertragen.« Wieder brach sie in Tränen aus.

»Gut, dann fahre ich.«

»*Nein!* Bitte, Ava.« Cheska umklammerte ihre Hand. »Ich brauche dich hier, bei mir. Du darfst mich nicht allein lassen, *bitte nicht.* Ich muss mich erst von dem Schock erholen. Ich kann jetzt noch nicht hinfahren. Es geht einfach nicht.«

Ava erkannte, dass Cheska wieder hysterisch zu werden drohte. Sie legte ihr einen Arm um die Schultern. »Also gut«, seufzte sie. »Ich bleibe bei dir.«

»Jack Wallace hat gesagt, dass wir sowieso nichts tun können. Das Haus ist verbrannt.«

»Dann fahren wir, sobald du dich ein bisschen beruhigt hast. Mary hat gesagt, dass die Polizei mit dir reden will.«

»Können die nicht herkommen? Um Auto zu fahren, bin ich viel zu aufgeregt. Außerdem habe ich morgen eine wichtige Besprechung. Bei der Premierenfeier habe ich gestern einen Regisseur kennengelernt, der mich unbedingt für seine neue Fernsehserie haben möchte.«

»Kannst du den Termin nicht verschieben?« Ava war fassungslos, dass ihre Mutter in einem Moment wie diesem auch nur eine Sekunde an ihre Karriere denken konnte.

Cheska bemerkte Avas Gesichtsausdruck. »Wenn's sein muss, mache ich das natürlich. Und ich rufe heute Vormittag in der Rehaklinik an. Deine Großtante macht gute Fortschritte. Trotzdem sollten wir ihr nichts erzählen, bis sie diesen Schlag wirklich verkraften kann.«

»Nein. Ich bin nur dankbar, dass sie in der Rehaklinik war, sonst …« Ava schauderte. »Der arme Onkel David. Was wird er sagen, wenn er hört, dass seine Mutter einen Schlaganfall gehabt hat und Marchmont abgebrannt ist? Ich habe eine Nachricht für ihn hinterlassen, aber ich weiß nicht, wann sie ihn erreicht.«

»Ach, du hast ihn angerufen? Bis er wieder da ist, müssen wir beide die Sache jedenfalls allein durchstehen. Aber wenn wir zusammenhalten, schaffen wir das schon, meinst du nicht? Wenn wir uns gegenseitig unterstützen und versuchen, alles zu regeln.«

»Ja, Mutter. Hör mal, wenn wir nicht nach Marchmont fahren, würde ich heute Nachmittag gern die Vorlesung besuchen. Ist das in Ordnung? Ich habe sowieso schon schrecklich viel verpasst.«

»Aber du kommst hinterher zurück, versprochen?«

»Wenn du mich brauchst.« Ava stand auf, gab ihrer Mutter einen Kuss und verließ das Hotel. Sie war froh, auf die Straße und in die frische Oktoberluft zu kommen.

Pflichtschuldig kehrte Ava nach der Vorlesung ins Hotel zurück. Ihre Mutter hatte Zimmerservice und reichlich Champagner bestellt.

»Ich dachte, wir könnten uns zusammen einen Film ansehen«, schlug Cheska vor, als sie zwei Gläser füllte und die Silberdeckel von den vielen Schüsseln entfernte. »Ich wusste nicht, worauf du Appetit haben würdest, also habe ich alles bestellt.«

»Ehrlich gesagt, Mutter, ich muss einen Aufsatz schreiben, und morgen habe ich wieder eine Vorlesung. Wir essen zusammen, dann muss ich nach Hause.«

»*Nein!* Bitte, Ava, du darfst mich heute Nacht nicht allein lassen. Die Polizei hat bei mir angerufen, sie kommen morgen Nachmittag. Ich habe Angst, wirklich. Vielleicht glauben sie, dass es meine Schuld ist.«

»Das glauben sie bestimmt nicht. Es geht ihnen nur um Information.«

»Bitte, bitte verbring die Nacht hier bei mir. Ich weiß, ich werde die schrecklichsten Träume haben.«

»Also gut«, willigte Ava widerstrebend ein, als sie die Verzweiflung in den Augen ihrer Mutter sah.

Sie aßen und schauten sich einen Film an. Als er zu Ende war, gähnte Ava. »Zeit, ins Bett zu gehen. Ich kann doch auf dem Sofa schlafen?«

»Könntest du ... könntest du vielleicht bei mir schlafen?«, bat Cheska. »Es ist ein großes Doppelbett. Ich will heute Nacht nicht allein sein. Ich weiß einfach, dass ich schlimme Träume haben werde. Sieh's dir doch mal an.«

Ava folgte ihr in ein prachtvolles, sehr geräumiges Schlafzimmer. Cheska verschwand und kehrte in einem Satin-Nachthemd zurück.

»Willst du dich nicht ausziehen, Ava?«

»Ich habe nichts dabei.«

»Ich leihe dir gerne eins von meinen Nachthemden, Schätzchen. Da drin liegen mehrere. Nimm dir eins.«

Als Ava das Ankleidezimmer betrat, stockte ihr vor Überraschung der Atem. An der Kleiderstange hing eine ganze Reihe von Kostümen und Kleidern, auf den Regalen lagen ordentlich gefaltet Blusen, Unterwäsche und Nachtwäsche. Selbst für jemanden, der so großen Wert auf sein Äußeres legte wie ihre Mutter, war das eine riesige Garderobe für einen Aufenthalt von vierundzwanzig Stunden.

Es sei denn, Cheska hatte gar nicht vorgehabt, nach Marchmont zurückzukehren …

Zu erschöpft, müde und verwirrt, um eingehender darüber nachzudenken, suchte Ava eines der weniger aufreizenden Nachthemden ihrer Mutter heraus und zog es an.

Sie ging ins Schlafzimmer, wo Cheska aufrecht im Bett saß. Sie klopfte auf die Matratze neben sich. »Leg dich her.«

»Kann ich das Licht ausschalten?«, fragte Ava und stieg ins Bett.

»Mir wär's lieber, wenn es an bleibt. Erzähl mir etwas, Ava.«

»Worüber?«

»Ach, irgendetwas Hübsches.«

»Ich …« Ava wollte nichts einfallen.

»Also gut, dann erzähle ich *dir* eine Geschichte. Solange du neben mir liegst und mich in den Arm nimmst. Jetzt haben wir es doch schön, oder? Wie im Schlafsaal«, sagte Cheska und schmiegte sich in Avas Arme.

Ava dachte an ihr geliebtes Zimmer in Marchmont, das jetzt ohne Dach den Elementen preisgegeben war, und ihr tat das Herz weh. Alles, woran sie gehangen hatte, war weg, ihre Zukunft ungewiss. Nein, das war nicht schön, das war ganz und gar nicht schön.

»Also, es war einmal ...«

Mit halbem Ohr hörte Ava auf das Märchen, das ihre Mutter erzählte. Es handelte von einem Kobold namens Shuni, der in den Waliser Bergen lebte. Vor ihrem geistigen Auge zogen entsetzliche Bilder vorbei: Marchmont in Flammen, LJ in der Klinik, David nicht zu erreichen ...

Irgendwann döste sie ein, nahm vage die Stimme ihrer Mutter wahr und spürte eine Hand, die ihr die Stirn streichelte.

»Vielleicht ist es das Beste, Schätzchen. Außerdem kommt morgen Bobby zum Brunch. Das wird wunderbar.«

Ava wusste, dass sie träumen musste.

## Kapitel 50

Als Ava aufwachte, drehte sie sich um und stellte fest, dass Cheskas Bettseite leer war. Sie setzte sich auf und rieb sich die Augen. Sie hatte gestern Abend viel zu viel Champagner getrunken und spürte ihren Kopf. Mit einem Blick auf die Uhr stellte sie fest, dass es fast zwanzig vor elf war. Erschrocken wurde ihr bewusst, dass sie ihre Vorlesung verpasst hatte.

»Guten Morgen, Schlafmütze.« Lächelnd trat Cheska aus dem Ankleidezimmer. Sie sah aus, als käme sie geradewegs vom Set für *Die Ölbarone*. Ihre Frisur und ihr Make-up waren perfekt, und sie trug eines ihrer elegantesten Kostüme. »In einer Viertelstunde kommen meine Gäste. Möchtest du schnell duschen?«

Ava starrte Cheska verwirrt an. »Aber Mutter, du wirst doch nicht Leute zum Frühstück eingeladen haben? Du hast gesagt, dass die Polizei kommt, und wir müssen wirklich so bald wie möglich nach Hause fahren.«

Cheska setzte sich auf die Bettkante. »Schätzchen, wir können in Marchmont wirklich nichts tun. Vor einer Stunde habe ich mit Jack Wallace gesprochen, und er sagte, alles ist unter Kontrolle. Er ist wie ich der Meinung, dass wir im Moment hier am besten aufgehoben sind. Lass mich heute Nachmittag mit der Polizei reden, dann sehen wir weiter.« Es klopfte an der Tür, und Cheska sprang auf. »Das ist bestimmt der Zimmerservice. Ich habe sechs Flaschen Champagner bestellt. Das sollte doch reichen, oder?«

»Ich habe keine Ahnung«, sagte Ava benommen.

»Na, wir können ja jederzeit nachordern.« Damit verschwand Cheska aus dem Schlafzimmer und schloss die Tür hinter sich.

Ava seufzte, frustriert über die Launenhaftigkeit ihrer Mutter, und hievte sich aus dem Bett. Ihr fehlte jegliche Energie, alle Muskeln ihres Körpers schmerzten, als sie das luxuriöse Bad betrat, um zu duschen.

Das Wasser belebte ein wenig ihre Lebensgeister, und sie versuchte, sich einen Reim auf die Situation zu machen. Am Abend war Cheska fast durchgedreht, heute Morgen tat sie, als wäre nichts geschehen.

Beim Anziehen hörte sie von nebenan Gelächter. Kopfschüttelnd ließ sie sich auf der Bettkante nieder. Sie brachte es nicht über sich, ins Wohnzimmer zu gehen. Eine Träne kullerte ihr über die Wange, und sie betete, dass David ihre Nachricht ganz bald bekommen würde.

Unvermittelt klopfte es an der Tür. »Ja?«, sagte sie.

»Hallo, Süße, ich bin's, Simon. Was ist denn los?«, fragte er und kam näher.

Überrascht blickte Ava auf und fragte sich, weshalb er überhaupt hier war. »Hat Cheska dir nichts erzählt?«

»Was erzählt?«

»Dass Marchmont Mittwochnacht abgebrannt ist? Dass mein schönes Zuhause in Schutt und Asche liegt?«

Kurz herrschte Stille, während Simon die Information zu verdauen versuchte. »Nein, davon hat sie nichts erzählt. Vor ein paar Minuten hörte ich sie zu Dorian sagen, dass es ein Problem gegeben habe, aber mehr nicht. Guter Gott!« Simon fuhr sich durchs dichte blonde Haar. »Und Marchmont ist ganz abgebrannt, sagst du?«

Ava fuhr sich mit dem Handrücken über Augen und Nase. »Ja. Und das ist ihr offenbar völlig egal! Wie kann sie bloß heute Vormittag Leute einladen? Wie kann sie nur?!«

Simon setzte sich neben sie. »Ach, Ava, das tut mir so leid. Ist jemand verletzt worden?«

»Nein, es war niemand im Haus.«

»Das ist ja immerhin etwas. Und es wird bestimmt ganz bald wiederaufgebaut werden. Die Versicherung wird zahlen müssen, und ...«

»Ja, aber darum geht es doch nicht! Alles ist weg! Meine Großtante ist in der Rehaklinik, mein Onkel ist Gott weiß wo, und meine Mutter tut nebenan so, als wäre Weihnachten! Ich ... Ich weiß einfach nicht, was ich machen soll.«

»Ava, ich helfe dir, wo ich kann, das verspreche ich dir. Und jetzt ...«

»Schätzchen! Was ist denn los?« Cheska stand in der Tür und beobachtete sie.

»Ava ist verständlicherweise am Boden zerstört wegen des Feuers in Marchmont«, erklärte Simon.

»Natürlich.« Cheska setzte sich neben ihn aufs Bett. »Ich weiß, dass es ein entsetzlicher Schock für dich war, Schätzchen, aber wir wollen doch Bobby nicht mit Tränen langweilen, oder?«

»Ich heiße Simon, und es langweilt mich überhaupt nicht«, entgegnete er mit Nachdruck.

»Simon, komm mit«, bat Cheska. »Ich möchte etwas mit dir besprechen.«

»Später, wenn Ava sich etwas beruhigt hat, ja?«

»Ja, aber bleib nicht zu lange weg. Da ist jemand, dem ich dich vorstellen möchte.«

Cheska ging schließlich, und Simon wandte sich wieder Ava zu.

»Es tut mir leid, dass ich nach der Premiere nicht länger mit dir reden konnte.«

»Das ist schon in Ordnung«, meinte sie achselzuckend. »Du warst umlagert.«

»Deine Mutter ist äußerst besitzergreifend. Offenbar will sie einen Star aus mir machen.«

»Das wird ihr wohl auch gelingen.« Ava zuckte unglücklich mit den Schultern. »Sie bekommt doch immer alles, was sie will.«

»Vielleicht. Aber weißt du, Ava, du hast mir gefehlt. Darf ich dich am Sonntagabend zum Essen einladen? Das ist wegen der Show der einzige Abend, an dem ich frei habe.«

»Du brauchst das nicht.«

»Ich weiß, aber ich möchte. Wirklich.« Simon hob ihr Kinn an und gab ihr einen sanften Kuss auf den Mund. »Dann können wir uns wenigstens in Ruhe unterhalten und …«

Vom Zimmer nebenan drang Cheskas Stimme herüber, sie rief nach ihm.

»Du solltest gehen«, sagte Ava.

»Da ist ein Plattenproduzent, dem sie mich vorstellen will«, erklärte er und zuckte die Achseln. »Kommst du mit?«

»Nein danke. Das ist mir zu viel, es tut mir leid.«

»Schon gut, das kann ich verstehen. Ich hole dich am Sonntag um sieben Uhr ab. Und wenn ich vorher etwas tun kann, ruf einfach an, versprochen?«

»Versprochen.«

»Auf Wiedersehen, Süße. Bitte pass auf dich auf.«

»Ich tue mein Bestes.«

Als er das Zimmer verlassen hatte, ging Ava ins Bad, verschloss die Tür und drehte alle Wasserhähne auf, um das Gelächter aus dem Wohnzimmer zu übertönen.

Ava hatte ein schlechtes Gewissen gehabt, weil sie sich beim Brunch nicht hatte blicken lassen, und versprach ihrer Mutter beim Gehen, sie am nächsten Tag zu besuchen. Sie ging in die Vormittagsvorlesung und anschließend, wenn auch widerwillig, ins Savoy.

Cheska war ganz aufgeregt wegen ihrer Besprechung mit der BBC am Vormittag. »Sie schreiben eigens für mich eine neue Rolle in die Serie hinein. Es ist so spannend, und zur Feier möchte ich mit dir einkaufen gehen. Wenn ich in London bleibe, benötige ich neue Sachen zum Anziehen.«

»War die Polizei gestern Nachmittag bei dir?«, fragte Ava unverblümt.

»Ich habe den Termin verschoben«, antwortete Cheska leichthin. »Sie kommen morgen. Und jetzt gehen wir einkaufen.«

Einkaufen war für Ava ohnehin kein Zeitvertreib, der ihr Spaß machte, und angesichts dessen, was in Marchmont geschehen war, erschien ihr das Ganze regelrecht frivol. Doch wie üblich ließ Cheska keine Einwände gelten. Und so folgte Ava ihrer Mutter durch Harrods, wo sie zwischen den Kleiderständern umherschwirrte wie ein Vogel auf der Suche nach einem Wurm.

»Hier, Schätzchen, kannst du das mal halten?« Cheska nahm ein weiteres teures Kleid von der Stange und warf es auf den Berg, der sich bereits auf Avas Armen türmte.

»Aber Mutter, was ist mit den ganzen Sachen, die du im Hotel hast?«

»Die sind alt. Jetzt mache ich einen neuen Anfang, da muss ich doch gut aussehen. Hier, warum probierst du nicht das an?« Cheska nahm ein kurzes rotes Jackett mit einem passenden Rock von der Stange.

»Ich habe schon jede Menge zum Anziehen. Mehr brauche ich nicht.«

»Darum geht es nicht. Solche Kleider kauft man nicht, um praktisch zu sein. Außerdem befindet sich der Großteil deiner Sachen in Marchmont, das heißt, sie sind höchstwahrscheinlich verbrannt. Und jetzt, wo du in London lebst, brauchst du wirklich viel schickere Sachen.«

Als Ava in der Umkleidekabine in das rote Jackett schlüpfte, warf sie einen Blick auf das Preisschild. Fast achthundert Pfund.

»Was meinst du?« Cheska betrat Avas Kabine. Sie trug ein modisches creme-schwarzes Kostüm mit strengen Linien und ausladenden Schulterpolstern. »Das sieht zu büromäßig aus, findest du nicht?« Cheska drehte sich vor dem Spiegel um die eigene Achse.

»Ich finde, du siehst wunderschön aus, Mutter.«

»Danke. Na ja, ich hab noch einen Berg anderer Sachen anzuprobieren, bevor ich mich entscheide.« Sie schaute kurz zu Ava in ihrem roten Jackett und dem roten Rock. »Das sieht toll aus. Das nehmen wir.«

Nach Stunden, wie es Ava vorkam, verließen sie Harrods und winkten einem Taxi. Cheska hatte sich nicht entscheiden können und schließlich alle fünf Kostüme gekauft, außerdem passende Schuhe und zwei Handtaschen. Alles würde später in ihre Suite im Savoy gebracht werden.

»Guten Tag. Beauchamp Place, San Lorenzo, bitte«, sagte Cheska zum Taxifahrer.

»Wohin fahren wir denn?«, fragte Ava.

»Wir treffen Dorian zu einem frühen Abendessen.«

»Willst du mich wirklich dabeihaben? Ich muss eigentlich meinen Aufsatz fertigschreiben und mich für morgen vorbereiten.«

»Natürlich will ich dich dabeihaben, Schätzchen. Dorian möchte mit dir reden.«

Dorian wartete bereits an einem Tisch. Er stand auf und küsste sie beide zur Begrüßung, dann schenkte er Weißwein in ihre Gläser. Nach etwas höflichem Smalltalk wandte Dorian sich direkt an Ava. »Meine Liebe, ich und Ihre Mutter brauchen Ihre Hilfe.«

»Wirklich? Welche denn?«

»Nun ja, wie es aussieht, ist Cheska ein Coup gelungen, und sie hat eine wunderbare Rolle in einer neuen großen Fernsehsoap bekommen, die ab Januar in der BBC läuft. Die Rolle wird ihr eigens auf den Leib geschneidert. Die Sache ist, wir müssen ihre Bekanntheit in den britischen Medien befördern. Verlautbaren, dass sie nach Hause gekommen ist, um für immer hierzubleiben, und den Grund dafür positiv darstellen.«

»Und was habe ich damit zu tun?«

»Tja, ihre Figur in den *Ölbaronen* ist zwar allgemein bekannt, aber sie wird fast ausschließlich mit dieser Rolle identifiziert. Wir müssen der britischen Öffentlichkeit ein anderes Bild von ihr vermitteln. Die Leute sollen an Cheska selbst denken, an die Person, die sie ist. Ich habe eine sehr gute Freundin, die bei der *Daily Mail* arbeitet und der ich hin und wieder ein paar Informationen zukommen lasse. Sie ist schon ganz aus dem Häuschen bei der Vorstellung, die Story über Sie und Cheska zu kriegen.«

»Welche ›Story‹?«

»Wie Ihnen sicher bekannt ist, Ava, weiß im Augenblick niemand von Ihrer Existenz. Aber sobald Cheska jeden Sonntagabend im Fernsehen zu sehen ist, werden sie das ganz bald herausfinden, das können Sie mir glauben. Deswegen ist es für Sie beide weit besser, wenn Sie die Geschichte in Ihren eigenen Worten schildern: Eine berühmte Schauspielerin, selbst noch ein halbes Kind, bringt eine Tochter zur Welt, die sie aber zurücklassen muss, während sie in Hollywood an ihrer Zukunft arbeitet. Die Mutter kehrt nach England zurück und ist mit der Tochter wiedervereint. Das ist der Stoff, der Schlagzeilen macht, das garantiere ich Ihnen. Also, was meinen Sie?«

»Das klingt entsetzlich.« Ava schauderte. »Ich will nicht, dass die Welt über mein Privatleben Bescheid weiß.«

Cheska nahm ihre Hand. »Richtig, Schätzchen. Aber das Problem ist, wenn ich hier bei dir in England bleiben will, muss ich Geld verdienen, um uns über Wasser zu halten. Das kann ich nur, wenn ich als Schauspielerin arbeite. Und wenn die Presse selbst herausfindet, dass ich eine Tochter habe, würden sie das ausschlachten und mich ruinieren, das schwör ich dir.«

Am liebsten hätte Ava gesagt, dass die Kosten für die Suite im Savoy und die riesige Rechnung bei Harrods sie beide eine ganze Weile über Wasser gehalten hätten.

»Also, von mir erfährt niemand, dass ich deine Tochter bin,

das kann ich versprechen. Es wäre mir wirklich sehr, sehr viel lieber, das nicht zu machen, Mutter.«

»Ava, das kann ich verstehen«, warf Dorian ein, »aber leider kennen Sie schon eine ganze Menge Leute, und um Ihrer Mutter willen müssen wir vorsichtig vorgehen. Die Journalistin, die ich im Kopf habe, wäre ... Ihnen gewogen. Und Sie bekämen den Text natürlich zur Freigabe.«

»Dagegen hättest du doch nichts, Liebling, oder? Nur ein kleiner Artikel und ein Bild. Bitte? Wirklich, für mich hängt alles davon ab, dass du das machst, mir zuliebe. Sonst kann ich meine Zukunft vergessen.«

»Es tut mir leid, das will ich wirklich nicht«, entgegnete Ava mit Nachdruck.

»Aber sicher wollen Sie Ihrer Mutter doch helfen, oder nicht?«, fragte Dorian.

»Ja natürlich, aber ... Ich habe Angst. Ich habe noch nie im Leben mit einem Journalisten gesprochen.«

»Ich bin ja dabei, Ava. Du kannst das Reden ruhig mir überlassen«, warf Cheska begütigend ein.

Ava wusste, dass sie überrollt wurde. Aber wenn sie sich weigerte, würde ihre Mutter sich aufs Schmollen und Betteln verlegen, und das war etwas, was Ava im Moment überhaupt nicht ertragen konnte. »Also gut«, sagte sie, auch wenn sie wusste, dass nichts gut war.

»Danke, Schätzchen«, sagte Dorian erleichtert. »Dann ist das geregelt. Ich rufe Jenny später an und vereinbare mit ihr einen Termin, wann sie ins Savoy kommt. Also, sollen wir jetzt bestellen? Ich bin am Verhungern.«

Nach dem Essen, in dem Ava nur herumstocherte, weil ihr Magen rebellierte beim Gedanken an das, wozu sie überredet worden war, bezahlte Dorian die Rechnung und verabschiedete sich mit den Worten, er müsse eine Aufführung besuchen, in der einer seiner Schützlinge mitwirke. Ava blieb mit Cheska am Tisch sitzen und wartete darauf, dass ihre Mutter den Kaffee austrank, damit sie gehen konnten.

»Hast du morgen etwas vor?«, fragte Cheska.

»Ja, den ganzen Tag.«

»Wirklich?«, fragte Cheska, als sie auf die Knightsbridge Street in die kalte Luft hinaustraten. »Ich hatte gehofft, du wärst beim Gespräch mit der Polizei dabei. Sie kommen um drei.«

»Da kann ich nicht.« Ava bemerkte den unglücklichen Gesichtsausdruck ihrer Mutter. »Aber ich schaue nach der Vorlesung bei dir vorbei, so gegen fünf.«

»Danke, Schätzchen.« Cheska hielt ein vorbeifahrendes Taxi an. »Das nimmst du«, sagte sie und drückte Ava einen Zwanzig-Pfund-Schein in die Hand.

»Wirklich, ich kann mit dem Bus fahren.«

»Und wirklich, ich möchte, dass du mit dem Taxi fährst. Du weißt doch, dass ich dich liebe, oder?«

Ava senkte den Blick und nickte. Was blieb ihr anderes übrig?

»Weißt du, Ava, du kannst dir nicht vorstellen, wie es mir damals ging, als ich feststellte, dass ich mit dir schwanger war. Ich war sechzehn, hatte panische Angst und niemanden, mit dem ich hätte reden können. Du darfst nicht vergessen, damals war Abtreibung noch illegal. Nicht dass ich das gemacht hätte«, fügte Cheska hastig hinzu, »ich wollte dich unbedingt haben. Aber deine Großmutter hatte gerade ihren Unfall gehabt und lag im Koma, und ich wusste nicht, wie ich mit einem Baby umgehen sollte. Als ich zu Probeaufnahmen nach Hollywood fuhr und sie mir einen Vertrag angeboten haben, hat mein Agent gesagt, ich müsste dich verschweigen. Ich weiß, ich hätte mich weigern sollen, aber kannst du dir vorstellen, wie naiv und verletzlich ich damals war? Ich war jünger als du jetzt, Ava.«

Ava spürte, dass der Taxifahrer sie beide neugierig beäugte, und fand, dies sei weder die richtige Zeit noch der richtige Ort für ein derartiges Gespräch. »Lass uns ein anderes Mal darüber reden.«

»Bis morgen, Schätzchen.« Cheska winkte munter, als das Taxi anfuhr. Ava ließ sich in den Sitz sinken, in ihr breitete sich die furchtbare Erkenntnis aus, dass ihre Mutter sie wieder einmal überlistet hatte.

Zu Hause angekommen, versuchte sie, an ihrem Aufsatz zu arbeiten, aber ihre Gedanken wanderten immer wieder zu ihrer Mutter. Was immer Cheska war, oder zumindest zu sein schien, es überstieg ihr Fassungsvermögen. Ava legte den Stift beiseite, ließ den Kopf sinken und fragte sich, bei wem sie sich Rat holen sollte.

Mary wollte sie nicht belästigen, und LJ kam momentan nicht infrage. Und Simon …? Ava wusste es einfach nicht.

»Onkel David«, seufzte sie, als sie erschöpft ins Bett sank. »Bitte, bitte, bekomm bald meine Nachricht.«

Die Tür zur Suite öffnete sich, Cheska empfing Ava mit einem Lächeln. »Inspektor Crosby ist gerade am Gehen. Magst du ihn noch kurz begrüßen?«

Ava folgte ihrer Mutter ins Wohnzimmer. Der Inspektor steckte gerade lässig eine Akte in seine Tasche.

»Herr Inspektor, das ist meine Tochter Ava.«

»Kennen Sie schon die Ursache für das Feuer?«, erkundigte sich Ava.

»Die Ermittler arbeiten noch daran, aber im Augenblick gehen sie von Brandstiftung aus. Sie glauben, dass das Feuer im oberen Stockwerk ausgebrochen ist.«

»Du kannst dir vorstellen, wie entsetzt ich war«, warf Cheska ein. »Wie ich Inspektor Crosby sagte, könnte es ein Eindringling gewesen sein, der mich umbringen wollte. Du weißt ja, ich habe eine ganze Menge verrückter Fans. Wenn ich mir vorstelle, dass ich in meinem Bett verbrannt sein könnte!«

»Es sind zweifellos viele seltsame Menschen unterwegs, Miss Hammond«, pflichtete er ihr bei. »Und Marchmont ist sicherheitstechnisch kaum geschützt. Natürlich habe ich Ihre Mutter gefragt, ob sie raucht oder eine Kerze angezündet hat und aus Versehen das Zündholz fallen ließ«, fügte er hinzu.

»Und, Mutter, hast du das?«

»Ava! Du weißt genau, dass ich nicht rauche, und ich würde mich doch erinnern, wenn ich etwas Derartiges getan hätte. Außerdem bin ich abends um acht in Marchmont weggefahren, und der Inspektor sagte, dass das Feuer viel später ausgebrochen ist.«

»Das stimmt in der Tat. Sie haben großes Glück gehabt, Miss Hammond. Darf ich Sie vielleicht um zwei Fotos mit Autogramm für die Jungs bitten?«

»Natürlich. Ich hole schnell welche.«

Ava blieb mit dem Polizisten zurück. Ihr war unbehaglich zumute.

»Ich wusste gar nicht, dass Cheska Hammond eine Tochter hat. Sie sind ihr wie aus dem Gesicht geschnitten«, sagte er.

»Danke. Wie geht es jetzt mit Marchmont weiter?«

»Die Ermittlungen sind beinahe abgeschlossen. Der Bericht ist im Lauf der kommenden Woche fertig. Ein paar offene Fragen muss ich noch klären, dann sehen wir weiter.«

»Ich verstehe. Sie denken also, dass es ein Eindringling war, der das Feuer absichtlich gelegt hat?«

»Im Moment gibt es keine andere Erklärung, es sei denn, Ihre Mutter wollte ihr Haus willentlich abfackeln.«

»Es ist nicht das Haus meiner Mutter, Herr Inspektor, es gehört meiner Tante.«

»So, hier sind sie.« Cheska erschien mit den gewünschten Fotos.

»Vielen Dank. Die Jungs werden sich freuen.« Er steckte die Bilder sorgfältig in seine Aktentasche. »Es war ein Vergnügen, Sie kennenzulernen, Miss Hammond. Und Ihre Tochter«, fügte er mit einem Blick auf Ava hinzu. »Sie hören wieder von mir.« Mit einem Nicken verließ er den Raum.

»Ich komme mir vor, als hätte er mich die letzte Stunde ins Kreuzverhör genommen!«, klagte Cheska, als sich die Tür geschlossen hatte. Sie ließ sich aufs Sofa sinken, ihre Augen füllten sich mit Tränen. »Du glaubst doch nicht ... Ich meine, du glaubst doch nicht, dass er mich verdächtigt, Ava, oder?«

»Nein, Mutter.«

»Es ist bloß ... Bei einigen Fragen, die er mir stellte, kam ich mir vor wie ein ... wie ein Verbrecher.«

»Ich würde mir keine Gedanken machen. Als er ging, war er eindeutig ein großer Fan von dir.«

»Meinst du wirklich?«

»Ja. Und jetzt muss ich gehen.«

»Wohin?«

»Nach Hause. Ich muss arbeiten.«

»Aber das geht nicht! Jodie kommt in einer Viertelstunde.«

»Wer ist Jodie?«

»Die Journalistin. Ich verspreche dir, es dauert nicht lange. Ich bestelle dir etwas vom Zimmerservice.«

»Ich habe keinen Hunger.«

»Dann einen Schluck Champagner.« Cheska nahm eine Flasche aus dem Eiskübel, der auf dem Tisch stand.

»Nein danke.«

»Schätzchen, ich weiß, dass du das nicht machen willst, aber du hast es mir und Dorian versprochen. Überlass das Reden mir, ich bin es gewöhnt. In Ordnung?«

Anderthalb Stunden später konnte Ava das Savoy endlich wieder verlassen. Ihr war speiübel. Cheska hatte darauf bestanden, während des Interviews neben ihr zu sitzen, hatte ihre Hand gehalten, ihr einen Arm um die Schultern gelegt und überzeugend die Rolle der liebevollen Mutter gespielt. Ava hatte sehr wenig gesagt und die Fragen, die die Journalistin an sie richtete, einsilbig beantwortet. Schließlich war ein Fotograf erschienen, und sobald er die Bilder gemacht hatte, war Ava aufgestanden und hatte sich mit einem Kuss von ihrer Mutter verabschiedet. Auf dem Weg zur Tür hatte Cheska etwas gemurmelt, dass sie am nächsten Tag Simon sehen und hinterher gute Nachrichten für Ava haben würde.

Auf der Busfahrt nach Hause zwang sich Ava dazu, sich einzugestehen, dass Cheska in Simon verliebt war. Und er vielleicht in sie. Sobald sie die Sicherheit ihres Zimmers erreicht hatte, legte sie sich aufs Bett und weinte. Sie beschloss, am Sonntagabend nicht mit Simon essen zu gehen, sondern gleich morgen nach der letzten Vorlesung nach Wales zu fahren und am Samstag LJ zu besuchen. Mary würde sie sicher bei sich im Cottage wohnen lassen, und obwohl sie LJ nichts von der Tragödie erzählen konnte, die Marchmont heimgesucht hatte, beruhigte sie allein schon der Gedanke, in der sicheren, soliden Gegenwart ihrer Tante zu sein. Übermüdet schloss sie die Augen, konnte aber nicht einschlafen. Dabei ging ihr durch den Kopf, wo das Feuer nach Ansicht der Ermittler ausgebrochen war. Sie wusste mit jeder Faser ihres Körpers, dass ihre Mutter log.

## Kapitel 51

»Guten Tag, Mr Glenwilliam. Ich habe einen Anruf von David Marchmont für Sie.«
»Danke, Sheila.«
»Glenwilliam?«
»Wie gut, dass Sie anrufen, Mr Marchmont.«
»Wirklich? Es tut mir leid, Sie zu stören, aber wir sind gestern Abend spät vom Trecken im Himalaja in unser Hotel in Lhasa zurückgekehrt. Da erwartete mich die Nachricht, ich möge dringend zu Hause anrufen. Ich habe es mehrfach in Marchmont versucht, aber ich komme nicht durch. Was ist passiert? Ist etwas mit meiner Mutter?«
»Nein. Meines Wissens ist bei ihr alles so weit in Ordnung. Zumindest ist sie in der Rehaklinik …«
»In der Rehaklinik?!«
»Ja, aber unter den Umständen können wir von Glück sagen, dass sie dort ist. Und Sie sind aus dem Grund nicht durchgekommen, weil Marchmont vor ein paar Tagen durch einen Brand halb zerstört wurde.«
»O mein Gott! Ist jemand zu Schaden gekommen?«
»Nein. Allerdings hatten wir zuerst befürchtet, dass sich Miss Hammond zu der Zeit im Haus befunden haben könnte.«
»Cheska?! Sie ist wieder in England?«
»Ja, obwohl sie im Moment in London zu sein scheint.«
»Guter Gott! Das klingt ja, als wäre die Hölle ausgebrochen! Sie sagen also, dass meine Mutter in einer Rehaklinik liegt, dass Marchmont abgebrannt und Cheska in London ist?«

»Miss Hammond wohnt offenbar im Savoy, das hat mir zumindest Ihre Haushälterin erzählt. Ich habe schon mehrfach im Hotel angerufen, aber sie hat noch nicht zurückgerufen. Ich muss dringend mit ihr sprechen. Jetzt, wo sie eine vorübergehende Vollmacht für Marchmont hat, kann ich ohne ihre Genehmigung nichts unternehmen. Außerdem ...«

»Eine vorübergehende Vollmacht? Cheska? Weshalb denn das?«

»Es tut mir leid, Mr Marchmont. Ihre Mutter hält sich deshalb in einer Rehaklinik auf, weil sie Mitte September einen Schlaganfall erlitten hat. Sowohl die Ärzte als auch ich hielten es für das Beste, wenn Miss Hammond sich während ihrer Genesung um die finanziellen Angelegenheiten des Anwesens kümmert.«

»Einen Schlaganfall? Wie schlimm?«

»Nach allem, was ich höre, geht es ihr schon sehr viel besser. Das größte Problem ist, dass vom Marchmont-Konto eine beträchtliche Geldsumme abgehoben wurde, und ich wollte nachfragen, ob das auf ihre Anweisung hin geschah, und natürlich auch, aus welchem Grund.«

»Warum in Gottes Namen haben Sie Cheska eine Vollmacht gegeben?!« Schließlich und endlich riss David der Geduldsfaden. »Konnten Sie nicht warten, bis Sie mit mir gesprochen hatten?«

»Es tut mir leid, David, aber Sie waren nicht zu erreichen. Natürlich habe ich ihr vorgeschlagen, das Anwesen in Ihrer Abwesenheit zu verwalten, aber sie war entschlossen, die Verantwortung selbst zu übernehmen. Ich konnte sie kaum daran hindern. Der Arzt Ihrer Mutter hat schriftlich bestätigt, dass Mrs Marchmont nicht in der Lage ist, sich um ihren Besitz zu kümmern.«

»Und Sie beide haben sich zweifellos von dem berühmten Gesicht und den langen Beinen den Kopf verdrehen lassen, Glenwilliam. Hat sie sich auch erkundigt, wer das Anwesen nach dem Tod meiner Mutter erben würde?«

»Ich denke, ja«, antwortete Mr Glenwilliam nach einer kurzen Pause.

»Und Sie haben es ihr gesagt?«

»Sie schien es bereits zu wissen, David. Ich habe es lediglich bestätigt.«

»Hören Sie, ich fliege so bald wie möglich zurück. Als Erstes werde ich in London mit Cheska sprechen und versuchen herauszufinden, was, zum Teufel, hier vor sich geht. Ich melde mich, sobald ich angekommen bin. Auf Wiedersehen.«

David knallte den Hörer auf die Gabel und warf sich seufzend aufs Bett.

Tor kam gerade aus der Dusche. »Ach, ist ein bisschen Luxus nicht schön, nachdem wir uns wochenlang aus Eimern gewaschen haben? Aber David, was ist los? Du bist ja leichenblass!«

»Ich hab's doch gewusst, dass wir nicht so lange unerreichbar sein sollten. In England ist die Hölle los!«

»Aber mein Schatz, genau das ist ja Sinn und Zweck der Sache. Von allem wegzukommen und uns eine Weile um nichts als uns selbst zu kümmern«, sagte sie sanft.

»Wenn ihr etwas passiert ist … Ich …« Davids Schultern bebten.

Tor setzte sich neben ihn und nahm ihn in den Arm. »Wenn wem etwas passiert ist? Was? Jetzt sag schon!«

»Meine Mutter hat einen Schlaganfall gehabt. Glenwilliam sagt, dass sie in einer Rehaklinik liegt. Und Cheska ist nach Hause gekommen.«

»Cheska? Sie ist in Marchmont?«

»Nein, Tor. Es hat ein Feuer gegeben, das Haus ist abgebrannt. Ich weiß nicht, wie schlimm der Schaden ist, aber Glenwilliam hat Cheska eine Vollmacht gegeben, und jetzt ist sie nach London gefahren, nachdem sie zuvor eine ›beträchtliche‹ Geldsumme, wie Glenwilliam es ausdrückt, vom Marchmont-Konto abgehoben hat.«

»Guter Gott! Da müssen wir wohl sofort nach London zurückkehren. Ich rufe an der Rezeption an, und du mach dir einen Drink. Und mir auch«, fügte sie hinzu.

David ging zur Minibar, schenkte sich einen großen Gin ein, füllte ihn mit Tonic Water und Eis auf und nahm einen kräftigen Schluck.

»Also.« Zwanzig Minuten später legte Tor den Hörer auf und machte sich daran, Hemden und Socken in Davids kleine Reisetasche zu packen. »Du fliegst noch heute Abend. Am schnellsten ist es über Beijing und von dort weiter nach London. Morgen Abend Ortszeit solltest du landen.«

»Und was ist mit dir?«

»In dem Flugzeug ist leider nur noch ein Platz frei, mein Schatz. Sie erkundigen sich jetzt wegen eines Flugs für mich. Und ich komme so bald wie möglich nach.«

»Das ist alles meine Schuld.« David seufzte unglücklich. »Ich hätte wissen sollen, dass Cheska nach Marchmont kommt, wenn ich weg bin.«

Tor zwang ihn mit sanftem Druck, sich aufs Bett zu setzen, und nahm seine großen Hände in ihre. »Lieber David, du hast dein Leben lang versucht, Greta, Cheska und Ava zu beschützen. Keine von ihnen ist auch nur mit dir verwandt. Nur, weil du dir eine Auszeit gegönnt hast, bist du noch lange nicht an irgendetwas schuld. Bitte vergiss das nicht.«

»Danke, Liebling. Ich tue mein Bestes.«

»So, und jetzt solltest du unter die Dusche gehen. In zwanzig Minuten musst du zum Flughafen.«

Am folgenden Nachmittag kehrte Ava im Anschluss an die Vorlesungen in ihr Zimmer zurück.

Sie setzte sich aufs Bett. Wenigstens hatte sie den Abend für sich und konnte ein bisschen arbeiten. Da klopfte es an der Tür.

»Ava, ein Anruf für dich«, sagte eine Stimme.

»Danke«, sagte Ava und ging zum Münztelefon.

»Ja bitte?«

»Ich bin's, Mary. Es tut mir leid, dich schon wieder belästigen zu müssen, aber ich wusste nicht, was ich sonst tun soll. Ich hab's gestern Abend bereits versucht, aber da ist niemand rangegangen.«

»Ist etwas mit LJ?« Avas Herz setzte einen Schlag aus.

»Ava, erschrick nicht, sie ist nicht tot, oder davon gehe ich zumindest nicht aus. Sie ist ... Sie ist einfach nicht mehr da.«

»Nicht mehr da? Was meinst du damit?«

»Gestern Abend wollte ich sie in der Klinik besuchen. Die Schwester war überrascht, mich zu sehen. Sie dachte, ich würde wissen, dass Mrs Marchmont von ihrer Nichte abgeholt wurde. Aber wohin sie sie gebracht hat, wusste sie nicht.«

»Wie bitte?! Du willst mir erzählen, dass Cheska sie aus der Reha abgeholt und uns nichts davon gesagt hat?«

»Ja. Am Mittwoch, bevor sie nach London gefahren ist. Mir hat sie aufgetragen, ich soll deine Großtante zwei oder drei Tage nicht besuchen, weil sie zu Untersuchungen in Abergavenny im Krankenhaus wäre.«

»Dann wird sie doch wohl dort sein, oder nicht?«

»Nein. Da habe ich natürlich gleich angerufen, und die sagten, dass die Untersuchungen erst nächste Woche sind.« Ava hörte, dass Mary ein Schluchzen unterdrückte.

»Also, ganz einfach, dann rufe ich jetzt meine Mutter an und frage sie, wohin sie sie gebracht hat und warum.«

»Ich hab's gestern Abend im Savoy versucht, aber die Frau am Empfang hat gesagt, sie hätte ihr Telefon bis auf Weiteres gesperrt. Ach Ava, was hat deine Mutter bloß mit ihr gemacht?«

»Keine Ahnung, aber ich verspreche dir, das finde ich heraus. Bitte versuch, dir keine Sorgen zu machen, Mary. Hast du von Onkel David gehört? Laut Reiseplan sollte er mittlerweile eigentlich schon wieder in seinem Hotel in Lhasa sein.«

»Nein, aber er ruft bestimmt an, sobald er die Nachricht bekommt.«

»Er muss dringend nach Hause kommen. Er ist der Einzige, der das Ganze noch irgendwie verstehen kann. Ich melde mich, wenn ich mit meiner Mutter gesprochen und herausgefunden habe, wo sie LJ hingebracht hat.«

»Danke, Herzchen. Aber bitte pass auf, wenn du sie siehst, ja?«

»Was meinst du damit?«, fragte Ava.

»Ich ... ach, nichts. Aber weißt du, vielleicht ist deine Mutter nicht ganz so, wie sie sich gibt.«

Simon klopfte an der Tür zu Cheskas Suite.

»Herein!«, rief sie. Er drückte auf die Klinke und stellte fest, dass die Tür offen war.

»Hallo?«, sagte er, als er den Raum betrat.

»Hierher, mein Liebling«, erklang eine Stimme aus dem Schlafzimmer. »Komm rein.«

»Gut.« Er öffnete die Tür. »Entschuldige die Verspätung, Cheska, ich ...«

Beim Anblick, der sich ihm bot, verschlug es ihm die Sprache. Cheska lag auf dem Bett, bekleidet mit schwarzem BH, Unterhöschen und Seidenstrümpfen, die an einem Strumpfhalter aus Spitze befestigt waren. In der Hand hielt sie ein Glas Champagner.

»Guten Tag, mein Liebling.« Sie lächelte.

»Wo ist der Plattenproduzent, den ich hier treffen soll?«, fragte Simon und bemühte sich, den Blick auf irgendetwas anderes zu richten als auf Cheskas halbnackten Körper.

»Er kommt später. Komm her, mein Liebling. Wir haben so vieles zu feiern.« Sie streckte die Arme nach ihm aus.

Simon ließ sich auf den nächstbesten Stuhl fallen.

»Bobby, du brauchst gar nicht so schüchtern zu tun. Das warst du doch früher auch nicht!«

»Cheska, ich habe keine Ahnung, wovon du sprichst. Und zum tausendsten Mal, ich heiße Simon.«

»Natürlich. Komm, trink einen Schluck Champagner. Das entspannt dich.«

»Nein danke. Hör mal, Cheska, ich glaube, das ist ein Missverständnis.«

»Was für ein Missverständnis?«

»Ich glaube, ich ...« Simon rang um die richtigen Worte. »Ich glaube, du willst von mir Dinge, die ich dir einfach nicht geben kann.«

»Was zum Beispiel?« Cheska lächelte verführerisch. »Wenn du deinen Körper meinst, dein Herz und deine Seele, ja, dann hast du recht. Die will ich. Bobby, ich liebe dich. Ich habe dich immer geliebt. Ich weiß, du bist sauer auf mich wegen der Sache damals, aber das mache ich wieder wett, das schwöre ich. Außerdem ist dein Gesicht ja inzwischen verheilt.« Unvermittelt stand sie auf und setzte sich mit gespreizten Beinen auf seinen Schoß. »Bitte, Bobby, verzeih mir, verzeih mir.« Sie beugte sich vor und küsste ihn auf den Hals.

»*Nein!*« Simon sprang auf und warf sie von seinem Schoß, so dass sie nach hinten taumelte.

Im letzten Moment fing sie sich und sah ihn schmachtend an. »Ich weiß, du zierst dich. Du hast immer mit mir kokettiert. Aber jetzt hör auf damit, Bobby. Lass uns die Vergangenheit vergessen und neu anfangen. Unser Leben wird ganz wunderbar. Ich ziehe nach London, damit wir zusammen sein können. Ich habe in Knightsbridge eine traumhafte Wohnung gesehen, die miete ich für uns. Ich habe eine fabelhafte Rolle in einer Fernsehserie, du wirst einen Aufnahmevertrag bekommen, und ...«

»*Hör auf! Hör auf!*« Simon packte sie an den Schultern und schüttelte sie.

Cheska lächelte ihn unverwandt träumerisch an. »Ich weiß, es hat dir immer schon Spaß gemacht, mir manchmal ein bisschen

Schmerzen zu bereiten. Ich habe nichts dagegen. Alles, was dir gefällt, mein Liebling. Alles.«

Mit einem Fuß rieb sie ihm liebkosend das Bein. »Halt den Mund!«, fuhr Simon sie an und schlug ihr mit der Hand ins Gesicht. Nicht fest genug, um ihr wehzutun, doch durch den Schrecken verstummte sie. Verletzt blickte sie zu ihm auf.

»Bobby, was habe ich denn gemacht? Sag's mir doch bitte.«

Simon führte sie zu einem Sessel und drückte sie hinein. »Cheska, zum letzten Mal, ich heiße nicht Bobby. Ich bin Simon Hardy. Ich kenne dich erst seit ein paar Wochen. Wir haben keine Vergangenheit, und wir haben auch keine Zukunft.«

»Ich ... ach, du warst immer schon grausam, Bobby.« Ihre Augen füllten sich mit Tränen. »Magst du mich nicht mehr? Sag mir, was habe ich denn getan?«

»Cheska, du hast gar nichts getan. Es würde nur einfach nicht funktionieren, das ist alles.«

»Bitte, gib mir die Chance, dir zu zeigen, wie glücklich ich dich machen kann.«

»Nein. Bitte versteh, dass eine Beziehung unmöglich ist.«

»Wieso?«

»Weil ich in eine andere Frau verliebt bin.«

Cheska starrte in die Ferne. Als sie ihn wieder ansah, war ihr Blick von Hass erfüllt.

»Jetzt machst du dasselbe wieder, stimmt's?«

»Nein, Cheska, das habe ich noch nie gemacht. Weder mit dir noch mit einer anderen Frau.«

»Lüg doch nicht! Die ganzen Nächte, die wir miteinander verbracht haben. Du hast immer gesagt, dass du mich liebst, dass du mich immer lieben würdest, und dann, und dann ...« Cheskas Stimme erstarb.

»Ich habe keine Ahnung, wovon du sprichst, und jetzt gehe ich.« Simon wandte sich zum Gehen.

»Wer ist sie?! Deine Frau, die du die ganzen Jahre versteckt hast, oder das Flittchen von der Maske, das du zur selben Zeit gevögelt hast wie mich?«

»Wie ich schon sagte, ich habe keine Ahnung, von wem oder was du sprichst. Es tut mir leid, dass es so gekommen ist.« Er ging zur Tür.

»Wenn du jetzt gehst, dann schwöre ich, dass ich dich wieder so bestrafe wie damals.«

Simon drehte sich zu ihr um und sah das Dunkle in ihrem leeren Blick.

»Cheska, ich glaube, du brauchst Hilfe. Auf Wiedersehen.«

Auf der ganzen Busfahrt zum Savoy gingen Ava Marys Worte nicht aus dem Kopf. In den letzten Wochen hatte sie immer wieder erlebt, dass Cheskas Laune binnen einer Sekunde umschlagen konnte, doch sie hatte das merkwürdige Verhalten ihrer Mutter darauf zurückgeführt, dass sie in einer abgehobenen Welt gelebt hatte und berühmt war. Jeder, der ihr begegnete, fühlte sich privilegiert und geehrt, und alle fanden sie hinreißend. Ava musste zugeben, dass auch sie am Anfang Cheskas Zauber erlegen war.

Doch mittlerweile wusste sie, dass ihre Mutter sowohl sie als auch Mary angelogen oder zumindest es nicht für nötig erachtet hatte zu erwähnen, dass sie LJ aus der Rehaklinik abgeholt hatte. Und was das Feuer betraf – Ava seufzte, als sie aus dem Bus stieg –, glaubte der Inspektor wirklich, dass Cheska nichts damit zu tun hatte? Hatte auch er sich von ihr einnehmen lassen?

Was immer er dachte, das Problem war, dass Ava wenig daran ändern konnte. Cheska war ihre Mutter, sie konnte ihn schlecht anrufen und ihm von ihrem Verdacht erzählen.

Fröstelnd in der nebligen Oktoberkälte ging sie das kurze Stück die Straße entlang zum Eingang des Savoy. Dabei überlegte sie sich, was sie Cheska sagen sollte. Ihr Vorwürfe zu machen führte grundsätzlich zu Tränen aufseiten ihrer Mutter und zu Schuldgefühlen und Entschuldigungen ihrerseits. Diese Gedanken gingen ihr gerade durch den Kopf, als sie eine vertraute Gestalt durch die Drehtür des Hotels kommen sah.

Sie trat in den Schatten des Gebäudes zurück, doch Simon hatte sie bereits entdeckt und kam auf sie zu.

»Guten Abend, Ava.«

Sie bemerkte, dass er etwas aufgelöst wirkte und sein Atem schwer ging. »Ist alles in Ordnung?«

»Ja, na ja, einigermaßen«, antwortete er ausweichend.

»Du warst gerade bei meiner Mutter«, sagte sie, wendete den Blick ab und versuchte so zu tun, als wäre es ihr gleichgültig.

»Ja, das stimmt. Sie sagte, ich müsste jemanden treffen. Einen weiteren Plattenproduzenten, um genau zu sein.«

»Toll. Ich hoffe, es lief gut.«

»Um ehrlich zu sein, er war nicht da.«

»Das tut mir leid.«

»Ava, sag mal, kannst du aufhören, mich wie einen Fremden zu behandeln? Ich versichere dir, es ist nicht so, wie's aussieht.«

»Du bist der Zweite, der mir das heute sagt.« Sie zuckte mit den Achseln.

»Tut mir leid, dir mit Wiederholungen zu kommen, aber ich glaube, nach dem, was gerade da oben passiert ist, habe ich deine Mutter völlig falsch verstanden.«

»Was ist denn passiert?«

»Weißt du, ich muss in zwanzig Minuten im Theater sein, und es ist ziemlich schwierig zu erklären.«

»Warum versuchst du's nicht wenigstens?« Ava schaute auf ihre Füße. Auf alles, nur nicht zu ihm.

»Ich glaube, deine Mutter hat … ein Auge auf mich geworfen.«

»Tatsächlich? Und das merkst du erst jetzt?«

»Ja, ich meine, nein. Mir war schon klar, dass sie sehr nett zu mir war. Aber ich dachte, das wäre deinetwegen.«

»Wieso denn meinetwegen?«

»Na ja, es ist doch nichts Ungewöhnliches, wenn eine Mutter sehr freundlich zum Freund ihrer Tochter ist, oder?«

»Aber Simon, du bist doch nicht mein Freund. Wir haben uns noch nicht einmal geküsst.«

»Ich ...« Simon umfasste sanft ihre Oberarme und zog sie zu sich. »Schau mich an, Ava, bitte.«

»Simon, wenn du dich mit meiner Mutter treffen willst, dann ist das deine Sache, aber bitte verlang nicht, dass es mir gefällt.«

»Aber das will ich doch gar nicht, du dummes Ding! Ich war nur unseretwegen nett zu ihr. Ich wollte sozusagen den Weg ebnen.«

»Wofür?«

»Für uns! Ava, sieh doch, du bist so viel jünger als ich, und ich wollte dich nicht drängen. Ich dachte, wir könnten uns langsam kennenlernen, ohne Zeitdruck. Aber dir muss doch klar sein, dass du mir gefällst.«

»Ich weiß gar nichts mehr.« Ava schüttelte bedrückt den Kopf. »Ich bin gerade schrecklich verwirrt wegen allem.«

»Das ist doch klar«, meinte er verständnisvoll. »Bitte, lass dich von mir in den Arm nehmen. Ja?«, bat er sie.

Ava stand stocksteif da, während er die Arme um sie legte.

»Wieso bist du überhaupt hier?«, fragte er.

»Weil Cheska meine Großtante allem Anschein nach aus der Rehaklinik abgeholt hat und niemand weiß, wo sich LJ befindet. Ich schwör's dir, Simon, wenn sie mir nicht sagt, wo LJ ist, rufe ich bei der Polizei an und sage, dass LJ gekidnappt wurde. Warum sollte sie so etwas tun?«

»Das weiß ich auch nicht, aber nach allem, was ich da oben gerade erlebt habe, würde ich sagen, dass bei ihr einiges nicht ganz stimmt.«

»Da hast du recht.« Ava unterdrückte ein Schluchzen, und Simon zog sie enger an sich. »Wenn sie LJ etwas angetan hat, dann schwöre ich, ich ...«

»Weißt du was, Ava, ich möchte nicht, dass du ohne mich zu deiner Mutter gehst. Warte bis nach der Vorstellung, dann reden wir zusammen mit ihr. Versprochen?«

»Wenn du meinst, dass es wirklich wichtig ist«, sagte sie.

»Das ist es.« Simon nickte heftig und küsste sie auf die Stirn.

Nachdem Bobby gegangen war, hatte Cheska sich schnell angezogen und war aufgebrochen, um ihm ins Theater zu folgen. Es war ja nur verständlich, dass er ihr nachtrug, was sie ihm angetan hatte. Sie musste es ihm noch einmal erklären, musste alles einrenken und ihm vor Augen führen, wie die Zukunft aussehen würde. Cheska trat aus dem Lift, ging durch die Lobby und zur Drehtür hinaus, um sich ein Taxi zu nehmen. Während sie wartete, dass der Hotelportier eines für sie rief, sah sie aus dem Augenwinkel in ein paar Metern Entfernung Bobby stehen. Er hielt eine Frau im Arm, doch wer sie war, konnte sie nicht erkennen. Sie verfolgte, wie er das Kinn des Mädchens anhob, und sah, dass es Ava war, ihre Tochter.

»Du Verräter!«, fluchte sie leise. Weißglühender Zorn stieg in ihr auf. Sie sah, wie die beiden sich von ihr abwandten und die Straße entlang Richtung Strand gingen. Bobby hatte den Arm beschützend um Avas Schultern gelegt. Cheska bedeutete dem Hotelportier und dem wartenden Taxifahrer, dass sie dessen Dienste doch nicht benötige, und folgte den beiden. Auf dem Strand blieben sie stehen, Bobby gab Ava einen Kuss auf die Stirn, drückte sie noch einmal an sich und ging davon. Ava stand auf dem Bürgersteig und wartete, dass die Ampel umschaltete, damit sie die Straße überqueren konnte.

Eine Erinnerung wurde in Cheska wach. Hier hatte sie schon einmal gestanden.

Die Stimmen sagten ihr, was sie tun sollte, wie schon damals, vor so vielen Jahren.

Mit raschen Schritten ging Cheska auf ihre Tochter zu.

## Kapitel 52

Bei der Landung in Heathrow fühlte sich David erschlagen und mit den Nerven am Ende. Sobald er den Zoll passiert hatte, verließ er das Flughafengebäude und ging zum Taxistand.

»Zum Hotel Savoy, bitte.«

Sie kamen gut voran, bis sie den Anfang des Strandes erreichten, wo der Verkehr ins Stocken geriet. David saß im Taxi und versuchte, sich zu sammeln und zu überlegen, was genau er sagen würde, wenn er Cheska gegenüberstand.

»In Ordnung, der Herr, wenn ich Sie hier absetze? Da vorne ist was passiert. Wenn Sie die letzten paar Meter zu Fuß gehen, ist das schneller, als im Wagen zu sitzen.«

»Ja, gut.«

David stieg aus, griff nach seiner kleinen Reisetasche und lief Richtung Savoy. Um die Straße zu überqueren, schlängelte er sich zwischen den Autos hindurch, die Stoßstange an Stoßstange standen. Offenbar war an der Ampel vor dem Eingang zum Savoy ein Unfall passiert.

Eine Menschentraube stand um eine Person herum, die am Rand des Bürgersteigs auf der Straße lag. David stockte der Atem, der Anblick rief die schlimmsten Erinnerungen in ihm wach. Er sah nicht hin, als er an der Menschenansammlung vorbeiging. Doch als er den Bürgersteig erreicht hatte, veranlasste ihn irgendetwas dazu, stehen zu bleiben und sich umzudrehen. In dem Moment wurde die Trage in den Sanitätswagen gehoben, und David erhaschte einen Blick auf einen Schopf langer blonder Haare und ein vertrautes Profil.

»O mein Gott, nein ...«, rief er und drängte sich durch die Menge hindurch, stieg in den Rettungswagen und erklärte den Sanitätern, wer er war.

»Sir, wir müssen fahren. Wir halten den ganzen Verkehr auf. Kommen Sie mit?«

»Ja. Wie schlimm ist sie verletzt?«, fragte David.

»Reden Sie doch selbst mit ihr. Sie ist wach und bei Sinnen. Wir fahren sie zur Notaufnahme, um sie auf mögliche Brüche untersuchen zu lassen. Das Auto hat sie an der Schulter erwischt, und sie hat einen Schlag am Kopf bekommen, aber abgesehen davon scheint sie unverletzt zu sein. Der Verkehr hat sich so langsam bewegt, dass der Aufprall gering war. Ava«, rief der Sanitäter über das Heulen der Sirene hinweg nach hinten, »schauen Sie mal, wer da ist!«

David ging nach hinten, setzte sich neben sie und nahm ihre Hand. »Ava, ich bin's, Onkel David.«

Mit einem Flattern öffneten sich Avas Augen. Als sie schließlich erkannte, wer da an ihrer Trage saß, breitete sich ungläubiges Staunen auf ihrem Gesicht aus. »Onkel David, bist das wirklich du, oder halluziniere ich wegen des Unfalls?«

»Nein, mein Schatz, das bin wirklich ich.«

»Gott sei Dank bist du jetzt da. Gott sei Dank!«, sagte Ava, Tränen rollten ihr über die Wangen.

»Ja, jetzt bin ich da, jetzt wird alles wieder gut. Bitte, mach dir keine Sorgen mehr. Weißt du, wo sich deine Mutter befindet?«

»Nein, nicht im Moment«, antwortete sie benommen. »Ich wollte zu ihr ins Savoy und sie fragen, was sie mit LJ angestellt hat, aber Simon hat mich davon abgehalten.«

»Was meinst du mit ›was sie mit LJ gemacht hat‹?«

»Sie hat sie aus der Rehaklinik geholt und uns nicht gesagt, wohin sie sie gebracht hat. Entschuldigung, Onkel David, ich ...«

Bis sie am St. Thomas Hospital vorfuhren, war Ava wieder

in einen Dämmerschlaf gefallen. »Machen Sie sich deswegen keine Gedanken, Sir«, sagte der Sanitäter beruhigend, als sie sie aus dem Wagen hoben. »Sie kam mir sehr klar im Kopf vor. Viel Glück«, fügte er hinzu und überließ Ava der Krankenschwester in der Notaufnahme.

Während Ava zur Untersuchung davongerollt wurde, füllte David die notwendigen Formulare aus. Dann saß er im Wartezimmer und fragte sich, was Ava wohl gemeint haben könnte, als sie sagte, LJ sei aus der Rehaklinik abgeholt worden. Oder hatte Ava laut geträumt? Er kramte sein Adressbuch aus seiner Reisetasche, ging zur nächsten Telefonzelle und wählte Marys Nummer. Seine Münzen reichten zwar nur, um kurz mit ihr zu sprechen, doch sie bestätigte, was Ava gesagt hatte. Sein Herz setzte einen Schlag aus. Er bat Mary, in allen Krankenhäusern und Pflegeeinrichtungen der Umgebung anzurufen und sich zu erkundigen, ob LJ vielleicht dort sei. Dann kehrte er ins Wartezimmer zurück und beruhigte sich mit der Überlegung, dass doch nicht einmal Cheska dazu in der Lage wäre, LJ aus dem Weg zu räumen. Oder doch? Irgendwo musste seine Mutter ja sein, und er würde sie finden, koste es, was es wolle. Sofern Avas Zustand stabil war, würde er abends gleich zum Savoy fahren und mit seiner Nichte reden, und wenn er ihre Tür einschlagen musste. Die zweite Frage, die ihn unablässig beschäftigte, war, ob Avas Unfall wirklich nur ein grotesker Zufall oder vielleicht Cheska daran beteiligt gewesen war – aus welchem irren Grund auch immer, den ihr verstörter Geist erfunden hatte?

*Warum bist du bloß weggefahren?*, warf er sich vor. Er hätte sich doch denken können, dass Cheska eventuell nach England kommen würde! Sie besaß kein Geld mehr, ihre Karriere in Hollywood war am Ende. Die arme, unschuldige Ava, die nichts von der dunklen Seite ihrer Mutter wusste, war die Leidtragende. Und seine Mutter natürlich …

Endlich kam ein Arzt zu ihm.

»Wie geht es ihr?«

»Die gute Nachricht ist, dass ihre Schulter wohl nicht gebrochen ist, aber vom Aufprall hat sie eine leichte Gehirnerschütterung. Wir behalten sie zur Beobachtung über Nacht hier. Ich habe gerade auf der Station ein Bett für sie reserviert. Wenn alles gut geht, wird sie morgen früh entlassen. Sie können mit ihr reden, sie sitzt im Bett und trinkt gerade eine Tasse Tee.«

Der Arzt führte ihn den Gang entlang und zog vor einem Bett die Vorhänge beiseite. »Ich muss gehen, ich habe noch andere Patienten«, entschuldigte er sich.

David setzte sich auf den Stuhl neben Avas Bett. Sie sah viel besser aus als noch vor wenigen Stunden. »Wie geht es dir, mein Liebling?«

»Von schlimmen Kopfschmerzen abgesehen gar nicht so schlecht. Der Arzt meinte, ich hätte noch mal Glück gehabt.«

»Das stimmt allerdings.«

»Onkel David, du weißt doch, als meine Großmutter Greta ihren Unfall hatte – das war doch auch vor dem Savoy, oder?«

»Ja, das stimmt.«

Ava schauderte. »Ein schrecklicher Zufall, oder?«

»Ja, das ist es, aber mehr auch nicht.« David sprach mit einer Zuversicht, die er nicht empfand.

»Wie spät ist es?«

»Halb zehn. Du bist seit fast drei Stunden hier. Wieso?«

»Weil ich Simon gesagt habe, dass ich ihn nach der Aufführung vom Theater abhole. Wir müssen herausfinden, wo LJ ist. Ich mache mir solche Sorgen um sie. Könntest du zu Simon gehen und ihm erklären, was passiert ist? Und dann kannst du vielleicht mit meiner Mutter sprechen.«

»Simon?« David kratzte sich am Kopf. »Wer ist das?«

»Du hast ihn auf dem Fest zu LJs fünfundachtzigstem Geburtstag gesehen. Da sagtest du, er würde dich an jemanden erinnern, den du kennst.«

»Ja. Irgendwann ist mir eingefallen, dass er aussieht wie ein Mann namens Bobby Cross.« David seufzte.

»Bobby?« Ava runzelte die Stirn. »Das ist komisch, weil meine Mutter ihn ständig Bobby nennt.«

»Ach ja?«

»Ja. Und Simon war vorhin bei ihr gewesen, weil Cheska ihn angeblich einem Plattenproduzenten vorstellen wollte. Ich habe ihn getroffen, als er gerade aus dem Savoy kam, und er hat gesagt, dass Cheska regelrecht über ihn hergefallen ist.«

David war davon ausgegangen, dass die Situation eigentlich nicht noch schlimmer werden könnte, aber da hatte er sich offenbar getäuscht.

»Könntest du zu Simon gehen, Onkel David? Es ist nicht weit von hier, und in einer Viertelstunde ist die Vorstellung zu Ende.«

»Ava, ich denke, ich sollte bei dir bleiben.«

»Nein, es geht mir wirklich viel besser. Und es würde mir noch besser gehen, wenn ich wüsste, dass LJ nichts passiert ist. Aber bitte sei vorsichtig. Simon war wirklich verstört über das Verhalten meiner Mutter.«

»Mach dir meinetwegen keine Gedanken, Ava. Ich kenne deine Mutter, seit sie ein Kind war. Aber ich würde mich doch gern mit Simon unterhalten und erfahren, was genau geschehen ist. Obwohl ich es mir ganz gut vorstellen kann.«

»Wirklich?«

»Ja.«

Die Krankenschwester öffnete den Vorhang und sagte, Avas Bett auf der Station sei fertig. »Können Sie sich auf den Rollstuhl setzen, oder sollen wir Sie auf der Trage hochbringen?«

»Eindeutig der Rollstuhl«, antwortete Ava sofort und stand auf. »Sehen Sie? Mir geht's prima, Onkel David. Bitte geh und finde heraus, wo LJ abgeblieben ist.«

»Um diese Zeit dürfen Sie sowieso nicht mehr auf die Station, Sir«, erklärte die Schwester.

»Gut. Aber könnten Sie mir die Nummer der Station geben, damit ich später anrufen und mich erkundigen kann, wie es Ava geht?«

»Natürlich. Die bekommen Sie beim zentralen Empfang. So, und hier ist Ihre Kutsche, Madame«, scherzte die Schwester, als der Pfleger mit dem Rollstuhl eintraf. Ava nahm darin Platz, und David küsste sie zum Abschied auf die Wange.

»Wenn es irgendwelche Schwierigkeiten gibt, Sie wissen, wo Sie mich erreichen können«, sagte David zu der Schwester.

»Auf Wiedersehen, Onkel David. Bitte komm morgen früh, und lass mich wissen, was du herausgefunden hast, ja?«

»Das mache ich, versprochen«, sagte er und warf ihr eine Kusshand zu, als Ava in den Aufzug geschoben wurde und sich die Türen schlossen.

Vor dem Krankenhaus stieg David in ein Taxi und ließ sich zum Queen's Theatre an der Shaftesbury Avenue fahren. Unterwegs versuchte er, sich einen Reim darauf zu machen, was Ava ihm erzählt hatte.

Als Simon nach der Aufführung in seine Garderobe kam, fand er einen höchst unwillkommenen Gast dort vor.

»Guten Abend, mein Liebling. Ich bin gekommen, um dir zu sagen, dass ich gut verstehen kann, warum du so wütend bist auf mich. Es war wirklich nicht nett von mir, aber du hattest mir so wehgetan, weißt du, und ich …«

»Cheska, es tut mir leid, aber wie ich dir vorhin schon sagte, ich habe keine Ahnung, wovon du sprichst. Und es wäre mir wirklich lieber, wenn du jetzt gehen würdest.« Simon setzte sich mit dem Rücken zu ihr an den Schminktisch.

»Jetzt komm schon, Bobby«, schmeichelte sie. Sie stand auf, ihre Gestalt tauchte hinter ihm im Spiegel auf. »Du musst dich doch an die schönen Zeiten erinnern, die wir miteinander hatten.« Sie begann, seine Schultern zu massieren.

»Zum letzten Mal, Cheska«, sagte er bestimmt und schüttelte ihre Hände ab, ehe er aufstand und sich zu ihr umdrehte. »Ich habe keine Ahnung, wer dieser Bobby ist, weil ich Simon heiße. Und wenn du jetzt nicht freiwillig gehst, dann muss ich leider die Sicherheitsleute rufen.«

Schlagartig veränderte sich der Ausdruck auf Cheskas Gesicht. »Du willst mich rausschmeißen? Nach allem, was zwischen uns war? Nach dem, was du mir angetan hast? Ich habe dich vorhin mit Ava gesehen. Das war widerlich!«

»Wie bitte? Wieso in aller Welt soll das widerlich sein? Ich bin in sie verliebt! Und ich glaube, ich möchte später einmal mein Leben mit ihr verbringen. Und wenn dir das nicht passt, dann hast du Pech gehabt!«

Cheska warf den Kopf in den Nacken und brach in hysterisches Gelächter aus. »Jetzt komm, Bobby, du weißt doch genau, dass du nie mit Ava zusammen sein kannst.«

»Sag mir einen Grund dafür.«

»Weil ...«, Cheskas Augen funkelten triumphierend, »sie deine Tochter ist!« Sie spuckte das Wort förmlich aus. »Also, was sagst du dazu?«

Simon sah sie bestürzt an. »Du bist wirklich verrückt, stimmt's?«

»Verrückt? Wohl kaum. Das Schwein bist du. Du hast mich geschwängert und mich dann sitzen gelassen. Jawohl, sitzen gelassen hast du mich! Und ich war erst sechzehn!«

»Cheska, ich wiederhole es noch einmal, ich glaube wirklich, dass du mich verwechselst.« Simon bemühte sich, mit ruhiger Stimme zu sprechen, denn die von Cheska war gellend laut geworden. Er sah den Wahnsinn in ihren Augen. Als sie auf ihn zuging, bewegte er sich langsam auf die Tür zu.

»Du warst schon immer ein Schuft und ein Lügner!« Völlig unvermittelt schlug sie ihm ins Gesicht, dann ein zweites und ein drittes Mal, bis Simon, der zuerst vor Schreck wie gelähmt war, sie an den Handgelenken packen konnte.

»Hör auf!«, sagte er und hielt sie fest. Schnell wie der Blitz senkte sie den Kopf und biss ihn in die Hand. Simon schrie auf und ließ Cheskas Arme los, woraufhin sie wie eine Furie auf ihn losging und ihm mit ihren langen roten Fingernägeln das Gesicht zerkratzte. Sie stieß ihm ein Knie zwischen die Beine. Er brüllte vor Schmerz und war unfähig, sich zu bewegen. Während er sich vornüberbeugte, um Luft zu bekommen, legte sie ihm die Hände um den Hals und begann zuzudrücken.

»Du hast es nicht verdient zu leben«, hörte er sie schreien, als Flecken vor seinen Augen zu tanzen begannen. Der eiserne Würgegriff um seinen Hals ließ nicht nach, während sie ihn gleichzeitig mit Verwünschungen überschüttete. Zu benommen, um sich zu wehren, fiel er zu Boden, und sie landete auf ihm.

*O mein Gott*, dachte er, *sie will mich wirklich umbringen. Ich werde hier sterben ...*

Er war kurz davor, das Bewusstsein zu verlieren, als er jemand durch die Tür kommen sah. Die Person packte Cheska von hinten, der Griff um seinen Hals löste sich. Hustend und keuchend füllte sich seine Lunge mit Luft, und er sah ein Gesicht, das ihm zwar bekannt erschien, das er aber nicht zuordnen konnte. Dieser Mann hielt Cheska an den Schultern fest, während sie mit Händen und Füßen nach ihm schlug.

»Cheska, hör auf! Genug! Jetzt ist Onkel David hier, jetzt wird alles gut.«

Plötzlich erlahmte Cheskas Widerstand, wie eine Lumpenpuppe fiel sie an seine Brust. »Es tut mir leid, Onkel David, ich wollte niemandem wehtun, wirklich nicht. Bobby war einfach nicht besonders nett zu mir. Bitte tu mir nichts, ja?«

»Natürlich tue ich dir nichts. Ich kümmere mich um dich. Das habe ich doch immer schon getan«, beruhigte er sie.

Simon setzte sich auf, der Schwindel in seinem Kopf ließ etwas nach, und er verfolgte, wie der Mann Cheska in die Arme schloss und ihr sacht übers Haar strich. »Ich glaube, ich bringe dich jetzt nach Hause und ins Bett, Cheska, ja? Du bist völlig erschöpft.«

»Das stimmt«, sagte sie.

Der Mann warf Simon einen Blick zu, während er Cheska zu einem Stuhl führte und sie darauf Platz nehmen ließ. Jetzt wirkte sie fast katatonisch. Sie starrte vor sich hin, alle Aggressivität war verschwunden.

Plötzlich wurde Simon klar, dass es sich bei seinem Retter um David Marchmont handelte, Avas Onkel, der vielen seiner Fans als »Taffy« bekannt war.

»Sind Sie verletzt?«, fragte David im Flüsterton über Cheskas Kopf hinweg.

»Ich glaube nicht«, antwortete Simon und drückte ein Papiertaschentuch auf die Bisswunde, um die Blutung zu stoppen. »Sie hat mich überrumpelt, sonst nichts.«

David ließ Cheska auf dem Stuhl sitzen und ging zu Simon, um ihm vom Boden aufzuhelfen. »Ava hat heute Abend einen kleinen Unfall gehabt. Ihr geht es gut, aber vielleicht könnten Sie für mich im Krankenhaus St. Thomas anrufen und nachfragen, ob alles in Ordnung ist«, flüsterte er. »Wir müssen uns morgen unterhalten. Treffen wir uns doch um zehn im Krankenhaus. Und jetzt«, sagte er lauter und wandte sich wieder zu Cheska, »bringe ich dich ...«

Doch Cheska war schon aufgestanden und öffnete die Tür. Ehe einer der beiden Männer reagieren und sie aufhalten konnte, war sie bereits im Flur und lief Richtung Ausgang. David rannte ihr nach und sah sie nur noch zur Bühnentür hinaus in die Nacht verschwinden. Als er selbst wenige Sekunden später auf der belebten Straße stand, blickte er sich um, aber von Cheska war nichts zu sehen.

»Verdammt!«, fluchte er. Er wusste, dass er sie nicht hätte loslassen dürfen. Jetzt konnte er nur hoffen, dass sie von sich aus ins Savoy fuhr. Er beschloss, sofort ein Taxi zum Hotel zu nehmen für den Fall, dass Cheska ihre Sachen packen und verschwinden wollte.

Vor dem Savoy angekommen, stieg David aus, drückte Sam, dem Portier, ein Trinkgeld in die Hand und ging weiter, machte dann aber kehrt. »Haben Sie zufällig meine Nichte Cheska Hammond heute Abend das Hotel verlassen sehen? Und wissen Sie, ob sie mittlerweile zurückgekommen ist?«

Der Portier kannte David von früher. »Das habe ich, Sir. Sie hat das Hotel gegen halb sieben verlassen und mich gebeten, ihr ein Taxi zu besorgen. Das habe ich gemacht, aber da hatte sie es sich offenbar schon anders überlegt, denn ich sah sie Richtung Strand laufen. Ich bin davon ausgegangen, dass sie einen Bekannten gesehen hatte. Das weiß ich deswegen noch so genau, weil es kurz vor dem scheußlichen Unfall an der Ampel war. Der Taxifahrer, den ich angehalten hatte, war ziemlich verärgert, weil er eine gute halbe Stunde ohne Fahrgast hier festsaß, bis die Straße wieder freigegeben wurde. Und seitdem habe ich sie nicht mehr zu Gesicht bekommen, Sir.«

»Danke, Sam«, sagte David und steckte ihm einen Schein zu. Als Nächstes trat er an die Rezeption und erklärte, dass er seine Nichte Miss Hammond hier in ihrer Suite treffen sollte, sie aber noch nicht zurückgekehrt sei. »Wäre es möglich, dass ich in ihrem Zimmer auf sie warte? Es könnte noch eine ganze Weile dauern, bis sie kommt.«

»Normalerweise ist das nicht möglich, Sir, aber da Sie es sind, ist es sicher in Ordnung. Lassen Sie mich kurz mit dem Manager sprechen.«

Während David ungeduldig am Tresen wartete, dachte er über das nach, was der Portier ihm erzählt hatte. Er musste morgen dringend mit Ava und auch mit Simon sprechen, aber wenn Cheska die beiden wirklich zusammen vor dem Hotel gesehen hatte …

Es gelang ihm, dankbar zu lächeln, als die junge Frau am Empfang ihm erklärte, dass der Manager kein Problem darin sehe, ihn in Cheskas Suite zu lassen.

Dort angekommen, ging er durch die elegant ausgestatteten Räume und sah die vielen Einkaufstüten von Harrods und anderen Designer-Boutiquen, die ungeöffnet im Ankleidezimmer standen. Gott allein wusste, wie viel die Suite kostete und was Cheska bislang ausgegeben hatte. Und David war nur allzu schmerzhaft bewusst, mit welchem Geld sie diesen ganzen Luxus bezahlte.

Zwar hätte er sich am liebsten unter die Dusche gestellt, doch er wollte nicht von Cheska überrascht werden. Also schenkte er sich aus einer Karaffe einen großen Whisky ein und ließ sich in einen Sessel sinken, um ihre Rückkehr abzuwarten.

## Kapitel 53

Greta schlief tief und fest, als es an der Tür klingelte. Sie schaltete das Licht an und sah, dass es fast Mitternacht war. Als es ein zweites Mal läutete, stieg Angst in ihr auf. Wer in aller Welt sollte sie zu dieser Zeit besuchen wollen? Es läutete immer wieder, und schließlich begann die Person, wer immer es war, gegen die Tür zu hämmern. Greta schlüpfte in ihren Morgenrock und schlich beklommen zur Wohnungstür.

»Mutter, ich bin's, Cheska! Mach mir auf, bitte, mach mir auf!«

Greta erstarrte. Das war die Tochter, von der David ihr erzählt und die sie nicht kannte, weil sie in Hollywood ein Fernsehstar war.

»Bitte, Mummy, bitte mach auf. Ich ...« Greta hörte ein lautes Schluchzen. »Ich bin nach Hause gekommen.«

Unvermittelt erfasste Greta Panik.

»Mummy, *bitte*, *bitte* mach auf. Hier ist dein kleines Mädchen, und ich brauche dich. Ich brauch dich, Mummy ...« Greta stand immer noch wie gelähmt da, während das Schluchzen vor der Tür zunehmend lauter wurde. Sie war hin und her gerissen zwischen der irrationalen Angst, die sie empfand, dem Entsetzen, dass sich die Nachbarn gestört fühlen könnten, und Neugier, weil die Tochter, die sie nur vom Hörensagen kannte, vor ihrer Wohnungstür stand.

Als das Weinen nicht aufhören wollte, gewann ihre Sorge wegen der Nachbarn die Oberhand. Greta ging zur Tür und öffnete jedes Schloss bis auf die Sicherheitskette, die sie schützen würde, während sie sich durch den Türspalt vergewisserte, dass es wirklich Cheska war.

»Hallo? Cheska?« Greta spähte durch den Spalt, konnte aber niemanden sehen.

»Mummy, ich bin hier unten, ich sitze am Boden. Ich bin zu müde, um aufzustehen. Bitte lass mich rein.«

Greta schaute nach unten und sah eine blonde Frau, die sie von dieser amerikanischen Fernsehserie her kannte. Sie holte tief Luft, löste die Sicherheitskette und öffnete langsam die Tür. Da Cheska an der Tür lehnte, wäre sie beinahe in die Wohnung gefallen.

»Mummy, ach Mummy, ich hab dich so lieb. Komm, nimm mich fest in den Arm, wie du's früher immer gemacht hast. Bitte.« Cheska streckte die Arme aus, und Greta zog sie in die Wohnung, schloss die Tür und verriegelte sie wieder. Zu ihrer Erleichterung sah Cheska überhaupt nicht furchterregend aus, ganz im Gegenteil: Sie war ein trauriges, verängstigtes kleines Mädchen.

»*Bitte* nimm mich in den Arm, Mummy. Niemand hat Cheska lieb, weißt du, niemand hat mich lieb.«

Linkisch stand Greta neben ihr. Sie wünschte sich, wenigstens irgendeine Erinnerung an diese Tochter zu haben – diese Tochter, die sie offenbar zur Welt gebracht hatte. Und die sie, wie David ihr versichert hatte, erzogen und geliebt hatte, bis Cheska nach Hollywood gegangen war, während sie selbst nach dem Unfall noch im Krankenhaus gelegen hatte.

Sie hatte sich oft gefragt, warum Cheska sie nie besucht oder sich bei ihr gemeldet hatte. Als sie auf die Frau hinunterblickte, wünschte sie sich mit aller Macht, dass sich die Gefühle, die sie offenbar einmal für sie empfunden hatte, wieder einstellen würden, jetzt, wo sie bei ihr war. Aber es ging ihr wie damals bei David, als sie die Augen aufgeschlagen und ihn gesehen hatte: Cheska war eine Fremde für sie. Trotzdem wollte sie ihr ihren Wunsch erfüllen. Sie kniete nieder und schloss Cheska in die Arme.

»Mummy, ach Mummy ... ich brauche dich. Du passt auf mich auf, ja? Bitte lass sie mich nicht mitnehmen.«

Schweigend hörte Greta zu, während Cheska unentwegt weiterredete. Es kam ihr merkwürdig vor, eine erwachsene Frau auf dem Schoß sitzen zu haben, die sich wie ein kleines Kind benahm. Aber vielleicht, dachte Greta sich, ging es beim Muttersein ja genau darum.

Nach einer Weile schlug sie vor, den Boden im Flur gegen das Sofa im Wohnzimmer einzutauschen.

»Vielleicht möchtest du etwas essen? Oder einen Becher Malzmilch trinken? Die mag ich gern, bevor ich ins Bett gehe.«

»Das weiß ich doch, Mummy. Die haben wir immer gemeinsam getrunken, erinnerst du dich?«, sagte Cheska, als Greta sie zum Sofa führte.

»Natürlich«, log Greta. Sie sah Cheska frösteln und holte eine Decke aus dem Schrank, die sie ihr um die Schultern legte.

»Und die Sandwiches, die du mir immer gemacht hast, wenn ich von einem Abenddreh spät nach Hause kam. Was genau war es ...? Ach ja, Marmite! Die liebte ich!«

»Wirklich?«, fragte Greta zögernd. »Na, wenn du willst, kann ich dir jetzt auch welche machen.«

Greta verschwand in der Küche. Sie wunderte sich, weil Cheska allem Anschein nach nicht wusste, dass sie sich an nichts erinnern konnte. Na, dann würde sie ihr einfach etwas vorspielen müssen. Als sie den Kessel einschaltete, überkam sie wieder Angst und ein Gefühl von Unbehagen, das sie aber sofort verdrängte. Diese Frau war ihre Tochter, sie stellte keine Gefahr dar.

Cheska verspeiste alle Marmite-Sandwiches und trank die Malzmilch. Dann meinte Greta, sie sollten ins Bett gehen, schließlich sei es ein Uhr morgens.

»Darf ich bei dir schlafen, Mummy, so wie früher? Ich möchte nicht allein sein. Ich habe schlimme Träume ...«

»Die hat jeder, glaub mir. Aber wenn du unbedingt willst, habe ich nichts dagegen. Ich hole dir ein Nachthemd, du hast ja nichts mitgebracht.«

Während Greta aus dem Kleiderschrank ein Nachthemd heraussuchte, wünschte sie sich, David davon berichten zu können, dass Cheska schließlich und endlich zu ihr zurückgekommen war. Und sie überlegte sich, wie merkwürdig es sein würde, mit einer erwachsenen fremden Frau in einem Bett zu schlafen. Aber es war schön, jemanden zu haben, um den sie sich kümmern konnte, jemanden, der sie brauchte.

Nachdem Cheska ins Nachthemd geschlüpft war, legten sie sich beide ins Bett.

»Ach, ist das schön. Hier fühle ich mich sicher. Ich glaube, ich werde schlafen können.«

»Gut. Du siehst sehr müde aus, also wirst du es brauchen.«

»Ja. Gute Nacht, Mummy.« Cheska drehte sich um und drückte Greta einen Kuss auf die Wange. »Schlaf gut.«

Greta löschte das Licht, lag in der Dunkelheit da und hörte das regelmäßige Atmen ihrer Tochter. Sie berührte ihre Wange dort, wo Cheska sie geküsst hatte, und Tränen traten ihr in die Augen.

Simon saß bereits bei Ava am Bett, als David am folgenden Vormittag ins Krankenhaus kam.

»Guten Morgen, Onkel David. Der Arzt hat gesagt, dass es mir gut geht und ich nach Hause darf«, sagte Ava, nachdem sie ihm einen Kuss gegeben hatte. »Ihr beide kennt euch doch, oder?«

»Ja«, sagte Simon und warf David einen amüsierten Blick zu.

»Von LJs Fest und gestern Abend im Theater?«, fragte sie munter.

»Ja«, bestätigte David.

»Also, wo ist LJ?« Avas Blick wanderte zwischen ihnen hin und her.

»Leider haben wir deine Mutter nicht gefunden«, erklärte David. »Sie ist gestern Nacht nicht ins Savoy gekommen.«

»O mein Gott.« Ava ließ den Kopf sinken. »Dann haben wir jetzt zwei Vermisste.«

»David, haben Sie das schon gesehen?« Simon reichte ihm eine Ausgabe der *Daily Mail*.

Auf der Titelseite prangte ein großes Foto von Cheska, die außergewöhnlich glamourös aussah und den Arm um eine verlegen dreinblickende Ava gelegt hatte.

GIGIS VERLORENE TOCHTER:
*Die herzzerreißende Geschichte des weltberühmten Soap-Stars Cheska Hammond, die nach siebzehn Jahren nach England zurückkehrte – zu dem Baby, das sie zurückließ.*
FORTSETZUNG AUF SEITE 3.

David blätterte um.

*Cheska Hammond, in den fünfziger Jahren einer der großen Publikumsmagneten an den englischen Kinokassen und in den letzten Jahren weltweit als Gigi in* Die Ölbarone *zu Ruhm gekommen, ist dauerhaft nach England zurückgekehrt. Der Grund für ihre Heimkehr ist freilich ergreifender, als eine Filmrolle es jemals sein könnte.*

*Ich sprach mit Cheska in ihrer Suite im Savoy. Leibhaftig nicht minder atemberaubend als auf der Leinwand, doch mit einer Zerbrechlichkeit und Verletzlichkeit, durch die sie kaum älter wirkt als das Kind, dessentwegen sie nach Hause gekommen ist, erzählte Cheska mir ihre erschütternde Geschichte.*

*»Ich war sechzehn, als ich feststellte, dass ich schwanger war. Wahrscheinlich war ich einfach sehr naiv und ließ mich von einem*

*älteren Mann verführen [sie weigert sich nach wie vor, den Namen des Vaters zu nennen]. Meine Karriere lief zu der Zeit sehr gut, ich hatte gerade* Entschuldigung, Herr Lehrer, ich liebe Sie *abgedreht, und Hollywood rief. Ich hätte dasselbe tun können, was viele Mädchen in meiner Situation damals taten, und eine Abtreibung vornehmen lassen können, auch wenn das zu der Zeit noch illegal war.« Bei der Erinnerung zittern Cheskas Lippen, Tränen treten ihr in die Augen. »Aber das konnte ich nicht. Ich wollte mein Baby nicht umbringen. Ich hatte einen großen Fehler gemacht, aber für den war ich selbst verantwortlich und nicht dieses winzige, unschuldige Ding. Dann wurde meine Mutter bei einem Verkehrsunfall schwer verletzt, und das bestärkte mich nur in meinem Entschluss, das Kind zu bekommen. Also verbrachte ich die Monate der Schwangerschaft in Abgeschiedenheit auf dem Land und vereinbarte mit meiner Tante, dass sie sich nach Avas Geburt um mein Kind kümmern würde. Hätte das Studio in Hollywood von Avas Existenz erfahren, wäre meine Karriere beendet gewesen, und ich hätte mein Kind nicht mehr ernähren können.« Cheska hält kurz inne, um Luft zu holen, und unterdrückt ein Schluchzen. »Ich habe sie in Wales in einem wunderschönen Haus zurückgelassen, aber ich wusste, dass sie in guten Händen war. Natürlich schickte ich jeden Penny, den ich erübrigen konnte, nach England ...«*

Ava hatte den Artikel bereits gelesen und beobachtete schweigend Davids Gesicht.

*»... Immer wieder schrieb ich meiner Tante, ob sie Ava nicht für einen Urlaub zu mir nach Los Angeles schicken wollte, vielleicht würde es ihr ja gefallen, aber meine Tante lehnte den Vorschlag ab. Natürlich verstehe ich ihre Gründe, es wäre für ein kleines Kind einfach zu verstörend gewesen. Und so kam ich zu dem Schluss, dass Ava dort in Wales besser aufgehoben war, auch wenn diese Einsicht mir das Herz brach. Dann aber erfuhr ich, dass meine*

*Tante schwer erkrankt war. Ich ließ alles stehen und liegen und kam zurück, um mich um sie und mein Kind zu kümmern. Und hier will ich jetzt bleiben.«*

*Cheska legt ihrer Tochter zärtlich eine Hand auf die Schulter. Die siebzehnjährige Ava, ein Abbild ihrer Mutter, lächelt sie an; die Nähe, die zwischen den beiden besteht, ist nicht zu übersehen. Ich frage Ava, was sie wegen der Rückkehr ihrer Mutter fühlt.*

*»Es ist wundervoll, einfach wundervoll, dass sie wieder hier ist.«*

*Ich frage sie, ob sie nicht eine gewisse Bitterkeit empfindet, weil ihre Mutter sie so lange allein ließ. Ava schüttelt den Kopf. »Nein, überhaupt nicht. Ich wusste ja, dass sie immer für mich da ist. Sie hat mir wunderschöne Geschenke geschickt und mir geschrieben. Ich verstehe, warum sie es getan hat.«*

*Dann sprechen Cheska und ich über ihre Zukunftspläne. Sie zuckt mit den Schultern. »Nun, ich hoffe, so bald wie möglich wieder zu arbeiten. Im Gespräch ist eine Fernsehserie, und ich würde mich auch gern auf der Bühne versuchen. Das wäre eine große Herausforderung.«*

*Ich frage sie nach den Männern in ihrem Leben, worauf sie mädchenhaft lacht. »Ja, es gibt jemanden, aber darüber möchte ich im Moment noch nicht sprechen.«*

*Ich verabschiede mich von der Schauspielerin, die in Hollywood berühmt war wegen ihrer temperamentvollen Auftritte auf der Leinwand und im Leben. Dem ruhigen, glücklichen Blick der Frau nach zu urteilen, die ihre Tochter mit unverkennbarer Liebe betrachtet, ist sie durch ihre neu gefundene Rolle als Mutter ohne jeden Zweifel reifer und gelassener geworden. Willkommen zu Hause, Cheska. Nicht nur Ava, wir alle freuen uns, dass du wieder bei uns bist.*

Nachdem David den Artikel zu Ende gelesen hatte, faltete er die Zeitung zusammen. Dann sah er zu Ava, um ihre Reaktion abzuschätzen.

»Ich hätte beim Lesen am liebsten über die ganze Seite gekotzt. Aber das durfte ich nicht, sonst hätte der Arzt vielleicht gesagt, dass ich noch krank bin und nicht nach Hause darf.« Sie lachte matt im Versuch, die Sache herunterzuspielen. »Aber wichtiger ist doch die Frage, wo befindet sich Cheska? Bei dir war sie nicht, Simon, oder?«

»Natürlich nicht!«

»Das kann ich bestätigen«, warf David ein. »Und ich bin wütend auf Cheska, dass sie dir das angetan hat.« Er deutete auf die Zeitung.

»Ich habe sie angefleht, mich da rauszulassen, aber es ist sehr schwer, sich ihr zu widersetzen. Ich kann dir gar nicht sagen, wie seltsam sie sich in den letzten Wochen oft verhalten hat.« Ava schüttelte unglücklich den Kopf. »Irgendwie wurde es sogar noch schlimmer, nachdem du aufgetaucht bist, Simon.«

»Toll, danke.« Simon warf ihr ein Lächeln zu und drehte sich dann wieder zu David. »Aber es stimmt, was Ava sagt. Als sie mich gestern Abend in meiner Garderobe angegriffen hat – es tut mir leid, Ava –, hat sie irgendetwas gefaselt, dass ich dein Vater sein soll. Ich meine, wie verrückt ist denn das?«

»Nicht ganz so verrückt, wie's klingt, wenn Cheska Sie für ihre erste große Liebe hält. Für Bobby Cross«, erklärte David. »Sie sehen ihm wirklich sehr ähnlich.«

»Bobby Cross ... als der tritt Simon doch zurzeit auch in dem Musical auf, oder nicht?«, fragte Ava.

»Allmählich fügt sich das Bild zusammen«, meinte David. »Hat Cheska Sie in dem Stück gesehen?«

»Sie war mit Ava bei der Premiere. Ich hatte sie eingeladen, als ich sie in Marchmont kennenlernte. Ich bin mit Ava nach Marchmont gefahren, damit sie ihre Großtante nach dem Schlaganfall besuchen konnte. Ich wollte nur höflich zu Cheska sein, mehr nicht, David«, sagte er betont.

»Natürlich nicht. Und Sie konnten ja auch nichts von ihrer Vergangenheit wissen.«

»Onkel David?« Ava hatte den beiden schweigend zugehört. »War dieser Bobby Cross mein Vater?«

David zögerte, ehe er antwortete. »Ja, Ava. Es tut mir wirklich sehr leid, dass ich dir das sage und nicht deine Mutter, aber angesichts der Umstände solltest du es wirklich wissen, denn es erklärt vieles. Der arme Simon war das Opfer einer verstörten und sehr verwirrten Seele. Das werde ich mir nie verzeihen, dass ich euch allein gelassen habe. Ein solches Durcheinander.« Er schauderte. »Es tut mir leid.«

»Sei nicht so dumm, Onkel David. Das Wichtigste ist jetzt, dass wir Cheska finden.« Ava hatte seine Ausführungen zwar noch nicht richtig erfasst, aber sie beschloss, sich später Gedanken darüber zu machen, wenn sie Cheska und LJ gefunden hatten. »Wann habt ihr sie das letzte Mal gesehen?«

»In Simons Garderobe. Ich hatte sie gerade ein bisschen beruhigt und wollte mich um Simon kümmern, da ist sie davongelaufen. Ich konnte sie nicht mehr einholen. Hast du eine Idee, wohin sie gegangen sein könnte?«

»Nein, aber … Ich war in den letzten Wochen ziemlich durcheinander und habe mir nur gewünscht, bei LJ zu sein. Was wäre denn für meine Mutter ein Ort der Sicherheit?«

»Ich habe keine Ahnung. Sie?« David sah Simon an.

»Ich kenne die Frau so gut wie gar nicht. Nach Marchmont kann sie nicht – was wäre denn ihr Zuhause, wenn nicht dort?«

»Wohnt Oma nicht noch in derselben Wohnung in Mayfair, in der Cheska aufgewachsen ist?«, fragte Ava.

»Greta? Aber Cheska hat ihre Mutter seit dem Unfall kein einziges Mal mehr gesehen«, sagte David.

»Schon, aber wohin sollte sie sonst?« Ava machte eine hilflose Geste.

»Weißt du, Ava, du könntest recht haben. Simon, darf ich Ava Ihnen überlassen?«

»Klar.«

»Wohin bringen Sie sie?«, fragte David und stand auf.

»Zu meinem Hort der Sicherheit, sprich, meiner ungeputzten Wohnung in Swiss Cottage«, antwortete er mit einem Lächeln. »Ich schreibe Ihnen kurz die Telefonnummer auf.«

Er reichte David einen Zettel mit der Nummer. David dankte ihm, gab Ava einen Kuss und verabschiedete sich mit dem Versprechen, sich zu melden, sobald er etwas in Erfahrung gebracht hatte.

»Simon?«, sagte Ava leise.

»Ja?«

»Du hast doch gerade gesagt, du würdest mich mit zu dir nach Hause nehmen, wenn ich entlassen bin?«

»Ja.«

»Also, ehrlich gesagt möchte ich zu mir nach Hause. Könntest du mich nach deiner Vorstellung vielleicht nach Marchmont fahren?«

»Sicher, wenn du meinst, dass du das verkraftest.«

»Ich muss es verkraften. O mein Gott.« Einen Augenblick verlor Ava die Fassung, Tränen traten ihr in die Augen. »Alles ist so schrecklich! Entschuldige«, murmelte sie verlegen.

»Du brauchst dich doch nicht zu entschuldigen, Ava. Du hast schreckliche Wochen hinter dir.« Simon nahm sie in den Arm und drückte sie an sich, während sie weinte.

»Es ist einfach ... Versprich mir, dass ich nie wieder in Cheskas Nähe gehen muss. Simon, sie ist völlig verrückt. Und ich habe solche Angst gehabt, weil ich nicht wusste, was ich tun soll.«

»Das verspreche ich dir«, sagte er beruhigend. »Jetzt ist dein Onkel wieder zurück, und alles wird gut. Und wenn es dir heute Abend wirklich gut genug geht, fahre ich mit dir nach Wales, und dann finden wir LJ. Das verspreche ich dir auch.«

»Danke, Simon. Du bist wunderbar.«

»Und du auch, Ava. Du bist unglaublich, wirklich«, flüsterte er voll Bewunderung und streichelte ihr über das weiche, blonde Haar.

## Kapitel 54

David klopfte an die Tür zu Gretas Wohnung. Wie immer spähte sie hinter der Sicherheitskette hervor, und als sie ihn erblickte, breitete sich ein strahlendes Lächeln in ihrem Gesicht aus. Sie entfernte die Kette und ließ ihn eintreten.

»David, welche Überraschung! Ich dachte, du würdest erst in gut zwei Monaten wiederkommen.«

»Tja, die Pläne haben sich geändert. Wie geht es dir?«

»Sehr gut«, sagte sie, wie jedes Mal. »Aber ich freue mich sehr, dass du gekommen bist, denn stell dir vor: Ich habe Besuch. Sie ist spät gestern Nacht hier aufgetaucht, und wir müssen leise sein.« Greta senkte die Stimme, als sie mit ihm das Wohnzimmer betrat. »Sie schläft nämlich noch.«

»Cheska?« Erleichterung machte sich breit.

»Woher weißt du das?«

»Ich wusste es einfach, oder vielmehr, Ava hatte den Verdacht, dass sie zu dir komen würde. Welchen Eindruck hat sie auf dich gemacht?«

»Nun ja, um ehrlich zu sein«, meinte Greta und schloss die Tür, »ich weiß ja nicht, wie sie normalerweise ist. Aber sie war etwas durcheinander und sagte nur, sie wollte nach Hause kommen.«

»Und du sagst, dass sie noch schläft?«

»Ja. Sie hat keinen Mucks von sich gegeben, seit sie gestern Nacht neben mir die Augen zugemacht hat. Sie muss sehr müde sein, die Arme«, sagte Greta liebevoll.

»Sie hat dir nichts erzählt?«

»Wovon?«

»Wie es ihr geht? Oder weswegen sie durcheinander ist?«

»Eigentlich nicht, nein. Aber David, du klingst ja fast wie ein Polizist.« Sie lachte nervös. »Stimmt etwas nicht?«

»Nein, nein, mach dir keine Sorgen.«

»Es ist großartig, dich zu sehen. Wie war dein Urlaub?«

»Es war ... unglaublich. Fantastisch. Aber darüber will ich im Moment nicht reden. Greta, glaubst du, dass Cheska dir vertraut?«

»So hat es zumindest den Anschein. Schließlich ist sie gestern Nacht zu mir gekommen. Und du hast mir ja gesagt, dass ich ihre Mutter bin«, fügte sie mit einem gewissen Stolz hinzu.

»Kannst du dich an sie erinnern?«

»Nein, leider nicht. Aber sie wirkt sehr nett. Und es ist wirklich kein Problem, wenn sie bei mir bleiben will, falls das nötig ist. Es hat mir sogar richtig gefallen, mich gestern Abend um sie zu kümmern. Da hatte ich das Gefühl, nützlich zu sein.«

»Greta, darf ich dich bitten, sie etwas zu fragen, wenn sie aufwacht?«

»Sicher. Was denn?«

David überlegte, wie er die Umstände am besten erklären sollte. »Wir glauben, dass sie meine Mutter aus ihrer Klinik abgeholt und woandershin gebracht hat. Aber wir wissen nicht, wohin.«

»Aber die Frage kannst du ihr doch auch selbst stellen, David, oder nicht?«

»Ja, das kann ich schon, aber wenn sie dir vertraut, wird sie es dir eher sagen als mir.«

Greta runzelte die Stirn. »David, was geht hier vor sich?«

»Greta, es ist alles recht kompliziert, und ich verspreche dir, es dir ein anderes Mal zu erklären. Aber im Moment könnte es sein, dass Cheska, wenn sie mich sieht, es mit der Angst zu tun bekommt und wieder wegläuft.«

»Ehrlich, du sprichst von ihr, als wäre sie ein Kind und keine erwachsene Frau von … wie alt ist sie?« Greta rechnete kurz nach. »Vierunddreißig? Sie steckt doch nicht in Schwierigkeiten, oder?«

»Im Grunde nicht, nein. Aber ehrlich gesagt geht es ihr im Moment nicht besonders gut.«

»Was hat sie denn?«

»Am einfachsten ist es vielleicht, wenn ich sage, dass sie etwas verwirrt ist«, antwortete David zurückhaltend. »Womöglich hatte sie eine Art Nervenzusammenbruch.«

»Ich verstehe. Das arme Ding.« Greta seufzte. »Stimmt, sie sagte, dass niemand sie liebt und dass sie ganz allein ist.«

»Ich möchte natürlich, dass sie die nötige Hilfe erhält. Aber könntest du sie vorher mit einer Tasse Tee wecken und sie vorsichtig fragen, ob sie sich an den Namen des Pflegeheims erinnert, in das sie meine Mutter gebracht hat?«

»Sicher kann ich das, das ist doch keine Frage, von der sie sich bedroht fühlen wird, oder?«

»Nein«, bekräftigte David.

»Soll ich sie jetzt wecken?«

»Ja. Immerhin ist es fast Mittag.«

»Also gut.«

»Und bitte, Greta, sag ihr nicht, dass ich hier bin.«

Als sie in der Küche verschwand, um Tee zu machen, ging David leise zur Wohnungstür, drehte den Schlüssel im Schloss um und steckte ihn in die Hosentasche. Wenn Cheska Reißaus nehmen wollte, würde sie zumindest nicht weit kommen. Er fragte sich, ob es nicht vielleicht besser wäre, Greta die Wahrheit zu sagen. Aber wenn sie sich überhaupt nicht an Cheska erinnerte, wie würde sie dann mit dem Wissen fertigwerden, was aus ihrer Tochter geworden war und was sie getan hatte?

David hörte Greta leise an die Schlafzimmertür klopfen und den Raum betreten. Seine Nerven waren zum Zerreißen gespannt, während er wartete, dass sie zurückkam. Zehn Minuten später war sie wieder da.

»Wie geht es ihr?« Er drehte sich vom Fenster weg und zu ihr um.

»Sie ist in etwas weinerlicher Stimmung.«

»Hast du sie gefragt, wo LJ ist?«

»Ja. Und sie sagte, dass sie das natürlich weiß«, antwortete Greta zurückhaltend. »Sie sagt, sie hätte sie in ein schönes Heim gebracht, das ›Haus Lorbeerhain‹ heißt, in einem Dorf gleich bei Abergavenny. Aber sie sagte auch, dass LJ und du in letzter Zeit nicht besonders nett zu ihr wart.«

»Danke, Greta«, meinte David erleichtert. »Was macht sie jetzt?«

»Ich habe ihr vorgeschlagen, dass sie aufstehen und baden soll.« Greta schaute ihn fragend an. »David, was ist los?«

»Nichts. Cheska braucht einfach Hilfe, das ist alles. Sie ist im Moment ein bisschen ... niedergeschlagen.«

»Na, davon kann ich ein Lied singen. Übrigens hat sie mich gefragt, ob sie eine Weile hierbleiben kann, bei mir, und ich habe Ja gesagt. Und das kann sie wirklich, David«, erklärte Greta mit Nachdruck. »Es ist schön, Gesellschaft zu haben. Immerhin ist sie meine Tochter.«

»Greta, bitte, bei dieser Sache musst du mir vertrauen. Cheska kann nicht hier bei dir wohnen. Ich muss sie mitnehmen und dafür sorgen, dass sie Hilfe bekommt.«

»Ich gehe nirgendshin.«

Greta und David blickten auf. Cheska stand in der Tür, sie trug eine Hose und eine Bluse ihrer Mutter.

»Guten Morgen, Cheska. Deine Mutter meinte, dass du gut geschlafen hast.«

»Das habe ich auch, und ich fühle mich viel besser. Und ich bleibe *hier*, Onkel David, bei Mummy. Du kannst mich nicht zwingen zu gehen, und ich gehe auch nicht.«

»Glaub mir, Cheska, mein Schatz, wir wollen nur dein Bestes. Lass mich dich wenigstens zum Arzt bringen.«

»*Kein Arzt!*«, schrie Cheska so laut, dass Greta zusammenzuckte. »Du kannst mich nicht zwingen! Du bist nicht mein Vater!«

»Da hast du recht. Aber wenn du dich weigerst, mit mir mitzukommen, muss ich leider bei der Polizei anrufen und ihnen sagen, dass du Marchmont in Brand gesteckt hast. Und das warst doch du, Cheska, oder nicht?«

»Wie bitte?! Wie kannst du so etwas behaupten, Onkel David!«

David versuchte es mit einer anderen Strategie. »Cheska, mein Schatz, wenn ich erwarten würde, ein Haus und etwas Geld zu erben, weil ich das einzige überlebende Kind des früheren Besitzers bin, wäre ich vielleicht etwas verärgert, wenn ich erfahre, dass ich es doch nicht kriege. Vielleicht wäre ich sogar so wütend, dass ich aus dem Impuls heraus etwas Dummes anstellen könnte.«

Cheska beäugte ihn misstrauisch. »Ach ja?«

»Ich kann gut verstehen, wie sehr es dich getroffen hat. Vermutlich hattest du das Gefühl, um dein Erbe betrogen zu werden. Hättest du mit mir darüber gesprochen, hätte ich dir Marchmont überlassen. Wirklich.«

Cheska war offenbar irritiert von dem, was er sagte. Einen Moment wirkte sie unentschlossen, dann nickte sie heftig und, wie David glaubte, erleichtert. »Ja, ich war wütend, Onkel David, Marchmont hätte mir gehören sollen. Und ich hatte die Nase voll davon, immer übergangen zu werden. Es ist einfach nicht fair. Aber es war auch …« Sie schauderte. »Es war nicht nur das …«

»Sondern, Cheska?«

»Es war … die Stimmen, Onkel David. Du weißt schon, ich habe dir in L. A. von ihnen erzählt. Sie hörten einfach nicht auf, aber ich wollte sie nicht mehr hören. Also habe ich beschlossen, dass dies das Beste ist. Wirst du das jetzt der Polizei verraten? Bitte nicht, sonst stecken sie mich vielleicht ins Gefängnis.«

David sah Panik in ihren Augen aufblitzen. »Nein, ich verspreche dir, nichts zu sagen, solange du jetzt ohne großes Tamtam mitkommst.«

David ging langsam auf sie zu. »Komm, mein Schatz, lass uns dafür sorgen, dass es dir besser geht.« Er streckte eine Hand nach ihr aus, und zögernd griff Cheska danach. Aber dann schrie sie unvermittelt wieder auf.

»*NEIN!* Ich habe dir schon einmal vertraut, Onkel David, aber du verpetzt mich immer! Das weiß ich doch! Und dann stecken sie mich wieder in eine schreckliche Klinik und sperren mich für immer weg.«

»Das tun sie ganz sicher nicht, Cheska. Das würde ich nie zulassen, das weißt du auch. Lass uns einfach Hilfe holen, damit es dir wieder besser geht. Ich passe auf, dass dir nichts geschieht, das verspreche ich.«

»Lügner! Du glaubst, ich wüsste nicht, was du tust, wenn ich deine Hand nehme. Ich vertrau dir nicht, ich vertraue niemandem! Mummy«, sie bewegte sich auf Greta zu, »bitte sag, dass ich bei dir bleiben darf.«

Greta sah zu David. Der Schock über das, was sie in den letzten Minuten miterlebt hatte, stand ihr ins Gesicht geschrieben. »Wenn Onkel David meint, dass du ihn begleiten solltest, wäre das vielleicht wirklich das Beste für dich, mein Herz.«

»Verräterin!«, schrie Cheska und spuckte ihre Mutter an. »Du kannst mich nicht zwingen zu gehen! Ich gehe nicht!« Sie rannte aus dem Wohnzimmer und durch den Flur zum Ausgang.

Greta wollte ihr folgen, doch David hielt sie zurück. »Ich habe vorhin abgeschlossen, sie kann die Wohnung nicht verlassen. Aber du bleib hier, überlass sie mir«, sagte er. Aus dem Flur war zu hören, dass Cheska sich abmühte, die Wohnungstür zu öffnen. Als ihr das nicht gelang, hämmerte sie verzweifelt dagegen.

»Es tut mir leid, Greta, aber könntest du bitte den Notarzt rufen? Ich glaube, wir brauchen Unterstützung.« Damit verließ er das Wohnzimmer und schloss die Tür hinter sich ab.

»Cheska«, sagte er begütigend. »Bitte beruhige dich doch. Verstehst du denn nicht, dass ich dir helfen möchte?«

»Nein, das willst du gar nicht! Du hast mich immer gehasst, ihr habt mich alle gehasst! Aber du kannst mich nicht zwingen zu gehen, das kannst du nicht! Lass mich sofort raus!«

»Jetzt komm, mein Schatz. Damit schadest du dir nur selbst und deiner armen Mutter auch.«

»Meine Mutter! Und wo ist sie diese ganzen Jahre gewesen, möchte ich mal wissen?!«

»Aber Cheska, erinnerst du dich denn nicht? Sie wurde vor vielen Jahren bei einem Autounfall vor dem Savoy schwer verletzt. Wie Ava gestern Abend. Es freut dich bestimmt zu hören, dass zumindest ihr nichts passiert ist. Und könntest du jetzt bitte aufhören, gegen die Tür zu hämmern? Sonst ruft einer der Nachbarn die Polizei.«

Bei seinen Worten rannte Cheska den Flur entlang ins Bad, warf die Tür ins Schloss und sperrte sie zu. »Ich bleibe hier drin! Jetzt kriegt ihr mich nicht, keiner kriegt mich! Keiner!«

»Gut, mein Schatz, dann bleib im Bad. Ich warte hier draußen auf dich.«

»Geh weg! Lass mich in Ruhe!«

»David?«, rief Greta aus dem Wohnzimmer. »Warum hast du mich eingeschlossen? Was in aller Welt geht hier vor sich?«

»Greta, hast du angerufen?«, fragte er, als er aus dem Bad hysterisches Schluchzen vernahm.

»Ja, sie sollten in den nächsten Minuten da sein, aber …«

»Ich habe dich zu deiner eigenen Sicherheit eingeschlossen, Greta. Bitte vertrau mir.«

Fünf Minuten später trafen die Sanitäter ein. David erklärte ihnen kurz, was vorgefallen war. Sie nickten verständnisvoll, als hätten sie jeden Tag mit derartigen Situationen zu tun. Was vermutlich auch der Fall war, dachte David.

»Überlassen Sie sie uns«, sagte einer von ihnen. »Steve, geh zum Wagen und hol eine Zwangsjacke, nur für den Fall.«

»Ich bezweifle, dass Sie sie aus freien Stücken von dort rauskriegen«, erklärte David seufzend.

»Warten wir's ab. Warum setzen Sie sich nicht zu der Mutter der Frau nach nebenan, Sir?«

Widerstrebend schloss David die Tür zum Wohnzimmer auf und ging zu Greta, die blass und zitternd auf dem Sofa saß. Er nahm neben ihr Platz und legte einen Arm um sie. »Es tut mir wirklich leid, Greta. Ich weiß, es ist schwer zu verstehen, aber es ist für Cheska das Beste.«

»Ist sie verrückt? So klingt sie zumindest.«

»Sie ist ... etwas gestört, würde ich sagen. Aber ich bin mir sicher, dass sie mit ärztlicher Hilfe im Lauf der Zeit wieder gesund werden wird.«

»War sie immer schon so? Ist das meine Schuld?«

»Es ist niemandes Schuld, Greta. Ich glaube, Cheska hatte immer schon Probleme. Du darfst dir keine Vorwürfe machen. Manche Menschen sind so geboren.«

»Als ich heute Morgen aufgewacht bin, war ich so glücklich«, flüsterte sie. »Ich fand es schön, Gesellschaft zu haben. Ich fühle mich manchmal ziemlich einsam, allein hier in der Wohnung.«

»Das weiß ich. Aber jetzt bin ich ja wieder da, das ist doch zumindest etwas, oder?«

Greta blickte zu ihm hoch und lächelte matt. »Ja, das stimmt.«

Nachdem die Sanitäter vergeblich versucht hatten, Cheska zu überreden, das Bad freiwillig zu verlassen, mussten sie schließlich und endlich die Tür aufbrechen. Greta und David gingen Cheskas gellende Schreie, als die beiden Männer sie überwältigten, durch Mark und Bein. Dann klopfte es an der Wohnzimmertür, und einer der Sanitäter streckte den Kopf herein.

»Sir, wir gehen jetzt. Ich denke, es ist besser, wenn Sie nicht mitfahren. Wir haben ihr etwas gegeben, damit sie sich beruhigt, und bringen sie in die Psychiatrie im Maudsley Hospital in Southwark, wo sie sie gründlicher untersuchen können. Vielleicht möchten Sie oder ihre Mutter heute Nachmittag dort anrufen.«

»Das machen wir. Kann ich mich von ihr verabschieden?«

»Das würde ich an Ihrer Stelle nicht tun, Sir. Sie ist kein schöner Anblick.«

Eine halbe Stunde später verließ er Greta, nicht ohne ihr zu versprechen, sie zu informieren, sobald er etwas Neues erfahren hatte, und kehrte ins Savoy zurück. Dort erklärte er der jungen Frau an der Rezeption, Cheska sei durch einen Notfall verhindert und werde nicht zurückkehren. Er sagte, er werde die Suite für die Nacht nehmen und auch ihre Sachen packen.

Oben angekommen, erfuhr er von der Telefonauskunft, dass es in einem Fünfzehn-Kilometer-Umkreis von Abergavenny eine ganze Reihe von Pflegeheimen gab, die »Haus Lorbeerhain« hießen. Er schrieb die Nummer eines jeden auf und telefonierte sie nacheinander durch. In keinem gab es eine Patientin namens Laura-Jane Marchmont. Schließlich wählte er die letzte Nummer auf seiner Liste, eine Frau hob ab.

»Guten Tag, ich wollte mich erkundigen, ob bei Ihnen eine Patientin namens Laura-Jane Marchmont untergebracht ist?«

»Wer sind Sie?«, fragte die Frau ruppig.

»Ihr Sohn«, antwortete David selbstbewusst. »Also, ist sie bei Ihnen?«

»Ja, sie wurde letzte Woche gebracht.«

»Wie geht es ihr?«

»Ganz gut. Nicht besonders redselig, aber das wissen Sie ja«, scherzte die Frau taktlos, was David schaudern ließ.

»Ich möchte sie besuchen. Können Sie mir die genaue Adresse nennen?«

»Woher soll ich wissen, dass Sie wirklich das sind, was Sie behaupten?«, fragte die Frau. »Sie könnten sonst jemand sein. Es war eine Frau, die sie hergebracht hat.«

»Ich sagte bereits, dass ich ihr Sohn bin«, wiederholte David gereizt. »Es sollte vorkommen, dass Angehörige Ihre Patienten besuchen, oder nicht?«

Erst jetzt merkte David, dass er in den luftleeren Raum gesprochen hatte. Die Frau hatte aufgelegt.

Sofort rief er Mary an, gab ihr die Nummer des Heims und bat sie, die Adresse im Telefonbuch nachzuschlagen und so bald wie möglich hinzufahren. Sie ihrerseits berichtete ihm, dass Simon Ava nach Vorstellungsende nach Marchmont fahren und die beiden bei ihr im Cottage wohnen würden.

»Ich finde die Adresse heraus, und dann fahren Simon und Ava gleich morgen früh hin«, versprach Mary. »Wo ist Cheska?«

»Im Krankenhaus. Sie ist zu Greta hier in London geflüchtet und musste mit Gewalt ruhiggestellt und in den Rettungswagen verfrachtet werden. Es war ... grauenhaft.«

»Ach je, Master David. Aber glauben Sie mir, da ist sie am besten aufgehoben. Werden Sie selbst bald mal herkommen? Gestern hat mich der Inspektor von der Polizei angerufen. Ich habe ihm gesagt, dass Sie wieder im Lande sind. Er möchte mit Ihnen sprechen. Ich glaube, sie wollen Cheska vorladen und befragen. Es war doch sie, die Marchmont in Brand gesetzt hat, oder?«

»Ja, Mary, das war sie.«

»Gott möge mir verzeihen, ich liebe sie wirklich von Herzen, aber wenn ich ehrlich sein darf, ich hoffe, dass sie ganz lang nicht rauskommt. David, sie ist gefährlich, richtig gefährlich. Die arme Ava, sie wusste nicht mehr aus noch ein mit ihrer Mutter.«

»Ich weiß, und dieses Mal verspreche ich, dafür zu sorgen, dass sie nie wieder jemandem etwas antun kann«, sagte David mit Nachdruck. »Grüß Ava von mir, wenn du sie siehst, und sag ihr, dass ich morgen komme. Hoffen wir nur, dass meine alte Mutter noch unter den Lebenden weilt. So, wie die Frau klang, mit der ich sprach, stimmt etwas ganz und gar nicht. Danke für alles, Mary, wirklich.«

»Sie brauchen mir nicht zu danken, David. Ach, jetzt hätte ich fast vergessen, Ihnen etwas auszurichten. Tor hat mich vorhin angerufen. Sie ist in Beijing und landet morgen früh um acht in Heathrow.«

»Dann hole ich sie ab, und wir fahren gleich weiter nach Marchmont. Wir können ja im Lark Cottage wohnen.«

»Ich drehe die Heizung für Sie auf. Auf Wiedersehen, Master David. Und passen Sie gut auf sich auf, ja?«

David legte den Hörer auf und ging zum Sessel. Er ließ sich hineinfallen, vergrub das Gesicht in den Händen und weinte.

Simon fuhr vor das verwahrloste Reihenhaus, das in einer schmalen Nebenstraße in einem ärmlichen Vorort von Abergavenny stand.

»Bist du dir sicher, dass das die richtige Adresse ist? Cheska kann sie doch nie und nimmer hier einquartiert haben.« Ava biss sich bekümmert auf die Unterlippe.

»Doch.« Er drückte ihr die Hand. »Komm, jetzt gehen wir rein und holen sie.«

Sie stiegen aus und gingen zur Haustür, neben der sich Säcke mit halb verfaultem Müll türmten. Simon drückte auf die Klingel, die nicht funktionierte, also klopfte er laut. Wenig später wurde die Tür von einer beleibten Frau geöffnet, die etwa Mitte vierzig war und einen schmuddeligen Overall trug.

»Ja?«

»Wir sind hier, um die Großtante meiner Freundin zu besuchen, Mrs Laura-Jane Marchmont.«

»Ich habe Sie nicht erwartet, und im Haus herrscht das reinste

Chaos, weil meine Putzfrau mich gerade im Stich gelassen hat. Kommen Sie morgen wieder.«

»Nein, wir möchten sie jetzt sehen«, sagte Simon mit Nachdruck.

»Das geht nicht, tut mir leid.« Die Frau verschränkte die Arme. »Gehen Sie.«

»Gut, in dem Fall muss ich leider bei der Polizei anrufen, die dann bei Ihnen vorbeikommt, denn Laura-Jane Marchmont ist als vermisst gemeldet. Also, die Polizei oder wir«, fügte Simon drohend hinzu. Ava sah ihn dankbar an. Sie war sehr froh, dass er mitgekommen war.

Daraufhin ließ die Frau sie achselzuckend eintreten.

Simon und Ava folgten ihr den schmalen Hausflur entlang. Der Geruch nach Urin und gekochtem Kohl ließ sie beide würgen.

»Das ist der Aufenthaltsraum für unsere Insassen«, erklärte die Frau, als sie an einem kleinen Zimmer vorbeikamen. Dort standen lauter schäbige Stühle, die um einen uralten Schwarz-Weiß-Fernseher angeordnet waren, in dem *Tom und Jerry* lief. Davor saßen vier ältere Patienten und schliefen.

Ava betrachtete die vier der Reihe nach und schüttelte den Kopf. »Da ist sie nicht.«

»Nein, sie liegt oben im Bett.«

Simon und Ava folgten der Frau die Treppe hinauf.

»Da wären wir.« Die Frau führte sie in einen spärlich erleuchteten Raum. Darin standen dicht nebeneinander vier Betten, und es roch durchdringend nach ungewaschenen menschlichen Körpern. Simon wurde übel. »Ihre Tante liegt da drüben.«

Ava unterdrückte ein Schluchzen, als sie auf das Bett zuging und LJ bewegungslos dort liegen sah. Ihre Haut war grau, das Haar verfilzt.

»Ach LJ, was haben sie mit dir gemacht?« Ava schlang die Arme um die reglose Gestalt. »LJ, ich bin's, Ava.«

Schließlich öffnete sie die Augen. Sie waren glanzlos, leer, verzweifelt.

»Erkennst du mich? Bitte sag mir, dass du mich erkennst.« Tränen strömten Ava übers Gesicht, als sie LJs Lippenbewegungen verfolgte. Unter der Bettdecke kam eine Hand hervor und streckte sich nach ihr aus.

»Was sagt sie, Ava?«, fragte Simon.

Ava beugte sich vor und starrte auf LJs Lippen.

»Sie sagt ›nach Hause‹, Simon. Sie sagt ›nach Hause‹.«

# Dezember 1985

*Marchmont Hall,
Monmouthshire*

## Kapitel 55

Eine Weile saßen David und Greta schweigend da, ganz in ihre Gedanken versunken. »Ja, das war's«, sagte David schließlich seufzend und leerte seinen Whisky. »Habe ich dir je erzählt, dass Ava sich bei den Behörden über das entsetzliche Heim beschwerte, in das Cheska die arme Ma gesteckt hatte? Es wurde wenig später geschlossen und die Besitzerin angezeigt.«

»Ich glaube nicht, nein. Aber jetzt wundert es mich nicht, dass LJ eine ganze Zeit lang brauchte, sich davon zu erholen«, sagte Greta. »Und obwohl Cheska es verdient hätte, bin ich froh, dass die Polizei sie nicht festgenommen hat, als sie herausfanden, dass sie das Feuer gelegt hat. Ich glaube, das wäre ihr Ende gewesen.«

»Nun ja, eigentlich wollten sie das schon. Und sie haben meiner Mutter als Besitzerin von Marchmont geraten, sie anzuzeigen. Der Inspektor hat herausgefunden, dass Cheska wegen ihrer Ankunftszeit im Savoy gelogen hatte. Die Rezeption erklärte auf seine Nachfrage hin, sie habe erst nach vier Uhr morgens eingecheckt. Und dann hat Mary ihm noch erzählt, dass Cheska ihr, bevor sie nach London fuhr, plötzlich ein paar Tage freigegeben hat. Das war an sich schon verdächtig.«

»Ich verstehe. Und wie konntet ihr verhindern, dass die Sache vor Gericht kam?«

»Das hätte Ma nie zugelassen. Der Medienrummel, den das hervorgerufen hätte, wäre der reinste Alptraum gewesen, und sie war besorgt wegen Ava, die schon genug mitgemacht hatte. Aber was die Polizei dann wirklich überzeugte, war, dass Cheska sich zu der Zeit in der Psychiatrie befand und sowieso nicht verhandlungsfähig gewesen wäre. Natürlich haben wir von der Versicherung nichts bekommen, aber das war von vornherein klar.«

»David ...« Greta sprach zögernd, sie wusste, sie musste den Verdacht aussprechen, der sie quälte, seit er ihr von Avas Unfall vor dem Savoy erzählt hatte. »Glaubst du, es war Cheska, die mich an dem schrecklichen Abend vom Bürgersteig gestoßen hat?«

»Ich ...« David seufzte. Er wusste nicht genau, was er antworten sollte. Schließlich entschied er sich für die Wahrheit; um nichts anderes hatte sie ihn ja gebeten. »Rückblickend denke ich, dass die Möglichkeit recht groß ist, ja. Vor allem nach dem, was mit Ava passiert ist, wäre es wirklich ein höchst merkwürdiger Zufall, wenn Cheska nichts damit zu tun gehabt hätte. Aber natürlich gibt es keinen Beweis dafür, Greta, und den wird es auch nie geben«, räumte er ein. »Es tut mir wirklich sehr leid für dich. Es muss schrecklich sein, mit der Vorstellung zu leben, dass es so gewesen sein könnte.«

»Ja, das ist nicht einfach. Aber nach allem, was du mir erzählt hast, muss ich akzeptieren, dass Cheska wirklich sehr krank war. Ach Gott, David«, Greta legte die Fingerspitzen an die Schläfe, »du kannst dir gar nicht vorstellen, wie schlimm es für mich ist zu wissen, dass du mir nie etwas von den vielen Dingen erzählen konntest, die passiert sind. Ich habe die ganzen Jahre in meiner kleinen Welt gelebt, und du musstest tun, als hätte Cheska einfach einen Nervenzusammenbruch gehabt und beschlossen, ihre Karriere zu beenden und ein ruhiges Leben in der Schweiz zu führen.« Sie sah ihn an. »Stimmt das überhaupt?«

»Ungefähr schon. Obwohl sie den Ort, an dem sie lebt, nicht aus freien Stücken verlassen kann. Sie ist in einer kleinen, sicheren psychiatrischen Einrichtung in der Nähe von Genf untergebracht. Ich musste sie damals einweisen lassen, ihretwegen, aber auch um unser aller willen.«

»Glaubst du ... Glaubst du, dass ich Schuld habe an ihren ...

Problemen? Ich weiß, ich hätte sie als Kind nie derart überfordern dürfen. Nach allem, woran ich mich erinnert habe und was du mir heute Abend erzählt hast, habe ich ein Monster großgezogen!«

»Wenn ich ganz ehrlich bin, glaube ich, dass ihre merkwürdige Kindheit ihre ohnehin labile Persönlichkeit stark beeinflusst hat. Teil von Cheskas Krankheitsbild ist, dass sie an Wahnvorstellungen und Paranoia leidet. Als Kinderdarstellerin hat sie in einer Scheinwelt gelebt, aber du konntest nicht wissen, dass es ihr immer schon schwergefallen war, zwischen Realität und Fantasie zu unterscheiden. Sieh dir Shirley Temple an, sie war in einer ähnlichen Situation wie Cheska, als Kind ein Megastar, aber das hat sie nicht daran gehindert, dauerhafte Bindungen einzugehen und mit dem Älterwerden ein wirklich guter Mensch zu werden. Deswegen denke ich, Greta, dass du dir keine Vorwürfe machen solltest. Du hast getan, was du damals für richtig hieltest.«

»David, ich habe sie im Stich gelassen. Ich hätte sehen müssen, welche Folgen das für sie hatte. Es ist leider so, dass sie den Traum erfüllt hat, den ich gerne gelebt hätte.«

»Auf die eine oder andere Art haben wir sie alle im Stich gelassen«, antwortete David leise. »Und die Menschen in ihrer Umgebung, die hätten erkennen können, was für ein Mensch sie tatsächlich ist, ließen sich von ihrer unglaublichen Schönheit und ihrem Ruhm blenden und haben es nicht gesehen. Sie war eine herausragende Schauspielerin, und zwar in jedem Moment ihres Lebens«, fügte er mit Nachdruck hinzu, »eine Manipulatorin ohnegleichen. Sie konnte jede Situation zu ihrem Vorteil wenden und uns alle dazu bringen, ihr zu glauben. Ich auf jeden Fall bin immer wieder auf ihre Manöver hereingefallen. Die einzige Person, die sich nie von ihr hat täuschen lassen, war meine gute alte Mutter. Mein Gott, sie fehlt mir so«, sagte David traurig.

»Das kann ich gut verstehen. Sie war eine bemerkenswerte

Frau. Ich wünschte, ich hätte ihr vor ihrem Tod noch danken können für alles, was sie für mich, Cheska und Ava getan hat.«

»Ich glaube, ihre Zeit war einfach um«, meinte David. »Zumindest lag sie zum Schluss nicht im Krankenhaus. Ich hoffe, dass ich, wenn es so weit ist, Mas Beispiel folge und einfach im Schlaf sterbe.«

»David, bitte red nicht davon.« Greta schauderte. »Ich will mir gar nicht vorstellen, dass du nicht mehr hier sein könntest. Zumindest gibt es bald neues Leben in Marchmont. Die nächste Generation.«

»Ja, darüber freue ich mich auch.«

»Welche Schwierigkeiten Cheska uns allen bereitet hat.« Greta schüttelte den Kopf. »Und sie war nicht einmal deine Familie. Stell dir nur vor, wie anders dein Leben verlaufen wäre, wenn du dich vor all den Jahren nicht meiner erbarmt und mich nach Marchmont geschickt hättest!«

»Schrecklich langweilig wäre es gewesen! Ich versichere dir, ich bereue keine Sekunde davon.« Lächelnd legte er seine Hand auf Gretas und drückte sie. In dem Moment kam Tor herein.

»Wie geht es dir, Greta?«, fragte sie.

»Um ehrlich zu sein, ich bin etwas erschüttert. Es gibt vieles, an das ich mich gar nicht erinnern möchte.«

»Das glaube ich gerne«, meinte Tor. »Möchte jemand von euch eine Tasse Tee oder eine heiße Schokolade, bevor ihr schlafen geht?«

»Nein danke, mein Schatz«, sagte David.

»Also, ich verziehe mich nach oben. Es muss die gute Landluft sein, die mich so müde macht.«

»Ich komme bald nach.«

»In Ordnung.« Tor wünschte beiden eine gute Nacht und verließ den Raum.

»Aber zumindest bist du jetzt glücklich geworden.« Greta brachte ein Lächeln zustande.

»Ja, Tor war ein richtiger Fels in der Brandung. Aber was ist mit dir, Greta? Ich hoffe, dass du die verlorene Zeit wettmachen wirst, wo du jetzt wieder richtig bei uns bist.«

»Die vielen verlorenen Jahre … Aber es wird eine Zeit lang dauern, bis ich mit allem zurechtkomme, was in den letzten Tagen passiert ist«, räumte sie ein. »Ich habe das Gefühl, als wären sämtliche Schleusen geöffnet worden. Ich schlafe schlecht, immer wieder tauchen Erinnerungen auf, wie ein Film, den ich vor langer Zeit einmal gesehen habe.«

»Das muss alles sehr traumatisch für dich sein, und ich finde, du gehst großartig damit um, wirklich. Aber ich denke, du solltest, wenn du wieder in London bist, mit deinem Arzt reden. Ein bisschen Hilfe könnte vielleicht nicht schaden. Und jetzt«, David erhob sich und gab Greta einen Kuss, »verschwinde ich ins Bett. Du auch?«

»Ich bleibe noch ein bisschen sitzen. Gute Nacht, David, und noch mal vielen Dank für … für alles, was du für mich und meine nervenaufreibende Familie getan hast.«

Nachdem David gegangen war, sah Greta in die schwarze Nacht hinaus. Die Erwähnung von London und dem Ende ihres Aufenthalts hier hatte ihr Angst eingejagt. Die Vorstellung, in die Leere zurückzukehren, die ihr Leben ausmachte – trotz der Erinnerungen, die sich wieder eingestellt hatten –, bedrückte sie. Es würde schwer genug sein, sich mit ihrem Schuldgefühl auseinanderzusetzen, ganz zu schweigen von der Tatsache, dass ihre Tochter sie mit großer Wahrscheinlich umzubringen versucht hatte und sie deswegen die vergangenen dreiundzwanzig Jahre nur als halber Mensch gelebt hatte. Aber der Gedanke, sich mit alldem zu beschäftigen, wenn sie wieder ganz allein zu Hause war, erfüllte sie mit Sorge.

»Jetzt komm, Greta, du bist in deinem Leben noch mit allem fertiggeworden«, redete sie sich gut zu. Und vielleicht würde ihr die Welt jetzt, da ihr Gedächtnis zurückgekehrt war, nicht mehr ganz so beängstigend erscheinen und sie sich darin nicht mehr als Fremde fühlen. Möglicherweise hatte David recht, und es begann für sie jetzt wirklich ein völlig neues Leben. Beim Gedanken an ihn und die kostbare gemeinsame Geschichte musste sie lächeln. Früher einmal hatte er sie geliebt ... Aber jetzt war es zu spät.

Greta stand auf und schaltete die Lichter aus. Sie durfte nicht egoistisch sein und nur an sich denken. David war jetzt glücklich mit Tor. Und dieses Glück verdiente er mehr als jeder andere Mensch, den sie kannte.

»Ein Anruf für Sie, Master David«, verkündete Mary, als sie ihn am nächsten Vormittag im Salon fand, wo er vor dem Kamin saß und den *Telegraph* las. »Aus der Schweiz.«

Auf dem Weg zum Telefon in der Bibliothek krampfte sich David unwillkürlich der Magen zusammen. Am Abend bevor er nach Marchmont aufgebrochen war, hatte er im Sanatorium angerufen, um sich nach Cheska zu erkundigen und ihr seine Weihnachtsgrüße zu bestellen. Dort hatten sie ihm gesagt, dass sie eine leichte Bronchitis habe – wie in den vergangenen Jahren schon öfter –, sie aber ruhig sei und Antibiotika bekomme.

Seit sie vor fünf Jahren mit der Flugambulanz ins Sanatorium gebracht worden war, hatte er sie öfter besucht. Er hielt es damals für das Beste, für Cheska eine Anstalt im Ausland zu suchen, um in England der demütigenden Medienaufmerksamkeit zu entgehen, wenn sie herausfänden, dass Cheska Hammond in die Psychiatrie eingeliefert worden war. Das Sanatorium kostete ein Vermögen – es war eher ein Luxushotel als eine Klinik –, aber er wusste, dass sie dort gut versorgt wurde.

Er nahm den Hörer auf. »David Marchmont am Apparat.«

»Guten Tag, Monsieur Marchmont, hier ist Dr. Fournier. Es tut mir leid, Sie in diesen Tagen zu stören, aber ich muss Ihnen mitteilen, dass Ihre Nichte in Genf auf der Intensivstation liegt.

Wir mussten sie heute in den frühen Morgenstunden dorthin verlegen. Leider hat sich ihr Befinden verschlechtert, und aus der Bronchitis ist eine Lungenentzündung geworden. Monsieur, ich glaube, Sie sollten kommen.«

»Ist sie in Lebensgefahr?«

Es herrschte kurzes Schweigen, ehe der Arzt antwortete. »Ich glaube, Sie sollten kommen. Sofort.«

Jetzt war es an David, eine Weile zu schweigen, während er innerlich mit den Göttern haderte. Dann tadelte er sich wegen seines Egoismus, dass er mehr an seine durchkreuzten Neujahrspläne mit Tor dachte als an Cheskas kritische Situation. »Natürlich. Ich komme, so schnell ich kann«, sagte er.

»Es tut mir leid, Monsieur. Sie wissen, ich würde das nicht sagen, wenn …«

»Natürlich.«

David notierte Namen und Adresse des Krankenhauses, in dem Cheska lag, und rief beim örtlichen Reisebüro an, wo er die Mitarbeiterin bat, ihm den nächstmöglichen Flug herauszusuchen. Sie versprach, ihn zurückzurufen. David machte sich auf den Weg nach oben, um etwas zum Anziehen und seinen Kulturbeutel einzupacken; ihm graute davor, Tor über die neue Entwicklung informieren zu müssen. Auf der Treppe begegnete er Greta, die gerade nach unten ging.

»Guten Morgen«, sagte sie.

»Guten Morgen.«

Sie sah ihn genauer an. »David, ist alles in Ordnung?«

»Nein. Greta, entschuldige, wenn ich noch mehr schlechte Nachrichten für dich habe, aber es geht um Cheska. Offenbar hat sie eine Lungenentzündung und liegt in Genf auf der Intensivstation. Ich habe gerade beim Reisebüro angerufen und fliege mit der nächsten Maschine zu ihr. Entschuldige, aber ich muss packen.«

»Einen Moment, David. Cheska ist schwer krank?«

»So klingt es nach allem, was der Arzt sagt. Um ehrlich zu sein, ich verstehe es nicht ganz. Als ich vor ein paar Tagen anrief, hieß es, sie hätte eine leichte Bronchitis. Aber anscheinend hat sich ihr Zustand dramatisch verschlechtert.«

Greta blickte ihn nachdenklich an, dann nickte sie. »Ja, David, so etwas kann leider passieren. Das war bei ihrem Zwillingsbruder auch so, bei Jonny. Weißt du noch?«

»Ja. Hoffen wir, dass sie's übersteht.«

»Ich fahre.«

»Was?«

»Ich sagte, ich fahre. Schließlich ist Cheska meine Tochter. Und ich finde, du hast genug für sie getan. Und für mich«, sagte Greta mit Nachdruck.

»Das ist lieb von dir, aber in Anbetracht dessen, was du in den letzten Tagen erlebt hast, ganz abgesehen davon, dass du in den vergangenen dreiundzwanzig Jahren kaum über deine Türschwelle hinausgekommen bist, finde ich wirklich, dass ich fahren sollte.«

»David, hör auf, mich wie ein kleines Kind zu behandeln! Ich bin eine erwachsene Frau. Du hast schon Pläne mit Tor, ich habe keine. Und davon mal ganz abgesehen, ich möchte auch fahren. Was immer Cheska ist und war, ich liebe sie. Ich liebe sie ...«, Greta versagte die Stimme, doch dann nahm sie sich zusammen, »... und ich möchte bei ihr sein. In Ordnung?«

»Wenn du das wirklich willst, dann rufe ich beim Reisebüro an und lasse das Ticket auf deinen Namen ausstellen. Und du solltest packen gehen.«

»Das mache ich.«

Eine Stunde später war Greta abfahrbereit. Sie ging durch den Flur zu Avas Zimmer und klopfte.

»Ich bin's, Oma.«

»Komm rein.«

Ava lag auf dem Bett und las. »Hallo. Simon hat mir gesagt, dass ich nicht aufstehen darf. Ich habe eine unruhige Nacht hinter mir. Das Kleine da drin hat offenbar mehrere Arme und Beine.« Sie seufzte. »Bin ich froh, wenn es da ist.«

Greta dachte zurück, wie unwohl sie sich gefühlt hatte, und ihr kam ein Gedanke. »Ava, dein Bauch ist sehr dick, selbst für die vierunddreißigste Woche. Der Arzt hat wohl nicht zufällig etwas von Zwillingen gesagt?«

»Nein, bis jetzt nicht, aber die letzte Ultraschalluntersuchung habe ich in der zwölften Woche machen lassen. Um ehrlich zu sein – aber das darfst du Simon nicht sagen, er bringt mich um –, habe ich die letzten zwei Termine sausen lassen. Ich hatte in der Praxis einfach zu viel zu tun, um nach Monmouth zu fahren.«

»Also, ich bin keine Expertin, aber du solltest dich wirklich untersuchen lassen, mein Schatz. Das ist wichtig. Das Baby muss an erster Stelle stehen.«

»Ich weiß.« Ava seufzte. »Das Problem ist, wir hatten eigentlich nicht vor, so schnell schon eine Familie zu gründen. Im Moment haben wir beide mit unserer Arbeit mehr als genug zu tun.«

»Das kann ich wirklich sehr gut nachvollziehen. Weißt du, ich war achtzehn und entsetzt bei der Vorstellung, ein Kind zu kriegen.«

»Wirklich? Also, jetzt verrate ich dir ein Geheimnis – ich auch!« Vor Erleichterung lächelte Ava. »Aber ich kam mir so egoistisch vor, dass ich es niemandem sagen wollte. Danke, Oma, das hilft mir sehr. Und als deine beiden dann da waren – hast du sie geliebt?«

»Ich habe sie vergöttert.« Greta lächelte bei der Erinnerung, die sie jetzt wieder heraufbeschwören konnte. »Die ersten zwei Jahre mit den beiden gehören rückblickend zu den glücklichsten meines Lebens. Aber – ich weiß nicht, ob das schon zu dir vorgedrungen ist, aber ich fliege heute Abend nach Genf. Deine Mutter ist krank.«

Avas Gesicht verdüsterte sich. »Nein, das wusste ich noch nicht. Wie krank denn?«

»Keine Ahnung. Das werde ich erst erfahren, wenn ich bei ihr bin, aber ich glaube, der Arzt hätte nicht angerufen und gesagt, wir sollen kommen, wenn es nicht ernst wäre.«

»Ja, da hast du wohl recht. Oje.« Ava schüttelte unvermittelt den Kopf. »Ich bin mir nicht sicher, wie es mir gehen wird, wenn sie ...«

»Das kann ich gut verstehen, nach allem, was sie dir zugemutet hat. Und Ava, jetzt, wo ich wieder alles über meine Vergangenheit weiß, möchte ich dir sagen, wie leid es mir tut, was du alles durchmachen musstest und dass ich dir keine bessere Großmutter war.«

»Oma, du konntest doch nichts dafür. Cheska ist schuld, weil sie dich beinahe umgebracht hätte. Ich kann mir gar nicht vorstellen, wie es gewesen sein muss, als dein Gedächtnis plötzlich weg war.«

»Grauenhaft«, bestätigte Greta. »Aber wie auch immer, bevor ich fahre, möchte ich dir sagen – wenn ich euch helfen kann, wenn das Baby da ist, dann ruf an. Ich komme sofort.«

»Danke, das ist wirklich lieb von dir.«

»So, jetzt muss ich gehen. Pass auf euch beide auf, ja?« Greta beugte sich über Ava und gab ihr einen Kuss.

»Und du auf dich. Grüß Cheska von mir«, rief Ava ihr nach, als Greta den Raum verließ.

»Tja, dann sollte ich wohl mal los.« Greta stand an der Haustür, draußen wartete das Taxi, um sie nach Heathrow zu bringen. Zum Abschied küsste sie David, Tor, Simon und Mary und dankte ihnen, dass sie bei ihnen hatte sein dürfen. »Ich melde mich, sobald ich angekommen bin.«

»Lass mich wenigstens deine Tasche zum Taxi tragen«, sagte David.

»Danke.«

Sie gingen auf das Taxi zu, und David gab dem Fahrer Gretas Tasche. Als Greta einsteigen wollte, nahm er ihre Hand. »Bist du sicher, dass ich nicht mitkommen soll?«

»Absolut sicher.« Sie küsste David noch einmal auf die Wange. Instinktiv legte er die Arme um sie und drückte sie an sich.

»Grüß Cheska von mir«, sagte er. »Was haben wir für eine Reise hinter uns, Greta«, flüsterte er. »Bitte pass auf dich auf. Ich bin so stolz auf dich.«

»Danke, das tue ich. Mach's gut.«

Greta stieg ins Taxi, bevor David die Tränen sehen konnte, die ihr in die Augen traten.

Greta schauderte, als sie das Krankenhaus betrat. Der Geruch – wo immer auf der Welt und wie teuer und erstklassig die Klinik auch sein mochte – war unweigerlich der gleiche und erinnerte sie an ihren langen Aufenthalt in einem anderen Krankenhaus. Sie ging zum Empfang und wurde sofort von einer Frau in einem adretten Kostüm im Lift nach oben gebracht und der Nachtschwester auf der Intensivstation vorgestellt.

»Wie geht es ihr?«, fragte Greta, als die Schwester mit ihr den Korridor entlangging. Auch an die erschreckende Stille, die nur von Maschinengeräuschen unterbrochen wurde, erinnerte sie sich nur zu gut.

»Der Arzt hat sicher schon am Telefon mit Ihnen über Ihre Tochter gesprochen«, antwortete die Schwester. »Ich fürchte, ihr Zustand ist kritisch. Aufgrund der Entzündung ist ihre Lunge voll Wasser, und obwohl wir alles getan haben, was in unserer Macht steht, hat die Behandlung bis jetzt noch nicht angeschlagen. Es tut mir leid«, sagte sie in ihrem harten deutschen Akzent. »Ich wünschte, ich könnte Ihnen etwas Erfreulicheres sagen. Sie liegt hier.«

Greta kam in einen kleinen Raum, in dem sich alle möglichen Geräte befanden. In der Mitte stand das Bett, auf dem eine zerbrechliche Gestalt lag. Sie trug eine Sauerstoffmaske, die für ihr zartes herzförmiges Gesicht viel zu groß wirkte. Als Greta näher trat, fragte sie sich, ob sie es sich nur einbildete oder ob Cheska wirklich geschrumpft war. Ihre zarten Knochen am Handgelenk zeichneten sich fast skelettartig unter der weißen Haut ab.

Greta setzte sich auf den Stuhl, auf den die Schwester gedeutet hatte.

»Der Arzt schaut jede Viertelstunde nach ihr. Er sollte bald hier sein.«

»Danke.«

Die Schwester ging, und eine Weile betrachtete Greta ihre Tochter schweigend. Es sah so aus, als würde sie friedlich schlafen.

»Mein kostbares kleines Mädchen, ich kann dir gar nicht sagen, wie sehr ich dich geliebt habe. Du musst wissen, dass das alles nicht deine Schuld war. Ich hätte es sehen müssen. Ich hätte wissen müssen ...« Ihre Stimme war ein Flüstern. »Es tut mir leid, es tut mir so sehr leid ...«

Zaghaft streichelte sie Cheskas Wange und dachte, dass ihre Tochter ebenso unschuldig und verletzlich aussah wie als kleines Kind. »Du warst als Baby so brav, weißt du das? Du hast nie Probleme gemacht. Ich habe dich vergöttert. Du warst so wunderschön, und das bist du heute noch.«

Cheska regte sich nicht, also sprach Greta weiter.

»Es ist so, Cheska, jetzt erinnere ich mich wieder. Ich erinnere mich an alles, was passiert ist, und an die vielen Fehler, die ich gemacht habe. Weißt du, ich habe nicht in erster Linie an dich gedacht. Damals habe ich geglaubt, dass Geld und Ruhm wichtiger wären, und ich habe dich angetrieben, weil mir nicht klar war, was ich dir damit antat. Ich habe nicht gesehen, wie sehr du gelitten hast ... bitte verzeih mir. Verzeih mir alles, was ich falsch gemacht habe.«

Unvermittelt schauderte Cheska und hustete, ein tiefes, halb ersticktes Geräusch, an das Greta sich nur allzu gut von Jonnys letzten qualvollen Tagen erinnerte.

»Mein Liebling, ich ertrage es nicht, wenn du mich jetzt verlässt, denn ich glaube, jetzt kann ich dir zum ersten Mal die Mutter sein, die du immer gebraucht hättest. Du hast so viel verloren, zuerst Jonny, deinen geliebten Bruder. Ich weiß noch, du bist ihm überallhin gefolgt. Und dann deinen Vater ...«

»Jonny ...«

Ein merkwürdiger gutturaler Laut drang hinter der Sauerstoffmaske hervor, und Greta sah, dass Cheskas Augen offen standen.

»Ja, mein Liebling, Jonny. Er war dein Bruder, und ...«

Mühsam hob Cheska eine Hand zum Gesicht, klopfte auf die Maske und schüttelte den Kopf.

»Mein Liebling, ich glaube nicht, dass ich sie entfernen sollte. Die Ärzte ...«

Cheska versuchte, sich die Maske herunterzureißen.

»Komm, lass mich das machen.« Greta zog die Sauerstoffmaske an den Elastikbändern von Cheskas Mund. »Was möchtest du sagen?«

»Jonny, mein Bruder. Hat er mich geliebt?«, stieß sie röchelnd hervor.

»Ja, das hat er.«

»Er wartet auf mich. Er wird da sein.« Cheskas Atem wurde keuchender, und Greta setzte ihr die Maske wieder auf.

»Ja, bestimmt ist er da. Aber bitte vergiss nicht, dass ich dich liebe und auch brauche ...«

In dem Moment betrat der Arzt den Raum und überprüfte die Anzeigen an den Geräten. Cheska war wieder eingeschlafen.

»Kann ich kurz mit Ihnen sprechen, Mrs Hammond?«

»Eigentlich heiße ich Simpson, aber natürlich.«

Lautlos bedeutete ihr der Arzt, das Zimmer zu verlassen.

»Auf Wiedersehen, mein Liebling«, sagte sie, als sie Cheska auf die Stirn küsste und aus dem Raum ging.

»Auf Wiedersehen, Mummy«, hörte sie Cheska hinter der Maske flüstern. »Ich hab dich lieb.«

# KAPITEL 56

Als das Telefon an Silvester um die Mittagszeit läutete, hob Mary ab.

»Ja bitte?«

»Mary, hier ist Greta. Cheska ist heute Morgen um drei Uhr gestorben.«

»Ach, Herzchen, das tut mir ja so leid!«

»Ja ...«

Eine ganze Weile herrschte Schweigen.

»Ist David da?«, fragte Greta schließlich.

»Greta, es tut mir leid, sie sind heute Vormittag nach Italien gefahren, in seine Wohnung.«

»Kein Problem.«

»Sie können ihn doch dort anrufen. Soll ich Ihnen die Nummer geben?«

»Nein, er soll Urlaub machen. Ist Ava auf?«

»Nein, sie ruht sich aus. Aber ich glaube, Simon ist irgendwo unten.«

»Gut, dann spreche ich mit ihm.«

Mary legte den Hörer neben das Telefon und machte sich auf die Suche nach Simon. Sie stand dabei, während er Greta zuhörte und dann erklärte, er werde es Ava vorsichtig beibringen.

»Es tut mir leid, Greta. Wirklich. Dann, auf Wiedersehen.« Seufzend legte Simon auf.

»Das Ende einer Ära, meinen Sie nicht?«, fragte Mary.

»Ja. Aber ganz bald fängt eine neue an, und das dürfen wir nicht vergessen.«

Sie sah ihm nach, als er davonging, die Hände in den Hosentaschen vergraben. Sie wusste, dass er recht hatte.

David und Tor sahen das prachtvolle Silvester-Feuerwerk, das den Hafen von Santa Margherita erleuchtete.

»Frohes neues Jahr, mein Schatz«, sagte David und umarmte Tor.

»Frohes neues Jahr, David.« Nach ein paar Sekunden löste sie sich aus seinen Armen und setzte sich auf einen der Stühle auf dem winzigen Balkon.

»Tor, was ist los?«, fragte er mit einem Stirnrunzeln. »Ich weiß doch, dass etwas ist. Seit wir hier sind, bist du so distanziert. Was ist passiert?« Er nahm ihr gegenüber Platz.

»Wirklich, David, ich ...« Tor fasste sich an die Schläfen. »Jetzt ist nicht der richtige Moment.«

»Wenn es etwas Schlechtes ist, ist es nie der richtige Moment«, gab er zurück, »und ich weiß doch, dass es etwas Schlechtes ist. Also raus damit.«

»Also ... es geht um uns.«

»Dann mal los.«

Tor trank einen großen Schluck Champagner. »Wir sind jetzt seit fast sechs Jahren zusammen.«

»Ja, das stimmt. Und endlich führe ich dich zum Altar, sozusagen.«

»Als du mich gefragt hast, habe ich mich wirklich geehrt gefühlt, und zuerst war ich auch sehr glücklich. Ich liebe dich, David, sehr sogar. Ich hoffe, das weißt du.«

»Natürlich weiß ich das.« David war verwundert. Auf ein derartiges Gespräch über Gefühle ließ Tor sich normalerweise nie ein. »Was meinst du mit ›zuerst‹?«

»Über Weihnachten ist mir etwas klar geworden. Nachdem du mich gefragt hattest, ob wir heiraten.«

»Ach ja? Und was?«

»Also, die Sache ist die: Ich weiß, du sagst mir immer wieder, dass du mich liebst, und in gewisser Hinsicht glaube ich dir das auch, aber in Wirklichkeit, David, denke ich, dass du eigentlich in eine andere Frau verliebt bist. Und immer schon verliebt warst, wenn ich ehrlich bin.«

»In wen?«

»Mein Schatz, jetzt beleidige weder meine noch deine Intelligenz. Greta natürlich.«

»Greta?«

»Ja, Greta. Und ich weiß, dass sie dich auch liebt.«

»Also wirklich, Tor! Wie viel Champagner hast du schon getrunken?« David lachte leise auf. »Greta hat mich nie geliebt. Ich hab dir doch erzählt, dass ich ihr einmal einen Antrag gemacht habe und sie ihn abgelehnt hat.«

»Ja, das war damals, und jetzt ist heute. Ich sage dir, David, sie liebt dich. Vertrau mir. Das habe ich Weihnachten gesehen. Ich habe euch beide zusammen erlebt.«

»Wirklich, Tor, du übertreibst.«

»Das tue ich ganz bestimmt nicht. Deine ganze Familie sieht es. Das kann man spüren, glaub mir. Und wenn zwei Menschen sich lieben, ist es ganz natürlich, dass sie zusammen sein wollen. David«, Tor nahm seine Hand und drückte sie, »ich finde wirklich, dass du das dir selbst gegenüber eingestehen solltest. Für dich hat es immer nur eine Frau gegeben. Ich will dir wirklich keine Schuldgefühle machen, aber ich finde, wir sollten beide der Realität ins Auge sehen. Wir haben sechs wunderbare Jahre miteinander verbracht, ich bereue keinen einzigen Moment davon, aber ich glaube, jetzt ist unsere Zeit um. Das ist mir über Weihnachten klar geworden. Um ehrlich zu sein, ich will nicht zweite Wahl sein, und ich fürchte, so komme ich mir vor.«

»Tor, bitte, du täuschst dich! Ich ...«

»David, wir hatten schon beschlossen, dass sich auch nach unserer Hochzeit nichts ändern würde, zumindest nicht für eine ganze Weile. Ich habe mein Leben in Oxford und du deins in London und jetzt in Marchmont. Wir haben uns gegenseitig Gesellschaft geleistet, und das war großartig. Und ich mag dich sehr gern, aber ...«

»Willst du sagen, dass du mich verlässt?«

»Ach David, jetzt sei doch nicht so dramatisch. Nein, ich verlasse dich nicht. Ich hoffe, wir werden immer Freunde bleiben. Und wenn einer von euch, entweder du oder Greta, je den Mut findet und ihr euch gegenseitig eure Gefühle gesteht, dann hoffe ich wirklich, dass du mich zu eurer Hochzeit einlädst.« Tor streifte den Verlobungsring von ihrem Finger und reichte ihn ihm. »So, jetzt habe ich's gesagt. Und jetzt gehen wir in den Ort und feiern Silvester.«

An einem scheußlichen grauen Tag Anfang Januar landete Greta wieder in Heathrow. Sie hatte beschlossen, kein richtiges Begräbnis für Cheska stattfinden zu lassen. Dafür hätte die Familie nach Genf kommen müssen, und womöglich hätte die Presse Wind davon bekommen. Stattdessen hatte sie in ihrem Koffer eine Urne mit Cheskas Asche, die würde sie bei ihrem nächsten Besuch nach Marchmont mitnehmen und in Jonnys Grab bestatten.

In ihrer Wohnung war es eiskalt, sie hatte fast zwei Wochen leer gestanden. Greta stellte das Heißwasser und die Zentralheizung an, setzte den Kessel auf, um sich eine Kanne Tee zu machen, merkte, dass sie keine Milch hatte, und schenkte sich trotzdem einen Becher ein. Damit setzte sie sich aufs Sofa und wärmte sich die Hände daran. Sie wusste nicht, ob David schon aus Italien zurück war, und hatte alle in Marchmont gebeten, auf seine Rückkehr zu warten, ehe sie ihm von Cheskas Tod berichteten.

Die Uhr tickte. Die Rohre füllten sich mit einem dumpfen Klopfen mit Wasser.

Davon abgesehen herrschte Stille.

Greta trank einen Schluck Tee und verbrannte sich die Zunge. Sie überlegte, wie viel sich verändert hatte, seit sie vor zwei Wochen zu Weihnachten nach Marchmont aufgebrochen war. Zuvor war sie leer gewesen, ohne jedes Gefühl, und jetzt waren es so viele Empfindungen, dass sie gar nicht wusste, wie sie ihrer Herr werden sollte.

Nach Cheskas Tod hatte sie sich sehnlich gewünscht, mit David zu sprechen. Sie wusste, dass er der Einzige war, der ihre Trauer und Verzweiflung als Mutter verstehen würde. Jetzt hatte sie ihre beiden Kinder verloren. Auch wenn es vielleicht für ihre arme, gequälte Tochter das Beste war, von ihrem wirren Verstand erlöst zu sein – dass ihr wunderschönes kleines Mädchen, das sie damals so innig geliebt hatte, gestorben war, gleich nachdem ihre Erinnerungen zurückgekehrt waren, bereitete ihr große Schmerzen.

Aber Greta hatte sich fest vorgenommen, David nicht mehr zur Last fallen zu wollen. Erst seitdem sie sich ihrer Vergangenheit wieder bewusst war, konnte sie wirklich erkennen, wie viel er im Lauf der Jahre für sie getan und was er für sie bedeutet hatte. Jetzt musste sie ihn gehen lassen, auch wenn sie ihn vielleicht noch nie so dringend gebraucht hätte wie jetzt. Sie musste ihn freigeben.

Die folgende Woche verging quälend langsam. Um sich die Zeit in dieser öden Nachweihnachtszeit in London zu vertreiben, schrieb Greta einen Brief an David, in dem sie ihm überschwänglich für seine Hilfe über die ganzen Jahre hinweg dankte und berichtete, dass Cheska friedlich gestorben war. Sie schrieb auch an Ava und erklärte, dass ihre Mutter am Ende nicht gelitten und sie ihr ihre Grüße ausgerichtet hatte.

*»Ich konnte dir nie in irgendeiner Weise eine Hilfe sein, aber wie ich dir schon vor meiner Abfahrt aus Marchmont sagte, wenn du mich nach*

*der Geburt brauchst, würde ich mich sehr freuen, dir auf welche Weise auch immer unter die Arme zu greifen.«*

Als Reaktion auf ihren Brief rief David sofort an, erkundigte sich, wie es ihr gehe, und erzählte, dass sie recht gehabt habe und Ava Zwillinge erwarte. Greta musste sich sehr zusammenreißen, um ihm zu sagen, dass es ihr gut gehe, sie seinem Rat folge und sich ein neues, aktives Leben aufbaue. Er schlug ihr vor, sich in zwei Tagen mit ihm zum Mittagessen im Savoy zu treffen. Aber sie lehnte ab mit der Begründung, sie habe bereits eine Reise geplant und werde erst in der zweiten Februarwoche wieder in London sein. Ava schrieb zurück, klagte, dass der Arzt ihr verboten habe, das Haus zu verlassen, und dass sie hoffe, Greta werde bald nach der Geburt zu Besuch kommen.

Den Rest der Zeit putzte sie die Wohnung, bis sie glänzte, backte Kuchen, die niemand aß, und meldete sich bei der Volkshochschule für Yoga- und Kunstkurse an. Sie machte sich daran, Jäckchen, kleine Stiefel und Mützen zu stricken, genau wie sie es vor all den Jahren für ihre eigenen Kinder getan hatte, um sich in Marchmont die Zeit zu vertreiben. Außerdem häkelte sie zwei Umschlagtücher. Das alles packte sie in einen großen Karton, den sie Ava schickte.

Sie würde es schaffen, sagte sie sich immer wieder. Es dauerte einfach seine Zeit.

Schließlich ging der Januar zu Ende, und es wurde Februar. Von Simon erhielt sie die Nachricht, dass sie Urgroßmutter geworden sei – ein Junge, der Jonathan hieß, und ein Mädchen, das sie Laura nannten.

»Bitte sag ihr, dass ich hingerissen bin, Simon, ja? Und wirklich, was immer ich tun kann, um euch zu helfen – lasst es mich einfach wissen. Zwei Kinder können anstrengend sein. Darin habe ich Erfahrung«, sagte sie. Dann legte sie auf und weinte vor Freude – und vor Trauer, dass Cheska nicht da war, um Avas Babys zu sehen.

Ein paar Tage später setzte sie sich mit ihrem Abendessen auf den Knien vor den Fernseher, wo eine Seifenoper lief. Sie wollte sich gerade den ersten Bissen in den Mund stecken, als das Telefon klingelte. Sie hob ab.

»Oma?«

»Ja. Guten Abend, Ava, wie geht es dir? Herzlichen Glückwunsch, mein Liebling!«

»Danke. Ich glaube, du weißt, wie's mir geht, du hast das ja selbst mitgemacht. Übermüdet, überglücklich, und ich komme mir vor wie eine Melkmaschine.« Ava seufzte. »Aber glücklicher als je zuvor im Leben.«

»Das freut mich wirklich sehr, mein Schatz. Du weißt ja, ich habe meine beiden abgöttisch geliebt.«

»Das hat Mary mir auch gesagt. Sie meinte, du wärst eine großartige Mutter gewesen.«

»Tatsächlich?«

»Ja. Und übrigens, danke für die wunderschönen Babydecken und für alles andere auch. Du glaubst gar nicht, wie gut ich die ganzen Sachen brauchen kann. Hier ist es eiskalt, und Laura und Jonathan kotzen einfach alles voll. Du bist so geschickt, ich wünschte, ich könnte solche Teile auch stricken.«

Greta lächelte glücklich. »Wenn du magst, kann ich dir das irgendwann mal beibringen. Genauso wie LJ es mir beigebracht hat. Es ist nicht schwer.«

»Oma, um ehrlich zu sein, ich bin im Moment am Kämpfen. Und das wird noch schlimmer werden, wenn ich wieder zu arbeiten anfange, was ich in zwei, drei Monaten wirklich tun möchte. Da habe ich mich gefragt, wie es für dich wohl wäre, wenn du herkommen und uns ein bisschen helfen könntest, Oma? David hat allerdings gemeint, dass du gerade von einer Reise zurückgekommen bist und in London viel zu tun hast. Also bitte sag, wenn's nicht geht. Es ist einfach so, ich möchte keine fremde Hilfe einstellen, und nach allem, was Mary von dir erzählt hat, dachte ich, dass ich dich mal frage. Im Moment bin ich wirklich am Verzweifeln.« In Avas Stimme klang die Erschöpfung mit, an die Greta sich nur allzu gut erinnerte.

»Aber natürlich. Ich freue mich doch, euch beistehen zu können, mein Schatz. Wann soll ich denn kommen?«

»So bald wie möglich. Simon steckt bis über die Ohren in Arbeit; und obwohl Mary nach Kräften hilft – sie hat schon im Haus genug zu tun, und ich möchte sie nicht überstrapazieren.«

»Wie wär's, wenn ich am Wochenende komme? Dann habe ich noch genug Zeit, hier ein paar Dinge zu erledigen.«

»Das klingt großartig, Oma, tausend Dank. Lass mich wissen, wann dein Zug in Abergavenny eintrifft, dann holt einer von uns dich ab.«

Greta legte den Hörer auf und stieß einen kleinen Freudenschrei aus.

Am folgenden Tag ging Greta in Anbetracht des Mittagessens mit David zum Friseur und verbrachte den Rest des Nachmittags und Abends mit Packen. Jetzt hatte sie wenigstens das Gefühl, gewappnet zu sein, um ihn zu sehen und alles über Tor zu hören. Zur Abwechslung hatte auch sie einmal Zukunftspläne.

Sie trafen sich an ihrem üblichen Tisch im Grill Room. Greta bemerkte sofort, dass David abgenommen hatte.

»Bist du auf Diät?«, fragte sie, als sie sich setzten.

»Nein, ich glaube, das ist genetisch bedingt. Manche Menschen nehmen beim Älterwerden zu und andere ab. Du siehst sehr gut aus, Greta, das muss ich sagen. Champagner?«

»Ja, warum nicht? Ist es nicht großartig mit Avas Zwillingen?«

»Doch. Hast du sie schon gesehen?«

»Nein, aber ich fahre morgen nach Marchmont, um Ava zu helfen. Sie klingt, als wäre sie ziemlich am Ende ihrer Kräfte.«

»Ich bin erstaunt, dass du in deinem aktiven neuen Leben Zeit dafür hast«, sagte David mit einem Lächeln.

»Na ja, immerhin ist sie meine Enkeltochter, und sie braucht mich. Wie ist es dir ergangen?«

»Ach, ganz gut. Ich arbeite an meinem Buch und denke über ein Leben als Rentner nach.«

»Wie geht es Tor?«, fragte sie leichthin.

»Meines Wissen sehr gut. Wir haben uns eine Weile nicht gesehen.«

»Hat sie in Oxford so viel zu tun?«

»Wahrscheinlich. Um ehrlich zu sein, wir sind nicht mehr zusammen.«

»Ach wirklich? Warum nicht?«

»Das war Tors Entscheidung. Sie hat gesagt, unsere Beziehung würde auf der Stelle treten. Wahrscheinlich hatte sie recht.«

»Also, das überrascht mich jetzt wirklich«, sagte Greta, als der Champagner serviert wurde. »Ich hatte erwartet, alles über eure Hochzeitspläne zu erfahren.«

»Tja, aber es ist doch besser, dass wir uns jetzt getrennt haben, bevor wir vor den Altar getreten sind. Wie auch immer«, er stieß mit ihr an, »auf die Neuankömmlinge. Und auf dich, Greta«, fügte er hinzu. »Wie ich schon beim letzten Mal sagte, ich bin sehr stolz auf dich.«

»Wirklich? Lieb von dir, das zu sagen, David.«

»Du hast so viel durchgemacht, vor allem seit Weihnachten, und allem Anschein nach wirst du großartig damit fertig.«

»Das sehe ich ein wenig anders. Es hat schon Zeiten gegeben, da habe ich mich gefragt, was das alles soll. Aber man muss doch versuchen, das Beste aus allem zu machen, oder nicht?«

»Das stimmt. Und ich gebe gern zu, dass ich seit Cheskas Tod etwas bedrückt bin, vor allem, weil sie so bald nach meiner Mutter gestorben ist.«

»Das ist wahrscheinlich wie bei einem Marathonlauf – zusammenklappen tut man erst nach der Ziellinie. Vielleicht ist mit dir etwas Ähnliches passiert, David.«

»Vielleicht.« Er zuckte ausweichend mit den Schultern. »Ich glaube auch nicht, dass es mir hilft, meine Autobiografie zu schreiben. Da muss ich mich ständig mit meiner Vergangenheit beschäftigen.«

»Komme ich auch darin vor?«, fragte Greta scherzend.

»Wie versprochen erwähne ich nichts von euch, also von dir, Cheska und Ava. Aber deswegen gibt es auch nicht viel zu erzählen, ihr wart ein ganz großer Teil meines Lebens. Wie auch immer, sollen wir bestellen?«

Greta aß mit Appetit, während David in seinem Essen nur herumstocherte.

»Ist bei dir wirklich alles in Ordnung?«, fragte Greta stirnrunzelnd. »Du kommst mir tatsächlich etwas merkwürdig vor. Wahrscheinlich ist es wegen Tor. Sie muss dir doch schrecklich fehlen.«

»Nein, das ist es bestimmt nicht.« David konzentrierte sich darauf, seine Serviette in ein immer noch kleineres Dreieck zu falten.

»Sondern?«

»Um ehrlich zu sein, Greta, es geht um das, was sie sagte, als sie es für besser hielt, unsere Beziehung zu beenden.«

»Und zwar?«

»Ich ...«

»Jetzt sag schon, David. Du kannst mir nichts sagen, was mich noch schockieren würde. Dafür kennen wir uns zu lange«, meinte sie ermutigend.

»Also«, begann er und zögerte dann wieder ein paar Sekunden, ehe er weitersprach. »Sie hat gesagt, es wäre sinnlos, unsere Beziehung weiterzuführen, weil ich immer schon in eine andere Frau verliebt gewesen sei.«

»Ach ja? In wen denn?«

David sah sie an und verdrehte die Augen. »In dich natürlich.«

»In mich? Warum in aller Welt hat sie das gedacht?«

»Weil es stimmt. Sie hat recht.«

Greta schwieg eine ganze Weile. »Also gut, ich habe mich geirrt, als ich vorhin sagte, du könntest nichts sagen, was mich noch schockieren würde«, meinte sie schließlich leise.

»Du hast gefragt. Wie auch immer, so ist es. Ich habe ihr gesagt, dass du meine Gefühle nie erwidert hast ...«

»David! Natürlich erwidere ich deine Gefühle! Seit vielen, vielen Jahren schon. An dem schrecklichen Tag damals, als Cheska mich höchstwahrscheinlich vom Bürgersteig gestoßen hat, nachdem ich ihr erzählt hatte, dass Bobby Cross verheiratet ist, da wollte ich dir sagen, was ich für dich empfinde! Und dann konnte ich mich ja an nichts mehr erinnern, und ich habe mich einfach noch mal in dich verliebt.«

»Ist das dein Ernst?« David sah sie derart erschrocken an, dass Greta am liebsten aufgelacht hätte.

»Nein, das war ein Scherz. Natürlich ist das mein Ernst, du Dummchen. Ich bin in den letzten Wochen auf Distanz zu dir gegangen, weil ich dir keine Last mehr sein wollte.«

»Und ich dachte, das wäre, weil du mich jetzt, wo dein Gedächtnis zurückgekehrt ist, nicht mehr brauchst.«

»Wie wir beide nur allzu gut wissen, habe ich dich immer schon gebraucht. Ich liebe dich, David.«

Er sah in ihr vor Glück strahlendes Gesicht, und als er das, was sie gesagt hatte, allmählich begriff, breitete sich auch auf seinem Gesicht ein breites Lächeln aus.

»Na dann«, sagte er.

»Na dann.«

»Da wären wir also.«

»Ja, da wären wir also.«

»Besser spät als nie, würde ich sagen. Es hat ja gerade einmal gut vierzig Jahre gedauert, bis wir diesen Punkt erreicht haben. Aber das Warten hat sich gelohnt.«

»Ja, das stimmt. Aber David, ich war die Dumme. Ich habe nicht gesehen, was direkt vor meiner Nase war.«

»Das geht vielen Menschen so.«

»Ach Taffy«, sagte sie. Es bereitete ihr großes Vergnügen, seinen alten Spitznamen zu verwenden. »Hätte ich es nur gesehen, dann wäre jetzt sehr vieles sehr anders.«

»Na ja, immerhin liegt der Rest unseres Lebens noch vor uns, oder nicht?«

»Doch.« Und zum ersten Mal seit vielen Jahren hatte Greta das Gefühl, dass das wirklich stimmte.

»Wie wär's, wenn wir diesen Rest des Lebens damit beginnen, dass ich dich morgen nach Marchmont fahre und wir die Neuankömmlinge gemeinsam begrüßen?«

David griff über den Tisch hinweg nach ihrer Hand.

»Ja«, sagte sie lächelnd. »Das wäre ein wunderbarer Anfang.«

Wenn Ihnen »Der Engelsbaum« gefallen hat und Sie Interesse an weiteren Romanen von Lucinda Riley haben, lesen Sie auf den nächsten Seiten weiter.

LUCINDA RILEY
# Die sieben Schwestern
Roman

Maia ist die älteste von sechs Schwestern, die alle von ihrem Vater adoptiert wurden, als sie sehr klein waren. Sie lebt als Einzige noch auf dem herrschaftlichen Anwesen ihres Vaters am Genfer See, denn anders als ihre Schwestern, die es drängte, draußen in der Welt ein ganz neues Leben als Erwachsene zu beginnen, fand die eher schüchterne Maia nicht den Mut, ihre vertraute Umgebung zu verlassen. Doch das ändert sich, als ihr Vater überraschend stirbt und ihr einen Umschlag hinterlässt – und sie plötzlich den Schlüssel zu ihrer bisher unbekannten Vorgeschichte in Händen hält: Sie wurde in Rio de Janeiro in einer alten Villa geboren, deren Adresse noch heute existiert. Maia fasst den Entschluss, nach Rio zu fliegen, und an der Seite von Floriano Quintelas, einem befreundeten Schriftsteller, beginnt sie, das Rätsel ihrer Herkunft zu ergründen. Dabei stößt sie auf eine tragische Liebesgeschichte in der Vergangenheit ihrer Familie, und sie taucht ein in das mondäne Paris der Jahrhundertwende, wo einst eine schöne junge Frau aus Rio einem französischen Bildhauer begegnete. Und erst jetzt fängt Maia an zu begreifen, wer sie wirklich ist ...

# Eins

Nie werde ich vergessen, wo ich war und was ich tat, als ich hörte, dass mein Vater gestorben war.

Ich saß im hübschen Garten des Londoner Stadthauses einer alten Schulfreundin, eine Ausgabe von Margaret Atwoods *Die Penelopiade* aufgeschlagen, jedoch ungelesen auf dem Schoß, und genoss die Junisonne, während Jenny ihren kleinen Sohn vom Kindergarten abholte.

Was für eine gute Idee es doch gewesen war, nach London zu kommen, dachte ich gerade in dieser angenehm ruhigen Atmosphäre und betrachtete die bunten Blüten der Clematis, denen die Hebamme Sonne auf die Welt half, als das Handy klingelte und ich auf dem Display die Nummer von Marina sah.

»Hallo, Ma, wie geht's?«, fragte ich und hoffte, dass mir die entspannte Stimmung anzuhören war.

»Maia, ich ...«

Marinas Zögern verriet mir, dass sich etwas Schlimmes ereignet hatte.

»Ich weiß leider keine bessere Möglichkeit, es dir zu sagen: Dein Vater hatte gestern Nachmittag hier zu Hause einen Herzinfarkt und ist heute in den frühen Morgenstunden ... von uns gegangen.«

Ich schwieg; lächerliche Gedanken schossen mir durch den Kopf, zum Beispiel der, dass Marina sich aus irgendeinem Grund einen geschmacklosen Scherz erlaubte.

»Du als Älteste der Schwestern erfährst es zuerst. Und ich

wollte dich fragen, ob du es den andern selbst sagen oder das lieber mir überlassen möchtest.«

»Ich ...« Als mir klar zu werden begann, dass Marina, meine geliebte Marina, die Frau, die wie eine Mutter für mich war, so etwas nicht behaupten würde, wenn es nicht tatsächlich geschehen wäre, geriet meine Welt aus dem Lot.

»Maia, bitte sprich mit mir. Das ist der schrecklichste Anruf, den ich je erledigen musste, aber was soll ich machen? Der Himmel allein weiß, wie die andern es aufnehmen werden.«

Da erst hörte ich den Schmerz in *ihrer* Stimme und tat, was ich am besten konnte: trösten.

»Klar sag ich's den andern, wenn du das möchtest, obwohl ich nicht weiß, wo sie alle sind. Trainiert Ally nicht gerade für eine Segelregatta?«

Als wir diskutierten, wo meine jüngeren Schwestern sich aufhielten, als wollten wir sie zu einer Geburtstagsparty zusammenrufen, nicht zur Trauerfeier für unseren Vater, bekam die Unterhaltung etwas Surreales.

»Wann soll die Beisetzung stattfinden? Elektra ist in Los Angeles und Ally irgendwo auf hoher See, also dürfte nächste Woche der früheste Zeitpunkt sein«, schlug ich vor.

»Tja ...« Ich hörte Marinas Zögern. »Das besprechen wir, wenn du zu Hause bist. Es besteht keine Eile. Falls du wie geplant noch ein paar Tage in London bleiben möchtest, geht das in Ordnung. Hier kannst du ohnehin nichts mehr tun ...« Sie klang traurig.

»*Ma, natürlich* setze ich mich in den nächsten Flieger nach Genf, den ich kriegen kann! Ich ruf gleich bei der Fluggesellschaft an und bemühe mich dann, die andern zu erreichen.«

»Es tut mir ja so leid, *chérie*«, seufzte Marina. »Ich weiß, wie sehr du ihn geliebt hast.«

»Ja«, sagte ich, und plötzlich verließ mich die merkwürdige Ruhe, die ich bis dahin empfunden hatte. »Ich melde mich später noch mal, sobald ich weiß, wann genau ich komme.«

»Pass auf dich auf, Maia. Das war bestimmt ein schrecklicher Schock für dich.«

Ich beendete das Gespräch, und bevor das Gewitter in meinem Herzen losbrechen konnte, ging ich nach oben in mein Zimmer, um die Fluggesellschaft zu kontaktieren. In der Warteschleife betrachtete ich das Bett, in dem ich morgens an einem, wie ich meinte, ganz normalen Tag aufgewacht war. Und dankte Gott dafür, dass Menschen nicht die Fähigkeit besitzen, in die Zukunft zu blicken.

Die Frau von der Airline war alles andere als hilfsbereit; während sie mich über ausgebuchte Flüge und Stornogebühren informierte und mich nach meiner Kreditkartennummer fragte, spürte ich, dass meine emotionalen Dämme bald brechen würden. Als sie mir endlich widerwillig einen Platz im Vier-Uhr-Flug nach Genf reserviert hatte, was bedeutete, dass ich sofort meine Siebensachen packen und ein Taxi nach Heathrow nehmen musste, starrte ich vom Bett aus die Blümchentapete so lange an, bis das Muster vor meinen Augen zu verschwimmen begann.

»Er ist fort«, flüsterte ich, »für immer. Ich werde ihn nie wiedersehen.«

Zu meiner Verwunderung bekam ich keinen Weinkrampf. Ich saß nur benommen da und wälzte praktische Fragen. Mir graute davor, meinen fünf Schwestern Bescheid zu sagen, und überlegte, welche ich zuerst anrufen sollte. Natürlich entschied ich mich für Tiggy, die zweitjüngste von uns sechsen, zu der ich immer die engste Beziehung gehabt hatte und die momentan in einem Zentrum für verwaistes und krankes Rotwild in den schottischen Highlands arbeitete.

Mit zitternden Fingern scrollte ich mein Telefonverzeichnis herunter und wählte ihre Nummer. Als sich ihre Mailbox meldete, bat ich sie lediglich, mich so schnell wie möglich zurückzurufen.

Und die anderen? Ich wusste, dass ihre Reaktion unterschiedlich ausfallen wurde, von äußerlicher Gleichgültigkeit bis zu dramatischen Gefühlsausbrüchen.

Da ich nicht wusste, wie sehr mir selbst meine Trauer anzuhören wäre, wenn ich mit ihnen redete, entschied ich mich für die feige Lösung und schickte allen eine SMS mit der Bitte, sich baldmöglichst bei mir zu melden. Dann packte ich hastig meine Tasche und ging die schmale Treppe zur Küche hinunter, um Jenny eine Nachricht zu schreiben, in der ich ihr erklärte, warum ich so überstürzt hatte aufbrechen müssen.

Anschließend verließ ich das Haus und folgte mit schnellen Schritten der halbmondförmigen, baumbestandenen Straße in Chelsea, um ein Taxi zu rufen. Wie an einem ganz normalen Tag. Ich glaube, ich sagte sogar lächelnd Hallo zu jemandem, der seinen Hund spazieren führte.

Es konnte ja auch niemand wissen, was ich gerade erfahren hatte, dachte ich, als ich in der belebten King's Road in ein Taxi stieg und dem Fahrer sagte, er solle mich nach Heathrow bringen.

Fünf Stunden später, die Sonne stand schon tief über dem Genfer See, kam ich an unserer privaten Landestelle an, wo Christian mich in unserem schnittigen Riva-Motorboot erwartete. Seiner Miene nach zu urteilen wusste er Bescheid.

»Wie geht es Ihnen, Mademoiselle Maia?«, erkundigte er sich voller Mitgefühl, als er mir an Bord half.

»Ich bin froh, dass ich hier bin«, antwortete ich ausweichend und nahm auf der gepolsterten cremefarbenen Lederbank am Heck Platz. Sonst saß ich, wenn wir die zwanzig Minuten nach Hause brausten, vorne bei Christian, doch heute hatte ich das Bedürfnis, hinten allein zu sein. Als Christian den starken Motor anließ, spiegelte sich die Sonne glitzernd in den Fenstern der prächtigen Häuser am Ufer des Genfer Sees. Bei diesen

Fahrten hatte ich oft das Gefühl gehabt, in ein Märchenland, in eine surreale Welt, einzutauchen, die nichts mit der Wirklichkeit zu tun hatte.

In die Welt von Pa Salt.

Als ich an den Kosenamen meines Vaters dachte, den ich als Kind geprägt hatte, spürte ich zum ersten Mal, wie meine Augen feucht wurden. Er war immer gern gesegelt, und wenn er in unser Haus am See zu mir zurückkehrte, hatte er oft nach frischer Meerluft gerochen. Der Name war ihm geblieben, auch meine jüngeren Schwestern hatten ihn verwendet.

Während der warme Wind mir durch die Haare wehte, musste ich an all die Fahrten denken, die ich schon zu »Atlantis«, Pa Salts Märchenschloss, unternommen hatte. Da es auf einer Landzunge vor halbmondförmigem, steil ansteigendem, gebirgigem Terrain lag, war es zu Lande nicht erreichbar; man musste mit dem Boot hinfahren. Die nächsten Nachbarn lebten Kilometer entfernt am Seeufer, so dass »Atlantis« unser eigenes kleines Reich war, losgelöst vom Rest der Welt. Alles dort war magisch ... als führten Pa Salt und wir, seine Töchter, ein verzaubertes Leben.

Pa Salt hatte uns samt und sonders als Baby ausgewählt, in unterschiedlichen Winkeln der Erde adoptiert und nach Hause gebracht, wo wir fortan unter seinem Schutz lebten. Wir waren alle, wie Pa gern sagte, besonders und unterschiedlich ... eben *seine* Mädchen. Er hatte uns nach den Plejaden, dem Siebengestirn, seinem Lieblingssternhaufen, benannt. Und ich, Maia, war die Erste und Älteste.

Als Kind hatte ich ihn manchmal in sein mit einer Glaskuppel ausgestattetes Observatorium oben auf dem Haus begleiten dürfen. Dort hatte er mich mit seinen großen, kräftigen Händen hochgehoben, damit ich durch das Teleskop den Nachthimmel betrachten konnte.

»Da sind sie«, hatte er dann gesagt und das Teleskop für mich justiert. »Schau dir den wunderschön leuchtenden Stern an, nach dem du benannt bist, Maia.«

Und ich hatte ihn tatsächlich gesehen. Während er mir die Geschichten erzählte, die meinem eigenen und den Namen meiner Schwestern zugrunde lagen, hatte ich kaum zugehört, sondern einfach nur das Gefühl seiner Arme um meinen Körper genossen, diesen seltenen, ganz besonderen Augenblick, in dem ich ihn ganz für mich hatte.

Marina, die ich in meiner Jugend für meine Mutter gehalten hatte – ich verkürzte ihren Namen sogar auf »Ma« –, entpuppte sich irgendwann als besseres Kindermädchen, das Pa eingestellt hatte, um auf mich aufzupassen, weil er so oft verreiste. Doch natürlich war Marina für uns Schwestern sehr viel mehr. Sie wischte uns die Tränen aus dem Gesicht, schalt uns, wenn wir nicht anständig aßen, und steuerte uns umsichtig durch die schwierige Zeit der Pubertät.

Sie war einfach immer da. Bestimmt hätte ich Ma auch nicht mehr geliebt, wenn sie meine leibliche Mutter gewesen wäre.

In den ersten drei Jahren meiner Kindheit hatten Marina und ich allein in unserem Märchenschloss am Genfer See gelebt, während Pa Salt geschäftlich auf den sieben Weltmeeren unterwegs war. Dann waren eine nach der anderen meine Schwestern dazugekommen.

Pa hatte mir von seinen Reisen immer ein Geschenk mitgebracht. Wenn ich das Motorboot herannahen hörte, war ich über die weiten Rasenflächen und zwischen den Bäumen hindurch zur Anlegestelle gerannt, um ihn zu begrüßen. Wie jedes Kind war ich neugierig gewesen, welche Überraschungen sich in seinen Taschen verbargen. Und einmal, nachdem er mir ein fein geschnitztes Rentier aus Holz überreicht hatte, das, wie er mir versicherte, aus der Werkstatt von St. Nikolaus am Nordpol stammte, war eine Frau in Schwesterntracht hinter ihm hervorgetreten, in den Armen ein Bündel, das sich bewegte.

»Diesmal habe ich dir ein ganz besonderes Geschenk mitgebracht, Maia. Eine Schwester.« Er hatte mich lächelnd hochgehoben. »Nun wirst du dich nicht mehr einsam fühlen, wenn ich wieder auf Reisen bin.«

Danach hatte das Leben sich verändert. Die Kinderschwester verschwand nach ein paar Wochen, und fortan kümmerte sich Marina um die Kleine. Damals begriff ich nicht, wieso dieses rotgesichtige, kreischende Ding, das oft ziemlich streng roch und die Aufmerksamkeit von mir ablenkte, ein Geschenk sein sollte. Bis Alkyone – benannt nach dem zweiten Stern des Siebengestirns – mich eines Morgens beim Frühstück von ihrem Kinderstuhl aus anlächelte.

»Sie erkennt mich«, sagte ich verwundert zu Marina, die sie fütterte.

»Natürlich, Maia. Du bist ihre große Schwester, zu der sie aufblicken wird. Es wird deine Aufgabe sein, ihr all die Dinge beizubringen, die du anders als sie bereits kannst.«

Später war sie mir wie ein Schatten überallhin gefolgt, was mir einerseits gefiel, mich andererseits jedoch auch aufregte.

»Maia, warte!«, forderte sie lauthals, wenn sie hinter mir hertapste.

Obwohl Ally – wie ich sie nannte – ursprünglich eher ein unwillkommener Eindringling in mein Traumreich »Atlantis« gewesen war, hätte ich mir keine liebenswertere Gefährtin wünschen können. Sie weinte selten und neigte nicht zu Jähzornsausbrüchen wie andere Kinder in ihrem Alter. Mit ihren rotgoldenen Locken und den großen blauen Augen bezauberte Ally alle Menschen, auch unseren Vater. Wenn Pa Salt von seinen langen Reisen nach Hause zurückkehrte, strahlte er bei ihrem Anblick wie bei mir nur selten. Und während ich Fremden gegenüber schüchtern und zurückhaltend war, entzückte Ally sie mit ihrer offenen, vertrauensvollen Art.

Außerdem gehörte sie zu den Kindern, denen alles leichtzufallen schien – besonders Musik und sämtliche Wassersportarten. Ich erinnere mich, wie Pa ihr das Schwimmen in unserem großen Swimmingpool beibrachte. Während ich Mühe hatte, über Wasser zu bleiben, und es hasste unterzutauchen, fühlte meine kleine Schwester sich darin ganz in ihrem Element. Und während ich sogar auf der *Titan*, Pas riesiger ozeantauglicher Jacht, manchmal schon auf dem Genfer See fast seekrank wurde, bettelte Ally ihn an, mit ihr im Laser von unserer privaten Anlegestelle hinauszufahren. Ich kauerte mich im Heck des Boots zusammen, wenn Pa und Ally es in Höchstgeschwindigkeit über das spiegelglatte Wasser lenkten. Diese Leidenschaft schuf eine innere Verbindung zwischen ihnen, die mir verwehrt blieb.

Obwohl Ally am Conservatoire de Musique de Genève Musik studierte und eine begabte Flötistin war, die gut und gern Berufsmusikerin hätte werden können, hatte sie sich nach dem Abschluss des Konservatoriums für eine Laufbahn als Seglerin entschieden. Sie nahm regelmäßig an Regatten teil und hatte die Schweiz schon mehrfach international vertreten.

Als Ally fast drei war, hatte Pa unsere nächste Schwester gebracht, die er nach einem weiteren Stern des Siebengestirns Asterope nannte.

»Aber wir werden ›Star‹ zu ihr sagen«, hatte Pa Marina, Ally und mir lächelnd erklärt, als wir die Kleine in ihrem Körbchen betrachteten.

Weil ich inzwischen jeden Morgen Unterricht von einem Privatlehrer erhielt, wirkte sich das Eintreffen meiner neuen Schwester weniger stark auf mich aus als das von Ally. Genau wie sechs Monate später, als sich ein zwölf Wochen altes Mädchen namens Celaeno, was Ally sofort zu CeCe abkürzte, zu uns gesellte.

Der Altersunterschied zwischen Star und CeCe betrug lediglich drei Monate, so dass die beiden einander von Anfang an sehr nahestanden. Sie waren wie Zwillinge und kommunizierten in ihrer eigenen Babysprache, von der sie einiges sogar ins Erwachsenenalter retteten. Star und CeCe lebten in ihrer eigenen kleinen Welt, und auch jetzt, da sie beide über zwanzig waren, änderte sich daran nichts. CeCe, die jüngere der beiden, deren stämmiger Körper und nussbraune Haut in deutlichem Kontrast zu der gertenschlanken, blassen Star standen, übernahm immer die Führung.

Im folgenden Jahr traf ein weiteres kleines Mädchen ein. Taygeta – der ich ihrer kurzen dunklen Haare wegen, die wirr von ihrem winzigen Kopf abstanden wie bei dem Igel in Beatrix Potters Geschichte, den Spitznamen »Tiggy« gab.

Mit meinen sieben Jahren fühlte ich mich sofort zu Tiggy hingezogen. Sie war die zarteste von uns allen, als Kind ständig krank, jedoch schon damals durch kaum etwas zu erschüttern und anspruchslos. Als Pa wenige Monate später ein kleines Mädchen namens Elektra nach Hause brachte, bat die erschöpfte Marina mich gelegentlich, auf Tiggy aufzupassen, die oft an fiebrigen Kehlkopfentzündungen litt. Und als schließlich Asthma diagnostiziert wurde, schob man sie nur noch selten im Kinderwagen nach draußen in die kalte Luft und den dichten Nebel des Genfer Winters.

Elektra war die jüngste der Schwestern, und obwohl ich inzwischen an Babys und ihre Bedürfnisse gewöhnt war, fand ich sie ziemlich anstrengend. Sie machte ihrem Namen alle Ehre, weil sie tatsächlich elektrisch wirkte. Ihre Stimmungen, die von einer Sekunde zur nächsten von fröhlich auf traurig wechselten und umgekehrt, führten dazu, dass unser bis dahin so ruhiges Zuhause nun von spitzen Schreien widerhallte. Ihre Jähzornsanfälle bildeten die Hintergrundmusik meiner Kindheit, und auch später schwächte sich ihr feuriges Temperament nicht ab.

Ally, Tiggy und ich nannten sie insgeheim »Tricky«. Wir behandelten sie wie ein rohes Ei, weil wir keine ihrer Launen provozieren wollten. Ich muss zugeben, dass es Momente gab, in denen ich sie für die Unruhe, die sie nach »Atlantis« brachte, hasste.

Doch wenn Elektra erfuhr, dass eine von uns Probleme hatte, half sie als Erste, denn ihre Großzügigkeit war genauso stark ausgeprägt wie ihr Egoismus.

Nach Elektra warteten alle auf die siebte Schwester. Schließlich hatte Pa Salt uns nach dem Siebengestirn benannt, und ohne sie waren wir nicht vollständig. Wir wussten sogar schon ihren Namen – »Merope« – und waren gespannt, wie sie sein würde. Doch die Jahre gingen ins Land, ohne dass Pa weitere Babys nach Hause gebracht hätte.

Ich erinnere mich noch gut an den Tag, an dem ich mit Vater im Observatorium eine Sonnenfinsternis beobachten wollte. Ich war vierzehn Jahre alt und fast schon eine Frau. Pa Salt hatte mir erklärt, dass eine Sonnenfinsternis immer einen wesentlichen Augenblick für die Menschen darstellte und Veränderungen einläutete.

»Pa«, hatte ich gefragt, »bringst du uns noch irgendwann eine siebte Schwester?«

Sein starker, schützender Körper war plötzlich erstarrt, als würde das Gewicht der Welt auf seinen Schultern lasten. Obwohl er sich nicht zu mir umdrehte, weil er damit beschäftigt war, das Teleskop auszurichten, merkte ich, dass ich ihn aus der Fassung gebracht hatte.

»Nein, Maia. Leider konnte ich sie nicht finden.«

Als die dichte Fichtenhecke, die unser Anwesen vor neugierigen Blicken schützte, in Sicht kam und ich Marina auf der Anlegestelle warten sah, wurde mir endgültig bewusst, wie schrecklich der Verlust von Pa war.

Des Weiteren wurde mir klar, dass der Mann, der dieses Reich für uns Prinzessinnen geschaffen hatte, den Zauber nun nicht mehr aufrechterhalten konnte.

# Zwei

Marina legte mir tröstend die Arme um die Schultern, als ich vom Boot auf die Anlegestelle kletterte. Dann gingen wir schweigend zwischen den Bäumen hindurch und über die weiten, ansteigenden Rasenflächen zum Haus. Im Juni, wenn in den kunstvoll angelegten Gärten alles blühte und die Bewohner dazu verführte, verborgene Pfade und geheime Grotten zu erkunden, war es hier am schönsten.

Das Gebäude selbst, im ausgehenden achtzehnten Jahrhundert im Louis-quinze-Stil erbaut, vermittelte den Eindruck von Eleganz und Größe. Es hatte vier Stockwerke, deren massige roséfarbene Mauern von hohen Fenstern durchbrochen und von einem steilen roten Dach mit Türmen an jeder Ecke gekrönt wurden. Im Innern war es mit allem modernen Luxus sowie mit hochflorigen Teppichen und behaglichen dick gepolsterten Sofas ausgestattet. Wir Mädchen und Marina schliefen im obersten Stockwerk, von wo aus man über die Baumwipfel einen atemberaubenden Blick auf den See hatte.

Mir fiel auf, wie erschöpft Marina wirkte. Unter ihren freundlichen braunen Augen befanden sich dunkle Ringe, und um ihren sonst so oft lächelnden Mund lag ein angespannter Ausdruck. Sie musste mittlerweile Mitte sechzig sein, was man ihr allerdings nicht ansah. Mit ihren markanten Zügen, ihrer Körpergröße und der stets makellosen Kleidung war sie eine attraktive Frau; ihre angeborene Eleganz verriet ihre französische Herkunft. Ich erinnerte mich, dass sie die seidigen dunklen Haare in meiner Kindheit und Jugend offen getragen hatte, nun hingegen schlang sie sie im Nacken zu einem Knoten.

Mir gingen tausend Fragen im Kopf herum, von denen ich eine sofort beantwortet wissen wollte.

»Warum hast du mich nicht gleich informiert, als Pa den Herzinfarkt hatte?«, erkundigte ich mich, als wir das Haus und das Wohnzimmer mit der hohen Decke betraten, von dem aus die große gefliese Terrasse mit Pflanztrögen voll roter und gelber Kapuzinerkresse zu sehen war.

»Maia, glaube mir, ich habe ihn angefleht, es dir und euch allen sagen zu dürfen, aber meine Bitte hat ihm solchen Kummer bereitet, dass ich ihm lieber seinen Willen gelassen habe.«

Mir war klar, dass ihr die Hände gebunden gewesen waren. Er war der König und Marina bestenfalls seine loyale Hofdame, schlimmstenfalls jedoch seine Bedienstete, die seine Anordnungen befolgen musste.

»Ma, wo ist er jetzt?«, fragte ich. »Oben in seinem Zimmer? Soll ich zu ihm raufgehen?«

»Nein, *chérie*, er ist nicht oben. Möchtest du einen Tee, bevor ich dir mehr erzähle?«

»Offen gestanden wäre mir ein starker Gin Tonic lieber«, antwortete ich und sank auf eines der riesigen Sofas.

»Ich bitte Claudia, ihn dir zu machen. Angesichts der Umstände werde ich mich dir ausnahmsweise anschließen.«

Ich sah Marina nach, wie sie den Raum auf der Suche nach unserer Haushälterin Claudia verließ, die genauso lange wie Marina in »Atlantis« war, aus Deutschland stammte und hinter deren mürrischer Miene sich ein Herz aus Gold verbarg. Wie wir alle hatte sie Pa Salt verehrt. Ich fragte mich, was nun, da Pa nicht mehr da war, aus ihr, Marina und »Atlantis« werden würde.

Was das bedeutete, war noch immer nicht richtig bei mir angekommen, denn Pa war immer »nicht da«, ständig auf Achse, zu irgendwelchen Projekten unterwegs, und Personal und Familie hatten keine Ahnung, womit er sich seinen Lebensunterhalt verdiente. Einmal hatte ich ihn danach gefragt, weil meine Freundin Jenny, die die Schulferien bei uns verbrachte, von unserem feudalen Lebensstil beeindruckt gewesen war.

»Dein Vater muss fabelhaft reich sein«, hatte sie voller Ehrfurcht bemerkt, als wir auf dem Flughafen La Môle bei Saint-Tropez aus Pas Privatjet gestiegen waren. Der Chauffeur hatte auf dem Rollfeld gewartet, um uns zum Hafen zu bringen, wo wir an Bord der *Titan*, unserer prächtigen Jacht, gehen und unsere alljährliche Kreuzfahrt durchs Mittelmeer beginnen sollten.

Da ich kein anderes Leben kannte, war es mir nie ungewöhnlich vorgekommen. Wir Mädchen waren anfangs alle von einem Privatlehrer zu Hause unterrichtet worden, und erst mit dreizehn im Internat war mir klar geworden, wie sehr sich unser Leben von dem anderer Jugendlicher unterschied.

Einmal hatte ich Pa gefragt, was genau er tue, um uns all den Luxus ermöglichen zu können.

Er hatte mich mit einem für ihn typischen geheimnisvollen Blick bedacht und gelächelt. »Ich bin so etwas wie ein Zauberer.«

Was mir, wie von ihm beabsichtigt, nichts verriet.

Später hatte ich gemerkt, dass Pa Salt in der Tat ein Meister der Illusion und nichts so war, wie es auf den ersten Blick erschien.

Als Marina mit zwei Gin Tonics ins Wohnzimmer zurückkehrte, wurde mir klar, dass ich mit dreiunddreißig Jahren keine Ahnung hatte, wer mein Vater außerhalb der Welt von »Atlantis« gewesen war. Und ich fragte mich, ob ich es nun endlich herausfinden würde.

»Da wären wir«, sagte Marina und gab mir ein Glas. »Auf deinen Vater.« Sie hob das ihre. »Gott hab ihn selig.«

»Ja, auf Pa Salt. Möge er in Frieden ruhen.«

Marina trank einen großen Schluck, bevor sie das Glas auf

den Tisch stellte und meine Hand mit müder, besorgter Miene in die ihre nahm. »Maia, ich muss dir etwas sagen.«

»Was?«

»Du hast mich vorhin gefragt, ob dein Vater noch im Haus ist. Nein, er ist bereits zur letzten Ruhe gebettet. Es war sein Wunsch, dass das sofort geschehen und keines von euch Mädchen anwesend sein sollte.«

Ich sah sie an, als hätte sie den Verstand verloren. »Ma, du hast mir doch erst vor ein paar Stunden gesagt, dass er heute in den frühen Morgenstunden gestorben ist! Wie konnte die Beisetzung so schnell organisiert werden? Und *warum*?«

»Dein Vater hat darauf bestanden, dass er sofort nach seinem Tod mit dem Jet zur Jacht geflogen wird, wo man ihn in einen Bleisarg legen sollte, der offenbar schon viele Jahre auf der *Titan* bereitstand. Und mit der Jacht sollte er auf offene See hinausgebracht werden. Angesichts seiner Liebe zum Wasser wundert es mich nicht, dass er sich eine Seebestattung gewünscht hat. Seinen Töchtern wollte er den Kummer ersparen, sie mit ansehen zu müssen.«

Ich stöhnte entsetzt auf. »Er hätte sich doch denken können, dass wir uns alle von ihm verabschieden wollen. Wie konnte er das tun? Was soll ich nun den andern sagen?«

»*Chérie*, du und ich, wir leben am längsten in diesem Haus, und wir wissen beide, dass dein Vater immer einsame Entscheidungen getroffen hat. Er wollte wohl genau so beigesetzt werden, wie er gelebt hat, nämlich im Stillen«, seufzte sie.

»Und alles unter Kontrolle haben«, fügte ich ein wenig verärgert hinzu. »Mir kommt es fast so vor, als hätte er den Menschen, die ihn liebten, nicht zugetraut, das Richtige für ihn zu tun.«

»Egal. Ich kann nur hoffen, dass ihr euch immer an den liebevollen Vater erinnern werdet, der er war. Eines weiß ich jedenfalls sicher: Ihr Mädchen wart sein Ein und Alles.«

»Doch wer von uns kannte ihn schon wirklich?«, fragte ich frustriert. »Hat ein Arzt seinen Tod offiziell festgestellt? Hast du eine Todesbescheinigung? Kann ich die sehen?«

»Der Arzt hat sich bei mir nach seinen persönlichen Daten, dem Ort und Jahr seiner Geburt, erkundigt. Ich habe ihm gesagt, dass ich nur seine Angestellte war und über diese Dinge keine klare Auskunft geben kann. Am Ende habe ich ihn an Georg Hoffman, den Anwalt, verwiesen, der alle juristischen Dinge für deinen Vater regelt.«

»Aber *warum* hat er aus allem ein solches Geheimnis gemacht, Ma? Während des Flugs ist mir bewusst geworden, dass ich mich an keine Freunde erinnern kann, die er nach ›Atlantis‹ mitgebracht hat. Auf der Jacht war er hin und wieder mit einem Geschäftspartner in seinem Arbeitszimmer, doch richtige Einladungen hat er nie gegeben.«

»Er wollte Familien- und Geschäftsleben getrennt halten und sich zu Hause voll und ganz auf seine Töchter konzentrieren.«

»Auf die Töchter, die er adoptiert und aus allen Teilen der Welt hierhergebracht hat. Warum, Ma, warum?«

Marinas Blick verriet mir nichts.

»Als Kind akzeptiert man sein Leben, wie es ist«, fuhr ich fort. »Doch wir wissen beide, dass es äußerst ungewöhnlich, wenn nicht sogar merkwürdig ist, wenn ein alleinstehender Mann mittleren Alters sechs Mädchen im Babyalter adoptiert und in die Schweiz bringt, um sie aufzuziehen.«

»Dein Vater war eben ein ungewöhnlicher Mensch. Dass er bedürftigen Waisenkindern die Chance auf ein besseres Leben gegeben hat, ist doch nichts Schlechtes, oder? Viele Reiche adoptieren Kinder, wenn sie keine eigenen haben.«

»Aber normalerweise sind sie verheiratet. Ma, weißt du, ob Pa jemals eine Freundin hatte? Jemanden, den er liebte? Ich habe ihn in dreiunddreißig Jahren niemals in Gesellschaft einer Frau gesehen.«

»*Chérie*, ich kann verstehen, dass dir nun, da dein Vater nicht mehr unter uns weilt, viele Fragen durch den Kopf gehen, die du ihm gern gestellt hättest, aber ich kann dir nicht helfen. Außerdem ist jetzt auch nicht der geeignete Moment«, fügte Marina sanft hinzu. »Wir sollten uns lieber an das erinnern, was er für jeden Einzelnen von uns war, und ihn als den liebevollen Menschen im Gedächtnis behalten, als den wir ihn hier in ›Atlantis‹ kannten. Dein Vater war über achtzig und hatte ein langes und erfülltes Leben hinter sich.«

»Noch vor drei Wochen war er mit dem Laser draußen auf dem See und ist auf dem Boot herumgelaufen wie ein junger Mann. Ich kann nicht glauben, dass er sterbenskrank war.«

»Zum Glück ist er nicht wie viele andere seines Alters einen langsamen, qualvollen Tod gestorben. Ich empfinde es als Segen, dass du und die anderen Mädchen ihn als einen sportlichen, gesunden Mann in Erinnerung behalten werdet. Bestimmt hätte er sich genau das gewünscht.«

»Hat er am Ende leiden müssen?«, fragte ich vorsichtig, obwohl ich wusste, dass Marina mir das niemals verraten würde.

»Nein. Er wusste, was kommen würde, und ich denke, er hatte seinen Frieden mit Gott gemacht. Ich glaube sogar, dass er froh über das Ende war.«

»Wie um Himmels willen soll ich es den andern beibringen, dass Vater nicht mehr ist? Und dass es nicht einmal einen Leichnam gibt, den wir beisetzen können? Sie werden genau wie ich das Gefühl haben, dass er sich einfach in Luft aufgelöst hat.«

»Das hat euer Vater vor seinem Tod bedacht. Sein Anwalt Georg Hoffman hat sich heute mit mir in Verbindung gesetzt. Ich versichere dir, dass jede von euch die Chance bekommen wird, sich von ihm zu verabschieden.«

»Sogar im Tod hat Pa das Geschehen unter Kontrolle«, sagte ich seufzend. »Ich hab den fünfen auf die Mailbox gesprochen, aber noch von keiner eine Antwort erhalten.«

»Georg Hoffman wird sich auf den Weg hierher machen, sobald alle da sind. Bitte, Maia, frag mich nicht, was er euch sagen wird, denn ich habe keine Ahnung. Ich habe Claudia gebeten, Suppe zu kochen. Wahrscheinlich hast du seit heute Morgen nichts gegessen. Möchtest du sie zum Pavillon mitnehmen oder die Nacht lieber hier im Haus verbringen?«

»Ich esse die Suppe hier und gehe dann, wenn es dir nichts ausmacht, hinüber. Ich möchte allein sein.«

»Natürlich.« Marina umarmte mich. »Ich kann mir denken, was für ein furchtbarer Schock das für dich gewesen sein muss. Es tut mir leid, dass du wieder einmal die Last der Verantwortung für euch alle tragen musst, aber er hat mich gebeten, dich als Erste zu benachrichtigen. Ich weiß nicht, ob dich das tröstet. Soll ich Claudia jetzt bitten, die Suppe warm zu machen? Ich glaube, wir könnten beide etwas zu essen vertragen.«

Nach dem Essen sagte ich der erschöpften Marina, dass sie schlafen gehen könne, und gab ihr einen Gutenachtkuss. Bevor ich das Haus verließ, warf ich im obersten Stockwerk einen Blick in die Zimmer meiner Schwestern. Sie sahen alle genauso aus, wie sie sie verlassen hatten, und spiegelten ihre jeweiligen Persönlichkeiten. Wenn sie hierher zurückkehrten wie Vögel ins Nest, schienen sie wie ich nichts verändern zu wollen.

Ich öffnete die Tür zu meinem alten Zimmer, trat an das Regal, in dem ich meine wertvollsten Kindheitsschätze aufbewahre, und nahm eine alte Porzellanpuppe in die Hand, die Pa mir geschenkt hatte, als ich klein war. Wie immer hatte er eine märchenhafte Geschichte darum gesponnen, nämlich dass die Puppe einmal einer jungen russischen Gräfin gehört und sich in ihrem kalten Moskauer Palast einsam gefühlt habe, als ihre Herrin erwachsen geworden war und sie vergessen hatte. Und er hatte mir gesagt, dass sie Leonora heiße und eine neue liebevolle Besitzerin suche.

LESEPROBE

Ich setzte die Puppe ins Regal zurück und holte die Schachtel heraus, in der sich Pas Geschenk zu meinem sechzehnten Geburtstag befand, eine Kette.

»Das ist ein Mondstein, Maia«, hatte er mir erklärt, als ich den bläulich schimmernden und mit winzigen Brillanten eingefassten Stein betrachtete. »Er ist älter als ich und hat eine sehr interessante Geschichte. Vielleicht erzähle ich sie dir eines Tages. Momentan erscheint dir die Kette wahrscheinlich noch ein wenig zu erwachsen, aber eines Tages wird sie dir, glaube ich, sehr gut stehen.«

Pa hatte recht gehabt. Seinerzeit hatten mir wie meinen Schulfreundinnen billige Silberreifen und große Kreuze an Lederbändern gefallen. Den Mondstein hatte ich nie getragen; er war seit damals vergessen im Regal gelegen.

Doch nun würde ich ihn anlegen.

Ich trat an den Spiegel, schloss den winzigen Verschluss des zarten Goldkettchens und betrachtete es. Vielleicht bildete ich mir das nur ein, aber der Stein schien auf meiner Haut zu leuchten. Als ich zum Fenster ging, um auf die blinkenden Lichter des Genfer Sees hinauszublicken, berührten meine Finger ihn unwillkürlich.

»Ruhe in Frieden, geliebter Pa Salt«, flüsterte ich.

Ende der Leseprobe
»Die sieben Schwestern«
von Lucinda Riley

# Die Autorin

Lucinda Riley wurde in Irland geboren und verbrachte als Kind mehrere Jahre in Fernost. Sie liebte es zu reisen und war nach wie vor den Orten ihrer Kindheit sehr verbunden. Nach einer Karriere als Theater- und Fernsehschauspielerin konzentrierte sich Lucinda Riley ganz auf das Schreiben – und das mit sensationellem Erfolg: Seit ihrem gefeierten Roman »Das Orchideenhaus« stand jedes ihrer Bücher an der Spitze der internationalen Bestsellerlisten, allein die Romane der »Sieben-Schwestern«-Serie wurden weltweit bisher über 30 Millionen Mal verkauft. Lucinda Riley lebte mit ihrem Mann und ihren vier Kindern im englischen Norfolk und in West Cork, Irland. Sie verstarb im Juni 2021. Mehr zur Autorin unter www.lucinda-riley.de und www.lucindariley.co.uk

*Lucinda Riley im Goldmann Verlag:*

Das Orchideenhaus. Roman
Das Mädchen auf den Klippen. Roman
Der Lavendelgarten. Roman
Die Mitternachtsrose. Roman
Das italienische Mädchen. Roman
Der Engelsbaum. Roman
Helenas Geheimnis. Roman
Der verbotene Liebesbrief. Roman
Das Schmetterlingszimmer. Roman
Das Mädchen aus Yorkshire. Roman

Die sieben Schwestern. Roman
Die Sturmschwester. Roman
Die Schattenschwester. Roman
Die Perlenschwester. Roman
Die Mondschwester. Roman
Die Sonnenschwester. Roman
Die verschwundene Schwester. Roman
Atlas. Die Geschichte von Pa Salt. Roman
Die Sieben-Schwestern-Reihe. Alle acht Bände in hochwertiger limitierter Sonderausstattung

Die Toten von Fleat House. Kriminalroman

 alle auch als E-Book erhältlich)

# Unsere Leseempfehlung

544 Seiten
Auch als
Hörbuch und
E-Book erhältlich

Der 18-jährige Charlie Cavendish kommt in Fleat House, einem der Wohnheime des traditionsreichen Internats St Stephen's, unter mysteriösen Umständen ums Leben. Detective Inspector Jazz Hunter beginnt zu ermitteln und findet bald heraus, dass Charlie machthungrig war und seine Mitschüler gequält hat. War sein Tod ein Racheakt? Bei ihren Ermittlungen erkennt Jazz, dass sie weit in die Vergangenheit zurückgehen muss, wenn sie das Rätsel von Fleat House enthüllen will …

goldmann-verlag.de                    GOLDMANN